나르치스와 골드문트

나르치스와 골드문트

초판 1쇄 발행 2018년 4월 30일 **개정판 1쇄 발행** 2023년 2월 28일

지은이 헤르만 헤세 **옮긴이** 배수아 **펴낸이** 정상우
편집 이민정 **디자인** 공미경 **표지 그림** 김참새 **관리** 남영애 김명희

펴낸곳 그책 **출판등록** 2007년 11월 29일(제13-237호)
주소 서울시 은평구 증산로9길 32(03496)
전화번호 02-333-3705 **팩스** 02-333-3748
페이스북 facebook.com/thatbook.kr
인스타그램 instagram.com/that_book

ISBN 979-11-92385-12-9 03850

그책은 (주)오픈하우스의 문학·예술 브랜드입니다.

NARZIß UND GOLDMUND
나르치스와 골드문트

헤르만 헤세 지음 | 배수아 옮김

그책

Hermann Hesse © gettyimages

차례

1장

마리아브론 수도원의 입구에는 두 개의 기둥이 받치는 아치형 지붕 문이 있다. 그 앞에는 튼튼한 줄기의 밤나무 한 그루가 길에 바짝 붙어 서 있는데, 원래는 남쪽이 고향인 품종이지만 오래전 한 순례자가 로마를 다녀오면서 가져와 심은 것이다. 둥그스름하게 휘어진 울창한 가지는 길 위로 부드러운 차양처럼 드리워 바람이 불어올 때마다 널찍하게 가슴을 펼치듯 숨을 쉬었다. 봄이 되면 주변 전체가 초록으로 파릇파릇해지고 수도원의 호두나무도 불그스름한 새 이파리를 내밀었지만, 아직 밤나무의 잎새가 돋아나려면 한참을 기다려야 했다. 그러다 밤이 가장 짧은 철이 가까워져서야 밤나무 잎줄기에 희미한 연두색 빛을 내뿜는 이국적인 꽃잎이 솟아나면서, 마치 무슨 경고처럼 가슴이 조여들 듯 아릿한 향기가 강렬하게 풍기는 것이다. 포도를 비롯한 과일 수확이 끝난 시월이면 누르스름하게 변한 가지들이 가을바람에 흔들리고 가시투성이 밤송이가 땅에 떨어졌는데, 이 밤들이 매년 잘 영그는 건 아니었다. 그래도 수도원의 생도들은 밤송이를 얻겠다고 치고받는 일이 흔했으며, 프랑스어 지역 스위스 출신인 그레고르 부원장은 자기 방 난롯불에 밤을 굽기도 했다. 수도원 입구 아치문 위로 아름답게 드리운 밤나무 가지들이 바람에 휘날리는 모습은 사랑스러운 동시에 이국적이었다. 다른 기후대에서 온 이 손님이 예민한 체질로 가볍게 추위를 타는 모습은, 건물 입구 양쪽에 선 두 개의 날씬한 사암 기둥과 창틀을 장식한 석조물, 처마 장식물이나 다른 기둥과 은밀한 유사성으로 조화를 이뤄서 프랑스나 이탈리아에서 온 이들에게 사랑을 받았다. 하지만 정작 이 고장 사람들은 낯선 이방인을 대하듯 놀랍고 이상스레 여길 뿐이었다.

이 외국산 나무 아래로 벌써 여러 세대의 수도원 생도들이 지나갔다. 석판을 팔에 끼고, 떠들고 웃어대며, 장난치고 싸우며, 계절에 따라서 맨발이거나 혹은 신발을 신고, 입에는 꽃송이를 물고, 이빨 사이에서 호두를 깨며 또는 눈뭉치를 손에 쥔 채로. 수도원에는 늘 새로운 생도들이 들어왔는데, 2년마다 그 얼굴이 바뀌었지만 대개는 비슷비슷하게 금발에 곱슬머리를 갖고 있었다. 공부가 끝난 뒤에도 상당수 생도들은 수도원에 남았고, 수련 수사를 거친 후 수도사가 되어 머리를 깎고 수도복을 입고 허리에는 끈을 매었다. 그들은 책을 읽고 아이들을 가르치며 늙어갔고, 그리고 죽었다. 그렇지 않은 생도들은 학업이 끝나면 부모의 손에 이끌려 기사의 성이나 상점, 수공업장에서 일을 배웠다. 그리고 세상으로 나가 경험을 즐기고 생업에 종사한 후 어른이 되어 한 번쯤 다시 수도원을 찾아왔는데, 자신의 아들을 데려와 신부에게 학생으로 맡기려는 것이었다. 그때 그들은 한동안 생각에 잠긴 얼굴로 밤나무를 올려다보며 미소를 지었고, 그 순간만큼은 다시금 자신을 잊을 수 있었다. 수도원 건물의 육중한 아치형 창문과 튼튼한 붉은 석조 기둥 사이에는 여러 개의 방과 강당들이 있었고, 그 공간에서 생활과 교육과 공부와 관리와 통제가 이루어졌다. 수도원에서는 다양한 예술과 학문을 다루었으며, 신실하고 세속적인, 밝고 어두운 지식을 세대에서 세대로 전수했다. 책을 썼고 주석을 만들고 체계를 창안하고 고문헌을 수집했으며, 그림이 들어간 필사본 원고에 색을 입히는가 하면, 민간신앙을 보존하면서 민간신앙을 비웃었다. 학식과 경건함, 간결함과 교활함, 복음의 지혜와 고대 그리스의 지혜, 백마법과 흑마법*, 모든 방향의 연구가 활발했고 모두 허용되었다. 그곳은 은둔의 공간이자 고행의 공간이면서, 서로 어울려 즐기는 삶이 가능한 곳이었다. 그때그때 수도원장의 인품에 따라, 그리고 당시의 지배적인 시대 분위기에 따라 무엇이 우선시되는지가 달라질 뿐이었다. 어떤 때는 널리 알려진 악령 전문가나 퇴마사가 있어서 방문객이 줄을 잇고, 어떤 때는 뛰어난 음악으로, 어떤 때는 치유의 기적을 행하는 신성한 능력의 수도사 때문에 유명세를 떨쳤으며, 어떤 때는 민물생선 수프나 사슴 간 파테* 요리로 이름이 나기도 했다. 유명세의 이유는 시대마다 달랐다. 그러나 수도사들과 생도들 중에는 시대의 구분 없이 신앙이 굳건한 자와 대충 적당히 하는 자, 금식하는 자와 피둥피둥 살찐 자들이 늘 섞여 있었다. 그곳에 와서 살다가 죽어간 많은 사람들 중에는 어느 시대

---

* 공식화된 마술과 음성적인 마술을 의미한다.
* 사슴의 간을 다져넣은 만두 요리.

든 늘 이런저런 유형의, 독특하고 기이한 자들이 있었다. 모든 이의 사랑을 받는 자와 모든 이의 두려움을 샀던 자, 선택받은 인간으로 보였던 자, 동시대의 다른 이들이 전부 잊힌 다음까지도 두고두고 회자되는 자들이 있었다.

마찬가지로 지금도 마리아브론 수도원에는 두 명의 특별한 인물이 있었다. 한 명은 늙었고 한 명은 젊었다. 기숙사와 교회당, 강의실을 가득 채운 수많은 수도원 형제들은 모두 그 둘을 알았고, 그 둘을 존경했다. 늙은 사람은 수도원장인 다니엘이고, 젊은 사람은 생도 나르치스였다. 나르치스는 이제 막 수련 생활을 시작했지만 재능이 너무도 뛰어났으므로 그동안의 관습에 비하면 파격적이게도 다들 선생이나 다름없이 대했는데, 특히 그리스어에서 그랬다. 수도원장과 수련수사, 두 사람은 수도원을 대표하는 중요 인물이어서 사람들의 주목을 끌었다. 호기심을 불러일으키고 감탄을 자아냈으며, 부러움의 대상, 그리고 은밀한 중상모략의 대상이기도 했다.

수도원장은 대다수로부터 사랑을 받았고, 적이 없었다. 그는 자비와 소박함, 겸허의 표상이었다. 단지 수도원의 학자들은 그를 사랑하면서도 살짝 얕잡아보는 시선을 거두지 않았다. 다니엘 수도원장은 성자일 수는 있겠지만 학자는 아니었기 때문이다. 그의 성품인 소박함이 곧 그의 지혜였다. 하지만 그의 라틴어 실력은 변변찮았고, 그리스어는 아예 몰랐다.

기회만 있으면 수도원장의 소박함을 비웃는 몇 안 되는 이들은 그만큼 더욱 나르치스에게 매혹되었다. 수려한 젊은이 나르치스

10

는 우아한 그리스어를 유창하게 말하는 신동이며, 흠잡을 데 없이 완벽한 예의범절이 몸에 배어 있었다. 그의 시선은 사색의 깊이를 드러내듯이 고요하면서도 강렬했고, 얇은 입술의 윤곽은 아름답고도 엄정한 인상을 주었다. 학자들이 나르치스를 사랑하는 가장 큰 이유는 그의 놀라운 그리스어 실력 때문이었다. 그러나 대부분의 사람들은 너무도 고귀하고 고결한 그의 품성 때문에 그를 사랑했고, 그에게 푹 빠져버린 이들도 많았다. 하지만 지나치게 침착하고 지나치게 차분하며 단 한 차례도 정중한 예의를 잊는 법이 없기 때문에, 그런 이유로 나르치스를 싫어하는 사람들도 상당수였다.

수도원장과 수련수사, 둘은 모두 각자의 방식으로 선택받은 자의 운명을 묵묵히 수행했다. 각자의 방식으로 자제했고, 각자의 방식으로 견뎌냈다. 두 사람은 수도원의 누구보다 서로에게 더욱 특별한 친밀감과 애착을 느꼈다. 하지만 그들은 결코 가까워지지 못했고, 둘 다 상대방에게서 따뜻함을 느낄 수도 없었다. 수도원장은 이 수련수사를 극히 신중하게, 극도의 배려심을 갖고 다루었다. 그의 태도는 희귀하고 예민한 존재, 아마도 위험스러우리만큼 너무 일찍 조숙해져버린 형제를 대하는 걱정스러움, 바로 그것이었다. 수련수사는 수도원장이 내리는 모든 명령에 순종했고 모든 충고를 따랐으며 모든 칭찬을 기꺼이 받아들일 뿐, 한 번도 어떤 이의를 제기하거나 기분 나빠하지 않았다. 수도원장의 판단에 따르면 나르치스의 유일한 악덕은 오직 오만함 한 가지뿐이었고, 만약 그렇다면 나르치스는 놀라운 솜씨로 자신의 오만함을 감쪽같이 숨기고 있는 셈이었다. 나르치스는 흠 잡을 구석이 없었다. 그는 완벽했고, 누구보다 뛰어났다. 학자들을 제외하면 그와 진정으로 친구가 될 수 있는 이는 거의 없었고, 범접할 수 없는 고상함이 그의 주변에 싸늘한 냉기처럼 흘러넘쳤다.

언젠가 고해성사를 마친 그에게 수도원장이 말했다. "나르치스, 난 자네에게 한 가지 가혹한 판단을 해왔다고 고백해야겠어. 자네를 오만하다고 여긴 적이 많았는데, 어쩌면 그게 잘못된 생각일지도 모르겠어. 젊은 친구, 자네는 너무도 외톨이야. 주변에 사람이 없어. 물론 숭배자들이야 많지만, 친구는 하나도 없지 않은가. '자네를 꾸짖을 만한 계기라도 있었으면' 하고 내가 얼마나 바랐는지 모른다네. 그런데 정말이지 단 한 번도 없더군. 다른 젊은이들처럼 자네도 한 번쯤 경솔하고 버릇없이 군다면 좋겠다고 생각할 정도였다네. 그런데 한 번도 그러지 않아. 이제는 자네가 걱정스러울 지경이야, 나르치스."

청년은 검은 눈동자로 노인을 올려다보았다.

"신부님, 조금도 걱정하실 필요가 없습니다. 제가 오만한 건 신부님 말씀대로 사실일지도 모르니까요. 그러니 제발 저를 벌해주세요. 저도 종종 스스로를 벌하고 싶을 때가 있습니다. 저를 독거방으로 보내주세요. 아니면 허드렛일을 임무로 주시던가요."

"안 되네. 그러기엔 자네는 너무 젊으니까." 수도원장이 대답했다. "게다가 자네의 언어와 사고는 너무도 높은 경지라서 허드렛일을 시킨다면 그건 신이 주신 천부적 재능을 허비하는 짓이야. 보나 마나 자네는 교사나 학자가 될 몸이지. 자네도 그걸 바라는 게 아닌가?"

"죄송합니다만 신부님, 저는 아직 무엇을 바라는지 정확히 모르겠습니다. 물론 앞으로도 계속 학문에서 기쁨을 얻을 게 확실합니다. 그건 달라질 수 없을 테니까요. 그렇다고 학문이 제가 가야 할 유일한 길이라는 생각은 들지 않습니다. 한 인간의 운명과 소명이 오직 자신의 소망으로만 결정되는 건 아닐 겁니다. 아마도 다른 것, 미리 정해진 섭리에 좌우될 수도 있을 테니까요."

나르치스의 말에 진지하게 귀를 기울이던 수도원장의 늙은 얼굴에는 흐뭇한 미소가 떠올랐다. "지금껏 내가 만나온 사람들은, 특히 젊은이들은 모두 예외 없이 섭리와 소망을 혼동하는 경향이 있었지. 그런데 자네의 말은 어쩐지 앞으로의 길을 미리 알고 있다는 듯 들리는군. 좀더 말해보게나. 자네는 어떤 섭리를 타고난 것 같은가?"

나르치스는 검은 눈동자를 반쯤 내리깔았다. 그러자 짙은 속눈썹이 그의 눈을 가려버렸다. 그는 말이 없었다.

"어서 말해보게." 한참을 기다린 수도원장이 재촉했다. 나르치스는 여전히 눈동자를 떨군 채로 나직한 음성으로 말하기 시작했다.

"신부님, 저는 수도원에서 일생을 보낼 거라고 믿습니다. 저는 수도사가 될 것이고, 신부가 될 것 같아요. 부원장이 될지도 모르고, 어쩌면 수도원장이 될 것 같기도 합니다. 제가 소망하기 때문에 그런 생각이 드는 건 아니에요. 저의 소망은 수도원의 직책이 아닙니다. 하지만 직책이 저에게 섭리로 주어질 것 같습니다."

두 사람은 한동안 침묵을 지켰다.

"어째서 그런 생각을 하게 된 거지?" 노인이 주저하며 물었다. "그래, 자네는 학식이 있어. 그런데 학식 이외의 또 다른 자질이 자네의 믿음을 뒷받침해주는 거지?"

나르치스가 천천히 대답했다. "저에게 인간의 본성과 운명을 알아차리는 느낌이 있기 때문입니다. 저뿐만 아니라 다른 사람들의 본성과 운명까지도요. 이런 자질을 타고났기 때문에 저는 다른 사람들을 다스리는 입장에서 다른 사람들에게 봉사하는 길을 찾아야 합니다. 수도사의 운명을 타고나지 않았다면, 저는 아마도 판사나 정치가로 살아야 했을 겁니다."

"가능한 얘기군." 수도원장은 고개를 끄덕였다. "자네는 인간의 본성과 운명을 알아차리는 능력을 구체적인 대상에게 실제로 확인한 적이 있나?"

"있습니다."

"한 가지 예를 들려줄 수 있고?"

"네, 그렇습니다."

"좋아. 수도원 형제들의 비밀을 당사자들 몰래 캐내서는 안 되니까 나에 대해 들려주게나. 자네의 수도원장 다니엘이란 사람을 어떻게 보았는지 말이야."

나르치스는 눈을 크게 뜨고 수도원장의 눈을 똑바로 마주 보았다.

"명령인가요, 신부님?"

"그래, 명령이야."

"말씀드리기 무척 어려운데요, 신부님."

"자네에게 말하라고 시키는 내 입장도 무척 어려운 건 마찬가지야. 하지만 그래도 시켜야겠어. 자, 말해보게!"

고개를 푹 숙인 나르치스는 속삭이듯이 작은 목소리로 말했다. "제가 신부님에 관해 아는 내용은 참으로 빈약합니다. 신부님은 커다란 수도원을 운영하는 일보다 염소를 몰고 독거방에서 종을 치고 농부들의 고해를 들어주는 일을 더욱 사랑하는 신의 종이세요. 성모 마리아를 특별히 사랑하셔서 그분에게 대개의 기도를 올리십니다. 수도원에서 이루어지는 그리스어를 비롯한 여러 학문 연구들이 신부님에게 맡겨진 영혼들에게 혼란이나 위험이 되지 않기를 기도하고, 그레고르 부원장을 대할 때 인내심을 잃지 않기를 기도합니다. 그리고 평안한 죽음을 맞게 해달라고도 기도합니다. 저는 원장님의 기도가 응답받을 것이고, 그래서 평화로운 죽음을 맞이할 것으로 믿습니다."

수도원장의 작은 접견실에는 정적이 흘렀다. 마침내 원장이 입을 열었다.

"자네는 몽상가야. 그래서 환영幻影을 보는 거지." 백발의 노인이 다정하게 말했다. "아무리 경건하고 우호적인 환영이라 해도 사람을 현혹시킬 수 있어. 그러니 그것들을 믿지 말게나. 나 역시 환영을 믿지 않으니까. 몽상가인 자네, 이 문제에 대해 내가 어떤 마음을 갖는지 맞춰볼 수 있겠나?"

"신부님은 이 문제를 매우 우호적으로 생각하시는 게 보입니다. 구체적으로 이런 생각이죠. '이 젊은 친구는 좀 위험한 것 같아. 환영을 보고, 아마도 명상을 너무 많이 하는 듯해. 보속*을 내리는 편이 좋을 것 같군. 그게 나을 거야. 그런데 이 친구에게 내릴 보속을 나에게도 내려야겠어.' 지금 신부님의 머릿속에서 스친 생각입니다."

수도원장은 자리에서 일어섰다. 그리고 수련수사에게 작별의 손짓을 했다.

"이만하면 됐어." 원장이 말했다. "젊은 친구, 자네의 환영을 너무 심각하게 받아들이지는 말게나. 신이 우리에게 요구하는 것은 환영을 보는 일 말고도 무수히 많으니까. 자네가 어느 늙은이에게 평화로운 죽음을 약속해줌으로써 그를 안심시켰다고 가정해보세. 그 늙은이는 한순간이나마 자네의 약속을 들으며 얼마나 기분이 좋았겠나. 그럼 족한 거야. 내일 아침 미사를 마치고 묵주 기도를 바치게. 겸허하게 헌신을 다해서 바쳐야 할걸세. 그냥 형식적으로 하지 말고. 나도 똑같이 기도를 바칠 테니까. 이만 가보게, 나르치스. 오늘 이야기는 충분히 했으니."

언젠가는 수도원의 가장 젊은 교사 신부가 가르치는 교과의 한 대목에서 의견이 갈려 교사와 나르치스 사이에 분쟁이 생기는 바람에 다니엘 수도원장이 직접 조정에 나서야 했다. 나르치스는 수업 내용 중 어느 한 부분을 바꿔야 한다고 매우 강력히 주장했고, 상당히 설득력 있는 근거를 제시했다. 하지만 로렌츠 신부

---

* 補贖. 죄로 인한 나쁜 결과를 보상하는 일.

는 모종의 질투심 때문에 그의 말을 받아들이지 않았다. 그 문제로 대화를 할 때마다 둘은 기분이 상한 나머지 며칠씩 말도 하지 않고 잔뜩 시무룩한 얼굴로 다녔다. 참다못한 나르치스가 확실히 하려고 그 문제를 다시 들고 나오면 처음부터 되풀이되는 식이었다. 마침내 교사의 자존심이 훼손당했다고 느낀 로렌츠 신부가 말했다. "나르치스, 이제 그만하지. 자네도 알다시피 결정권은 나에게 있지 자네에게 있는 게 아니잖아. 자네는 나의 동료 교사가 아니라 보조야. 그러니 내 말을 따르는 것이 원칙이지. 하지만 자네가 그 문제를 그리도 중대하게 여기고, 내가 자네보다 직위는 높아도 지식이나 재능이 더 뛰어난 건 아니니 어떤 결정을 내리지는 않겠네. 대신 이 문제를 수도원장님께 가져가서 의논을 드리고, 원장님의 결정에 따르는 것이 좋겠어."

그들은 수도원장에게 갔고, 다니엘 수도원장은 문법 수업에 관한 두 학자의 견해를 인내심을 갖고 온화한 태도로 끝까지 경청했다. 두 사람이 각자의 의견을 상세히 펼치고 근거도 설명하자 노인은 흡족한 눈빛으로 그들을 보며 백발의 머리를 살짝 흔들었다. 그리고 말했다. "자네들은 믿으려 하지 않지만, 솔직히 나 역시 이런 문제는 자네들보다 아는 게 없다네. 나르치스가 수업에 이토록 열성을 갖고 교과를 개선하려고 애쓰다니 칭찬할 만하군. 하지만 상급자가 다른 의견을 갖고 있다면 나르치스는 입을 다물고 상급자를 따라야 한다네. 교과의 개선이 아무리 중요해도 수도원의 질서와 복종의 계율이 무너진다면 무슨 의미가 있겠나. 양보할 줄 몰랐으니 그건 나르치스의 잘못이야. 내가 젊

17

은 학자들에게 해주고 싶은 말은 자네들만큼 똑똑하지 못한 상급자가 앞으로도 늘 있었으면 하는 거라네. 오만을 다스리는 데는 그게 최고의 방책이니까." 이런 선의의 농담과 함께 원장은 그들을 돌려보냈다. 하지만 두 교사가 다시 원만하게 의견을 조율하는지 지켜보는 것을 잊지 않았다.

　수많은 얼굴들이 왔다가 가버리는 수도원에 새로운 얼굴이 나타났다. 그 얼굴은 보자마자 금세 잊히는 평범한 얼굴이 아니었다. 이미 한참 전에 아버지가 등록해놓은 신입생은 어느 봄날 정식 입학을 위해 수도원에 도착했다. 아버지와 아들이 밤나무에 말을 매놓는 동안 현관에서 수위가 맞으러 나왔다.

　소년은 아직도 겨울이나 마찬가지로 앙상한 밤나무 가지를 올려다보았다. "이런 나무는 본 적이 없어요. 정말 아름답고 특이하게 생겼어요! 이름이 뭔가요?"

　초로의 신사인 아버지는 근심스러운 얼굴을 살짝 찌푸리고 있었는데, 소년의 질문에는 신경도 쓰지 않았다. 하지만 소년을 보자마자 첫눈에 호감을 느낀 수위는 친절하게 나무 이름을 알려주었다. 소년은 수위에게 살갑게 감사 인사를 하고 손을 내밀었다. "저는 골드문트라고 해요. 여기 학교를 다니려고 왔답니다." 소년에게 다정한 미소를 보인 수위는 앞장서서 현관을 통과하여 방문객을 널찍한 계단으로 인도했다. 전혀 머뭇거리는 기색 없이 수도원으로 들어선 골드문트는 벌써 친구가 될 만한 존재를 둘이나 만난 기분이었다. 그건 바로 밤나무와 수위였다.

그들은 일단 학교장 신부님을 만났고, 저녁 무렵에는 수도원장과도 인사를 나누었다. 황제의 궁정에서 근무하는 관리인 소년의 아버지는 두 번의 자리에서 모두 아들 골드문트를 소개했다. 아버지는 수도원 손님으로 며칠 머물러 달라고 초대를 받았으나, 하룻밤만 머물고 돌아가야 한다며 거절했다. 그는 타고 온 두 마리 말 중 한 마리를 수도원에 선물로 주고 싶다고 밝혔고, 그것은 받아들여졌다. 성직자들과의 대화는 점잖고 격식을 차린 분위기에서 진행되었다. 하지만 공손하게 입을 다문 골드문트를 향한 수도원장과 교장 신부의 시선은 기쁨으로 가득했다. 아름답고 순한 소년이 그들의 마음에 쏙 들었던 것이다. 다음날 성직자들은 부담 없이 아버지를 배웅했고, 소년을 수도원 학생으로 기꺼이 맞아들였다. 골드문트는 교사들과 인사를 나누고 학생들의 공동 침실에 침대를 배정받았다. 떠나는 아버지와 아쉬운 얼굴로 공손하게 작별을 고한 소년은 멀어지는 아버지의 뒷모습을 한참 바라보았다. 아버지는 곡물창고와 방앗간 사이, 수도원 외곽 마당의 좁다란 아치형 문을 지나 사라져버렸다. 소년이 돌아섰을 때, 긴 금빛 속눈썹에는 한 방울 눈물이 맺혀 있었다. 그런 모습으로 소년이 다가오자, 수위가 어깨를 다정하게 툭 치며 위로하듯이 말했다.

"젊은 양반, 슬퍼할 필요 없어. 여기 오면 대부분 약간이라도 향수병에 걸리지. 아버지, 어머니, 형제들이 생각나겠지. 하지만 조금만 지나면 알 거야. 여기도 살 만하다고, 전혀 나쁘지 않다고 말이야."

"고마워요, 아저씨." 소년이 말했다. "저는 형제도, 어머니도 없어요. 아버지 한 분뿐이에요."

"대신 여기엔 또래 아이들이 있고, 학문과 음악이 있고, 그리고 네가 아직 모르는 놀이도 있지. 이런저런 것들이 많으니 곧 경험하게 될 거다. 혹시 마음 편한 친구가 필요하면 언제든지 내게로 오거라."

골드문트는 수위를 향해 미소 지었다. "아저씨 정말 감사합니다. 부탁이 있는데 들어주시겠어요? 아버지가 두고 가신 말이 어디 있는지 가르쳐주세요. 말에게 인사하고 싶어서요. 여기서도 잘 지내는지 보고 싶구요."

수위는 소년을 데리고 곡물창고 옆 마구간으로 갔다. 아침이 밝아오는 어스름한 빛 속에서 말 냄새가 코를 찔렀고, 말똥 냄새와 보리 냄새도 풍겨왔다. 마구간의 한 칸막이에 골드문트가 타고 온 갈색 말이 서 있었다. 주인을 알아본 말이 밖으로 고개를 내밀자 골드문트는 말의 목을 두 손으로 잡았다. 그리고 흰 점이 있는 널찍한 말의 이마에 뺨을 갖다 대고 부드럽게 쓰다듬으며 귓가에 속삭였다. "잘 있었니, 착한 점박이. 잘 지낸 거지? 아직도 날 좋아하지? 먹을 건 충분하니? 집 생각은 안 나고? 내 점박이, 귀여운 것, 너도 남아서 얼마나 좋은지 몰라. 내가 자주 살펴줄게." 소년은 소매에서 아침 식사 때 챙겨둔 빵조각을 꺼내 잘게 부셔서 말에게 먹였다. 그리고 작별 인사를 했다. 수위를 따라 수도원 마당을 통과했다. 수도원 마당은 대도시의 시장 광장처럼 넓고, 곳곳에 보리수나무가 서 있었다. 수도원 내부로 통하는

20

문에 도착한 소년은 수위에게 감사 인사와 함께 악수를 하려다가 어제 안내받은 교실로 가는 길이 생각나지 않는 것을 깨달았다. 살짝 웃음이 터지면서 얼굴이 빨개진 소년은 수위에게 안내를 부탁했고, 수위는 기꺼이 부탁을 들어주었다. 골드문트가 십여 명의 소년 생도들이 긴 의자에 앉아 있는 교실로 들어서자, 보조교사 나르치스가 돌아보았다.

"새로 입학한 골드문트라고 합니다."

미소도 띠지 않은 얼굴로 짧게 인사한 나르치스는 교실 뒷자리를 가리킨 다음 수업을 계속했다.

골드문트는 자리에 앉았다. 그는 교사가 너무도 젊어서, 자신보다 나이가 겨우 서너 살 많아 보여서 놀랐다. 젊디젊은 교사가 너무도 수려하고, 너무도 품격 있고, 너무도 진지하고 매혹적이어서 자신도 모르게 마음을 빼앗기고 말았으며, 그 사실을 깨닫자 놀라면서도 기쁜 나머지 가슴이 두근거렸다. 수위는 첫날부터 참으로 친절했고, 수도원장은 그를 다정하게 맞아주었으며, 바깥의 마구간에는 점박이까지 있으니 이곳은 고향이나 다름없지 않은가. 그런데 이 젊은 교사는 얼마나 놀라운지. 진지한 태도는 학자와 같고 고결하기는 왕자나 다름없으며 차분하게 감정을 억제한, 침착한 음성은 도저히 거역할 방도가 없게 사람을 송두리째 쥐고 흔드는구나! 골드문트는 수업 내용이 무엇인지 당장은 알아들을 수 없었지만 감사의 태도로 귀를 기울였다. 마음이 흡족했다. 이곳에는 좋은 사람들, 매력 넘치는 사람들이 있고, 골드문트는 그들을 사랑할 준비가, 그들과 우정을 맺을 준비가 되어 있었다. 아침에 침대에서 눈을 떴을 때만 해도 마음이 울적하고 답답한 데다 긴 여행의 피곤이 풀리지 않은 상태였다. 아버지와 헤어지는 순간에는 몇 방울 눈물도 흘러내렸다. 그런데 이제기분이 좋아졌고 만족스러웠다. 그의 시선은 젊은 교사에게서떠날 줄 몰랐다. 교사의 팽팽하고 날씬한 몸매, 냉정한 광채를 발하는 눈동자, 분명한 발음으로 또박또박 정확한 음절을 말하는입술, 그리고 지칠 줄 모르는 활기찬 목소리를 접하며 황홀한 기쁨을 느꼈다.

그러나 수업이 끝나고 학생들이 떠들며 자리에서 일어섰을 때골드문트는 화들짝 놀라서 정신을 차렸고, 자신이 수업 내내 졸았다는 사실을 깨닫고는 몹시 부끄러웠다. 뿐만 아니라 그가 조는 모습을 본 옆자리 학생들이 수군거리면서 다른 학생들에게알려버린 것이다. 젊은 교사가 교실을 나가기 무섭게 골드문트에게 몰려든 학생들은 사방에서 그의 옷자락을 잡아당기는가 하면 몸 여기저기를 쿡쿡 찔러댔다.

"푹 주무셨어?" 학생 하나가 이죽거리며 물었다.

"장래가 촉망되는군!" 또 다른 학생이 비꼬았다. "장차 교회의등불이 되시겠어. 첫 시간에도 기도하느라 눈을 못 뜨니 말이야."

"이 꼬마를 침대로 데려다주자!" 누군가 제안하자 그들은 달려들어 골드문트의 팔다리를 움켜잡더니 요란하게 웃어대면서 그를 들고 가려 했다.

이런 황당한 취급을 당하자 골드문트는 화가 치밀었다. 그는빠져나오려고 발버둥 쳤으나 도리어 얻어맞고 바닥에 나동그라지고 말았다. 아직도 한 명이 그의 발을 붙잡고 있었다. 골드문트는 힘껏 몸을 비틀어 아이에게서 발을 빼내고, 가장 가까이 서 있는 아이에게 다짜고짜 덤벼들었다. 둘은 금세 엎치락뒤치락 격렬한 싸움을 벌였다. 골드문트의 상대는 힘이 센 아이였다. 신이 난 학생들은 잔뜩 흥분해서 싸움을 구경했다. 골드문트는 힘 센 아이를 상대하면서도 결코 굽히지 않았고, 더구나 꽤 괜찮은 펀치까지 몇 대 먹였으므로 이것만으로도 아직 이름조차 모르는 아이들 중에서 몇 명의 친구를 확보한 셈이었다. 그런데 어느 순간 아이들이 순식간에 황급히 달아나버리고 말았다. 동시에 교장인 마르틴 신부가 교실로 들어오는 것이었다. 신부는 홀로 남겨진 소년 앞에 섰다. 그러고는 상처 난 얼굴이 새빨갛게 달아오르고, 푸른 눈동자에 당혹스러운 빛이 가득한 소년을 놀란 눈으로 바라보았다.

"이게 무슨 일이냐?" 신부가 물었다. "넌 골드문트구나, 그렇지? 못된 녀석들에게 얼마나 당했길래 얼굴이 그 모양이냐?"

"아니에요. 저도 그 애를 두들겨 패줬으니 상관없어요."

"그 애가 누군데?"

"모르겠어요. 아직 다른 아이들 이름을 몰라서요. 한 명이 나랑 싸웠다는 것만 알아요."

"그렇단 말이지? 그럼 그 애가 먼저 싸움을 건 거냐?"

"모르겠어요. 아니, 아니에요. 제가 먼저 싸움을 걸었던 것 같아요. 애들이 먼저 놀렸거든요. 그래서 화가 났어요."

"알았다. 너 시작부터 아주 대단하구나. 하지만 명심해라. 한 번만 더 교실에서 주먹질을 벌인다면 벌을 받아야 해. 알아들었으면 식사 시간이니 밥을 먹으렴, 어서!"

교장 신부는 부끄러워하며 달려가는 골드문트의 뒷모습을, 달려가면서 도중에 헝클어진 연한 금발을 손가락으로 빗어넘기는 모습을 미소 띤 표정으로 지켜보았다.

골드문트는 스스로의 생각에도 수도원에서의 첫 행동은 아무리 잘 봐준다 해도 한심한 꼴불견이었다. 그래서 뉘우치는 마음으로 식사 시간에 같은 학급 아이들을 찾아보았다. 그런데 아이들은 골드문트를 점잖고도 다정하게 맞아주었다. 그는 조금 전 싸웠던 아이와 정중히 화해했고, 비로소 동급생들에게 친구로 받아들여졌음을 느꼈다.

2장

이제 골드문트는 수도원 식구들과 좋은 관계를 맺게 되었지만, 진정한 친구라고 할 만한 벗은 쉽게 찾지 못했다. 학생들 중에는 그에게 특별한 끌림이나 감정을 느끼게 하는 대상이 없었다. 아이들은 어리둥절해했다. 잽싸고 과감하게 주먹을 날리던 골드문트를 멋진 싸움꾼으로 추앙하고 싶었는데, 알고 보니 지극히 온화한 천성에 모범생의 표본을 보여주겠다는 듯 노력하는 모습이었기 때문이다.

골드문트는 수도원에서 마음이 강하게 끌리는 두 사람을 발견했다. 그들이 좋았고, 늘 그들 생각으로 머리가 가득하며, 그들에게 감탄과 사랑, 경외의 감정을 느꼈다. 그들은 다니엘 수도원장과 보조교사 나르치스였다. 수도원장은 그에게 성자나 다름없었다. 수도원장의 소박함, 선량함, 맑고 세심한 눈길, 명령과 지휘를 지극히 겸허하게 하나의 임무로 수행하는 태도, 선의에 넘치는 고요한 거동, 모든 것이 골드문트를 강하게 매혹시켰다. 할 수만 있다면 정말이지 이 신실한 사람의 몸종이 되어서 평생 복종하고 시중을 들면서 살고 싶었다. 자신을 몽땅 내던져 헌신하고 싶은 소년다운 열망을 그에게 영원한 제물로 바치고, 그로부터 순수하고 고결한 성인의 삶을 배우고 싶었다. 골드문트는 수도원 학교를 졸업하고 떠나는 것이 아니라 계속, 가능하다면 일생 동안 수도원에 머물며 자신의 삶을 신에게 바치겠다고 마음을 굳혔다. 그것은 그의 뜻이었고, 부친의 소망이자 명령이었으며, 아마도 신의 섭리이자 요구인지도 몰랐다. 눈부시게 아름다운 소년에게 그런 그늘이 있으리라고는 아무도 알아차리지 못했겠지만, 소년은 태어날 때부터 무거운 운명의 짐을 지고 있었다. 그것은 속죄와 희생의 삶을 살도록 비밀스럽게 부과된 섭리, 원초적인 짐이었다. 수도원장조차 소년의 타고난 운명을 눈치채지는 못했다. 그와 관련하여 아버지가 몇 마디 암시를 하면서, 아들이 일생 동안 수도원에서 지내기를 바란다고 분명한 소망을 피력했는데도 말이다. 골드문트의 출생은 비밀스러운 오점으로 얼룩져 있고, 그래서 침묵해야 하는 그 무엇이 속죄를 강요하고 있다는 묘한 의미였다. 하지만 수도원장은 골드문트의 아버지가 썩 마음에 들지 않았기에, 그의 살짝 거드름 피우는 태도에 그냥 예의를 차려서 거리를 두고 응대했을 뿐이고, 그가 한 말이나 암시에도 별다른 의미를 부여하지 않았다.

골드문트에게 애정을 불러일으킨 또 하나의 인물은, 더 예리하게 관찰했고 더 많은 것을 짐작했으나, 자신의 생각을 겉으로 표현하지 않았다. 나르치스는 사랑스러운 금빛 새가 자신을 향해 날아왔음을 충분히 직감했다. 스스로의 고결함 속에서 혼자인 그는 모든 면에서 정반대처럼 보이는 골드문트가 사실은 자신과 같은 유형의 인간임을 즉시 알아차렸다. 검은 머리에 마른 체격인 나르치스에 비해 골드문트는 피어나는 꽃송이처럼 밝고 찬란했다. 나르치스는 철학자에 분석가였지만, 골드문트는 몽상가에다 어린아이처럼 천진난만해 보였다. 하지만 그런 표면적인 대립성은 그들의 공통점을 더욱 강하게 만들 뿐이었다. 둘은 모두 고결했다. 두 사람 모두 재능과 개성이라는 면에서 다른 이들보다 확연히 뛰어났다. 두 사람은 어떤 특별한 경고를 받고 세상에 태어난 운명이었다.

불이 붙은 듯 정신없이 나르치스는 이 어린 영혼에게 빨려 들어갔고, 그의 성향과 운명을 금세 파악했다. 골드문트는 머리가 영리하면서 뛰어난 실력을 갖춘 수려한 교사에게 아낌없는 경탄을 바쳤다. 하지만 골드문트는 수줍은 성격이었다. 나르치스의 마음을 사기 위해서 지쳐 떨어질 때까지 공부하는 길, 정신을 집중해서 한마디도 놓치지 않는 학구열 높은 학생이 되는 길 말고 다른 방법을 찾지 못했다. 그가 나르치스에게 다가가지 못하는 건 수줍음 때문만은 아니었다. 나르치스와 가까워지는 것이 자신에게 위험일지도 모른다는 막연한 예감이 있었기 때문이다. 그는 선량하고 겸허한 수도원장을 이상적인 본보기로 삼을 수 없었고, 반대로 과도하게 영리하며 학식이 뛰어나고 예리한 지성을 가진 나르치스 역시 본보기는 아니었다. 그래도 젊음이 가진 격렬한 에너지를 바쳐서 이상적인 두 유형, 서로 융합할 수 없는 두 인물의 뒤를 따르기를 멈추지 않았다. 종종 그는 괴로움에 빠졌다. 수도원에 들어오고 몇 달 동안은 자주 혼란스러웠고, 마음의 갈피를 잡기가 힘들었다. 어떨 때는 모두 포기하고 달아나고 싶었으며, 다른 학생들과 어울려 난감한 심정과 억눌린 화를 분출하고 싶은 유혹도 자주 느꼈다. 급우들의 사소한 놀림이나 악의 없는 장난에도 급격하게 짜증이 치밀어 오르며 터져 나오는 분노를 감당할 수 없어서, 매번 극도의 인내심을 발휘하여 감정을 다스리고 두 눈을 감은 채 시체처럼 창백해진 얼굴로 아무 말 없이 돌아서야만 했다. 그럴 때마다 골드문트는 마구간을 찾아가 점박이의 목에 머리를 대고 입 맞추며 눈물을 흘렸다. 그의 번민은 점점 커져서 겉으로 드러날 정도가 되었다. 골드문트의 뺨은 홀쭉해졌고, 눈빛의 광채가 사라졌으며, 모든 이에게 사랑받던 환한 미소도 좀처럼 보기 힘들어졌다.

골드문트는 스스로 자신의 상태가 어떤지 실감하지 못했다. 그는 오직 훌륭한 학생이 되어야겠다는 것, 그래서 얼른 수련수사로 들어가 사제들의 신실하고 조용한 형제가 되겠다는 열망만을 갖고 있었다. 자신이 모든 능력과 재능을 바쳐서 신실하고도 온유한 목적을 향해 열심히 나아가고 있다고, 그는 진심으로 그렇게 믿었고 다른 일에는 전혀 눈길을 주지 않았다. 그런데 그처럼 아름답고 소박해 보이는 목적에 이르기가 이다지도 어렵다니, 그는 이해할 수 없이 이상하고도 슬픈 기분에 빠져들었다. 자신에게 비난받아 마땅한 성향이나 단점이 있음을 알게 되자 깊은 낙담과 함께 스스로가 멀고 낯설게 느껴졌다. 공부할 때 정신이 산만해지거나 불쑥불쑥 반발하고 싶어졌고, 수업 시간에 공상의 나래를 펼치거나 조는가 하면, 라틴어 교사에게 반항심과 거부감이 들었고, 급우들을 대하면 짜증이 나면서 만사가 참기 힘들어졌다. 그중에서도 특히 나르치스를 향한 사랑이 아무리 애를 써도 수도원장을 향한 애정과 화합할 기미를 보이지 않는다는 것이 가장 혼란스러웠다. 그 와중에도 골드문트는 간혹 마음속 깊은 곳에서 어떤 확신을 느꼈는데, 나르치스도 그를 사랑하고 있으며, 그와 마음으로 연결되어 있고, 그를 기다리고 있다는 믿음이었다.

　나르치스는 소년의 짐작보다 훨씬 더 소년을 생각하고 있었다. 귀엽고 환하며 사랑스러운 이 소년과 친구가 되기를 열망했고, 소년 안에 자신을 보완해줄 반대편 극점이 있음을 예감했다. 소년을 자신에게로 받아들여서 이끌어주고 싶었고, 깨우쳐주고 상승시켜주고 활짝 피어나게 해주고 싶었다. 하지만 그는 앞으로 나서지 않았다. 거기에는 수많은 이유가 있었고, 나르치스 자신도 그 이유를 인식하고 있었다. 그를 꼼짝 못하게 묶어두는 것은 수도원에서 드물지 않게 일어나는 일인데, 학생이나 수련수사에게 애정을 품는 교사나 수도사들에 대한 혐오감이었다. 자신도 나이 든 수도사들의 탐욕스러운 시선이 온몸에 달라붙는 걸 느낄 때 얼마나 소름이 끼쳤던가. 그들이 다정스레 다가와 자신을 어린아이 다루듯 주무르려고 할 때마다 차가운 침묵의 방어로 응대하지 않았던가. 이제 그런 자들이 이해가 간다. 자신도 귀여운 골드문트를 사랑하고 싶고, 아리따운 그 입에서 웃음이 터지게 만들고 싶고, 부드러운 손길로 소년의 밝은 금발을 쓰다듬어주고 싶다는 유혹을 느끼기 때문이다. 하지만 그는 결코 그렇게 하지 않으리라. 게다가 나르치스는 보조교사라는 직책상 교사나 같은 위치이지만, 교사의 직위나 권위는 갖지 못한 입장이므로 더욱 조심스럽고 신중한 행동이 몸에 배어 있었다. 그는 겨우 서너 살 나이 어린 학생들을 마주할 때 마치 스무 살쯤 나이가 많은 사람인 양 근엄하게 구는 편이었고, 특정한 학생을 편애하지 않도록 스스로 엄격하게 금했으며, 반대로 자신의 마음에 들지 않는 학생일수록 더욱 공정하게 대하고 억지로라도 배려하는 습관이 있었다. 그의 임무는 정신에 대한 복무였고, 그의 엄격한 삶은 정신에게 헌정된 것이므로 오직 남몰래, 아무에게도 들키지 않는 비밀스러운 찰나에만 자신의 오만을, 자신의 학식과 영리함을 즐기곤 했다. 그러니 골드문트와의 우정이 아무리 유혹적이라 해도, 그건 너무도 위험했다. 그 우정으로 인해 그의 삶의 핵심이 침해받을 수 있었다. 그에게 삶의 핵심과 의미는 정신에의 복무, 언어에의 복무였으며, 자신의 이익을 포기한 채 고요하고도 우월한 지휘자로서 학생들을—물론 자신의 학급 학생들뿐만이 아니라—숭고한 정신적 목표로 이끄는 일이었다.

골드문트가 마리아브론 수도원에 들어온 지도 일 년이 훌쩍 넘었다. 그동안 수도원 마당의 보리수와 아름다운 밤나무 아래서 다른 학생들과 어울려 달리기, 공놀이, 산적 놀이, 눈싸움 등 온갖 놀이를 수백 번도 넘게 했다. 봄이 왔다. 하지만 골드문트는 피곤하고 몸이 좋지 않았다. 두통도 잦아서 수업시간에 정신을 차리고 집중하는 데 애를 먹었다.

그러던 어느 날, 아돌프가 말을 걸어왔다. 아돌프는 그가 처음 학교에 온 날 주먹질하며 싸웠던 아이로, 지난겨울부터 저녁 식사를 마친 후에 유클리드 기하학 공부를 함께 시작한 참이었다.

원래 저녁 식사를 마친 후에는 자유시간으로, 공동침실에서 장난을 치거나 휴게실에서 잡담을 나누고 수도원 외곽 마당으로 산책을 나가는 것이 허락되었다.

아돌프는 골드문트를 층계 아래쪽으로 끌면서 말했다. "골드문트, 할 얘기가 있어. 재미있는 얘기야. 하지만 넌 반듯한 모범생이니 언젠가 주교님이 되고 싶겠지. 그러니 먼저 약속해줘. 의리를 지켜서 교사들에게 일러바치지 않겠다고 말이야."

골드문트는 두말 않고 약속했다. 수도원의 명예가 있는가 하면 학생들 간의 명예라는 것도 있었다. 종종 두 가지는 서로 상충했고 그도 잘 알고 있었다. 하지만 세상 어디나 그렇듯이 문서화된 규율보다 그렇지 않은 규율이 더 강력한 법이다. 그는 자신이 학생으로 있는 한 학생들 사이의 규율과 명예를 어기고 싶지 않았다.

아돌프는 소곤소곤 이야기하며 그를 건물 밖 나무 아래로 데리고 나왔다. 아돌프에 따르면 자신을 포함한 담대한 몇몇의 학생들이 예전부터 내려오는 수도원의 전통에 따라 자신들이 수도사가 아님을 상기하기 위해 하룻밤 수도원을 빠져나가 마을로 가기로 했다는 것이다. 이건 순전히 재미 삼아 하는 모험이며, 제대로 된 남자라면 마다할 이유가 없고, 게다가 밤에 다시 수도원으로 돌아올 거라고 했다.

"하지만 밤에는 수도원 문이 잠길 텐데." 골드문트가 이의를 제기했다.

물론 밤에는 잠기겠지. 하지만 이 일의 진짜 묘미가 거기에 있다. 아무도 모르는 비밀통로로 출입할 수 있으니까. 게다가 이번이 처음도 아니고.

듣다보니 골드문트도 떠오르는 것이 있었다. "마을로 간다"는 말을 들은 적이 있는데, 그것은 학생들이 밤에 몰래 밖으로 나가서 온갖 은밀한 향락과 모험을 즐기고 온다는 뜻으로, 수도원 규율에 의해 엄벌에 처해졌다. 일의 중대함을 깨닫자 그는 깜짝 놀랐다. "마을로 간다." 그것은 죄였다. 그것은 금지된 일이었다. 하지만 그런 이유로 '제대로 된 남자들' 사이에서 이 위험을 감행하는 것이 학생의 명예라고 인정받는다는 것, 이 모험에 도전하도록 초대받은 것 자체가 모종의 훈장을 의미한다는 것도 이해할 수 있었다.

골드문트는 싫다고 거절하고 침대로 돌아가 쉬고 싶었다. 젖은 솜처럼 피곤하고 기분은 완전히 가라앉았으며 오후 내내 두통에 시달린 탓이다. 하지만 아돌프에게 그렇게 말하기가 수치스러웠다. 누가 알겠는가, 수도원 바깥으로 모험을 떠나면 멋지고 신기한 일이 기다리고 있어서 두통과 멍한 기분, 저조한 상태가 나아질지. 세상으로 잠시 소풍을 가는 거다, 은밀하고 금지된 소풍이고 크게 자랑할 만한 일은 아니겠지만, 그래도 해방감을 체험하는 일이지 않은가. 열심히 설득하는 아돌프의 말을 망설이면서 듣고 있던 골드문트는 갑자기 웃으면서 그러겠다고 승낙했다.

그들은 어둠이 내린 널찍한 수도원 마당 보리수나무 아래로 숨어들었다. 이 시간이면 외부로 통하는 문은 잠겨 있었다. 아돌프는 골드문트를 방앗간으로 이끌었다. 그곳은 늘 어두컴컴하고 바퀴 돌아가는 소음이 있어서 쥐도 새도 모르게 살짝 빠져나가기에 적합했다. 창문을 넘자 사방은 완전히 깜깜해져 있었다. 그들은 축축하고 미끈미끈한 널빤지 더미로 내려섰다. 널빤지를 빼내서 시냇물에 걸치고 그 위를 건넜다. 그러자 그들은 이미 수도원 밖에 있었다. 그들이 서 있는 군사용 도로는 흐릿한 흰빛으로 어른거리며 짙은 숲속으로 이어졌다. 모든 것이 흥분되고 신비스러웠다. 소년들의 마음이 벅찼다.

숲 언저리에는 미리 온 다른 급우 콘라드가 기다리고 있었다. 다시 한참을 기다리자 또 한 명이 나타났다. 키 큰 에버하르트였다. 넷은 행진하듯이 숲을 가로질렀다. 머리 위로는 야행성 새들이 날개를 퍼덕였고, 고요하게 정지한 구름 사이에서 몇 개의 별들이 밝고 촉촉하게 반짝였다. 콘라드가 우스갯소리를 했고, 다른 소년들은 간혹 웃음을 터트렸다. 하지만 어딘지 불안하고도 설레는 밤의 정기가 소년들의 마음을 뒤덮어서 가슴은 점점 거칠게 두근거렸다.

한 시간이 못 되어 숲의 반대편이 나왔고 그들은 마을에 도착했다. 마을은 모두 잠든 것 같았다. 어둠 속에서 희미하게 보이는 나지막한 박공지붕들 여기저기에 대들보의 뼈대가 검게 박혀 있었다. 어디에도 불빛은 없었다. 아돌프가 앞장서서 걸었고, 나머지는 살금살금 아무 말 없이 뒤를 따랐다. 몇 채의 집을 돌아서 어느 집 울타리를 넘었고 정원에 들어섰다. 화단의 부드러운 흙을 밟고 난간에 걸려 비틀거리다가 담 앞에서 멈췄다. 아돌프가 덧창이 내려진 창문을 똑똑 두드렸다. 기다렸다가 다시 두드렸다. 안에서 부시럭대는 소리가 나더니 불빛이 어른거렸다. 창문이 열렸다. 그들은 한 명 한 명 창문을 넘어 들어갔다. 그곳은 흙바닥에 검게 그을린 굴뚝이 놓인 부엌이었다. 화덕 가장자리에는 기름램프가 가느다란 심지로 가냘픈 불꽃을 피워올리고 있었다. 그 곁에 한 소녀가 서 있었다. 비쩍 마른 시골 처녀였다. 그녀가 침입자들을 향해 손을 내밀었고, 뒤편 어둠 속에서 다른 소녀가 나타났다. 길고 검은 머리를 땋아내린 어린 소녀였다. 아돌프는 선물을 꺼냈다. 수도원에서 가져온 흰 빵 반 덩어리와 종이 주머니에 든 물건이었다. 골드문트가 짐작하기로는 수도원에서 훔친 향이나 양초 혹은 비슷한 물건 같았다. 머리를 땋아내린 소녀가 등불도 들지 않은 채 손으로 더듬어 문을 열고 밖으로 나갔다. 한참 동안 밖에 있던 소녀는 푸른 꽃무늬가 있는 회색 점토 항아리를 들고 돌아와 콘라드에게 내밀었다. 항아리를 들고 몇 모금 마신 콘라드가 다른 소년에게 넘겼고, 그렇게 그들 모두가 마시게 되었다. 그것은 아주 독한 사과주였다.

램프의 손톱만 한 불꽃이 가물거리는 가운데 그들은 자리를 잡았다. 소녀들은 조그맣고 딱딱한 걸상에 앉고, 소년들은 바닥에 앉았다. 사이사이 사과주를 마시며 속삭이는 소리로 말을 주고받았다. 아돌프와 콘라드가 대화를 주도했다. 가끔씩 소년 한 명이 일어서서 비쩍 마른 소녀의 머리카락과 목덜미를 쓰다듬으며 귓가에 속삭이곤 했다. 더 어린 소녀에게는 아무도 손을 대지 않았다. 아마도 큰 소녀는 하녀이고, 귀엽게 생긴 어린 소녀는 이 집의 딸일 거라고 골드문트는 생각했다. 하지만 아무래도 좋았고 그와는 상관없었다. 두 번 다시 여기 올 생각이 없었기 때문이다. 몰래 수도원을 빠져나와 밤의 숲을 걸었던 일은 참 좋았다. 일상을 벗어난 경험이라서 흥분되고 신비했으나 위험한 일은 아니었다. 금지된 일이었지만 그것을 어겼다고 해서 양심의 가책이 무겁게 짓누르지는 않았다. 하지만 여기서 일어난 일, 밤중에 소녀들을 만나는 일은 골드문트의 생각으로는 단순한 금지의 규율을 어긴 것 이상이었다. 이건 죄였다. 다른 소년들이야 그냥 한 번쯤 가볍게 경험하는 탈선이겠으나 골드문트에게는 달랐다. 수도자가 되어 금욕의 길을 가야 할 그에게 소녀들과 시시덕거리며 희롱하는 일은 용납되지 않았다. 그러니 절대, 두 번 다시는 이곳에 오지 않으리라고 굳게 다짐했다. 초라한 부엌의 희미한 불빛 아래서 그의 심장은 불안으로 세차게 두근거렸다.

그의 급우들은 소녀들 앞에서 대단한 영웅인 듯 굴었고, 서로 질세라 대화에 라틴어 관용구를 섞어가며 우쭐댔다. 세 명 모두 하녀의 호감을 사는 것 같았다. 한 명 한 명 그녀에게 다가가, 그녀가 살짝살짝 선사하는 서툰 애무를 즐겼다. 최고의 애정 표현은 수줍게 건네는 입맞춤이었다. 소년들은 이곳에서 허용되는 행동이 어디까지인지 잘 아는 듯했다. 이러는 중에도 대화는 시종일관 작은 소리로 속닥거려야 했으므로 이런 희롱의 장면은 어딘지 우스운 면이 있었으나, 골드문트는 조금도 우습게 여기지 않았다. 그는 꼼짝 않고 바닥에 쭈그리고 앉아 입을 꾹 다문 채 조그맣게 타오르는 램프의 불꽃만 빤히 쳐다볼 뿐이었다. 가끔씩 다른 아이들이 나누는 애정의 행위들이, 갈망이 넘실거리는 그의 곁눈질 속으로 슬쩍 들어올 뿐이었다. 그 이외에는 고개도 돌리는 법 없이 앞만 쳐다보았다. 머리를 땋아내린 어린 소녀를 쳐다보고 싶은 마음이 간절했지만, 바로 그것이 골드문트가 스스로에게 금지한 일이었다. 하지만 어쩌다 한 번씩 그의 의지를 배반한 시선이 저절로 미끄러져 어린 소녀의 조용하고도 사랑스러운 얼굴에 가닿을 때마다 소녀의 검은 눈동자가 그의 얼굴에 못 박힌 듯 고정되어 있음을 알아차렸다. 소녀의 눈은 마치 홀린 듯이 그에게서 떠날 줄 몰랐다.

한 시간 정도 시간이 흘렀다. 골드문트가 경험해본 가장 긴 한 시간이었다. 이제 소년들이 아는 라틴어 경구도 바닥났고, 애정 행위도 지쳤다. 다들 입을 다물었고 분위기는 어색해졌다. 에버하르트가 하품을 했다. 하녀가 이제 돌아갈 시간이라고 말했다. 모두들 자리에서 일어섰고, 모두 하녀에게 작별 인사로 손을 내밀었다. 골드문트가 마지막이었다. 그리고 다들 어린 소녀에게도 손을 내밀었고, 이번에도 골드문트가 마지막이었다. 콘라드가 창을 넘어 나갔고, 에버하르트와 아돌프가 뒤를 이었다. 골드문트가 창을 넘을 때, 누군가 뒤에서 그의 어깨를 붙잡는 것이 느껴졌다. 하지만 그는 멈출 수 없었다. 바깥에 나간 후에야 그는 망설이며 뒤를 돌아보았다. 머리를 땋아내린 소녀가 창밖으로 몸을 내밀고 있었다.

"골드문트!" 소녀가 입술을 달싹이며 그의 이름을 조용히 불렀다. 그는 가만히 멈춰서 있었다.

"또 올 거지?" 소녀의 수줍은 음성은 한숨처럼 가냘팠다.

골드문트는 고개를 저었다. 소녀는 두 팔을 뻗어 그의 머리를 잡았다. 그의 뺨에 소녀의 따스한 손이 닿았다. 소녀가 몸을 깊이 숙이자 검은 눈동자가 그의 눈앞으로 다가왔다.

"또 와!" 소녀는 속삭이면서 입술로 그의 입술을 아주 살짝 스쳤다. 어린아이 같은 입맞춤이었다.

그는 앞서간 급우들의 뒤를 따라 작은 정원을 서둘러 가로질렀다. 화단의 난간에 걸려 비틀거렸고, 축축한 흙냄새와 두엄 냄새를 맡았으며, 장미 덤불을 건드리는 바람에 손에 상처가 났다. 울타리를 넘어 다른 아이들의 뒤를 따라 마을을 빠져나갔고 숲으로 향했다. "다시는 안 와!" 그의 의지는 이렇게 명령했다. "내일 또 와야 해!" 그의 심장은 흐느끼며 이렇게 애원했다.

이번에는 아무도 야행성 새들과 마주치지 않았다. 소년들은 불빛 하나 없는 깜깜한 길을 걸어서 시냇물을 건너고 방앗간을 통과한 후 보리수 마당을 지나 마리아브론 수도원으로 돌아왔다. 현관 지붕을 타고 기둥 사이사이에 난 창문을 통해 공동침실로 살금살금 숨어들어갔다.

다음날 아침, 키 큰 에버하르트가 잠에서 깰 생각을 하지 않는 바람에 마구 두들겨서 깨워야 했다. 소년들은 제시간에 아침 미사에 참석했고, 식사를 마치고 수업에 들어갔다. 하지만 골드문트는 너무 기운이 없어 보여서 마르틴 신부가 어디 아픈 거 아니냐고 걱정스레 물어볼 정도였다. 아돌프가 경고의 눈짓을 보냈고, 골드문트는 아무렇지도 않다고 대답했다. 정오 무렵 그리스어 시간에 나르치스는 골드문트에게서 눈을 떼지 않았다. 골드문트가 아픈 듯 보였기 때문이다. 그러나 나르치스는 아무 말도 하지 않고 계속 그를 유심히 관찰했다. 수업이 끝날 즈음 나르치스는 골드문트를 불렀다. 학생들이 이상하게 생각하지 않도록 일단 도서관으로 심부름을 보내고 나르치스는 그를 뒤따라갔다.

"골드문트, 내가 도와줄까? 오늘 컨디션이 많이 안 좋아 보여. 몸이 아픈 것 같은데. 침대로 가서 쉬는 게 좋겠어. 따뜻한 수프와 포도주 한 잔을 보내줄게. 오늘 그리스어 수업시간에는 아무 생각도 못하는 것 같더구나."

나르치스는 한참 동안 대답을 기다렸다. 창백해진 소년은 고뇌에 잠긴 복잡한 눈빛으로 그를 바라보더니 고개를 푹 숙였다가 다시 쳐들었고, 입술을 씰룩이며 뭔가를 이야기하려고 했으나 입이 떨어지지 않았다. 소년은 갑자기 옆으로 쓰러지면서, 곁에 있는 책상에 조각된 두 개의 조그만 떡갈나무 천사 조각상 머리 사이에 자신의 머리를 기댔다. 그리고 울음을 터트렸다. 나르치스는 당황한 나머지 한동안 외면하다가 결국 훌쩍이는 소년을 붙잡고 일으켜 세웠다.

"벗이여." 그것은 골드문트가 지금껏 한 번도 그에게서 들어본 적 없는 다정한 어투였다. "그래, 벗이여, 마음껏 눈물을 흘리렴. 기분이 금방 나아질 테니. 자, 자리에 앉도록 해. 아무 말도 필요 없어. 그만하면 충분히 애쓴 것 같구나. 아마도 오전 내내 정신을 다잡으려고, 결코 흔들리는 티를 내지 않으려고 안간힘을 쓰면서 버텨왔겠지. 넌 씩씩하게 해냈어. 그러니 마음껏 눈물을 흘리

38

럼. 그게 너에게 최선일 테니까. 아니라고? 벌써 다 울었다고? 벌써 괜찮아졌단 말이야? 그러면 의무실로 가보자. 침대에 누워 있으면 저녁에는 훨씬 나아질 거야. 자, 어서!"

그는 골드문트를 이끌고 교실이 없는 길로 돌아서 의무실로 데려가 비어 있는 침상을 가리켰고, 골드문트가 얌전하게 옷을 벗자 교장에게 골드문트가 아파서 수업을 할 수 없다고 알렸다. 약속한 대로 주방에 들러서 수프와 환자용 포도주 한 잔을 가져다주라고 일렀다. 수도원에서 아픈 이들에게 통상적으로 내놓는 이 두 가지는 가벼운 질환에 걸린 환자들이 특히 좋아했다.

골드문트는 침대에 누워 복잡하게 뒤엉킨 마음을 차분히 가라앉히려 했다. 한 시간 전만 해도 그는 오늘 왜 유난히 피곤해서 견딜 수 없는지, 죽을 듯이 극심한 영혼의 시달림이 어디에서 온 것인지, 머리가 텅 비고 눈동자가 불타는 듯이 뜨겁게 아픈 연유가 무엇인지 스스로에게 해명할 수 있었을 것이다. 매 순간순간 무섭게 치밀어오르는 어젯밤의 기억을 잊기 위해서 그는 미친 듯이 안간힘을 썼으나 한 번도 성공하지 못했다. 그가 잊으려고 발버둥치는 것은 정확하게 말해서, 어리석게도 굳게 잠긴 수도원을 멋지게 빠져나가 숲속 산책을 즐긴 일이 아니라, 시커먼 물이 흐르는 방앗간 개울 위 미끈미끈한 임시 판자 다리를 건넌 일이 아니라, 울타리를 넘고 창문을 넘고 화단 통로를 넘어간 일이 아니라, 오직 한 가지, 어두운 부엌의 창에서 일어났던 바로 그 일, 소녀가 했던 말과 숨결, 뺨을 감싸오던 손, 그리고 그 입술의 입맞춤, 바로 그것이었다.

그런데 거기에 뭔가가 더해졌다. 새로운 충격, 새로운 경험이. 나르치스가 그를 챙겨주었다. 나르치스가 그를 사랑했다. 나르치스가 그를 위해서 수고를 아끼지 않았다. 그토록 고결하고, 그 토록 품위 있고, 그토록 명석한 사람이, 엷은 입술에 늘 가벼운 냉소를 띤 사람이 말이다. 그런데 자신은 나르치스 앞에서 자제력을 잃고 말았다. 부끄러워서 떨었고 말을 더듬다가 끝내는 그 앞에서 엉엉 울음을 터트리지 않았는가! 그 뛰어난 사람에게 그리스어, 철학, 지적인 기상, 위엄 있는 스토아 정신으로 감명을 줘도 모자랄 판에 나약하고 시시하게 무너졌다니! 골드문트는 자신을 용서할 수 없었다. 너무도 수치스러워서 두 번 다시 나르치스의 눈을 똑바로 쳐다보지 못할 것 같았다.

그래도 울고 나자 마음이 한결 가벼워진 것은 사실이었다. 의무실의 적막, 편안한 침대도 효과가 있었다. 조금 전의 절망감이 절반 이상 달아나버렸으니까. 한 시간 정도 지났을까. 담당 수도 사가 곡물수프와 흰 빵 한 조각, 붉은 포도주잔을 들고 들어왔다. 원래 학생들은 축제날이나 포도주를 마실 수 있었다. 골드문트는 수프와 빵을 먹고 포도주를 마셨다. 반쯤 먹고 나서 접시를 옆으로 치우고 생각을 이어가려 했으나 마음대로 되지 않았다. 그래서 다시 접시를 끌어와 몇 숟갈 더 먹었다. 잠시 후, 문이 살짝 열리고 환자의 상태를 살피러 나르치스가 들어왔을 때, 침대에서 잠이 든 골드문트의 뺨에는 발그레한 혈색이 돌아와 있었다. 나르치스는 한참을 서서 그 모습을 지켜보았다. 그것은 사랑, 호기심 어린 탐색, 그리고 약간의 질투가 섞인 눈빛이었다. 그는 골드문트가 더 이상 아프지 않은 것을 확인했다. 그러니 내일은 포도주가 필요 없으리라. 하지만 이제 다른 무언가가 시작되었다. 그들은 앞으로 친구가 될 것이다. 비록 오늘은 골드문트가 그를 갈망하고 필요로 하여 그가 돕는 입장이었지만, 언젠가는 나르치스 자신이 나약해져서 도움을, 사랑을 갈망할 것이다. 언젠가 정말로 그런 날이 온다면, 그는 갈망하는 도움과 사랑을 바로 이 소년으로부터 얻을 수 있으리라.

3장

나르치스와 골드문트의 우정은 기묘한 것이었다. 그 우정을 좋게 생각하는 사람은 거의 없었다. 어떤 때는 당사자들조차 그런 우정을 원하지 않는 듯했다.

초반에는 철학자인 나르치스가 무척 힘들어했다. 그에게는 세상의 모든 것이 정신이었다. 사랑도 마찬가지였다. 맹목적으로 어떤 매혹에 자신을 송두리째 내어주는 일은 그의 본성에 맞지 않았다. 그들의 우정에서 나르치스는 주도하는 지성이었고, 오래전부터 이 우정의 운명과 범위, 그리고 의미를 자각했던 유일한 자였다. 오래전부터 그는 사랑 한가운데서 고독했으며, 오직 그가 벗을 인식으로 이끌어준 다음에만 벗이 진정으로 그에게 속할 것임을 깨닫고 있었다. 그런데 골드문트는 뜨겁게 이글거리는 내면의 불덩이를 안고 놀이에 빠져드는 아이처럼 어떤 해명도 준비하지 않은 채 곧장 새로운 삶으로 뛰어든 것이다. 그것을 잘 아는 나르치스는 무거운 책임감을 느끼며 이 숭고한 운명을 받아들였다.

무엇보다 골드문트에게 이 우정은 구원이자 치유였다. 어여쁜 소녀의 눈빛과 입맞춤을 통해 그의 젊은 가슴에는 사랑에 대한 갈구가 미친 듯이 강렬한 불꽃으로 타올랐다. 그러나 그 불꽃은 시작과 동시에 절망적으로 움츠러들 수밖에 없었다. 지금까지의 모든 삶의 꿈, 그가 품었던 모든 믿음, 그동안 신의 섭리라고 생각해온 모든 소명이 창가에서의 입맞춤 한 번으로, 검은 눈동자의 응시 한 번으로 뿌리부터 흔들릴 위험에 처했음을 절실하게 실감했기 때문이다. 그에게는 아버지가 정해준 수도자의 운명이 있었다. 온 의지를 다해 운명을 받아들인 골드문트는 처음 겪는 사춘기의 뜨거운 열정을 오직 경건하고 금욕적인 삶, 영웅처럼 인내하며 이상을 추구하는 삶에만 열심히 쏟아붓고 있었다. 그런데 단 한 번 우연히 스친 만남에서 그는 자신의 감각에 호소하는 생명의 부름을 들었고, 자신에게 다가오는 여성성의 존재를 처음으로 느낄 수 있었다. 그는 이제 알았다. 여기에 그의 적이 있고 악마가 있음을, 여성이야말로 자신을 위험으로 이끄는 원흉임을. 그런데 운명이 구원의 손을 내밀었다. 다급한 위기에 빠져 허우적대는 그에게 우정이 다가온 것이다. 그의 타오르는 갈망이 활짝 피어나도록 꽃밭을 마련해주었고, 경외심을 바칠 수 있는 제단도 차려주었다. 여기서는 사랑이 허용되었다. 여기서는 자신을 내던져도 죄가 아니었다. 경애의 대상인 벗에게, 자신보다 나이가 많고 명석한 벗에게 마음을 송두리째 바칠 수 있었다. 위험하게 타오르는 관능의 불꽃을 고귀한 제단의 불로 변화시킬 수 있었고, 정신으로 승화시킬 수 있었다.

하지만 이 우정이 채 꽃피기도 전에 골드문트는 기이한 방해물을 만났다. 전혀 기대하지 않았던 수수께끼 같은 냉기가 와락 불어닥쳤고 충격적인 요구와 직면했다. 그는 벗이 어떤 의미로든 자신과 반대편에 있으리라고는 꿈에도 생각해본 적이 없었다. 그에게는 오직 사랑만 있으면 문제없을 것 같았다. 오직 순수한 몰두만 있으면 자연히 두 사람이 하나가 되고, 차이가 사라지며, 상반되는 점도 쉽게 극복할 수 있을 것 같았다. 그러나 나르치스는 너무나 준엄하고 확고하며, 너무나 명확하고 가차 없지 않은가! 나르치스에게는 아무런 조건 없이 자신을 내던지고 오직 감사한 마음으로 우정의 영토를 산책하는 일이 낯설었고, 그런 것들이 어쩐지 탐탁지 않았다. 나르치스는 목적지 없는 여정, 몽상적인 방랑은 알지 못하고 참을 수도 없다는 듯이 굴었다. 물론 나르치스는 골드문트가 아파 보였을 때 정성껏 돌보았고, 수업과 공부와 관계되는 모든 일에 성심껏 돕고 조언을 아끼지 않았다. 책에서 어려운 대목이 나오면 설명해주었고 문법과 논리학, 신학의 왕국으로 통하는 문을 활짝 열어주었다. 그렇지만 단 한 번도 벗에게 만족하거나 동의하는 모습을 보여주지는 않았다. 심지어 벗이 하는 일을 진지하게 받아들이지 않고 웃어넘길 때도 있었다. 골드문트는 그것이 학교 선생의 거드름도, 나이가 많고 머리가 좋은 자의 잘난 척도 아님을 느꼈다. 그런 행동의 배후에는 뭔가 심오하고 중대한 이유가 있었다. 하지만 심오한 이유가 무엇인지는 짐작할 수 없었고, 그들의 우정은 골드문트에게 종종 슬픔과 당혹감을 안겨주곤 했다.

사실 나르치스도 자신의 벗이 지닌 귀한 점을 알고 있었다. 그는 장님이 아니었으므로 꽃처럼 피어나는 벗의 아름다움, 자연스러운 생명력, 터질 듯 충만한 기운을 보지 않을 수 없었다. 그는 뜨겁게 활활 타오르는 젊은 영혼에게 그리스어의 양식을 먹이고 순결한 사랑의 감정에 논리학으로 답변하는, 그런 선생은 결코 아니었다. 그는 이 금발의 소년을 너무도 격렬하게, 너무도 과도하게 사랑했고, 바로 그것이 위험한 문제였다. 그에게는 사랑이 자연스러운 상태가 아니었다. 그것은 불가능한 기적이나 다름없었다. 그는 스스로에게 사랑을 허용하지 않았다. 사랑스러운 눈동자를 지긋이 바라보며 흡족해하거나 빛으로 빚은 듯한 눈부신 금발을 곁에 두고 희열에 빠지는 일을 허용하지 않았다. 그는 자신의 사랑에 한순간이라도 관능의 떨림을 허용하지 않았다. 골드문트가 일생 동안 성인의 본을 따르며 금욕의 수도사로 살아야 할 운명이라고 느낀다면, 나르치스는 그렇게 살도록 분명히 확정된 몸이었다. 나르치스에게 사랑이란 오직 한 가지, 최고로 존엄한 형태로만 허용되었다. 그렇지만 나르치스는 골드문트가 금욕 수도사의 운명을 타고났다고 믿지 않았다. 나르치스는 인간의 운명을 읽어내는 능력이 뛰어났다. 그리고 자신이 사랑하는 이 벗에게서, 그는 더더욱 선명하게 그 능력을 발휘할 수 있었다. 그는 골드문트의 본성을, 자신과는 극명하게 대조를 이루는 그 본성을 속속들이 이해할 수 있었다. 그것은 자신의 잃어버린 다른 반쪽이었기 때문이다. 골드문트의 본성은 스스로의 상상, 잘못된 교육, 아버지로부터 들은 말의 영향을 받아 철갑처럼 단단한 껍질로 첩첩이 둘러싸여 있었다. 나르치스는 어린 생명의 내면에 감춰진, 복잡하지도 않은 비밀을 오래전부터 훤히 들여다보고 있었다. 그의 과제는 자명했다. 골드문트에게 스스

45

로의 비밀을 알게 해주는 일, 그 껍질을 벗겨내는 일, 본성을 돌려주는 일이었다. 어려울 것이다. 하지만 가장 어려운 것은 그로 인해 벗을 잃게 되리라는 예감이었다.

한없이 더딘 속도로 나르치스는 자신의 목표를 향해 다가갔다. 몇 달이 지나서야 비로소 두 사람은 진지한 의미의 우정을 시작했고, 마음을 터놓는 근본적인 대화가 가능해졌다. 서로에게 느끼는 깊은 우정에도 불구하고 둘 사이는 까마득히 멀었으며, 둘을 팽팽하게 이어주는 끈은 한없이 길기만 했다. 한 명의 눈 밝은 자와 한 명의 장님처럼, 그들은 나란히 걸어갔다. 장님이 자신의 눈멂을 알지 못한다는 것, 그것은 장님에게만 편한 일이었다.

먼저 돌파구를 연 것은 나르치스였다. 충격을 겪고 일시적으로 기운을 잃은 골드문트가 자신의 손길에 들어온 그날, 그에게 무슨 일이 있었는지 알아보고자 한 것이다. 그것은 생각만큼 어렵지 않았다. 한참 전부터 골드문트는 그날 밤의 일에 대해 고해를 바쳐야겠다고 마음먹었기 때문이다. 골드문트가 그 정도로 믿고 신뢰하는 사람은 수도원장뿐인데, 수도원장은 그의 고해신부가 아니었다. 그런데 적당한 순간에 나르치스가 그들이 처음으로 가까워진 그날의 일을 상기시키면서 비밀을 슬쩍 건드리자, 골드문트는 머뭇거림 없이 솔직히 말했다.

"당신이 아직 정식 신부가 아니라서 얼마나 안타까운지 모릅니다. 고해성사를 들어줄 수 없으니까요. 그날 내가 겪은 일을 고해실에서 털어놓고 기꺼이 벌을 받으면 얼마나 후련할까요. 내 고해신부님께는 도저히 털어놓을 수 없었거든요."

46

조심스럽고도 교묘하게 나르치스가 깊이 파고 들어가자 뭔가 실마리가 잡히는 듯했다. 그래서 슬쩍 떠보았다. "네가 갑자기 아픈 듯이 보였던 그날 아침을 너도 기억할 거야. 그날부터 우리는 친구가 되었으니까. 아직도 나는 그날의 일이 자꾸만 떠올라. 너는 눈치채지 못했겠지만, 그날 난 너무 당황해서 어찌할 바를 몰랐어."

"당신이 당황했다고?" 믿을 수 없다는 듯이 골드문트가 외쳤다. "그럴 리가. 당신이 아니라 내가 당황한 거죠. 멍하니 서서 한 마디도 못한 채 훌쩍거리다가 끝내는 애처럼 눈물을 쏟고 말았잖아요! 어휴, 아직도 그때를 생각하면 너무나 부끄러워요. 두 번 다시는 당신 앞에 나타나지 못할 거라고 생각했답니다. 당신 눈에 내가 얼마나 한심하고 처량해 보였겠어요!"

나르치스는 막연한 그 무엇을 더듬으면서 앞으로 치고 나갔다.

"이해해. 너에겐 불편한 기억이겠지. 너처럼 당차고 과감한 사내가 잘 모르는 사람 앞에서 눈물을 보이는 건, 더구나 교사 앞에서 그러는 건, 사실 말도 안 되지. 너답지 않은 일이 분명하니까. 그런데 나는 네가 정말로 큰 병에 걸린 줄 알았어. 사람이 열에 시달리면 아무리 아리스토텔레스라 해도 평소와 다르게 행동할 수밖에 없을 테니까. 그런데 넌 병에 걸린 게 아니었어! 진짜로 열이 난 것도 아니었고! 네가 부끄러워해야 한다면 그 점이야. 열이 나서 아픈 건 누구도 부끄러워할 필요가 없어. 안 그래? 너는 열이 아니라 다른 무엇 때문에 아팠던 거고, 그게 부끄러웠던 거야.

그 무엇이 너를 사로잡고 꼼짝 못하게 눌러버렸으니까. 뭔가 특별한 일이 있었던 게 맞지?"

약간 주저하던 골드문트는 결국 천천히 입을 열었다. "맞아요. 뭔가 특별한 일이 있었어요. 당신을 내 고해신부님이라고 생각해도 될까요. 그렇지 않아도 털어놓고 싶었어요."

고개를 푹 수그린 채 골드문트는 벗에게 그날 밤의 일을 이야기했다.

나르치스가 미소를 지으며 대답했다. "그래 맞아. '마을로 간다' 이건 금지된 일이지. 하지만 인간이 금지된 일을 전혀 안 하고 사는 건 아니야. 저지른 다음에는 웃어넘기거나 고해를 하지. 그럼 끝나는 거야. 더 이상 신경 쓸 필요 없어. 대부분의 학생들이 저지르는 바보짓인데 너라고 예외여야 한다는 법이 어디 있겠어? 그렇게까지 심각한 잘못일까?"

그러자 골드문트는 다짜고짜 버럭 화를 내며 대들었다. "아주 판에 박힌 교사의 설교로군요! 내가 고민하는 이유가 그게 아니라는 걸 알면서! 한 번쯤 교칙을 어기고 장난을 쳤다고 해서 죽을 죄가 아니라는 건 안다구요! 물론 수도 생활을 준비하는 입장에서 좋은 예행연습은 아니겠지만."

"그만해!" 나르치스가 날카롭게 소리쳤다. "그런 예행연습이 있었기에 오늘의 경건한 신부님들이 탄생할 수 있다는 걸 모른단 말이냐? 성인이 되는 가장 빠른 길은 바로 탕자가 되는 거란 말이다!"

"그런 말 말아요!" 골드문트가 강하게 반발했다. "내 양심을 무겁게 짓누르는 건 그따위 사소한 교칙 위반이 아니란 말입니다!
진짜 문제는 다른 거예요. 진짜 문제는, 그 소녀라구요. 내가 당
신에게 세세히 묘사할 수 없는 그 감정이 문제란 말입니다! 내가
유혹에 무너진다면, 소녀를 건드리기 위해 손을 살짝 뻗기라도
한다면, 두 번 다시 되돌아오지 못할 거라는 엄청난 위기감. 죄악
의 구렁텅이가 나를 꿀꺽 삼켜버리고 두 번 다시 놓아주지 않으
리라는 절대적 위기감. 그리하여 내가 가졌던 아름다운 꿈, 지켜
온 정절, 신과 선함에 대한 사랑도 송두리째 끝날 것 같았던 무서
운 느낌이란 말입니다."

　나르치스는 생각에 깊이 잠긴 얼굴로 고개를 끄덕였다. 그리
고 신중하게 어휘와 문장을 골라가며 느리게 말했다. "신에 대한
사랑이 늘 선함에 대한 사랑과 일치하는 건 아니지. 그렇게 간단
하다면 얼마나 좋겠나! 선한 것은, 우리도 알다시피, 계율로 적혀
있어. 하지만 신은 계율로만 존재하지 않아. 계율은 신의 극히 작
은 일부일 뿐이야. 네가 계율을 아무리 준수해도 신으로부터 멀
리 떨어져 있을 수 있다는 말이지."

　"그게 무슨 소리예요? 내가 한 말을 정확히 알아들은 겁니까?"
골드문트가 속상해하며 따졌다.

　"물론 충분히 알아들었어. 너는 여자 혹은 여성이라는 성별에
서 네가 '세속' 또는 '죄'라고 부르는 것의 총체를 보고 있는 것 같
아. 다른 모든 죄는 네가 절대로 저지를 일이 없거나, 설사 저지
른다 해도 그처럼 괴롭지 않을 거라고 생각하는 거지. 그런 죄들
은 고해를 바치고 참회하면 되니까. 그런데 오직 이 한 가지 죄만

은 그럴 수 없다는 거잖아!"

"맞아요. 바로 그겁니다."

"이제 내가 너를 제대로 이해한다는 걸 알았지? 그래, 네 생각이 아주 틀린 건 아냐. 최초의 여자 에바와 뱀 이야기가 괜히 있는 건 아니겠지. 하지만 벗이여, 그래도 네 생각은 틀렸어. 만약 네가 다니엘 수도원장이거나, 아니면 네가 세례명을 얻은 성인 크리소스토모스*거나, 주교님이거나 신부님, 하다못해 아무 직책이 없는 평범한 수도사라도 된다면 네가 옳을지도 모르지. 그런데 너는 아무것도 아니잖아. 너는 그냥 학생일 뿐이고, 지금 비록 일생을 수도원에서 보내기로 소망하더라도, 네 아버지가 그렇게 소망하더라도, 너는 아직 어떤 서약도 바치지 않았고 어떤 서품도 받지 않았어. 네가 오늘이나 내일 어여쁜 소녀의 유혹에 넘어간다 해도 맹세를 깨는 일이 아니란 말이다. 서약 위반이 아닌 거야."

"문자로 서약을 바치지 않았을 뿐이죠!" 골드문트가 흥분해서 대꾸했다. "문자로 기록하지 않았을 뿐 내가 가슴에 품은 가장 신성한 서약이란 말입니다! 다른 사람들이 따른다고 해도 내게는 통하지 않는 원칙도 있잖아요! 나르치스 당신도 아직 서품을 받

---

* Iōannēs Chrysos-tomos. 4세기에 활동한 그리스 교부, 성서 해석 학자. 시리아의 안티오키아에서 태어났다. 청년기에 세례를 받고 수도사가 되었는데, 30대 후반에 성직에 임했다. 신학과 그리스 철학에 조예가 깊었다. 이름은 요한으로, 설교가 능숙해서 크리소스토모스('황금의 입'이라는 뜻)라는 호칭으로 알려졌다.

지 않았고, 그렇다고 서약을 바친 것도 아니잖아요. 그런데도 여자를 가까이 하는 건 절대 있을 수 없는 일이죠! 아니면 내가 잘못 아는 건가요? 그런 사람이 아니었던가요? 내가 생각하는 것과 진짜 당신 모습이 다르단 말인가요? 아직 말로 맹세를 바치진 않았지만, 당신도 오래전부터 가슴에 맹세를 품은 건 똑같고, 일생 동안 맹세를 지킬 의무가 있다고 생각하잖아요. 그런데 무엇이 다르단 말인가요?"

"분명히 달라, 골드문트. 나는 너와 같지 않아. 네가 생각하는 대로가 아니란 말이다. 물론 내가 가진 서약은 말로 바친 상태가 아니야. 네 말이 옳아. 그래도 나는 결코 너와 같지 않아. 오늘 내가 해주는 말이 앞으로 분명 생각날 거야. 우리의 우정은 단 하나의 목적, 단 하나의 의미를 갖고 있어. 그건 바로 네가 나와 얼마나 다른지, 그 사실을 깨우쳐주는 것이다!"

충격을 받은 골드문트는 한동안 멍하니 있었다. 나르치스의 눈빛과 목소리는 한마디의 항변도 허락하지 않았다. 골드문트는 침묵을 지켰다. 나르치스는 왜 그런 말을 했을까? 마음속에만 품고 있는 건 마찬가지인데, 왜 나르치스의 서약이 자신의 서약보다 신성하다는 말인가? 자신의 말을 진지하게 받아들이지 않은 걸까? 그냥 아이 취급을 한 것일까? 이 이상한 우정으로 인한 혼돈과 슬픔이 다시 골드문트를 흔들었다.

나르치스는 골드문트의 비밀이 어떤 성질의 것인지 분명히 알게 되었다. 비밀의 배후에 있는 것은 궁극의 어머니, 에바였다. 하지만 무슨 이유로, 이토록 아름답고 이토록 건강하고 이토록 싱그러운 꽃봉오리 같은 소년이 막 눈뜨기 시작한 성적 감정이, 이토록 극심한 적대감과 충돌하는지 알 수 없었다. 악령이라도 들리지 않고는 불가능하지 않은가. 몰래 숨어든 은밀한 적이 이 눈부신 인간의 내면을 조각내어 원초적인 공격성을 모두 동원해 서로 치열한 싸움을 벌이도록 한 게 틀림없었다. 좋아, 악령을 찾아내야지. 악령을 불러내서 형체를 보이게 하고, 그다음에 무찌를 것이다.

그러는 사이 골드문트는 날이 갈수록 급우들에게 외면당하면서 외톨이가 되었다. 아니 도리어 그가 먼저 남들을 따돌린다고 생각한 급우들이 배신감을 느꼈다고 해야 하리라. 골드문트와 나르치스의 우정을 달갑게 보는 사람은 아무도 없었다. 악의를 가진 자들은 둘에게 자연의 이치를 거스르는 관계라고 오명을 씌웠는데, 그것은 그들이 두 젊은이 중 한 명에게 연정을 품었던 터라 상심했기 때문이다. 그렇지만 그들의 관계가 악덕의 혐의와 무관함을 잘 알고 있는 자들도 고개를 저으며 외면하기는 마찬가지였다. 누구도 이들과 어울리려 하지 않았다. 남들이 보기에 두 벗은 자기들끼리만 붙어 다니면서, 마치 귀족이라도 된 양 오만하게 굴고, 자기들 눈에 차지 않는 사람들을 무시하기 때문이다. 그런 행동은 동료들에게 상처를 주고, 수도자의 신분에 옳지 않으며, 기독교의 정신에도 어긋났다.

다니엘 수도원장의 귀에도 두 벗에 관한 소문, 고발, 비방이 들어갔다. 원장은 사십 년 이상 수도원 생활을 하면서 그러한 우정의 사례를 수도 없이 보아왔다. 그것은 수도원 분위기의 일부였으며, 수도원 생활에서 얻을 수 있는 기분 좋은 보너스였다. 어떤 경우는 즐거운 농담이었고, 어떤 경우는 위험이기도 했다. 원장은 나서지 않았다. 원장은 끼어들지 않으면서 눈을 크게 뜨고 지켜보기만 했다. 사실 이번처럼 격렬하고 배타적인 우정은 드물었고, 완전히 무해하지만은 않을 것이 분명했다. 하지만 원장은 둘의 순수함을 한순간도 의심하지 않았기에 자연스럽게 흘러가도록 내버려두었다. 나르치스가 학생도 교사도 아닌 예외적 존재가 아니었더라면 원장은 당장 둘을 떼어놓는 조치를 내렸을 것이다. 골드문트가 또래 급우들과는 거리를 두면서 연장자인 교사하고만 가까운 관계를 유지하는 건 골드문트를 위해서도 좋지 않았다. 그러나 비범한 신동이며, 모든 교사들로부터 지적으로 동등하다고, 아니 더 훌륭하다고 인정받는 나르치스의 유망한 앞길을 가로막고 교사직에서 해임해도 되는 것일까? 나르치스가 교사로서 훌륭하지 않았다면, 골드문트와의 우정 때문에 조금이라도 태만해지거나 치우친 태도를 보였다면 원장은 즉시 그를 교단에 서지 못하게 했을 것이다. 하지만 나르치스에게는 흠잡을 구석이 전혀 없었다. 오직 소문뿐이고, 질투심 때문에 만들어내는 비방뿐이었다. 게다가 원장은 나르치스의 다소 건방지게 생각될 수 있는 특별한 재능, 사람의 본성을 꿰뚫어보는 신기한 통찰력을 잘 알았다. 원장은 그 재능을 과대평가하지는 않았다. 다른 종류의 특별한 재능이었다면 원장은 더 좋아했을 것이다. 하지만 그 재능 덕분에 나르치스가 학생인 골드문트에게 특별한 점을 발견했고, 원장이나 수도원의 다른 사람들보다 골드문트를 훨씬 잘 알고 있을 게 분명했다. 원장은 골드문트가 사람의 마음을 끄는 매력적인 소년인 것은 알았지만 다른 특징을 발견하지는 못했다. 원장의 눈에 골드문트는 모종의 조숙한, 심지어 늙은이에게나 어울릴 법한 조급한 열성으로, 이제 겨우 학생이고 수도원의 정식 식구도 아닌데 벌써부터 자기가 수도원에 당연히 속한다고, 이미 수도사라도 되었다고 믿는 것처럼 보였다. 감동적이지만 미성숙한 열성을 나르치스가 지지하고 부추길 수 있겠지만, 크게 우려할 필요는 없다고 원장은 생각했다. 골드문트에게서 우려할 점이라면 차라리 벗이 가진 지성의 어두움이나 학식의 오만을 닮는 것이었다. 하지만 그런 위험도 골드문트에게는 걱정할 필요가 없을 것 같아서 가만히 지켜보기로 했다. 비범하고 강한 천성을 가진 사람보다는 평균치의 사람들을 다스리는 편이 감독자의 입장에서는 얼마나 수월하고도 편안한가. 이런 생각이 들자 원장은 한숨을 쉬면서 동시에 미소를 지었다. 그래, 불신을 조장하는 말에 휘둘리지 말자. 원장은 두 명의 예외적 인물이 자신에게 맡겨졌다는 사실에 감사하겠노라 다짐했다.

나르치스는 벗에 대해 많은 생각을 했다. 인간의 성향과 운명을 통찰하고 느낌으로 인식하는 특별한 능력 덕분에 그는 오래전부터 골드문트라는 인간을 잘 알고 있었다. 소년이 지닌 남다른 생기와 광채는 그의 감각과 영혼이 강렬하고 충만하다는 분명한 표시였다. 아마도 예술가의 기질을 나타내는 것이리라. 어쨌든 대단한 사랑의 에너지를 타고난 인간이며, 불타오르는 열정에 몸을 맡길 수 있는 자질이야말로 그의 운명이자 행복인 것이다. 사랑으로 충만한 인간, 섬세하고 풍부한 감각의 소유자, 꽃 향기와 아침의 태양, 한 마리 말, 날아가는 새, 그리고 음악을 깊이 체험하고 사랑할 수 있는 자가 하필이면 정신을 위해 일생을 바치는 금욕자가 되려고 저토록 집요하게 열망한단 말인가? 나르치스는 그 점에 집중해서 곰곰이 생각했다. 골드문트의 아버지가 그런 열망을 부추겼다는 것도 알고 있었다. 하지만 열망을 심어준 것도 아버지일까? 어떤 마법을 썼기에 아들이 자신의 운명과 의무가 그것이라고 철석같이 믿게 된 것일까? 그의 아버지는 도대체 어떤 인물일까? 나르치스는 의도적으로 기회가 있을 때마다 아버지에 관한 화제를 유도했고, 골드문트도 드물지 않게 아버지를 이야기했지만, 나르치스는 그의 아버지가 어떤 사람인지 상상할 수 없었고, 모습을 떠올리는 것도 불가능했다. 그렇다면 뭔가 이상하고 의심스럽지 않은가? 골드문트가 어린 시절에 잡았던 송어를 이야기하거나, 나비를 묘사하거나, 새소리를 흉내 내거나, 급우 중 한 명을, 개나 거지를 설명하는 걸 들으면 자연스레 이미지가 떠올랐고, 머릿속에서 그 대상을 볼 수 있었다. 그런데 골드문트가 아버지를 이야기하면 아무것도 보이지 않았다. 그래서는 안 되는 건데. 아버지가 골드문트의 삶에서 정말로 중요하고, 막강한 영향력을 행사하고, 그를 휘어잡는 인물이라면 그는 아버지를 다른 식으로 묘사했을 것이고, 다른 이미지를 제시했으리라! 나르치스는 골드문트의 아버지가 대단한 인물이라고는 생각하지 않았고, 마음에 들지도 않았다. 심지어는 그가 정말로 골드문트의 아버지일까 의심이 들기도 했다. 그는

텅 빈 우상에 불과했다. 그런데 어째서 이토록 막강한 영향력을
행사하는 것일까? 어째서 골드문트의 영혼을 본성과는 완전히
동떨어진 이질적인 몽상으로 가득 채우게 된 것일까?

골드문트도 많은 생각을 했다. 벗의 진심 어린 사랑을 듬뿍 느
끼고 있었지만, 그럼에도 꺼림칙한 감정이 완전히 사라지지 않
았다. 벗이 자신을 진지하게 대하지 않으며, 늘 어린아이 취급을
한다는 느낌이었다. 뿐만 아니라 틈만 나면 골드문트가 자신과
는 다르다고 말하는데 도대체 무슨 뜻이란 말인가?

하지만 골드문트는 온종일 그런 생각에만 빠져 있지는 않았
다. 오랫동안 골똘히 생각하는 일은 그의 기질과 맞지 않았다. 기
나긴 하루 동안 할 일이 충분히 많았다. 그는 수위와 사이가 좋아
서 자주 찾아가곤 했다. 애걸복걸하거나 꾀를 부려서 한두 시간
동안 점박이 말을 탈 기회를 얻어냈다. 수도원에 딸린 몇몇 작업
장에서도 그는 인기가 많았는데, 특히 방앗간에서 환영받았다.
그곳 일꾼들과 어울려 수달을 잡으려고 매복했고, 곱디고운 최
상급 밀가루로 납작하고 큰 빵을 굽기도 했다. 골드문트는 눈을
감고도 냄새만으로 최상급 밀가루를 구분해낼 수 있었다. 그는
나르치스와 대부분의 시간을 보냈지만, 예전의 습관이나 친구들
을 완전히 버린 건 아니었다. 미사 시간도 즐거웠다. 학생 성가대
에서 노래를 부르는 걸 좋아했고, 자신이 좋아하는 제단 앞에서
묵주기도를 올렸으며, 아름답고 장엄한 라틴어 미사 문구를 경
청했고, 향불 연기가 피어오르는 가운데 황금빛으로 번쩍이는
미사 집기와 장식물, 기둥에 고요하게 서 있는 존귀한 성상, 동물

을 거느린 사도, 모자를 쓰고 순례자의 자루를 맨 야곱 등을 지켜 보기를 좋아했다.

골드문트는 형상에 끌렸다. 돌이나 나무 조각상이 자신과 신비하게 연관되어 있고, 전지전능한 불멸의 수호자로 삶을 인도해준다고 믿었다. 창문이나 문의 기둥과 장식띠, 제단 무늬에도 애정과 더불어 은밀하게 두근거리는 결속을 느꼈다. 아름답게 조각된 창살과 둥근 화관, 양배추처럼 겹겹이 주름진 꽃잎과 이파리들이 금방이라도 튀어나올 듯이 강렬하게 새겨진 석조 기둥도 마찬가지였다. 이것들이 그에게는 소중하고 깊은 비밀처럼 보였다. 진짜 자연 외에도, 자연에서 살아 숨 쉬는 식물과 동물 외에도, 인간에 의해 창조된, 침묵하는 두 번째 자연이 존재한다는 비밀, 돌과 나무로 된 인간과 동식물이 존재한다는 비밀. 그는 자유시간이면 인물상, 동물 머리 조각상, 꽃과 이파리 장식을 스케치하는 일이 많았고, 진짜 꽃과 말, 인간의 얼굴을 그려보기도 했다.

또한 그는 성가를, 특히 성모 성가를 매우 사랑했다. 성가가 갖는 견고하고 엄격한 진행, 계속 되풀이되는 간청과 찬미가 좋았다. 그는 성가의 존귀한 의미를 기도문처럼 새기며 노래를 불렀다. 때로 의미는 잊은 채 시구의 절도 있는 장중함을 사랑했고, 길게 늘어지는 깊은 음률에, 사무치게 울리는 충만한 모음에, 반복이 불러일으키는 경건함에 한껏 사로잡히고 도취되었다. 마음속 깊숙한 곳에서 그가 사랑한 것은 학식이나 문법, 논리가 아니었다. 그것들도 나름의 아름다움을 갖고 있으나 골드문트는 미사 의식이 갖는 이미지의 세계, 음향의 세계를 더욱 사랑했다.

골드문트는 자신과 급우들 사이에 생겨난 거리감을 잠시 동안
은 참을 수 있었다. 하지만 급우들의 따돌림과 냉대가 오래 지속
되자 화가 나고 피곤해졌다. 뚱한 표정의 옆자리 친구를 웃게 만
들고, 무뚝뚝한 옆 침대 아이를 수다스럽게 만든 일은 종종 있었
다. 한 시간 정도 노력하면, 자기가 먼저 친근하게 다가가면, 적
어도 몇몇 친구들은 반가운 눈빛으로 잠시나마 그에게로 와서
마음을 터놓고 대화를 나누었다. 그런 식으로 급우들에게 다시
가까워진 경험이 두 번 있었다. 그런데 그때마다 그가 전혀 의도
하지 않았던 일 "마을로 가자"는 요구를 받곤 했다. 그는 소스라
치게 놀라며 얼른 뒤로 물러나고 말았다. 그는 두 번 다시 마을로
가지 않았다. 머리를 땋아내린 소녀를 완전히 잊고, 두 번 다시
생각하지 않는 데 성공했다. 완전히는 아니지만 거의 성공했다
는 말이다.

4장

나르치스는 꽤 오래 탐색을 시도했으나 골드문트의 비밀은 문이 굳게 잠긴 채로 남아 있었다. 끈질기게 골드문트를 자극하여 비밀이 묻어나올 언어를 끄집어내려고 긴 시간 애썼으나 그의 노력은 아무런 소득도 없어 보였다.

골드문트가 자신의 고향과 어린 시절을 이야기해도 아무런 그림이 떠오르지 않았다. 형체도 없는 어두운 그림자처럼, 거기에 존경하는 아버지가 있었다. 그런 다음, 한참 전에 사라졌거나 아니면 죽은 어머니에 관해서 남들로부터 들은 말이 있었다. 어머니는 단지 창백한 이름에 지나지 않았다. 벗의 영혼을 방랑하듯이 더듬고 다닌 후 나르치스는 점차 깨달았다. 벗이 인생의 일부분을 상실한 사람이라는 것, 어떤 궁지에 몰려서 혹은 무언가에 흘려서, 과거의 한 조각을 잃어버리기로 스스로 작정할 수밖에 없었던 사람이라는 것을. 그러니 그냥 묻거나 가르치는 방식으로는 아무런 소용이 없을 터였다. 나르치스는 자신이 이성의 권능을 지나치게 믿고 있었음을, 그로 인해 헛되이 너무 많은 말을 해왔음을 깨달았다.

하지만 그들을 결속시켜주는 사랑, 그들이 함께 보낸 시간들은 헛되지 않았다. 극명하게 다른 각자의 본성에도 불구하고 둘은 서로에게서 참으로 많은 것을 배웠다. 둘 사이에는 이성의 언어 외에도 영혼의 언어와 상징의 언어가 생겨나고 있었다. 마치 두 사람의 거처 사이에 마차를 몰거나 말을 타고 갈 수 있는 길이 나 있지만, 이외에도 조그만 샛길들이, 숨바꼭질 놀이를 하는 길이나 몰래 접근하는 뒷길이 생겨난 것과 같았다. 아이들이 다니는 꼬마길, 연인들을 위한 오솔길, 개나 고양이가 다니는, 거의 눈에 띄지 않는 길도 있었다. 골드문트의 영혼에 깃든 상상력은 여러 갈래 마법의 길을 지나 벗의 사고 속으로, 벗의 언어 속으로 점차 스며들어갔고, 이걸 받아들인 벗은 골드문트의 감각과 방식을 말 없이도 이해하고 공감할 수 있었다. 사랑의 빛 속에서 영혼과 영혼의 새로운 결속이 서서히 무르익었고, 그 후에야 비로소 말이 등장했다. 어느 날, 수업이 없는 휴일 도서관에서, 둘 다 아무도 기대하지 않았던 상황에서, 두 벗은 불현듯 깊은 대화를 나누게 되었다. 우정의 의미와 핵심을 건드린 대화는 둘의 관계에 새로운 빛을 비추었다.

그때 그들은 점성술을 이야기하던 중이었다. 점성술은 수도원에서 취급하는 학문이 아니었다. 심지어 금지되어 있었다. 점성술은 저마다 다른 인간의 기질과 용도, 운명에 질서와 체계를 부여하려는 시도라고 나르치스가 말했다. 그러자 골드문트가 끼어들었다. "당신은 항상 다르다는걸 강조하는데요. 이제는 그것이 당신 특유의 표현법이란 걸 알겠어요. 당신은 예를 들자면 우리 둘 사이의 커다란 차이를 즐겨 언급하는데, 그때마다 나는 그 커다란 차이란 것이, 기필코 차이점을 발견하고야 말겠다는 당신의 괴상한 집념에 불과하다는 생각이 들어요!"

나르치스가 대답했다. "맞아. 너는 핵심을 찔렀어. 사실 너에게는 다르다는 것이 크게 중요하지 않아. 그런데 나는 그것이 유일하게 중요하다고 봐. 나는 본성이 학자이고, 내 운명은 학문이야. 그런데 학문이란 네 말을 그대로 빌리자면 '기필코 차이점을 발견하고야 말겠다는 집념' 이상은 아니지. 학문의 특성을 그보다 정확히 묘사하는 말은 없을 거야. 우리 같은 학자들에겐 차이를 규명하는 일보다 중요한 건 없어. 학문은 곧 식별의 기술이니까. 예를 들어 어떤 사람에게서 다른 이들과 구분되는 특징을 발견한다면, 그것이 곧 그를 아는 일이지."

골드문트가 말했다. "그건 농사꾼 신발을 신고 있어서 농사꾼이고, 왕관을 쓰고 있으니 왕이라는 식이잖아요. 그것도 차이라면 차이죠. 하지만 그런 차이는 어린애라도 단번에 알아보지 않겠어요? 굳이 학문이 아니더라도."

나르치스가 말했다. "하지만 농사꾼과 왕이 똑같은 차림을 하고 있다면 어린아이는 구분할 수 없겠지."

골드문트가 대꾸했다. "그건 학문으로도 구분할 수 없죠."

나르치스가 말했다. "학문은 가능할 수 있지. 그래, 학문을 한다고 어린아이보다 똑똑한 건 아니야. 그걸 인정한다 해도 학문은 인내심이 더 강하고, 겉으로 드러난 피상적인 특징만으로 사물을 알아차리지는 않아."

골드문트가 말했다. "어린아이도 똑똑하면 그 정도는 할 수 있죠. 눈빛이나 태도를 보고 왕이라는 걸 알 수도 있구요. 결론은 당신들 학자들이 오만하다는 거예요. 당신들은 우리 같은 사람을 멍청이라고 생각하니까. 학문을 전혀 몰라도 얼마든지 똑똑할 수 있다는 걸 상상도 못해요."

나르치스가 말했다. "네가 그 점을 통찰하다니 참으로 기쁘다. 이제 너는 내가 말하는 너와 나 사이의 차이가 영리함의 차이가 아니라는 걸 깨닫게 될 거다. 내가 의미한 다름은 네가 더 영리한가 어리석은가가 아니야. 더 나은가 못한가도 당연히 아니고. 내 말은 단지 너는 나와 다르다는 것, 그뿐이야."

골드문트가 말했다. "그렇게 말하니 쉽게 이해되네요. 그런데 당신은 차이를 말하면서 반드시 특징의 차이만이 아니라 운명의 차이, 정해진 길의 차이도 자주 언급하잖아요. 당신의 길이 왜 나와 달라야 하나요? 당신은 나와 마찬가지로 기독교인이고, 나와 마찬가지로 수도원에서 일생을 보내기로 마음먹었고, 나와 마찬가지로 하늘에 계신 선량하신 아버지의 자식인데 말이죠. 둘 다 삶의 목적이 다르지 않잖아요. 영원한 축복. 우리에게는 같은 길이 정해져 있어요. 신에게 귀의하는 길이죠."

나르치스가 말했다. "아주 훌륭해. 교리서에는 한 인간이 다른 인간과 똑같다고 적혀 있지. 하지만 실제 삶에서는 그렇지 않아. 예수를 가슴에 안고 있는 사랑하는 제자와 예수를 배반한 제자, 둘에게 정해진 삶이 정말로 같다고 생각해?"

골드문트가 말했다. "나르치스, 당신은 소피스트야! 이런 식으로 나가면 우리는 영영 한 발짝도 가까워질 수 없어요."

나르치스가 말했다. "우리는 어떤 식으로도 가까워질 수 없어."

골드문트가 외쳤다. "제발 그런 식으로 말하지 말아요!"

나르치스가 말했다. "그게 내 진심인걸. 우리의 과제는 서로 가까워지는 것이 아니란다. 태양과 달이, 대양과 육지가 가까워질 일이 없듯이 말이야. 벗이여, 우리 둘은 태양과 달이고 대양과 육지인 거야. 우리의 목표는 서로의 장소로 넘어가는 것이 아니라 서로를 인식하는 것, 상대방의 본모습을 직시하고 존중하는 거지. 서로가 서로에게 대립이자 보완적인 존재가 되어서 말이야."

충격을 받은 골드문트는 고개를 떨궜다. 그의 얼굴에는 슬픔이 번졌다. 한참 뒤 그는 마침내 입을 열었다. "그래서 그동안 내 생각을 진지하게 받아들이지 않았던 건가요?"

나르치스는 망설였다. 하지만 이윽고 밝고도 단호하게 대답했다. "맞아, 골드문트. 너는 거기에 익숙해져야 해. 나는 너라는 인간을 진지하게 받아들인다는 걸 알아둬. 네 음성의 모든 음색, 네 모든 몸짓, 너의 모든 미소를 남김없이 진지하게 받아들여. 하지만 너의 생각, 그건 나에게 상대적으로 덜 진지해. 너의 본질을 이루는 너의 불가피한 요소, 그것이 내게는 중요하니까. 너는 다른 재능도 많은데 하필이면 그중에서도 생각을 그토록 진지하게 인정받고 싶어 하는 거지?"

골드문트는 쓸쓸하게 미소 지었다. "그것 봐요, 당신은 나를 여전히 아이 취급하잖아요!"

하지만 나르치스는 가차 없는 태도를 바꾸지 않았다. "네 생각의 일부가 어린아이 같은 건 사실이니까. 조금 전 우리가 나눈 대화를 기억하지? 학자보다 똑똑한 아이가 있을 수 있다고 말이야.

63

하지만 그 아이가 학문을 이야기하려 들면 학자가 전부 진지하게 받아들이긴 힘들겠지."

골드문트는 격하게 소리쳤다. "우리가 학문이 아닌 걸 이야기할 때도 당신은 날 비웃었잖아요! 내가 아무리 경건해도, 아무리 열심히 공부해도, 수도자가 되겠다는 내 소망이 유치하다며 비웃기만 했잖아요!"

나르치스는 엄한 눈빛으로 골드문트를 응시했다. "네가 골드문트일 때, 나는 너를 진지하게 대한다. 내 바람은 오직 하나, 네가 온전하고도 순수하게 골드문트가 되었으면 하는 거야. 너는 학자가 아니고 수도사도 아니야. 학자나 수도사는 평범한 사람도 될 수 있지. 너는 나에 비해 학문이 부족하고, 논리가 부족하고, 경건함이 부족하다고 스스로 생각하는 모양인데, 그건 틀린 생각이야. 너에게 부족한 건 오직 너 자신이야."

나르치스와의 대화로 충격받고, 심지어 마음의 상처까지 입은 골드문트는 침울하게 물러갔다. 하지만 며칠 후 다시 대화를 요청했다. 이번 대화에서 나르치스는 두 사람의 본성이 어떻게 다른지를 구체적으로 설명해주었고, 골드문트는 지난번보다 잘 받아들였다.

나르치스는 열성적으로 이야기했다. 이번에는 골드문트가 마음을 열고 훨씬 더 기꺼이 자신의 말을 수긍하는 걸 보니 그에게 작용하는 자신의 힘을 느낄 수 있었다. 성공에 한껏 고무된 그는 생각보다 많은 말을 했으며, 자기 자신의 열변에 잔뜩 취해버렸다.

"이걸 보게나, 벗이여. 내가 너보다 우월한 점은 한 가지밖에 없어. 네가 절반쯤 잠들었거나 아니면 완전히 잠들어 있는 상황에서 나는 언제나 깨어 있단다. 여기서 깨어 있음이란 자기 내면의 가장 깊은 곳, 비합리적인 에너지나 충동, 나약함을 이성으로, 그리고 의식으로 알고 있으며, 그것들이 언제든지 튀어나올 수 있다는 걸 염두에 두는 상태를 말해. 네가 나를 만난 의미도 그런 태도를 배운다는 데 있어. 골드문트, 네게는 정신과 본성, 의식과 꿈의 세계가 너무 멀리 떨어져 있어. 너는 어린 시절을 망각했지. 네 영혼의 어두운 심연에는 어린 시절이 여전히 아우성치는 거야. 너는 한동안 고통을 겪을 거다. 언젠가 아우성 소리에 귀 기울이면서 고통에서 풀려나겠지. 이 이야기는 이제 그만! 이미 말했듯이 깨어 있다는 점에서 나는 너보다 강해. 그런 점에서 너보다 우월하고, 너에게 유익한 존재인 거야. 그런데 다른 모든 것에서는 벗이여, 네가 우월하단다. 네가 너 자신을 발견한다면 금세 나보다 훨씬 뛰어난 존재가 될 거다."

골드문트는 망연자실한 채 정신없이 듣고 있었다. 하지만 '너는 어린 시절을 망각했지'라는 말이 나오자마자 화살이라도 맞은 듯 움찔하고 말았다. 하지만 나르치스는 알아차리지 못했다. 그는 자신의 말에 몰두해서 열변을 토할 때면, 마치 그래야 말이 잘 나온다는 듯 눈을 감고 있거나, 아니면 똑바로 앞만 쳐다보는 습관이 있었다. 그래서 골드문트의 얼굴에 순간적으로 경련이 일면서 표정이 어둡게 흐려지는 것을 보지 못했다.

"우월하다고, 내가 당신보다!" 골드문트는 더듬거렸다. 뭔가를 말하려 했으나 입이 떨어지지 않았다.

"물론이지. 네 유형의 기질, 강하면서도 예민한 감각, 넘치는 벅찬 감정을 가진 몽상가이자 시인, 사랑하는 자, 그들은 정신적 인간인 우리와 달라. 거의 항상 우리보다 우월하지. 너희의 근원은 모성이니까. 너희는 충만함 속에 살고, 너희는 사랑의 힘과 경험의 능력을 부여받았어. 반면 우리 정신적 인간은 겉으로는 너희를 이끌고 지도하는 듯 보이지만 충만하지 못하고 말라 시들어진 불모지 같아. 삶의 풍요함, 과실의 달콤함, 사랑의 정원과 아름다운 예술의 땅은 너희 것이야. 너희의 고향은 대지, 우리의 고향은 관념인 거지. 너희가 감각의 세계에서 익사할 위험이 있다면, 우리는 공기 없는 방에 갇혀서 질식할 위험이 있어. 너는 예술가이고 나는 철학자야. 너는 어머니의 가슴에 파묻혀 잠들고, 나는 사막에서 깨어나는 거지. 내게는 태양이 비치고, 네게는 달빛과 별빛이 쏟아져. 너는 소녀를 꿈꾸고, 나는 소년을……."

골드문트는 눈을 크게 뜨고, 연설가처럼 도취된 채 말을 이어가는 나르치스를 지켜보았다. 몇몇 말들이 그의 가슴에 검처럼 박혔다. 마지막 대목에 이르자, 그는 얼굴이 창백해지면서 두 눈을 감아버렸다. 그것을 본 나르치스가 깜짝 놀라 묻자, 혈색이 하나도 없이 시체처럼 새하얘진 골드문트는 꺼져가는 목소리로 대답했다. "예전에 당신 앞에서 쓰러지면서 눈물을 터트린 적이 있었잖아요. 기억할 거예요. 두 번 다시는 그런 꼴을 보이고 싶지 않아요. 나 자신을 용서하기 힘들 테고, 당신도 용서 못 할 테니까! 그러니 어서 이 자리를 떠나줘요. 날 혼자 내버려둬요. 내게 그런 끔찍한 말을 하다니."

나르치스는 매우 당혹스러웠다. 그는 자신의 말에 스스로 황홀했고, 평소보다 멋진 말이었다고 느꼈다. 그런데 이제 보니 자신의 말이 벗에게 심각한 충격을 주지 않았는가. 도중에 튀어나온 어떤 말이 벗에게 치명적인 상처를 준 것이었다. 이런 순간에 벗을 홀로 내버려둘 수 없어서 순간적으로 망설였지만, 골드문트의 이마에 경고의 주름이 새겨진 것을 보고 어쩔 줄 모르는 심정으로 자리를 떴다. 지금 벗은 혼자의 시간이 간절히 필요하므로, 그렇게 해준 것이다.

골드문트가 느낀 영혼의 팽팽한 긴장은 눈물로 터져 나오지는 않았다. 마음속 깊이 절망적 상처를 입은 기분, 벗이 가슴 한가운데에 갑작스레 단도를 꽂아버린 느낌이었다. 그는 힘겹게 숨을 몰아쉬면서 그 자리에서 꼼짝하지 못했다. 심장이 죽을 듯이 아프게 조여들고, 얼굴은 밀랍처럼 새하얗고, 양손은 마비되었다. 그때와 마찬가지의 충격이었다. 다른 점이라면 강도가 몇 단계 높다는 것뿐. 그때와 마찬가지로 목구멍이 조여오고, 어떤 끔찍한 것, 추악하고 견딜 수 없는 것을 똑바로 들여다봐야 한다는 공포심이었다. 하지만 이번에는 아무리 훌쩍이고 울어도 비참한 마음이 풀릴 것 같지 않았다. 맙소사, 도대체 그게 뭐란 말인가? 무슨 큰일이 벌어지기라도 했단 말인가? 누가 그를 죽이기라도 했나? 아니면 그가 누구를 죽이기라도 했나? 그 끔찍한 말은 도대체 뭐란 말인가?

그는 씩씩거리며 숨을 거세게 몰아쉬었다. 마치 독약을 들이

켠 자가 몸속 깊이 퍼진 치명적인 물질을 뱉어내겠다는 일념으로 미친 듯 서두르는 것처럼. 헤엄을 치듯이 팔을 크게 허우적거리며 방에서 나온 그는 무의식중에 수도원에서 가장 조용하고 인적이 없는 곳으로 달아났다. 복도를 지나 계단을 내려가 건물 밖으로 나갔다. 그는 수도원에서 가장 내밀한 피난처인 안뜰 회랑에 도달했다. 초록이 싱그러운 화단 위로 햇살 가득한 맑은 하늘이 펼쳐졌다. 석조 지하실의 서늘한 냉기를 관통하여 몇 줄기 달콤한 장미 향기가 머뭇거리듯 실려왔다.

그 순간, 나르치스는 아무것도 모르는 채로 그 일을 행해버린 것이다. 오래전부터 그가 열렬히 하고 싶었던 그 일을 말이다. 나르치스는 벗이 사로잡혀 있는 악마의 이름을 불렀고, 악마를 호출해냈다. 그의 말이 골드문트의 깊은 비밀을 건드리자마자 비밀은 미칠 듯한 고통에 발광하며 날뛰었다. 나르치스는 오랫동안 수도원을 뒤지며 벗을 찾아다녔다. 하지만 어디에도 벗의 모습은 보이지 않았다.

골드문트는 회랑 복도를 지나 안뜰의 십자형 정원으로 이어지는 육중한 석조 아치 아래 서 있었다. 아치의 기둥마다 새겨진 세 개의 짐승 머리, 개인지 늑대인지 알 수 없는 짐승의 머리가 눈을 크게 뜨고 그를 내려다보았다. 소름이 끼치면서 마음속 상처가 요동쳤다. 빛을 찾을 길이 없었다. 분별을 찾을 길이 없었다. 죽을 것 같은 공포가 그의 목구멍과 위장을 조여왔다. 기계적으로 고개를 든 그는 짐승의 머리가 세 개 새겨진 기둥 꼭대기를 올려다보았다. 그 순간, 자신의 내장에 사나운 짐승 세 마리가 들어앉아서 눈을 희번덕거리며 짖어대는 것만 같았다.

"나는 이제 죽겠구나." 그는 공포에 사로잡혔다. 그리고 무서 움에 온몸이 부들부들 떨리며 이런 생각도 들었다. "이제 정신이 나가버리겠지. 그러면 짐승의 아가리가 나를 삼켜버리겠지."

움찔움찔 떨며 그는 기둥 발치에 쓰러지듯 주저앉았다. 고통 이 너무도 커서 감당할 수 없는 한계점에 다다른 것이다. 정신이 아득해졌다. 얼굴이 아래로 기울어졌고, 그는 간절히 원하던 소 멸의 상태를 향해 꺼져갔다.

다니엘 수도원장은 오늘 그다지 즐겁지 못한 하루를 보냈다. 중년의 수도사 둘이 찾아와서 까마득한 과거에 질투심으로 유발 된 아무것도 아닌 시빗거리를 다시 들춰내면서 서로를 잡아먹을 듯이 헐뜯고 다툼을 벌였다. 원장은 그들의 말을 하나하나 경청 했고, 너무도 오랫동안 진정되지 않자 그들에게 경고했지만 아 무 소용이 없었다. 결국 그들을 쫓아내고 엄중한 문책을 내렸다. 하지만 마음속에서는 그의 조치가 아무런 효력이 없으리라는 느 낌이 가시지 않았다. 지쳐버린 원장은 지하 예배당의 기도실로 들어가 기도했지만 마음이 썩 개운해지지 않은 채로 다시 일어 섰다. 바람결에 살풋 실려오는 장미 향기에 이끌린 그는, 잠시 신 선한 공기라도 마실 겸 회랑으로 걸어갔다. 거기에는 정신을 잃 은 골드문트가 타일 바닥에 쓰러져 있었다. 항상 싱싱하게 빛나 던 젊은이의 뺨이 창백하게 생기를 잃은 것을 보고 소스라치게 놀란 원장은 안타까운 시선으로 소년을 바라보았다. 오늘은 정 말로 불운의 연속이로구나, 이런 일까지 생기다니! 원장은 소년을 일으켜 세우려 했으나 몸무게를 감당할 수 없었다. 땅이 꺼질 듯한 한숨을 내쉬며 자리를 뜬 노인은 젊은 수도사 둘을 불러 골드문트를 위로 옮기라고 지시했고, 치유사 안젤름 신부를 그에게 가보게 했다. 나르치스도 찾아오라고 사람을 보냈는데, 다행히 나르치스는 금방 나타났다.

"소식 들었나?" 원장이 물었다.

"골드문트 말인가요? 알고 있습니다. 방금 듣기로는 그가 병이 났다고도 하고, 아니면 다친 것 같다고도 하더군요. 정신을 잃은 그를 병실로 옮겼다지요."

"내가 그 아이를 회랑에서 발견했네. 거기서 뭘 하고 있었는지 알 수 없어. 그는 다친 게 아니라 기절한 거야. 마음이 찜찜해. 자네가 이 일과 분명 관련 있다는 느낌이야. 적어도 뭔가 이유를 알고 있을 것 같네. 그 아이는 자네의 단짝이니까. 그래서 자네를 불렀지. 말해보게."

나르치스는 늘 그렇듯이 절제된 태도와 언어로 오늘 골드문트와 나누었던 대화를 간략하게 설명하고, 소년이 도중에 너무도 갑작스럽고 격렬하게 동요를 일으켰다고 이야기했다. 원장은 언짢은 기색을 감추지 않으며 고개를 절레절레 흔들었다.

"기묘한 대화로군." 원장은 흥분하지 않으려고 애썼다. "자네의 말을 들어보면, 그건 타인의 영혼에 개입하는 대화로 들리는군. 그런 대화는 영혼을 돌보는 사제만이 가능하다고 말하고 싶네. 자네는 골드문트의 사제가 아니야. 골드문트뿐 아니라 누구의 사제도 아니지. 아직 서품을 받지 못했으니까. 어떻게 사제만

이 다룰 수 있는 문제를 놓고 학생인 골드문트를 상대로 조언자의 입장에서 대화를 벌일 수 있나? 결과를 보게. 이런 불상사가 발생하지 않았나."

나르치스는 부드럽게, 하지만 확고한 어조로 말했다. "결과가 어떨지는 아직 모릅니다, 신부님. 그의 반응이 너무도 격렬해서 저도 놀랐습니다만, 그래도 우리의 대화가 종국에는 골드문트에게 도움이 될 거라는 믿음은 변하지 않았습니다."

"결과야 두고 보면 되겠지. 내가 문제 삼는 건 결과가 아니라 자네의 행동이야. 도대체 무슨 이유로 골드문트와 그런 대화를 한 건가?"

"아시다시피 골드문트는 저의 벗입니다. 그에게 각별한 애정이 있어요. 그를 특별히 잘 안다고도 생각하구요. 신부님은 그를 대하는 제 태도가 사제와 같다고 했지만, 저는 한 번도 주제넘게 성직자의 권위를 흉내 낸 적이 없습니다. 단지 그가 자신을 아는 것보다 제가 조금 더 잘 안다고 믿었던 것뿐이죠."

원장은 어깨를 움찔거렸다.

"자네의 특기가 그것인 줄은 나도 잘 아네. 자네의 영향으로 나쁜 일이라도 생기지 말기를 바랄 뿐이야. 그런데 골드문트는 무슨 병인가? 원래 몸이 안 좋아서 문제가 생긴 건 아닌지? 허약한 편인가? 잠을 잘 못자는 건 아닌가? 먹는 건 문제가 없고? 어디 아픈 데가 있는 건 아니겠지?"

"아닙니다. 오늘 아침까지만 해도 건강했어요. 육체적으로는 아주 건강합니다."

"그럼 어디가 문제지?"

"영혼이 병들었어요. 아시겠지만, 그는 이제 막 성적 충동과 싸워야 하는 나이가 된 거죠."

"그건 나도 알아. 그 아이가 열일곱이지?"

"열여덟입니다."

"열여덟이라. 충분히 그러고도 남을 나이군. 그런 싸움은 자연스러운 거야. 누구나 한 번쯤 겪어야 하는 거고. 그런 이유로 그 아이가 영혼의 병을 앓는다고 말할 수는 없지."

"아닙니다, 신부님. 그게 전부가 아녜요. 골드문트는 아주 어렸을 때부터 영혼을 앓아왔어요. 그래서 이 시기의 싸움이 다른 아이들보다 훨씬 위험한 겁니다. 제 생각으로 그는 과거의 일부분을 망각해버렸고, 그래서 괴로워하는 상태예요."

"그래? 어떤 부분을?"

"어머니에 대한 것, 그리고 어머니와 관련된 기억 전부입니다. 저도 자세히는 몰라요. 제가 아는 건 그저 병의 근원이 거기 있다는 것입니다. 골드문트의 말로는 어린 시절에 어머니를 잃었다는 것 말고는 어머니에 대해 아는 게 없다고 합니다. 제 느낌으로는 그가 어머니를 부끄러워하는 것 같아요. 그의 재능은 대부분 어머니에게서 물려받은 게 분명한데도요. 그가 아버지에 대해 말한 내용을 보면 그처럼 외모가 뛰어나고 재능이 많고 독특한 개성의 아들을 가졌다는 것이 믿기지 않으니까요. 이런 이야기를 그가 들려줘서 아는 건 아닙니다. 몇 가지 단서를 토대로 추정한 것이죠."

수도원장은 처음에는 이 이야기가 너무 심각하게 과장되고 주제넘은 듯하여 속으로 웃기도 했고, 한마디로 부담스럽고 피곤하다고 여겼으나, 듣다보니 차츰 깊은 생각에 빠지게 되었다. 원장은 골드문트의 아버지를 떠올렸다. 어딘지 모르게 가식적이고 꺼림칙한 인물이었다. 그러다 보니 덩달아 생각났는데, 골드문트의 아버지가 그를 데려오던 날, 원장에게 그의 어머니에 대해서도 몇 마디 언급했던 것이다. 그녀가 자신에게 불명예를 안겨주고 떠났다고, 그렇게 말했다. 어린 아들에게서 어머니의 기억을 지우고, 어머니로부터 물려받았을 모종의 악덕을 억누르기 위해 자신은 최선을 다했노라고. 그의 의도는 성공을 거두어, 소년은 어머니가 범한 잘못의 속죄를 위해 자신의 일생을 기꺼이 신에게 바치기로 결심했다고.

수도원장은 오늘처럼 나르치스가 마음에 들지 않았던 날이 없었다. 그럼에도 이 탐색가의 추리는 얼마나 훌륭한가. 얼마나 훌륭하게 골드문트를 파악했는가!

마지막으로 오늘 벌어진 일에 대해서 다시 한 번 질문하자 나르치스는 대답했다. "오늘 골드문트가 받은 충격은 제가 의도한 바가 아닙니다. 저는 그가 자기 자신을 모르며, 어린 시절과 어머니를 망각하고 있음을 일깨워주었을 뿐입니다. 저의 어떤 말이 정곡을 찔렀고, 그의 어두운 암흑으로 치고 들어간 거죠. 제가 오래전부터 맞서 투쟁해오던 그 암흑으로요. 순간 그는 넋이 나가버린 듯했습니다. 저를 바라보는 눈빛이, 제가 누군지 전혀 모르겠다는, 심지어 자기 자신조차 모른다는 눈빛이었습니다. 저는 골드문트에게 자주 말했어요. 너는 잠들어 있다고, 완전히 깨어 있는 상태가 아니라고 말입니다. 이제 그는 깨어난 거죠. 확신할 수 있어요."

나르치스는 물러가도 좋다는 말을 들었다. 문책은 없었다. 하지만 당분간 환자를 만나서는 안 된다는 지시가 있었다.

그사이 안젤름 신부는 기절한 환자를 침상에 눕히고 곁에 앉아 있었다. 강력한 요법으로 환자의 의식을 돌아오게 하는 건 적절하지 않다는 생각이었다. 소년의 상태가 너무 좋지 않았기 때문이다. 주름진 얼굴의 선량한 노인은 소년을 따스한 눈빛으로 내려다보았다. 잠깐씩 소년의 맥박을 재고 심장 박동 소리를 듣기도 했다. 이 아이는 이상한 걸 먹은 게 틀림없어. 한 움큼의 팽이밥 혹은 그와 비슷한 풀을 뜯어먹었겠지. 그런 일은 이 아이가 처음도 아니고. 신부는 소년의 혓바닥을 볼 수 없었다. 그는 골드문트를 좋아했다. 하지만 새파랗게 젊은 주제에 어른인 척하고 다니는 그 벗은 너무 싫었다. 그러니 결국 이런 일이 생긴 거지. 이 아이가 이렇게 된 데는 분명 나르치스의 책임도 있을 거야. 이처럼 싱그럽고 환한 눈빛을 가진 사랑스러운 자연의 아이가 하필이면 콧대가 하늘을 찌르는 문법 교사와 친하다니. 교사라는 작자에게는 그리스어 문법이 세상의 모든 생명체를 합한 것보다 중요할 게 틀림없는데 말이다!

한참 시간이 흐른 뒤, 문이 열리고 수도원장이 들어왔을 때도 안젤름 신부는 기절한 환자의 얼굴을 뚫어지게 쳐다보는 중이었다. 얼마나 사랑스럽고 천진난만한 얼굴인가. 곁에 앉아 있는 사람으로서 어떻게든 도움을 줘야겠으나 아마도 그럴 수 없을 듯하다. 그래, 원인은 장염일 거야. 데운 포도주나 대황*을 처방하면 되겠지. 하지만 거의 초록빛이 돌 정도로 창백하고 살짝 찡그린 얼굴을 들여다볼수록 신부의 의심은 자꾸만 심각한 방향으로 번져갔다. 안젤름 신부는 경험이 많은 치유사였다. 오랜 세월을 살아오면서 신들린 환자들을 여러 번 보았다. 하지만 그런 의심을 혼잣말이라도 입 밖에 꺼내기 두려웠다. 그는 가만히 지켜보기로 했다. 만약에 이 불쌍한 아이가 귀신이 들린 거라면 원인 제공자는 멀리서 찾을 필요도 없지. 신부는 분노가 치밀었다. 그는 단단히 혼나야 할 거야.

수도원장이 가까이 다가와 환자를 살피더니, 환자의 한쪽 눈꺼풀을 조심스럽게 올려보았다.

"깨어날 수 있겠습니까?" 원장이 물었다.

"좀 더 기다리려고 합니다. 심장은 튼튼합니다. 아무도 아이 곁에 오지 못하게 해야 합니다."

"위험한 상태인가요?"

"그런 건 아닙니다. 상처도 없고, 얻어맞거나 넘어진 흔적도 없어요. 기절한 겁니다. 장염 때문일 거예요. 통증이 너무 심하면 의식을 잃을 수 있으니까요. 만약 독성 물질을 먹었다면 열이 날 텐데 그렇진 않거든요. 다시 깨어나면 생생해질 겁니다."

"정신적 요인 때문일 수도 있나요?"

---

* 大黃, 마디풀과의 여러해살이풀 대황류의 뿌리로 만든 한약재.

"부인하지는 않겠습니다. 그런데 전혀 이유를 모르시나요? 굉장한 충격을 받은 걸까요? 누군가 죽었다는 소식이라도 전해 들었나요? 심하게 싸웠다든지, 견딜 수 없는 모욕을 받았다든지? 그렇다면 전부 설명이 되지요."

"그건 모릅니다. 어쨌든 아무도 가까이 오지 못하게 신경 써주세요. 아이가 깨어날 때까지 곁에 있어주세요. 혹시 상태가 악화되거든 언제든 저를 불러주시구요. 한밤중이라도 상관없습니다."

병실을 떠나기 전 노인은 한 번 더 허리를 숙여 환자를 살폈다. 아이의 아버지와, 아름답고 쾌활한 금발 소년이 자신에게 처음 온 날을 생각했고, 소년을 보자마자 모두가 좋아했던 일을 떠올렸다. 수도원장도 소년이 마음에 들지 않았던가. 한 가지 점에서 나르치스의 말은 확실히 옳았다. 소년에게는 아버지를 떠올릴 만한 구석이 전혀 없었다! 아, 사방이 근심이로구나, 우리의 행위는 얼마나 부족한가! 혹시 자신이 이 가엾은 소년을 제대로 챙기지 못한 건 아닐까? 소년이 자기에게 맞는 고해신부를 만나지 못한 건 아닌가? 수도원을 통틀어 나르치스를 제외하고는 소년을 잘 아는 사람이 전무하다는 것, 이게 과연 바람직한가? 나르치스가 소년에게 도움이 될까? 그는 아직 수련수사 신분일 뿐, 정식 수도사도, 사제도 아니지 않은가. 그의 생각이나 세계관은 어딘지 모르게 불쾌한 우월의식이, 심지어 적개심이 스며 있지 않은가? 나르치스가 순종적인 가면 뒤에 어떤 악의를 품고 있는지, 어쩌면 이교도의 사상을 좇는지 누가 알겠는가? 사실이 무엇이

든 원장은 두 젊은이의 앞날을 책임져야 할 것이다.

골드문트가 의식을 찾았을 때 날은 이미 어두웠다. 머리가 텅 빈 듯했고 현기증이 났다. 그는 침대에 누워 있다고 느꼈지만, 그곳이 어딘지는 몰랐다. 궁금하지도 않았다. 아무래도 상관없었다. 원래는 어디에 있었더라? 어디에서 여기로 온 걸까? 어떤 낯선 경험을 했던 것일까? 그는 어딘가 아주 먼 곳에 있었다. 그곳에서 매우 특별하고 장엄한, 무서우면서도 잊을 수 없는 것을 보았다. 그런데 전부 잊고 말았다. 어디였던가? 그의 눈앞에 떠오른 것은 무엇이었나? 너무도 거대하고, 고통스럽고, 신성했으나 사라져버린 그것은?

그는 자신의 내면 깊숙한 곳으로 귀를 기울였다. 오늘 무언가가 터져 나왔고 무언가가 발생한 그곳. 그게 무엇이란 말인가? 뒤엉킨 이미지들이 사납게 요동치며 의식의 표면으로 떠올랐다. 그는 개의 머리를 보았다. 세 마리 개의 머리. 그리고 장미 향기가 났다. 오, 마음이 얼마나 아팠는지! 그는 눈을 감았다. 오, 마음이 얼마나 처절하게 아팠는지! 그는 다시 잠에 빠져들었다.

다시 깨어났을 때, 꿈의 세계가 의식의 바깥으로 빠르게 사라지는 찰나 그는 다시 그 이미지를 보았다. 그러자 고통스러운 욕정을 느낄 때처럼 몸이 반사적으로 움츠러들었다. 그는 보았다. 그는 보게 되었다. 그녀를 보았다. 크고, 환하게 빛나는 그녀, 활짝 피어난 꽃 같은 입, 반짝이는 머리칼. 그는 어머니를 보았다. 동시에 목소리도 들려온 것 같았다. "너는 어린 시절을 잊었어." 누구의 목소리지? 귀 기울여 듣고 생각해보니 기억이 났다. 나르치스였다. 나르치스? 그 순간, 벼락을 맞은 듯 모든 것이 생생하게 떠올랐다. 기억이 났다. 그는 알았다. 오, 어머니, 어머니! 산더미 같은 파편이 걷히고 망각의 대양이 물러갔고 사라져버렸다. 잃어버린 어머니가 위엄 있는 연푸른 눈동자로 그를 바라보고 있었다. 말로 할 수 없을 만큼 사랑했던 어머니.

침대 곁 팔걸이의자에서 졸고 있던 안젤름 신부가 깨어났다. 그는 환자의 움직임 소리와 숨소리를 들었다. 신부는 조심스레 일어섰다.

"누구신가요?" 골드문트가 물었다.

"나야 나, 걱정 말아. 불을 켜줄게."

신부가 램프에 불을 붙이자 불빛이 그의 주름진 온화한 얼굴을 비췄다.

"제가 아픈 건가요?" 소년이 물었다.

"아이야, 넌 기절했어. 손을 내밀어봐라, 맥박을 재야 하니까. 기분은 어떠니?"

"좋아요, 안젤름 신부님. 돌봐주셔서 감사해요. 이제 괜찮아요. 약간 피곤한 것만 빼면 다 좋아요."

"당연히 피곤하겠지. 다시 잠이 올 거다. 그전에 뜨겁게 데운 포도주 한 모금을 마시렴. 여기 준비해놓았어. 같이 한잔하면 되겠네. 우애를 위해 건배하자구."

신부는 세심하게도 포도주를 도기 잔에 미리 따라서 뜨거운 물이 든 그릇에 담가놓고 있었다.

"둘 다 한잠을 자고 일어난 셈이군." 신부는 웃음을 터트렸다.

"너는 나를 그저 간호만 할 줄 아는 고지식한 사람이라고 생각하겠지. 웃고 즐길 줄은 모르는. 그럴 리가, 우리도 사람인데. 젊은이, 우리 함께 이 마법의 음료를 조금 마시자구. 몰래 살짝 즐기는 한밤의 주연보다 멋진 일이 어디 있겠나. 자, 건배!"

골드문트는 웃음을 터트렸다. 그리고 잔을 부딪치고 술을 음미했다. 계피와 패랭이꽃으로 맛을 내고 설탕을 넣은 달콤한 포도주는 처음이었다. 예전에도 아팠었는데, 그때는 나르치스가 돌보아주었다. 이번에는 안젤름 신부님이 정성스레 돌봐주는구나. 골드문트는 기분이 좋았다. 깊은 밤, 가물거리는 작은 램프 불빛 아래 누워 나이 든 신부님과 함께 따뜻하게 덥힌 한 잔의 달콤한 포도주를 마시는 일은 아늑하고도 신기한 체험이었다.

"배가 아프니?" 노인이 물었다.

"아뇨."

"그렇군. 나는 네가 장염에 걸렸을 거라고 생각했지. 그런데 아니었나보다. 혀를 내밀어봐라. 됐다. 늙은 안젤름이 또 잘못 짚었군. 아침까지 얌전히 누워 있으면 내가 다시 오마. 포도주는 다 마셨니? 잘했다. 몸에 좋을 거다. 어디 남아 있나 볼까. 우리 둘이 반잔 정도 마실 만큼 있구나. 똑같이 나눈다면 말이야. 그나저나 너 때문에 다들 얼마나 놀랐는지 몰라, 골드문트! 회랑에 시체처럼 축 늘어져 있었으니. 정말 배가 아프지 않단 말이지?"

그들은 웃으며 환자용 포도주를 나누어 마셨다. 신부는 우스갯소리를 했고, 골드문트는 즐거워하며 다시금 생기가 반짝거리는 눈동자에 감사의 빛을 담아 신부를 바라보았다. 그리고 노인은 잠자리로 갔다.

한동안 골드문트는 잠이 들지 못했다. 내면의 이미지들이 다시 서서히 눈앞에 나타났다. 벗의 말 한마디 한마디가 활활 타올랐다. 그의 영혼에서 빛나는 금발의 여인이, 어머니가 다시 나타났다. 더운 바람처럼, 그녀의 이미지는 그를 관통해 지나갔다. 생명과 온기, 부드러움, 그리고 내밀한 경고를 품은 구름처럼. 오, 어머니! 내가 어머니를 잊었다니, 어떻게 그럴 수 있었을까요!

5장

골드문트는 어머니에 대해 몇 가지 알고 있었지만, 전부 다른 사
람에게서 들은 것뿐이었다. 어머니의 모습은 전혀 남아 있지 않
았다. 어머니에 대해 자신이 안다고 생각하는 내용도 대부분 나
르치스에겐 말하지 않았다. 어머니는 입에 올려서는 안 되는 사
람, 수치스러운 사람이었다. 어머니는 댄서였다. 어머니는 지체
가 높았으나 불운한 이교도 출신이었다. 골드문트의 아버지는
그녀를 가난과 치욕에서 구해냈다고 말했다. 그녀가 이교도인지
아닌지 확신하지 못한 아버지는 그녀에게 세례를 받게 하고 교
리 공부도 시켰다. 그녀와 결혼했고, 존경받는 부인으로 만들었
다. 처음 몇 년 동안은 잘 길들여진 상태로 모범적인 생활을 하던
그녀는 결국 춤추던 습관을 잊지 못하고 점점 거슬리는 행동을
하더니 남자들을 유혹했고, 며칠이고 몇 주일이고 집에 들어오
지 않아 마녀라는 오명까지 쓰고 다녔으며, 남편이 몇 번이나 찾
아서 집으로 데려오기를 반복한 끝에 결국 영영 모습을 감추고
말았다. 하지만 그녀에 관한 소문은 한동안 사라지지 않았다. 흉
측한 소문이 혜성의 꼬리처럼 너울거리며 한참을 타오르다가 마
침내 완전히 꺼졌다. 남편은 그녀 때문에 수년 동안 시달리던 불
안, 경악, 수치, 끝도 없는 충격으로부터 서서히 회복되었다. 그

는 타락해버린 여자 대신 아들을 교육했다. 아들은 외모나 얼굴이 어머니와 아주 닮았다. 울분에 찬 아버지는 과도하게 신앙을 강조하는 사람이 되어 골드문트에게 어머니의 죄를 씻으려면 일생을 신에게 귀의해야 한다는 믿음을 심어준 것이다.

골드문트의 아버지 입장에서는 그다지 내키지 않는 내용이지만, 그는 종종 사라진 아내에 관해 위와 같은 이야기를 아들에게 들려주곤 했다. 골드문트를 수도원에 데려오던 날에 수도원장에게도 비슷한 암시의 말을 했던 것이다. 괴롭기만 한 전설이 아들이 어머니에 대해 알고 있는 전부이기도 했다. 아들은 이런 이야기를 마음 한구석으로 밀어버리고 망각하는 법을 배웠다. 하지만 어머니의 진짜 모습, 아버지나 하인들을 통해 들은 악의적이고 흉악한 소문이 아닌 실제 어머니의 모습까지도 완전히 마음에서 지우고 말았다. 어머니에 대한 자신의 기억, 실제 체험으로 알고 있던 어머니를 망각한 것이다. 그런데 이제 그 모습이, 어린 시절의 별이었던 사람이 다시 수면 위로 떠오른 것이다.

"어떻게 그토록 까맣게 잊을 수 있었는지, 지금도 이해할 수 없어요"라고 골드문트는 벗에게 털어놓았다. "일생 동안 어머니처럼 많이 사랑한 사람이 없었는데, 그처럼 절대적으로, 그처럼 열렬하게 숭배와 경탄을 바친 사람은 없었단 말입니다. 어머니는 내게 태양이자 달이었죠. 내 영혼을 그처럼 밝게 비추던 모습이 어둠 속으로 사라지고, 어떻게 그 자리에 사악하고 창백하고 형체도 없는 마녀가 자리 잡았는지, 몇 년 동안이나 아버지와 나에게 왜곡된 모습으로 각인되었는지, 도저히 알 수 없어요."

나르치스는 얼마 전 수련수사 기간을 마치고 정식 수도사복을 입게 되었다. 그리고 이상하게도 골드문트를 대하는 태도가 바뀌었다. 골드문트도 예전에는 벗이 보내는 신호나 경고를 불쾌한 거드름이나 잘난 척이라고 싫어했는데, 지난번 큰 경험 후로는 벗의 지혜로움을 감탄하고 칭송하게 되었다. 벗의 말이 예언처럼 들어맞지 않았는가! 너무나 놀랍게도 자신의 마음속을 그대로 꿰뚫어보고 일생의 비밀을, 숨겨진 상처를 정확히 맞추지 않았는가! 너무도 지혜롭게 자신을 치유해주지 않았는가!

소년은 다 나은 듯 보였다. 기절은 아무런 후유증이 없었고, 예전의 장난기, 아이답지 않은 과한 조숙함, 진정성 없는 태도도 보이지 않았다. 너무 이른 나이에 몸에 밴, 수도사인 체하던 태도나 신에게 특별히 봉사할 의무가 있다는 믿음이 사라진 것이다. 소년이 자기 자신을 찾은 후, 그는 더욱 젊어지고 동시에 더욱 성숙해진 것 같았다. 모든 것이 나르치스 덕분이라고 소년은 감사히 여겼다.

그러나 나르치스는 얼마 전부터 벗을 극히 조심스럽게 대하고 있었다. 골드문트가 나르치스에게 열광과 경탄을 숨기지 않는 데 반해 그는 대단히 겸손하게, 조그만 우월의식도 없이, 가르치려 들지 않는 태도로 일관했다. 나르치스는 골드문트가 어느 신비로운 근원에서 솟아난 힘을 마음껏 들이켠 것을 보았다. 그러나 자신은 그 힘에 대해 아는 바가 없었다. 그 힘이 더욱 성장하도록 지원할 수 있었으나 그 힘을 나누어 가질 수 없었다. 그는 기꺼운 마음으로 벗이 자신의 지도권에서 벗어나는 것을 지켜보았다. 간혹 슬프기도 했다. 그는 이제 디디고 넘어선 계단, 내던져진 껍질이라는 느낌이었다. 그에게 너무도 소중했던 우정의 끝이 가까웠다. 하지만 아직은 그가 골드문트에 대해 골드문트 자신보다 많이 알았다. 골드문트가 스스로의 영혼을 되찾았고 영혼의 부름에 응답할 준비가 되었지만, 그 길이 어디로 향할지 골드문트는 아직 모르기 때문이다. 나르치스는 알고 있었으나 아무런 힘이 없었다. 그가 사랑하는 벗이 앞으로 나아갈 길은 나르치스 자신도 한 번도 디뎌보지 못한 미지의 땅이기 때문이다.

　학문에 대한 골드문트의 욕망은 현저히 줄어들었다. 벗과 대화를 나눌 때 논쟁적 언사를 즐기던 버릇도 사라졌다. 도리어 그런 태도를 보였던 과거의 대화를 부끄러워했다. 그사이 나르치스는 수련 기간을 마친 탓인지, 아니면 골드문트와의 경험 때문인지 은둔과 금욕 생활, 영적 단련의 필요성을 간절히 느꼈다. 금식을 하고 오랜 시간 기도를 드리고 자주 고해하고 자발적으로 참회하는 생활을 원했다. 골드문트 역시 이런 소망을 이해했을 뿐 아니라 거의 함께 나눌 태세였다. 영혼의 병이 나은 후부터 그의 본능은 아주 예리해졌다. 미래의 일은 조금도 알지 못했지만, 그럼에도 자신의 운명이 준비되었다는 것, 순결과 평온으로 보호받던 모종의 유예기가 끝나고 자신 안의 모든 요소가 팽팽하게 긴장한 채 대비 중이라는 것을 무서울 정도로 강렬하고 선명하게 느끼고 있었다. 그 느낌은 종종 축복이어서 그는 갓 사랑에 빠진 남자처럼 설레며 밤잠을 설치기도 했지만, 어떤 때에는 어둡게 가슴을 조여오는 압박감이기도 했다. 어머니가 그에게 돌아왔다. 오랫동안 잃어버렸던 어머니가. 그것은 숭고한 행복이었다. 그러나 어머니의 유혹하는 음성이 그를 어디로 이끌 것인가? 불확실성으로, 올가미로, 위기로, 그리고 어쩌면 죽음으로. 어머니의 부름은 그를 고요함으로, 부드러움으로, 안전함으로, 수도사의 독방이나 일평생의 수도원 생활로 이끌지는 않았다. 어머니의 부름은 오랫동안 그가 자신의 소망이라고 착각해온 아버지의 계율과 아무런 공통점이 없었다. 격렬한 육체의 감각처럼 강하고, 불안하고, 타는 듯 화끈거리는 느낌으로 인해 골드문트의 경건함은 더욱 굳건해졌다. 그는 성모 마리아에게 반복해서 기나긴 기도를 바치면서 자신을 어머니에게로 끌고가는 격랑의 물살에서 해방될 수 있었다. 하지만 기도는 최근 자주 나타나는, 기이하면서도 장려한 또 다른 꿈으로 끝나버렸다. 깨어 있으면서 꾸는 꿈, 반쯤 잠든 상태로 꾸는 그것은 어머니에 관한 꿈이었다. 그는 모든 감각으로 꿈을 느끼고 감지했다. 어머니의 세계가 향기로 그를 둘러쌌고, 그를 응시하는 신비한 사랑의 눈동자에는 어둠이 서려 있었으며, 대양이나 낙원처럼 깊은 술렁임이 들려왔고, 의미가 없는, 아니 의미로 넘쳐흐르는 낮은 교성이 부드러운 애무와 함께 이어졌다. 달콤한 맛과 짠맛이 났고, 비단결 같은 머리카락이 목마른 입술과 눈동자를 스쳤다. 어머니 안에는 모든 것이 감미로웠고, 달콤하고 푸른 사랑의 눈길이 있었으며, 행복을 약속하는 매혹의 미소, 위로의 어루만짐이 있었다. 그러나 어머니 안에는 우아한 의상 아래 어딘가에 모든 끔찍함과 어두움, 모든 탐욕과 공포, 모든 죄악, 모든 불행, 모든 탄생과 불가피한 죽음이 있었다.

골드문트는 꿈속으로, 무수한 영혼의 가닥으로 이루어진 감각의 직물 속으로 깊이 빠져들어갔다. 그 안에는 사랑했던 과거의 기억들, 어린 시절과 어머니의 애정, 황금빛 햇살 가득한 생의 아침이 매혹적으로 펼쳐졌다. 하지만 그 안에는 위협적인 미래, 언약으로 유혹하는 위험한 미래도 넘실대고 있었다. 어머니와 마돈나, 그리고 사랑하는 여인이 하나로 합쳐진 꿈을 꾸고 나면 무서운 범죄나 신성모독을 저지른 듯했다. 그것은 무엇으로도 속죄가 불가능한 죽음의 죄였다. 그런가 하면 어떤 때는 꿈속에서 구원과 조화의 총체를 발견하기도 했다. 비밀 가득한 삶이 그를 응시했다. 그것은 깊이를 짐작할 수 없는 암흑의 세계이고, 동화 속 위험이 가득한 거친 가시덤불 숲이었다. 그것은 어머니의 비밀이었다. 어머니로부터 온 어머니에게로 이끄는 비밀, 어머니의 환한 눈동자에 잠긴 어두운 환環, 작고 위협적인 심연이었다.

어머니의 꿈속에서는 잊어버린 어린 시절의 수많은 장면이 나타났고, 끝없이 깊은 망각으로부터 무수한 작은 기억의 꽃들이 아름답게 피어올라 예감의 향기를 풍겼다. 어린 시절의 느낌, 아마도 어린 시절의 체험, 그리고 아마도 어린 시절 꿈의 기억들. 종종 물고기 꿈을 꾸기도 했다. 검은색과 은색의 물고기가 그를 향해 서늘하고 매끄럽게 헤엄쳐왔고, 그의 몸 안으로 들어왔으며, 그를 관통해 지나갔다. 더 멋진 현실에서 행운의 전언을 가지고 온 우아한 사자처럼 꼬리를 흔들며 어렴풋하게 희미해졌고, 이윽고 멀리 사라지면서 전언 대신 새로운 비밀을 남겨놓았다. 그의 꿈에서는 종종 헤엄치는 물고기와 허공을 나는 새들이 나타났다. 모든 물고기와 새들은 그의 피조물이었고, 그의 의지에 복속된 존재로 자신의 호흡처럼 조종이 가능했으며, 그의 시선이나 생각처럼 광채를 내뿜었다가 다시 그의 안으로 회귀했다. 또한 그는 정원을 꿈꾸었다. 동화 같은 꽃들이 만발한 마법의 정원에는 거대한 꽃들, 깊숙하고 검푸른 동굴이 있었다. 풀잎 사이로 이름 모를 짐승들이 눈동자를 번득였고, 근육질의 매끈거리는 뱀이 나뭇가지를 스르르 타고 다녔다. 포도 덩굴과 낮은 덤불에는 송이가 커다란 열매들이 촉촉이 물기를 머금은 채 반짝거렸다. 그가 열매를 따자 손 안에서 가득 부푼 열매는 피처럼 뜨끈한 즙을 흘렸다. 혹은 눈동자를 가져서 뭔가를 애타게 찾는 것처럼 교활하게 이리저리 움직이기도 했다. 그는 어느 나무에 기대서서 손으로 더듬거리며 나뭇가지를 잡았고, 나뭇가지와 나무줄기 사이에 꼬불꼬불하게 뭉친 두터운 털뭉치가 마치 겨드랑이 털처럼 자리 잡았음을 보았고, 감촉으로도 확인했다. 자기 자신에 대하여 혹은 그의 세례명 성인聖人인 골드문트, 즉 황금의 입을 가진* 크리소스토모스에 대한 꿈을 꾸었다. 그는 황금의 입으로 말을 했고, 그의 입에서 나온 말들은 작은 새들의 무리가 되어 날개를 파닥이며 떼 지어 멀리 날아갔다.

　언젠가는 이런 꿈도 꾸었다. 그는 큰 어른이었는데, 아이처럼 바닥에 쪼그리고 앉아 있었다. 아이들처럼 앞에 놓인 찰흙을 주

---

* 독일어로 골드문트(Goldmund)는 '황금의 입'이라는 뜻이다.

물러 여러 가지 형상을 만들며 놀았다. 찰흙으로 작은 말, 황소, 남자와 여자를 만드는 놀이는 재미있었다. 짐승이나 남자 형상에게 말도 안 되는 커다란 성기를 달아주기도 했다. 꿈속에서는 그것이 무척 우습다고 느꼈다. 그러다가 놀이에 싫증이 나서 자리를 떴는데, 뒤에서 뭔가 이상한 기척이, 뭔가 살아 있는 커다란 것이 소리 없이 다가온다는 느낌이 들었다. 돌아보니 세상에 기절할 듯이 놀라워라, 하지만 아주 재미없지는 않게도 자신이 만든 조그만 찰흙 형상들이 커다란 생물로 살아난 것이다. 단순히 큰 게 아니라 엄청난 거인 형상들이 그의 곁을 지나갔는데, 걷는 중에도 계속 커지는 그들은 마침내 거대한 탑처럼 우뚝 솟은 채 세상 속으로 들어갔다.

꿈의 세계에서 그는 현실 세계보다 많은 삶을 살았다. 현실 세계는 교실, 수도원 마당, 도서관, 공동침실과 예배당이 전부인데다 지극히 피상적이라서 꿈으로 가득한 초현실적 이미지의 세계에 덮인 채 떨리는 엷은 피부에 불과했다. 그 엷은 피부는 조그만 충격에도 금세 구멍이 뚫릴 것 같았다. 무미건조한 강독 중에 문득 불길하게 울리는 하나의 그리스어 단어, 안젤름 신부의 약초 채집용 자루에서 풍겨 나오는 한 줄기 향기, 아치형 창문 위쪽에서 무성하게 흘러내린 석조 장식 덩굴 이파리에 머문 시선, 그런 사소한 자극도 현실의 피부를 쉽게 뚫고 들어올 것 같았다. 그리하여 평화롭고 엷은 현실의 뒤편에 감춰진 광란하는 심연을 건드려 홍수처럼 분출한 영혼의 이미지들이 은하수로 흘러가게 하리라. 라틴어 철자는 향기로운 어머니의 얼굴이 되었고, 아베 마리아의 길게 늘어지는 음색은 천국의 문을 이루었다. 그리스어 철자는 달리는 말로, 나무를 타고 오르는 뱀으로 변하여 꽃잎 아래로 소리 없이 미끄러졌으며, 그들이 사라진 자리는 다시 딱딱한 문법책 페이지로 돌아왔다.

골드문트는 자신의 꿈을 말하지 않았다. 아주 드물게 나르치스에게 한두 번 암시를 준 것이 전부였다.

골드문트는 이렇게 말했다. "꽃잎 한 장이나 길 위의 작은 벌레가 도서관 전체의 책들보다 훨씬 많은 의미를 지닌다는 생각이 들어요. 철자나 단어로 무엇을 말할 수 있겠습니까. 세타θ나 오메가Ω 같은 그리스어 철자를 쓸 때, 펜을 아주 살짝만 움직여도 철자는 멋스러운 꼬리가 달린 물고기가 되고, 순식간에 세상의 모든 시냇물과 강물, 모든 서늘함과 축축함, 호머의 태양과 베드로가 고기를 잡던 호수를 연상시키죠. 철자는 새가 되기도 해요. 꼬리를 치켜들고, 깃털을 곤두세우고, 몸을 부풀리고, 웃고, 날아가요. 나르치스, 보나 마나 당신은 그런 철자들이 별것 아니라고 생각하죠? 하지만 나는 신이 그런 철자로 세상을 기록했다고 믿어요."

"나도 철자가 중요하다고 생각해." 나르치스는 슬프게 말했다. "마법의 철자들이 있지. 모든 악령을 호출할 수 있는 글자들 말이야. 하지만 그런 글자는 학문을 하는 데 적합하지 않아. 정신은 확실한 형체를 갖춘 걸 사랑하니까. 정신은 기호에 의존하기를 원해. 미래가 아닌 현존을 원하고, 가능성이 아닌 실제를 원해. 오메가가 뱀이나 새[鳥]로 변하는 것을 참지 못해. 그래서 정신

은 자연 속에서 살지 못하고, 자연에 대항해서 자연의 대립자로
사는 거야. 골드문트, 이제 네가 영원히 학자가 되지 못할 거라는
내 말을 믿겠니?"

오 그렇다, 골드문트는 오래전부터 믿고 있었다. 동의하고 있
었다.

"이제 더 이상 정신을 위해 살겠노라고 이를 악물고 있진 않아
요." 골드문트가 살짝 웃음을 섞어 말했다. "나에게 정신이나 학
문의 세계는 아버지의 세계와 비슷한 거죠. 나는 아버지를 매우
사랑한다고 믿었고, 아버지처럼 되고 싶었어요. 아버지 말이라
면 뭐든지 맹신한 거죠. 하지만 어머니가 다시 나타나자마자 사
랑이 무엇인지 확실히 깨달았어요. 어머니의 이미지 곁에서 아
버지의 이미지는 갑자기 초라하고 거북한 것, 거의 불쾌감을 일
으키는 것이 되었죠. 지금 나는 정신적 세계를 아버지의 것으로,
어머니가 아닌 것, 어머니를 적대시하는 것으로 보고, 따라서 가
치를 조금 덜 두는 편이기도 해요."

골드문트는 일부러 농담조로 말했지만, 벗의 얼굴에 어린 슬
픔의 빛은 지워지지 않았다. 나르치스는 말없이 소년의 얼굴을
물끄러미 바라보았다. 그것은 다정히 어루만지는 시선이었다.
나르치스가 입을 열었다. "네 마음 충분히 이해해. 이제 우리는
더 이상 다툴 일이 없어. 너는 깨어난 거야. 너와 나 사이의 차이
를 알게 된 거지. 어머니의 근원과 아버지의 근원, 영혼과 정신의
차이를 깨달았어. 그러니 이제 머지않아 수도원의 삶과 수도사
가 되겠다는 집념도 허상이었음을 알게 되겠지. 어머니를 생각

하는 네 마음을 죄악시하고 속죄를 강요하기 위해 혹은 단지 자신의 복수심을 위해 네 아버지가 만든 거짓 믿음이었다고 말이야. 어떠니, 아직도 수도원 생활이 숙명이라고 믿는 거냐?"

골드문트는 생각에 잠긴 얼굴로 벗의 손을 바라보았다. 고결하면서도 강인하고, 부드러우면서도 마른 하얀 손이었다. 그것은 누구도 부정할 수 없는 금욕 생활을 하는 학자의 손이었다.

"모르겠어요." 골드문트는 노래하듯이 하나하나의 발음을 길게 늘이는, 얼마 전부터 생긴 새로운 어투로 망설이면서 대답했다. "정말로 모르겠어요. 당신은 내 아버지에 대해 좀 가혹한 평가를 내리는데, 아버지도 많이 힘들어했거든요. 그래도 이 문제는 당신이 옳을 거예요. 수도원에 온 지 3년이 넘었는데 아버지는 한 번도 찾아오지 않았으니까요. 아버지는 내가 영원히 이곳에서 살기를 희망했죠. 그게 최선일 테니까요. 나도 그걸 원했고. 하지만 지금은 내가 정말로 원하는 게 뭔지 모르겠어요. 예전에는 모든 게 단순했어요. 교과서의 철자들처럼 단순했다구요. 그런데 이제는 단순하지 않아요. 심지어 철자들도 더 이상 단순하지 않게 되었죠. 모든 것이 수많은 의미를 지니고 수많은 얼굴을 가졌어요. 내가 앞으로 뭘 하면 좋을지 모르겠어요. 이제는 그런 문제를 생각하는 것조차 힘들어요."

"억지로 생각하지 마." 나르치스가 말했다. "너의 길은 앞으로 저절로 나타날 테니까. 너를 어머니에게로 이끈 것으로 그 길은 이미 시작되었어. 이제 어머니에게로 더욱 가까이 데려다줄 거다. 네 아버지 말인데, 그에 대한 내 평가는 절대로 가혹한 게 아냐. 혹시 아버지에게로 돌아갈 생각을 하고 있니?"

"그건 분명 아니에요, 나르치스. 그럴 거면 학교를 졸업하자마자 돌아가고 말죠. 아니면 지금 당장 갈 수도 있고요. 학자가 될게 아니라면 라틴어나 그리스어, 수학은 이만하면 충분히 배운 거잖아요. 아버지에게 돌아가지 않아요……."

생각에 잠긴 얼굴로 멍하니 앞만 바라보던 골드문트는 불쑥 소리쳤다. "당신은 항상 그렇게 내 속을 훤히 꿰뚫는 질문을 하고, 나 스스로 진실을 알아차리도록 말을 하는 건가요? 지금도 그래요. 당신은 그저 아버지에게 돌아갈 거냐고 묻기만 했는데, 질문을 받자마자 불현듯 그러고 싶지 않다는 걸 깨달았어요. 어떻게 그럴 수 있죠? 당신은 이미 알고 있는 거죠? 당신은 자신과 나에 대해 많은 말을 했는데, 처음 들을 때는 전혀 이해하지 못하다가 항상 나중에야 정말 중요한 말이라는 걸 아는 식이에요! 내 본성의 근원이 어머니로부터 왔다고 말한 것도 당신이고, 내가 뭔가에 홀려서 어린 시절을 망각했다고 알아차린 것도 당신이에요! 당신은 어떻게 사람 속을 훤히 들여다보죠? 그 방법을 나도 알면 안 돼요?"

나르치스는 미소 띤 얼굴로 고개를 저었다.

"그건 안 돼, 넌 할 수 없는 일이야. 뭐든지 배울 수 있는 사람이 있지만, 너는 그런 사람이 아냐. 너는 절대 배우는 사람이 못 돼. 왜 배워야 하지? 그럴 필요가 없는데. 대신 다른 재능이 있잖아. 너는 나보다 훨씬 재능이 많아. 나보다 풍부하면서 동시에 나보다 약해. 너의 길은 내 길보다 아름다우면서 힘든 길이야. 너는 내 말을 이해하려 들지 않았고, 망아지처럼 발버둥 쳤어. 그런 일이 너무 많아서 나도 쉽진 않았단다. 그래서 너에게 상처를 자주 주었고, 나로서는 잠들어 있는 너를 두고 볼 수만은 없었어. 어떻게든 깨워야만 했어. 너에게 처음 어머니의 기억을 일깨워주었을 때 충격과 상처가 컸을 거야. 마음이 무척 아팠겠지. 너는 시체처럼 회랑에 쓰러져 있었어. 하지만 어쩔 수 없는 일이야. 아니, 내 머리를 쓰다듬지 마! 싫어, 손을 치워! 이런 행동은 정말 좋아하지 않는단 말이야!"

"그래서, 난 아무것도 배우지 못한단 말이죠? 평생 아무것도 모르는 어린아이로 살 거란 말이죠?"

"앞으로 네가 배울 스승은 다른 곳에 있단 말이다. 나에게서 배울 수 있는 건 모두 배웠으니, 우리 사이는 이제 끝난 거야."

"말도 안 돼!" 골드문트가 부르짖었다. "우리가 그러자고 친구가 된 겁니까? 잠깐 동안 함께하다가 목표를 이루었다고 끝이라니, 무슨 우정이 그래요? 내가 지겨운가요? 내가 싫어진 거 맞죠?"

나르치스는 잠시 시선을 바닥에 떨구고 격한 동작으로 왔다 갔다 하다가 벗 앞에 우뚝 멈췄다.

"화내지 마라." 그가 다정하게 말했다. "네가 싫어진 게 아니야. 그건 네가 잘 알고 있잖아."

확신하지 못하는 눈빛으로 벗을 잠시 살피던 나르치스는 주변을 이리저리 서성이다가 골드문트 앞에 멈춰서 그를 응시했다. 골격이 드러난 마르고 엄격한 얼굴에 눈빛이 단호했다. 조용하지만 확고하고 굳은 목소리로 그가 말했다. "잘 들어라, 골드문트! 우리는 좋은 우정을 나누었다. 우정에는 목표가 있었고, 그걸 이루었어. 우정이 너를 깨어나게 한 거야. 나도 우정이 끝나지 않았으면 해. 늘 새롭게 태어나고 새로운 목표로 나아갔으면 해. 그렇지만 지금 이 순간, 아무 목표가 없어. 너의 목표는 불확실해서 나는 너를 인도할 수도 동행할 수도 없어. 너의 어머니에게 물어봐. 어머니의 형상에게 물어봐. 어머니의 말에 귀를 기울여! 하지만 내 목표는 불확실한 세계가 아니야. 그건 바로 이곳, 수도원에 있으니까. 내 목표는 늘 나에게 뭔가를 요구하지. 나는 너의 벗이 될 수 있어. 그러나 사랑에 빠져서는 안 돼. 나는 수도사야. 나는 서약을 바쳤어. 사제 서품을 받기 전까지는 교단을 휴직하고 칩거하면서 여러 주일 동안 금식과 피정에 들어가려고 해. 그동안은 어떤 세속의 말도 하지 않을 작정이야. 물론 너와도 마찬가지고."

골드문트는 이해했다. 그는 슬프게 말했다. "그 일을 하려는 거군요? 나도 평생 수도회에 몸담을 생각이었다면 진즉 시작했을 텐데. 피정이 끝나고 금식을 마치고 기도와 각성의 시간도 충분히 갖고 나면 당신 목표는 어디인가요?"

"너도 알잖아." 나르치스가 짧게 대답했다.

"몇 년이 지나면 당신은 최고의 교사가 되겠네요. 교장까지 올라가겠죠. 수업의 질을 개선시키고 도서관을 확충하겠죠. 당신이 직접 책을 쓸지도 모르겠어요. 아니라구요? 그렇다면 아닌가 보죠, 뭐. 그럼 당신의 목표는 뭐란 말인가요?"

나르치스는 기운 없이 미소 지었다. "목표, 어쩌면 교장 자리에 앉아서 죽을지도 모르지. 아니면 수도원장이나 주교 자리에서 죽을 수도 있고. 그게 뭐가 중요해. 내 목표는 오직 한 가지뿐인데. 내가 가장 잘 봉사할 수 있는 자리, 내 성향, 내 개성과 재능이 가장 잘, 가장 훌륭히 작동할 수 있는 토양을 찾는 것이야. 다른 목표는 없어."

골드문트가 말했다. "수도사에게 다른 목표가 전혀 없단 말인가요?"

나르치스가 말했다. "목표야 많지. 수도사에게는 일생 동안 노력을 바쳐야 하는 목표가 있어. 그리스어를 배우고, 아리스토텔레스 원전에 주석을 만들고, 수도원 예배당을 꾸미고, 홀로 틀어박혀 명상하고, 그 밖에도 할 일이 수백 가지는 될걸. 그런데 그일들은 내 목표가 아니야. 나는 수도원의 재산을 늘리고 싶은 생각도 없고 교단이나 교회를 개혁하는 것에도 흥미 없어. 내게 가능한 범위에서, 내가 이해하는 방식으로 정신에 봉사하고 싶을뿐이야. 그게 전부야. 이건 목표가 아니란 말이냐?"

골드문트는 한참 동안 대답할 말을 찾다가 마침내 입을 열었다.

"당신 말이 맞아요. 당신이 목표를 향해 다가가는 길에 내가 방해가 되었겠군요?"

"방해라니, 골드문트! 너만큼 나를 많이 격려해준 사람은 없었어. 물론 너 때문에 힘들기도 했지만, 나는 힘든 걸 싫어하지 않아. 힘들어하면서 많이 배웠고, 어느 정도는 극복했다고 생각해."

골드문트가 반쯤 농담조로 끼어들며 그의 말을 잘랐다. "우와, 당신은 놀랍게도 극복해냈단 말이군요! 그런데 나를 도와주고, 이끌어주고, 해방도 시켜주고, 내 영혼까지 건강하게 만들어준 것이 정말로 정신에 봉사한 것일까요? 결국 수도원의 입장에서는 수도사가 되고 싶어 열심인 지망생을 빼앗긴 셈이고, 덕분에 나는 당신이 선이라고 믿는 것의 정반대를 행하고 믿고 추구하는 사람이 되어버렸잖아요!"

"뭐가 문제지?" 나르치스는 매우 진지하게 대답했다. "벗이여, 아직도 나를 그렇게 모르다니! 그래, 어쩌면 내가 미래의 수도사를 망친 것일 수도 있어. 대신 네 앞에 예측할 수 없는 운명의 길을 활짝 열어준 거잖아. 당장 내일이라도 네가 우리 멋진 수도원을 몽땅 불태울 수 있고, 어느 날에는 세계에 기막히게 미친 학설을 퍼트릴지도 몰라. 그래도 나는 너에게 새로운 길을 열어준 것을 한순간도 후회하지 않을 거다."

그는 벗의 어깨에 다정하게 두 손을 올렸다.

"골드문트, 내 목표는 또 있어. 교사나 수도원장, 고해신부, 뭐가 되든지 상관없지만, 한 번이라도 강하고 고귀하고 특별한 사람을 만났을 때 그를 이해하지도 못하고 그의 마음을 열지도 못하고 지원하지도 못하는 신세가 되고 싶진 않아. 분명히 말하고 싶어. 우리가 앞으로 무엇이 되든지, 우리가 얼마나 다른 삶을 살든지 상관없이 네가 진심으로 나를 부르고 내가 필요하다고 믿는 순간이 온다면, 그때 나는 결코 입 다물고 가만히 있지 않을 거다. 절대 그러지 않아."

그 말은 작별 인사처럼 들렸다. 실제로 작별의 예감이 느껴지기도 했다. 벗을 마주한 골드문트는 벗의 단호한 얼굴을, 목표점을 똑바로 응시하는 눈동자를 바라보면서 이제 그들은 더 이상 형제도 동료도 아니고, 그와 비슷한 어떤 관계도 아니며, 그들 각자의 길이 서로 다르다는 사실을 사무치게 느꼈다. 그의 앞에 서 있는 자는 몽상가가 아니며, 어떤 운명의 부름을 막연히 기다리는 자도 아니었다. 그는 수도사였고 자신을 바친 사람이었다. 그는 확실한 규칙과 의무에 속했고, 교단과 교회, 성령을 위한 종이자 병사였다. 하지만 골드문트는 오늘에서야 분명히 알게 되었지만, 그것에 속하지 않았다. 그는 고향이 없었다. 알지 못하는 낯선 세계가 그를 기다리고 있었다. 그의 어머니도 그랬다. 어머니는 가정과 저택, 남편과 아들, 공동체와 질서, 의무, 명예를 버렸고, 불확실한 세계로 떠나버렸다. 오래전에 그 세계 속에 깊이 가라앉았으리라. 그가 지금 목표를 갖지 않고 있듯이 어머니도 목표가 없었다. 목표를 갖는 것은 다른 이들의 운명이지 그의 운명은 아니었다. 오, 나르치스는 얼마나 오래전부터 이것을 모두 내다보고 있었던가, 그의 통찰은 얼마나 훌륭하게 맞아떨어졌는가!

그 후 며칠 지나지 않아 나르치스는 마치 사라지듯이 모든 이의 눈앞에서 모습을 감추었다. 그의 수업은 다른 교사가 이어받았고, 도서관 자리는 계속 비어 있었다. 하지만 나르치스는 완전히 사라진 것이 아니었고, 모습을 완전히 감춘 것도 아니었다. 종종 수도원 회랑을 지나가는 모습, 기도실 돌바닥에 무릎을 꿇고 낮은 소리로 중얼거리며 기도를 올리는 모습이 발견되었다. 사람들은 그가 엄격한 피정에 들어갔음을 알았다. 그는 금식을 하고 있으며 수련을 위해 밤에 세 번씩 자리에서 일어났다. 그는 사라지지는 않았지만, 여기 있으면서 다른 세상으로 건너간 몸이었다. 사람들은 아주 드물게 그의 모습을 목격할 수 있었지만, 그에게 가까이 다가갈 수 없었고, 뭔가를 공유하거나 대화를 나눌 수도 없었다. 골드문트는 나르치스가 다시 이 세계로 돌아올 거라고 생각했다. 그의 책상에, 식당의 의자에 다시 자리 잡고, 다시 입을 열게 될 것이다. 그러나 과거의 것은 다시 돌아오지 않으리라. 나르치스는 더 이상 그에게 속하지 않으리라. 곰곰이 생각해보니 골드문트가 수도원과 수도 생활, 문법과 논리학, 학업과 정신을 사랑하고 소중히 여기게 된 것은 순전히 나르치스 덕분이었다. 나르치스의 모범이 그를 유혹했고, 나르치스의 미래가 그의 이상으로 자리 잡았다. 물론 수도원장도 있었다. 골드문트는 수도원장 역시 드높은 모범으로 숭배하고 사랑했다. 하지만 다른 것들, 교사들, 학생들, 공동 침실, 식당, 학교, 수련과 예배 등 수도원이라는 전체는 나르치스가 없다면 아무런 의미가 없었다. 그는 여기서 무엇을 했단 말인가? 그는 기다렸다. 어쩔 줄 모르는 나그네가 어느 집 지붕이나 나무 밑에 서서 비를 피하듯이 수도원 지붕 아래서 오직 기다리고 있었다. 오직 손님의 신분으로, 오직 낯선 이들이 행여 자신을 받아주지 않을까봐 겁먹은 마음으로, 여기서 머뭇거리고 있었던 것이다.

이 시기 골드문트의 삶은 오직 머뭇거림이었고 오직 작별이었다. 그는 자신이 사랑하고 소중하게 여겼던 장소들을 찾아다녔다. 그런데 작별하기가 진정으로 힘들고 슬픈 대상이 의외로 너무도 적다는 사실을 깨닫자 기이하고도 얼떨떨한 기분이 들었다. 나르치스와 다니엘 수도원장, 선량한 안젤름, 거기다 친절한 수위와 항상 유쾌한 이웃인 방앗간 주인, 하지만 그들도 어느새 비현실적인 존재가 되었다. 그들과의 작별보다 예배실의 커다란 마돈나 석상과의 작별이, 현관에 서 있는 사도상과의 작별이 힘들 것 같았다. 그는 오랫동안 이들 성상 앞에 서 있었고, 성가대석의 나무 조각 장식이나 회랑의 분수, 세 마리 짐승의 머리가 새겨진 기둥을 떠나지 못했다. 그는 수도원 마당의 보리수나무와 밤나무에 몸을 기대고 섰다. 모든 것이 그의 기억 속에 남으리라. 그의 가슴에 작은 그림책으로 남으리라. 지금 그가 여전히 여기 있는데도, 이들은 이미 그의 마음을 벗어나 차츰 현실성을 상실했고, 유령처럼 과거의 존재로 변해갔다. 안젤름 신부는 골드문트를 데리고 다니기 좋아해서 종종 약초를 캐러갔다. 수도원 방앗간에 가서 일꾼들의 작업을 구경하다가 포도주와 생선구이를 대접받기도 했다. 하지만 모두가 희미하고 낯설어지면서 절반쯤 과거의 기억이 되어버렸다. 물론 저기 어딘가 수도원의 어둠에 싸인 참회의 골방에서는 나르치스가 수련 시간을 보내고 있겠지만, 그에게는 그림자나 마찬가지였다. 그를 둘러싼 모든 것이 현실성을 잃었고, 가을의 무상함을 풍겼다.

　실제이며 살아 있는 건 오직 골드문트 내면에서 숨 쉬는 생명뿐이었다. 불안하게 고동치는 가슴, 그리움의 통증, 꿈의 희열과 두려움, 그것이 그가 속한 세계였다. 그는 온 마음으로 자신의 세계에 몰두했다. 책을 읽거나 공부하다가도, 다른 급우들과 있을 때도 그는 자기 자신 안으로 깊이 가라앉은 채 주변을 완전히 잊고 오직 내면의 흐름과 목소리에만 스스로를 내맡길 수 있었다. 그는 아득히 먼 곳으로 휩쓸려갔다. 어둠의 멜로디가 울리는 깊은 우물 속으로, 동화의 체험이 가득한 오색의 심연으로. 그 안에서 들려오는 모든 소리는 어머니의 것이었다. 그 안에서 빛나는 수천의 눈동자는 모두 어머니의 것이었다.

6장

어느 날 안젤름 신부가 골드문트를 약제실로 불렀다. 정말 신기하고 좋은 약초 향기가 진동하는 방이었다. 그 방은 골드문트에게 낯설지 않았다. 신부는 골드문트에게 책갈피에서 깨끗하게 보존된 바싹 마른 풀 한 포기를 보여주면서 '이 풀을 아느냐, 들판에서 자라는 이 풀의 생김새를 정확히 설명할 수 있겠느냐'고 물었다. 골드문트는 그 풀을 잘 알고 있었다. 물레나물*이었다. 골드문트는 식물의 모든 특징들을 눈앞에서 보는 것처럼 상세하게 묘사해야만 했다. 흡족해진 늙은 수도사는 골드문트에게 물레나물이 잘 자라는 장소를 일러주며, 그날 오후 그 풀을 한 다발 채집해오는 일을 맡겼다.

"대신 오후 수업은 빠져도 좋아. 너도 싫지 않을 거다. 손해보는 일도 아니야. 자연의 지식도 엄연히 하나의 학문이니까. 문법만 달달 외우는 게 전부는 아니지."

골드문트도 교실에 앉아 있는 대신에 몇 시간씩 들판을 돌아다

---

* 반그늘이나 햇볕이 잘 들어오는 곳의 물기가 많은 곳에서 자란다. 꽃은 황색 바탕에 붉은빛이 돌고 줄기의 끝에서 한 송이씩 계속해서 핀다. 꽃이 크고, 꽃의 모양이 배의 스크루나 바람개비와 비슷하다.

니며 꽃을 따서 모으는 일이 기뻐서 신부에게 감사 인사를 했다.
이 기쁨을 더욱 완벽하게 만들기 위해, 그는 마구간 지기에게 사
정하여 점박이 말을 타고 가도 좋다는 허락까지 받아냈다. 식사
를 마치자마자 반가워서 날뛰는 점박이를 마구간에서 끌고 나온
골드문트는 따스하고 화창한 빛의 대기 속으로 기분 좋게 말을
몰았다. 한 시간 정도 말을 타고 가면서 그는 신선한 공기와 들판
의 향기를 마음껏 들이켰다. 무엇보다도 가장 즐거운 건 말타기
였다. 하지만 자신의 임무를 기억하고 신부가 가르쳐준 장소로
찾아갔다. 단풍나무 그늘에 말을 매어놓고 몇 마디 다정하게 속
삭이며 빵 한 조각을 먹이고 본격적으로 채집에 나섰다. 그곳은
휴경 중인 경작지였고, 잡초로 가득 덮인 상태였다. 말라비틀어
진 살갈키 넝쿨, 하늘색 치커리 꽃, 색이 바랜 여뀌풀 사이로 최
후의 창백한 꽃잎 몇 개와 잔뜩 무르익은 씨주머니를 매단 초라
하게 작은 양귀비도 있었다. 두 경작지 사이에 쌓아올린 돌무더
기 틈새로는 도마뱀이 돌아다녔고, 그곳에 노란 꽃이 핀 물레나
물도 자라고 있었다. 골드문트는 풀을 캐기 시작했다. 넉넉하게
한 줌 캔 후에 그는 돌 위에 앉아 쉬었다. 더운 날이었다. 그는 저
멀리 숲 언저리의 짙은 그늘을 간절히 바라보았다. 하지만 여기
서 물레나물을 캐야 하고, 매어 둔 말이 보이지 않을 먼 곳까지 가
는 건 곤란했다. 그는 태양열로 뜨끈해진 자갈에 가만히 앉아 달
아난 도마뱀이 다시 나타나는 것을 지켜보았고, 물레나물의 냄
새를 맡았으며, 조그만 이파리를 햇빛에 비춰보면서 미세하게
나 있는 수백 개의 가시털을 관찰했다.

신기하다고 생각했다. 수천 개의 조그만 이파리들 한 장 한 장에 아주 작은 밤하늘이 박혀 있었다. 마치 섬세한 자수를 보는 듯했다. 모두 얼마나 신기하고 불가해한가. 도마뱀, 풀, 그리고 돌까지도, 그야말로 천하의 모든 만물이. 골드문트를 정말 좋아하는 안젤름 신부는 더 이상 스스로 물레나물을 캐러 다닐 수 없었다. 다리에 문제가 생겨서 여러 날 움직이지 못하는 형편이었다. 자신의 의술로도 치유가 불가능했다. 머지않아 죽게 될지도 몰랐다. 약제실의 약초들은 변함없이 향기를 내뿜고 있었지만, 신부는 더 이상 그곳에 없었다. 어쩌면 신부는 생각보다 오래 살지도 모른다. 아마도 십 년이나 이십 년쯤 더. 변함없이 숱이 듬성듬성한 흰 머리칼과 눈 주변에 우스꽝스럽게 축 늘어진 주름살 덩어리를 계속 달고서. 그러나 이십 년 뒤, 골드문트 자신은 어떻게 될까? 아, 모든 것이 불가해하구나, 모든 것이 아름답지만, 그럼에도 세계는 슬픈 것이로구나. 사람은 아무것도 모른다. 사람은 땅에서 살고 돌아다니며, 말을 타고 숲을 지나간다. 그러면 많은 사물들이 요구하는 눈길로, 약속의 눈길로, 그리움을 불러일으키는 눈길로 사람을 응시한다. 저녁 하늘의 별, 한 송이의 초롱꽃, 갈대가 무성한 초록빛 호수, 어떤 사람이나 소의 눈동자와 마주친다. 그러면 때로는, 지금까지 한 번도 보지 못했으나 항상 그리워하던 일이 당장 일어날 것 같고, 모든 사물을 뒤덮은 베일이 벗겨지리라는 예감이 드는 것이다. 하지만 그런 순간은 지나가 버린다. 아무 일도 일어나지 않는다. 수수께끼는 풀리지 않고 신비한 마법은 벗겨지지 않은 채로 사람은 늙는다. 종국에는 안젤

름 신부처럼 노회하게, 다니엘 수도원장처럼 지혜로워 보이더라
도, 어쩌면 여전히 아무것도 모르는 채로, 여전히 기다리고 여전
히 귀를 기울이는 것뿐이리라.

골드문트는 텅 빈 달팽이 껍질을 집어들었다. 달팽이 껍질은
돌멩이들 사이에서 희미하게 달그락거렸으며, 햇볕에 따뜻하게
달궈진 상태였다. 그는 껍질의 돌돌 말린 모양, 나선형으로 파인
홈, 익살맞은 모양으로 점점 가늘어지는 정수리, 진줏빛으로 은
은한 광택이 나는 비어 있는 내부를 홀린 듯 살폈다. 그는 눈을 감
고 오직 손끝의 감각만으로 껍질의 모양을 느껴보았다. 그것은
그의 오랜 습관이자 즐거운 놀이였다. 달팽이 껍질을 손가락으
로 느슨하게 잡고 미끄러지듯 돌리면서, 강하게 누르는 법 없이
오직 더듬기만 하면서, 껍질의 형체를 따라 부드럽게 어루만지
며 형체의 경이로움에 육체의 마법에 행복을 느꼈다. 꿈꾸는 듯
한 기분으로 그는 생각했다. 이런 것이 바로 학교 교육과 공부의
단점이다. 정신의 경향은 만사를 오직 이차원의 평면으로만 생
각하고 그렇게 나타내려는 것이다. 이성이 가진 결함과 무가치
함은 여기에 있는 것 같았다. 하지만 그는 이 생각을 확실하게 입
증할 수 없었다. 달팽이 껍질은 그의 손가락에서 미끄러져 땅으
로 떨어졌고, 피곤과 졸음이 몰려왔다. 시들어갈수록 점점 짙은
향기를 풍기는 약초 다발 위로 머리가 푹 수그러지며, 그는 햇빛
아래서 그대로 잠이 들었다. 도마뱀이 신발 위로 지나갔다. 그의
무릎에 놓인 풀은 말라갔고, 단풍나무 아래서 기다리는 점박이
는 점점 인내심을 잃고 초조해했다.

먼 숲에서부터 누군가가 걸어왔다. 색이 바랜 푸른 스커트를 입고 머리에 붉은 수건을 썼으며, 여름 햇볕에 얼굴이 갈색으로 그을린 젊은 여인이었다. 여인은 가까이 다가왔다. 손에는 꾸러미를 들고 입에는 불타듯이 새빨간 패랭이꽃 한 송이를 물고 있었다. 그녀는 잠시 떨어진 곳에 멈춘 채 앉아 있는 골드문트를 한참 동안 바라보았다. 호기심에 차서, 하지만 좀 수상쩍어하면서 그의 잠든 모습을 쳐다보더니 갈색 맨발로 조심조심 가까이 다가왔다. 그녀는 골드문트의 바로 곁에 멈춰 서서 그의 얼굴을 뚫어지게 보았다. 그녀의 경계심은 완전히 사라졌다. 잠들어 있는 아름다운 청년은 조금도 위험해 보이지 않았다. 그녀는 청년이 마음에 들었다. 어쩌다가 이런 청년이 경작도 하지 않는 들판 한가운데까지 온 것일까? 이런, 꽃을 꺾으러 왔군. 그녀의 얼굴에 미소가 살풋 떠올랐다. 그런데 다 시들어버렸어.

골드문트가 눈을 떴다. 꿈의 숲을 빠져나왔다. 그의 머리는 부드러운 것에 놓여 있었다. 그것은 여인의 무릎이었다. 아직 잠에서 완전히 깨지 않은 채로 어리둥절해하는 그의 눈을 낯선 여인의 따뜻한 갈색 눈동자가 들여다보고 있었다. 그는 무서워하지 않았다. 위험도 느끼지 않았다. 다정해 보이는 따스한 갈색 별이 위에서 그윽이 비치는 것 같았으니까. 당황해하는 그의 눈빛을 알아챈 여인이 녹일 듯이 상냥하게 미소 지었고, 그의 얼굴에도 서서히 미소가 떠올랐다. 그의 미소 짓는 입술 위로 여인의 입술이 내려왔다. 그들은 부드러운 입맞춤으로 인사를 나누었다. 입술이 닿는 순간, 골드문트는 언젠가 밤에 마을에서 만났던, 머리를 땋아내린 어린 소녀를 생각하지 않을 수 없었다. 하지만 입맞춤은 아직도 끝나지 않았다. 여인의 입술은 그의 입술에서 떨어질 줄 모르며 계속해서 유희를 이어갔다. 희롱하고 유혹하고, 그의 입술을 거칠고 탐욕스럽게 덮치며, 그의 피를 요동치게 하고, 몸속 깊은 곳의 피 한 방울까지도 남김없이 끓어오르게 만들었다. 한마디 말 없이 오래 계속된 입맞춤의 유희 내내 갈색 피부의 여인은 부드러운 몸짓으로 소년을 가르치면서 그에게 몸을 내맡겼고, 그가 마음껏 찾고 발견하게 했으며, 그를 달아오르게 하고 이글거리는 그의 불덩이를 달래주었다. 짧은 사랑의 축복이 골드문트 위로 둥그렇게 떠올랐고, 황금빛으로 이글거리며 활활 남김없이 타오르다가 이윽고 사그라지면서 꺼져갔다. 그는 눈을 감은 채 여인의 가슴에 얼굴을 묻고 누워 있었다. 한마디 말도 오가지 않았다. 움직임을 멈춘 여인은 가만히 그의 머리를 쓰다듬었고, 그가 서서히 정신을 차리기를 기다렸다. 마침내 그가 눈을 떴다.

"당신." 그의 입에서 말이 나왔다. "당신은 도대체 누구죠?"

"나는 리제예요." 여인이 대답했다.

"리제." 그는 여인의 이름을 음미하듯이 불러보았다. "리제, 당신은 사랑스러워."

그녀가 그의 귀에 입을 가까이 가져다 대고 속삭였다. "당신, 이번이 처음이었나요? 나 말고 다른 여자를 사랑한 적이 없었던 거예요?"

그는 고개를 저었다. 그리고 불현듯 몸을 일으켜 주변을 두리번거렸고 들판 너머와 하늘을 올려다보았다. "세상에 해가 저렇게 기울었다니! 얼른 돌아가야 해요."

"어디로 돌아간다는 거예요?"

"수도원으로. 안젤름 신부님에게요."

"마리아브론 수도원 말인가요? 거기 살아요? 나랑 더 오래 있고 싶지 않나요?"

"그야 그러고 싶죠."

"그럼 함께 있어요!"

"안 돼요. 그럼 큰일 나요. 게다가 약초도 더 캐야 한다구요."

"그러니까 당신은 수도원에 산단 말이죠?"

"맞아요. 나는 수도원 학생이에요. 하지만 이제 거기 있을 생각은 없어요. 당신을 만나러 가도 되나요, 리제? 집이 어디예요? 어디 살죠?"

"나는 집이 없어요. 그런데 이름 좀 가르쳐줄래요? 아, 골드문트라구요? 한 번만 더 입 맞춰줘요, 귀여운 골드문트. 그럼 보내드릴게요."

"집이 없다니, 그럼 잠은 어디서 자요?"

"당신만 좋다면 숲속에서 함께 자도 되구요, 건초더미라도 상관없어요. 오늘 밤 올래요?"

"물론이죠. 그런데 어디로? 당신 어디 있을 건데요?"

"새끼 부엉이 울음소리를 낼 수 있어요?"

"그런 건 한 번도 안 해봤는데."

"한번 해봐요."

그는 부엉이 울음소리를 흉내 내어 보았다. 그녀는 웃으며 흡족해했다.

"오늘밤 수도원을 나와서 새끼 부엉이 울음소리를 내요. 난 가까이 있을 테니까. 내가 마음에 드나요, 귀여운 골드문트?"

"리제, 당신이 너무 좋아요. 갈게요. 신의 가호가 있기를. 나는 이제 가봐야 해요."

숨이 헐떡일 만큼 급하게 말을 몰아 골드문트는 저녁 어스름 무렵 수도원으로 돌아왔다. 안젤름 신부는 다른 일로 분주했으므로 그는 안심했다. 학생 한 명이 맨발로 시냇물에서 놀다가 유리 조각을 밟았던 것이다.

이제 나르치스를 찾아갈 때가 되었다. 식당에서 대기하면서 봉사하는 수도사에게 물었더니 나르치스는 저녁을 먹으러 오지 않는다는 답변을 들었다. 그는 금식 중이며, 지금쯤은 자고 있을 거라고 했다. 밤에는 성무일도聖務日禱*가 있기 때문이다. 골드문트는 달려갔다. 긴 피정 기간 동안 벗의 잠자리는 수도원 안쪽의 참회실이었다. 그는 깊이 생각하지 않고 그리로 달려갔다. 문 앞에서 귀를 기울였으나 아무 소리도 들려오지 않았다. 그는 살그머니 안으로 들어갔다. 엄격히 금지된 일이었으나 지금은 그걸 따질 때가 아니었다.

좁은 나무 침대에 나르치스가 누워 있었다. 어슴푸레한 빛 속에서 깡말라 뾰쪽해진 창백한 얼굴로 손을 가슴에 모으고 반듯

---

* Divine Office, 가톨릭교회에서 매일 행하는 공적(公的) 기도.

이 누운 모습이 마치 죽은 사람 같았다. 그러나 그는 눈을 뜨고 있었다. 잠든 것이 아니었다. 그는 말없이 골드문트를 올려다보았다. 비난의 기색 없이, 하지만 조금의 움직임도 없는 채로. 명상에 깊이 빠져 있는 것이 확실했다. 다른 시간과 다른 세상에 속해 있는 상태였으므로 그는 벗의 얼굴을 알아보고 말을 이해하기가 어려웠다.

"나르치스! 미안해요, 방해해서 정말 미안해요. 괜히 사고나 쳐보려고 이러는 건 아니에요. 원래는 나와 말을 해서는 안 된다는 것도 잘 알지만, 그래도 한 번만 예외를 만들어줘요. 제발 이렇게 부탁할게요."

나르치스는 의식을 되찾고 잠시 동안 눈을 격하게 깜박거리며 깨어나려고 애쓰는 듯했다.

"절대로 그래야만 하는 일이야?" 그가 꺼져가는 목소리로 물었다.

"꼭 그래야만 하는 일이에요. 당신에게 작별 인사를 하려고 왔으니까."

"그렇다면 네 말이 맞군. 헛걸음하고 돌아가서는 안 되겠지. 이리 와서 내 곁에 앉아. 십오 분간 시간이 있어. 그 뒤에는 첫 번째 성무일도가 시작되니까."

나르치스는 몸을 일으켜 아무것도 깔리지 않은 맨침상 위에 수척한 모습으로 앉았다. 골드문트도 그 곁에 자리를 잡았다.

"정말 미안해요!" 골드문트는 죄책감에 떨며 말했다. 작은 골방, 앙상한 침상, 과도한 집중과 긴장의 기색이 역력한 나르치스의 얼굴, 반쯤 넋이 나간 듯한 눈빛, 이 모든 것은 자신이 얼마나 그를 방해하는지 똑똑히 알려주고 있었다.

"미안해할 것 없어. 너무 신경 쓰지 마. 나는 아무렇지 않으니까. 작별 인사를 하러 왔다고 했지? 조만간 수도원을 떠나겠다는 말이야?"

"오늘 밤에 떠날 거예요. 아, 당신에게 어떻게 설명해야 할지! 갑작스럽게 결정된 거라서요."

"아버지가 온 거야? 무슨 소식이라도 받았나?"

"아니에요. 아버지가 아니라 삶이 내게로 왔어요. 나는 오늘 떠납니다. 아버지 없이, 허락도 없이 나가는 거예요. 당신의 명예까지 손상시키는 셈이죠. 난, 나는 달아나는 거니까요."

나르치스는 자신의 길고 새하얀 손가락을 내려다보았다. 가느다란 손가락이 널따란 수도복 소매에서 음산하게 비죽 튀어나와 있었다. 그의 표정은 엄격하고 짜증스러우며 지쳐 있었으나 목소리에는 미소가 묻어 있었다. "우리는 시간이 너무 없구나. 핵심만 이야기해봐. 짧게 간추려서. 아니면 너에게 일어난 일을 내가 말해볼까?"

"말해봐요." 골드문트가 부탁했다.

"젊은 친구, 너는 사랑에 빠진 거야. 여자를 만난 거지."

"그걸 어떻게 알죠?"

"너를 보면 금방 알 수 있어. 지금 네가 온몸으로 보여주는 건 잔뜩 도취된 상태, 바로 그거니까. 사람들이 사랑에 푹 빠졌다고 말하는 그런 상태 말이다."

골드문트는 수줍은 태도로 벗의 어깨에 손을 올렸다.

"당신이 말한 그대로예요. 하지만 이번에는 정확하진 못했어요. 완전히 들어맞는 건 아니라구요, 나르치스. 아주 달라요. 오늘 들판에 나갔다가 뜨거운 햇빛 아래서 잠이 들었죠. 깨어나보니 내 머리가 어느 아름다운 여인의 무릎 위에 있는 거예요. 순간 나는 어머니가 나를 데리러 왔다는 느낌이 들더군요. 그렇다고 그녀를 어머니로 착각했다는 말은 아니에요. 그녀는 짙은 갈색 눈동자에 검은 머리칼을 가졌는데, 어머니는 나처럼 금발이거든요. 여자는 생김새도 어머니와 아주 달랐고요. 하지만 그럼에도 그녀는 어머니였죠. 어머니의 부름이었고, 어머니의 전령이었어요. 마치 마음속 꿈에서 나온 것처럼, 갑자기 처음 보는 아름다운 여인이 내게로 온 거예요. 자신의 무릎에 올린 내 머리를 안고, 나를 보면서 꽃 같은 미소를 지었죠. 그렇게 나를 사랑해주었어요. 그녀와의 첫 입맞춤의 순간 내 안의 뭔가가 녹아내리면서 기묘한 아픔이 느껴졌어요. 지금껏 가졌던 모든 그리움이, 모든 꿈이, 모든 달콤한 불안이, 내 안에서 잠자던 모든 비밀이 한꺼번에 깨어났고, 모든 것이 변하면서 모든 것이 황홀해지고, 모든 것이 의미를 얻었어요. 그녀는 내게 여자란 무엇인지, 어떤 비밀을 지닌 존재인지 가르쳐주었어요. 겨우 반 시간 만에 나를 몇 살이나 성숙하게 만들어주었죠. 나는 많은 걸 배웠어요. 내가 수도원에 더 이상 머물 이유가 없다는 것도 번개처럼 깨달았어요. 단 하루도 더 있지 않을 겁니다. 어두워지는 대로 떠나요."

가만히 듣고 있던 나르치스가 고개를 끄덕였다.

"갑작스럽긴 하군. 하지만 내가 예상했던 그대로야. 네 생각이 많이 날 거다. 벗이여, 네가 그리울 거야. 내가 뭐 도울 일이라도 있나?"

"가능하다면 나중에 수도원장님에게 말을 전해주세요. 나를 못된 놈이라고 여길 테니. 당신을 제외하면 수도원에서 내가 신경 쓰는 사람은 원장님이 유일하니까요. 나를 너무 나쁜 놈으로 생각하지 말아주었으면 하고 바라는 사람은 당신과 원장님뿐이에요."

"그래 알겠다…… 그 밖에 다른 건?"

"한 가지 부탁이 있어요. 나중에라도 내가 생각나면 나를 위해 기도해주세요! 그리고…… 정말 감사했어요!"

"뭐가 감사하다는 거냐, 골드문트?"

"당신의 우정과 인내심, 모든 것이. 정말 힘든 상황인데도 오늘 내 이야기를 들어준 것도 감사해요. 그리고 나를 붙잡지 않는 것도요."

"내가 왜 너를 붙잡아야 하겠니? 이 문제에 대한 내 생각은 너도 잘 알면서. 하지만 어디로 간다는 거야, 골드문트? 목표는 있는 거야? 오늘 만난 여자에게 가는 거냐?"

"네, 그녀와 함께 갈 거예요. 목표가 정해진 건 아니에요. 그녀는 이곳 사람이 아니고 집도 없어요. 그런 것 같아요. 아마 집시일지도 몰라요."

"알겠다. 그렇구나. 그래도 그녀와 함께하는 길이 금방 끝날 수 있다는 걸 알아야 한다. 그녀에게 너무 의존하면 안 될 것 같

112

구나. 그녀는 친척이 있을지도 모르고, 어쩌면 남편도 있을 수 있어. 그들이 너를 어떻게 받아들일지는 아무도 모르는 일이야."

골드문트는 벗에게 몸을 기댔다.

"나도 알아요." 그가 말했다. "물론 아직까진 그 문제를 생각해보지는 않았지만, 지금 이 순간부터는 말할 수 있어요. 나는 목표가 없어요. 오늘 나를 너무도 감동스럽게 사랑해준 여자도 내 목표는 아니에요. 내가 그녀에게 가는 건 맞지만, 그녀 때문에 가는 건 아니에요. 나는 가야 하기 때문에 가요. 나를 부르는 소리를 따라서 가요."

골드문트는 말을 멈추고 한숨을 쉬었다. 둘은 서로 몸을 기대고 앉아 있었다. 파괴할 수 없는 우정을 느꼈으므로 슬픔 가운데서도 행복했다. 골드문트가 다시 입을 열었다. "내가 아무것도 모르면서 맹목적으로 달려간다고 생각하지 말아요. 그건 절대 아니니까. 나는 가야 한다는 느낌이 들어서, 그리고 오늘 놀라운 경험을 했기에 기꺼이 가는 거예요. 그러나 순전히 행복하고 즐거운 기분에 신이 나서 달려가는 건 아니에요. 당연히 힘든 여정이 되겠죠. 그럼에도 아름답기를 희망해요. 한 여인과 하나가 되고, 그녀에게 자신을 바치는 일이 얼마나 좋은지! 내 말이 어이없게 들리더라도 비웃지는 마요. 하지만 생각해봐요. 어떤 여자를 사랑하고, 그녀에게 온 마음으로 헌신하며, 그녀를 온통 내 안에 감싸고, 또 그녀 안에 온통 감싸이는 느낌. 이 느낌은 당신이 사랑에 빠졌다고 살짝 조롱하는 투로 묘사하는 상태와 똑같은 게 아니란 말입니다. 그건 조롱거리가 아니에요. 내게는 삶으로 나가는 길이며 삶의 의미로 이어지는 길이니까요. 아, 나르치스, 나는 당신을 떠나야만 해요! 당신을 사랑해, 나르치스. 나를 위해서 귀한 잠까지 포기해준 일은 정말 고마워요. 당신을 떠나려니 마음이 너무 아파요. 나를 잊지 않을 거죠?"

"우리 슬퍼하지 말자! 나는 결코 너를 잊지 않아. 너는 다시 돌아올 거야. 제발 그렇게 해줘. 기다리고 있을게. 견디기 힘든 일이 생기면 내게로 돌아와. 아니면 나를 불러줘. 잘 가라, 골드문트, 신의 가호가 항상 함께하기를!"

나르치스는 자리에서 일어섰다. 골드문트는 그를 껴안았다. 몸으로 표현하는 애정 행위를 벗이 부끄러워하는 걸 잘 알기에 입을 맞추지는 않았다. 단지 그의 손을 쓰다듬었을 뿐이다.

밤이 찾아왔다. 나르치스는 참회실 문을 닫고 예배당으로 갔다. 그의 샌들이 돌바닥을 디디는 소리만이 울렸다. 골드문트는 사랑을 가득 담은 눈길로 수척한 그의 뒷모습을 좇았다. 복도 끝에 이르자 나르치스의 형체는 예배당 입구의 어둠 속으로 빨려 들어가듯이 사라졌다. 수련과 의무와 정절이 그를 집어삼키고 그를 징발해버렸다. 오, 얼마나 기이하고 얼마나 불가사의했는가, 얼마나 이상한 일이었는가! 격렬한 감정이 넘쳐흐르는 가슴을 안고 만발한 사랑의 향기에 도취되어 벗을 찾아왔는데, 하필이면 벗은 끊임없는 명상으로 시간을 보내고, 금식과 각성으로 수척해졌으며, 자신의 젊음과 심장, 감각을 십자가에 못 박아 제물로 바치고, 엄격한 복종의 학교에 자진하여 들어가 오직 정신에 봉사하기를, 오직 신의 말씀을 위한 종이 되기를 바라고 있다니. 이 얼마나 이상하면서도 충격적인 대립이었나! 나르치스는 누워 있었다. 죽은 듯이 지치고 기운이 소진한 채로. 핏기 없이 창백한 얼굴, 앙상한 손, 마치 시체처럼, 하지만 곧 정신을 차리고 다정하게 골드문트를 대해주었다. 막 사랑에 빠져 아직도 여자 냄새를 풍기는 그에게 귀를 빌려주고, 참회의 수련 사이 아주 잠깐 있는 귀하디귀한 휴식시간을 그를 위해 바치다니! 자기를 버리고, 오직 정신만으로 교류하는 이런 사랑이라니, 얼마나 기이한가, 얼마나 놀랍고도 아름다운가. 그런데 오늘 햇빛 가득한 들판에서 만난 여자는 또 얼마나 다른가. 아무런 해명이 필요 없는 도취된 감각의 유희! 두 가지 모두 사랑이었다. 아, 지금 최후의 순간에 나르치스는 그들이 서로 얼마나 다른지, 얼마나 이질적인지를 다시 한 번 똑똑하게 입증시킨 다음 그의 시야에서 완전히 사라져버렸다. 지금 나르치스는 제단 앞에서 지친 무릎을 꿇고 앉아 두 시간도 쉬지 못하고 기도와 묵상으로 지새울 밤을 위해 몸과 마음을 정결하게 준비하고 있을 터였다. 반면 골드문트는 어딘가의 나무 아래서 리제를 만나 낮에 경험한 동물적 유희를 다시 행하려고 달아나는 중이다! 마음만 먹으면 나르치스는 골드문트의 계획에 관해 주의할 만한 조언을 해줄 수도 있었다. 그러나 이제 골드문트는 나르치스가 아니다. 골드문트에게는 아름다우면서도 전율스러운 수수께끼와 혼돈을 규명하고 그에 관한 결론을 도출하는 일이 중요하지 않다. 이제 그에게는 불확실하고 어리석은 골드문트의 길을 가는 일이 가장 중요하다. 지금 자신을 기다리는 따뜻한 피의 젊고 어여쁜 여인을 사랑하고, 밤새워 기도를 올리는 벗을 온 마음을 다해 사랑하는 일이 가장 중요하다.

수백 가지 감정이 내면에서 전투를 벌이느라 흥분한 가슴을 안은 골드문트는 보리수나무 아래를 몰래 지나 방앗간을 통과하는 출구를 찾던 중에 어느 날 밤 콘라드를 따라 '마을로' 가기 위해 똑같은 경로로 수도원을 빠져나갔던 기억을 떠올리고는 미소를 짓지 않을 수 없었다. 너무도 흥분되고 너무도 비밀스러운 두려움에 떨면서 그는 금지된 짧은 소풍에 발을 내디뎠었다. 그런데 오늘 그는 영원히 떠난다. 그때보다 훨씬 더 엄격한 금지의 영역에, 훨씬 더 위험한 길에 발을 내디딘다. 그런데 조금도 두렵지 않았다. 수위나 수도원장, 교사들도 생각나지 않았다.

이번에는 냇물에 걸쳐진 널빤지가 없었으므로 그는 다리도 없이 넘어야만 했다. 옷을 벗어서 반대편 냇가에 던져놓고 세차게 흐르는 시내 속으로 들어가 가슴까지 차오르는 차가운 물속을 걸었다.

건너편에 도착해 옷을 입는 동안에 그의 생각은 다시 나르치스에게로 향했다. 지금 자신이 하고 있는 행위가 오래전에 나르치스가 예견했고 이끌어준 그대로라는 사실을 커다란 부끄러움으로 뼈저리게 깨달았기 때문이다. 영리하면서도 약간 조롱기를 띤 나르치스의 얼굴이 너무도 선명하게 눈앞에 떠올랐다. 자신의 어리석은 이야기에 늘 귀기울여주고, 중요했던 고통의 순간에 자신을 눈뜨게 만들어준 사람. 그때 나르치스가 했던 말 몇 마디가 지금 이 순간 그의 귀에 분명하게 들려왔다. "너는 어머니의 가슴에 파묻혀 잠들고 나는 사막에서 깨어나는 거지. 너는 소녀를 꿈꾸고, 나는 소년을……."

순간 그의 심장이 얼어붙은 듯 오그라들었다. 깊은 한밤 중에 그는 소름 끼칠 만큼 혼자였다. 그의 뒤편에는 수도원이 있었다. 껍데기뿐인 고향이긴 했으나 그래도 그가 사랑했던 곳, 오랫동안 안식처가 되어준 곳이었다.

그러나 동시에 다른 감정도 느꼈다. 이제 나르치스는 더 이상 그의 경고자, 더 많이 아는 인도자, 깨우침을 주는 자가 아니었다. 그는 오늘로 새로운 나라를 밟은 느낌이었다. 그를 이끌어줄 나르치스 없이 홀로 길을 찾아야 하는 나라. 그 사실을 깨닫자 골드문트는 기뻤다. 나르치스에게 의존했던 시간을 회상하니 자신의 모습이 너무도 수치스러워 숨이 막힐 듯했다. 이제 그는 스스로 보는 인간이며, 더 이상 아이도 학생도 아니었다. 얼마나 멋진 기분인지. 하지만 그럼에도 작별의 아픔은 참으로 컸다! 나르치스가 예배당 바닥에 무릎을 꿇고 있는데, 그걸 알면서도 아무것도 할 수 없고 아무것도 도울 수 없고 아무런 존재도 될 수 없다니! 그리고 이제 앞으로, 참으로 오랜 시간 동안, 어쩌면 영영 그와 멀리 떨어져 있고 그의 소식도 모르고 목소리도 듣지 못하며 그의 고귀한 눈동자도 볼 수 없는 것이다!

골드문트는 힘들게 걸음을 옮겨 돌이 깔린 작은 길을 따라갔다. 수도원 담장에서 백여 걸음 정도 멀어졌을 때 걸음을 멈추고 숨을 한껏 들이마신 뒤 최대한 노력해서 부엉이 울음소리를 냈다. 그러자 같은 부엉이 소리가 멀리 냇가 아래쪽에서 화답해왔다.

"우리 서로 짐승소리로 신호를 보내기로 해요." 그녀의 말이 생각나면서 오후의 감미로웠던 사랑의 순간이 머리에 떠올랐다. 그제야 그와 리제가 가장 마지막에 와서, 즉 그들의 사랑의 유희가 끝난 다음에 서로 말을 나누었다는 사실을 깨달았다. 그것도 겨우 몇 마디뿐이고 크게 대단한 내용도 아니었다! 그에 비하면 나르치스와는 얼마나 오랜 시간을 대화로 보냈던가! 하지만 이제 그가 발을 들인 세계는 사람들이 말을 나누는 대신 부엉이 울음소리로 서로를 유혹할 뿐 언어는 의미가 없어 보였다. 그는 반대할 마음이 없었다. 오늘은 말이나 생각에 대한 갈증이 전무했고, 오직 리제만이, 오직 말없고 눈멀고 벙어리인 채로 더듬고 느끼는 일만이, 신음소리로 녹아들어가는 상태가 애타게 그리웠다.

리제가 보였다. 그녀는 숲속에서 나와 그에게로 다가왔다. 그는 손을 뻗어 그녀를 느꼈다. 그녀의 머리와 머리카락, 목, 날씬한 몸, 탄탄한 엉덩이를 부드럽게 더듬었다. 한쪽 팔로 그녀를 안은 채 그들은 계속 걸어갔다. 한마디 말도 없이, 어디로 가느냐는 질문도 없이. 그녀는 밤의 숲속으로 자신 있게 걸어들어갔으나 그는 따라가기가 힘에 부쳤다. 그녀는 여우나 담비처럼 밤짐승의 눈을 가진 듯했다. 어디에 부딪히지도 않고 비틀거리지도 않았다. 그는 그녀에게 이끌려갔다. 밤 속으로, 숲속으로, 말도 없고 생각도 없는 눈먼 신비의 땅으로. 그는 아무것도 생각하지 않았다. 떠나온 수도원도 잊었고, 나르치스조차 잊었다.

그들은 아무 말 없이 깜깜한 숲길을 걸어갔다. 간혹 쿠션처럼 보드라운 이끼가 발아래 깔렸고, 간혹 늑골처럼 펼쳐진 딱딱한 나무뿌리가 걸음을 방해했으며, 간혹 잎이 듬성듬성한 키 큰 나무 사이로 반짝이는 밤하늘이 그들 위로 나타났다가 다시 사방은 완전한 어둠에 휩싸이곤 했다. 덤불이 그의 얼굴을 쳤고 나무딸기 덩굴에 옷자락이 걸렸다. 그녀는 숲의 구석구석을 잘 알아서 거침없이 앞으로 나갔고, 멈춰 서거나 머뭇거리는 일이 없었다. 한참 후 그들은 소나무가 드문드문 서 있는 공터로 들어섰다. 창백한 밤하늘이 가득 펼쳐졌다. 그곳에서 숲이 끝나고 비탈진 초원이 그들을 맞았다. 달콤한 건초 냄새가 풍겨왔다. 그들은 소리 없이 흐르는 작은 시냇물을 건넜다. 탁 트인 이곳은 숲속보다 더욱 고요했다. 덤불이 바스락거리는 소리도 갑자기 달아나는 밤짐승도 없었다. 바짝 마른 가지가 부러지는 소리도 들리지 않았다.

커다란 건초더미 앞에서 리제는 걸음을 멈추었다.

"여기서 쉬어요." 그녀가 말했다.

그들은 건초더미에 앉았다. 이제야 한숨을 돌리고 휴식을 만끽할 수 있었다. 둘은 살짝 지쳐 있었다. 그들이 온몸을 쭉 뻗은 자세로 정적에 귀를 기울이는 사이 이마의 땀은 마르고 달아오른 얼굴도 차츰 식어갔다. 골드문트는 기분 좋게 나른한 피로감을 느끼며 장난스럽게 무릎을 끌어당겨 쪼그리고 앉았다가 다시 다리를 쭉 폈다. 길게 숨을 들이켜 밤과 건초의 향기를 깊이 들이마셨다. 그는 과거도 미래도 생각하지 않았다. 애인의 향기와 따스함에 도취되면서 서서히 황홀경에 빠져들었고, 그녀의 손길이 쓰다듬을 때마다 반응하며, 천천히 달아오른 그녀가 자신에게 몸을 밀착해오는 감촉을 행복한 마음으로 느낄 뿐이었다. 그렇다. 이곳은 말도 생각도 필요 없었다. 소중하고 아름다운 것이 무엇인지 그는 분명한 감각으로 느꼈다. 여인의 몸이 풍기는 젊음의 기운과 단순하고 건강한 아름다움, 점점 더워지는 그의 몸과 차오르는 욕망을. 이번에 그녀는 처음과는 다른 방식으로 사랑받기를 원한다고 그는 알아차렸다. 그를 유혹하고 가르치는 방식이 아니라 그가 적극적으로 덤비고 욕정을 발산해주기를 원하는 것이다. 그는 뜨거운 욕망이 자신의 몸을 관통하도록 가만히 기다렸다. 두 사람의 몸 안에서 소리 없는 불길이 조용히 점점 커다랗게 피어나는 것을 행복한 마음으로 느꼈다. 그들의 조그만 잠자리는 살아 숨 쉬고 이글이글 타오르는 중심, 침묵에 쌓인 밤의 한가운데로 변했다.

그가 어둠 속에서 리제의 얼굴 위로 고개를 수그리고 그녀의 입술에 입 맞추기 시작했을 때 갑자기 그녀의 눈과 이마에서 부드러운 빛이 일렁였다. 놀라서 고개를 들고 살펴보니 은은한 광선이 비쳐오면서 금세 주변이 환해졌다. 그제야 원인을 알아차린 그는 뒤를 돌아보았다. 검고 길게 이어진 숲의 윤곽선 위로 달이 떠오르고 있었다. 그는 경이에 사로잡힌 채 흰 달빛이 그녀의 이마와 뺨을 지나 둥그스름하고 새하얀 목덜미로 흘러내리는 것을 바라보았다. 그리고 작은 소리로 황홀하게 속삭였다. "넌 정말 아름다워!"

그녀는 선물이라도 받은 듯 미소지었다. 그는 그녀의 상체를 일으켜 세우고 옷을 벗는 그녀를 조심스럽게 도왔다. 그녀의 어깨와 가슴이 서늘한 달빛 아래 아련하고도 희게 드러났다. 부드러운 그늘로 어른거리는 윤곽선을 그의 눈길과 입술이 시선으로, 그리고 입맞춤으로 따라갔다. 그녀는 마술에 걸린 듯 시선을 아래로 떨군 채 감격에 겨운 표정으로 꼼짝도 하지 않았다. 마치 그녀 자신도 알지 못했던 그녀의 아름다움이 지금 이 순간 최초로 발견되어 알몸으로 드러난 것처럼.

7장

들판의 공기가 서늘해지고 시간이 지날수록 달이 높이 떠오르는 동안 연인들은 달빛이 비치는 부드러운 잠자리에서 사랑의 유희에 몰두했다가, 함께 몽롱한 졸음에 빠졌다가, 잠이 들었다가 깨어나면 다시 서로를 향해 타오르고 서로를 탐닉하면서 몸과 몸이 새로이 뒤엉켰고 다시 잠이 들었다. 마지막 포옹을 마치고 그들은 완전히 지쳐 누워 있었다. 리제는 건초더미 속에 깊숙이 얼굴을 박은 채 가쁘게 숨을 몰아쉬었고, 골드문트는 꼼짝 않고 반듯하게 누워 달빛으로 어슴푸레한 밤하늘을 오래오래 응시하고 있었다. 두 사람의 마음속에 커다란 슬픔이 피어났다. 그들은 잠에 빠져들면서 슬픔으로부터 달아났다. 그들의 잠은 깊고도 깊은 절망이었다. 그들은 탐욕스럽게 잤다. 마치 그것이 그들 최후의 잠인 양, 마치 앞으로 영원히 깨어 있어야 하는 형벌이라도 받은 양, 그래서 이 순간 세상의 모든 잠을 몽땅 빨아들여야 하는 사람들처럼.

골드문트가 눈을 뜨자 검은 머리를 부지런히 다듬는 리제가 보였다. 잠이 덜 깬 멍한 상태로 그는 한동안 그녀를 지켜보고 있었다.

"벌써 깬 거야?" 마침내 그가 입을 열었다.

그녀는 화들짝 놀라며 몸을 돌려 그를 보았다.

"나는 가야 해." 그녀가 좀 침울하고 당황한 기색으로 말했다. "너를 깨울 생각은 없었는데."

"벌써 깨어 있었어. 우리가 다시 길을 떠나야 한다는 말이지? 어차피 집 없는 몸이니."

"그래, 나는 집이 없어." 리제가 말했다. "하지만 너는 수도원이 집이잖아."

"나는 이제 수도원에서 살지 않아. 너랑 똑같아. 나도 혼자고 목표도 없어. 그러니까 당연히 너랑 같이 가지."

그녀가 시선을 돌렸다.

"골드문트, 너는 나와 갈 수 없어. 난 남편에게 돌아가야 하니까. 밤에 들어가지 않았으니 남편은 나를 때릴 거야. 길을 잃었다고 핑계는 대겠지만, 당연히 남편은 믿지 않겠지."

이 순간 골드문트는 나르치스를 떠올렸다. 그가 정확히 예견하지 않았던가. 나르치스가 말했던 일이 그대로 일어난 것이다.

골드문트는 일어서서 그녀에게 손을 내밀었다.

"내가 잘못 생각했어. 나는 우리가 함께 지낼 거라고 믿었거든. 그렇지만 어떻게 자는 나를 두고 작별 인사도 없이 떠나려 한 거야?"

"그건 네가 화를 내며 나를 때릴지도 몰라서 그랬어. 물론 남편도 나를 때리지만, 그건 그래도 참을 수 있어. 원래 그러는 거니까. 하지만 너한테까지 얻어맞을 순 없잖아."

그는 그녀의 손을 꽉 잡았다.

"리제, 나는 널 때리지 않아. 오늘도 때리지 않고 앞으로도 영원히 그런 일은 없어. 남편이 너를 때리는데도 그에게 돌아가야 해? 그러지 말고 나와 함께 떠나는 건 어때?"

그녀는 몸을 심하게 틀면서 손을 빼내려고 안간힘을 썼다.

"안 돼, 안 돼, 안 돼." 그녀는 울먹이는 소리로 외쳤다. 그는 그녀의 마음이 그로부터 멀어지려고 애쓴다는 것, 그에게서 듣는 다정한 말보다 차라리 다른 남자에게서 얻는 매질을 원한다는 것을 충분히 느꼈기에 잡았던 손을 놓았다. 그러자 그녀는 울기 시작했다. 울면서 달리기 시작했다. 눈물에 젖은 눈을 두 손으로 가리고 달아났다. 그는 말 없이 멀어지는 그녀의 뒷모습을 바라볼 뿐이었다. 풀을 베어낸 목초지를 가로질러 필사적으로 달려가는 그녀의 모습이 그의 마음을 아프게 했다. 그가 알지 못하는 어떤 힘이 그녀를 부르고 그녀를 끌고가는 것일까. 그 힘이 무엇이길래. 그는 생각에 잠겼다. 그녀 때문에 마음이 아팠고, 그 자신 때문에도 조금은 마음이 아팠다. 그는 한 번도 행복해본 적이 없었다. 그런 것 같았다. 그는 버림받은 사람처럼 홀로 멍하게 앉아 있었다. 그러는 사이에 그는 다시 피곤해져서 졸음이 몰려왔다. 이렇게 피곤한 적은 처음이었다. 불행에 잠겨 있을 시간은 나중에도 많았다. 그는 다시 잠이 들었고, 높이 뜬 태양이 내리쬐어 피부가 뜨거워지는 바람에 잠에서 깼다.

이제 휴식은 충분했다. 그는 재빨리 일어나 시냇가로 달려가 씻고 물을 마셨다. 수많은 기억들이 생생하게 살아났다. 지난밤 사랑의 수많은 장면들이, 부드럽고도 애정 어린 느낌들이 이름

모를 꽃처럼 향기를 내뿜으며 머릿속에 떠올랐다. 그는 씩씩하게 산책을 시작하면서 마음속으로 그 기억들을 더듬고, 모든 것을 다시 느끼고 맛보고 냄새 맡고 더듬어보았다. 한 번 더, 다시한 번 더. 그가 마음으로 꿈꾸기만 하던 것을 낯선 갈색 여인이 얼마나 많이 충족시켜주었던가. 얼마나 많은 봉오리를 활짝 피어나게 해주었던가, 얼마나 많은 호기심과 그리움을 달래주었던가, 그리고 얼마나 많은 새로운 호기심과 그리움을 불러일으켰는가!

그의 눈앞에 들판과 황무지가 펼쳐졌다. 말라붙은 휴경지와 어두운 숲, 그 뒤편에는 농장이 있을 것이고 방앗간과 마을, 도시가 있을 것이다. 그의 앞에 처음으로 세상이 열려 있었다. 열린 채로 기다리며, 그를 맞아들이고 그에게 기쁨과 슬픔을 안겨줄 준비를 하고 있었다. 그는 더 이상 창문을 통해 세상을 구경하는 학생이 아니었다. 그의 방랑은 집으로 돌아가면 필연적으로 끝나는 산책이 아니었다. 이 거대한 세상이 실재가 되었고, 그는 세상의 부분이었다. 그의 운명은 세상에 있고, 세상의 하늘은 그의하늘이고 세상의 날씨가 그의 날씨였다. 이 거대한 세상에서 그는 작고도 작았다. 초록빛 푸른 무한한 세계에서 한없이 작은 그는 한 마리 토끼처럼 달렸고 한 마리 딱정벌레처럼 움직였다. 이곳에는 기상을 알리는 종도, 예배나 수업, 점심식사 종도 울리지않았다.

그러고 보니 얼마나 배가 고픈지! 보리빵 반 덩어리와 우유 한사발, 밀가루 수프 한 접시만 있다면 걱정이 사라질 것 같았다!

그의 위장은 굶주린 늑대처럼 사납게 요동쳤다. 그가 지나가는 길가의 밭에는 곡식이 반쯤 여물었다. 그는 손가락으로 낟알 껍질을 벗겨 조그맣고 미끈거리는 알곡을 입에 넣고 이빨로 열심히 바스러뜨렸다. 새 낟알을 따서 주머니가 그득해질 때까지 모았다. 개암나무 열매가 눈에 들어왔다. 아직은 녹색이 너무 진했지만 신이 나서 단단한 껍질을 깨물었다. 개암나무 역시 비축분을 따서 모았다.

다시 숲이 시작되었다. 떡갈나무와 물푸레나무가 섞여 자라는 가문비나무 숲이었다. 숲에는 블루베리가 지천이었다. 그는 자리를 잡고 앉아 열매를 먹으면서 몸을 식혔다. 잎새가 가느다란 거친 수풀 사이로 파란색 초롱꽃이 피어 있었고, 갈색의 명랑한 나비들이 날아올랐다가 변덕스럽게 제멋대로 나풀거리며 사라져갔다. 제노베바 성녀도 이런 숲에서 살지 않았는가. 그는 제노베바 성녀 이야기를 좋아했다. 이곳에서 그분을 만난다면 얼마나 기쁠까! 어쩌면 숲속에 수도자의 은거지가 있으리라. 수염을 기른 노신부가 동굴이나 나무껍질 움막에서 살고 있을지도 모른다. 아마도 이 숲에는 숯 굽는 사람도 있을 것이다. 그들을 만나고 싶었다. 심지어 산적 떼가 있을 수 있다. 하지만 산적은 그에게 아무 짓도 하지 않으리라. 누구라도 좋으니 사람을 만난다면 얼마나 좋을까. 하지만 그는 알고 있었다. 아마도 꽤 오랫동안 혼자서 숲을 걸어가야 하리라. 오늘과 내일, 그리고 이어지는 많은 날들을, 누구도 만나지 못한 채로. 그것이 운명이라면 받아들여야만 했다. 너무 많이 생각하지 말고, 닥쳐오는 일을 있는 그대로 맞이해야 한다.

딱따구리가 나무를 쪼는 소리가 들렸다. 그는 딱따구리에게 살금살금 다가가려고 했다. 새를 발견하지는 못하고 한참 동안 헛수고만 하다가 드디어 찾아냈다. 그는 오래오래 서서 나무줄기에 달라붙은 한 마리 고독한 딱따구리가 쉴 새 없이 머리를 반복해 움직이며 나무를 쪼어대는 광경을 지켜보았다. 인간이 짐승과 말이 통하지 않다니 얼마나 애석한가! 딱따구리를 불러서 친절하게 몇 마디 인사를 나누고, 숲에서 살아가는 그의 생활에 대해, 그의 일과 기쁨에 대해 들을 수 있다면 얼마나 좋겠는가. 오, 사람이 변신할 수만 있다면 얼마나 좋을까!

문득 한가로운 시간에 스케치를 했던 일이 생각났다. 석판에 분필로 꽂으며 잎사귀, 나무, 동물, 인간의 머리를 그리지 않았던가. 그는 스케치를 그리면서 시간 가는 줄 몰랐다. 어떤 때는 자신이 창조주라도 된 듯 피조물을 자기 마음대로 변형하기도 했다. 꽃받침에 눈과 입을 그려 넣고, 가지에서 돋아난 이파리들을 사람 형상으로 바꾸고, 나무 꼭대기에 머리를 달아주는 식이었다. 이렇게 놀고 있으면 한 시간 정도는 행복하고 황홀했다. 그는 마술을 부릴 수 있었으니까. 자신이 그리는 선에 따라서 모양을 갖추는 각종 형상들이 나무 이파리로, 물고기의 입으로, 여우꼬리로, 사람의 눈썹으로 완성되는 과정을 목격하면서 스스로 놀라고 감탄했다. 그는 실제 사람도 그림에서처럼 변신할 수 있어야 한다고 생각했다. 당시 그의 석판에서 장난치듯 움직인 선들이 그랬던 것처럼! 골드문트는 정말이지 한 마리 딱따구리로 변신하고 싶었다. 하루 정도는, 아니 한 달 정도는 나무 꼭대기에 살면서 매끈매끈한 높은 줄기를 돌아다니고 튼튼한 부리로 나무 껍질을 딱딱 쪼아대면서 꼬리 깃털로 몸을 지탱하고 싶었다. 딱 따구리의 언어로 말하고 나무껍질에서 멋진 것들을 건져내고 싶었다. 나무를 탕탕 울리는 딱따구리의 부리질 소리가 달콤하면서도 강단 있게 들려왔다.

숲을 지나면서 골드문트는 많은 동물들과 마주쳤다. 토끼들은 그가 다가가면 덤불 속에서 갑자기 펄쩍 튀어나와 그를 빤히 쳐다보다가 몸을 돌리고 귀를 늘어뜨린 채 꼬리에 불이라도 붙은 양 황급히 달아났다. 조그만 빈터에는 기다란 뱀이 누워 있었다. 뱀은 골드문트를 보고도 달아나지 않았다. 그것은 살아 있는 뱀이 아니라 뱀의 허물이었다. 골드문트는 그것을 집어들고 찬찬히 살폈다. 등줄기를 따라 회색과 갈색의 아름다운 무늬가 이어지는 허물을 관통하며 햇살이 비췄다. 허물은 거미줄처럼 얇고 투명했다. 노란색 부리를 가진 지빠귀도 보았다. 지빠귀는 겁먹은 검은 눈동자를 움직이지 않은 채 앞만 빤히 쳐다보다가 지상에 가까이 낮게 날면서 자리를 떴다. 울새와 되새는 셀 수도 없이 많았다. 숲속에는 걸쭉한 물이 가득한 웅덩이도 있었다. 수면에는 다리가 긴 거미들이 한꺼번에 뒤섞여 이해할 수 없는 놀이에 푹 빠진 것처럼 여기저기로 정신없이 내달렸다. 그 위로는 짙푸른 날개가 달린 실잠자리 몇 마리가 날아다녔다. 그리고 저녁이 되어서 그는 무엇인가를 보았다. 정확히는 수북한 나뭇잎이 술 렁술렁 움직이는 것을 보았다. 그리고 가지가 꺾이는 소리, 축축한 흙을 철벅거리는 소리, 거의 눈에 보이지 않는 육중한 무게의 커다란 짐승이 우거진 덤불 가지를 우지끈 부러뜨리며 달려가는 소리를 들었다. 아마도 사슴이거나 멧돼지 같았으나 정확히 알 수 없었다. 그는 한참 동안 가만히 서 있었다. 놀란 가슴을 진정시키며 충격이 가시지 않은 채로 짐승이 사라진 방향으로 귀를 기울였다. 사방이 고요해진 뒤에도 여전히 두근거리는 가슴을 안고, 혹시 무슨 소리가 들리는 건 아닌지 오랫동안 청각을 곤두세웠다.

골드문트는 숲을 빠져나가는 길을 찾지 못해서 그곳에서 밤을 보내야 했다. 적당한 장소를 찾아내 이끼를 깔아 잠자리를 만들며 그는 만약 이 숲을 끝내 빠져나가지 못하고 살아야 한다면 어떻게 될까 생각해보았다. 그것은 엄청난 불행이리라. 최후의 수단으로 딸기를 따먹으면서 이끼 위에서 잠을 잘 수는 있을 것이다. 오두막 정도는 짓는 것도 분명 가능하리라. 어쩌면 불도 피울 수 있겠지. 하지만 영원히 혼자서, 침묵 속에서 잠든 나무들에 둘러싸여 주변에는 말도 통하지 않는 데다가 사람만 보면 달아나는 짐승들뿐이라면, 그렇게 영원히 살아야 한다면 견딜 수 없이 슬플 것이다. 사람이라곤 한 명도 없고, 누구와도 아침 인사도 밤 인사도 나눌 수 없고, 사람의 얼굴이나 눈동자를 볼 수 없고, 소녀도 여인도 없는 세상, 입맞춤도 없고 입술과 몸이 벌이는 비밀스럽고 달콤한 유희도 없다면, 그런 곳에서 어떻게 살 수 있겠는가! 하지만 만약 그렇게 살도록 정해진 운명이라면 그는 아예 짐승이 되어야겠다고 생각했다. 영원한 은총을 포기하더라도 곰이

나 사슴이 되는 편이 나으리라. 곰이 되어서 암곰을 사랑하는 것도 나쁘지는 않을 테니까. 최소한 자신의 이성과 언어를 그대로 보유한 채 혼자서 슬프게 사랑받지 못하는 채로 생을 마감하는 것보다 훨씬 나은 선택일 테니까. 이끼를 수북이 깐 잠자리에서 잠이 들기 전에 호기심과 두려움에 찬 그의 귓가에 숲이 내지르는 무수한, 이해할 수 없는 수수께끼 같은 밤의 소리가 들려왔다. 그 소리는 이제 그가 함께 살아가야 할 급우나 마찬가지였다. 그것들에 익숙해지고 대결하고 견뎌야 했다. 이제 그는 여우와 노루, 전나무와 가문비나무에 속했다. 그들과 함께 살고 공기와 햇빛을 공유하고, 그들과 함께 날이 밝기를 고대하고, 그들과 함께 배고픈 그들의 손님이 되어야 했다.

그는 잠이 들었고 짐승과 인간의 꿈을 꾸었다. 그는 곰이 되어서 사랑을 나누다가 리제를 잡아먹었다. 그는 한밤중에 소스라치게 놀라 잠에서 깨어났지만 왜 깨어났는지는 몰랐다. 한없는 불안과 혼란에 빠진 그는 영문을 몰라 한동안 잠을 이루지 못했다. 그러다 문득 생각났다. 어제도 오늘도 저녁 기도를 하지 않고 잠자리에 들었던 것이다. 자리에서 일어난 그는 이끼 침대 곁에 무릎을 꿇고 어제와 오늘, 이틀을 위한 저녁 기도문을 두 번 반복했다. 그리고 다시 잠에 빠졌다.

숲속의 아침을 맞은 그는 어리둥절해하면서 주변을 두리번거렸다. 자신이 어디에서 잠들었는지 잊었던 것이다. 숲에 대한 두려움이 가시면서 그는 숲 생활에 익숙해지는 기쁨을 알게 되었다. 그러나 방랑은 계속되었다. 그는 태양을 향해 나아갔다. 어느

덧 숲의 바닥은 완전히 편평해졌고 키 작은 관목도 거의 없이 오직 덩치가 굵은 늙고 흰 전나무만이 하늘을 향해 똑바로 자라고 있었다. 기둥처럼 우뚝 솟은 나무 사이를 한동안 걸으니 수도원 대예배당의 기둥이 생각났다. 얼마 전 그는 예배당의 검은 문 안으로 벗 나르치스가 사라지는 것을 보았다. 그런데 그게 언제였던가? 맙소사 겨우 이틀 전 일이란 말인가?

이틀 낮과 이틀 밤이 지난 후에야 골드문트는 숲에서 빠져나올 수 있었다. 처음 인가의 흔적을 발견했을 때 얼마나 기뻤는지 모른다. 경작된 토지, 호밀과 귀리가 심어진 밭이랑, 목초지, 그사이로 여기저기 보이는 좁다란 보행로. 골드문트는 호밀을 따서 씹었다. 예정된 땅이 그에게 다정한 눈길을 보내왔다. 오랫동안 야생의 숲속을 방랑한 다음이라 작은 길, 귀리, 시들어서 색이 거의 사라져버린 선홍초까지, 눈에 들어오는 모든 것이 인간적인 훈훈함으로 느껴졌다. 이제 그는 인간이 된 것이다. 잠시 후 그는 어느 밭을 지나갔는데, 밭 가장자리에 십자가가 서 있었다. 그는 십자가 아래에 무릎을 꿇고 기도를 올렸다. 불쑥 길게 튀어나온 언덕 끄트머리를 돌아서자 갑자기 그의 눈앞에 그늘을 드리운 보리수나무가 나타났다. 샘의 물소리가 황홀한 음악처럼 들렸다. 목재 홈통을 타고 흘러온 물이 기다란 나무 함지박 속으로 떨어지는 소리였다. 그는 꿀같이 맛난 차가운 물을 마음껏 들이켰다. 이미 열매가 거무스름하게 익은 라일락 나무 위로 몇 개의 초가지붕이 보이자 그는 더욱 기뻤다. 하지만 이 모든 다정한 광경보다 그를 커다란 감동으로 떨게 한 것은 암소의 울음소리였다.

그 소리는 안락하고 따스한 환영 인사처럼 그를 위로했다.

골드문트는 조심스럽게 소 울음소리가 들려온 오두막으로 다가갔다. 오두막 문 앞에는 불그스레한 머리카락과 연푸른색 눈의 사내아이가 흙먼지를 뒤집어쓰고 놀고 있었다. 아이 곁에는 물이 가득 든 질그릇 항아리가 놓였는데, 아이는 항아리의 물과 흙을 섞어 반죽을 하느라 정신없었다. 아이의 맨다리는 흙 반죽 투성이였다. 두 손으로 축축한 진흙을 잡고 꾹 눌러서 손가락 사이로 빠져나오는 것을 지켜보는 아이의 표정은 행복하고도 진지했다. 흙덩이를 굴려 구슬을 만들고 그것을 다시 반죽해서 갖가지 모양을 빚는 데는 양손뿐 아니라 턱까지 동원되었다.

"안녕, 꼬마야." 골드문트는 다정하게 말을 건넸다. 하지만 아이는 고개를 들고 낯선 사람을 발견하자마자 조그만 입이 딱 벌어지면서 통통한 얼굴이 일그러지더니 금세 울음을 터트리면서 네 발로 기어 오두막으로 황급히 들어갔다. 골드문트는 아이의 뒤를 따라 부엌으로 들어갔다. 부엌은 매우 어둑해서 한낮의 환한 햇살 속에서 막 들어선 그의 눈에는 아무것도 보이지 않았다. 그래도 그는 경건한 인사말을 잊지 않았으나 아무 대답도 없었다. 하지만 놀란 아이가 울부짖는 사이에 가늘고 쇠약한 노인의 음성이 조금씩 섞여 들려왔다. 아이를 달래는 소리였다. 잠시 후 어둠 속에서 몸을 일으킨 자그마한 노파가 가까이 다가와 손을 눈에 대고 손님을 올려다보았다.

"안녕하세요, 할머니." 골드문트가 인사했다. "모든 자비로운 성인들이 할머니의 선량한 얼굴에 축복을 내리실 겁니다. 사흘

동안 사람 얼굴이라곤 구경도 못했거든요."

노안의 눈동자로 멍하니 쳐다보던 노파가 미심쩍은 말투로 물었다.

"그래서 뭘 어쩌자는 거요?"

골드문트는 손을 내밀어 노파의 손을 살짝 쓰다듬었다.

"할머니께 그냥 인사를 드리려는 거예요. 잠시 쉬면서 할머니가 불 피우는 걸 도와드릴 수도 있구요. 혹시나 빵 한 조각을 주신다면 거절하지 않겠습니다. 하지만 급한 부탁은 아니에요."

그는 벽에 긴 의자가 있는 걸 발견하고 거기에 앉았다. 노파는 아이에게 빵 한 조각을 잘라주었다. 이제 호기심과 긴장으로 똘똘 뭉친 아이는, 하지만 여차하면 울음을 터트리고 달아날 태세로 낯선 손님을 쳐다보았다. 노파는 빵 한 조각을 더 잘라 골드문트에게 주었다.

"감사합니다." 골드문트가 말했다. "신께서 보답해주실 거예요."

"쫄쫄 굶었나보네?" 노파가 물었다.

"그렇진 않아요. 블루베리를 잔뜩 따먹었거든요."

"그걸로 되나! 어서 먹어요. 그런데 어디서 왔수?"

"마리아브론 수도원에서요."

"그럼 신부님인감?"

"아니에요. 수도원 학생입니다. 지금은 여행 중이구요."

노파는 골드문트를 조롱인지 그냥 멍한 건지 알 수 없는 표정으로 물끄러미 쳐다보더니 앙상한 주름투성이 목에 얹힌 고개를

133

조금 흔들었다. 골드문트가 빵을 몇 입 베어먹는 사이 노파는 아이를 다시 햇볕에 내다놓으러 나갔다. 되돌아온 노파가 궁금한 듯 물었다.

"뭐 새로운 소식 들은 거 있어?"

"그런 건 없는데요. 안젤름 신부님이라고 아세요?"

"아니 몰라. 그 신부가 어쨌는데?"

"그분이 아프세요."

"아프다고? 죽을 정도인감?"

"그건 몰라요. 다리가 아파서 걷지를 못하세요."

"죽을 정도로 아픈 건가?"

"그건 몰라요. 어쩌면 그럴지도 모르구요."

"죽으면 죽는 거지 뭐. 수프를 좀 끓여야겠네. 나무 좀 잘라주구려."

노파가 난롯가에서 잘 말린 전나무 장작과 칼을 건넸다. 그는 노파가 시키는 대로 나무를 잘게 잘랐다. 노파는 그것을 잿더미 속에 쑤셔 넣고 허리를 숙이고 서둘러서 입으로 바람을 훅훅 불어댔다. 불이 일었다. 노파는 어떤 신비한 순서에 정확히 맞춰서 전나무와 너도밤나무 장작을 불 위로 쌓았다. 그러자 뚜껑 없는 화덕에서 불이 환한 빛을 내며 타올랐다. 굴뚝에 연결된 그을음 투성이 사슬에 커다란 검은 솥이 매달려 있었는데, 노파는 그것을 화덕의 불꽃에 얹었다.

골드문트는 노파의 지시에 따라 샘에서 물을 길어오고, 우유통의 기름을 걷어내고, 연기로 가득 찬 어둠 속에 앉아 불꽃이 날

름거리며 춤추는 것을, 그 위로 수그린 노파의 앙상한 주름투성이 얼굴에 붉은 빛이 어른거리다가 사라지는 것을 지켜보았다. 판자벽 뒤에서는 암소가 시렁을 헤치고 쿵쿵 부딪혀대는 소리가 들렸다. 그는 기분이 좋았다. 보리수와 샘물, 솥 아래에서 활활 타오르는 불, 소가 먹이를 먹느라 코를 불어대며 우적우적 씹는 소리, 소의 몸이 벽에 둔탁하게 부딪히는 소리, 탁자와 긴 의자가 있는 어두컴컴한 공간, 분주하게 움직이는 자그마한 몸집의 노파, 이 모든 것이 아름답고 좋았다. 음식과 평화의 냄새가 났으며, 사람과 온기의 냄새, 그리고 고향의 냄새가 났다. 집에는 염소도 두 마리 있었다. 노파에게 듣기로는 집 뒤쪽에 돼지우리도 있다고 했다. 노파는 이 집 주인 농부의 할머니라고 했고, 따라서 작은 사내아이의 증조모였다. 사내아이의 이름은 쿠노였다. 쿠노는 가끔 부엌에 들어왔고, 여전히 한마디 말도 없이 무서워하는 눈빛은 역력했으나 그래도 더 이상 울지는 않았다.

농부와 아내가 집에 돌아왔다. 그들은 집 안에 낯선 사람이 있는 걸 보고 깜짝 놀랐다. 농부는 금방이라도 욕을 퍼부을 태세였다. 그는 미심쩍은 태도로 젊은이의 팔을 잡고 문으로 끌고가 밝은 곳에서 얼굴을 확인했다. 그러더니 금세 기분 좋게 웃음을 터트리고 젊은이의 어깨를 친근하게 툭툭 치며 식사에 초대했다. 그들은 다 함께 둘러앉았다. 각자 손에 든 빵을 식구들이 함께 쓰는 우유 그릇에 담가서 적셔 먹었다. 마지막에 바닥에 조금 남은 우유는 농부가 말끔히 마셨다.

골드문트는 하룻밤 묵을 수 있는지, 집에서 잠을 자도 좋을지

물었다. 그건 곤란하다고 농부가 대답했다. 공간이 너무 비좁다는 것이었다. 하지만 바깥에는 어디나 건초가 충분히 쌓여 있으니 쉽게 잠자리를 찾을 수 있을 거라고 했다.

농부의 아내는 아이를 옆에 데리고 있으면서 대화에는 끼어들지 않았다. 하지만 식사 내내 그녀의 호기심 어린 시선은 이 젊은이에게서 떠날 줄 몰랐다. 그의 곱슬머리와 눈빛은 보는 순간 그녀의 마음에 깊이 박혔으며, 그의 아름답고 흰 목과 우아하면서 매끈한 손, 그 손의 자유롭고 보기 좋은 움직임도 그녀의 마음에 쏙 들었다. 이 얼마나 당당하면서 품위 있는 이방인이란 말인가! 게다가 얼마나 젊은가! 하지만 그녀를 가장 매혹시키고 결정적으로 사랑에 빠지게 만든 것은 낯선 젊은이의 목소리였다. 비밀의 노래를 부르듯이 온화한 기운을 내뿜으며 부드럽게 구애하는 듯한 젊은 남자의 음성은 피부에 와닿는 사랑의 애무처럼 들렸다. 계속해서 오랫동안 듣고 또 듣고 싶은 목소리였다.

식사가 끝나고 농부는 외양간에서 일을 했다. 집 밖으로 나온 골드문트는 샘에서 손을 씻고 나지막한 샘 가장자리에 앉아 땀을 식히며 물소리에 귀를 기울였다. 그는 망설였다. 이곳에 오래 머무를 이유가 없는데도 떠나야 한다고 생각하니 마음이 아팠다. 그때 농부의 아내가 한 손에 양동이를 들고 다가와 물줄기 아래 양동이를 세우고 물이 흘러넘칠 때까지 그대로 두었다. 나직한 목소리로 그녀가 말했다. "당신, 혹시 오늘 밤 근처에 있을 거라면 저녁 때 음식을 가져다줄게요. 저 건너편 기다란 보리밭 뒤에 건초더미가 있어요. 내일이나 되어야 걷어갈 거예요. 거기 있을 거죠?"

그는 여자의 주근깨투성이 얼굴을, 양동이를 들어올리는 튼실한 팔과 따뜻한 눈빛을, 밝은 색의 커다란 눈동자를 바라보았다. 그리고 그녀를 향해 미소를 지으며 고개를 끄덕였다. 그녀는 얼른 양동이를 들고 자리를 떴고 어두운 집 안으로 사라졌다. 얼마나 감사한 일인가. 그는 흡족한 기분으로 앉아서 졸졸 흐르는 물소리에 귀를 기울였다. 잠시 뒤 그는 집 안으로 들어가 농부를 찾았고, 농부와 노파에게 악수를 건네며 감사의 말을 전했다. 집 안에는 불 냄새와 그을음 냄새, 우유 냄새가 났다. 방금 전까지도 그곳은 안식처이며 고향 같은 느낌이었는데, 이렇게 낯선 곳이 되고 말았다. 그는 작별 인사를 남기고 오두막을 나왔다.

오두막 건너편에 조그만 예배당이 보였다. 그리고 그 가까이에 보기 좋은 나무들이 자라고 있었다. 늙고 튼튼한 떡갈나무 한 무리가 서 있었고, 나무 아래에는 짧은 풀들이 자라났다. 그는 떡갈나무 그늘에 머물며 굵은 나무 사이를 산책하듯 돌아다녔다. 여자와 사랑, 둘은 참으로 묘하다고 그는 생각했다. 둘 다 말을 필요로 하지 않는다. 여자가 그에게 밀회의 장소를 지정해주는 데는 한마디 말이면 충분했다. 그 밖의 모든 것은 말이 아닌 다른 것으로 전달했다. 다른 어떤 것으로? 눈으로, 그래 약간 쉰 목소리에 깃든 모종의 울림으로, 그리고 또 다른 무엇으로, 아마도 향기로, 피부에서 은은하게 풍겨 나와 남자와 여자가 서로를 갈망할 때면 금세 알아차릴 수 있는 엷고도 미묘한 냄새로. 이토록 섬세한 비밀의 언어를 이토록 빨리 터득하다니, 얼마나 신기한가!

그는 저녁이 너무도 기다려졌다. 체격이 큰 금발 여인의 사랑은 어떨지, 호기심이 솟구쳐 올랐다. 어떤 눈빛과 음색을 가졌을까, 팔다리는 어떻게 움직이며 그녀의 입맞춤은 어떨까. 분명 리제 와는 아주 다를 거야. 그런데 리제는 지금 어디에 있을까. 빳빳한 검은 머리에 갈색 피부, 짧은 한숨을 내쉬는 리제는? 남편이 그 녀를 때렸을까? 아직도 그를 생각하고 있을까? 그가 오늘 다른 여자를 만났듯이 그녀도 벌써 다른 애인을 만난 건 아닐까? 모든 것이 이렇게 빨리 일어나다니, 가는 곳마다 행운을 만나다니, 얼 마나 뜨겁고도 아름다웠는가, 그러면서 얼마나 덧없이 무상했는 가! 그것은 죄였다. 그것은 간통이었다. 얼마 전까지만 해도 그는 그런 죄를 짓느니 차라리 죽음을 택했을 것이다. 그런데 지금은 벌써 두 번째 여자가 기다리고 있는데, 그의 양심은 태연하고 평 온하다. 어쩌면 평온한 것은 아닐지도 모른다. 하지만 간혹 마음 이 불편하고 양심의 가책이 생기는 이유는 간통이나 쾌락 때문 은 아니었다. 뭔가 다른 이유가 있었으나 뭐라고 불러야 할지 알 수 없었다. 그것은 분명 죄의식이었으나 스스로 저지른 죄 때문 이 아니라 태어날 때부터 갖고 있는 원초적인 죄로 인한 감정이 었다. 신학에서 원죄가 바로 이걸 말하는 것일까? 그럴지도 몰랐 다. 그래, 산다는 것은 어느 정도 죄가 아니겠는가. 그렇지 않다 면 왜 나르치스같이 순결하고 지식도 높은 자가 죄인처럼 참회 의 수련을 해야 한단 말인가? 그렇지 않다면 왜 골드문트 자신이 마음속 깊이 이런 죄책감을 느껴야 한단 말인가? 그는 진정 행복 하지 않았던가? 그는 젊고 건강했으며, 하늘을 나는 새처럼 자유롭지 않았던가? 여자들이 그를 사랑하지 않았던가? 사랑하는 사람으로서 자신이 느낀 것과 같은 열락의 쾌감을 여자들에게 줄 수 있다는 건 참으로 멋지지 않았던가? 그런데도 왜 그는 완전히 행복하지는 못한 걸까? 왜 그의 젊고 싱싱한 행복에는 나르치스의 덕성과 지혜처럼 간혹 이런 이해할 수 없는 아픔이 침입하는 것일까? 은밀한 두려움이, 허무한 쓸쓸함이 왜 스며드는 것일까? 자신이 철학자가 아니라는 것을 잘 아는데도 왜 그는 종종 지나간 일을 되새기며 골똘히 생각에 잠기게 되는 것일까?

그럼에도 불구하고 삶은 아름다웠다. 그는 풀밭에서 조그만 오랑캐꽃 한 송이를 꺾어 눈앞에 바싹 갖다 대고는 작고 오목한 꽃받침 속을 들여다보았다. 그 안에는 엽맥葉脈이 퍼져 있고 섬세하고 고운 털 같은 기관이 들어 있었다. 여인의 허벅지나 철학자의 뇌처럼 이런 곳에도 생명이 꿈틀거리고 욕망이 들끓는 것이다. 아, 왜 사람들은 아무것도 모른단 말인가? 왜 꽃과 말을 나눌 수 없단 말인가? 그러나 두 명의 사람조차도 진정으로 서로를 이해하기란 불가능하지 않던가. 드물게 운이 좋은 경우이거나 특별한 우정을 나누는 사이거나 혹은 서로가 충분히 준비된 상태가 아니라면 말이다. 그렇다. 사랑이 말을 필요로 하지 않는 건 참으로 다행이었다. 그렇지 않으면 엄청난 오해와 바보짓이 쌓일 것이다. 아, 반쯤 감긴 리제의 눈, 엄청난 쾌감의 물결이 밀려오자 정신을 놓아버린 듯했고, 바들바들 떨리는 눈꺼풀 아래 가느다란 틈새로 오직 흰자위만이 보이던 눈. 아무리 뛰어난 학식이나 시인의 재능이 있다 해도 어찌 그 순간을 묘사할 것인가! 말로 표현하거나 생각으로 잡히는 것은 세상에 아무것도, 정녕 아무것도 없다. 그런데도 사람은 자꾸만 말로 표현하려는 욕구를 포기하지 못하고, 끊임없이 생각하려는 영원한 충동에 시달리고 있구나!

골드문트는 손에 든 작은 식물을 찬찬히 관찰했다. 꽃 이파리가 줄기 둘레에 배열된 모습이 참으로 어여쁘면서도 경이로울 정도로 딱 들어맞게 적절했다. 그는 베르길리우스의 아름다운 시들을 좋아했다. 하지만 아무리 멋진 베르길리우스의 시라고 해도 이 식물의 줄기에 난 작디작은 꽃 이파리의 나선형 법칙만큼 명료하고 지혜롭고 아름답고 의미심장하지는 못했다. 인간이 이런 꽃 한 송이만이라도 만들 수 있다면 얼마나 큰 기쁨이고 행운일까, 얼마나 황홀하고 고귀하며 의미 깊은 행동일까! 하지만 누구도 해낼 수 없다. 어떤 영웅도 어떤 황제도 어떤 교황도, 심지어 성자조차도 해낼 수 없다.

해가 서쪽으로 한참 기울자 골드문트는 일어서서 농부의 아내가 가르쳐준 장소를 찾아갔다. 그 자리에서 기다렸다. 기다린다는 것, 한 여자가 오고 있다는 것, 순전히 사랑만을 위해 오고 있음을 안다는 것은 얼마나 가슴 벅찬 일인가.

여자가 왔다. 그녀는 아마포 천에 커다란 빵 한 덩어리와 베이컨을 싸왔다. 그녀는 천을 풀고 음식을 골드문트 앞에 내놓았다.

"당신 주려고 가져왔어요." 그녀가 말했다. "먹어요!"

"나중에요." 그가 대답했다. "지금은 빵이 아니라 당신을 먹고 싶으니까. 나를 위해 당신이 가져온 아름다운 것들을 보여줘요!"

140

그녀는 아름다운 것들을 참으로 많이 가지고 왔다. 갈증에 몸부림치는 강렬한 입술, 광채로 번쩍이는 이빨, 햇볕에 새빨갛게 탄 강인한 팔뚝. 그러나 목 아래로 내려갈수록 속살은 희고 부드러웠다. 그녀는 거의 말을 하지 않았지만 목구멍에서 사랑스럽게 유혹하는 교성이 노래처럼 흘러나왔다. 그의 손이 몸에 닿자 여자가 한 번도 느껴보지 못한 부드럽고 애정 어린, 정념이 넘치는 그 손길에 여자의 피부는 파르르 떨렸고, 여자는 고양이같이 목을 갸르릉거리며 신음했다. 그녀는 사랑의 유희를 잘 몰랐다. 리제에 비하면 훨씬 부족했다. 하지만 대신 놀랄 만큼 힘이 좋아서 연인의 목을 부러뜨릴 듯이 힘차게 껴안았다. 그녀의 사랑은 어린아이처럼 꾸밈없고 탐욕스러웠다. 단순하면서 힘이 넘쳤고 수줍음이 많았다. 골드문트는 그녀와의 사랑이 너무나 행복했다.

그리고 여자는 돌아갔다. 한숨을 쉬며, 마지못해 무거운 걸음으로 떠났다. 그녀는 오래 머물러서는 안 되는 것이다.

홀로 남은 골드문트는 행복한 가운데서도 슬펐다. 나중에서야 빵과 베이컨 생각이 난 그는 고독한 식사를 했다. 벌써 밤이었다.

8장

골드문트는 한동안 방랑을 이어갔다. 한 장소에서 두 번의 밤을 보내는 일이 거의 없었고, 가는 곳마다 여자들이 그를 탐하며 그를 행복하게 했다. 피부는 햇볕에 갈색으로 그을렸고, 계속되는 방랑과 부실한 식사로 인해 몸은 많이 여위었다. 여자들은 아침이 밝아오기가 무섭게 작별을 고하고 집으로 가버렸다. 눈물을 보인 여자들도 여럿이었다. 그럴 때마다 그는 생각했다. '왜 아무도 나와 함께하지 않는 걸까? 나를 사랑해서 하룻밤을 보내기 위해 결혼 서약까지 깨뜨린 거라면 왜 다음날 아침 즉시 남편에게 돌아가는 걸까? 남편에게 맞을까봐 겁내면서도 그렇게 하는 이유는 무엇일까?' 그에게 떠나지 말라고 진지하게 애원한 여자는 아무도 없었고, 자신을 데려가라고 애원한 여자도 없었다. 방랑의 기쁨과 고난을 오직 사랑으로 그와 나누겠다고 나선 여자는 한 명도 없었다. 물론 그는 어떤 여자에게도 그런 요청을 하지 않았고, 그런 생각을 암시한 적도 없었다. 스스로의 속마음을 들여다보면 그는 자유로운 이 상태가 좋았던 것이다. 또한 어떤 여자에게서도, 다음 여자의 품에 안긴 이후까지 지속되는 그리움을 느껴보지 못했기 때문이다. 그럼에도 불구하고 여인들의 사랑이나 그의 사랑이나 모두 예외 없이 그토록 덧없을 뿐이고, 불꽃이 사그라들듯 순식간에 꺼져버린다는 사실은 정말 이상하면서도 어느 정도는 슬펐다. 그게 맞는 건가? 원래 사랑은 언제 어디서 나 그런 걸까? 아니면 나에게 문제가 있는 걸까? 여자들이 모두 그에게 욕망을 느끼고 그의 아름다움에 황홀해하지만 건초더미 나 이끼 위에서 짧고 말없이 나누는 일회성 관계 말고는 더 이상 의 인연을 맺고 싶어 하지 않는 것은 선천적으로 타고난 그의 본 성 때문인 걸까? 그는 방랑자이고, 정주민들은 집 없는 방랑 생 활을 무서워하기 때문일까? 아니면 여자들이 그를 인형처럼 예 뻐하고 껴안고 욕망하지만, 그런 다음에는 비록 얻어맞을 걸 알 면서도 남편에게 돌아가는 건 그냥 골드문트 자신의 성격이 문 제인 걸까? 그는 알 수 없었다.

여자들에게는 아무리 배워도 싫증나지 않았다. 그런데 소녀들 이 더 끌리기는 했다. 그는 아주 젊고, 남자 경험이 없고, 아무것 도 모르는 소녀들을 갈망했고 그들을 사랑했다. 그러나 소녀들 은 대개 접근이 불가능했다. 사랑스러운 소녀들은 너무 수줍어 했고, 항상 안전하게 보호받고 있었다. 하지만 기혼 여자들에게 서 배우는 것도 무척 즐거웠다. 여자들 모두가 그에게 뭔가를 남 겨놓았다. 어떤 몸짓, 입맞춤의 어떤 유형, 특별한 사랑의 행위, 몸을 허락하는 혹은 방어하는 특별한 형태. 골드문트는 모든 것 을 받아들였다. 그는 먹어도 먹어도 배부른 줄 모르고 한없이 유 연한 아기와 같았다. 어떤 유혹도 받아들였다. 그럼으로써 그 자 신이 유혹적인 존재가 되었다. 단지 외모의 아름다움만 있었다 면 그 많은 여자들이 그토록 쉽게 그에게 끌리지는 않았으리라.

그에게는 어린아이다움, 개방성, 호기심에서 촉발된 순진무구한 욕정, 여자들이 그에게서 갈구하는 것이 무엇이든 다 내어주려는 각오가 있었다. 스스로는 알지 못했으나 그는 하나하나의 여자들에게 각각 다른 모습으로, 여자들이 저마다 소망하고 꿈꾸던 모습으로 다가갔다. 어떤 여자에게는 부드럽게 기다려주면서, 다른 여자에게는 재빨리 낚아채듯이 덤볐고, 어떤 때는 처음으로 동정을 바치는 소년처럼 순진하게, 어떤 때는 현란한 전문가처럼. 언제라도 장난스러운 유희나 싸움, 한숨과 웃음에 응할 준비가 되어 있었고, 수치심도 과감함도 모두 상대할 수 있었다. 그는 여자가 욕망하지 않는 행위는 아무것도 하지 않았다. 여자가 그에게서 유인해내려는 행위 말고는 아무것도 하지 않았다. 영리한 감각을 지닌 여자들은 금방 이런 점을 알아차렸고, 그래서 여자들은 그를 더욱 사랑했다.

하지만 그는 계속해서 배웠다. 그는 짧은 시간 동안 수많은 사랑의 유형과 기술을 배우고 수많은 여자들과의 경험을 내면에 축적했을 뿐만 아니라, 여자들의 헤아릴 수 없는 다양한 측면을 보고, 느끼고, 감촉하고, 냄새 맡는 법을 배웠다. 그는 어떤 목소리라도 들을 줄 아는 섬세한 귀를 얻었고, 여자들이 내는 음성만으로 그들의 성향이 어떤지, 사랑할 줄 아는 능력이 어느 만큼인지를 거의 정확하게 맞출 수 있었다. 그는 매번 새로운 황홀감으로 여자들이 머리를 목에 기댄 모습, 머리카락을 쓸어 올려 이마를 드러내는 동작, 하나의 무릎뼈가 움직이는 무한히 다양한 유형을 관찰했다. 그는 어둠 속에서 눈을 감은 채 손가락의 가벼운 촉감만으로 건드려보면서 여자 머리카락의 한 유형과 다른 유형을 구분할 줄 알았고, 피부와 솜털의 차이도 분간해낼 수 있었다. 그는 아주 초기부터, 바로 여기에 방랑 생활의 의미가 있음을 직감했다. 아마도 이런 식별과 구분의 능력을 더욱 섬세하고 다양하게 심층적으로 터득하고 훈련하기 위하여 자신이 계속해서 한 여자에서 다른 여자로 표류하는 것이라고. 아마도 이것이 그에게 주어진 삶일지도 몰랐다. 완벽의 경지에 이를 때까지 수천수만 유형의 여자들과 온갖 종류의 사랑을 경험하기, 마치 상당수 음악가들이 한 가지 악기만을 연주하는 게 아니라 서너 개 혹은 그 이상의 많은 악기를 다룰 줄 알듯이. 그런데 그 경험이 무엇을 위해서 좋으며 종착지는 어디가 될지, 그는 알지 못했다. 오직 자신이 어디론가 향하는 도정에 있다고 짐작할 뿐이었다. 그는 라틴어와 논리학을 공부해서 따라갈 능력은 있었지만 특별하게 놀랍거나 뛰어난 재능을 지닌 건 아니었는데, 사랑에서, 여인들과의 유희에서는 달랐다. 이 분야는 전혀 힘들이지 않고 배웠으며, 절대로 잊어버리는 일 없이 경험들이 저절로 차곡차곡 쌓여갔다.

골드문트는 한두 해 그렇게 방랑 생활을 이어갔다. 어느 날 그는 부유한 기사의 저택을 지나가게 되었다. 그곳에는 기사의 젊고 아리따운 두 딸이 함께 살고 있었다. 초가을이어서 밤이면 싸늘해질 시기였다. 지난해 가을과 겨울을 충분히 경험한 그는 다가올 계절에 대한 걱정이 아주 없지는 않았다. 겨울의 방랑 생활은 무척 힘들었다. 그는 음식과 잠자리를 부탁했고 친절한 응대를 받았다. 낯선 방문객이 공부를 했고 그리스어도 할 줄 안다는 말을 들은 기사는 하인들 자리에 앉아 밥을 먹던 그를 자신의 식탁으로 건너오게 하더니 거의 자신과 동급인 손님으로 대접해 주었다. 두 딸은 시선을 떨구고 얌전히 앉아 있었다. 큰딸은 열여덟, 작은딸은 열여섯이 되지 않았다. 그들의 이름은 뤼디아와 율리에였다.

다음날 골드문트는 다시 길을 떠나려 했다. 어차피 두 명의 아리따운 소녀 중 하나라도 손에 넣을 가능성은 없었다. 좀 더 나이 든 다른 여자라도 있으면 더 머무를 생각을 하겠지만, 그런 여자도 없었다. 아침식사를 마친 기사는 골드문트를 부르더니 자신이 특별한 목적으로 꾸민 방을 보여주었다. 나이 든 기사는 젊은 손님에게 겸손한 어조로 자신이 학문과 책을 무척이나 사랑하는 사람이라고 털어놓았다. 수집한 문헌들로 가득 찬 작은 궤짝을 보여주고, 특별히 제작해 만든 필기대, 어렵게 구한 고급 품질의 귀한 종이와 양피지도 보여주었다. 골드문트가 나중에 알게 된 사실인데, 이 경건한 기사는 청소년 시절 학교를 다녔으나 졸업 후로는 오직 전쟁과 세속의 삶에 젖어 살다가 어느 날 중병에 걸리면서 그것이 신이 보내는 경고임을 깨달았다는 것이다. 그리하여 집을 떠나 죄 많은 젊은 시절을 회개하는 의미로 순례의 길에 올랐다. 그는 로마로, 그리고 콘스탄티노플까지도 갔다. 세월이 흐르고 집에 돌아오자 아버지는 이미 세상을 떠났고 집은 텅비었다. 고향에 정착하여 결혼했고 아내가 죽은 뒤로는 두 딸을 키우며 살았는데, 노령에 접어든 지금 지난날의 순례 여행을 상세하게 글로 남기는 일에 착수했다. 이미 여러 장을 쓰긴 했지만,

기사가 골드문트에게 털어놓은 바에 따르면 자신의 라틴어 실력이 너무 형편없어서 자주 글이 막힌다는 것이었다. 그래서 말인데 자신이 지금까지 써놓은 글을 수정하고 가다듬고 앞으로의 작업도 도와준다면 골드문트에게 새 옷 한 벌과 저택에서의 숙식을 제공하겠다는 제안이었다.

때는 가을이었다. 떠돌이 나그네에게 그것이 무슨 의미인지 골드문트는 잘 알고 있었다. 게다가 새 옷은 무척이나 요긴할 터였다. 무엇보다 가장 끌렸던 것은 아리따운 두 자매와 오랫동안 한집 안에서 살 수 있다는 사실이었다. 그는 망설이지 않고 그 자리에서 제안을 수락했다. 며칠 뒤 저택의 관리인 노파가 옷감 상자를 열자 그 안에는 보기 좋은 갈색 천이 들어 있었다. 그의 옷과 모자를 지을 천이었다. 집주인 기사는 원래 검은 천으로 만든 대학생 복장을 생각했지만, 손님이 극구 사양하며 다른 옷으로 만들어달라고 했기 때문이다. 마침내 멋진 옷 한 벌이 완성되었다. 어느 정도 귀족 자제의 복장 같고, 어느 정도는 사냥꾼 복장 같은 옷은 골드문트의 얼굴에 아주 잘 어울렸다.

라틴어 교정도 큰 어려움이 없었다. 그들은 지금까지 작성된 글을 함께 살펴나갔다. 골드문트는 정확하지 않거나 빠진 어휘들을 바로잡았을 뿐만 아니라 기사의 어색하고 짧은 문장들을 구조가 탄탄하고 시제 일치가 완벽한, 정확하고 멋진 라틴어 문장으로 바꿔주었다. 기사는 몹시 즐거워하면서 칭찬을 아끼지 않았다. 그들은 매일 최소한 두 시간 이상 작업에 매달렸다.

기사의 성은 여러 시설을 두루 갖춘 널찍한 농촌식 저택이었다. 그 안에서 골드문트는 다양한 소일거리를 찾아냈다. 사냥꾼 힌리히와 함께 사냥을 다니면서 석궁 쏘는 법을 배웠고, 개들과 친해졌고, 말도 마음껏 탈 수 있었다. 그는 혼자 있을 때가 거의 없었다. 개나 말에게 말을 걸지 않을 때면 힌리히와 혹은 남자처럼 목소리가 걸걸하고 장난기와 웃음이 많은 뚱뚱한 관리인 노파 레아 혹은 개 돌보는 소년이나 양치기와 어울렸다. 이웃에 사는 방앗간 여자와는 마음만 먹으면 연인 사이가 될 수 있었지만 골드문트는 얌전하게 있으면서 순진한 젊은이를 연기했다.

그는 기사의 두 딸들에게 강하게 매혹되었다. 작은딸이 더 아름다웠으나 너무도 새침하여 골드문트와 거의 한마디도 나누지 않았다. 그는 두 소녀를 언제나 최대한 예의와 존중을 갖고 대했다. 하지만 소녀들은 그가 가까이 있다는 사실 자체를 끊임없는 구애 행위로 느끼는 듯했다. 작은딸은 완전히 마음을 닫아걸었고 수줍음 때문에 더욱 반항적으로 굴었다. 반면 큰딸 뤼디아는 묘한 분위기를 보였는데, 그에게 경외심을 갖는 동시에 약간 놀리는 기색이고, 호기심 어린 질문을 좋아하고 수도원 생활을 자세히 물어보지만, 그러는 중에도 언제나 약간의 조롱과 숙녀 특유의 우월감을 드러냈다. 그는 소녀들의 모든 것을 받아주었다. 뤼디아를 숙녀로 대우해주었으며 율리에는 수녀로 대우했다. 저녁식사를 마치고 즐거운 대화로 두 소녀를 평소보다 오래 식탁에 잡아두는 데 성공하거나, 마당이나 정원에서 뤼디아가 그에게 말을 걸거나 가벼운 희롱에 반응해주면 그것으로 충분히 만족했고 뭔가 큰 진전을 이룬 느낌이었다.

그해 가을, 마당의 키 큰 물푸레나무는 늦도록 잎이 지지 않았
고, 정원의 과꽃과 장미도 유난히 오래 피어 있었다. 어느 날 손
님이 찾아왔다. 인근에 사는 지주가 아내와 함께 하인을 데리고
말을 타고 온 것이다. 날이 포근하여 평소와는 다르게 너무 멀
리까지 나와버렸고, 그러다 보니 기사의 저택까지 오게 되었으
니 하룻밤 머물게 해달라고 부탁했다. 사람들은 그들을 극진하
게 맞았다. 곧 골드문트의 잠자리는 손님방에서 작업실로 옮겨
졌고, 그 방에는 손님 부부의 잠자리가 마련되었다. 닭을 몇 마
리나 잡았고 방앗간에 사람을 보내 물고기를 구해오도록 시켰
다. 골드문트는 잔치처럼 흥청거리는 들뜬 분위기에 즐겁게 끼
어들면서 손님으로 온 부인이 자신에게 관심을 갖고 있음을 금
세 알아차렸다. 그녀의 음성, 그녀의 눈빛에 담긴 무엇에서 호감
과 욕망을 눈치챘고, 거의 동시에 뤼디아의 태도 또한 묘하게 변
한 것을 느끼고는 더욱 긴장했다. 뤼디아가 갑자기 입을 다물고
조용해지더니 그와 부인을 관찰했기 때문이다. 성대한 저녁식사
가 진행되는 동안 부인의 발이 식탁 아래서 그의 발을 건드리면
서 희롱했는데, 그를 황홀하게 만든 건 그뿐만이 아니었다. 호기
심과 격정에 활활 타오르는 눈동자로 그것을 지켜보던 뤼디아의
어둡고도 침묵에 싸인 긴장감이 그에게 더욱 커다란 흥분을 안
겨주었다. 골드문트는 일부러 나이프를 바닥에 떨어뜨리고는 그
걸 줍는 척하면서 식탁 아래에서 부인의 발과 다리를 애무의 손
길로 어루만졌다. 그러면서 눈으로는 얼굴의 핏기가 가시며 입
술을 꼭 깨무는 뤼디아를 지켜보았다. 골드문트는 수도원의 일

화들을 계속해서 얘기했다. 부인이 이야기 내용보다는 유혹적인 그의 목소리에 더욱 빨려들어 듣고 있는 것을 느끼면서. 식탁의 다른 사람들도 그의 말을 흥미롭게 들었다. 후원자인 집주인은 호의에 찬 얼굴이고, 손님인 지주는 표정의 변화는 없었으나 이 젊은이의 내면에서 활활 타오르는 불길에 감동받고 있었다. 뤼디아는 한 번도 그가 이렇게 정열적으로 이야기하는 걸 보지 못했다. 물이 오를 대로 오른 그의 주변에는 정염이 넘실댔다. 그의 눈동자는 광채로 빛났고 목소리에는 행복의 노래와 사랑의 호소가 뜨겁게 담겨 있었다. 세 여인들은 모두 그것을 느꼈다. 각자 모두 다른 방식으로. 어린 율리에는 격하게 방어하며 거부했고, 부인은 환한 광채로 보상했으며, 뤼디아의 가슴에는 고통스러운 격랑이 일었다. 그것은 은밀한 그리움, 미약한 저항감, 그리고 미칠 듯한 질투가 뒤섞인 감정이었다. 그녀의 얼굴은 괴로움에 핼쑥해졌고 눈동자는 타들어가듯 아팠다. 이런 모든 격랑을 골드문트도 느꼈다. 그의 구애에 대한 비밀스러운 대답으로 거센 물결들이 그에게 다시 밀려온 것이다. 여러 사랑의 상념들이 그를 둘러싸고 새떼처럼 휘몰아쳤다. 자신을 허락하고, 거부하고, 서로 싸움을 벌여가면서.

식사가 끝난 후 율리에가 먼저 물러갔다. 이미 밤이 깊었다. 율리에는 질그릇 촛대에 촛불을 받쳐들고 어린 수녀처럼 냉담하게 테라스를 떠났다. 다른 사람들은 한 시간 더 머물면서 두 남자들은 수확량이나 황제, 주교에 대한 이야기를 나누었고, 뤼디아는 부글부글 끓어오르는 심정으로 골드문트와 부인 사이의 대화를 듣고 있었다. 그들이 나누는 말은 무의미한 잡담으로 특별한 일을 꾸미는 것 같지는 않았다. 하지만 그 느슨한 말의 가닥 사이로 뭔가가 오갔으며 서로 주고받는 눈빛, 의미심장한 억양, 작은 몸짓들로 이루어진 촘촘하고도 달콤한 그물이 형성되면서 모든 어휘에 의미가 실리고 열기가 피어오르는 것이었다. 소녀는 관능과 혐오감을 동시에 느끼며 그 분위기를 빨아들였다. 골드문트의 무릎이 탁자 아래서 부인의 무릎을 건드리는 걸 보거나 느낄 때면 소녀는 마치 자신의 무릎에 그런 접촉이 닿은 듯 소스라치곤 했다. 나중에 방에 돌아간 다음에도 소녀는 잠을 이루지 못했고 밤이 거의 샐 때까지 가슴을 두근거리며 귀를 곤두세웠다. 그리고 그 둘이 함께 있을 거라고 확신했다. 소녀는 상상 속에서 둘이 이루지 못한 일을 완결지었다. 그들이 포옹하는 것을 보고 입맞추는 소리를 들으며 소녀 자신이 흥분으로 몸이 떨려왔다. 소녀는 배신당한 남편이 그들을 급습하여 혐오스러운 골드문트의 심장에 칼을 꽂지나 않을까 두려워 떨었고, 또 그렇게 되기를 간절히 소망했다.

다음날 아침 하늘은 흐렸고 습기 머금은 바람이 불었다. 손님은 더 오래 머물다 가라는 간곡한 요청을 거절하고 서둘러 떠날 차비를 했다. 손님들이 말에 오를 때 뤼디아는 곁에 서 있으면서 작별의 악수를 하고 인사를 나누었다. 하지만 자신이 무슨 말을 하는지 전혀 알지 못했다. 소녀의 모든 감각은 오직 지주의 부인이 말에 올라타면서 골드문트가 받쳐주는 손에 자신의 발을 올려놓았고, 그때 골드문트가 오른손을 넓게 펴서 구두를 움켜쥔

151

채 부인의 발을 일순간 힘차게 얼싸안는 장면에 온통 쏠려 있었던 것이다.

손님들은 떠나갔다. 골드문트는 작업실로 가서 일을 했다. 반시간쯤 뒤, 아래층에서 뤼디아가 명령하는 소리, 말을 데려오는 소리가 들렸다. 주인 기사는 창가로 가서 아래를 내려다보더니 웃음을 터트리며 고개를 설레설레 저었다. 두 사람은 뤼디아가 말을 타고 저택 마당을 벗어나는 뒷모습을 지켜보았다. 그날은 라틴어 수정 작업이 잘 진척되지 않았다. 골드문트는 정신을 집중하기 어려웠다. 주인은 친절하게도 평소보다 일찍 그를 보내주었다.

아무에게도 들키지 않게 골드문트는 말을 몰고 저택을 빠져나왔다. 차갑고 축축한 가을바람을 맞으며 그는 오색의 단풍이 물든 전원 속으로 말을 달렸다. 빠르게, 점점 빠르게 달려가는 동안 그의 몸 아래서 말잔등이 점점 더워졌고 그의 피도 점점 뜨겁게 불타올랐다. 수확이 끝난 들판과 휴경지, 쇠뜨기가 가득한 황무지와 갈대로 뒤덮인 습지를 달렸다. 가쁜 숨을 몰아쉬며 회색빛 대기를 헤치고 앞으로 내달렸고, 작은 오리나무 골짜기와 축축한 냄새가 고인 가문비나무 숲을 지나 다시 텅 빈 갈색의 황무지를 지나갔다.

드디어 어느 언덕 위, 햇빛을 머금은 회색 구름이 반짝이는 하늘과 선명한 대조를 이루는 뤼디아의 모습이 보였다. 느릿느릿 걸음을 옮기는 말 위에 등을 꼿꼿하게 세우고 앉은 자세였다. 그는 질풍처럼 그녀를 향해 달려갔다. 자신이 추적당하는 것을 알아차리기 무섭게 그녀는 말을 몰고 달아나버렸다. 그녀의 모습은 순식간에 사라졌다가 다시 머리를 휘날리며 나타났다. 그는 사냥감을 쫓듯이 그녀의 뒤를 쫓았다. 그의 심장은 웃고 있었다. 작은 소리로 말을 다정하게 격려하면서 눈으로는 획획 스쳐가는 주변 풍광을 하나씩 점검했다. 낮게 엎드린 벌판, 오리나무 숲, 단풍나무 군락지, 질척한 물웅덩이 가장자리. 하지만 매번 시선은 달아나는 아름다운 사냥감에게로 되돌아갔다. 이제 곧 따라잡을 것이다.

그가 가까이 다가온 것을 알아챈 뤼디아는 도망을 포기하고 고삐를 잡아당겨 말의 속도를 줄였다. 하지만 추적자를 돌아보지는 않았다. 도도하게, 겉으로는 태연하게, 마치 아무 일도 없었다는 듯, 마치 혼자인 것처럼, 그녀는 똑바로 앞을 향해서 나갔다. 그는 그녀 곁으로 말을 몰았다. 두 마리 말은 나란히 바싹 붙은 채 평화롭게 걸음을 옮겼다. 하지만 말과 사람 모두 한동안의 추격전으로 몸이 뜨겁게 달아 있었다.

"뤼디아!" 그가 작은 소리로 불렀다.

그녀는 대답하지 않았다.

"뤼디아!"

여전히 아무 대답이 없었다.

"멀리서 당신이 말 타는 모습을 보니 얼마나 멋지던지! 머리카락이 뒤로 날리는 것이 번쩍이는 황금색 번개 같았어요. 당신이 나를 피해서 달아나다니, 그건 또 얼마나 짜릿한 기분인지! 당신이 나를 약간은 좋아하고 있다는 의미일 테니까요. 정말 상상

153

도 못했습니다. 어제 저녁까지만 해도 절대 그럴 리 없다고 믿었거든요. 그런데 바로 그때, 당신이 나를 보고 달아나던 그 순간에 비로소 번득하는 느낌이 오더군요. 내 사랑, 내 아름다운 이여, 당신 몹시 피곤할 거예요. 우리 잠깐 말에서 내려 쉬기로 해요!"

그는 재빠른 동작으로 말에서 뛰어내렸고, 거의 동시에 그녀의 말고삐를 잡아 뤼디아가 달아나버리지 못하게 했다. 눈처럼 하얀 그녀의 얼굴이 그를 내려다보았다. 그가 말 등에서 그녀의 몸을 안아내리자 그녀는 왈칵 울음을 터뜨렸다. 골드문트는 그녀를 조심스럽게 이끌고 몇 걸음 떨어진 마른 풀 위로 앉혔다. 그리고 그녀 곁에 무릎을 꿇었다. 그녀는 훌쩍거림을 억누르느라 필사적으로 애쓰며 앉아 있었다. 그리고 결국 용감하게 승리했고 냉정을 되찾았다.

"당신은 정말 나쁜 사람이에요!" 숨을 가다듬은 그녀의 입에서 나온 첫마디였다. 그녀는 그 말을 가까스로 입 밖으로 뱉어냈다.

"내가 그렇게 나쁘단 말입니까?"

"당신은 바람둥이예요, 골드문트. 조금 전 내게 한 말은 잊겠어요. 정말 뻔뻔하기도 하지. 당신은 내게 그런 말을 할 자격이 없어요. 내가 당신을 사랑하다니, 어떻게 그런 생각을 할 수 있죠? 그따위 생각일랑 말끔히 잊으세요! 어젯밤에 내 눈으로 똑똑히 목격한 장면들, 그걸 내가 머릿속에서 지울 수 있을 거라고 생각하세요?"

"어젯밤? 어젯밤에 뭘 봤단 말입니까?"

"모르는 척하지 말아요! 거짓말도 할 생각 말구요! 어쩌면 그렇게 얼굴이 두꺼운지, 내 눈앞에서 그 여자에게 추파나 던지고, 역겨워서 혼났어요. 당신은 수치심도 몰라요? 그 여자 다리까지 만졌잖아요. 식탁 밑에서, 우리 집 식탁 밑에서요! 그것도 내 앞에서, 내 눈앞에서요! 그런데 이제 그 여자가 가고 나니까 나를 쫓아다니는 건가요? 아무래도 당신은 수치심이 뭔지 아예 모르는 사람이 분명하네요."

안 그래도 골드문트는 그녀를 말에서 내려주기 전에 했던 말을 진즉에 뼈저리게 후회하는 중이었다. 바보같이 왜 그랬을까! 사랑에는 말이 필요 없는 법인데. 아무 말도 하지 말았어야 했는데.

그는 아무런 대꾸 없이 침묵을 지키며 그녀 곁에 무릎을 꿇고 앉아 있었다. 그녀가 너무도 아름답고 슬픔에 찬 표정으로 그를 바라보았기에 그녀의 고통이 그에게 고스란히 전달되었다. 자신도 왠지 슬퍼지는 기분이었다. 하지만 그녀가 뭐라고 말을 했건 그는 그녀의 눈에서 사랑을 읽었다. 고통으로 실룩이는 입술에서도 사랑을 읽었다. 그는 그녀의 말보다 그녀의 눈을 더 믿었다.

그러나 뤼디아는 대답을 기다리는 중이었다. 그가 아무 말도 하지 않자 그녀는 입술을 더욱 부루퉁하게 내밀었고, 울어서 부은 눈으로 그를 보며 다시 물었다.

"당신은 정말 그렇게 수치심이 없나요?"

"용서해줘요." 그가 겸허하게 말했다. "우리는 이야기해서는 안 되는 주제를 놓고 이야기하고 있습니다. 내 잘못이에요, 용서해줘요! 당신은 내가 수치심이 없느냐고 물었죠. 그야 물론 나도 수치심이 있어요. 하지만 당신, 난 당신을 사랑해요. 사랑은 수치심을 모르죠. 그러니 화내지 말아요!"

그녀는 귀를 기울이는 것 같지도 않았다. 일그러진 입술로 시선을 돌린 채, 마치 옆에 아무도 없다는 듯이 먼 산만 바라볼 뿐이었다. 그는 한 번도 이런 상황에 처해보지 못했다. 모든 것이 쓸데없는 말 때문이었다.

가만히 자신의 얼굴을 그녀의 무릎에 묻었다. 이런 접촉은 그를 금세 포근하게 달래주었다. 하지만 그는 어찌할 바를 모르는 채였고 슬픔도 여전했다. 그녀는 아직 슬퍼 보였다. 그녀는 꼼짝없이 앉아서 말없이 먼 곳만 응시했다. 얼마나 난감한 상황인가! 얼마나 슬픈 상황인가! 하지만 그녀의 무릎은 부드럽게 밀착해오는 그의 뺨을 다정하게 받아주면서 물리치지 않았다. 그는 눈을 감고 그녀의 무릎에 얼굴을 파묻은 채 무릎과 허벅지의 길고 우아한 곡선을 자신 안에서 서서히 그려보고 있었다. 이토록 우아하면서도 싱싱한 무릎이, 그녀의 길고 아름다운, 탱탱하고 둥그스름한 손톱과 참으로 잘 어울린다고 생각하며 골드문트는 희열과 감동을 느꼈다. 그는 감사의 마음으로 무릎에 더욱 밀착했고 뺨과 입으로 무릎과 대화를 나누었다.

그녀의 손길이 느껴졌다. 머뭇거리며, 새처럼 가볍게 그의 머리에 얹힌 손. 그 사랑스러운 손이 어린아이처럼 서툴게 가만가만히 그의 머리를 쓰다듬었다. 그는 예전부터 그녀의 손을 자세히 관찰해왔고 항상 감탄하고 있었으므로, 사실 자신의 손만큼이나 자세히 알고 있었다. 길쭉하고 가는 손가락에 아름다운 아치형의 장미색 언덕처럼 둥그스름한 긴 손톱. 그 길고 부드러운

156

손가락이 그의 곱슬머리에게 수줍게 말을 걸었다. 손가락의 언어는 어린아이처럼 불안했지만, 그것은 사랑이었다. 감사의 마음으로 그는 머리를 그녀의 손에 내맡겼다. 목덜미와 뺨에 그녀의 손바닥이 와닿았다.

그러다 그녀가 말했다. "늦었어요. 돌아가야 해요."

그는 머리를 들고 그녀를 달콤하게 바라보았다. 그녀의 날씬한 손가락에 부드럽게 입을 맞추었다.

"빨랑 일어나요." 그녀가 재촉했다. "집에 가야 한다니까요."

그는 즉시 복종했고, 그들은 일어서서 각자 말에 올라타 달리기 시작했다.

골드문트의 가슴은 행복으로 터질 듯했다. 뤼디아는 얼마나 아름다운가, 얼마나 천진난만하고 순수하며 얼마나 여린가! 아직 그녀에게 입맞춤도 못했는데, 선물이라도 받은 양 가슴은 온통 그녀로 가득했다. 그들은 빠르게 말을 몰았다. 집에 도착해서 저택 입구로 막 들어서려는 찰나 그녀가 깜짝 놀라 당황하며 말했다.

"우리가 함께 도착하면 안 되는 건데! 어떻게 바보같이 그 생각을 못했을까!" 하지만 그들이 말에서 내리고 마구간 하인이 달려오는 마지막 순간에도, 그녀는 그의 귀에 대고 뜨거운 음성으로 빠르게 속삭였다. "말해봐요, 당신 어젯밤에 그 여자랑 함께 있었죠?" 그는 여러 번 고개를 저었고 말에서 재갈을 벗길 채비를 했다.

오후에 아버지가 외출하고 없는 시간에 그녀가 작업실로 찾아왔다. "그게 정말이에요?" 그녀는 격정에 넘쳐 물었다. 그는 즉시 그녀가 무엇을 궁금해하는지 알아차렸다.

"그렇다면 왜 그 여자랑 희롱했나요? 그런 혐오스러운 짓을 왜 한 거예요? 그녀도 당신을 좋아하게 만들어버린 거잖아요."

"그건 당신 때문이에요." 그가 대답했다. "내 말을 믿어줘요. 나는 그녀의 발이 아니라 당신 발을 수천 배나 더 쓰다듬고 싶었단 말입니다. 그런데 당신 발은 단 한 번도 내 쪽으로 뻗어오지 않았어요. 게다가 나에게 당신을 사랑하느냐고 물은 적도 없잖아요."

"나를 정말로 사랑한단 말인가요, 골드문트?"

"물론입니다."

"하지만 그 사랑이 뭘 이룰 수 있을까요?"

"그건 나도 몰라요, 뤼디아. 별로 알고 싶지도 않구요. 당신을 사랑하면 나는 행복해요. 그게 뭘 이룰 것인지, 난 그런 생각은 안 합니다. 말을 타고 달리는 당신을 바라보면 좋아요. 당신의 목소리를 듣고 당신의 손가락이 내 머리카락을 쓰다듬으면 정말 좋습니다. 그리고 당신에게 입 맞출 수 있다면, 나는 정말로 좋을 거예요."

"입맞춤은 결혼할 신부에게만 할 수 있는 거예요, 골드문트. 당신은 그런 생각은 전혀 안 하나요?"

"그런 생각은 한 번도 안 해봤어요. 왜 그걸 생각해야 합니까? 당신이 결코 내 신부가 될 수 없다는 건 나나 당신이나 잘 아는데."

"그래요. 당신은 내 남편이 될 수 없고 내 곁에 영원히 있을 수 없는데 내게 사랑 운운하다니 말이 안 돼요. 혹시 날 유혹할 수 있을 거라고 믿은 건 아닌가요?"

"난 아무것도 믿지 않고 아무것도 생각하지 않습니다, 뤼디아. 나는 당신이 짐작하는 것만큼 생각을 많이 하지 않아요. 당신이 언젠가 내게 입 맞춰주기를 바라는 마음, 그것뿐입니다. 우린 너무 많은 이야기를 하고 있어요. 사랑하는 연인들은 그러지 않는 법이죠. 아무래도 당신은 날 사랑하지 않는 것 같군요."

"오늘 아침에는 반대로 얘기하더니."

"당신이 반대로 행동하니까요!"

"내가? 내가 무슨 행동을 했다는 거예요?"

"처음에 당신은 내가 오는 걸 보고 달아났어요. 그래서 나는 당신이 나를 사랑하는 거라고 생각했죠. 그리고 울었어요. 그것도 난 당신이 나를 사랑하기 때문이라고 믿었죠. 그리고 내 머리가 당신 무릎 위에 있었는데 당신이 내 머리를 쓰다듬었어요. 아, 사랑이로구나, 난 생각했습니다. 그런데 지금 당신이 내게 하는 행동은 사랑이 아니니까요."

"나는 당신이 어제 발을 쓰다듬어준 그런 여자와는 달라요. 아마도 당신은 그런 여자들에게 익숙한 것 같군요."

"다르죠. 다행히도 당신은 그녀보다 훨씬 더 아름답고 훨씬 더 우아해요."

"내 말은 그런 뜻이 아니잖아요."

"하지만 그게 사실인걸요. 당신이 얼마나 아름다운지 그걸 알고나 있습니까?"

"나도 거울은 있어요."

"거울 속 당신의 이마를 한 번이라도 유심히 들여다본 적 있나요, 뤼디아? 어깨는요? 손톱이나 무릎은? 그곳들이 다 똑같이 닮아 있고 서로 형체의 라임을 이룬다는 것 알고 있나요? 모양이 정말 같아요, 길고, 쭉 뻗었으며, 단단하고, 아주 날씬하죠. 그런 특징을 거울에서 보았나요?"

"정말 특이하게 말하는군요! 아뇨, 그런 방식으로는 한 번도 본 적 없어요. 하지만 무슨 의미인지는 알겠네요. 아무래도 당신은 유혹자가 맞아요. 지금 내게 허영심을 심어주려는 거죠."

"당신을 제대로 이해시키지 못해서 참으로 안타깝습니다. 그런데 왜 내가 당신을 허영에 들뜨게 만들어야 하죠? 당신은 아름답고, 나는 그런 당신에게 감사의 마음을 표시하려는 것뿐인데. 내가 기어코 이 말을 입 밖으로 꺼낼 수밖에 없도록 만드네요. 말로 하지 않으면 천 배나 더 훌륭하게 표시할 수 있을 텐데 말입니다. 말로는 당신에게 아무것도 해줄게 없어요! 말로는 내가 당신에게 아무것도 배울 수 없고, 당신도 내게 아무것도 배울 수 없어요."

"내가 당신에게 뭘 배워야 하는데요?"

"내가 당신에게서 배우고, 당신은 내게 배우는 거예요, 뤼디아. 그런데 당신이 원하지 않습니다. 당신은 오직 당신을 신부로 삼을 남자만을 사랑하려 하니까요. 당신이 아무것도 배우지 못한 걸 나중에 그가 안다면 그는 웃을 겁니다. 심지어는 입맞춤도 배우지 못했다니."

160

"그래서 입맞춤하는 법을 강의라도 하겠다는 거로군요, 많이 배우신 분이?"

그는 미소를 지어 보였다. 그녀의 말이 마음에 들지는 않았지만, 가식적으로 아는 척하는 과격한 언어 이면에서 소녀다운 면모를 감지할 수 있었다. 소녀는 예상치 못한 육체적 욕망에 휩싸이자 겁을 집어먹고 방어하는 것이다.

더 이상의 대답은 없었다. 그는 미소를 지으며 그녀의 불안한 시선을 자신의 눈동자로 꼭 붙잡아버렸다. 그녀가 저항을 완전히 포기하지는 않은 채로 그의 매력에 어쩔 수 없이 끌려오는 동안 그는 서서히 얼굴을 그녀의 얼굴 가까이 가져갔고, 마침내 입술과 입술이 닿게 되었다. 그는 가만히 그녀의 입술을 더듬었다. 그러자 그녀는 짧게 스치는 어린아이의 입맞춤으로 응답했다. 그가 그녀의 입술을 놓아주지 않자 아픔과 놀라움에 휩싸인 그녀의 입이 벌어졌다. 부드럽게 구애하는 그의 입이 달아나는 그녀의 입을 쫓아갔다. 그녀의 입이 망설이면서 다시 그의 입을 받아들이자 그는 아무런 강압적인 방법 없이 마법에 걸린 소녀에게 입맞춤을 주고받는 법을 가르쳤다. 마침내 힘이 빠진 그녀가 얼굴을 그의 어깨에 묻어버릴 때까지. 그는 그녀가 쉬게 가만히 둔 채 그녀의 탄력 있는 금발의 향기를 행복하게 들이켰고, 그녀의 귓가에 사랑이 넘치는 다정한 속삭임을 중얼거리며 그녀를 진정시켰다. 그 순간 골드문트는 자신이 아무것도 모르는 수도원 학생일 때 집시 여인 리제를 만나 비밀의 문을 열고 새로운 세상을 만났던 일이 기억났다. 그녀의 새까만 머리카락과 갈색 피

161

부, 뜨겁게 타오르던 태양과 시들어버린 물레나물의 향기! 벌써 이렇게 아득히 멀어졌다니, 그 빛은 지금 어느 먼 곳에서 반짝이고 있을까. 모든 것이 너무도 빠르게 시들어간다, 채 만개하기도 전에 시들어간다!

뤼디아는 천천히 몸을 일으켰다. 그녀의 얼굴은 변해 있었다. 사랑에 빠진 그녀의 눈동자는 진지하면서도 커다랗게 빛났다.

"이제 날 보내줘요, 골드문트. 너무 오랫동안 당신 곁에 있었어요. 오 당신, 오 내 사랑 당신!"

이제 둘은 날마다 침묵으로 이루어진 시간을 가졌다. 골드문트는 사랑하는 여인에게 모든 주도권을 맡겼다. 소녀의 사랑은 그에게 놀라운 행복과 감동을 안겨주었다. 어떨 때는 한 시간 내내 그의 손을 잡고 그의 눈동자만 들여다보다가 짧은 어린아이 입맞춤으로 작별 인사를 했다. 어떤 때는 자신을 완전히 내던져 지칠 줄 모르고 입맞춤을 퍼부었지만, 몸은 절대로 건드리지 못하게 했다. 단 한 번, 얼굴이 새빨개진 채 엄청난 용기를 내서 오직 그에게 기쁨을 주고 싶다는 일념만으로 한쪽 젖가슴을 꺼내 보여준 적이 있었다. 무척 수줍어하면서 그녀는 조그맣고 하얀 과실을 옷 위로 끄집어냈고, 그는 무릎을 꿇고 그 가슴에 입을 맞추었다. 다시 조심스럽게 가슴을 옷 속으로 감춘 다음에도 그녀는 목까지 온통 새빨갛게 달아오른 채였다. 물론 두 사람은 말을 나누기도 했지만, 그것은 새로운 방식의 언어로, 첫날의 대화와는 완전히 달랐다. 그들은 서로서로 이름을 지어주었고, 그녀는 자신의 어린 시절 이야기, 꿈과 놀이에 관해 들려주었다. 그녀는 그들이 결혼할 수 없기 때문에 자신의 사랑이 옳지 못하다는 이야기도 자주 했다. 그럴 때 그녀의 목소리는 슬픔과 체념으로 들렸으며, 자신의 사랑을 검은 면사포 같은 슬픔의 신비로 둘러 장식했다.

처음으로 골드문트는 여인의 욕정이 아닌 사랑의 대상이 된 느낌이었다.

한번은 뤼디아가 이렇게 말했다. "당신은 정말 아름답고 밝아. 하지만 당신의 눈 속에는 밝음이 없이 오직 슬픔뿐이야. 당신의 눈은 세상에 행복은 없고 아름다움과 사랑은 오래 머물지 않는다고, 그걸 알고 있다고 말하는 듯해. 당신은 세상에서 가장 아름답고 가장 슬픈 눈을 가졌어. 내 생각에 그건 당신에게 고향이 없기 때문인 것 같아. 당신은 숲에서 나와 내게로 온 사람이야. 언젠가 당신은 다시 길을 떠나 이끼 위에서 잠자면서 방랑을 계속하겠지. 하지만 그러면 '내' 고향은 어디인 거지? 당신이 떠나가더라도 내게는 아버지가 있고, 동생도 있고, 가만히 앉아서 당신을 생각할 수 있는 방과 창문도 있겠지. 하지만 더 이상 내게 고향은 없을 거야."

그는 그녀의 말을 듣고만 있었다. 때로는 미소를 짓고 때로는 마음이 어두워지면서. 그는 한 번도 말로 위로하지 않았다. 그의 위로는 항상 조용한 어루만짐이었다. 그녀가 눈물을 흘리면 늘 그녀의 머리를 자신의 가슴에 안고, 유모가 아기를 달래듯이 의미 없는 주문 같은 소리를 나직하게 웅얼거릴뿐이었다. 언젠가 뤼디아는 이런 말도 했다. "나는 당신이 나중에 무엇이 될지 그게 정말 궁금해. 그 생각을 자주 해. 당신은 평범한 삶을 살지는 않을 거야. 쉬운 삶도 아니겠지. 아, 그래도 당신이 제발 잘 지냈으면 좋겠어! 당신은 나중에 시인이 될 거라는 생각을 자주 해. 환상과 꿈을 가진 시인, 그걸 아주 근사하게 표현하는 시인. 당신은 어쩌면 전 세계를 방랑할지도 몰라. 모든 여자들이 당신을 사랑하겠지. 하지만 그래도 당신은 혼자일 거야. 차라리 수도원으로 돌아가. 내게 그렇게 많이 이야기해준 그 친구가 있는 곳으로! 당신이 홀로 숲속에서 죽어가는 일이 없게 해달라고, 난 기도할 거야."

절망으로 생기 없는 눈빛, 그러면서 한없이 진지한 어조로 그녀는 이야기할 수 있었다. 하지만 그다음에는 곧 깔깔 웃음을 터트리고 그와 함께 늦가을의 전원 속으로 말을 타고 달리거나 우스꽝스러운 수수께끼를 내고, 그에게 낙엽과 도토리 껍질을 집어던질 수 있었다.

어느 날 골드문트는 자신의 방 침대에서 잠을 청했다. 마음이 무거운 밤이었다. 사랑과 슬픔, 혼란으로 터질 듯한 가슴은 세차게 뛰었다. 11월의 바람이 지붕을 흔들었다. 그는 매일 밤 그렇게 누워 한참 동안 잠을 이루지 못하는 것에 익숙해졌다. 그럴 때면 항상 습관처럼 성모 마리아 송가를 입 속으로 흥얼거리곤 했다.

tota pulchra es, maria	아름다운 성모 마리아여
et macula originalis non est in te.	당신 안에는 원죄가 없나이다
tu laetitia Israel,	당신은 이스라엘의 기쁨
tu advocata peccatorum!	당신은 죄지은 자들의 보호자시니!

노래는 부드러운 선율로 그의 영혼으로 스며들었다. 그와 동시에 바깥에서는 바람의 노래가 들려왔다. 그것은 불안과 방랑, 숲과 가을, 고향 없는 삶의 노래였다. 그는 뤼디아를 생각했고 나르치스와 어머니를 생각했다. 그의 마음은 납덩이처럼 무겁고 불안했다.

그때 갑자기 믿을 수 없는 일이 벌어졌다. 깜짝 놀란 그는 두 눈이 휘둥그레졌다. 방문이 열리더니 어둠 속에서 기다란 하얀 옷을 입은 사람이 안으로 들어서는 것이었다. 뤼디아였다. 소리 없이 맨발로 석조 타일 바닥을 디디고 들어온 뤼디아는 조용히 문을 닫고 그의 침대에 앉았다.

"뤼디아." 그는 속삭였다. "내 아기사슴, 내 흰 꽃송이! 뤼디아, 여기서 뭐하는 거야?"

"당신을 보러 왔어." 그녀가 대답했다. "잠깐만 있다 갈게. 내 골드문트, 내 사랑이 침대에 누운 모습을 한 번이라도 보고 싶었어."

그녀는 그의 곁에 누웠다. 그들은 나란히 쿵쾅거리는 심장을 안고 가만히 누워 있었다. 그녀는 그가 입 맞추게 내버려두었고 그의 손길이 감동에 겨워 팔다리를 어루만지는 것도 허용했지만 더 이상은 하지 못하게 했다. 잠시 후 그의 손을 부드럽게 밀쳐낸 그녀는 그의 눈에 입을 맞추고 소리 없이 일어서서 나가버렸다. 문이 가만히 삐걱거리며 닫혔고 바람은 지붕 밑 서까래를 요란하게 흔들면서 지나갔다. 모든 일이 마법 같았다. 그것은 신비스럽고 두려우며 약속이면서 위협의 느낌이었다. 골드문트는 자신이 무슨 생각을 하는지, 무슨 행동을 하는지도 몰랐다. 잠시 동안의 불안한 비몽사몽에서 깨어나자 그의 베개는 눈물로 젖어 있었다.

며칠 뒤 그녀는 다시 찾아왔다. 사랑스럽고 하얀 유령처럼 다가와 지난번과 마찬가지로 십오 분가량 그의 곁에 누워 있었다. 그의 팔에 안긴 채 그의 귓가에 많은 걸 속삭였다. 그녀는 할 말도 많았고 하소연하고 싶은 것도 많았다. 그는 다정하게 그녀의 말을 들어주었다. 그녀는 그의 왼팔을 베고 누웠고, 그는 오른손으로 그녀의 무릎을 어루만졌다.

"골드문트." 그의 뺨에 입을 바싹 가져다 대고 그녀가 나직한 음성으로 속삭였다. "영영 당신의 여자가 될 수 없다니 너무도 슬퍼. 우리의 작은 행복, 작은 비밀은 오래가지 못하겠지. 벌써 율리에가 의심하고 있어. 조만간 다 털어놓으라고 닦달할 거야. 아버지도 눈치챈 것 같아. 내가 당신 침대에 누워 있는 걸 본다면, 사랑하는 골드문트, 당신의 뤼디아는 참으로 끔찍한 일을 겪게 될 거야. 울어서 퉁퉁 부은 눈으로 나무를 올려다보는데 거기 미치도록 사랑하는 사람이 매달려서 바람에 흔들리는 거지. 아, 당신 차라리 떠나버려. 아버지가 당신을 묶고 목매달기 전에 당장 떠나버려. 난 예전에도 목매달린 사람을 본 적 있어. 그는 도둑이었지. 당신이 그렇게 되는 건 절대로 볼 수 없어. 그러니 당신, 차라리 달아나. 그래도 나를 잊지는 말아줘. 어떻게 살든지 죽지만 말아. 당신의 푸른 눈을 새들이 파먹게 두면 안 돼! 오, 아니야, 이런, 가지 마, 가면 안 돼. 당신이 떠나버리면 어떻게 살아야 하는지."

"나와 함께 떠나는 건 어때, 뤼디아? 함께 달아나자. 세상은 크고 넓어!"

"그럴 수만 있다면 얼마나 좋겠어." 그녀가 한탄했다. "당신과 함께 세상을 두루 돌아다닐 수 있다면! 하지만 난 못해. 난 숲에서 잘 수도 없고 집 없이 떠돌아다니지도 못해. 머리카락에 지푸라기를 얹고 다닐 수도 없어. 난 못해. 게다가 아버지를 수치에 빠뜨릴 수도 없어. 그러니 그런 말은 하지 말아줘. 그건 단순한 공상이 아니라 현실이잖아. 더러운 접시로 음식을 먹거나 문둥병 환자의 침대에서 잠잘 수 없는 것과 마찬가지야. 아, 우리에겐 좋은 것, 아름다운 것이 금지되어 있어. 우리는 둘 다 괴로움 속에서 살아갈 운명이야. 골드문트, 내 불쌍한 사랑. 나는 끝내 당신이 나무에 매달린 꼴을 보고야 말겠지. 그리고 나는 한동안 방에 갇혔다가 수녀원으로 보내지겠지. 내 사랑, 당신은 나를 떠나야 해. 다시 집시 여자들이나 농부 아낙네들과 잠자리를 하면서 다녀야 해. 그러니 가, 어서 가, 사람들이 당신을 붙잡아서 결박하기 전에! 우리 둘은 절대로 행복할 수 없을 거야, 절대로."

골드문트는 그녀의 무릎을 부드러운 손길로 어루만지면서 그녀의 음부를 다정하게 살짝 건드렸다. "그렇지 않아, 우리는 참으로 행복할 수 있어! 그렇게 하면 안 될까?"

그녀는 화를 내지는 않았지만 그의 손을 세게 밀치며 몸을 좀 떨어뜨렸다.

"안 돼. 그런 일을 해서는 안 돼. 난 할 수 없어. 집시의 영혼을 가진 당신은 아마도 이해할 수 없겠지만, 그러면 아주 나쁜 짓을 저지르는 거야. 내가 행실 나쁜 처녀가 될 뿐 아니라 온 집안이 오명을 뒤집어쓸 거야. 나는 여전히 마음속 깊이 드높은 자존심이 있어. 그것은 누구도 건드릴 수 없어. 그러니 내 말을 들어줘. 그렇지 않으면 더 이상 당신을 만나러 올 수 없으니까."

그는 한 번도 그녀가 금지하는 것, 소망하는 것, 암시하는 것을 무시한 적이 없었다. 그녀의 말 한마디 한마디가 그에게 얼마나 막강한 영향력을 발휘하는지 골드문트 스스로도 놀라울 따름이었다. 하지만 그는 괴로웠다. 그의 욕망은 충족되지 않았고, 가슴은 그러한 종속 상태에 강하게 저항했다. 거기서 풀려나오려고 애를 쓴 적도 많았다. 그래서 일부러 어린 율리에에게 최대한 정중하게 접근하기도 했다. 물론 율리에와 같은 중요한 인물과 좋은 관계를 유지해서 그녀를 속이는 것이 매우 필요하기도 했다. 그가 보기에 율리에는 무척 묘했다. 어린아이처럼 구는가 하면 모든 걸 아는 듯 보이기도 했다. 율리에는 의심의 여지없이 뤼디아보다 훨씬 아름다웠다. 그 비범한 아름다움은 조숙하면서도 어린아이 티가 나는 천진함과 더불어 골드문트에게 매우 도발적으로 다가왔다. 그는 율리에에게 강하게 이끌릴 때가 많았다. 그런데 동생의 바로 그 강렬한 관능이 그로 하여금 육욕과 사랑의 차이를 놀라울 만큼 선명하게 깨닫게 해주는 것이다. 처음에 그는 자매를 동일한 눈으로 보았다. 둘 다에게 욕망을 느꼈지만 율리에가 더 아름답고 유혹적이라고 생각했다. 하지만 자매의 환심을 똑같이 사려 했고 둘에게 늘 시선을 두었다. 그런데 지금 뤼디아가 그의 마음을 독차지하고 있는 것이다! 지금 그는 뤼디아를 너무도 사랑하여 그 사랑 때문에 그녀에 대한 완전한 소유를 포기하기까지 했다. 그는 뤼디아의 영혼을 속속들이 알고 사랑하게 되었다. 그녀의 순진무구함, 다정스러움, 그리고 쉽게 슬픔에 잠기는 성향은 자신과 비슷했다. 그녀의 영혼이 그녀의 육체와 딱 들어맞듯 어울린다는 생각이 들 때마다 그는 얼마나 자주 깜짝 놀라며 매료되었던가. 그녀가 행동하거나 말하거나 뭔가를 소망하거나 판단할 때 그녀의 영혼에서 우러나오는 말과 태도는 그녀의 눈이나 손가락 모양과 아주 흡사한 형태를 이루었던 것이다.

그녀의 본성과 영혼, 육체가 빚어진 원형과 원리를 목격한 듯한 그런 순간에 골드문트는 그 형체를 붙잡아 그대로 재현하고픈 충동을 느꼈다. 그래서 몰래 숨겨둔 종이에 기억을 되살려 그녀 머리의 윤곽, 눈썹을 이루는 선, 손, 무릎을 펜으로 그려보았다.

율리에와의 관계는 힘들어졌다. 그녀는 언니가 빠져든 격정적인 사랑을 노골적으로 염탐하고 다녔다. 호기심과 욕망으로 불붙은 그녀의 감각은 낙원을 주시했다. 하지만 고집스러운 이성은 그것을 인정하기를 거부했다. 그녀는 골드문트에게 과장된 냉담과 거부감을 보이는가 하면 스스로의 결심을 잊는 순간에는 감탄에 가까운 음탕한 호기심으로 그를 관찰했다. 뤼디아에게는 참으로 다정하게 대할 때가 많았다. 종종 뤼디아의 침대로 건너가서 스스로의 탐욕을 철저하게 감춘 채 사랑과 성의 대기를 호흡했으며, 알고 싶어 견딜 수 없는 금지된 비밀을 마음대로 건드려보았다. 그러고는 자신이 뤼디아의 비밀스러운 짓을 알고 있으며 경멸한다는 것을 노골적으로 드러냈는데, 그러면 뤼디아는 거의 모욕을 당한 느낌이 들었다. 아름답고 변덕스러운 소녀 율리에는 연인 사이를 자극하며 때로는 훼방을 놓으며 팔락거렸고, 목마른 꿈속에서 그들의 비밀을 빨아먹었으며, 아무것도 모르는 척 연기하다가 금세 알고 있는 듯 태도를 바꿔 연인들이 불안에 떨도록 만들었다. 이런 식으로 율리에는 순식간에 어린 소녀에서 권력을 움켜쥔 존재로 변했다. 뤼디아는 골드문트보다 더 큰 고통을 겪었다. 골드문트는 식사 시간을 제외하면 율리에와 마주칠 일이 거의 없었다. 골드문트가 율리에의 관능미에 둔감하지 않다는 것도 뤼디아가 모를 순 없었다. 골드문트가 즐기면서 감탄하는 시선으로 율리에를 종종 지켜본다는 것을 그녀는 알고 있었다. 그래도 뤼디아는 아무 말도 하지 못했다. 모든 것이 너무 어려웠고 너무 위험했던 것이다. 무엇보다도 율리에가 기분을 다치거나 심사가 뒤틀려서는 안 되는 것이다. 언제 어디서든 그들의 비밀이 탄로 나면 그들의 겁먹은 행복은 종말을 맞을 것이다. 그것도 아주 끔찍한 종말을.

간혹 골드문트는 왜 자신이 진작 이 집에서 달아나지 않았는지 의아한 마음이 들었다. 지금처럼 사는 건 매우 힘들었기 때문이다. 사랑을 받는다. 하지만 허락받을 희망도, 지속적인 행복도, 그렇다고 지금까지의 관계에서 익숙해진 손쉬운 욕구 충족의 희망도 없었다. 끝없이 도발되고, 항상 허기지며, 단 한 번도 채워지지 않는 충동. 거기에다 끊임없이 위험에 떨어야 한다. 그런데 왜 여기 계속 있으면서 번거로움과 혼돈의 감정을 감내해야 하는가. 이런 건 적법한 삶을 살고 따뜻한 방에서 지내는 정주민들의 경험과 감정, 도덕관념이 아니던가? 집도 가진 것도 없는 그와 같은 떠돌이는 정주민의 고상하고 복잡한 생활에서 벗어날 권리, 그들의 얽매인 삶을 비웃어줄 권리가 있지 않은가? 그래, 그는 그럴 권리가 있었다. 이곳을 마치 자기 집처럼 여기면서 힘들고 당혹스러워도 참고 있었다니, 그는 참으로 멍청했다. 하지만 그런데도 그는 멍청한 일을 자처했으며 괴로움을 기꺼이 참는 것이다. 심지어 속으로 비밀스러운 희열까지 느끼면서. 이런 사랑은 어리석고 어려웠으며 복잡하고 힘들었다. 하지만 경이로웠다. 이런 사랑의 음울하고 아름다운 슬픔, 어리석음과 절망은 경이로웠다. 번뇌로 지새우는 불면의 밤은 아름다웠다. 모두가 뤼디아의 입술에 새겨진 고뇌의 흔적처럼, 사랑과 근심을 얘기할 때 그녀 목소리에 서리는 체념과 절망의 울림처럼 아름답고도 소중했다. 그런 고뇌의 표정은 겨우 몇 주 사이에 뤼디아의 젊은 얼굴에 나타나더니 곧 얼굴의 일부가 되어버렸는데, 그 표정을 펜으로 그리는 일이 골드문트에게는 참으로 소중하고도 귀했다. 마찬가지의 시기에 자신도 표정이 달라졌고 나이가 성큼 들어버렸음을 느꼈다. 더 영리해진 것은 아니지만 더 노련해졌고, 더 행복해진 것이 아니라 영혼이 더 성숙하고 풍요로워졌다. 그는 더 이상 소년이 아니었다.

뤼디아는 다정한 체념의 목소리로 그에게 말했다. "당신, 나 때문에 슬퍼할 필요 없어. 나는 당신의 즐겁고 행복한 모습을 보고

싶어. 미안해, 나 때문에 당신이 슬퍼져서. 내 두려움과 비탄이
당신 마음까지 감염시켰어. 요즘 밤마다 이상한 꿈을 꿔. 꿈속에
서 나는 사막으로 가. 말할 수 없이 광활하고 어두워. 거기서 나
는 돌아다니며 당신을 찾지만 당신은 어디에도 없어. 그래서 나
는 당신이 떠난 걸 알게 돼. 이렇게 계속해서, 앞으로 영원히 나
는 홀로 가야 한다는 걸 알게 돼. 그러다 잠이 깨면 안도하면서 생
각하는 거야. 아, 얼마나 다행인가, 얼마나 좋은가, 그가 떠나지
않았으니, 나는 그를 더 볼 수 있으니, 앞으로 몇 주일 더, 아니 며
칠이라도 상관없어, 그가 여기 있는 거야!"

　어느 날 아침 막 하늘이 밝아올 무렵 그는 잠에서 깨어났고 한
동안 침대에 누운 채 생각에 잠겨 있었다. 꿈에서 본 장면들이 여
전히 머릿속을 맴돌았으나, 모두 맥락을 알 수 없는 산산이 흩어
진 이미지들이었다. 꿈속에서 어머니와 나르치스를 보았다. 둘
의 형상을 지금도 고스란히 재현할 수 있을 정도였다. 꿈과 연결
된 의식의 끈을 놓으려는 찰나 어떤 빛이, 어떤 특별한 종류의 환
한 광선이 얼굴로 비쳤다. 그것은 창문의 작은 구멍으로 비쳐든
빛이었다. 벌떡 일어난 그는 창으로 달려갔다. 창 주변으로 둘러
친 장식 띠, 마구간 지붕, 저택의 진입로, 그해 겨울의 첫눈으로
덮인 풍경이 푸르스름한 흰빛 광채를 내뿜으며 한눈에 들어왔
다. 자신의 마음을 장악한 불안과 극명하게 대조를 이루는 고요
하고 차분한 겨울 세상을 그는 충격으로 바라보았다. 얼마나 고
요한가, 얼마나 고요하게 만드는가. 숲과 농경지, 언덕과 황무지
는 태양과 바람, 비와 가뭄, 그리고 눈, 무엇에게든 경건한 태도

로 자신을 내맡기며, 단풍나무와 물푸레나무는 힘겨운 겨울이라
는 재난을 아름답고도 부드럽게 참고 견뎌내지 않는가! 정녕 인
간은 이들처럼 될 수 없는가, 이들에게서 배우지 못한단 말인가?
생각에 잠긴 그는 마당으로 나갔고 눈 위를 걸으며 손으로 눈의
감촉을 느꼈고, 정원으로 건너가 눈이 잔뜩 쌓인 울타리 너머 눈
의 무게 때문에 아래로 축 늘어진 장미 덩굴을 바라보았다.

　아침식사로 밀가루 수프를 먹으며 다들 첫눈 이야기를 했다.
모두들, 소녀들까지도, 밖에 나갔다 온 다음이었다. 올해는 첫눈
이 늦었다. 벌써 크리스마스가 가까웠으니까. 기사는 눈이 내리
지 않는 남쪽 나라들에 대해 이야기했다. 그날은 겨울의 본격적
인 시작이었고 골드문트에게 영영 잊을 수 없는 날이기도 했다.
바로 밤늦게 일어난 사건 때문이었다.

　두 자매는 그날 말다툼을 벌였는데 골드문트는 그걸 전혀 모르
고 있었다. 밤이 되어 집 안의 불이 꺼지고 다들 잠이 든 시각, 뤼
디아가 그에게 왔다. 평소에 하던 대로 말없이 그의 곁에 누워 머
리를 그의 가슴에 기대고 심장의 고동 소리를 들었다. 그의 곁에
있다는 사실만으로 마음의 위안을 얻는 것이다. 그녀는 우울하
고 겁을 먹은 상태였다. 율리에가 일러바칠까봐 몹시도 두려웠
다. 하지만 그런 내색을 해서 연인을 걱정에 빠뜨려야 할지 마음
을 정하지 못한 채 그의 가슴에 가만히 기대 있었다. 귓가를 간지
럽히는 그의 속삭임을 들으며, 머리카락을 쓰다듬는 그의 손길
을 느끼면서.

　그런데 갑자기—그녀가 골드문트의 곁에 와서 누운 지 얼마 지

나지 않아— 뤼디아는 기절할 듯이 놀라 눈을 찢어져라 크게 뜨고 자리에서 벌떡 일어났다. 방문이 열리면서 어떤 형체가 들어오는 것을 발견한 골드문트도 많이 놀라긴 했다. 너무 갑작스러워 당황한 나머지 금방은 그게 누구인지 알아보지 못했던 것이다. 그 형체가 침대로 바짝 다가와 허리를 숙인 다음에야 그는 율리에를 알아보고는 심장이 멎는 듯했다. 율리에는 잠옷 위에 뒤집어쓴 망토를 벗어 바닥에 떨어뜨렸다. 뤼디아는 칼에 찔리듯 고통의 비명을 지르며 무너지더니 골드문트의 몸에 꼭 달라붙었다.

조소를 띤 얼굴로 의기양양해하며, 하지만 아직 살짝 불안정한 목소리로 율리에가 말했다. "혼자서 방에 누워 있고 싶진 않아. 나도 끼워줘. 셋이 함께 있든가 아니면 지금 가서 아버지를 깨울 거야."

"알았어. 그럼 이리 들어와서 누워." 골드문트가 이불을 들춰주었다. "발이 꽁꽁 얼었겠구나." 율리에가 침대로 올라왔다. 뤼디아가 베개에 얼굴을 묻고 꼼짝도 하지 않았으므로 그는 좁은 침대에 공간을 마련하느라 애를 먹었다. 간신히 셋은 나란히 누울 수 있었다. 골드문트의 양옆에 소녀들이 있었다. 이런 상황은 조금 전까지만 해도 꿈에서나 감히 바랄 수 있는 경지였다는 생각이 문득 그에게 떠올랐다. 기적을 대한 듯 좀 불안해하며, 하지만 은밀한 황홀경에 사로잡혀서 그는 옆구리에 와닿는 율리에의 엉덩이를 느꼈다.

"언니가 왜 자꾸 여기로 오는지, 도대체 당신 침대에서 무슨 일

174

이 벌어지는지 나도 직접 확인해보고 싶었거든."

골드문트는 율리에를 달래기 위해 뺨을 그녀의 머리카락에 가볍게 부비며 손으로는 고양이를 어를 때처럼 엉덩이와 무릎을 살살 어루만졌다. 그녀는 말없이 호기심에 차서 그의 더듬는 손길에 몸을 내맡겼고 아무런 저항 없이 몽롱하게 이 마법에 몰입했다. 율리에에게 이렇게 주문을 거는 사이에도 그는 뤼디아를 위한 노력 또한 잊지 않았다. 늘 들려주던 익숙한 사랑의 속삭임을 귓가에 계속 불어넣어 그녀가 적어도 얼굴만이라도 천천히 들고 그를 향하도록 만들었다. 그는 소리 없이 뤼디아의 입과 눈에 입 맞추었고, 그러는 동안에도 그의 손은 건너편의 동생을 황홀한 매혹 속에 붙잡아두었다. 하지만 이런 상황이 너무 부끄럽고 괴이하다는 것을 그는 견딜 수 없을 정도로 잘 알고 있었다. 그에게 그걸 가르쳐준 건 왼손이었다. 그의 왼손이 가만히 누워 기다리는 율리에의 아름다운 팔다리를 차츰 알아나가는 동안 그는 뤼디아를 향한 자신의 사랑이 너무도 아름답고, 너무도 암담하게 절망적일뿐만 아니라 또한 우스꽝스럽기까지 하다는 사실을 깨달았던 것이다. 입술은 뤼디아와 함께 있고 손은 율리에와 함께 있는 동안 골드문트는 이런 생각이 들었다. 진즉에 몸을 허락하도록 뤼디아에게 강요하거나, 그렇지 못할 경우 아예 길을 떠났어야 옳았다고. 그녀를 사랑하면서도 단념해야 한다는 건 바보짓이었다. 옳지 않은 일이었다.

"내 사랑." 그는 뤼디아의 귀에 대고 속삭였다. "우리는 쓸데없는 고민을 하고 있는 거야. 지금 우리 셋이 이렇게 얼마나 행복해질 수 있는지! 그러니 피가 원하는 일을 하면 되는 거야!"

그러자 그녀는 흠칫 소스라치며 몸을 빼냈고, 그의 욕정은 다른 여자에게로 달아나버렸다. 그의 손길이 너무도 기분 좋았으므로 율리에는 파들파들 떨리는 쾌락의 한숨을 길게 내뱉으며 화답했다.

이 한숨을 듣자 뤼디아의 심장은 질투심 때문에 독약이라도 뿌려진 듯 고통스럽게 조여들었다. 그녀는 벌떡 몸을 일으키고 이불을 휙 걷더니 바닥에 성큼 내려서서 소리 질렀다. "율리에, 어서 가자!"

율리에는 화들짝 놀랐다. 앞뒤 가리지 않은 뤼디아의 고함은 그들을 위험에 빠뜨릴 만큼 무분별하게 컸기 때문이다. 율리에는 말없이 일어났다. 그러나 막 솟구치는 충동을 배반당하고 모욕당한 골드문트는 일어서는 율리에를 재빨리 얼싸안고 그녀의 두 젖가슴에 입 맞추면서 귀에는 뜨거운 속삭임을 불어넣었다. "내일 율리에, 내일!"

뤼디아는 잠옷 바람으로 서서 돌바닥의 냉기에 발가락을 오므리다가 바닥에 떨어진 율리에의 망토를 주워서 고통에 겨운 채로, 자신을 억누르는 몸짓으로, 동생 몸에 걸쳐주었다. 어둠 속에서도 그런 태도를 알아차린 율리에는 가슴이 뭉클해졌고 언니에 대한 마음을 풀었다. 자매는 조용히 방을 빠져나갔다. 마음속에서 상반되는 감정들이 서로 투쟁을 벌이는 상태로 골드문트는 그들이 나가는 기척을 가만히 듣다가 집 안이 다시 죽음 같은 정적에 휩싸이자 참았던 숨을 토해냈다.

그리하여 세 명의 젊은이들은 기이하고 부자연스러운 동침에서 벗어나 고뇌에 잠긴 고독으로 추방당했다. 침실로 돌아온 자매는 한마디 말도 꺼내지 않고 각자 고독하게, 고집스럽게 침묵하며, 잠을 이루지 못한 채 각자 침대에 누워 있을 뿐이었다. 불행과 분쟁의 유령이, 무감각과 고독, 영혼의 혼란을 불러일으키는 악마가 이 집을 장악한 것 같았다. 골드문트는 자정이 넘어서, 그리고 율리에는 아침이 되어서야 잠이 들었다. 그러나 뤼디아는 쌓인 눈 위로 창백한 하루의 빛이 밝아올 때까지 고통과 번뇌로 잠들지 못했다. 날이 밝자 얼른 일어난 그녀는 옷을 입고 작은 그리스도상 앞에 무릎을 꿇고 기도를 올렸다. 계단을 내려오는 아버지의 발자국 소리가 들리자 그녀는 그대로 달려가 아버지에게 할 말이 있다고 했다. 율리에의 처녀성에 대한 고민과 자신의 질투심을 분간하려는 시도조차 없이 그녀는 이 사태를 종결하기로 마음먹었다. 뤼디아가 아버지에게 알려도 좋을 거라고 판단한 내용을 기사가 전부 들어서 알게 된 다음에도 골드문트와 율리에는 아직 깊은 잠에 빠져 있었다. 뤼디아는 율리에도 이 관계에 얽혀 있다는 말은 하지 않았다.

골드문트가 평소 일하는 시간에 맞춰 작업실로 갔을 때, 평소라면 펠트 재킷 차림에 슬리퍼를 신고 집필에 몰두하고 있을 기사는 장화를 신고 기사복 조끼를 입고 칼까지 차고 있었다. 골드문트는 즉시 그것이 무엇을 의미하는지 알아차렸다. "모자를 쓰게." 기사가 말했다. "자네와 담판 지을 일이 있으니까."

골드문트는 걸어둔 모자를 다시 집어쓰고 주인을 따라 계단을 내려갔다. 그들은 마당을 지나 저택 문을 나섰다. 살짝 얼어붙은 눈 위를 디디자 사각거리는 맑은 소리가 울렸다. 하늘에는 아직도 아침놀이 불그스름하게 퍼져 있었다. 기사는 입을 꾹 다문 채 앞서서 걸었고 그 뒤를 따르는 골드문트는 자주 저택을 돌아보았다. 그의 방 창문, 눈 덮인 가파른 지붕이 멀리 사라지고 더 이상 보이지 않았다. 두 번 다시는 저 창과 지붕을 보지 못하리라. 작업실도 침실도, 그리고 두 자매도 두 번 다시 보지 못하리라. 오래전부터 그는 갑작스러운 이별을 생각하고 있었다. 그럼에도 그의 가슴은 조여들 듯이 아팠다. 작별은 쓰디쓴 고통이었다.

한 시간가량 그들은 그렇게 걸었다. 기사가 앞장서고, 둘 다 아무 말도 없이. 골드문트는 자신의 운명을 생각했다. 기사는 무기를 갖고 있다. 아마 자신을 죽일지도 모른다. 하지만 그런 일은 생기지 않을 거라고 믿었다. 그럴 위험은 적었다. 골드문트가 재빨리 달아나면 늙은 남자는 손에 칼을 들고 멍하니 서 있을 수밖에. 그러니 생명의 위험은 크지 않았다. 그러나 명예가 훼손되어 엄숙한 분노를 발산하는 남자의 뒤를 따라 이렇게 입을 꾹 다물고 계속 걸어가는 건, 속수무책으로 끌려가는 건 시간이 갈수록 점점 견디기 어렵고 숨이 막혔다. 마침내 기사가 걸음을 멈췄다.

기사는 갈라진 목소리로 말했다. "이제부터는 혼자서 가게. 이 방향으로 똑바로. 자네에게 익숙한 방랑 생활을 계속하란 말이야. 만약 내 집 주변에 다시 얼씬거리면 당장 쏴죽일 테니 그리 알아. 자네에게 복수하고 싶지는 않네. 내가 좀 더 똑똑했더라면 자네 같은 청년을 내 딸들 가까이에 두지 말았어야지. 다시 우리에게 접근했다가는 넌 죽은 목숨이야. 이제 가. 신의 용서를 비네!"

기사는 그 자리에 서 있었다. 흰 눈에 반사된 창백한 아침 햇살 속에서 회색 수염이 난 그의 얼굴은 생기라고는 없어 보였다. 유령처럼 그 자리에 서서 골드문트의 모습이 눈앞에 있는 언덕 뒤편으로 사라질 때까지 한 발짝도 움직이지 않았다. 구름 덮인 하늘에 불그스름하던 아침의 빛도 더 이상 보이지 않았다. 태양은 자취를 감추었다. 느리게, 머뭇거리는 몸짓으로, 눈송이가 드문드문 내리기 시작했다.

9장

여러 번 말을 타고 와보았으므로 골드문트는 이 지역을 잘 알고 있었다. 얼어붙은 갈대밭 건너편에는 기사의 헛간이 있으며, 그 너머에는 골드문트를 아는 농가가 한 채 있었다. 그중 한 장소에서 휴식을 취하고 밤을 보낼 수 있을 것이다. 내일 일은 내일 생각하면 된다. 한동안 잊었던 자유의 감정이, 낯선 땅의 느낌이 그 안에서 서서히 되살아났다. 이렇게 춥고 혹독한 겨울날, 낯선 땅은 사랑스러운 맛을 불러일으키지 않았다. 그것은 고생과 굶주림, 곤궁의 냄새가 났다. 하지만 이제 앞으로 다가올 낯선 땅의 광대함, 위대함, 그리고 가차 없는 엄격함을 생각하자 그동안 편안하게 지내면서 복잡해진 그의 가슴은 차분하게 진정되었고 거의 위안을 받은 느낌이었다.

그는 지칠 때까지 걸었다. 이제 말을 타고 다닐 일은 없겠구나, 하고 그는 생각했다. 오 넓은 세상이여! 눈은 거의 그쳤고, 저 멀리서 숲의 능선과 구름이 회색빛으로 뒤엉키며 흘러갔다. 세상의 끝까지, 오직 정적뿐이었다. 가엾은 뤼디아는 불안에 떨며 얼마나 가슴 조이고 있을까? 그녀가 걱정되어 그의 마음은 찢어지는 듯했다. 텅 빈 갈대밭 한가운데 홀로 서 있는 앙상한 물푸레나무 아래 앉아 쉬는 동안 그는 달콤한 꿈에 잠겨 그녀를 생각했다.

더 이상 추위를 견딜 수 없을 지경이 되어서야 뻣뻣해진 다리로 일어서서 서서히 움직여 점점 걸음을 빨리했다. 흐린 날의 빈약한 햇빛이 벌써 줄어드는 기미였기 때문이다. 빈 들판을 한참 동안 잰걸음으로 걷다보니 어느덧 이런저런 복잡한 생각들도 달아나버렸다. 지금은 생각하거나 감정에 빠질 때가 아니었다. 감정이 아무리 달콤하고 생각이 아무리 아름답더라도 말이다. 지금은 어떻게든 몸을 따뜻이 유지하면서 너무 늦지 않게 잠자리를 찾는 일이 급선무였다. 담비나 여우처럼 춥고 혹독한 세상을 헤쳐나가야 했다. 아무것도 없는 들판 한가운데서 벌써부터 기운을 잃고 널브러지는 일을 가능한 피해야 했다. 지금 다른 건 조금도 중요하지 않았다.

멀리서 말발굽 소리가 들린 것 같아 그는 놀라서 사방을 살폈다. 누군가 그를 쫓아온 것일까? 주머니 속의 사냥칼 손잡이를 붙잡고 나무 칼집에서 살짝 뺐다. 누군가 말을 타고 달려오는 것이 보였다. 그는 멀리서도 그것이 기사의 마구간에 있던 말임을 알아볼 수 있었다. 말은 똑바로 그를 향해 빠르게 다가오는 중이었다. 지금 달아나봤자 아무 소용이 없을 것이다. 그는 가만히 서서 기다렸다. 겁이 나지는 않았지만 무척 긴장되고 호기심이 일면서 심장이 점점 빠르게 뛰었다. 일순 어떤 생각이 번개처럼 머리를 스치고 지나갔다. "저 사람을 죽일 수 있다면 내 상황이 나아지지 않겠는가. 그러면 말을 차지할 수 있고, 세상이 내 손안에 든 것일 텐데!" 하지만 가까이 다가온 말 탄 사람의 얼굴을 알아보자 그만 웃음이 터지고 말았다. 그는 마구간에서 일하는 소년으로, 물기 어린 연푸른 눈동자에 아이같이 어리바리한 얼굴을 한 한스였다. 이렇게 귀여운 아이를 때려죽일 생각을 했다니, 심장이 돌처럼 냉혹한 자라도 그러기는 힘들 것이다. 골드문트는 한스에게 정답게 인사했다. 그리고 골드문트를 금세 알아보고 반가워하는 말 한니발에게도 인사의 표시로 따뜻하고 촉촉해진 목덜미를 부드럽게 쓸어주었다.

"한스, 어디 가는 거야?" 그가 물었다.

"어디긴요, 당신을 찾으러 왔죠." 한스가 새하얀 이빨을 드러내며 웃었다. "어느새 벌써 여기까지 왔답니까! 그런데 오래 있을 수는 없어요. 당신 얼굴이나 보고 인사라도 전하라고 해서요. 그리고 이걸 전해주러 온 거예요."

"누가 내게 인사를 전하라고 시켰는데?"

"뤼디아 아가씨요. 골드문트 선생, 당신 때문에 저택이 하루 종일 초상집 같았어요. 그래도 어떻게든 여기서 당신을 만났으니 좋군요. 내가 집을 나와서 이런 심부름까지 하는 걸 주인 나리가 알면 큰일 나요. 진짜로 목이 달아나버릴걸요. 그러니 어서 받아요!"

그는 조그만 꾸러미 하나를 내밀었다. 골드문트는 그것을 받아들었다.

"한스, 혹시 주머니에 빵 한 조각 갖고 있나? 그렇다면 좀 주게."

"빵이라고요? 껍질 정도는 있을 거예요." 한스는 주머니를 뒤져서 검은 빵 한 조각을 꺼내주었다. 그런 다음 즉시 그곳을 떠나려고 했다.

"아가씨는 좀 어떤가?" 골드문트가 다시 물었다. "뭔가 자네에게 맡기진 않았나? 편지 같은 걸 전해주라고 하지 않던가?"

"아뇨, 그런 건 없었어요. 나도 아가씨를 아주 잠깐 봤을 뿐이에요. 집 안 공기가 얼마나 무시무시한지, 설명하지 않아도 아시잖아요. 주인 나리는 사울 왕처럼 왔다 갔다 하고 있죠. 그러니난 그 물건만 얼른 전해주고 당장 가봐야 해요. 꾸물거릴 시간이없다구요."

"잠깐만, 하나만 더, 하나만 더 물을게! 한스, 네 사냥칼을 내게줄 수 있어? 내 칼은 너무 작아서 그래. 이런 곳에서 늑대라도 만나면 큰일이잖아. 뭔가 쓸 만한 무기가 있어야 하지 않겠어."

하지만 한스는 절대로 안 된다고 거절했다. 골드문트 선생에게 뭔가 일이라도 생긴다면 정말 가슴이 아프겠지만, 그래도 자기 칼을 내줄 수 없다고, 절대로 안 된다고, 돈을 아무리 많이 주어도 안 되고 다른 물건과 교환하는 것도 싫다고, 절대 안 되고 말고, 설사 성녀 쥬느비에브가 부탁하더라도 내주지 않을 거라고. 게다가 자신은 지금 당장 떠나야 한다고, 잘 지내라고, 이렇게 작별하게 되어서 자신도 마음이 정말 아프다고.

두 사람은 악수를 나누었고 소년은 말에 올라타고 떠났다. 묘하게 아픈 마음으로 골드문트는 떠나가는 한스의 뒷모습을 지켜보았다. 그리고 꾸러미를 펼쳤다. 질 좋은 송아지가죽 벨트로 꾸러미가 단단하게 동여매진 것을 보니 기분이 좋았다. 안에는 튼튼한 회색빛 털실로 짠 셔츠가 들어 있었다. 뤼디아가 그를 생각하면서 손으로 직접 만든 것으로 보였다. 털셔츠 안에는 뭔가 꽁꽁 싸매진 딱딱한 것이 푹 파묻혀 들어 있었다. 한 덩어리의 햄이었다. 햄에는 칼로 자국이 나 있고, 그 틈새에 두카텐 금화 한 닢이 숨겨져 있었다. 편지는 없었다. 뤼디아의 선물을 손에 든 그는 한동안 마음을 잡지 못하고 눈 속에 서 있었다. 그런 뒤 재킷을 벗고 털옷을 입었다. 기분 좋게 따뜻했다. 재빨리 재킷을 걸친 그는 금화를 가장 깊숙한 주머니에 숨기고 송아지가죽 벨트를 두르고, 계속해서 벌판을 가로질러갔다. 이제는 밤을 지낼 만한 곳을 찾아야 했다. 그는 무척 피곤했지만 농부의 집으로 가고 싶지는 않았다. 물론 그리로 가면 적어도 따뜻한 잠자리와 우유 정도는 얻을 수 있겠지만 말이다. 그는 사람들과 잡담을 나누거나 이런저런 질문을 받고 싶지 않았다. 그날 밤을 헛간에서 보낸 그는 서리가 하얗게 내리고 차가운 바람이 부는 다음날 이른 아침 다시 길을 떠났다. 추위에 시달리는 방랑은 더더욱 힘겨웠다. 밤마다 그는 꿈속에서 기사와 그의 칼, 그리고 자매를 보았다. 매일매일 고독과 우울이 그의 가슴을 짓눌렀다.

빵 한 조각도 없이 기장죽으로 저녁을 때우는 가난한 농부들의 마을에서, 그는 며칠 머물 수 있는 잠자리를 얻었다. 마을에는 여러 가지 새로운 경험이 그를 기다리고 있었다. 마침 머물던 농가의 안주인이 아기를 출산하는 바람에 해산을 거들게 되었다. 밀짚 속에서 자고 있던 그를 사람들이 도와달라면서 불러낸 것이다. 하지만 그가 갔을 때 상황은 종료되어서 정작 할 일은 거의 없었다. 단지 분주한 산파 곁에서 등불을 들고 있는 것이 고작이었다. 그는 처음으로 출산 장면을 목격했다. 충격과 경이에 사로잡힌 그의 시선은 출산하는 여인의 얼굴에서 떨어질 줄 몰랐는데, 그런 새로운 경험을 통해 그의 세계는 순식간에 그만큼 풍부해졌다. 아이를 낳고 있는 여인의 얼굴에 나타난 표정이, 최소한 그가 느끼기에는 몹시 의미심장했다. 무척 호기심이 생긴 그는 고통에 비명을 지르는 여인의 얼굴을 뚫어져라 들여다보았는데, 어느 순간 관솔 불빛 아래 드러난 그 얼굴에서 전혀 예상하지 못한 사실을 발견했다. 소리를 지르느라 잔뜩 일그러진 산모의 얼굴 표정이 그가 예전에 여러 번 보았던 것, 사랑의 환희가 최고조에 올랐을 때 다른 여자들의 얼굴에 나타나던 그 표정과 별반 다르지 않았던 것이다! 물론 극심한 고통을 겪는 순간이니 환희에 겨운 표정과 비교하면 더 격렬하고 더 일그러졌지만, 그래도 근본적으로는 절정에 이른 얼굴과 같았다. 입을 비죽거리며 오그라드는 모습이 똑같았고 발갛게 올랐다가 사그라드는 모습이 똑같았다. 고통과 쾌락이 자매처럼 유사할 수 있음을 깨달은 그는 스스로도 이유를 모르는 채 놀라고 감동했다.

마을에서는 다른 일도 겪었다. 출산이 있던 다음날 아침, 이웃집 아낙과 마주쳤는데, 그녀는 골드문트의 연모하는 눈길에 즉시 화답을 보내왔다. 그는 두 번째 밤도 마을에서 머물며 이웃집 아낙에게 커다란 행복을 안겨주었다. 오랫동안 여자와 동침하지 않았고, 지난 몇 주일 동안 미친 듯이 달아올랐으나 매번 욕구를 해소하지 못하다가 처음으로 성욕을 마음껏 분출할 기회를 만났기 때문이다. 이런 계기로 마을에서 머뭇거리다보니 그의 체류는 또 다른 경험으로 이어졌다. 두 번째 날, 그 마을에서 자신과 비슷한 처지의 빅토르를 알게 된 것이다. 빅토르는 키 크고 행동거지가 막무가내인 사내였다. 어떻게 보면 사이비 성직자 같기도 하고 어떻게 보면 노상강도 같기도 했다. 그는 골드문트에게 앞뒤가 맞지 않는 라틴어를 되는 대로 주워섬기면서 학교 다닐 나이는 오래전에 지났을 텐데도 자신을 유랑 학생이라고 소개했다.

수염을 뾰족하게 기른 빅토르는 골드문트에게 호의적인 태도를 보였고, 오랜 떠돌이 생활로 얻은 유머를 화려하게 구사하며 젊은 동료의 마음을 단번에 사로잡았다. 어디서 학교를 다녔으며 목적지가 어디냐는 골드문트의 질문에, 이 괴짜 친구는 장황한 연설로 대답했다.

"내가 영혼은 빈한하지만 학교만큼은 쾰른과 파리 등 유수한 곳들을 다녔어. 간으로 만든 소시지의 형이상학에 관해서라면 내가 라이든 대학에 제출한 학위논문보다 알찬 글은 찾기 힘들 거야. 그 이후 나는 독일 전역을 비루먹은 개처럼 허덕이며 돌아다니고 있지. 이루 말할 수 없는 굶주림과 갈증에 소중한 영혼이 다 갉아먹히도록 말이야. 나는 농사꾼들에게 공포의 대상이야. 내 주업은 젊은 여자들에게 라틴어를 가르치고, 연통에 걸려 있는 소시지를 뱃속으로 순간 이동시키는 거라고 할 수 있어. 아, 그리고 내 목적지는 시장 부인의 침대 속이야. 그전에 까마귀들에게 잡혀먹지만 않는다면, 난 언젠가 주교라는 부담스러운 직업을 떠맡을 수밖에 없을 운명이지. 그래도 친구, 하루 벌어 하루 먹고사는 편이 반대 경우보다 훨씬 나은 법이라구. 토끼구이가

186

어디에 간들 내 가난한 위장 속만큼 환영을 받았겠냐고. 보헤미아의 왕은 내 형이라고 할 수 있는데, 우리의 아버지가 그와 나에게 똑같이 일용할 양식을 주는 셈이니까. 하지만 나에게는 어떻게 양식을 찾을지, 최선의 방책을 알아서 발견해보라고 일임해버린 것이 차이라면 차이랄까. 그저께 그 아버지란 자는 세상의 모든 아버지들이 그렇듯이 참으로 무정하게도 나를 이용해서 굶어 죽어가는 늑대의 생명을 구해주려고 했지 뭐야. 내가 그 짐승을 때려죽이지 못했더라면, 그랬다면 이 친구야, 넌 나와 알게 되는 이 유쾌한 영광을 영영 누리지 못하고 말았을 거야."

골드문트는 아직 이런 종류의 냉소적인 유머와 유랑 학생들의 라틴어를 들어본 적이 없었다. 또한 빅토르의 키 크고 덥수룩한 건달풍의 외모도, 자신이 한 농담이 재미있다고 혼자서 신나게 웃는 것도 어쩐지 기분 좋지 않고 좀 무섭기까지 했으나, 그럼에도 이 직설적인 방랑자에게는 어딘지 마음이 끌리는 구석이 있었다. 그래서 골드문트는 앞으로 함께 다니자는 빅토르의 제안을 군말 없이 받아들였다. 늑대를 때려죽였다는 말이 허풍인지 아닌지는 모르지만, 그래도 둘이 다니면 최소한 안전하고 그만큼 위험도 덜할 것이니 말이다. 그런데 빅토르는 그들이 길을 떠나기 전, 자신의 표현에 따르면 농부들과 라틴어로 말을 나누고 싶다고 하면서 어느 작은 농가에 잠자리를 구했다. 그의 방식은 지금까지 골드문트가 방랑 중에 농가나 마을에 손님으로 묵으면서 해오던 방식과는 확연히 달랐다. 빅토르는 집집마다 돌아다니며 여자란 여자는 눈에 보이는 족족 붙들고 시시껄렁한 잡담을 했다. 마구간이든 부엌이든 가리지 않고 음식만 있으면 가서 코를 들이대고 냄새를 맡았으며, 모든 집들이 그에게 세금과 공물을 바치기 전에는 결코 마을을 떠날 생각이 없는 것 같았다. 농부들에게 스위스에서 있었던 전쟁 이야기를 들려주고, 화덕 옆에서 파비아 전투의 노래를 불렀으며, 할머니들에게는 관절염이나 이빨이 빠지는 데 좋은 처방을 추천했다. 그는 뭐든지 아는 것 같았고 어디든 가본 사람 같았다. 그런 식으로 얻은 빵 조각과 호두, 배 조각 따위를 셔츠 허리춤에 터질 듯이 가득 채워서 돌아오는 것이다. 골드문트는 그의 지칠 줄 모르는 출정을, 사람들을 깜짝 놀라게 하는가 하면 듣기 좋은 말로 구슬려서 손쉽게 마음을 사는 기술을, 대단한 인물인 양 연기를 해서 감탄을 사는 대담함을, 서툰 라틴어를 엉터리로 흉내 내면서 학자 시늉을 하는 모습을, 현란하고 뻔뻔스럽게 사기를 치면서 사람들을 감동시키는 것을 보고 눈이 휘둥그레질 뿐이었다. 빅토르는 지식인인 척하며 일장 연설을 늘어놓는 도중에도 사람들의 얼굴 하나하나를, 열리는 모든 식탁 서랍을, 그릇과 빵덩이를 날카롭게 체크하고 있었다. 골드문트는 빅토르가 산전수전 다 겪은 노회한 떠돌이라는 것을 알아차렸다. 빅토르는 세상의 쓴맛 단맛을 다 보고 겪었으며, 굶어 죽을 고비와 얼어 죽을 고비도 수도 없이 넘겼고, 볼품없고 위태로운 삶이나마 유지하려고 안간힘을 다해 발버둥치다보니 교활하고 뻔뻔스럽게 변한 인간이었다. 오랫동안 길위에서 살아온 자들은 결국 그렇게 되는 것이다. 그렇다면 골드문트 자신도 언젠가는 빅토르처럼 되는 걸까?

다음날 그들은 길을 떠났다. 골드문트로서는 누군가와 함께 방랑을 하기는 처음이었다. 그들은 사흘 동안 걸었다. 그 사이 골드문트는 빅토르의 이러저러한 특징을 자세히 알게 되었다. 그는 모든 것을 무조건 방랑자의 중대한 세 가지 필수조건에 결부시키는 습관이 있었는데, 이제는 거의 본능이 되어버렸다. 생명의 안전, 잠자리 구하기, 그리고 식량의 조달. 그는 수 년 동안 정처 없이 돌아다니면서 세 가지와 관련해 참으로 많은 걸 배웠던 것이다. 겨울에도, 그리고 어두운 밤에도, 아주 미약한 징조만 보고도 인가가 가까이 있음을 알았고, 숲과 들판의 어떤 장소라도 쉬거나 잠자기에 적당한지 아닌지를 아주 예리하게 판단할 수 있었으며, 농가의 방에 들어서는 순간, 집주인의 살림살이가 유복한지 곤궁한지, 집주인의 마음씨가 너그러운지, 호기심이 강한지, 겁이 많은 편인지도 즉시 탐지해냈다. 이런 기술에서 빅토르는 최고의 수준에 도달해 있었다. 배워두면 도움이 될 만한 많은 것들을 젊은 동료에게 가르쳐주기도 했다. 한번은 골드문트가 이의를 제기한 적도 있었다. 자신은 그렇게 의도적으로 인간에게 접근하고 싶지는 않다, 자신은 비록 빅토르가 가진 기술을 하나도 모르지만, 예의 바른 부탁 하나만으로도 지금껏 도움 요청을 거절당한 적이 거의 없었다고 말이다. 그러자 키 큰 빅토르는 기분 좋게 껄껄 웃으며 대답했다. "이보게 젊은 친구, 너는 별 수단 없이도 잘되겠지. 젊고 잘생긴 데다 그야말로 순진한 얼굴을 하고 있으니, 네 외모 자체가 곧 숙박권이 아니겠나. 너를 보면 여자들은 호감을 느껴. 그리고 남자들은 이 청년은 참 착하게 생겼으니 누구에게 해를 끼칠 인상이 아니라고 생각하지. 그런데 말이야, 젊은 친구, 사람은 누구나 늙어. 해맑던 얼굴에는 수염이 나고 주름이 패지. 또 바지에는 구멍이 뚫리는 거야. 그러다 보면 누구나 언젠가는 추하고 환영받지 못하는 손님으로 전락하고 말아. 젊음과 순진함으로 빛나던 눈동자에는 어느새 허기와 굶주림의 기색만이 역력해져. 그때쯤 되면 이제 마음은 모질 대로 모질어져 있어. 세상을 충분히 배웠거든. 안 그랬다가는 진즉에 거름더미에 널브러져서 개들이 오줌이나 갈기는 신세가 되었을 테고. 내가 보기에 넌 아마도 그리 오래 떠돌아다니지는 않을 것 같아. 네 손은 너무 곱고 네 곱슬머리는 너무 근사하니까. 너는 조만간 더 나은 조건의 삶으로 기어들어갈 거다. 포근하고 쾌적한 부부 침대나 맛난 음식이 잔뜩 넘쳐흐르는 수도원, 아니면 난롯불이 따뜻하게 지펴진 서재. 더구나 넌 그렇게 멋진 옷까지 차려입고 있으니 사람들이 귀공자로 생각할지도 몰라."

빅토르는 계속 웃으면서 골드문트의 옷을 만지작댔는데, 골드문트는 그가 그러면서 손으로 주머니와 솔기를 더듬고 있다는 느낌을 받았다. 골드문트는 몸을 빼내면서 금화를 생각했다. 그는 빅토르에게 자신이 부유한 기사의 집에 머물렀고, 기사의 라틴어 작업을 도와주는 대가로 옷을 얻은 것이라고 말해주었다. 그러자 빅토르는 하필이면 추운 엄동설한에 그런 포근한 안식처를 나왔느냐고 캐물었고, 거짓말을 할 줄 모르는 골드문트는 기사의 두 딸에 관해 간략하게 털어놓았다. 그걸 계기로 두 동료는 처음으로 말다툼을 벌였다. 빅토르는 골드문트가 저택과 처녀들을 그냥 신의 손에 맡겨두고 홀로 달아난 것은 천하의 바보짓이었다고 했다. 그 일에 대한 보상이 있어야 한다고, 그걸 보여주겠다는 것이다. 그들이 함께 기사의 저택으로 찾아가면 된다. 물론 골드문트는 모습을 드러내서는 안 되고, 모든 건 자신이 알아서 하도록 맡겨놓으라고. 골드문트가 뤼디아에게 이러이러한 내용의 편지 한 통을 쓰면 빅토르가 편지를 들고 저택을 찾아갈 것이고, 거기서 돈이나 금품을 받아내기 전까지는 절대로 돌아오지 않을 거라고. 대충 그런 이야기였다. 골드문트는 거절하다가 마침내 화를 내고 말았다. 그 일과 관련해서는 더 이상 한마디도 듣기 싫으며, 기사의 이름도 그가 사는 곳도 절대로 말해주지 않겠다고 했다.

골드문트가 화내는 것을 본 빅토르는 다시 웃으면서 사람 좋은 척 연기를 했다. "이 친구야, 그렇게 사납게 굴지 말라구! 내 말은 그저 우리에게 썩 괜찮은 먹잇감을 네가 그냥 놓아준 거라는 의미였으니까. 그렇다고 내 말에 그렇게 발끈하는 건 그다지 친절한 태도는 아니지. 의리 있는 행동도 아니고. 어쨌든 너는 절대로 싫다는 거로군. 넌 고상한 신사니까 말을 타고 저택으로 돌아가서 아가씨와 결혼할 생각인 거야! 이봐 젊은 친구, 네 머리는 고상한 아둔함 덩어리야! 뭐 하고 싶은 대로 하라고. 우린 계속 이렇게 가면서 발가락까지 꽁꽁 얼어붙으면 되니까."

기분이 상한 골드문트는 저녁까지 한마디도 입을 열지 않았다. 하지만 그날 하루 종일 인가도 사람의 흔적도 마주치지 못했기에 그들이 밤을 보낼 만한 곳을 물색하던 빅토르가 숲 가장자리 두 그루 나무 사이에 적당한 장소를 찾아내 바닥에 전나무 가지를 충분히 깔아 잠자리를 만드는 것을 감사하게 여겼다. 그들은 빅토르가 주머니에 가득 갖고 있던 빵과 치즈로 저녁을 먹었다. 골드문트는 조금 전까지 화를 낸 것이 부끄러운 나머지 그가 시키는 대로 따르며 그의 작업을 도왔다. 그리고 밤에 추울 테니 털셔츠를 동료에게 빌려주기도 했다. 혹시 짐승이 나올지도 모르니 그들은 차례로 불침번을 서기로 했다. 일단 골드문트가 처음에 망을 보고, 빅토르가 전나무 가지 위에서 잠을 청했다. 골드문트는 동료의 잠을 방해하지 않기 위해 한참 동안 움직이지 않고 전나무 줄기에 가만히 기대 서 있었다. 빅토르가 잠이 든 후에야 그는 이리저리 움직이며 돌아다니기 시작했다. 몸이 완전히 꽁꽁 얼어버렸기 때문이다. 그는 점점 더 먼 거리를 걸어갔다가 다시 돌아오기를 반복했다. 전나무 꼭대기는 창백한 하늘을 향해 뾰쪽하게 솟아 있고, 겨울밤의 숨 막히는 정적은 장엄하면서도 공포스러웠다. 살아 있는 따뜻한 그의 심장이 대답 한마디 없는 차가운 정적 속에서 고독하게 뛰고 있었다. 발소리를 죽여 가만히 되돌아오면서 그는 잠든 동료의 숨소리에 귀 기울였다. 집 없는 자신의 신세가 이때처럼 처절하게 가슴을 파고든 적도 없었다. 자신과 이 세계의 거대한 불안 사이에는 집의 담장도, 그 어떤 성벽도, 수도원의 울타리도 서 있지 않았다. 오직 홀로, 오직 맨몸으로, 이해할 수 없는 적대적인 세상을, 싸늘하게 비웃는 별들 사이를, 숨어서 도사린 짐승들 사이를, 참을성 있는 불변의 나무들 사이를 돌아다니는 것이다.

아니, 절대로 아니다. 설사 일생 동안 방랑자로 살아간다고 해도 그는 절대로 빅토르처럼 되지는 않을 것이다. 나이 들어가면서 자신을 그런 식으로 방어하는 태도는 영영 배우지 못할 것이다. 교활하게 살금살금 다가가 훔치는 일도, 반대로 떠들썩하고 뻔뻔한 광대 짓도, 냉소적인 유머와 허풍을 늘어놓는 짓도 하지 않을 것이다. 어쩌면 뻔뻔하고 영리한 이 남자가 옳을지도 모른다. 골드문트는 아무리 노력해도 절대로 그처럼 머리부터 발끝까지 부랑자가 될 수는 없으리라. 언젠가는 반드시 어딘가의 집 담벼락 아래로 기어들어가리라. 하지만 그럼에도 여전히 집 없고 고향 없는 자, 목적 없는 자로 남으리라. 어디에 가더라도 진정으로 보호받는다는 느낌, 집에 있는 듯한 안정감은 얻지 못하리라. 세계는 항상 변함없이 신비한 매력으로 빛날 것이고 신비한 스산함으로 그를 둘러쌀 것이며, 항상 변함없이 그는 이런 정적을 향해 귀를 기울일 것이고, 그 정적의 한가운데서 그의 심장은 불안하고도 헛되이 고동칠 것이다. 별이 거의 보이지 않는 밤이었다. 바람은 잠잠했지만 하늘 높은 곳에는 구름이 움직이고 있었다.

한참이 지나서야 빅토르는 깨어났다. 골드문트는 그를 굳이 깨우고 싶지 않았다. 빅토르가 그를 불렀다.

"이리 와, 이제 너도 잠을 자야지. 안 그러면 내일 비실비실 댈 테니까."

골드문트는 순순히 잠자리에 몸을 눕히고 눈을 감았다. 몸은 무척 피곤했으나 잠이 오지 않았다. 생각에 생각이 꼬리를 물고 이어졌다. 생각뿐 아니라 스스로 인정하고 싶지 않은 어떤 감정 때문에 잠을 이룰 수 없었다. 그것은 유랑 동료에 대한 불안과 불신의 감정이었다. 큰 소리로 웃어대는 상스러운 인간에게 우스개나 지껄일 줄 아는 철면피 거지에게 하필이면 뤼디아 이야기를 해버리다니, 그는 스스로를 이해할 수 없었다. 빅토르뿐만 아니라 자기 자신에게 화가 났다. 그는 어떻게 하면 빅토르와 자연스럽게 헤어질 수 있을지 곰곰이 궁리했다.

그러다가 아마도 살짝 잠이 들었던 것 같다. 이상한 느낌에 화들짝 놀라 깨어보니 빅토르의 손이 그의 옷을 조심스레 뒤지고 있었다. 골드문트는 한쪽 주머니에 칼을, 다른 쪽 주머니에는 금화를 넣어두었다. 빅토르가 그것들을 발견한다면 틀림없이 둘 다 훔쳐갈 것이다. 골드문트는 계속 자는 척했고, 잠결에 몸을 이리저리 뒤척이는 시늉을 하며 팔을 움직였다. 그러자 빅토르는 물러났다. 골드문트는 빅토르에게 단단히 화가 났고 내일 당장 헤어져야겠다고 결심했다.

그러나 한 시간 후, 빅토르는 다시 다가와서 그의 주머니를 뒤졌다. 골드문트는 분노로 마음이 싸늘하게 식었다. 그래서 몸을 움직이지도 않은 채 눈을 뜨고 경멸조로 내뱉었다. "그만 꺼져. 훔쳐갈 것도 없으니까."

갑작스러운 소리에 깜짝 놀란 도둑은 두 손으로 골드문트의 목을 움켜쥐고 눌렀다. 골드문트가 벗어나려고 버둥거렸으나 도둑은 더욱 세게 목을 졸랐고, 이제는 골드문트의 가슴팍에 무릎을 올리고 짓누르기까지 했다. 숨이 막힌 골드문트는 온몸으로 격렬하게 저항하며 발버둥 쳤으나 벗어날 수 없었다. 그는 이대로 죽을지도 모른다는 두려움에 휩싸였고, 순간 어떤 묘안이 번개처럼 그의 머리를 스치고 지나갔다. 도둑이 목을 계속 조르는 중에 손을 주머니에 넣어 작은 사냥칼을 꺼내 가슴 위에 무릎을 올리고 있는 도둑을 재빨리, 앞뒤 가릴 것 없이 닥치는 대로 몇 번이고 마구 찔렀다. 잠시 뒤 빅토르의 손이 풀렸다. 목구멍으로 산소가 들어왔다. 깊은 숨을 거세게 들이마시며 골드문트는 목숨을 건지고 새로 태어난 기분을 만끽했다. 일어서려고 몸을 일으키자 그의 위에 있던 키 큰 빅토르가 힘없이 스르르 고꾸라지며 이상한 신음소리를 토했다. 그의 피가 골드문트의 얼굴로 흘러내렸다. 빅토르가 옆으로 쓰러진 다음에야 골드문트는 일어설 수 있었다. 흐릿한 밤의 어둠 속에 널브러진 빅토르의 긴 몸이 보였다. 손을 뻗어 그를 건드려보았다. 그의 몸은 온통 피투성이였다. 그의 머리를 들어 올려보았다. 하지만 자루처럼 무겁게 다시 털썩 떨어져버렸다. 그의 가슴과 목에서는 아직도 피가 뚝뚝 떨어지고 있었고, 입에서는 확연하게 약해진 신음이 심상치 않게 흘러나오며 생명이 꺼져간다는 것을 알렸다.

"내가 사람을 죽였구나." 죽어가는 자 곁에 무릎을 꿇고 앉아 그의 얼굴이 점점 창백한 시체의 안색으로 뒤덮이는 걸 보면서 골드문트의 머릿속에는 이런 생각이 무한히 맴돌았다. "사랑의 성모 마리아여, 저는 살인을 저질렀습니다." 골드문트는 스스로 중얼거리는 소리를 들었다.

갑자기 그 자리가 견디기 힘들어지면서 한시도 머물 수 없었다. 그는 칼을 집어 들고 죽은 자가 입고 있는 털셔츠에 문질러 닦았다. 뤼디아의 손이 사랑하는 사람을 위해 정성스럽게 짠 그 옷이다. 그는 칼을 나무 칼집에 꽂아 주머니에 넣었다. 그리고 벌떡 일어나 온 힘을 다해 그 자리에서 달아났다.

쾌활한 방랑자의 죽음은 골드문트의 영혼에 무거운 짐으로 남았다. 다음날 아침 그는 부들부들 몸서리치며 자신의 몸에 묻은 핏자국을 눈으로 닦아냈다. 하루 낮과 하루 밤을 꼬박 두려움에 떨며 목적지도 없이 헤매고 다녔다. 그런 그가 제정신을 차리고 겁먹은 후회를 끝낸 건 순전히 다급한 육체적 곤경 때문이었다.

쉴 곳도 없고 길도 없는 눈 덮인 황량한 벌판을 먹지도 못하고 잠도 거의 자지 못한 상태로 헤매던 그는 커다란 난관에 처하고 말았다. 몸 안에서 굶주림이 사나운 짐승처럼 울부짖었다. 기운이 완전히 빠진 그는 몇 번이나 들판 한가운데서 그냥 쓰러졌고, 눈을 감은 채 전부 포기하는 심정으로 이대로 잠이 들기를, 이대로 죽어버리기를 간절히 소망했다. 하지만 매번 다시 일어났고, 절망 속에서도 살겠다는 의지 하나로 필사적인 걸음을 옮겼다. 혹독하고 처절한 상황 가운데서도 죽지 않겠다는 야생의 본능 덕분에 믿을 수 없이 강인한 힘이 솟아났고, 원초적인 생의 충동이 강력하게 작용하면서 그는 활력을 되찾고 마음은 삶의 의지로 사무쳤다. 시퍼렇게 언 손으로 눈 덮인 두송나무 덤불에서 말라빠진 작은 열매를 따서 거칠고 쓰디쓴 그것을 전나무 이파리와 함께 입에 넣고 씹었다. 무척 아리고 자극적인 맛이 났다. 목이 마르면 두 손 가득 눈을 퍼먹었다. 숨이 찰 때면 꽁꽁 얼어붙은 손바닥을 호호 불어가며 언덕에 앉아 짧은 휴식을 취했다. 게걸스러운 눈으로 사방을 휘휘 둘러보지만 황야와 숲 말고는 아무것도 눈에 들어오지 않았다. 어디에도 인간의 흔적은 없었다. 머리 위로 까마귀 한 쌍이 날아가자 그는 성난 눈으로 새들을 노려보았다. 안 돼, 저것들의 먹이가 되어서는 안 돼. 다리에 힘이 조금이라도 남아 있는 한, 핏속에 한 톨의 온기라도 남아 있는 한, 절대로 안 돼. 그는 일어서서 죽음과의 무자비한 경주를 재개했다. 그는 걷고 또 걸었다. 최후의 안간힘을 짜내느라 기력이 쇠하여 열이 오르자 기괴한 생각들이 그를 사로잡았다. 어떤 때는 거의 알아들을 수 없이, 어떤 때는 커다랗게, 그는 혼자서 이상한 대화를 중얼중얼 이어나갔다. 칼에 찔려 죽은 빅토르에게 거친 조소의 어조로 그는 말을 걸었다. "이봐, 똑똑한 친구, 어떻게 지내? 지금쯤 달빛이 내장 속까지 비치겠군. 여우들은 자네 귀를 물어뜯고 있겠지? 자네가 늑대를 죽였다면서? 목덜미를 물어뜯어 죽였나 아니면 꼬리를 잡아 뽑았던 건가? 말해봐, 내 금화를 훔쳐가려 한 주정뱅이 놈아! 꼬맹이 골드문트에게 한방 먹으니 기분이 어때? 자네 갈빗대가 좀 간질거렸겠지! 그런데 넌 주머니마다 빵과 소시지와 치즈를 가득 채워 넣고 있었으면서! 돼지 같은 놈! 식충이 같은 놈!" 이런 식의 앞뒤 맞지 않는 혼잣말을 뱉어내고 고래고래 소리치면서 그는 죽은 자를 욕했고, 죽은 자를 무찌른 승리를 의기양양하게 떠벌렸다. 죽은 자는 결국 자업자득이었다고, 멍충이, 아둔한 사기꾼 허풍쟁이였다고 실컷 비웃었다.

그러다가 그의 생각과 혼잣말은 가엾은 키다리 빅토르에 대한 기억을 떠났다. 그의 눈앞에는 율리에가 나타났다. 어리고 아름다운 율리에, 그날 밤 그의 방을 떠나던 모습 그대로였다. 그는 무수한 애정의 말로 그녀를 불렀다. 부끄러움도 모르는 채 미친 듯이 끈적이는 연정을 과시하며 그녀를 유혹하려 했다. 그에게 오라고, 잠옷을 벗어버리라고, 그와 함께 하늘로 가자고, 죽기 전 한 시간만이라도 비참하게 뻗어버리기 전 한 순간만이라도. 애원하면서, 도발하면서, 그는 율리에의 높이 있는 작은 젖가슴, 다리, 겨드랑이의 곱슬곱슬한 금색 털에게 말을 걸었다.

그리고 어느 순간, 눈 쌓인 메마른 히드 벌판을 뻣뻣한 다리로 비틀비틀 걸으며 괴로움에 취해서, 가물거리는 삶을 탐욕스럽게 붙잡고 의기양양해하며, 그는 다시 속삭였다. 이번에 그가 말을 걸고 새로운 생각, 지혜, 농담을 들려주는 상대는 나르치스였다.

"겁이 나나요, 나르치스?" 그가 물었다. "무서운가요? 뭔가 눈치챘나요? 그래요, 존경하고 또 존경하는 당신, 이 세계는 죽음입니다. 죽음으로 가득 찼어요. 울타리마다 죽음이 앉아 있고, 모든 나무 뒤에는 죽음이 서 있죠. 그러니 담장을 쌓아올리고 기숙사를 짓고 예배당과 교회를 지어올려도 소용없어요. 죽음은 창문으로 들여다보고, 웃고, 당신들 한 명 한 명을 전부 알고 있으니까요. 당신들도 한밤중에 죽음이 창문 뒤에서 웃으면서 당신들 이름을 부르는 소리를 듣잖아요. 아무리 시편을 읽고 제단에 화려한 촛불을 밝히고, 저녁 기도와 밤 기도를 올리고, 약제실에는 약초를 모으고 도서관에는 책들을 모아봤자! 금식을 하나요,

198

벗이여? 잠을 자지 않고 고행하나요? 죽음이 당신을 도와줄 겁니다. 친밀한 죽음이 말이죠. 당신의 모든 것이 소실되도록 죽음이 도와줄 겁니다. 당신이 뼈만 남을 때까지! 달아나요, 내 소중한 사람, 바람처럼 빠르게 달아나요. 저기 들판에 죽음이 돌아다니고 있잖아요! 달아나요, 하지만 뼈는 단단히 챙겨야 해요. 안 그러면 자꾸 흩어질 테니까요. 뼈란 원래 우리에게 붙어 있으려 하지 않아요. 오, 불쌍한 우리의 뼈, 오, 불쌍한 우리의 목구멍과 위장, 오, 두개골 아래 웅크린 우리의 불쌍한 약간의 뇌! 모든 것이 사라질 거예요. 모든 것이 끝장날 거예요. 나무 위에 까마귀들이 앉아 있어요. 검은 신부들이 앉아 있어요."

정신이 혼미해진 골드문트는 이미 한참 전부터 자신이 어디로 가는지, 어디에 있는지, 무슨 말을 하는지, 누워 있는지 서 있는지조차 알지 못하는 상태였다. 그는 관목에 걸려 넘어졌고, 달려가다 나무에 부딪쳤으며, 쓰러지면서 눈이나 가시덤불을 붙잡아버리기도 했다. 하지만 그의 내면을 사로잡은 강렬한 충동은 자꾸만 그를 잡아채서 쉴 새 없이 몰아붙였고, 맹목적으로 앞으로 앞으로 쫓기듯 나가게 만들었다. 마지막으로 그가 쓰러진 자리는 며칠 전 유랑 학생을 만났으며, 해산하는 산모 곁에서 관솔불을 들었던 그 작은 마을이었다. 그는 쓰러진 채로 누워 있었다. 사람들이 왔다 갔다 하며 주변에 몰려들어 떠들었으나 한마디도 들을 수 없었다. 그때 골드문트에게 사랑을 만끽하게 해주었던 여인이 그를 알아보고 끔찍한 몰골에 소스라치게 놀랐다. 그가 가여워진 그녀는 남편이 욕하거나 말거나 상관하지 않고 다 죽

199

어가는 행려자를 질질 끌고 마구간으로 옮겼다.

골드문트가 기력을 회복해서 걸을 수 있기까지는 오래 걸리지 않았다. 마구간의 온기, 충분한 잠, 그리고 여자가 가져다주는 염소젖 덕분에 그는 다시 기운을 차렸다. 정신이 돌아오자 최근에 겪었던 사건들이 까마득한 과거인 듯 아득하고 멀게 느껴졌다. 빅토르와 길을 떠났던 일, 전나무 아래서 보낸 차갑고 스산한 겨울밤, 잠자리에서의 끔찍한 싸움, 소름끼치는 죽음, 추위와 굶주림, 정신이 혼미한 채 헤매던 낮과 밤들, 모두가 과거가 되었고, 그의 기억에서 거의 사라진 듯했다. 하지만 그건 잊혔기 때문이 아니라 넘어섰고 지나갔기 때문이다. 그 자리에 뭔가가 남아 있었다. 말할 수는 없으나 끔찍하고도 소중한 것, 심연으로 가라앉았으나 도저히 잊을 수 없는 것, 어떤 경험, 혀끝에 남은 어떤 맛, 심장을 조이는 고리와 같은 것. 2년이 채 못 되는 방랑 생활 동안 그는 떠돌이의 기쁨과 아픔을 경험했다. 고독, 자유, 숲과 짐승의 소리, 아무런 책임 없는 하루살이 사랑, 죽을 듯이 견디기 힘든 추위와 배고픔. 여러 날 여름 들판에서 살았고, 몇 주일 동안 숲속에서, 그리고 눈 속에서 지낸 날도 며칠이나 되었으며, 죽음의 공포에 시달리기도 했고 실제로 죽음의 문턱에 이른 적도 있었다. 그중에서도 가장 강력하며 잊히지 않는 체험은 죽지 않으려고 필사적으로 자신을 방어한 일이었다. 스스로를 힘없이 위협당하는 왜소한 존재라고 인식하면서도 최후의 안간힘을 짜내서 죽음에 끝까지 저항하며 투쟁을 벌였던 일, 그런 아름답고도 소름끼치는 힘과 생명의 집념이 자신에게 있음을 느낀 일. 그 체험은 여운을 남겼다. 그 체험은 쾌락에 전율하는 몸짓과 표정이나 마찬가지로 골드문트의 가슴에 깊이 아로새겨졌다. 출산 혹은 죽음을 맞이하는 인간의 표정이 열락에 몸부림치는 표정과 너무도 흡사하지 않았던가. 아이를 낳는 여자의 비명이, 그녀의 뒤틀린 얼굴이 얼마나 새롭던지! 쓰러지는 빅토르의 몸에서 그의 피가 조용하고도 빠르게 흘러나오던 일은 얼마나 새롭던지! 그 자신은 어떤가. 굶주림에 사경을 헤매던 며칠 동안 그의 주위를 어슬렁거리는 죽음을 실제로 느끼지 않았던가. 굶주림은 얼마나 혹독했으며, 온몸을 꽁꽁 얼어붙게 한 추위는 얼마나 극심했던지! 그런데도 그는 포기하지 않고 싸웠고, 죽음의 콧잔등을 후려갈겼으며, 죽음의 공포에 짓눌리면서도 이글거리는 쾌감을 느끼며 저항하고 또 저항하지 않았는가! 이보다 더욱 강렬한 체험은 원칙상 불가능해 보였다. 아마도 나르치스에게라면 이 체험을 이야기할 수 있을 것 같았다. 하지만 다른 사람에게라면 불가능하다.

마구간 짚더미에서 정신을 차린 골드문트는 주머니 속의 금화가 사라진 것을 알았다. 굶주림에 지치다 못해 반쯤 혼수상태로 마구 헤매던 지난 며칠 극심한 고통 속에서 어딘가에 흘린 것일까? 그는 한참 동안이나 기억을 되살리려고 애를 썼다. 그 금화는 그에게 소중했다. 이렇게 잃어버리고 싶지 않았다. 돈 자체는 의미 없었고, 심지어 금화의 정확한 액수도 모르고 있었다. 하지만 금화는 두 가지 큰 의미가 있었다. 뤼디아의 선물 중에서 털셔츠는 피에 흠뻑 젖은 채 빅토르와 함께 숲속에 누워 있으므로 유일하게 남은 물건이 금화이기 때문이다. 그는 그 금화를 빼앗기지 않으려고 빅토르에게 덤벼들었고 금화 때문에 피치 못하게 빅토르를 죽였다. 그런데 금화를 잃어버린 거라면 소름끼치는 그날 밤이 무의미해지는 셈이다. 오랫동안 고심하던 골드문트는 농가의 아낙에게 물어보기로 했다.

"크리스티네." 그는 가만히 속삭였다. "내 주머니에 금화가 들어 있었는데, 지금 보니 없어졌네요."

"아이구, 이제 알아차리셨군요?" 그녀는 묘하게 예쁜, 동시에 뭔가 속셈이 있는 듯한 간드러진 미소를 지으며 되물었다. 그녀의 미소에 황홀해진 골드문트는 아직 몸이 허약한데도 불구하고 팔을 뻗어 그녀를 껴안았다.

"당신은 정말 이상한 사람이야." 그녀가 애교스럽게 말했다. "머리 좋고 똑똑한 것 같은데 한편으로는 멍청하기 짝이 없으니! 주머니에 그런 금화를 쓱 집어넣고 덜렁덜렁 온 사방을 돌아다녀요? 천하의 어리숙한 양반, 귀여워 죽겠어! 당신 금화는 첫날 당신을 여기 눕힐 때 벌써 내가 발견했다구요."

"당신이? 그래서 지금 어디 있는데요?"

"한번 찾아봐요." 여자는 웃었다. 그녀는 금화를 찾으려고 한참 동안 여기저기 뒤지는 골드문트를 구경만 하다가 나중에야 그의 웃옷 한 부위, 자신이 금화를 꿰매놓은 곳을 가리켰다. 그러면서 어머니처럼 자상하게 이런저런 조언을 아끼지 않았다. 골드문트는 그녀가 해준 조언은 금세 잊었지만 그녀의 다정함과 친절, 평범한 농부 아낙네의 얼굴에 떠오르던 간드러진 웃음은 영영 잊지 못했다. 그는 최대한 노력해서 감사의 마음을 전했다. 얼마 지나지 않아 체력을 회복한 그가 다시 방랑을 떠나려 하자 그녀가 말렸다. 지금은 달이 바뀌는 시기라 며칠 지나면 분명 날이 따뜻해질 거라면서. 그녀의 말이 맞았다. 그가 마침내 길을 나섰을 때, 눈은 회색으로 질척이며 녹아내렸고 공기는 축축한 습기로 무거웠다. 온기를 품은 바람이 공중에서 낮게 신음소리를 냈다.

10장

강물은 다시 얼음을 흘려보내고, 겨우내 썩은 나뭇잎 아래서는 제비꽃 향기가 피어올랐다. 골드문트는 다시 꽃피는 계절을 방랑하며 숲과 산과 구름을 아무리 봐도 싫증을 모르는 눈동자 속에 마음껏 담았다. 농가에서 농가로, 마을에서 마을로, 이 여자에게서 저 여자에게로 떠돌았다. 어느 집 창문 아래서 암담하고 서글픈 심정으로 웅크린 채 보냈던 추운 저녁도 많았다. 창 안쪽에서는 등불이 환하게 타올랐고, 불그스름한 불빛은 그가 가닿을 수 없는 온갖 다정한 것들, 행복, 고향, 지상의 평화를 은은하게 비추었다. 자신이 잘 알고 있다고 생각한 것들이 자꾸만 반복해서 나타났고, 매번 나타날 때마다 다르게 보였다. 들판과 황무지 혹은 돌투성이 길에서의 기나긴 방랑, 여름날 숲속에서의 잠, 이 마을 저 마을을 어슬렁거리며 건초 작업이나 홉 추수를 끝낸 후 손에 손을 잡고 집으로 돌아가는 젊은 처녀들을 따라다닌 일, 가을의 첫 추위, 혹독한 첫 서리의 기억, 모든 것이 다시 나타났다. 한 번, 두 번, 무수히 반복해서 화려한 색채의 끝없는 이미지로 그의 눈앞을 스쳐 지나갔다.

많은 비와 많은 눈을 고스란히 맞았던 어느 날 골드문트는 듬성듬성 서 있는 너도밤나무들이 어느새 연녹색 새싹을 틔우는 숲을 가로질러 산 위로 올라갔고, 위쪽 산마루에서 아래를 내려다보았다. 넓게 펼쳐진 새로운 풍경을 발견한 그의 눈동자는 기쁨으로 빛났고, 심장은 갖가지 예감과 꿈틀대는 욕망, 희망의 물결로 터질 듯했다. 며칠 전부터 그는 이 고장이 가까워짐을 알고 있었기에 기대감이 컸다. 그런데 지금 이 한낮, 급작스럽게 눈앞에 나타난 것이다. 이 지역과 첫 대면하는 순간 눈 속으로 들어온 인상은 그의 기대를 충족시켰을 뿐만 아니라 더욱 강하게 만들었다. 회색빛 나무줄기와 바람에 부드럽게 흔들리는 가지 사이로 갈색과 초록이 섞인 골짜기가 내려다보였다. 골짜기 한가운데는 널찍한 강물이 푸르스름한 유리처럼 반짝이며 흘러갔다. 이제 한동안은 길도 없는 황무지나 숲을 고독하게 헤매면서 어쩌다가 한 채씩 서 있는 농가나 초라한 작은 마을 정도나 마주치는 방랑은 없겠다는 생각이 들었다. 저 아래에서 흐르는 강을 따라 제국에서 가장 아름답고 가장 유명한 길이 이어졌다. 강가에는 풍요롭고 비옥한 토지가 있었고 뗏목과 보트가 강물 위를 지나다녔다. 저 길을 따라가면 아름다운 마을과 성, 수도원, 부유한 도시들이 있으며, 누구나 원한다면 저 길을 따라서 몇 날이고 몇 주일이고 여행하는 것도 가능했다. 초라한 시골길처럼 가다보면 갑자기 숲으로 들어서거나 습지의 갈대밭에서 길을 잃어버릴 염려는 없었다. 뭔가 새로운 세계가 열린 것이다. 그는 매우 기뻤다.

그날 저녁에 벌써 골드문트는 한 아름다운 마을에 당도했다. 마을은 마차가 다니는 길가의 붉은 포도밭 비탈과 강물 사이에 있었다. 합각지붕을 인 집들은 밖으로 드러난 목조 들보를 붉게

칠했고, 아치형 성문과 돌계단으로 된 골목길이 보였다. 작업 중인 대장간에서 이글거리는 불꽃이 거리에 붉은빛을 던졌으며 맑고 높은 망치질 소리가 울려 퍼졌다. 새로 도착한 방랑자는 호기심에 차서 이 골목 저 골목을 기웃거렸고 술집 입구에서는 코를 킁킁거리며 술통과 포도주의 냄새를, 강가에서는 서늘하고 비릿한 강물 냄새를 맡았다. 예배당과 묘지를 돌아보았고, 밤에 숨어들어갈 만한 괜찮은 헛간을 물색하는 일도 소홀히 하지 않았다. 하지만 그전에 사제관을 찾아가 먹을 것을 부탁할 생각이었다. 붉은 머리에 살이 통통하게 찐 신부는 골드문트에게 이것저것 캐물었고, 그는 감출 만한 것은 감추고 그렇지 않은 것은 멋지게 부풀려서 자신의 신상을 이야기해주었다. 그는 친절한 응대를 받았고 좋은 음식과 포도주를 대접받은 뒤 주인과 기나긴 대화로 저녁시간을 보내야 했다. 다음날 계속 방랑에 나선 그는 강가의 길을 따라서 걸었다. 강에는 뗏목과 작은 화물선들이 운항하고 있었다. 그는 탈것들을 따라잡을 때도 있었는데, 상당수는 그를 일정 구간 태워주기도 했다. 봄날은 찬란하고 빠르게 흘러갔다. 마을과 작은 도시들이 그를 맞았으며, 여자들은 정원 울타리 너머에서 미소를 짓거나 꿇어앉아서 갈색의 흙에 화초를 심었다. 저녁이면 마을 골목길에서 소녀들이 노래를 불렀다.

어느 방앗간에서 만난 하녀가 매우 마음에 들었으므로 그는 그 동네에서 이틀을 머물면서 그녀 주변을 맴돌았다. 그녀는 그를 보고 잘 웃었고 농담도 즐겁게 주고받았다. 이곳에서 영원히 머물면서 방앗간 일꾼으로 살아도 좋겠다는 생각이 들 정도였다. 그는 어부들과 어울렸고, 마부들을 도와 말에게 먹이를 주거나 털을 빗겨주고 그 대가로 빵과 고기를 얻었으며 마차를 얻어 타기도 했다. 그토록 오랫동안 홀로 보내다가 이렇게 함께 어울리는 여행을 해보고, 오랫동안 홀로 생각에 잠기다가 말 많고 유쾌한 사람들에게 둘러싸여 명랑하게 지내고, 오랫동안 굶주림에 시달리다가 매일매일 풍성한 음식을 배불리 먹으니 그는 아주 기분이 좋아서 즐거움의 파도에 기꺼이 자신을 맡겼다. 파도는 그를 싣고 갔다. 주교가 있는 도시에 가까워질수록 길은 더욱 붐비고 더욱 시끌벅적해졌다.

어느 마을에 도착한 그는 막 밤이 내린 시각, 어느새 잎이 돋아난 나무들 아래 물가로 산책을 나갔다. 강물은 고요하고도 힘차게 흘렀다. 나무뿌리 아래를 지나는 물살은 찰랑거리며 한숨을 쉬었다. 언덕 위로 떠오른 달이 강물을 비추었고 나무들은 달빛에 그림자를 드리웠다. 강가에 소녀가 앉아 울고 있었다. 소녀는 애인과 말다툼을 벌였는데 애인이 홀로 남겨두고 가버린 것이다. 골드문트는 소녀 옆에 앉아서 하소연을 들어주었다. 그녀의 손을 쓰다듬으며 숲 이야기, 노루 이야기를 들려주면서 위로했다. 그러자 기분이 나아진 소녀는 살짝 웃기까지 했고, 그가 입맞춤을 해도 가만히 있었다. 그런데 그때 소녀의 애인이 되돌아왔다. 마음을 가라앉히고 보니 싸운 것이 후회되었기 때문이다. 그는 소녀 곁에 앉아 있는 골드문트를 보자마자 덤벼들었고 주먹으로 마구 때렸다. 골드문트도 있는 힘껏 대항했고 마침내 그를 물리칠 수 있었다. 그는 욕설을 퍼부으며 마을 쪽으로 달아났다.

소녀는 진즉에 자리를 피해버렸다. 하지만 그가 다시 오지 않는다는 보장이 없었기에 골드문트는 마련해둔 잠자리를 버리고 거의 밤새도록 달빛 가득한 숲속, 침묵하는 은빛 세계를 관통하여 계속해서 걸었다. 그는 자신의 다리가 튼튼한 것이 만족스럽고 기뻤다. 이슬에 젖어 신발의 흰 먼지가 씻겨나갈 지경이 된 다음에야 갑작스러운 피곤을 느낀 그는 가까운 나무 아래 자리를 잡고 누워 잠이 들었다. 날이 밝은지 한참이나 지나서 뭔가가 얼굴을 간질이는 느낌에 그는 문득 깨어났다. 하지만 여전히 잠에 취해 있는 상태에서 손으로 얼굴을 문지르면서 다시 잠에 빠져 들어갔다. 하지만 또 다시 간지러움이 반복되었으므로 결국 잠에서 완전히 깨었다. 그의 곁에는 농가의 하녀가 서 있었다. 하녀는 그의 얼굴을 들여다보면서 버들가지 끄트머리로 살살 간지럽히고 있었다. 골드문트는 비틀거리면서 몸을 일으켰고, 두 사람은 미소와 함께 고개를 끄덕이며 인사를 주고받았다. 그녀는 그를 데리고 어느 창고로 갔다. 거기가 잠자기에는 나을 거라면서. 두 사람은 그곳에서 잠을 잤다. 함께 나란히 누워서. 잠시 후 그녀는 어디론가 가더니 조그만 통에 우유를 가득 담아왔다. 방금 짜낸 따끈한 우유였다. 그는 그녀에게 푸른색 리본을 선물했다. 얼마 전 골목길에서 주운 물건이었다. 다시 한 번 서로 입을 맞춘 후, 그는 떠났다. 그녀의 이름은 프란치스카였다. 그녀를 두고 떠나려니 마음이 아팠다.

그날 저녁 골드문트는 어느 수도원에서 잠자리를 구했고 다음 날 아침 미사에 참석했다. 이상한 일이었다. 수천 가지의 기억이 순식간에 의식의 표면으로 한꺼번에 떠올랐다. 둥근 천장에서 풍기는 서늘한 돌의 냄새, 타일 바닥을 달그락거리는 슬리퍼 소리가 고향의 추억을 불러일으키며 그를 사로잡았다. 미사가 끝나고 교회 안이 고요해졌으나 골드문트는 여전히 무릎을 꿇은 채로 앉아 있었다. 그의 심장은 기이하게 두근거렸다. 지난 밤 그는 많은 꿈을 꾸었다. 어떻게든 자신의 과거로부터 놓여나고 어떻게든 삶을 변화시키고 싶었다. 왜인지는 몰랐다. 아마도 마리아브론 수도원의 기억이, 경건했던 소년 시절의 기억이 살아나는 바람에 마음이 흔들린 탓이리라. 고해를 하고 싶었다. 정화되고 싶었다. 무수하게 저지른 조그만 죄악들, 자질구레한 악덕들을 고백해야 했다. 하지만 무엇보다도 자신의 손으로 저지른 빅토르의 죽음이 가장 무겁게 가슴을 짓누르고 있었다. 그는 신부를 찾아서 고해를 바쳤다. 이런저런 죄를, 특히 가엾은 빅토르의 목과 등에 칼을 찌른 일을 모두 고백했다. 아, 얼마나 오랫동안 고해를 하지 않았단 말인가! 그가 저지른 죄의 분량과 정도가 너무도 심각해 보였다. 그는 어떤 중벌이라도 달게 받을 각오가 되어 있었다. 하지만 고해신부는 방랑자의 삶이 어떤지 아는 듯했다. 큰 놀라움 없이 차분하게 그의 고백을 듣더니 진지하면서도 친절한 말로 질책하고 경고했지만 심각한 저주를 내릴 생각은 하지 않았다.

마음이 가벼워진 골드문트는 신부가 시킨 대로 제단에서 기도를 올리고 교회를 나가려고 했다. 그때 창으로 햇살이 비쳐들었고, 무심코 햇살을 좇던 골드문트의 눈에 측면 기도실에 서 있는 조각상이 들어왔다. 조각상은 마치 그에게 말을 거는 듯했다. 완전히 사로잡힌 그는 황홀한 눈빛으로 그곳으로 향했고, 감동에 푹 빠진 채 정신없이 조각상을 바라보았다. 그것은 나무를 깎아 만든 성모상이었다. 더없이 우아하고 부드러운 자태로 몸을 살짝 기울인 성모상의 가냘픈 어깨에는 푸른 망토가 늘어뜨려져 있고, 소녀의 것처럼 고운 손은 쭉 뻗었으며, 고통이 어린 입과 응시하는 눈동자, 동그렇게 솟은 사랑스러운 이마, 이런 모습들이 얼마나 살아 있는 듯 생생한지, 너무도 아름다우며 너무도 진실했고, 정말로 영혼이 깃들어 살아 숨 쉬는 듯했다. 그는 지금까지 한 번도 이런 성모상을 본 기억이 없었다. 성모상의 입을, 사랑스럽고 은밀한 목의 굴곡을 아무리 오래 바라보고 또 바라보아도 싫증나지 않았다. 꿈속에서 혹은 막연한 예감 속에서 자주 만났고 항상 그리워했던 어떤 존재가 실제로 거기 서 있는 것 같았다. 몇 번이나 그는 걸음을 떼려고 했으나 조각상은 그를 다시 붙잡아 자신 앞으로 끌어당기곤 했다.

마침내 그가 결국 자리를 뜨려는 찰나, 그의 뒤에는 조금 전 그의 고해를 들어준 신부가 서 있었다.

"저것이 마음에 드나보군?" 그가 자애로운 어조로 물었다.

"말도 못하게 좋습니다." 골드문트가 대답했다.

"그렇다는 사람들이 많아." 신부가 말했다. "하지만 반대로 말하는 사람들도 많지. 이건 진짜 성모상이 아니라는 거야. 너무 새로운 형식이고 세속적인 모양이라는 거지. 과장도 많고 진정한 모습과는 닮지 않았다고 말일세. 이 문제로 논쟁이 벌어지기도

해. 그런데 자네가 마음에 들어 한다니 나도 기쁘다네. 성모상이 예배당에 온 건 일 년 전일세. 교회의 후견자가 기증한 거지. 명장 니클라우스가 만든 작품이라네."

"명장 니클라우스라구요? 그게 누굽니까? 어디 사나요? 신부님은 그를 아십니까? 오 제발, 제발 좀 가르쳐주세요! 누군지는 몰라도 이런 뛰어난 작품을 만들다니 대단한 축복을 타고난 사람이 분명해요."

"나도 잘은 몰라. 이 지역 주교좌 도시에 사는 조각가라는 정도만 안다네. 여기서 하루에 갈 수 있는 곳이지. 예술가로 명성이 드높은 사람이야. 예술가들은 대개 성자와는 거리가 멀지. 그도 성자는 아닐 거야. 하지만 천부적인 재능이 있고 뛰어난 정신을 가진 건 분명해. 나는 그를 여러 번 보았는데……."

"오, 그를 본 적이 있다구요? 세상에, 그 사람은 어떻게 생겼나요?"

"젊은이, 자네는 보아하니 그에게 완전히 빠져버렸구먼. 그를 찾아가보게. 그리고 보니파치우스 신부가 안부 묻는다는 말도 전해주고."

골드문트는 뛸 듯이 기뻐하며 신부에게 감사의 인사를 했다. 신부가 미소를 지으며 자리를 뜬 다음에도 골드문트는 한참을 더 신비한 성모상 앞에 서 있었다. 성모상의 가슴은 실제로 숨을 쉬는 것 같았고, 얼굴 표정은 고뇌와 달콤함이 절묘하게 공존해서 그걸 바라보는 골드문트의 가슴이 절절함에 조여드는 것만 같았다.

그는 다른 사람이 되어 교회 밖으로 나왔다. 그의 발걸음이 닿는 세상도 완전히 달라져 있었다. 어여쁘고도 성스러운 나무 조각상 앞에 선 이후로 골드문트는 지금껏 한 번도 갖지 못했던 무언가를 갖게 되었다. 다른 이들을 보면서 비웃거나 부러워하기만 했던 것, 바로 목표였다! 그는 목표가 생겼다. 아마도 그 목표를 이룰 것이다. 그의 망가진 삶 전체는 다시금 높은 의미와 가치를 얻게 될 것이다. 새로운 감정은 그를 기쁨과 경외심으로 설레게 했고 그의 발걸음에 날개를 달았다. 그가 걸어가는 아름답고 밝은 시골길은 어제의 그 길이 아니었다. 더 이상 흥겨운 광장이자 편안한 안식처가 아니었다. 이제 이 길은 단지 하나의 길일뿐이었다. 도시로 가는 길, 명장에게로 가는 길. 그는 서둘러 달렸다. 저녁이 되기 전에 주교좌 도시에 도착했다. 도시의 성벽 뒤로 위엄 있게 솟은 탑들이 보였고 성문에는 도시의 문장이 그림으로 새겨져 있었다. 두근거리는 가슴을 안고 그는 걸음을 옮겼다. 사방에서 들려오는 소음과 골목길의 흥겨운 왁자지껄함, 말 탄 기사들, 마차에는 거의 신경 쓰지 않았다. 지금 그에게 중요한 것은 기사도 마차도 도시도 주교도 아니었다. 그는 성문을 들어서면서 처음 만난 사람을 붙들고 명장 니클라우스의 집이 어디냐고 물었다. 그런데 그 사람이 니클라우스를 몰라서 크게 실망했다.

골드문트는 웅장한 집들로 둘러싸인 광장으로 들어섰다. 색을 칠하고 조각품들로 장식한 멋진 집들이 많았다. 어느 집 대문에는 호탕한 웃음을 터트리는 용병 조각상이 커다랗고 위풍당당하게 서 있었다. 그것은 교회에서 본 성모상만큼 멋지지는 않았으나 장딴지를 돌출시킨 자세로 서서 수염 난 턱을 세상을 향해 쭉 뻗은 스타일로 미루어 같은 명장이 만든 것일지도 모르겠다는 생각이 들었다. 그는 집 안으로 들어갔다. 현관문을 두드리고 계단을 올라가서야 비로소 모피를 댄 빌로드 재킷을 입은 남자와 마주쳤다. 골드문트는 그에게 어디 가면 명장 니클라우스를 만날 수 있느냐고 물었다. 그러자 남자는 명장에게 무슨 볼일이 있느냐고 되물었고, 골드문트는 화가 나는 것을 꾹 억누른 채 명장에게 심부름을 가는 길이라고 대답했다. 남자는 명장이 사는 골목을 가르쳐주었다. 사람들에게 물어물어 그 골목을 찾아갔을 때는 밤이었다. 불안으로 가슴을 졸이며, 한편으로는 행복감에 들떠서 골드문트는 명장의 집 앞에 서서 창을 올려다보았다. 마음 같아서는 당장이라도 들어가고 싶었다. 하지만 지금은 시간이 너무 늦었고, 하루 종일 걷고 돌아다니느라 온몸이 땀과 먼지 투성이라는 사실을 떠올리고는 참기로 했다. 하지만 그는 한참 동안이나 집 앞에 서 있었다. 그가 막 자리를 뜨려는 순간, 창 하나가 환하게 밝아오더니 사람의 형상이 창가에 나타났다. 눈부시게 아름다운 금발의 소녀였다. 소녀의 머리카락 사이로 뒤편 램프의 불빛이 은은하게 흘러나왔다.

다음날 아침 도시가 잠에서 깨어나 하루의 소음이 시작될 즈음, 골드문트는 지난밤에 묵었던 수도원에서 얼굴과 손을 씻고 옷과 신발의 먼지를 턴 후 다시 그 골목을 찾아가 문을 두드렸다. 하녀가 나왔지만 골드문트를 명장에게 대뜸 안내해주지는 않았

213

다. 그러나 골드문트는 늙은 하녀의 마음을 간신히 돌려놓았고, 결국 하녀는 그를 집 안으로 들였다. 작업장인 조그만 홀에 명장이 앞치마 차림으로 서 있었다. 수염을 기르고 키 큰, 마흔 살이나 쉰 살쯤 되어 보이는 남자였다. 그는 연한 푸른색 눈동자로 낯선 방문객에게 날카로운 시선을 던지며 무슨 일이냐고 짤막하게 물었다. 골드문트는 보니파치우스 신부의 안부를 전했다.

"그게 전부인가?"

"선생님." 골드문트는 가쁘게 숨을 몰아쉬며 말했다. "선생님의 성모상 작품을 수도원에서 보았습니다. 아, 그런데 저를 너무 험상궂게 쳐다보지는 말아주세요. 저는 순전히 사랑과 숭배의 마음에 끌려 이곳에 온 겁니다. 저는 겁내지 않아요. 오랫동안 방랑 생활을 했습니다. 숲과 눈과 굶주림의 맛을 잘 알고 있죠. 제가 두려워할 사람은 하나도 없습니다. 하지만 지금 선생님 앞에서 저는 두렵습니다. 아, 정말로 큰 소원이 있기 때문입니다. 제 가슴은 온통 그 생각으로 터질 듯합니다. 아프고 힘들 정도로 열렬합니다."

"도대체 무슨 소원인데 그러나?"

"선생님의 견습생이 되고 싶어요. 선생님께 배우고 싶습니다."

"그런 소원을 갖고 찾아온 게 자네 하나만은 아니야. 하지만 난 견습생을 두지 않네. 조수라면 두 명이나 있고. 그런데 자네 어디 출신인가? 부모님은 어떤 분이지?"

"전 부모님이 없습니다. 저는 고향도 없어요. 어느 수도원의 학생으로 있었습니다. 거기서 라틴어와 그리스어를 배웠죠. 그리고 도망쳤습니다. 이후로 오늘까지 몇 년 동안이나 방랑자로 살았어요."

"그런데 왜 조각가가 되어야겠다는 건가? 예전에도 비슷한 일을 해본 적이 있나? 스케치는 갖고 있나?"

"예전에 스케치를 많이 그리곤 했습니다. 하지만 지금은 하나도 없어요. 그래도 왜 조각을 배우고 싶은지 설명드릴 수 있어요. 저는 많은 생각을 했습니다. 많은 얼굴과 형상을 보았고 그것들에 대해 곰곰이 생각하고 또 생각했습니다. 그 생각 중 일부는 사라지지 않고 남아서 자꾸만 저를 괴롭히곤 했죠. 어떤 하나의 형상에 특정한 모양이나 선이 되풀이해서 나타난다는 것이 흥미를 끌었습니다. 예를 들면 어떤 이마는 무릎과, 어떤 어깨는 엉덩이 곡선과 일치하는 식이죠. 결국 모든 형상은 고유한 본질을 파고들면 각 인간의 본성이나 기질과 일치합니다. 바로 그런 무릎을 가지고 그런 어깨와 이마를 가진 인간의 본성이나 기질과 말입니다. 어느 날 밤 우연히 해산하는 산모를 돕다가 우연히 또 다른 사실을 발견하기도 했습니다. 극한의 고통과 최고의 쾌락은 매우 흡사한 방식으로 표현된다는 것입니다."

명장은 낯선 방문객을 뚫어지게 쳐다보았다. "자네가 하는 말이 무슨 의미인지, 잘 알고는 있겠지?"

"그렇습니다, 선생님. 바로 그런 표현을 저는 선생님이 만든 성모상에서 발견하고 환희와 충격에 떨면서 여기까지 달려온 것입니다. 성모상의 곱고도 아름다운 얼굴에 얼마나 지독한 고통이 스미어 있던지요. 동시에 모든 고통이 순수한 행복과 미소로 바뀌어서 존재했습니다. 그 얼굴을 본 순간, 제 몸은 그야말로 불덩이에 관통당한 것 같았습니다. 수년 동안 사색하고 꿈꾸던 것이 비로소 실증된 겁니다. 더 이상 제 꿈은 헛된 몽상만은 아니었습니다. 이제 무엇을 해야 할지, 어디로 가야 할지를 알았습니다. 니클라우스 선생님, 진심으로 간청하니 제발 저를 받아주세요!"

니클라우스는 딱딱한 표정을 전혀 바꾸지 않은 채 가만히 듣고만 있었다.

"젊은이." 마침내 그가 입을 열었다. "예술에 대해 참 얘기를 잘하는군. 게다가 쾌락과 고통에 대해 통찰력 있는 말을 하다니, 자네 나이를 생각할 때 정말이지 놀라워. 언제 저녁 때 자네와 함께 포도주 한잔하면서 그런 이야기를 나눌 수 있다면 기쁘겠네. 하지만 알아둬. 함께 교양 있는 이야기를 기분 좋게 나눈다고 해서 몇 년이나 함께 살면서 작업할 수 있다는 뜻은 절대 아니란 걸. 이곳은 작업장이야. 일하는 곳이지 잡담을 나누는 곳이 아니란 말일세. 이곳에서는 생각으로 창안하고 말로 표현하는 것들은 통하지 않아. 오직 손으로 만들어내는 것, 그것만이 중요하지. 자네가 아주 진지해 보이니 이대로 돌려보내지는 않겠네. 할 줄 아는 게 뭔지 보겠어. 점토나 밀랍으로 뭔가를 빚어본 적이 있나?"

즉시 골드문트는 오래전 꿈속에서 자신이 빚은 작은 점토 형상들이 일어서서 거인처럼 자라났던 것을 기억했다. 하지만 꿈 이야기는 꺼내지 않았고, 아직 그런 작업은 해본 적이 없노라고만 말했다.

"좋아. 그렇담 스케치를 해보게나. 저기 탁자가 있어. 종이와 목탄도 보이지? 앉아서 그려봐. 천천히 하게. 점심때까지, 아니 저녁때까지 있어도 좋아. 그때쯤이면 자네가 어떤 일에 쓸모가 있는지 알게 되겠지. 이제 말은 충분히 했으니 난 작업을 하겠네. 자네도 시작하게."

골드문트는 니클라우스가 가리킨 작업용 탁자 앞 의자에 앉았다. 그는 서두르지 않았다. 처음에는 겁먹은 학생처럼 아무것도 하지 않고 가만히 앉아서, 호기심과 애정이 어린 시선으로 명장을 뚫어져라 바라보기만 했다. 니클라우스는 절반쯤 등을 돌린 채 흙으로 작은 인물상을 빚는 일을 계속했다. 골드문트는 주의 깊게 그의 일을 지켜보았다. 회색으로 변하기 시작한 머리가 엄격한 인상을 주는 딱딱하지만 기품 있는 장인의 손에는 영혼이 서려 있었다. 그의 모습은 우아한 마력을 풍겼지만, 원래 골드문트가 상상하던 명장의 모습과는 좀 달랐다. 더 나이 들고 더 겸손했으며 더 냉철한 반면 마음을 휘어잡는 광채나 매혹은 훨씬 덜했고 전혀 행복해하지 않았다. 명장이 자신의 작업에만 몰두하고 있는 동안 무자비하게 훑어보는 시선에서 놓여난 골드문트는 그의 모습을 주의 깊게 관찰했다. 이 사람은 어쩌면 학자일 수도 있겠다는 생각이 들었다. 이미 그를 앞선 수많은 이들이 시작했고 언젠가는 그도 후대에게 넘겨주어야 할 작업에, 끈질기고 오래 살아남으며 영영 종결되지 않을 작업에, 수많은 세대의 노동과 헌신을 담고 있는 작업에 자신을 완전히 바치는 조용하고 엄격한 연구자 말이다. 그렇게 관찰하면서 골드문트는 명장이 머리에 담고 있는 내용을 최소한 어느 정도는 읽어냈다. 지극한 인

217

내심, 방대한 학식과 사고, 인간이 행하는 일의 가치를 회의할 줄 아는 무한한 겸손. 하지만 거기에는 자신의 사명에 대한 믿음도 엿보였다. 그런데 그의 손이 말하는 언어는 또 달랐다. 그의 손과 머리는 서로 모순되는 것을 주장했다. 손은 확고하고도 예민한 손가락으로 흙을 주물러 모양을 빚었는데, 그건 마치 사랑하는 남자에게 몸을 내맡긴 여자를 다루는 손길과도 같았다. 사랑에 취해서, 섬세하게 떨리는 충만한 감각으로, 탐욕스럽게, 하지만 주는 것과 받는 것을 전혀 구분하지 않으며 관능적이면서도 경건하게, 그리고 태고의 근원적 경험에서 우러나온 듯 확실하고 장인다운 솜씨로. 골드문트는 황홀한 감동을 느끼며 은총을 부여받은 손놀림을 주시했다. 얼굴과 손 사이의 모순이 그를 얼어붙게 만들지만 않았더라면, 정말이지 골드문트는 그 자리에서 명장을 스케치하고 싶었다.

한 시간도 넘게 작업하는 예술가를 지켜보면서 이 남자의 비밀을 탐색하느라 골똘히 생각에 빠져 있다보니 골드문트의 내부에서 서서히 새로운 형상이 그려지면서 마음의 눈으로 그것이 보이기 시작했다. 누구보다도 골드문트 자신이 잘 알고 있는 인간, 너무도 사랑했으며 깊이 경탄했던 인간의 형상이었다. 비록 다양한 특징을 지녔고 수많은 싸움을 연상시키는 모습이었으나 형상에는 단절이나 모순이 없었다. 그것은 벗 나르치스의 모습이었다. 형상은 점점 응축되면서 통일성과 전체성을 갖추었고, 사랑하는 이의 내면의 법칙이 점점 선명하게 모습으로 드러났다. 정신으로 형성된 고상한 머리, 정신의 복무로 바싹 긴장된 기품과 절제의 아름다운 입, 어느 정도 슬픈 눈동자, 오직 정신을 위한 투쟁으로 인해 살아 있는 앙상한 어깨, 긴 목, 우아하고 기품 있는 손. 그날 그들이 수도원에서 작별한 이후, 골드문트는 벗의 모습을 이렇게 생생하게, 벗의 이미지를 이처럼 온전하게 그려 본 적이 없었다.

마치 꿈을 꾸듯이 의지가 아닌 마음을 가득 채운 불가항력에 이끌려 골드문트는 조심스럽게 스케치를 시작했다. 애정이 넘치는 손길로 경외심을 담아 마음속에 살아 있는 인물을 그려나갔다. 그는 명장을 잊었고 자기 자신을 잊었고 자신이 있는 장소를 잊었다. 그는 작업장을 채운 햇빛이 점차 이동하는 것을 보지 못했고, 명장이 그를 여러 번이나 건너다본 것도 알지 못했다. 오직 봉헌의 자세로 자신의 숙명이 되어버린 과제, 그의 심장을 자신에게 되돌려준 과제를 완수했다. 지금 그의 마음속에 살아 있는 벗의 형상을 높이 드러내고 보존하는 과제를 완수했다. 처음에는 그럴 생각이 아니었지만, 어느덧 골드문트는 이 작업이 빚을 갚는 행위, 감사의 보답을 하는 행위라고 느끼게 되었다.

니클라우스가 작업 탁자로 다가와서 말했다. "점심 먹을 시간이야. 나는 식사하러 가겠네. 자네도 함께 가도 좋아. 그림 좀 볼까? 뭘 좀 그렸나?"

골드문트의 뒤로 다가간 니클라우스는 커다란 종이를 들여다보았다. 그는 골드문트를 옆으로 비키게 하고는 노련한 손동작으로 종이를 신중하게 챙겨들었다. 몽상에서 깨어난 골드문트는 불안과 기대의 심정으로 명장을 바라보았다. 두 손으로 종이를 들고 선 명장은 엄격한 연푸른색 눈동자에 날카로운 빛을 담아 아주 꼼꼼하게 스케치를 살펴보았다.

"여기 그린 사람이 누구인가?" 니클라우스가 물었다.

"내 벗입니다. 젊은 수도사이면서 학자죠."

"알았네. 마당에 가면 샘이 있으니 손을 씻도록 해. 그다음 식사를 하지. 오늘은 조수들이 없어. 외부에서 일하고 있거든."

골드문트는 니클라우스의 말을 따랐다. 마당으로 나가 샘을 찾았고 손을 씻었다. 명장의 생각을 알기 위해서라면 무슨 짓이든지 할 것 같았다. 골드문트가 돌아오니 그는 보이지 않았다. 옆 방에서 그가 분주하게 움직이는 소리가 들렸다. 다시 나타난 명장은 깨끗하게 몸을 씻고 작업용 앞치마 대신 멋진 천의 겉옷을 입고 있었다. 그렇게 차리니 위엄 있고 점잖아 보였다. 그가 앞장서서 계단을 올라갔다. 호두나무 난간이 시작되는 지점에는 작은 천사 머리가 조각되어 있었다. 오래되거나 새것인 조각상들이 즐비한 복도를 지나 아늑한 방으로 들어섰다. 바닥과 벽과 천장이 단단한 재질의 목재로 이루어진 방의 창가에는 식탁이 마련되어 있었다. 한 처녀가 방으로 달려들어왔다. 골드문트는 처녀의 얼굴이 낯익었다. 그녀는 어젯밤 창가에 나타났던 아름다운 소녀였다.

"리즈베트." 명장이 말했다. "식기 한 벌을 더 가져와라. 손님을 데려왔으니까. 이 사람은, 이런, 아직 자네 이름도 모르는군."

골드문트가 이름을 말했다.

"그래 골드문트. 식사는 준비된 거지?"

"금방 드실 수 있어요, 아버지."

그녀는 접시를 가져왔고, 다시 나가서는 하녀와 함께 들어왔다. 하녀가 돼지고기, 콩, 흰 빵을 식탁에 차렸다. 밥을 먹는 동안 아버지와 딸은 이런저런 대화를 나누었다. 골드문트는 입을 다물고 있었다. 음식을 약간 먹었는데, 기분은 불안하고 갑갑했다. 그는 소녀가 무척 마음에 들었다. 당당하고 아름다운 용모였다. 거의 아버지만큼이나 키가 컸다. 하지만 단정하게 앉아 있는 자세는 유리벽 뒤편의 사람처럼 조금의 접근도 허락하지 않았으며, 낯선 손님에게 말을 걸지도 시선을 주지도 않았다.

식사가 끝나자 명장이 말했다. "나는 반 시간 정도 쉬겠네. 작업장으로 가든가 아니면 바깥을 한 바퀴 돌고 오게나. 그다음 우리 일을 의논하지."

골드문트는 인사를 하고 밖으로 나갔다. 명장이 그의 그림을 본 지 한 시간이 지났다. 그러나 그림에 대해 한마디 언급도 해주지 않았다. 그런데 지금, 또 반 시간을 기다리란 말인가! 하지만 선택의 여지가 없으므로 그는 기다렸다. 작업장으로 돌아가지는 않았다. 자신의 그림을 다시 보고 싶지 않았다. 그는 마당으로 가서 샘가에 앉아 관에서 흘러나와 깊은 돌 함지박 속으로 끊임없이 떨어지는 물줄기를 물끄러미 바라보았다. 물이 떨어질 때마다 미세한 파문이 일었고, 파문은 계속해서 미세한 공기를 물속 깊이 끌고 들어갔으며, 공기는 매번 하얀 진주알 같은 거품이 되어 수면 위로 솟아올랐다. 거무스름한 샘 표면에 비치는 자신의 모습을 보면서 골드문트는 생각했다. 지금 물속에서 자신을 바

221

라보는 저 골드문트는 더 이상 수도원의 골드문트가 아니며, 뤼디아의 골드문트도 아니고, 숲속을 방랑하던 골드문트도 아니라고. 그를 포함한 모든 인간은 물처럼 흐르고, 계속해서 변화하고 변화하다가 마침내 물속에서 녹아버리는 것이라고. 그러나 예술가에 의해 창조된 자신의 모습은 언제나 변치 않고 그대로 남아 있다고.

아마도 모든 예술과 모든 정신의 뿌리는 죽음에 대한 공포일 거라고 골드문트는 생각했다. 우리는 죽음을 두려워한다. 우리는 덧없이 사라질 것이 무서워 떤다. 꽃이 시들고 잎이 떨어지는 것을 슬프게 지켜보면서 우리도 그처럼 허무하게 시들어버릴 것을 느낀다. 우리가 예술가가 되어 형상을 만들거나 철학자로서 세상의 원리를 찾고 생각을 말로 정리한다는 것은 거대한 죽음의 춤판에서 뭔가를 구해내기 위함이고, 우리보다 오래 살아남을 어떤 것을 설정하려는 행위다. 명장이 아름다운 마돈나의 모델로 삼았을 여인은 이미 시들었거나 아니면 죽었을 것이다. 명장도 머지않아 죽을 것이다. 그의 집에는 다른 사람들이 살게 되고, 그의 식탁에서 다른 사람들이 밥을 먹을 것이다. 하지만 그의 작품은 여전히 남아 있다. 백 년, 아니 그보다 오랜 시간이 지난 뒤에도 고요한 수도원 교회에서 은은한 빛을 발하리라. 변함없이 아름답게, 변함없이 활짝 피어나고 변함없이 슬픔에 잠긴 똑같은 그 입으로 변함없이 미소를 지으며.

명장이 계단을 내려오는 소리를 들은 골드문트는 작업장으로 뛰어들어갔다. 명장 니클라우스는 왔다 갔다 하면서 자꾸만 골드문트의 스케치를 바라보기만 했다. 마침내 창가에 우뚝 멈춰 선 그는 망설이면서 무뚝뚝하게 건조한 투로 말했다. "견습생이 되면 최소한 4년은 배워야 하고 아버지가 수업료를 지불하는 것이 우리 관습일세."

그는 잠시 말을 멈추었다. 골드문트는 명장이 수업료를 받지 못할까봐 걱정하는 거라고 여겼다. 그래서 번개 같은 동작으로 주머니에서 칼을 꺼내들고 바느질을 뜯고 숨겨둔 금화를 찾아냈다. 깜짝 놀라서 그를 쳐다보던 명장은 골드문트가 금화를 내밀자 소리 내어 웃었다.

"아니, 그렇게 알아들었단 말인가? 아니야, 젊은 친구. 금화는 넣어두게나. 잘 들어. 내 말은 그저 우리 조합에서는 견습생 제도가 이런 모습이라고 말해준 것뿐이었어. 하지만 나는 보통 선생과는 다르고, 자네도 보통 견습생과는 분명히 다르지. 보통 견습생은 열서너 살, 많아야 열다섯 살에 견습 생활을 시작하거든. 견습 생활의 절반은 순전히 보조 역할이고 온갖 심부름을 하지. 그런데 자네는 성인이지 않은가. 자네 나이라면 한참 전에 어엿한 장인이 되었거나 어쩌면 명장까지도 될 수 있어. 수염이 난 견습생이라니, 우리 조합에서는 유례 없는 일이야. 이미 말했듯이 나는 내 집에 견습생을 두지 않네. 아무리 봐도 자네는 명령을 따라서 이리저리 움직이는 사람은 아닐 것이 분명하고."

드디어 골드문트의 인내심은 한계에 다다르고 말았다. 명장의 신중한 말 한마디 한마디가 고문과도 같이 그를 조여왔고, 견딜 수 없을 정도로 길게 질질 끄는 교장 선생의 훈시처럼 지루했다.

그는 참지 못하고 격렬하게 소리쳤다. "어차피 저를 받아줄 생각이 없다면 왜 그런 사정들을 길게 설명하는 겁니까?"

하지만 명장은 전혀 흔들림 없이 여전히 똑같은 어조로 말을 이어나갔다. "나는 자네의 소망에 대해 한 시간 동안이나 곰곰이 생각해봤어. 그러니 참고 들어야 하네. 자네의 스케치를 봤지. 물론 실수가 있지만 그래도 참 좋았어. 그렇지 않았다면 자네에게 반 굴덴 정도 줘서 내보냈을 것이고, 그것으로 잊었을 거야. 스케치에 대해서는 이 정도만 말하겠네. 자네가 예술가가 되도록 돕고 싶어. 아무래도 그게 자네의 길인 듯싶으니. 하지만 이제 와서 견습생이 되는 건 불가능하네. 견습생으로 수련 기간을 거치지 않은 사람은 우리 조합에서는 장인도 명장도 될 수 없어. 그걸 알고 있어야 하네. 그래도 한 가지 시도해볼 만한 건 있어. 자네가 가능하다면 이 도시에서 한동안 머물도록 하게. 그동안 우리 집에 다니면서 일을 좀 배우는 거야. 특별한 의무나 계약을 맺지 않고 말이야. 자네가 싫으면 언제든지 떠나도 좋아. 우리 집에 있는 조각칼 몇 개 정도는 망가뜨려도 좋고, 조각용 통나무 몇 개 정도는 망쳐도 되네. 일을 좀 해보다가 나무 조각이 자네의 길이 아니다 싶으면 다른 일로 바꿔도 좋아. 이런 조건 어떤가, 마음에 드나?"

듣고 있던 골드문트는 부끄러우면서도 감격했다.

"진심으로 감사드립니다." 그가 소리쳤다. "저는 어차피 집이 없는 거나 마찬가지니 이 도시에서도 저 숲에서 했던 것처럼 살아나가면 됩니다. 저를 받아들이면 견습생을 들인 것과 마찬가

지로 부담감과 책임이 생기니 그걸 피하고 싶은 선생님의 마음
도 이해합니다. 선생님께 배울 수 있다는 것만으로도 큰 행운입
니다. 배움을 허락해주셔서 정말 감사드립니다."

11장

도시는 골드문트의 주변에 새로운 풍경을 펼쳐주었다. 새로운 삶이 시작되었다. 이 나라와 이 도시가 그를 환하게 넘쳐흐르는 풍성함으로 유혹하며 맞아준 것처럼, 새 삶 또한 그를 다정하게 이끌었고 많은 것을 약속해주었다. 비록 그의 영혼 깊은 곳에는 슬픔과 지식의 근원이 아직 손대지 않은 채 고스란히 남아 있었으나, 적어도 삶의 표면만큼은 오색의 영롱함으로 눈부셨다. 골드문트의 삶에서 가장 즐겁고 근심 걱정 없는 시기가 시작된 것이다. 외적으로는 이 풍요로운 주교좌 도시의 온갖 예술작품, 여인들, 수백 가지의 흥겨운 여흥과 멋진 볼거리와 대면하게 되었고, 내적으로는 이제 막 깨어난 예술적 기질을 통해 새로운 감각과 경험의 세례를 받은 시기였다. 그는 명장의 도움으로 생선 시장에 있는 도금업자의 집에 숙소를 구했고, 명장뿐만 아니라 도금업자에게서도 나무와 석고, 물감, 니스와 금박을 다루는 기술을 배웠다.

골드문트는 뛰어난 재능을 타고났으나 그 재능을 겉으로 표현할 적절한 수단을 찾아내지 못하는 불운한 예술가에 속하지 않았다. 세계의 아름다움을 심오하고도 장대하게 느끼고, 그 느낌을 고귀한 형상으로 내면에 담아낼 재능이 있지만, 그것을 다시 자신의 밖으로 풀어내어 표현하고 전달하여 타인에게 기쁨을 안겨줄 방도를 모르는 사람들은 너무도 많다. 골드문트는 이것 때문에 괴로워할 필요가 전혀 없었다. 손을 사용하여 뭔가를 만들어내는 수공업의 요령을 그는 참으로 쉽게 배웠다. 일을 마치고 몇몇 동료들과 함께 배우는 류트 연주나 일요일에 마을 무도장에서 하는 춤 연습도 그에게는 쉽기만 했다. 배우는 것은 뭐든지 쉬웠고, 저절로 앞으로 나가는 듯했다. 물론 나무 조각만큼은 무척 열심히 노력했고, 그럼에도 어려움과 실망을 겪었다. 멋진 모양의 나무토막을 잘못 잘라버려 망치기도 했고 손가락을 제대로 벤 적도 여러 번이었다. 그래도 그는 빠르게 초보자의 수준을 벗어나 숙련된 단계에 진입할 수 있었다. 그런데도 명장은 전혀 흡족해하지 않았고, 그에게 자주 이런 말을 했다. "자네가 내 견습생이나 내 밑에서 일하는 장인이 아닌 게 정말 다행이야. 자네가 시골과 숲을 헤매다가 여기로 왔고, 언젠가 다시 그곳으로 돌아갈 사람임을 우리가 알고 있어서 다행이지. 자네가 원래는 도시인도 수공업자도 아니고 방랑으로 세월을 보내는 뜨내기라는 사실을 모른다면 자네에게 이런저런 것을 요구하고 싶어질 테니까. 대개 명장이 아랫사람들에게 할 수 있는 그런 요구 말이야. 자네는 기분이 내킬 때는 정말 뛰어난 일꾼일세. 그런데 지난주에는 이틀이나 일을 빼먹었더군. 어제는 천사 조각상 두 개에 광을 내라고 보낸 야외 작업장에서 반나절 동안 잠을 잤어."

　명장의 질책은 타당했으므로 골드문트는 한마디 변명 없이 입을 다문 채 듣고만 있었다. 골드문트는 자신이 성실하지도 부지런하지도 않다는 것을 잘 알고 있었다. 어떤 일에 마음을 빼앗겨 아무 생각이 없을 때, 참으로 어려운 임무가 주어질 때 혹은 자신의 능숙함을 깨닫고 희열을 느낄 때, 그는 열성적으로 일에 매달렸다. 하지만 고난스러운 수작업은 좋아하지 않았고, 크게 힘들지는 않아도 시간과 노력을 요하는 일도 싫어했다. 골드문트는 끈질김과 근면함이 있어야 가능한 노동은 도저히 오래 붙들고 있을 수 없었다. 골드문트 스스로 생각해도 이상할 정도였다. 몇 년 동안 방랑 생활을 했다고 천성 자체가 신뢰할 수 없는 게으름뱅이로 바꾸어버린 것일까? 아니면 어머니에게서 물려받은 그런 기질이 어느새 자라나서 본성이 되어버린 것일까? 아니면 그에게 뭔가 결핍된 것이 아닐까? 골드문트는 수도원에서 보냈던 처음 몇 해 동안 자신이 얼마나 열성적이고 성실한 학생이었는지 똑똑히 기억하고 있었다. 그때는 발휘했던 엄청난 인내심이 지금은 왜 남아 있지 않는 걸까? 왜 그때는 지칠 줄 모르고 라틴어 통사론에 미친 듯이 파고들었으며, 솔직한 속마음으로는 결코 중요하다고 여기지 않았던 그리스어 과거시제에 죽도록 매달리는 일이 가능했을까? 종종 이런 의문들이 떠올랐다가 사라지곤 했다. 그 시절 그를 강하게 단련시키고 훨훨 날도록 만든 것은 사랑이었다. 그가 열심히 공부한 것은 오직 나르치스를 향한 끊임없는 구애, 바로 그것이었으며 나르치스의 사랑을 얻으려면 그로부터 주목받고 인정받는 것 밖에는 방법이 없었다. 그래서 골드문트는 사랑하는 스승의 눈길을 단 한 번이라도 받겠다는 일념으로 온종일, 몇날 며칠 동안 열심히 노력할 수 있었다. 그리하여 그토록 간절히 바라던 열망이 이루어졌다. 나르치스는 그의 벗이 되었다. 그런데 기이하게도 골드문트에게 학자의 자질이 없음을 보여주고 잃어버린 어머니의 모습을 다시 불러낸 사람이 나르치스였다. 그 결과 지식을 연마하고 수도생활에 전념하여 덕성을 쌓는 대신 타고난 강렬한 원초적 본성들이 그의 주인으로 자리 잡았다. 성적 충동, 여인의 사랑, 자유에의 욕구, 방랑의 삶. 하지만 이제 명장의 작품인 성모 조각상을 본 이후로 골드문트는 자신 안에 감춰진 예술가의 기질을 발견하고 새 인생을 살게 되었으며, 다시금 정주민의 삶을 선택했다. 그래서 지금 잘하고 있는 것인가? 그의 인생은 앞으로 어떻게 흘러갈 것인가? 길을 막아서는 장애물은 어디서 오는 것일까?

처음에는 아무런 해답도 찾을 수 없었다. 골드문트가 아는 건 단지 자신이 명장 니클라우스를 매우 존경하지만 과거 나르치스를 사랑했던 것처럼 사랑하는 건 결코 아니며, 종종 명장을 실망시켜서 화내는 모습을 보는 일이 즐겁기조차 하다는 것이다. 아마도 명장이란 존재가 가진 모순과도 관련 있을 것이다. 니클라우스의 손으로 만든 조각상들 가운데 최고작들은 골드문트에게 숭배의 대상이자 본보기인 것은 맞았다. 그런데 명장은 그에게 전혀 본보기가 아니었다.

고통에 빠진 아름다운 입매를 지닌 성모상을 창조한 예술가이자 깊이 있는 경험과 직감을 바탕으로 그에 걸맞은 형상을 실제로 눈앞에 만들어낼 줄 아는 혜안과 지식의 소유자인 니클라우스의 내면에는 완전히 별개인 또 다른 인격이 들어 있었다. 그것은 다소 엄격하면서도 소심한 가부장, 조합 소속의 명장, 그리고 딸과 못생긴 하녀와 더불어 침묵에 잠긴 집에서 어느 정도 굴종의 자세로 침묵의 삶을 영위하는 홀아비의 인격이었다. 조용하고 온화하며 절도 있고 안정된 삶에서 편안함을 느끼며 살아온 니클라우스는 골드문트의 거세고 강렬한 성향에 매우 큰 거부감을 나타냈다.

물론 골드문트는 명장을 존경했고 단 한 번도 다른 사람에게 명장에 대해 캐묻거나 명장이 이렇다 저렇다 말한 적은 없다. 하지만 일 년이 지나자 명장에 대한 일이라면 극히 사소한 점까지 알게 되었다. 명장은 그에게 중요한 존재였다. 명장은 골드문트를 사랑하면서도 증오했고 그를 한시도 가만히 놓아두지 않았다. 그래서 제자인 골드문트는 애정과 불신이 뒤섞인 심정으로 자신 안에서 점점 선명하게 깨어나는 호기심에 이끌려 명장의 삶과 태도를 지배하는 내밀한 은둔의 풍경 속을 깊이 들여다볼 수 있었다. 집에 공간이 넉넉한데도 니클라우스는 견습생도 보조 장인도 받지 않았다. 외출하는 일도 거의 없었고 찾아오는 손님도 거의 없었다. 어여쁜 딸을 너무도 끔찍이 사랑한 나머지 누구의 눈에도 띄지 않게 하려는 의지가 명백했다. 또한 골드문트는 이른 나이에 금욕의 삶으로 들어선 엄격한 홀아비의 이면에 생명의 충동이 꿈틀거린다는 것, 간혹 먼 곳에서 일감을 의뢰받아 잠시 집을 떠나면 그 며칠의 여행 기간은 놀라울 만큼 다른 인간으로 변화하여 젊음의 생기가 넘쳐 보인다는 것도 알게 되었다. 그들이 목조 설교단 제작을 주문받아 어느 작은 도시로 간 적이 있는데, 그곳에서 어느 날 밤 니클라우스는 남몰래 창녀를 찾아갔고, 이후 며칠 동안 계속 불안해하며 기분이 좋지 않다는 것을 골드문트는 눈치챘다.

그런데 시간이 지나면서 이런 호기심 어린 관찰 외에도 명장의 집에 골드문트를 붙잡아두고 의욕을 솟게 만드는 일이 생겼다. 그것은 명장의 아름다운 딸 리즈베트였다. 골드문트는 리즈베트가 마음에 들었다. 하지만 얼굴을 마주칠 기회는 거의 없었다. 그녀는 작업장에 전혀 발걸음을 하지 않았다. 심하게 낯을 가리며 남자를 피하는 태도가 아버지의 강요 때문인지 원래 그녀의 천성인지 골드문트로서는 알 방법이 없었다. 첫날 이후 명장은 두 번 다시 골드문트를 그들의 식탁에 초대하지 않았고, 딸과 골드문트가 마주칠 모든 가능성을 차단하려는 것이 불을 보듯 분명했다. 골드문트가 보기에 리즈베트는 애지중지 보호받으며 자란 귀한 처녀였고, 그녀에게 결혼의 약속 없는 연애란 불가능해 보였다. 그녀와 결혼할 희망을 가지려면 우선 좋은 집안 출신이어야 하고 상위 수준의 조합 소속일 뿐만 아니라 집과 재산까지 갖춘 남자여야 할 터였다.

떠돌이 여인이나 농사꾼 아낙네와는 완전히 다른 리즈베트의 아름다움은 첫날부터 골드문트의 눈길을 사로잡았다. 그녀에게는 골드문트가 아직 모르는 뭔가가 있었다. 그녀의 묘한 매력은 그를 걷잡을 수 없이 끌어당기는 동시에 기이하게도 불신과 저항감을 느끼게 했다. 지극히 평온하고도 순진하며 단정하고 청아한 인상이지만, 그렇다고 마냥 아이처럼 천진난만하지는 않으며 얌전하고 예절 바른 모습 뒤에는 냉정함과 오만함이 숨겨져 있었다. 그래서 순진함으로 골드문트를 감동시키고 마음을 열게 만드는 것이 아니라—그는 어떤 경우라도 아이를 유혹할 수는 없을 테니—도리어 그를 자극하고 도발하는 것이다. 그녀의 인상에서 내면의 풍경을 어느 정도 읽어내자마자 그는 즉시 그녀의 모습을 조각하고 싶다는 열망을 느꼈다. 하지만 지금의 모습대로가 아니라 관능과 고통의 표정을 지닌 각성된 모습으로, 평범한 처녀가 아니라 마리아 막달레나의 모습으로. 그는 종종 동요라고는 없는 고요하고 아름다운 얼굴이 쾌락 때문이든 아니면 고통 때문이든 잔뜩 일그러지면서 활짝 벌어져 그 속의 비밀을 누설하는 광경을 보고 싶다는 욕망에 떨었다.

그 밖에도 골드문트의 영혼에는 그에게 완전히 속하지 않은 어떤 얼굴이 살고 있었다. 언젠가 그는 그 얼굴을 포착하여 예술로서 구현하고 싶다는 간절한 소망이 있었지만, 얼굴은 자꾸만 그에게서 멀리 달아나 모습을 감추곤 했다. 그것은 어머니의 얼굴이었다. 예전 나르치스와 대화를 나눈 후 잃어버린 기억의 심연에서 다시 솟아올랐던 어머니의 얼굴, 하지만 오래전부터 그 얼굴은 변해 있었다. 방랑의 나날들, 사랑에 취한 밤들, 그리움의 시간들, 생명의 위협과 죽음의 공포를 겪어내는 동안 어머니의 얼굴은 서서히 변화했고 더욱 충만해졌다. 더욱 깊고 더욱 풍부하게 바뀌었다. 그것은 더 이상 골드문트의 어머니만은 아니었다. 어머니가 가진 구체적인 특징과 색채가 희미해지면서 점차 어느 특정 개인의 어머니가 아니라 에바의 모습으로, 인류 전체의 어머니상으로 변화한 것이다. 명장 니클라우스가 몇몇 마돈나 조각상에서 고통받는 신의 어머니를 너무도 완벽하고 강렬한 예술로 구현하여 절대로 넘어설 수 없는 경지를 구현했듯이 골드문트는 자신도 언젠가 능력이 좀 더 무르익어 확신을 가지면 세속의 어머니 에바를, 그의 마음속에 자리한 가장 최초이자 가장 큰 사랑의 대상인 성스러운 모습으로 형상화하고 싶었다. 그런데 과거에는 단지 자신의 어머니로 내면에 간직된 기억이면서 사랑의 대상이었던 것이 계속해서 변화하면서 성장하고 있었다. 집시 여인 리제, 기사의 딸 뤼디아, 그 밖의 많은 애인들 얼굴의 특징과 표정이 원래의 어머니 얼굴에 침투하여 매번 새롭게 창조해놓았을 뿐 아니라 각 여인의 얼굴이 겪어낸 충격과 체험, 삶의 내용이 원래 얼굴에 더해지면서 저마다의 인상을 남겼다. 그가 나중에라도 그 얼굴을 형상화하는 데 성공한다면 그것은 어느 특정 여인만을 표현하는 게 아니라 궁극의 어머니로서 삶 자체를 나타내야 하기 때문이다. 심지어 어떨 때는 실제로 눈앞에서 그 얼굴이 보이는 것 같았고 꿈속에서 만나기도 했다. 하지만 그 에바의 얼굴에 대해, 그리고 자신이 구현해야 할 얼굴에 대해 골드문트는 그것이 고통이나 죽음과 깊이 연관된 생명의 관능으로 표현되어야 한다는 것 말고는 아무것도 설명할 수 없었다.

일 년이 지나는 동안 골드문트는 많은 것을 배웠다. 스케치에서는 빠르게 자신감을 얻었다. 니클라우스는 그에게 나무 조각 말고도 점토를 이용해 본을 뜨는 일을 시키곤 했다. 골드문트가 처음으로 완성한 작품은 점토 조각품이었다. 높이가 족히 두 뼘은 넘는 작품은 뤼디아의 동생인 율리에의 귀엽고도 유혹적인 자태를 본뜬 것이었다. 명장은 이 작품을 칭찬했다. 하지만 금속으로 주조해 달라는 골드문트의 소원은 들어주지 않았다. 명장에게 그것은 자신이 대부 역할을 하기에는 너무 정숙하지 못하고 세속적이었다. 두 번째 작품으로는 나르치스를 조각했다. 그것은 나무 조각으로 나르치스의 모습을 본뜬 사도 요한 조각상이었다. 니클라우스는 작품이 완성되면 자신이 의뢰받은 십자가 수난상에 포함시키려고 했다. 한참 전부터 그의 두 조수들은 오직 수난상 작업에 매달리는 중이었고, 가장 마지막 단계에서야 명장이 손을 댈 예정이었다.

골드문트는 나르치스 조각에 깊은 애정으로 몰두했다. 작업 기간 중 종종 궤도를 벗어나 다른 일에 한눈 팔릴 때마다 그는 자기 자신을, 자신의 예술가적 기질과 영혼을 재발견하는 경험을 했다. 그런 일은 드물지 않았다. 사랑의 모험, 댄스 파티, 동료들과의 시비, 주사위 놀이, 그리고 자주 일어나는 주먹다짐이 있을 때마다 그는 매우 심란한 상태가 되어 하루 혹은 며칠 동안 작업장에 모습을 보이지 않았고, 설령 작업하더라도 집중하지 못하고 짜증스러운 기색이었다. 그러나 하루하루가 지날수록 점점 정결하게 다듬어진 사도 요한의 아름답고 사색적인 얼굴이 목재 속에서 차츰 모습을 보이며 나타났다. 골드문트는 오직 기꺼이 준비가 된 순간에만 온몸과 마음을 바쳐 겸허하게 작업에 몰두했다. 그런 몰두의 순간 그는 기쁘지도 슬프지도 않았다. 삶의 희열도 덧없음도 느끼지 않았다. 그의 가슴은 다시금 경외심과 밝고 순수한 감정으로 벅차올랐다. 그것은 과거의 한때 그가 벗에게 자신을 송두리째 바치고 벗의 인도에 마냥 기뻐하던 시절의 그 감정이었다. 그 자리에서 자신의 의지대로 조각상을 창조하는 사람은 이미 그가 아니었다. 그는 다른 사람이 되었다. 그의 예술적 손놀림을 빌려 삶의 무상함과 불안을 초월하고 순수한 삶의 본질을 구현하고 있는 사람은 다름 아닌 나르치스였다.

이게 바로 진정한 예술품이 탄생하는 방식이로군, 종종 골드문트는 서늘한 전율과 함께 이런 느낌을 받았다. 명장이 만든 불멸의 마돈나도 이런 과정으로 탄생했으리라. 골드문트는 아직도 일요일이면 명장의 성모상을 보기 위해 수도원으로 가곤 했다. 명장이 위층 복도에 세워둔 몇몇 오래된 걸작품도 그렇게 신비하고 성스러운 방식으로 만들어졌으리라. 언젠가 그 작품도 그렇게 탄생하리라. 골드문트에게는 더욱 신비스럽고 더욱 경외스러운 유일한 작품, 인류의 어머니상도 이런 방식으로 만들어지리라. 아, 인간의 손에서 오직 그런 예술작품만이 나온다면, 어떤 사욕이나 허영심에도 물들지 않은 신성하고 불가피한 작품들만! 하지만 실상은 달랐다. 골드문트는 오래전부터 잘 알고 있었다. 인간은 다른 종류의 작품도 만들어낸다. 위대한 장인의 솜씨로 제작된 예쁘장하고 매력적인 작품들, 예술 애호가들을 기쁘게 하며 교회와 관청의 장식품이 되는 것들. 물론 아름답지만 신성하지 않고 영혼이 깃들지도 않았다. 니클라우스를 비롯한 다른 명장들의 작품에서도 그런 공허한 예술품을 찾아내기란 어렵지 않았다. 온갖 창의와 우아함을 뽐내고 엄청나게 공들여 만들었지만 그것들은 모두 유희에 불과했다. 그리고 참으로 수치스럽고 슬프게도 골드문트 자신도 예외가 아님을 마음속 깊이 알고 있었다. 스스로의 능력을 만끽하기 위해 혹은 명예욕과 장난기 때문에 예술가가 자발적으로 보기 좋은 작품을 만들어내는 느낌을 그도 직접 경험했던 것이다.

처음 이런 사실을 인식했을 때 골드문트는 죽고 싶을 만큼 슬프고 비참했다. 예쁘장한 천사 조각상처럼 공허한 장신구나 만들 거라면 아무리 물건이 예쁘다 한들 예술가가 되는 것이 무슨 의미가 있겠는가. 다른 사람이라면, 예를 들어 수공업자나 보통 시민, 조용하게 살면서 만족해하는 사람이라면 나름 의미가 있겠지만 그는 아니다. 태양처럼 타오르지 않고 태풍처럼 과격하지 않은 예술, 오직 쾌적함과 아늑함, 자잘한 행복감이나 안겨주는 차원의 예술이라면 그런 예술과 예술가는 그에게 무의미할 뿐이다. 그가 추구하는 것은 달랐다. 레이스 장식처럼 곱게 세공된 마리아 조각상의 금관에 반짝이는 금박을 얇게 입혀 치장하는 작업은 아무리 보수가 많다고 해도 하고 싶지 않았다. 왜 명장 니클라우스는 그따위 일을 수락하는 것일까? 왜 조수를 두 명이나 데리고 있는 것일까? 왜 그는 시 참사의원들이나 수석 신부가 출입문 장식이나 설교대 제작을 의뢰하면 몇 시간이고 손에 자를 든 채 그들의 말을 들어주는 것일까? 거기에는 두 가지 천박한 이유가 있었다. 첫째는 주문이 쇄도하는 유명 예술가라는 위치를 유지하고 싶어서였고, 둘째는 돈을 모으기 위해서였다. 커다란 사업을 구상하거나 향락을 즐기기 위해서가 아니라 진즉에 부유한 처녀의 반열에 오른 딸을 위해서 더욱 많은 돈이 필요했던 것이다. 딸의 결혼 지참금, 레이스 깃, 수놓인 비단 옷, 값비싼 이불과 린넨 침구가 갖추어진 호두나무 침대를 위한 돈이! 그 예쁜 처녀가 건초 깔린 바닥에서는 결코 사랑을 나누지 못할 것처럼!

그런 모습을 지켜보고 있노라면 골드문트의 내면에서는 어머니의 피가 끓어올랐다. 그것은 땅을 점유한 정주민을 대하는 방랑자의 자부심과 경멸이었다. 골드문트는 종종 반복적인 수작업과 명장, 둘 모두가 밍밍한 콩요리처럼 지겨웠고 달아나고 싶었다.

명장 또한 마찬가지였다. 다루기 힘들고 도무지 신뢰가 가지 않는 녀석을 받아들이는 바람에 수도 없이 인내심의 시험을 당하게 되었다며 분통을 터트리고 후회한 적이 많았다. 골드문트가 겪어온 삶의 굴곡, 금전과 소유에 대한 무관심, 낭비벽과 허다한 연애사, 잦은 싸움질에 관해 듣고 나니 더더욱 마음이 누그러지지 않았다. 결국 자신이 믿을 수 없는 집시 녀석 하나를 보조 장인으로 들인 셈이기 때문이다. 게다가 그 떠돌이가 자신의 딸 리즈베트를 어떤 눈길로 지켜보는지도 놓치지 않았다. 그런데도 그가 인내심의 한도를 넘어서는 지경까지 꾹 참고 있는 것은 의무감이나 소심함 때문이 아니라 서서히 완성이 눈앞에 보이는 사도 요한 조각상 때문이었다. 명장은 이 청년을, 비록 스스로 인정하지 않으나 애정과 영혼의 결속감으로 지켜보았다. 집시처럼 숲속에서 불쑥 튀어나와 자신을 찾아왔고, 엉성하고 서툴지만 너무도 감동적일 만큼 아름다운 그림을 그렸기에 곁에 받아준 청년이 이제 느리고 변덕스럽게, 하지만 집요하고도 치밀하게 나무 조각상을 완성해가는 것이다. 툭하면 변덕을 부려 자주 중단하는 바람에 진전이 느리지만, 언젠가는 조각상이 완성될 것이고, 그것은 자신 밑에 있는 어떤 장인도 만들지 못한 뛰어난 작품이 될 거라고, 심지어 뛰어난 명장이라 해도 흔하게 내놓기 힘든 걸작이 될 거라고 니클라우스는 확신했다. 마음에 들지 않는 구석이 허다한 제자이고, 그래서 수도 없이 야단치고 화를 냈으나 사도 요한 조각상에 대해서만큼은 한마디도 하지 않고 입을 다물었다.

과거 골드문트는 소년 같은 천진함과 싱그러운 매력으로 많은 이들의 사랑을 받았으나 근래 몇 년 사이 그런 인상은 서서히 사라져버렸다. 이제 그는 잘생기고 강한 남자가 되었다. 여자들은 그를 무척 탐하는 반면 남자들은 그에게 별 관심을 두지 않았다. 나르치스로 인해 수도원 시절의 달콤한 잠에서 깨어난 이후로 세상과 방랑이 주물러놓은 골드문트 내면의 정서나 풍경은 이전과는 완전히 달라졌다. 귀엽고 상냥하여 모두의 사랑을 한몸에 받는, 믿음이 깊고 봉사심 강한 수도원의 생도는 오래전부터 완전히 다른 사람으로 변모해 있었다. 나르치스는 그를 각성시켜주었고 여자들은 그를 앎의 세계로 이끌었으며 방랑은 그의 솜털을 말끔히 벗겨냈다. 그는 친구가 없었고 그의 심장은 여자들에게 속했다. 여자들은 그를 쉽게 차지할 수 있었다. 갈망의 눈길 하나면 충분했다. 그는 여자의 유혹에 저항할 줄 몰랐다. 아무리 조용한 유혹에도 그는 대답을 보냈다. 아름다움에 대해 유난히 섬세한 감수성을 가진 그는 이제 막 여리게 봉긋 피어나기 시작한 아주 나이 어린 처녀들을 가장 사랑했지만, 아름답지도 않고 젊지도 않은 여자들과도 어울렸고 그녀들의 유혹에도 넘어가곤 했다. 댄스 파티에서 그는 나이가 들었고 소심해서 아무도 원하지 않는 처녀에게 매달리기도 했다. 그런 처녀가 그의 동정심을 불러일으킨 것은 맞지만, 단지 동정심 때문만은 아니라 영원히 식을 줄 모르는 호기심이 발동했기 때문이다. 그가 일단 한 여인에 몰두하기 시작하면 - 그 감정이 몇 주일 동안 지속되든 아니면 불과 몇 시간 만에 끝나버리든 - 그녀는 그에게 무조건 아름다운 여인이었고, 그는 그녀를 위해서 자신의 모든 것을 바쳤다. 그는 경험으로 깨달았다. 모든 여인은 아름다우며 다른 이를 행복하게 만들어주는 능력이 있다는 것을. 볼품없는 외모로 남자들의 무시나 당하던 여자도 온몸을 다 바쳐 깜짝 놀랄 정도로 뜨거운 정염을 불태울 수 있으며, 한참 나이가 지나 시들시들한 여자도 단지 모성적인 수준이 아닌 가슴 아플 정도로 달콤한 애무를 선사할 줄 안다는 것을. 모든 여자에게는 비밀이 있고 자신만의 마력이 있으며, 그것이 활짝 펼쳐질 때 눈부신 황홀함이 시작된다는 것을. 이런 점에서 모든 여자들은 동등했다. 젊음이나 아름다움이 부족해도 어떤 특별한 몸짓으로 충분히 상쇄될 수 있었다. 하지만 누구나 그를 동등하게 긴 시간 동안 붙잡아둘 수 있는 건 아니었다. 그는 가장 젊고 가장 아름다운 여자라고 해서 못생긴 여자보다 조금이라도 많은 애정을 주거나 많이 고마워하지 않았다. 그의 사랑은 항상 변함없는 최대치였다. 그렇지만 사흘 밤, 아니 열흘 밤을 함께 보낸 뒤에야 비로소 진정으로 결합되는 여자가 있는가 하면, 하룻밤 만에 싫증 나서 그대로 잊히는 여자들도 있었다.

골드문트에게 사랑과 쾌락은 삶에 온기를 주고 가치를 부여해 주는 진실로 유일한 것이었다. 명예욕을 모르는 그에게는 주교의 삶이나 거지의 삶이나 하등 차이가 없었다. 수입이나 재산도 그의 마음을 사로잡지 못했다. 재물을 경멸했고 부를 위해서 어떤 희생도 원하지 않았다. 간혹 돈을 풍족하게 벌었을 경우에는 조금의 고민도 없이 즉시 탕진해버렸다. 여자들의 사랑, 성애의 유희, 그에게는 그런 것들이 중요했다. 그가 자주 울적함과 권태에 빠지는 원인도 따지고 보면 쾌락의 무상함과 덧없음을 알아버린 탓이었다. 사랑의 쾌감은 순식간에 화르르 타올라 찰나의 황홀경에 몸부림치게 만든 다음 빠르게 연소해버리고 흔적 없이 꺼지고 말았다. 그는 이 과정 속에 삶의 핵심이 들어 있다고 보았다. 그것은 인생의 모든 환희와 고통이 압축된 상징이었다. 그는 사랑에 자신을 완전히 맡기듯이 슬픔과 허무함으로 인한 전율도 그대로 받아들였다. 그런 비애 역시 사랑이었고, 역시 쾌락이었다. 절정의 순간이면 황홀하고도 확실하게 사랑의 쾌감이 몰려오지만 바로 다음 순간에 확 사그라들면서 허무하게 죽어버리듯이, 마찬가지로 내밀한 고독과 음울에 깊이 빠져 있어도 바로 다음 순간에는 얼마든지 삶의 밝은 면으로 돌진하려는 욕망에 자신을 맡길 수 있기 때문이다. 죽음과 쾌락은 하나였다. 사랑이나 욕망을 삶의 어머니라고 부를 수 있듯이 무덤과 부패 역시 어머니가 될 수 있었다. 어머니는 에바였다. 에바는 행복의 원천이자 죽음의 원천이었다. 어머니는 영원히 낳고 영원히 죽였다. 어머니 안에서 사랑과 잔혹함은 하나였다. 골드문트가 어머니의 모습을 마음에 오래 간직할수록 그것은 점차 하나의 상징으로, 성스러운 표상으로 변해갔다.

말이나 인식이 아니라 핏속에 내재한 직감으로 그는 자신의 길이 어머니에게로 향하고 있음을, 쾌락과 죽음으로 향하고 있음을 알았다. 아버지의 삶인 정신과 의지는 고향이 아니었다. 그곳은 나르치스의 집이었다. 이제야 골드문트는 친구가 했던 말을, 자신과 정반대인 친구의 운명을 뼛속 깊이 사무치게 이해했다. 그는 이것을 사도 요한의 모습에 담아냈고 형상화했다. 눈물이 흐를 정도로 나르치스를 그리워하고 밤마다 그의 꿈을 꿀 수는 있지만 골드문트를 포함한 어떤 인간도 나르치스에게 도달할 수 없었다.

설명할 수 없는 모종의 직감으로 골드문트는 자신의 예술적 기질이 가진 불가해한 성질도 어렴풋이 짐작했다. 그는 예술을 뜨겁게 사랑하면서 동시에 가끔은 광폭한 마음으로 증오했다. 깊은 생각 없이 단지 느낌만으로 그는 수많은 비유를 떠올렸다. 예술은 아버지 세계와 어머니 세계의 결합이며 정신과 피의 결합이었다. 예술은 가장 감각적인 차원에서 출발하여 가장 추상적인 지점으로 나아갈 수 있었다. 혹은 가장 순수한 이데아의 세계에서 출발하여 가장 피투성이 육신으로 종결되었다. 진정으로 숭고하며 현란한 솜씨로 빚어졌을 뿐 아니라 영원한 신비마저 품은 예술작품, 예를 들자면 명장의 성모상 같이 의심의 여지없는 진짜 위대한 작품은 모두 위험스러우면서 동시에 미소 띤 이중의 얼굴을 갖고 있었다. 남자이면서 여자이고, 본능적이면서 동시에 순수한 정신성이 공존하는 얼굴이었다. 언젠가 골드문트가 어머니 에바를 형상화하는 데 성공한다면 그것은 다른 무엇보다도 이러한 모순의 얼굴을 가장 잘 표현한 작품이 될 것이다.

골드문트에게 예술가란 자신 안에 내재한 두 가지 모순을 화해시킬 수 있는 가능성이었다. 아니 정확히는 그의 천성에 깃든 이중성을 비유로 나타낼 수 있는 놀랍고도 새로운 가능성이었다. 그러나 예술은 거저 얻는 선물이 아니었다. 예술은 공짜가 아니었다. 예술은 값이 많이 나갔고 많은 희생을 요구했다. 3년이 넘는 시간 동안 골드문트는 사랑의 쾌락을 제외하면 자신에게 가장 최고인 것을, 가장 소중하여 결코 포기할 수 없는 것을 예술에 바쳤다. 그건 자유였다. 자유로움, 경계를 훌쩍 넘어 떠돌아다님, 마음껏 누리는 방랑 생활, 오직 자기 자신으로만 있으며 무엇도 상관하지 않는 자유, 그 모든 것을 포기했다. 간혹 그가 분노를 터트리며 작업장과 일감을 등한시할 때면 다른 사람들 눈에는 아주 변덕스럽고 제멋대로이고 고집불통으로 보였겠지만, 골드문트에게는 이런 생활이 노예나 마찬가지였으므로 도저히 제정신으로는 참고 견딜 수 없었던 것이다. 그가 복종해야 할 대상은 명장도 아니고 미래도 아니고 일차적인 욕구도 아니었다. 그것은 오직 예술이었다. 예술은 겉으로는 영적인 여신의 풍모를 지넸으나, 실제로는 너무 많은 하찮은 부속을 필요로 했다! 예술을 위해서는 머리 위에 지붕이 있어야 했고, 작업 도구, 목재, 점토, 물감, 금이 있어야 했으며, 거기다 노동과 인내심이 필요했다. 그는 예술을 위해 거칠 것 없는 숲의 자유를 포기했다. 먼 곳을 누비는 도취감을, 위험을 무릅쓰는 짜릿한 쾌감을, 빈곤의 자부심을 버렸다. 그러고도 계속해서 터져 나오는 욕을 꾹꾹 억누르고 속으로 이를 갈면서 매일매일 새로운 제물을 바쳐야만 했다.

골드문트는 그렇게 바친 제물의 일부를 되찾기는 했다. 지금 자신을 한자리에서 꼼짝 못하게 얽어매는 노예의 규율에 대항해 연애와 연관된 일종의 모험을 감행하고 연적들과 주먹다짐을 벌이는 식으로 복수를 감행한 것이다. 감금된 그의 야성이, 억눌린 본성의 에너지가 그런 탈출구를 통해 마구 뿜어져 나왔다. 덕분에 그는 사람들이 겁내는 싸움꾼으로 유명해졌다. 어떤 소녀를 만나러 가는 길에 혹은 댄스 파티에서 돌아오는 길에 어두운 골목에서 갑자기 기습을 당해 몽둥이로 몇 대 얻어맞으면 그는 번개처럼 몸을 놀려 순식간에 방어에서 공격의 자세가 되어 거친 숨을 내쉬며 마찬가지로 거친 숨을 내쉬는 적을 제압하고, 턱에 사정없이 주먹을 날리고 적의 머리칼을 잡아끌거나 목을 단단히 졸라댔다. 그러면 기분이 참으로 좋았고 침울하던 마음도 한동안은 밝아지곤 했다. 게다가 여자들도 그런 모습을 마음에 들어 했다.

그런 일들로 넘쳐나는 매일매일도 사도 요한 조각상의 작업이 진행되는 동안은 나름의 의미가 있었다. 작업은 오래 걸렸다. 얼굴과 손을 만드는 섬세한 단계는 특별한 엄숙함과 끈기를 모아서 실행했다. 그는 조수들의 작업장 뒤편 작은 헛간에서 작업을 마무리했다. 드디어 조각상을 완성하는 날이 밝아왔다. 골드문트는 빗자루를 가져다가 헛간을 말끔히 청소하고 사도 요한 조각상의 머리카락 틈새에 앉은 먼지 한 올까지도 붓으로 정성스럽게 털어냈다. 그다음 한참 동안 그 앞에 서 있었다. 한 시간, 어쩌면 더 오랫동안, 뭔가 보기 드문 위대한 일을 경험했다는 벅찬 감정에 휩싸인 채로. 이런 대단한 체험은 앞으로 살면서 한 번 정도 더 있을 수 있겠지만, 지금의 이 한 번이 처음이자 마지막일 가능성도 있었다. 결혼식이나 기사 서품식 아침에 남자가 느끼는 감정 혹은 첫 출산을 막 마친 여자의 가슴에서 들끓는 벅찬 감동이 이러할까. 한없이 숭고하고 엄숙한 감정, 동시에 이런 유일무이한 고귀함도 일단 지나가면 기존의 일상에 편입되어 하루하루의 무감동한 흐름에 파묻힐지도 모른다는 은밀한 두려움이 섞인 감정.

그는 자신의 벗 나르치스를 가만히 바라보았다. 소년 시절 그의 인도자였던 나르치스가 사랑받는 아름다운 사도의 복장과 모습으로 어떤 소리에 귀를 기울이듯 고개를 든 자세로 서 있다. 꽃봉오리처럼 막 피어나기 시작하는 미소에는 고요하고도 완전한 헌신과 몰두의 인상이 풍겼다. 아름답고도 경건하며 정신적인 얼굴, 무게 없이 허공을 살짝 떠다니는 듯한 호리호리한 몸매, 우아하고 신실한 모양으로 위로 들린 긴 손가락은 젊음과 내면의 음악으로 충만했으나, 그렇다고 고통과 죽음을 모르는 것도 아니었다. 하지만 절망과 무질서, 거역은 그에게 속하지 않았다. 이 고귀한 모습에 숨겨진 영혼은 기쁨이든 슬픔이든 구별 없이 순수함 그 자체였으며, 어떤 부조화도 겪지 않았다.

골드문트는 가만히 서서 자신의 작품을 응시했다. 처음에는 자신의 청춘과 우정을 기념하는 회상의 마음이었으나 종국에는 태풍처럼 격렬한 고뇌와 상념으로 치닫고 말았다. 여기 그의 작품이 있다. 이 아름다운 젊은이는 영원히 여기 남을 것이고, 섬세하게 피어나는 그의 젊음은 결코 시들지 않을 것이다. 하지만 정작 작품을 만든 골드문트 자신은 작품과 작별해야 한다. 내일이면 이 작품은 더 이상 그의 것이 아니다. 더 이상 그의 손길을 필요로 하지 않고, 그의 손에 의해 자라나고 피어나기를 멈춘다. 더 이상 그의 피난처가 되지 않으며, 위로도, 삶의 의미도 주지 않는다. 그는 공허하게 홀로 남는다. 그러니 오늘 사도 요한 조각상과 작별을 고할 뿐 아니라 명장과 이 도시와 아예 예술과도 작별을 고하자는 생각이 들었다. 더 이상 할 일이 없지 않은가. 더 이상 자신이 만들고 싶은 다른 형상은 머릿속에 떠오르지 않았다. 형상 중의 형상, 가장 간절하게 바라는 인류 어머니의 형상에는 아직 다다를 수 없었고, 앞으로도 한참 동안은 불가능할 터였다. 그럼 이제부터 다시 천사 조각상을 문지르고 장식품이나 깎는 일로 돌아가야 한단 말인가?

골드문트는 그 자리를 떠나 명장의 작업장으로 건너갔다. 가만히 안으로 들어선 그는 문가에 서서 니클라우스가 먼저 알아차리고 부를 때까지 기다렸다.

"무슨 일인가, 골드문트?"

"조각상이 완성되었습니다. 식사하러 가시기 전에 먼저 들르는 편이 좋을 듯해서요."

"그야 물론이지. 지금 가보세."

그들은 함께 헛간으로 갔고 빛이 들어오도록 문을 열어두었다. 니클라우스는 조각상을 보러 온 지가 한참이나 되었다. 골드문트가 마음껏 작업에 전념하도록 놓아둔 것이다. 니클라우스는 말없이 주의 깊은 눈길로 조각상을 살펴보았다. 골드문트는 무표정하던 그의 얼굴이 환하게 밝아지고 엄격했던 푸른 눈동자에 기쁨의 빛이 피어나는 것을 보았다.

"좋은 작품이야." 명장은 입을 열었다. "아주 좋은 작품이야. 이건 자네의 수업 기간을 마감하는 작품일세, 골드문트. 이제 더 배울 것이 없어. 자네의 작품을 조합에 발표할 생각이야. 자네에게 장인 증서를 수여하도록 주선하겠네. 자네 실력이면 충분히 받고도 남아."

골드문트는 조합을 대단치 않게 여겼으나 명장의 말이 커다란 인정을 의미하는 것이었으므로 매우 기뻤다.

니클라우스는 다시 한 번 찬찬히 사도 요한 조각상을 한 바퀴 둘러보더니 감동의 탄성을 내질렀다. "이토록 경건하고 명료한 모습이라니. 진지한 표정인데 행복과 평화가 넘치는군. 이 작품을 보면 창작자가 마음이 밝고 환한 사람이라고 생각하겠는걸."

골드문트는 미소를 지었다.

"잘 보신 겁니다. 작품에 깃든 인물은 제가 아니라 제가 사랑하는 벗이에요. 그래서 작품에 명료함과 평화를 부여한 것도 제가 아니라 그 친구예요. 이 형상을 창작한 건 제가 아닙니다. 정확히 말하면 그 벗이 저의 영혼에 이 형상을 심어준 셈이에요."

"그럴 수도 있겠군." 니클라우스가 고개를 끄덕였다. "이런 작품이 어떻게 탄생하게 되는지, 그 방식은 신비에 싸여 있어. 나는 유난히 겸손한 사람은 아니지만 내 작품의 상당수가 자네의 이 조각상에 미치지 못한다는 걸 인정할 수밖에 없군. 기술이나 정성에서가 아니라 진실성에서 말이야. 자네도 알겠지만 사람은 이런 작품을 두 번 만들어내지는 못하지. 참으로 오묘한 신비야."

"그렇습니다." 골드문트가 인정했다. "완성된 작품을 보자 저도 그런 생각이 들더군요. 이런 작품은 내 생애 두 번 다시는 만들지 못할 것이라고. 그래서 드리는 말씀인데요, 스승님. 저는 조만간 다시 방랑 생활로 돌아가려고 합니다."

니클라우스는 깜짝 놀라 언짢은 표정으로 골드문트를 바라보았다. 그리고 다시 엄격한 눈빛으로 되돌아갔다.

"그 이야기는 나중에 다시 하지. 자네는 이제 본격적인 작업에 들어가야 해. 지금은 일을 그만두고 달아날 때가 아니야. 어쨌든 오늘은 쉬도록 해. 점심식사에 초대하겠네."

정오 무렵 골드문트는 말끔하게 얼굴을 씻고 머리를 빗고 외출복 차림으로 집에 들어섰다. 이제는 명장의 식사 초대가 얼마나 큰 의미가 있는 귀한 대접인지 알고 있었기 때문이다. 그러나 조각상들이 가득 늘어선 복도를 향해 계단을 올라가는 동안 아름답고 고요한 공간에 처음 들어서며 가슴이 두근거리던 그날과

달리 이번에는 경외심도 불안한 희열도 전혀 느낄 수 없었다.

리즈베트도 말쑥하게 단장한 모습에 보석이 박힌 목걸이를 걸고 있었다. 식탁에는 잉어 요리와 포도주 외에도 깜짝 놀랄 물건이 하나 있었다. 명장이 골드문트에게 가죽 지갑을 선물한 것이다. 지갑에는 금화 두 개까지 들어 있었다. 완성한 조각상에 대한 보수였다.

이번에는 아버지와 딸이 대화를 주고받는 동안 골드문트가 가만히 입을 다물고 있는 일은 없었다. 두 사람은 그에게 말을 걸었고 잔을 부딪치기도 했다. 골드문트의 눈동자는 부지런히 움직였다. 고상하지만 다소 도도한 얼굴의 어여쁜 소녀를 자세히 관찰할 기회를 놓치지 않았고, 소녀를 향한 관심의 시선을 굳이 숨기지 않았다. 소녀는 상냥했으나, 그렇다고 얼굴을 붉히거나 다정하게 대해주지는 않았으므로 그는 실망했다. 아름답지만 무감각한 소녀의 얼굴이 뭔가를 말하도록, 그 안의 비밀을 억지로라도 누설하도록 만들고 싶은 간절한 열망이 그의 가슴을 채웠다.

식사가 끝나고 감사 인사를 전한 골드문트는 복도의 조각상 주위를 서성대다가 무엇을 해야 할지 모르는 채 혼란스러운 마음으로 오후 내내 시내를 이리저리 돌아다녔다. 그는 명장으로부터 기대 이상의 칭찬을 받았다. 그런데 왜 기쁘지 않은 것인가? 크나큰 영광인데 왜 신이 나지 않는 것인가?

문득 떠오른 어떤 생각에 몸을 맡긴 그는 말 한 마리를 빌려 타고 수도원으로 향했다. 그곳에서 명장의 작품을 처음 보았고 명장의 이름을 처음 들었다. 겨우 몇 년 전 일인데도 까마득히 먼 일처럼 느껴졌다. 수도원의 교회를 찾은 그는 다시 성모상을 바라보았다. 이날도 성모상은 여전히 그를 사로잡고 매혹시켰다. 그것은 그가 만든 사도 요한보다 더욱 아름다웠다. 경건함이나 신비함은 비슷했으나 무게가 느껴지지 않게 자유로우며 허공에 뜬 것처럼 보이는 기술은 그의 작품을 능가했다. 그는 작품의 개별 요소들을 하나하나 관찰했다. 예술가만이 발견할 수 있는 디테일이었다. 옷자락의 미묘하고도 섬세한 움직임, 길고도 갸름한 손과 손가락의 대담한 조형미, 목재가 가진 자연 그대로의 구조를 정교하게 활용한 기법 등 이런 세세한 부분은 비전의 내밀함과 소박함을 형상화한 작품의 가치에 비하면 아무것도 아니지만, 엄연히 너무도 아름답고, 기술을 철저히 습득한 사람만이 구현할 수 있는 은총이었다. 이런 경지의 작품을 만들기 위해서는 머릿속에 뛰어난 그림을 구상하는 것만으로는 충분하지 않다. 눈과 손으로 이루 말할 수 없는 훈련과 연습을 거듭해야 한다. 자유를 포기하고 삶의 위대한 경험을 포기하고, 오직 일생에 한 번 비범한 아름다움을 탄생시키기 위해 평생을 온전히 예술만을 위해 바치는 것도 가치 있지 않을까? 그런 아름다움은 체험되고 관조되고 사랑으로 수용되어야 함은 물론이고 확실한 장인의 기예를 마지막 순간까지 발휘해야 비로소 가능한 것이니까. 참으로 대답하기 어려운 문제였다.

골드문트는 밤이 늦어서야 지친 말을 타고 시내로 돌아갔다. 주점 한 곳이 아직 문을 열고 있어서 빵과 포도주를 시켜 먹었다. 그다음 생선시장에 있는 자신의 방으로 올라갔다. 여전히 마음은 혼란스럽고 머릿속에는 질문과 의혹이 가득한 채로.

12장

다음날 골드문트는 작업장으로 나가야 할지 말아야 할지 마음을 정하지 못했다. 작업할 기분이 내키지 않는 날이면 늘 그랬던 것처럼 시내 여기저기를 쏘다녔다. 시장 거리를 지나다니는 여자들과 소녀들을 쳐다보았고, 특히 생선시장 분수대에 멈춰 서서 어부들과 우악스러운 아낙네들이 생선을 싸게 내놓고 손님을 불러 모으는 광경을 구경했다. 양동이에서 차가운 은빛 생선을 꺼내면 고통스러운 듯 주둥이를 벌린 생선은 공포와 체념으로 굳어버린 금빛 눈동자로 죽음에 몸을 맡기거나, 아니면 분노와 절망의 과격한 몸짓으로 마지막 순간까지 죽음에 저항하곤 했다. 매번 이런 광경을 볼 때마다 골드문트는 짐승에 대한 연민으로 가슴이 아렸고 인간의 잔인함에 불쾌감을 느꼈다. 왜 인간은 이토록 무지막지하게 거칠고 상상을 초월할 만큼 둔감하고 저열한 것일까. 어부나 아낙네들, 시장 상인들은 왜 아무것도 보지 못하는 걸까. 벌어진 입과 죽음의 공포로 떨고 있는 눈동자, 필사적으로 파닥거리는 꼬리가 보이지 않는단 말인가. 아무런 소용없는 처참한 절망의 버둥거림을, 놀라우리만큼 신비하고 아름다운 생명체가 끔찍하게 변해가는 모습을. 죽어가는 피부 위로 최후의 경련이 미약하게 잦아들면 그들은 생명의 빛이 꺼진 죽은 몸으

로, 오직 식도락가의 탐식을 위한 고깃덩이 그 이상은 아닌 존재
가 되어 쭉 뻗어버리는 것이다. 왜 저 인간들은 아무것도 보지 못
하고 아무것도 알지 못하고 알아차리지 못하는 것일까? 눈앞에
서 일어나는 광경에서 어떤 느낌도 받지 못하는 것일까? 아름다
운 짐승이 그들의 눈앞에서 가엾게 뻗어버려도, 명장이 성인의
얼굴에 인생의 온갖 희망과 고귀함과 고통과 가슴을 조이는 두
려움을 떨릴 만큼 선명하게 새겨 넣어도, 여전히 인간은 아무것
도 보지 못하고 아무것도 깨닫지 못한다! 인간은 그저 히히덕거
리고 분주하고 잘난 체하면서 허둥지둥 살아갈 뿐이다. 서로를
향해 고함지르고 웃고 트림을 뱉어내고 시끄럽게 굴고 농담하고
푼돈 때문에 아귀다툼을 벌인다. 다들 그렇게 사는 것이 편하다.
다들 그게 좋고, 그렇게 살아야 자기 자신과 세상이 만족스럽다.
인간은 모두 돼지들이다. 아니 돼지보다 추악하고 저열하다. 그
런데 골드문트 자신도 그런 인간들과 섞여 살아오지 않았던가.
그런 인간들과 어울리면서 기뻐했고, 여자들을 쫓아다니고, 접
시에 놓인 구운 생선을 어떤 전율도 없이 태연히 웃으면서 먹어
치우지 않았던가. 그러나 점점 더 자주, 마치 마법에 걸린 듯 순
식간에 기쁨과 평온이 그의 마음에서 사라지곤 했다. 느긋하게
기름진 포만감, 자만심, 거드름, 게으른 자족감과 같은 헛된 망상
은 점점 빈번하게 그에게서 떨어져나갔다. 그 후에는 고독과 번
민이 찾아들었다. 그의 영혼은 방랑을 떠났고, 고통과 죽음을 응
시했으며, 인간의 모든 활동을 회의했고, 어두운 심연을 들여다
보게 되었다. 그렇게 철저히 희망 없는 상태로 내던져져 무의미

한 공포를 응시하다보면, 갑자기 그의 내면에서 어떤 희열이 피어올라 격렬한 사랑에 빠진 듯이 노래를 부르고 싶고 그림을 그리고 싶기도 했다. 꽃향기를 맡거나 고양이와 장난치고 있을 때면 어린 시절에 그랬던 것처럼 삶에 대한 긍정을 회복하곤 했다. 이제 다시 그런 감정이 되살아나리라. 내일이나 모레면 세상은 다시 좋아질 것이고 근사한 곳으로 변하리라. 그렇게 되기 전까지는 다른 감정을 통과해야 했다. 슬픔과 번민, 죽어가는 물고기와 시들어가는 꽃들을 보며 가슴이 미어지는 절망적 사랑을 느꼈고, 아무것도 느끼지 못하면서 입을 벌린 채 돼지처럼 되는대로 살아가는 무지한 인간에 치를 떨었다. 그런 시기에 골드문트는 미칠 듯이 괴로운 궁금증에 가슴을 조이면서 떠돌이 학생 빅토르를 떠올리지 않을 수 없었다. 그때 골드문트는 빅토르의 갈비뼈 사이에 칼을 찔러 넣었고, 피투성이가 된 그를 전나무 가지에 눕혀놓고 왔다. 지금에서야 골드문트는 과연 빅토르가 어떻게 되었을까 궁금하면서 여러 가지 의문이 들었다. 짐승들이 와서 그를 완전히 뜯어먹었을까, 아니면 그의 시신 일부라도 남아 있는 걸까. 물론 뼈야 남아 있겠지. 어쩌면 머리카락 한줌 정도도. 뼈들은 어떻게 되었을까? 뼈들이 형체조차 없이 흙으로 변하려면 얼마나 오래 걸릴까, 수십 년 아니면 단지 수년?

오늘 물고기를 연민하며 시장 상인들을 혐오감으로 지켜보는 동안 골드문트의 가슴은 두려움과 울적함, 세상과 자신에 대한 쓰디쓴 적대감으로 가득 찼다. 그는 빅토르를 생각했다. 어쩌면 빅토르는 누군가에게 발견되어 땅에 묻혔을지도 모른다. 그렇다면 지금쯤은 살들이 전부 뼈에서 떨어져나가고 썩어서 벌레에게 파먹힌 상태가 아닐까? 두개골의 머리카락이나 텅 빈 눈구멍 위의 눈썹은 남아 있을까? 빅토르의 인생, 모험과 사건들로 가득차고 신기한 농담과 익살로 환상적인 판을 벌이던 그의 인생에서 무엇이 남은 것일까? 자신을 죽인 자가 간직한 몇 가지 느슨한 기억을 제외한다면 결코 평범했다고 말할 수 없는 그에게서 무엇이 계속해서 남아 살아가고 있을까? 그가 한때 관계를 맺었던 여인들의 꿈속에 아직도 빅토르가 살아 있을까? 아니, 모든 것이 그냥 덧없이 흘러가 사라졌을 것이다. 모든 인간이, 모든 사물이 그렇게 사라지고 만다. 빠르게 피어나고 빠르게 시들어버린다. 그 위로 눈이 덮인다. 몇 해 전 골드문트가 이 도시에 들어설 때만 해도 예술에 대한 열망이 얼마나 뜨거웠으며 명장 니클라우스를 향한 숭배의 마음은 무서우리만큼 얼마나 깊었던가! 그중에서 무엇이 아직 살아남아 있는가? 아무것도, 아무것도 남아 있지 않다. 키다리 노상강도 빅토르의 가엾은 모습 말고는. 당시에 누군가가 골드문트에게 언젠가 니클라우스가 그를 동료로 인정하고 협회에서 장인 증서를 받게 해줄 거라고 말해주었다면 세상의 모든 행운을 손에 쥔 듯한 기분이었으리라. 그런데 지금, 그것은 시들어버린 꽃송이 그 이상도 그 이하도 아니다. 전혀 기쁘지 않은 메마른 느낌일 뿐.

이런 생각이 들자 문득 한 얼굴이 떠올랐다. 단지 찰나의 순간 눈앞을 휙 스쳐간 얼굴은 궁극의 어머니였다. 삶의 심연 위로 고개를 숙이고 입가에는 쓸쓸한 미소를 띤 채 아름답고도 오싹한

254

시선을 보내는 여인. 그녀는 탄생을 향해, 죽음을 향해, 꽃을 향해, 바스락거리는 가을의 낙엽을 향해 미소를 보냈다. 예술을 향해 미소 지었고 부패하는 것을 향해 미소 지었다.

궁극의 어머니에게 만물은 차이가 없었다. 세상의 모든 것 위로 그녀의 미소가 섬뜩한 달빛처럼 비추었다. 그녀는 고뇌에 빠진 골드문트나 생선시장의 길바닥에서 죽어가는 잉어나 조금도 다름없이 사랑했다. 그녀에게는 오만하고 차가운 처녀 리즈베트나 골드문트의 돈을 훔쳐가려 했던 빅토르의, 지금은 숲속에 흩어진 뼛조각이나 아무런 차이가 없었다. 그녀는 둘을 모두 사랑했다.

빠른 섬광은 지나갔고 신비로운 어머니의 얼굴은 사라졌다. 그러나 희미한 광채의 여운은 골드문트의 영혼에 깊이 남아 여전히 번득이고 있었다. 생명의 파도, 고통의 파도, 숨 막히는 그리움의 파도가 그의 가슴을 저미며 지나갔다. 아니, 아니다, 그가 원한 것은 생선 장수나 시민들, 생업에 분주한 사람들이 찾는 행복이나 포만감이 아니었다. 그따위 것들은 어떻게 되든 아무 상관없었다. 아, 창백하게 번득이는 얼굴이여, 늦여름처럼 무르익은 입술이여, 무겁게 풍만한 입술 위로 바람처럼 달빛처럼 스쳐가는 이름 없는 죽음의 미소여!

골드문트는 명장의 집으로 갔다. 정오 무렵이었다. 그는 니클라우스가 작업장에서 일을 마치고 손을 씻는 소리가 들릴 때까지 기다렸다가 안으로 들어갔다.

"잠시 드릴 말씀이 있습니다, 스승님. 스승님이 손을 씻고 저고리를 입을 동안이면 충분합니다. 저는 진실을 갈구해왔습니다. 제가 말씀드릴 내용은 오직 지금에만 가능한 겁니다. 지금이 아니라면 말씀드리지 못할 거예요. 저는 지금 한 인간과 이야기를 해야 하는 상황이고, 스승님은 제 말을 이해해줄 유일한 사람입니다. 지금 저는 유명한 작업장의 소유자이며 여러 도시와 수도원에서 영예로운 일감을 주문받으며 두 명의 조수를 두고 멋진 집을 가진 사람을 상대로 이야기하는 것이 아닙니다. 저는 시외 수도원의 성모상, 제가 알고 있는 가장 아름다운 조각상을 만든 명장에게 이야기하는 겁니다. 저는 그 사람을 사랑하고 존경해왔으며 그와 같은 사람이 되는 것이 생애 최고의 목표라고 여겼습니다. 이제 저도 하나의 작품을 만들었습니다. 사도 요한 조각상이죠. 물론 스승님의 성모상만큼 완벽하지는 않습니다만 어쨌든 하나의 작품으로 완성되었습니다. 저는 다른 작품은 만들 필요가 없습니다. 억지로 강요에 의해 만들어야 할 작품은 저에게 존재하지 않으니까요. 제가 언젠가 만들어야 할 작품이 있는데, 그건 아주 먼 성스러운 형상입니다. 지금은 불가능해요. 그 형상을 완성하려면 앞으로 훨씬 많은 것을 경험하고 배워야겠죠. 어쩌면 3, 4년 후 만들게 될지도 모르고, 아니면 10년 후에야 가능할지도 모릅니다. 어쩌면 영영 만들지 못할 수도 있어요. 그런데 스승님, 그날이 올 때까지는 더 이상 손으로 만드는 일을 하지 않겠습니다. 조각상에 니스 칠을 하거나 설교대를 깎으면서 작업장의 기능공처럼 일하고 돈을 버는 것, 다른 기능공들이 하는 것과 다를 바 없는 일을 하면서 살지 않겠습니다. 아니, 절대로 그럴 생각은 없습니다. 저는 돌아다니며 제 삶을 살고 싶습니다. 여름과 겨울을 느끼고, 세상을 보고, 세상의 아름다움과 잔혹함을 맛보고 싶습니다. 배고픔과 갈증에 시달리면서, 이곳에서 스승님에게 배우고 경험한 모든 것을 잊고 싶습니다. 언젠가는 저도 스승님의 성모상처럼 뛰어나게 아름답고 마음에 깊은 감동을 주는 작품을 꼭 만들고 싶습니다. 하지만 스승님처럼 되어, 스승님처럼 살고 싶지는 않습니다. 그런 삶은 싫습니다."

명장은 손을 씻고 수건에 닦은 뒤 몸을 돌려 골드문트를 보았다. 그의 표정은 엄격했으나 화를 내고 있지는 않았다.

"자네는 할 말을 했고 나는 그걸 들었네. 잘 알아들었어. 나도 자네가 일에 매달릴 거라고 기대하지는 않아. 작업장 일은 태산이지만 말이야. 나는 자네를 조수로 생각하지는 않네. 자네는 자유야. 그런데 자네와 이런저런 문제에 관해 얘기를 해보고 싶네, 골드문트. 지금 당장은 아니고 며칠 후에. 그동안은 마음대로 하고 싶은 일을 하면서 지내도록 해. 나는 자네보다 훨씬 나이가 많고 인생 경험도 많아. 내 생각은 자네와 다르네만 자네 말이 무슨 뜻인지는 알겠어. 며칠 뒤 자네를 부르겠네. 그때 자네의 미래에 관해 이야기하지. 내가 계획을 많이 세워놓았거든. 그때까지는 참도록 해! 작품을 완성한 다음에 어떤 기분이 드는지, 마음이 텅 빈 듯이 얼마나 공허해지는지 나도 잘 알고 있다네. 하지만 그런 기분은 일시적이야. 내 말을 믿어보게."

불만스러운 기분으로 골드문트는 자리를 떴다. 명장은 골드문트를 위해 하는 말이겠지만 그것이 무슨 도움이 되겠는가?

강가에는 골드문트에게 익숙한 장소가 있었다. 그곳은 물이 깊지 않고 강바닥에는 잡동사니와 쓰레기가 쌓여 있었다. 시 외곽 어부들 거주지에서 쏟아버린 온갖 것들이 그리로 흘러들어왔다. 골드문트는 그곳으로 가서 강둑에 앉아 물속을 들여다보았다. 그는 물을 사랑했다. 모든 물이 그를 사로잡았다. 그 자리에 앉아 수정처럼 반짝이며 흐르는 물줄기를 내려다보면 어두컴컴하고 불분명한 강바닥 여기저기서 흐릿한 황금색으로 유혹하듯이 번쩍이는 물체들이 눈에 들어왔다. 형체를 알아보기 힘든 그것들은 깨진 접시 조각이나 뒤틀려서 내다버린 낫, 아니면 유리처럼 반들반들한 돌멩이나 니스를 칠한 기와일지도 몰랐다. 어쩌면 진흙 속에 사는 아미아 고기나 통통하게 살찐 강명태일수도 있고 혹은 강바닥 아래에서 몸을 돌리던 로치의 밝은 색 배지느러미와 비늘에 순간 환한 빛이 반사된 것일 수도 있었다. 그것이 무엇인지 정확히는 영영 알 길이 없었다. 하지만 물속 검은 바닥에 가라앉은 보물이 짧은 순간 희미하게 광채를 번득이는 모습은 실제 정체가 무엇이든 언제 보아도 마법처럼 아름답고 유혹적이었다. 물속의 작은 신비들과 마찬가지로 골드문트가 생각하는 진정한 신비, 진짜 신비란 모두 예외 없는 영혼의 형상이었다. 그것들은 형체나 윤곽이 없었고, 오직 멀리서 아름답고 어렴풋한 예감으로만 감지되었다. 비밀의 베일에 싸인 그것들은 다의적이었다. 초록빛 깊은 강바닥 흐릿한 어둠 속에서 찰나의 순간 뭔가 설명할 수 없는 어떤 금빛이나 은빛 섬광이 번득이며 어른거리듯이 그 신비는 아무것도 아닐 수도 있고 축복의 언약일 수도 있었다. 또한 반쯤 뒤에서 바라본 어느 잊힌 인간의 옆모습처럼 무한한 아름다움과 슬픔을 알릴 때도 있었다. 야간 짐마차에 매달린 램프 불빛이 계속해서 돌아가는 거대한 바퀴살의 그림자를 담장에 비출 때, 그 그림자 유희가 잠시 동안은 베르길리우스의 전체 작품과 마찬가지로 수많은 이야기와 사건, 장면을 연출해내는 것에 비유할 수 있었다. 밤이 되면, 마찬가지로 비현실적이고 마술적인 소재에서 꿈이 만들어졌다. 그것은 세상의 모든 형상을 자기 안에 지닌 무無였고, 모든 인간, 동물, 천사와 악마의 형상을 자신의 투명한 수정 속에 생생한 가능성으로 품은 물과 같았다.

다시 물이 일으키는 유희에 빠져든 골드문트는 흐르는 강물을 넋을 잃고 바라보았다. 강바닥에서 형체 없이 은은하게 어른거리는 빛은 왕관을 연상시키기도 했고 여인의 매끈한 어깨 같기도 했다. 과거 마리아브론 수도원에서 라틴어와 그리스어 철자를 상상으로 변화시키면서 유사한 몽상에 잠겼던 것이 기억났다. 나르치스와 이런 이야기를 나눈 적도 있지 않았던가? 아, 그것이 언제인가, 얼마나 까마득히 오래전인가! 아, 나르치스! 그를 볼 수 있다면, 그와 한 시간 동안만이라도 이야기할 수 있다면, 그의 손을 잡을 수 있다면, 그의 고요하고 이지적인 목소리를 들을 수 있다면 골드문트는 갖고 있는 금화 두 닢을 얼마든지 내주었을 것이다.

이 사물들은 어째서 이다지도 아름다운가. 물 밑에서 황금색으로 반짝이는 것들, 예감의 그림자들, 모든 비현실적 요정 같은 현상들, 이것들은 왜 이다지도 말할 수 없이 아름답고 행복한가? 예술가가 만드는 작품과 정반대이기 때문인가? 이름도 없는 사물들의 아름다움이 형식을 입지 않은 신비 그 자체라면, 예술 작품은 정반대로, 처음부터 끝까지 형식 자체이며 분명하고 완전한 모습으로 나타나는 것이다. 스케치 속의 선 혹은 나무 조각상의 머리와 입처럼 무자비할 만큼 명확하게 결정된 것이 또 있단 말인가. 골드문트는 마음만 먹으면 니클라우스 명장의 성모상 아랫입술과 눈꺼풀을 한 치 오차 없이 정확하게 그릴 수 있었다. 거기에는 불확실한 것이 하나도 없었다. 미혹을 일으키거나 흘러내리며 와해되는 것이 하나도 없었다.

골드문트는 그 문제에 몰두한 채 깊은 생각에 잠겼다. 인간이 만들 수 있는 가장 명확하고 가장 형태적인 것이 가장 불가해하고 가장 무형식의 것과 흡사한 영향을 영혼에 미칠 수 있다니 아무리 생각해도 이해할 수 없었다. 하지만 이런 생각을 하는 동안에 그는 한 가지 분명히 깨달았다. 왜 자신은 흠잡을 데 없이 완벽하게 잘 만들어진 예술작품을 전혀 좋아할 수 없는지, 그것들이 아무리 아름답다고 해도 지루하고 거의 증오스럽게 느껴지는 이유가 무엇인지. 작업장, 교회, 궁전은 그런 소름끼치는 예술품들로 가득했고, 그중 몇몇을 만드는 데는 골드문트도 한몫 거들었다. 지고한 가치에 대한 열망을 불러일으키면서 그 열망을 채워주지 못한다는 점에서 그것들은 실망스럽기 짝이 없었다. 가장 중요한 것이 결여되었기 때문이다. 그건 바로 신비였다.

골드문트는 계속해서 생각했다. 내가 사랑하고, 내가 추구하는 것은 신비다. 나는 몇 번이나 눈앞에서 신비가 번득이며 스쳐 지나가는 것을 목격했다. 예술가로서 나는 언젠가 가능하다면 신비를 형체로 표현하고, 신비에게 언어를 주고 싶다. 그것은 위대한 모체, 궁극의 어머니상이다. 그것의 신비는 여타 일반적인 작품과 달리 부분 부분의 생김과는 관련 없고, 특별한 풍만함이나 빈약함, 투박함이나 우아함, 힘이나 기품 때문도 아니다. 궁극의 어머니상이 갖는 신비는 본래 도저히 합일할 수 없게 상반되는 위대한 성분들이 작품 안에서 평화롭게 공존하기 때문이다. 탄생과 죽음, 자비와 잔인함, 생명과 파멸. 궁극의 어머니상이 머릿속에서 상상으로 창조된 사고의 유희, 오직 예술가적 야망의 산물이라면 그건 아무런 문제가 아니다. 나는 그것의 결함을 인식하고 즉시 잊을 수 있으니까. 하지만 궁극의 어머니는 상상의 개념이 아니다. 나는 그것을 고안한 게 아니라 실제로 보았기 때문이다! 그녀는 내 안에 살아 있으며 자꾸만 나와 마주치기까지 한다. 어느 겨울 시골 마을, 출산하는 농부 아낙의 침대 머리맡에서 등불을 들었던 밤, 나는 처음으로 궁극의 어머니의 존재를 예감했다. 그때부터 그 형상이 내 안에서 살기 시작했다. 때로는 아득히 멀어지며 오랫동안 보이지 않다가 어느 순간 섬광처럼 불현듯 눈앞에 나타났다. 한때 무엇보다 사랑했던 내 어머니의 모습이 이 새로운 형상으로 완전히 바뀌면서, 마치 버찌의 씨앗처럼 형상의 핵으로 단단히 자리 잡았다.

골드문트는 자신의 상황을 분명히 느꼈다. 그것은 결단을 앞둔 불안감이었다. 오래전 나르치스와 수도원을 떠나던 때보다

결코 덜하지 않은 중대한 길에 서 있는 것이다. 바로 어머니에게
로 향하는 길이었다. 언젠가 그는 자신이 가진 어머니의 형상을
모든 사람들이 볼 수 있는 작품으로 손수 빚어낼 것이다. 그것이
그의 삶의 목표이며 삶의 의미일지도 모른다. 그럴지도 몰랐다.
정확히는 알 수 없었다. 그가 아는 것이라곤 단지 어머니를 따르
고 있다는 것, 어머니를 향해 가고 있다는 것뿐이었다. 어머니에
의해 이끌리고 어머니의 부름을 받았다는 것이다. 그것이 좋았
다. 그것이 삶이었다. 어쩌면 영영 어머니를 형상화할 수 없을지
도 몰랐다. 어머니는 영원한 꿈으로, 예감으로, 유혹으로, 성스러
운 신비의 황금빛 섬광으로 남을 것이다. 어쨌든 어머니를 따라
가야 했다. 그는 어머니에게 운명을 맡겼고, 어머니는 그의 별이
었다.

이제 결단해야 했다. 모든 것은 명백해졌다. 예술은 아름답지
만, 여신도 삶의 목적도 아니었다. 적어도 골드문트에게는 아니
었다. 그가 따라야 하는 것은 예술이 아니라 어머니의 부름이었
다. 그러니 손가락을 더욱 날렵하고 능숙하게 단련하는 것이 무
슨 소용 있겠는가? 그런 단련의 결과가 무엇인지는 니클라우스
명장을 보면 분명했다. 명예와 이름, 돈과 안락한 삶을 얻는 반면
신비에 도달하는 유일한 통로인 내밀한 감각은 말라붙고 뒤틀리
는 것이다. 그리하여 보기 좋고 값비싼 완구들, 으리으리한 제단
과 설교대를 만든다. 성 세바스티안과 사랑스러운 곱슬머리의
천사 조각상을 만들어 은화 4닢에 판다. 오, 홀을 가득 채운 그런
작품들보다는 잉어 눈동자에 어리는 황금빛과 나비 날개 가장자

리를 곱게 수놓은 가녀린 은빛 솜털이 비교할 수 없이 아름답고 생생하며 가치 있을 것이다.

한 소년이 노래를 부르며 강변길을 따라 내려오고 있었다. 이따금 소년은 노래를 멈추고, 손에 든 커다란 흰 빵을 한 입씩 베어 먹었다. 소년을 바라보고 있던 골드문트는 빵을 한 조각만 달라고 부탁했다. 두 손가락으로 빵의 부드러운 속살을 뜯어 돌돌 말아 조그만 구슬 모양을 만들었다. 성벽 난간 너머로 몸을 내밀고 그것을 하나씩 물속으로 천천히 던졌다. 하얀 빵구슬은 서서히 어두운 물속으로 가라앉았다가 재빨리 몰려든 물고기들의 머리에 둘러싸였고, 그중 한 마리의 주둥이 속으로 사라졌다. 골드문트는 빵구슬이 하나씩 가라앉았다가 사라져버리는 것을 흡족한 마음으로 지켜보았다. 잠시 뒤 배고픔을 느낀 그는 애인들 중 하나인 푸줏간 집 하녀를 찾아갔다. 골드문트는 그녀를 '소시지와 햄의 여왕'이라고 불렀다. 그는 늘 하던 대로 휘파람 소리로 여자를 부엌 창문으로 꼬여내서 먹을 것을 달라고 할 생각이었다. 음식을 챙겨 들고 강 건너편 포도밭 언덕으로 가서 먹으려는 것이다. 그곳은 짙게 우거진 포도 이파리 아래 비옥한 붉은 토양이 번들거렸고 봄이면 작고 푸른 히아신스 꽃송이가 만발하며 핵과의 은은한 향기가 사방에 풍겼다.

하지만 오늘은 결단의 날이자 통찰의 날이 분명했다. 창가에 나타난 카트리네가 그를 발견하고는 뻣뻣하고 다소 투박한 얼굴에 미소를 짓자 그는 손을 뻗어 늘 하던 대로 신호를 보내려 했는데, 그 순간 문득 이 자리에서 기다리던 다른 날들의 기억이 머리에 떠오른 것이다. 이제 앞으로 벌어질 모든 일들이 지루할 정도로 명료하게 눈앞에 그려졌다. 그의 신호를 알아차린 그녀는 안으로 들어갔다가 약간의 훈제 고기를 갖고 뒷문으로 나타날 것이다. 그는 음식을 받아들면서 그녀를 조금 쓰다듬고 안아줄 것이다. 그녀가 기대하고 있을 테니까. 갑자기 골드문트는 모든 일이 한없이 우둔하고 역겨워졌다. 예전에도 여러 번 해온 일을 처음부터 전부 기계적으로 되풀이하기, 그 안에서 자신의 역할을 이행하기, 소시지를 받아들고, 육중한 젖가슴이 안겨오는 것을 느끼고, 답례로 그녀를 살짝 안아주기. 그러자 갑자기 그녀의 투박하지만 착한 얼굴이 영혼이라곤 없이 타성에 젖어 있다는 생각이 들었고, 그녀의 다정한 미소는 너무 흔하게 보아온 것, 어느 정도 기계적이면서 신비감이 결여된 것, 그에게 어울릴 만한 품위를 갖추지 못한 것으로 느껴졌다. 그는 손으로 보내던 신호를 중단해버렸다. 그의 얼굴에 떠올랐던 미소도 싸늘하게 식었다. 아직도 그녀를 좋아하는가? 아직도 그녀를 진심으로 갈망하는가? 아니다. 그는 이미 너무 자주 여기에 왔고, 늘 똑같은 저 미소를 너무 자주 보았고, 마음에도 없는 호응을 해왔다. 어제 그가 별 생각 없이 할 수 있었던 일들이 오늘 갑자기 불가능해졌다. 하녀는 아직도 서서 바라보고 있는데, 골드문트는 몸을 돌리고 골목길을 빠져나갔다. 다시는 이곳에 나타나지 않으리라 다짐하면서. 다른 누군가 그녀의 가슴을 쓰다듬어주겠지! 다른 누군가 맛좋은 소시지를 먹어주겠지! 신나고 흥청망청한 이 도시에서는 어차피 매일매일 퍼마시고 퍼먹는 게 일이 아니던가! 피둥피둥

264

한 이곳 사람들은 얼마나 게으르고 사치스럽고 까다로운가! 이들을 먹이기 위해 매일매일 얼마나 많은 돼지와 송아지가 도살되고, 강에서는 아름답고 불쌍한 물고기들이 얼마나 많이 잡혀오는가! 그런데 골드문트 자신도 마찬가지로 막돼먹고 타락하여, 이들 피둥피둥한 시민들과 역겨울 만큼 흡사해지지 않았는가! 방랑길의 눈 덮인 들판에서 먹은 말라빠진 자두 한 알이나 오래 묵은 빵껍질이 이곳에서 편안하게 살면서 대하는 조합의 만찬보다 훨씬 맛있었다. 오, 방랑이여, 오, 자유여, 오, 달빛 비치는 황야여, 잿빛으로 촉촉한 이른 아침의 풀잎을 조심스레 살필 때 거기 남아 있는 짐승의 발자국이여! 이곳의 정주민들에게는 모든 것이 너무도 편하고 너무도 저렴하다. 심지어 사랑마저도. 골드문트는 이런 생활이 지겨워졌고 갑자기 토할 만큼 역겨워졌다. 이곳의 삶은 의미 없었다. 골수가 빠져버린 뼈와 마찬가지였다. 명장이 그의 모범이었고 리즈베트가 공주처럼 보였던 시기만 해도 이곳은 아름답고 의미도 충만했다. 사도 요한 조각상 작업에 매달릴 때까지만 해도 그럭저럭 견딜 만했다. 그런데 이제 모두 끝났다. 향기는 사라졌고 꽃은 시들었다. 지금껏 자주 그를 깊은 고통에 빠뜨리거나 반대로 깊은 도취에 빠져들게 했던 거대한 허무가 다시금 엄청난 파도로 밀려와 그를 집어삼켰다. 모든 것은 빠르게 시들었고 모든 욕망은 빠르게 고갈되었다. 남은 것은 오직 뼈와 먼지였다. 사라지지 않는 것은 오직 한 가지, 영원의 어머니였다. 태고의 어머니이면서 영원히 젊은 어머니, 슬프고도 잔혹한 미소를 띤 어머니였다. 잠시 동안 골드문트는 어머니의 모습을 다시 보았다. 거대한 어머니, 머리카락에 반짝이는 별을 이고, 마치 꿈을 꾸듯이 세계의 가장자리에 앉아 장난스러운 손짓으로 꽃을 한 송이 한 송이 따서, 생명을 한 송이 한 송이 따서, 바닥없는 무한한 공간 아래로 떨어뜨리고 있었다.

삶의 어느 한때가 시들어 죽어가는 것을 돌아보며 작별의 우수에 취한 골드문트가 그동안 친숙해진 장소들을 헤매는 동안 니클라우스는 골드문트의 장래를 생각해서 불안정한 길손인 그가 자리 잡도록 동분서주하고 있었다. 골드문트에게 장인 증서를 교부하도록 조합을 설득하고, 골드문트를 하급자가 아니라 동료로서 자신 곁에 붙잡아두고 규모가 큰 주문을 함께 상의하고 제작하며 수익도 나누어 갖도록 계획을 짰다. 그 계획은 리즈베트와 관련해서도 매우 과감한 시도였다. 그것은 골드문트가 조만간 그의 사위가 된다는 전제를 깔고 있었기 때문이다. 니클라우스가 지금껏 고용했던 어떤 뛰어난 조수도 그의 사도 요한 조각상 같은 작품을 만들지 못했다. 니클라우스 자신은 늙었고 발상이나 창의력도 많이 쇠약해졌다. 자신의 명망 높은 작업장이 평범한 제작소로 몰락하는 꼴을 보고 싶지 않았다. 골드문트 같은 젊은이를 다루는 일은 결코 쉽지 않겠지만, 그래도 감행할 수밖에 없었다.

명장은 그렇게 세심하게 계산을 마쳤다. 골드문트를 위해 뒤쪽 작업장을 증축하고 다락방을 비워줄 것이며, 조합에 가입하는 기념으로 멋진 새 옷도 한 벌 장만해줄 생각이었다. 조심스럽게 리즈베트의 의사도 떠본 상태인데, 그녀 역시 지난번 점심식

사 이후 같은 바람을 품고 있었으므로 반대하지 않았다. 그 청년
이 자리를 잡아 정착하고 명장 칭호를 받는다면 리즈베트의 신
랑감으로 잘 어울릴 것이다. 그렇게 되는데 아무런 장애물이 없
었다. 아직은 명장 니클라우스도, 작업장의 일도 이 천방지축의
집시 청년을 붙잡아 눌러앉히는데 성공하지 못했지만, 리즈베트
라면 완벽하게 마무리지을 수 있으리라.

이렇게 모든 궁리가 끝났고 올가미 뒤에 보기 좋은 미끼도 매
달아놓았다. 드디어 준비를 마친 어느 날 골드문트에게 사람을
보냈다. 그동안 작업장에 나타나지 않던 골드문트는 이날 다시
점심 초대를 받았고, 이번에도 말쑥하게 빗질하고 단장한 모습
으로 도착하여 좀 과하게 꾸며진 멋진 식당에서 명장과 명장의
딸과 마주앉아 건배를 했다. 딸이 자리를 뜨자 니클라우스는 자
신의 거창한 계획과 제안을 털어놓았다.

"내 말을 잘 알아들었을 거라고 믿네." 니클라우스는 놀라운
발언 뒤에 이렇게 덧붙였다. "굳이 설명할 필요도 없겠지만 지금
껏 어떤 청년도 정해진 수업 기간을 수료하지 않은 채 이처럼 빠
른 시일에 장인의 지위에 오르고 안정된 기반을 잡은 전례는 없
을 걸세. 자네는 진정 행운아야, 골드문트."

골드문트는 예상치 못한 일에 당황하여 할 말을 잊고 명장을
바라보다가 아직 반이나 남은 술잔을 옆으로 밀어냈다. 원래 그
는 며칠 동안 작업장에 나타나지도 않고 쏘다닌 일로 꾸지람을
듣고는 명장의 조수 자리를 제안 받을 거라고 기대했다. 그런데
이런 엄청난 말을 듣다니. 이 사람과 이런 입장으로 마주앉아 있

다니, 골드문트는 슬프고도 당혹스러웠다. 어떻게 대답해야 할지 입이 떨어지지 않았다.

자신의 영예로운 제안이 즉석에서 기쁨과 순종으로 냉큼 받아들여지지 않자 얼굴에 긴장과 실망의 기색이 역력한 명장은 자리에서 일어서며 말했다. "내 제안이 너무 갑작스러웠을 테니 자네도 생각할 시간이 필요하겠지. 그래도 난 마음이 좀 상했네. 자네가 무척 기뻐할 줄 알았거든. 하지만 그건 나 혼자 그랬다는 걸세. 자넨 천천히 생각해보게나."

"스승님." 골드문트는 적당한 단어를 찾느라 애쓰면서 입을 열었다. "부디 노여워 마세요! 스승님의 크나큰 호의에 진심으로 감사드립니다. 게다가 저 같은 자를 제자로 대해주신 것은 아무리 감사해도 모자랄 겁니다! 스승님의 은혜는 결코 잊지 못할 거예요. 하지만 저는 생각할 시간 따위는 필요 없습니다. 한참 전에 마음의 결단을 내렸으니까요."

"어떤 결단을 내렸단 말인가?"

"스승님의 식사 초대를 받기 전에, 스승님의 영예로운 제안을 짐작하기 전에 이미 결심을 끝냈습니다. 저는 이곳에 머물지 않습니다. 방랑을 떠날 겁니다."

니클라우스는 안색이 창백해지며 무서운 눈길로 그를 노려보았다.

"스승님." 골드문트는 간곡히 말했다. "결코 스승님의 마음을 상하게 하고 싶지는 않습니다. 믿어주세요. 스승님에게 결심을 말씀드리는 것뿐입니다. 절대로 변경할 수 없는 결정입니다. 저는 떠나야 합니다. 여행을 나서야 해요. 자유를 향해 가야만 합니다. 다시 한 번 진심으로 감사를 올립니다. 스승님과 좋은 마음으로 작별을 나누고 싶습니다. 허락해주십시오."

골드문트는 명장에게 손을 내밀었다. 금방이라도 눈물이 쏟아질 것 같았다. 니클라우스는 그의 손을 마주잡지 않았다. 얼굴이 백지장처럼 새하얗게 변한 명장은 분노가 무섭게 진동하는 발걸음으로 빠르게 점점 더 빠르게 식당 안을 왔다 갔다 돌아다녔다. 골드문트는 명장의 그런 모습을 한 번도 본 일이 없었다.

어느 순간 명장은 문득 걸음을 딱 멈추었다. 스스로를 진정시키려고 초인적인 안간힘을 쓰면서, 골드문트 쪽으로는 시선도 주지 않은 채 이빨 사이로 간신히 짜내는 소리로 말했다. "알았네. 가! 지금 바로 떠나! 다시는 꼴도 보기 싫으니까! 내가 앞으로 후회할 어떤 말이나 행동을 하기 전에 당장 가버려!"

골드문트는 다시 한 번 손을 내밀었다. 명장은 그 손을 향해 마치 침이라도 뱉는 듯한 동작을 취했다. 얼굴이 창백해진 골드문트는 몸을 돌리고 조용히 식당을 나왔다. 문 밖에서 모자를 쓰고 계단을 내려갔고, 계단 입구의 천사 머리 나무 조각을 손으로 쓰다듬었다. 뒤뜰의 작은 작업장으로 가서 작별의 의미로 자신의 사도 요한 조각상 앞에 잠시 서 있었다. 그리고 아픈 마음으로 명장의 집을 떠났다. 오래전 기사의 저택과 가엾은 뤼디아를 떠날 때보다 더욱 쓰라린 작별이었다.

어쨌든 빨리 끝났다! 어쨌든 불필요한 말을 할 필요는 없었다! 이것이 유일한 위안이었다. 골드문트가 명장의 집 대문을 벗어

269

나자 갑자기 익숙했던 골목길과 도시 풍경이 낯선 모습으로 눈에 확 다가왔다. 우리가 마음으로부터 어떤 것들과 작별을 고할 때 일어나는 일이다. 그는 대문을 한 번 더 뒤돌아보았다. 그것은 이제 그에게 굳게 닫혀 있는, 낯선 집 안으로 통하는 문으로 변해 있었다.

숙소로 돌아온 골드문트는 여행 채비를 시작했다. 준비할 것은 많지 않았고 작별 인사 정도면 끝이었다. 벽에는 그가 그린 온유한 성모 마리아 그림이 하나, 방 여기저기에는 소지품이 널려 있었다. 외출용 모자, 댄스용 신발 한 켤레, 스케치를 그린 두루마리, 소형 류트, 직접 빚은 소품 몇 점, 그리고 애인들로부터 받은 선물로 조화 다발과 루비색 유리잔, 딱딱하게 굳어버린 하트 모양의 레브쿠헨 등등. 이런 소소한 물건 하나하나는 사연과 의미가 있었지만, 떠나는 마당에 이제는 가지고 갈 수 없는 쓸데없는 짐에 지나지 않았다. 그래도 루비색 유리잔은 집주인에게서 튼튼하고 질 좋은 단검과 바꾸어 뒷마당의 숫돌에 예리하게 갈아두었다. 레브쿠헨은 잘게 부수어 이웃집 닭들에게 모이로 주었고, 성모 마리아 그림은 주인집 여자에게 선물했다. 그녀는 유용한 물건으로 답례했는데, 낡은 가죽 배낭과 여행길에 도움이 될 충분한 비축식량이었다. 골드문트는 셔츠 몇 벌, 빗자루 기둥에 돌돌 말은 스케치 몇 점, 그리고 먹을 것을 배낭에 넣었다. 나머지 물건은 두고 갈 수밖에 없었다.

이 도시에는 작별 인사를 해야 마땅한 여자들이 여럿 있었다. 한 명과는 바로 어젯밤에 잠자리를 함께하기도 했다. 그녀에게 자신의 계획을 털어놓지는 않았다. 그렇다, 사람이 방랑을 떠나려 마음먹으면 이런저런 번거로운 문제가 걸리기 마련이다. 그모두를 전부 심각하게 받아들여서는 안 된다. 그는 집주인 가족들 말고는 누구에게도 작별 인사를 하지 않았다. 이른 아침에 길을 떠날 생각이었으므로 인사는 전날 저녁에 모두 마쳤다.

하지만 다음날 새벽, 조용히 집을 나서려는 그를 누군가 부엌으로 불러들이며 우유 수프 한 그릇을 내밀었다. 주인집 딸이었다. 열다섯 살의 소녀는 말이 없고 병약했으며 눈이 아름다웠다. 하지만 고관절에 문제가 있어서 다리를 절었다. 소녀의 이름은 마리였다. 밤을 지새운 탓에 낯빛은 창백했으나 옷을 정성스레 차려입고 머리를 단정하게 빗은 모습이었다. 부엌에서 골드문트에게 따뜻한 우유와 빵을 건넨 소녀는 그가 떠난다는 사실이 무척 슬픈 것 같았다. 골드문트는 감사의 인사를 하고 소녀의 얇은 입술에 연민의 입맞춤으로 작별을 고했다. 소녀는 눈을 감은 채경건하게 입맞춤을 받아들였다.

13장

새로이 시작된 방랑 생활의 처음 얼마 동안 골드문트는 되찾은
자유를 게걸스럽게 만끽하면서도 한없이 발길 닿는 대로 떠돌아
다니는 삶을 처음부터 다시 배워나가야 했다. 방랑자는 누구에
게도 복종할 필요 없이 오직 날씨와 계절에만 의존하면서 어떤
목적지도 없이, 비를 막아줄 지붕도 없이, 일어날 수 있는 모든
우연에 자신을 맡기며 순수하고도 용감하게, 곤궁하면서도 강하
게 살아간다. 그는 낙원에서 추방된 아담의 후예이고 순결한 동
물의 형제다. 그는 매순간 하늘의 손이 직접 내려주는 것을 고스
란히 받아들이며 산다. 태양, 비, 안개, 눈, 더위와 추위, 편안과
곤란. 그에게는 시간도 없고 역사도 없고 노력도 없다. 집을 가진
자들이 필사적으로 신봉하는 발전과 진보라는 괴상한 우상도 없
다. 방랑자 중에는 섬세한 사람도 있고 거친 사람도 있으며, 솜씨
가 좋은 사람과 아둔한 사람, 용감하거나 겁쟁이가 있다. 하지만
어떤 경우라도 마음에는 어린아이가 살고 있다. 모든 방랑자는
인간의 역사 이전의, 이 세계 첫 번째 날을 살아간다. 방랑자를
좌우하는 것은 언제나 몇 안 되는 단순한 욕구와 필요뿐이다. 방
랑자는 영리할 수도 어리석을 수도 있다. 방랑자는 생명의 허무
하고 덧없음을 잘 안다. 생명을 가진 만물이 냉랭하고 드넓은 우

272

주에서 오직 한 줌의 따뜻한 피를 지닌 채 겁에 질린 가엾은 모습으로 떠도는 존재임을 뼈저리게 느끼고 있을 것이다. 아니면 방랑자는 단지 저열하고 게걸스럽게 굶주린 위장의 명령에만 복종하는 인간일 수도 있다. 하지만 그가 어떤 인간이든 방랑자는 소유자와 정주민에게는 증오와 경멸, 공포의 대상이며 적이고 원수다. 소유자와 정주민은 존재의 허무를, 시시각각 속절없이 꺼져가고 있는 생명을, 우리를 둘러싼 우주 전체를 가득 채운 무자비하고 차가운 죽음을 떠올리고 싶지 않기 때문이다.

방랑 생활의 순수함과 모성적 근원, 법과 정신의 기피, 스스로를 버린 채 끊임없이 죽음에 가까워지려는 비밀스러운 의도는 오래전부터 골드문트의 마음에 깊숙이 각인되어 자리 잡았다. 그럼에도 내면에 정신과 의지가 살아 있으며 그럼에도 예술가라는 사실은 그의 삶을 풍요롭게, 그러나 동시에 힘들게 만들었다. 모든 삶은 일단 분열과 모순을 겪은 후에야 비로소 풍성한 꽃을 활짝 피운다. 도취를 알지 못하는 합리와 이성이 무슨 소용이며 죽음이 그 뒤에 도사리고 있지 않다면 정욕이 무엇이겠는가. 성별의 영원한 적대관계가 없다면 사랑은 얼마나 공허하겠는가.

여름이 지나고 가을이 저물어갔다. 골드문트는 몇 달 동안 참으로 척박한 겨울을 간신히 넘겼고, 달콤한 향기가 사방에 퍼지는 이듬해 봄 황홀한 기분으로 방랑을 계속했다. 계절은 빠르게 지나갔고, 높이 뜬 한여름의 태양도 어느덧 지평선 아래로 빠르게 사라졌다. 한 해 두 해 세월이 갔다. 골드문트는 마치 굶주림과 사랑, 소리도 없이 무섭게 빠른 속도로 순환하는 계절의 변화

말고는 아무것도 모르는 사람처럼 살았다. 그는 모성과 본능의 근원적 세계에 푹 빠져버린 것 같았다. 그러나 꽃이 피고 시들어 가는 골짜기를 내려다보며 몽상에 잠겨 휴식을 취할 때마다 그는 자신이 예술가임을 분명히 인식했다. 인간을 어딘지 알 수 없는 곳으로 휩쓸고 가는 달콤한 삶의 무의미를 단단한 정신으로 물리치고 확고한 의미로 대체시키려는 갈망에 시달렸다.

빅토르와의 처참한 사건 이후 누구와도 어울리지 않고 오직 혼자였던 골드문트이지만, 한번은 어떤 청년을 만나 함께 다닌 적이 있었다. 청년은 골드문트가 크게 의식하지 못하는 사이 자연스럽게 동행이 되었으므로 한참 동안 붙어 다닐 수밖에 없었다. 하지만 그는 빅토르 같은 유형은 아니고 로마 순례자였다. 두건 달린 수도복에 순례자 모자를 쓴 그는 로베르트라는 젊은이로 보덴 호수 인근이 고향이었다. 로베르트는 목수의 아들로 태어나 성 갈루스 수도원 학교에 다녔다. 그는 소년 시절에 로마 순례에 대한 꿈을 품었고 항상 그 꿈을 염원하며 살았다. 마침내 꿈을 실행할 기회가 오자 놓치지 않고 얼른 잡아챘다. 로베르트는 아버지의 작업장에서 목수 일을 배웠는데 아버지가 죽은 것이다. 그것이 기회였다. 노인의 장례식이 끝나자마자 로베르트는 어머니와 누이에게 가슴속에 들끓는 열망에 따라, 그리고 아버지와 자신의 죄를 씻기 위하여 당장 로마로 순례 여행을 떠날 것이며, 무엇도 자신의 결심을 막지 못한다고 선언했다. 여자들은 울부짖었지만 소용없었고 꾸짖어도 보았으나 소용없었다. 그는 고집을 꺾지 않았다. 아버지의 자리를 물려받아 두 여자를 돌보는 대신 어머니의 축복도 없이, 성난 누이의 욕설을 들으며 여행길에 올랐다. 그를 움직이게 만든 가장 큰 요인은 방랑에의 욕구였고, 거기에 피상적인 신앙심이 더해졌다. 그 말은 곧 교회 관련 장소나 종교 시설물에 머무는 것을 좋아하고, 예배나 세례, 장례, 미사 전례, 제단의 향과 촛불에서 희열을 맛본다는 의미다. 그는 약간의 라틴어를 할 줄 알았지만 자신의 소박한 영혼이 갈구한 만큼의 학식을 얻은 건 아니었고, 단지 교회의 둥근 천장 그늘 아래서 명상에 잠기거나 고요히 종교적 몰아의 상태에 빠져드는 정도였다. 그는 소년 시절 미사를 위해 열성적으로 헌신하는 복사服事이기도 했다. 골드문트는 로베르트를 완전히 진지하게 받아들인 건 아니었지만 그에게 호감을 느끼기는 했다. 낯섦과 방랑에 열광하는 기질에서 자신과의 유사점을 보았기 때문이다. 그렇게 만족스럽게 집을 떠나온 로베르트는 결국 로마까지 갔다. 수도 없이 많은 수도원과 사제관에 들러 손님으로 받아주기를 요구하면서 남쪽 지방과 산악지대를 구경했고, 로마에서는 교회란 교회는 다 찾아다니며 경건한 행사에 둘러싸여 매우 흡족한 기분을 느꼈다. 수백 번의 미사에 참석했고 유명한 성소마다 방문하여 기도를 올리고 성사를 만끽하느라 젊은 자신의 소소한 죄와 아버지의 죄를 속죄하기 위해 필요한 것보다 훨씬 많은 양의 향불 연기를 들이마셨다. 일 년 이상을 그렇게 돌아다니다가 마침내 고향집으로 돌아왔으나, 돌아온 탕아를 반겨주는 사람은 아무도 없었다. 그사이 집안의 살림과 권한을 장악한 누이는 부지런한 목수를 채용하여 결혼했고, 집과 작업장도 너무나 완벽하게 다스렸으므로 그는 돌아온 지 얼마 되지 않아서 자신이 불필요한 존재임을 알아차렸다. 그가 다시 집을 떠나 여행길에 나선다고 했을 때 이번에는 아무도 말리는 사람이 없었다. 그는 이것을 도리어 홀가분하게 여겼다. 어머니가 모아둔 몇 푼의 돈을 받아서 다시 순례자 차림으로 새로운 순례길에 올랐다. 아무런 목적지도 없이 얼치기 방랑 수도사가 되어 발길 닿는 대로 나라를 이리저리 가로지르며 떠돌게 된 것이다. 유명 순례지의 기념 동전들과 축성한 로사리오 묵주가 그의 몸에 절렁절렁 소리를 내며 매달려 있었다.

그렇게 다니다가 로베르트는 골드문트와 만났다. 그는 하루 동안 골드문트와 동행하면서 방랑 생활의 경험을 나누었고, 다음 도시에 도착하자 어딘가로 사라졌지만, 다시 이런저런 장소에서 자주 우연히 마주치다가 결국 붙임성 있으면서 잔일도 잘 거들어주는 본격적인 동행이 되어버렸다. 로베르트는 골드문트를 무척 좋아해서 사소한 일들을 곁에서 챙겨주곤 했다. 그는 골드문트의 학식과 대담함, 지성에 경탄했으며, 골드문트가 가진 건강과 힘, 정직함에도 큰 애정을 보였다. 그들은 잘 지냈다. 골드문트도 까다로운 성격은 아니었기 때문이다. 그래도 단 하나 참지 못하는 것이 있었다. 골드문트는 슬픔이나 사색에 깊이 빠져들면 굳게 입을 다물고 아무 말도 하지 않으면서 주변의 다른 사람들을 마치 없는 것처럼 취급했다. 그럴 때면 옆에서 떠들거나 질문하거나 달래는 행동은 금물이었고, 그냥 가만히 침묵하게 놓아두어야만 했다. 로베르트는 이것을 얼른 터득했다. 그는 골드문트가 상당히 많은 라틴어 시와 노래를 외울 수 있다는 것을 알았고, 어느 대성당 입구에서 그곳의 조각상에 대해 해박하게 설명하는 걸 들었으며, 언젠가 그들이 기대어 쉬던 담장에 골드문트가 붉은 색연필로 실물 크기의 인물들을 순식간에 휙휙 그리는 것을 보았다. 그 이후, 로베르트는 자신의 동료가 신의 총애를 받는 자라고, 거의 마술사나 다름없다고 생각했다. 그 동료가 신뿐 아니라 여인들의 총애도 받으며 한 번의 눈길과 미소만으로 많은 여자들을 차지하는 것도 보았다. 물론 이 점은 로베르트의 마음에 썩 들지 않았지만, 어쨌든 놀랍기는 했다.

두 사람의 방랑은 어느 날 예상치 못한 사건으로 중단을 맞았다. 그들은 어느 마을 인근을 지나가다가 곤봉과 막대기, 도리깨로 무장한 한 무리의 농부들과 마주쳤다. 농부들 선두의 우두머리가 멀리서 고함쳤다. 당장 그 자리에서 뒤돌아서서 가버리라고, 다시는 발걸음도 얼씬하지 말라고, 안 그랬다가는 맞아 죽을 거라는 말이었다. 걸음을 멈춘 골드문트가 도대체 무슨 일이냐고 물어보려고 하는데 돌멩이가 날아와 그의 가슴을 맞췄다. 로베르트를 돌아보니 이미 혼비백산하여 달아나는 중이었다. 농부들은 위협하면서 점점 다가오고 있어서 골드문트도 달아나는 로베르트를 천천히 따라가는 수밖에 없었다. 로베르트는 들판 한가운데 있는 예수 십자가 조각상 아래서 벌벌 떨며 기다리고 있었다.

"자네가 달아나는 속도는 정말 영웅적이더군." 골드문트가 웃으며 말했다. "그런데 저 무지렁이들은 왜 난리를 피우는 거지?

전쟁이라도 났나? 조그만 동네 앞에 무장한 보초들을 엄청나게 세워놓고 얼씬도 못하게 막다니, 도대체 무슨 일이길래."

영문을 알지 못하는 건 두 사람도 마찬가지였다. 다음날 아침, 외따로 떨어진 농가를 발견하고 거기서 뭔가를 경험한 다음에야 그들은 사건의 내막을 짐작하게 되었다. 오두막과 외양간, 헛간으로 이루어진 농가 텃밭에는 풀이 길게 자라났고 주변에는 과일나무들이 가득했다. 그런데 이상할 정도로 조용했고 아무 소리도 들리지 않았다. 사람 소리도, 발자국 소리도, 아이들 소리나 낫 가는 소리도 아무것도 들리지 않았다. 풀숲 가운데 소가 한 마리 서서 울고 있었다. 젖을 짤 때가 지났다는 것을 금방 알 수 있었다. 그들은 농가로 다가가서 문을 두드렸으나 안에서는 아무런 대답이 없었다. 문이 열려 있는 외양간으로 다가가니 안은 텅 비었다. 헛간으로 가보니 짚을 엮어올린 지붕에 연두색 이끼가 햇빛 속에서 눈부시게 빛날 뿐 사람의 흔적이라곤 없었다. 그들은 오두막 앞으로 되돌아왔다. 농가를 둘러싼 황량함에 놀라고 당황한 그들은 다시 한 번 주먹으로 문을 쳤으나 역시 대답이 없었다. 골드문트는 어떻게든 문을 열어보려고 했는데 놀랍게도 그것은 잠겨 있지 않았다. 그는 문을 살짝 밀고 어두운 실내로 들어섰다. "안녕하세요!" 그는 큰 소리로 외쳤다. "안에 아무도 없나요?" 사방은 고요할 뿐이었다. 로베르트는 여전히 문 앞에 서 있었지만 골드문트는 호기심에 이끌려 안으로 걸음을 옮겼다. 실내는 고약한 냄새가 났다. 괴상하고 역겨운 악취였다. 난로에는 재가 한가득이었다. 입으로 바람을 불어넣자 두터운 재

278

아래 숯이 된 장작이 드러나며 아직 꺼지지 않은 채 빨갛게 사그라드는 불꽃이 보였다. 그때 난로 뒤쪽 어두침침한 구석에 누군가 앉아 있는 것을 발견했다. 누군가 소파에 앉아 잠들어 있는데 노파처럼 보였다. 불러도 소용없었다. 이 집은 마법에 걸린 듯했다. 골드문트는 다가가서 노파의 어깨를 살살 두드렸다. 노파는 미동도 하지 않았다. 그제야 골드문트는 노파가 거미줄에 온통 둘러싸여 있음을 알아차렸다. 거미줄 일부는 노파의 머리카락과 연결되었고 일부는 무릎에 달라붙어 있었다. '죽은 거로구나.' 이런 생각이 번뜩 들면서 살짝 오싹해졌다. 그는 확인하기 위해 난롯불을 피웠다. 입김을 불면서 불씨를 쑤시니 불길이 살아나면서 길쭉한 나무토막에 불이 붙었다. 그는 불붙은 나무를 들고 앉아 있는 노파의 얼굴을 비쳐보았다. 백발 아래 검푸른 색으로 변한 시신의 얼굴이 드러났다. 감지 않은 한쪽 눈빛은 멍하고 흐릿했다. 노파는 바로 이 자리에 앉은 채 죽었던 것이다. 이제는 도와줄 방법이 없었다.

불타는 나무토막을 든 골드문트는 방 이곳저곳을 살펴보다가 뒷방으로 향하는 문지방에서 또 다른 시체를 발견했다. 여덟 살이나 아홉 살쯤 된 사내아이였다. 부어오른 얼굴은 일그러졌고, 속셔츠 하나만 입고 있었다. 소년은 나무 문지방에 엎드린 자세로 죽어 있었고, 필사적으로 양 주먹을 꼭 쥔 모습이었다. 두 번째 시신이로군. 골드문트는 생각했다. 소름 끼치는 꿈을 꾸는 것처럼, 골드문트는 계속해서 앞으로 걸어 뒷방으로 들어갔다. 뒷방은 창의 덧문이 열려 있어서 낮의 햇살이 환하게 비쳐들었다.

골드문트는 들고 있는 나무토막의 불을 조심스레 껐고 바닥에 떨어진 불씨를 밟아서 없앴다.

뒷방에는 세 개의 침대가 놓여 있었다. 한 침대는 비었는데, 거친 회색 아마포 시트 아래로 지푸라기가 비죽 튀어나와 있었다. 두 번째 침대에 또 시체가 보였다. 턱수염을 기른 남자로, 등을 뻣뻣하게 하고 똑바로 누워서 머리를 뒤로 젖히고 턱과 수염을 공중으로 치켜든 자세였다. 이 남자가 집주인 농부 같았다. 움푹 꺼진 얼굴에는 창백한 낯선 죽음의 색채가 번들거렸다. 그의 팔 하나는 바닥을 향해 축 늘어져 있는데, 거기에는 질그릇 물병이 나동그라져 있고 물병에서 흘러나온 물은 아직 흙바닥으로 완전히 스며들기 전이었다. 물은 바닥의 비스듬히 기울어진 곳을 향해 흘러가 그 자리에 조그만 웅덩이를 만들어놓았다. 다음 침대에는 덩치가 크고 억세 보이는 여자가 아마포에 둘둘 휘감기고 구토물에 범벅이 된 채 누워 있었다. 여자는 얼굴을 침대에 푹 파묻은 자세였고, 밀짚 색깔의 억센 머리카락이 밝은 광선을 받아 반짝반짝 빛났다. 여자 곁에는 여자와 몸이 뒤엉킨 소녀가 있었다. 아직 미성년인 듯한 소녀는 마치 헝클어진 아마포에 붙잡혀서 목이 졸려 죽은 듯한 형국으로 누워 있는데, 여자와 마찬가지로 밀짚 색깔의 머리카락에 얼굴은 회청색 반점으로 덮였다.

골드문트는 죽은 이들을 하나하나 차례대로 바라보았다. 소녀의 얼굴에는 비록 모양이 상당히 변형되었으나 아직도 절망적인 죽음의 공포가 그대로 새겨져 있었다. 침대에 고개를 와락 처박고 있는 어머니의 목덜미와 머리카락에도 원한과 공포, 달아나려는 필사적인 발버둥이 고스란히 읽혔다. 그녀의 억세디억센 머리카락은 죽음에 결코 순응할 수 없었던 것이다. 농부의 얼굴에는 고집 센 저항과 이를 악문 고통의 흔적이 있었다. 아마도 그는 아주 힘들게, 남자답게 끝까지 버티며 죽었을 것이다. 수염난 그의 얼굴은 마치 전장에서 장렬하게 전사한 무사처럼 꼿꼿이 하늘을 향해 굳어 있었다. 고요하고도 완강한, 어느 정도 비통하기까지 한 그의 자세는 아름다웠다. 죽음을 그런 식으로 맞아들였다면 분명 비루하거나 비겁한 인간이 아니었으리라. 하지만 문지방에 엎드린 어린 소년의 시신에는 가슴이 저몄다. 소년의 얼굴에는 아무것도 나타나 있지 않았으나, 문지방에 걸쳐진 자세나 두 주먹을 꼭 쥔 모양은 엄청나게 많은 것을 말하고 있었다. 무력하게 맞닥뜨린 처참한 고통에 헛되이 저항해보려고 발버둥친 흔적. 소년의 머리가 바짝 닿아 있는 문에는 고양이가 긁어놓은 것 같은 구멍이 나 있을 정도였다. 모든 광경을 골드문트는 말없이 관찰했다. 물론 오두막은 참을 수 없게 끔찍했다. 시신의 악취는 속을 뒤집었다. 그렇지만 그런 것들이 골드문트를 강하게 사로잡았다. 이것이 바로 위대함이자 운명이었다. 그 안에 깃든 너무도 진실하고 너무도 적나라한 무엇이 그의 애정을 솟구치게 했고, 그의 영혼을 깊숙이 뒤흔들어놓았다.

그때 밖에서 기다리다 지치고 겁이 난 로베르트가 골드문트를 부르는 소리가 들렸다. 골드문트는 로베르트를 좋아했으나 적어도 이 순간만큼은 겁이 많고 유치한 호기심에 조바심내는 산 자들이 죽은 자에 비하면 참으로 하찮고 비루하다는 생각이 들었다. 그는 로베르트에게 대답하지 않았다. 대신 따뜻한 연민과 냉정한 관찰이 혼합된 예술가의 남다른 시선으로 계속해서 죽은 자들을 바라보는 데만 몰두했다. 누워 있는 시신들과 앉아 있는 시신을 자세히 관찰하고, 그들의 머리 모양과 손, 굳어 있는 동작들을 예리하게 살폈다. 마법에 걸린 오두막의 고요! 기이하고 고약한 냄새! 난롯불만이 살아남아 가물거리며 빛을 발하는 이 작은 인간의 보금자리는 으스스하고도 슬프구나. 시체들의 거주지, 죽음으로 가득 차 있으며 죽음만이 통과하는 공간! 머지않아 이 고요한 형체들의 뺨에서 살점이 떨어져나갈 것이며, 쥐가 손가락을 뜯어먹을 것이다. 다른 이들은 관 속에서 무덤 속에서 보이지 않게 숨어서 진행하는 일, 인간 최후의 가장 가련한 임무, 흐물흐물하게 썩어 없어지는 일을 여기 다섯 사람은 자신들의 방에서, 환한 햇빛 아래서, 문도 활짝 열어젖힌 채로, 남이야 보든 말든 개의치 않고 부끄러움도 없이 무방비로 널브러진 채 맞게 되는구나. 골드문트는 죽은 사람을 여러 번 목격했다. 하지만 이처럼 엄혹한 죽음의 현장은 처음이었다. 그는 이 광경을 뇌리에 깊이 새겼다.

골드문트는 문에서 소리쳐 부르는 로베르트를 더 이상 무시할 수 없어서 밖으로 나갔다. 로베르트는 불안한 표정으로 그를 쳐다보았다.

"안에 무슨 일인데요?" 로베르트가 잔뜩 겁먹어 졸아든 목소리로 물었다. "아무도 없는 거예요? 세상에! 당신 눈빛이 장난 아니네요, 말해봐요, 뭘 봤길래 그래요?"

골드문트는 냉정한 시선으로 그를 차분히 응시하며 말했다.

"들어가서 직접 눈으로 확인해보게나. 좀 이상한 농가인 건 맞으니까. 그런 다음에 저 암소 젖을 짜주면 좋을 듯하군. 얼른 들어가라니까!"

머뭇거리며 안으로 들어간 로베르트는 난로를 향해 다가가다가 옆에 앉아 있는 노파를 보았다. 노파가 죽은 것을 알아차린 그의 입에서는 커다란 비명이 터져 나왔다. 공포로 눈이 커다래진 그는 허겁지겁 밖으로 나왔다. "세상에! 난롯가에 노파가 죽어 있어요! 이게 무슨 일이람! 왜 노파를 저대로 놔둔 거예요? 묻어줄 생각도 안 하고! 이런 끔찍한 일이 있나, 냄새 한번 지독하네."

골드문트는 미소를 지었다.

"자네는 역시 용감하군, 로베르트. 그런데 너무 빨리 되돌아왔어. 그래, 죽은 노파가 의자에 앉아 있는 건 이상한 일이지. 하지만 몇 걸음만 더 가면 더욱 이상한 광경을 볼 수 있을 거야. 죽은 사람은 하나가 아니라 다섯이네. 침대에 셋, 문지방에 사내아이 하나가 누워 있으니까. 전부 죽었어. 가족 전부가 죽어 있는 거야. 집 전체가 죽었지. 그래서 아무도 소젖을 짜주지 못한 것이고."

충격을 받은 로베르트는 경악의 눈빛으로 그를 멍하니 보더니 갑자기 숨이 넘어가는 소리로 외쳤다. "이제 알겠네, 농부들이 왜 우리를 마을에 들이지 않으려 했는지. 맙소사, 이유가 바로 이거였구나. 페스트야! 내가 생각할 때 이건 아무래도 페스트예요, 골드문트! 당신은 저 안에 그렇게 오래 있었고 보나 마나 시체도 건드렸을 텐데! 저리 가요! 가까이 오지 말아요! 분명히 감염됐을 거야. 골드문트, 정말 미안한데, 난 떠나야겠네요. 더 이상 당신이랑 못 다니겠어요."

말을 채 마치기도 전에 로베르트는 달아나려고 했지만, 그전에 순례자의 옷자락을 붙잡고 말았다. 골드문트는 말없이 엄격한 시선으로 질책하면서 버둥거리며 팔다리를 뻗대는 그를 꼼짝 못하게 붙들었다.

"이보게 친구." 골드문트는 다정하면서도 냉소적인 음성으로 말했다. "자네는 보기보다 무척 영리하군. 아마 자네 생각이 맞을 거야. 그건 다음에 들르는 농가나 마을에서 확인해보지. 이 지역에 페스트가 돌지도 몰라. 우리가 여기서 무사히 살아남을 수 있을지 없을지는 두고 보면 아는 것이고. 하지만 로베르트, 자네가 달아나도록 둘 수는 없네. 보다시피 나는 인정이 많은 사람이야. 마음이 너무 약해서 탈이지. 자네가 저 안에 들어간 걸 아는데, 그래서 병균에 옮았을지도 모르는데, 그런 자네가 가버리게 둔다면 자네는 어딘가 들판에서 죽을지도 모르잖아. 그것도 홀로 말이야. 눈을 감겨줄 사람도 없고 무덤을 파고 자네 위로 흙을 덮어줄 사람도 없이. 그래서는 안 되네, 친구. 안 되고 말고. 그런 생각만 해도 가슴이 찢어지려고 하네. 그러니 정신 똑바로 차리고 내 말을 단단히 명심해. 두 번 이야기하지 않을 테니까. 우리는 지금 똑같이 위험에 처해 있는 거야. 자네나 나나 똑같이 발병할 수 있단 말일세. 그러니 함께 있자고. 함께 여기서 죽든가, 아니면 저주받은 페스트에서 함께 도망치는 거야. 자네가 죽는

284

다면 내가 자네를 묻어주겠네. 그렇게 해야지. 대신 내가 죽는다면 자네가 하고 싶은 대로 하게. 날 묻어주든지 그냥 도망가든지. 난 아무래도 상관없으니까. 하지만 절대로 그전에 먼저 몰래 달아나면 안 돼. 명심하라구! 우리는 서로가 필요하게 될 거란 말이야. 그러니 이제부터 입 닥치도록 해. 난 아무 말도 안 들을 테니까. 얼른 외양간에 가서 양동이 하나만 찾아봐. 소젖을 짜주어야겠네."

그렇게 일단락되었다. 그 순간부터 골드문트는 명령하는 자였고 로베르트는 복종하는 자였다. 그런 관계는 둘 다에게 순조롭게 흘러갔다. 로베르트는 더 이상 달아날 생각을 하지 않았다. 다만 골드문트를 진정시키느라 이렇게 말했을 뿐이다. "난 그 순간 당신이 너무 무서워서 그랬던 거예요. 죽음의 집에서 걸어나올 때 당신 얼굴이 너무 끔찍했거든요. 그래서 당신이 페스트에 감염된 거라고 믿어버렸죠. 살사 페스트에 걸린 게 아니더라도 그때 당신 얼굴은 정상이 아니었어요. 집에서 본 것이 그 정도로 끔찍했나요?"

"끔찍하지는 않았어." 골드문트는 조금 뜸을 들이며 대답했다. "내가 안에서 목격한 것은 나와 자네, 그리고 우리에게 언젠가 닥칠 일이야. 페스트에 걸리든 걸리지 않든 말일세."

다시 방랑을 계속한 두 사람은 이 지역을 엄습한 페스트와 도처에서 마주쳤다. 많은 마을이 외부인의 접근을 막았고, 그렇지 않은 마을에서는 아무런 제재 없이 골목길을 활개치고 다닐 수 있었다. 많은 농가들이 텅 빈 채 방치되어 있었고 매장되지 못한 시체들이 들판이나 방에서 썩어갔다. 외양간마다 암소들이 젖이 불어서 혹은 배가 고파서 울부짖었고, 놓여난 가축들이 들판을 마음대로 뛰어다니기도 했다. 그들은 소와 염소의 젖을 짜고 먹이를 주었으며, 숲 언저리를 돌아다니는 새끼 염소나 돼지를 잡아 구워먹었고, 주인이 없어진 지하실에서 포도주와 과실주를 꺼내 마셨다. 그들의 삶은 넘칠 만큼 풍족해졌다. 하지만 그런 풍요를 마음껏 즐길 수는 없었다. 로베르트는 시간이 갈수록 점점 전염병을 두려워했고, 시체를 보기만 하면 구역질을 했으며 공포심으로 제정신을 잃는 경우도 많았다. 그는 자꾸만 자신이 감염되었다고 믿으면서 머리와 손을 오랫동안 모닥불 연기 속에 늘어뜨리곤 했다(그렇게 하면 치료가 된다는 말이 있었다). 심지어는 혹이 생겼는지 걱정하는 마음에 잠을 자면서도 다리나 팔, 겨드랑이 등 온몸을 더듬어댔다.

골드문트는 그를 여러 번 꾸짖기도 하고 비웃기도 했다. 골드문트 자신은 두려움이나 역겨움을 겉으로 표현하지 않았다. 그는 긴장된 음울에 잠겨 죽음의 왕국을 통과해갔다. 엄청난 죽음의 광경에 섬뜩할 정도로 매료당했다. 그의 영혼은 위대한 가을에 사로잡혔고, 가슴은 커다란 낫이 쓱쓱 생명을 베는 소리로 무거웠다. 종종 그의 눈앞에 궁극의 어머니가 나타났다. 어머니는 메두사의 눈을 가진 창백하고 커다란 얼굴에 고통과 죽음뿐인 비통한 미소를 짓고 있었다.

어느 날 그들은 작은 도시에 도착했다. 도시는 단단하게 방어를 갖추었다. 집 높이의 방호로가 성문에서 시작하여 성벽을 빙

둘러싸고 있었지만 성벽 위에도, 활짝 열린 성문에도 보초병의 모습은 보이지 않았다. 로베르트는 성문 안으로 들어서기를 거부했다. 골드문트에게도 들어가지 말라고 애원했다. 그러는 사이, 어디선가 종소리가 들렸다. 한 사제가 성문 밖으로 걸어 나오는데 손에는 십자가를 들었다. 그의 뒤를 짐수레 세 대가 따랐다. 두 대는 말이 끌었고 나머지 한 대는 황소가 끌었다. 짐수레에는 시체가 산더미처럼 실려 있었다. 이상한 모양의 외투를 걸치고 두건 속에 얼굴을 깊이 파묻은 시신 인부 몇 명이 수레 옆을 따라 걸으며 마소의 걸음을 재촉했다.

로베르트는 얼굴이 하얗게 질리며 거의 기절할 듯했다. 골드문트는 약간의 간격을 두고 시신 수레를 따라갔다. 이삼 백 걸음 정도 떨어진 곳에 이르자 행렬은 멈추었다. 그곳은 공동묘지가 아니라 텅 빈 황야 한가운데 덩그러니 파인 커다란 구덩이였다. 구덩이 깊이는 세 삽 정도에 불과했지만 넓이는 거의 강당만 했다. 골드문트는 그 자리에 서서 인부들이 막대기와 갈고리로 시신들을 끌어내려 커다란 구덩이 안으로 쌓는 것을 바라보았다. 사제는 입으로 몇 마디 중얼거리며 구덩이 위로 십자가를 흔들고는 얼른 사라져버렸다. 인부들은 편평한 무덤 주변을 빙 돌아가며 불을 지피고 말없이 성으로 돌아갔다. 누구도 구덩이에 흙을 메울 생각조차 하지 않았다. 골드문트는 구덩이 속을 내려다보았다. 쉰 명 혹은 그 이상의 시체가 서로 포개져 마구 쌓여 있었다. 많은 수가 벌거벗은 상태였다. 여기저기서 뻣뻣하게 굳은 팔이나 다리가 처량한 모습으로 허공에 불쑥 튀어나왔고, 셔츠 자락 하나가 바람에 힘없이 펄럭거렸다.

그가 돌아가자 로베르트는 무릎을 꿇다시피하며 어서 빨리 이 곳을 떠나자고 애원했다. 그가 이렇게까지 하는 데는 이유가 있었다. 골드문트의 몽롱한 눈빛에서 그가 지금까지의 경험으로 잘 알고 있는 동료의 증상이 다시 나타난 것이다. 그것은 주변을 깡그리 잊는 절대적 몰입, 처참한 비극에 사정없이 빨려 들어가며 무서운 호기심이 발동하기 시작했다는 징후였다. 하지만 로베르트는 동료를 붙잡지 못했다. 골드문트는 혼자서 도시로 들어갔다.

보초가 없는 성문을 통과할 때 골드문트의 귀에는 포도를 밟는 자신의 발자국 소리가 크게 울렸다. 자신이 방문했던 수많은 도시와 통과했던 수많은 성문이 떠올랐다. 어린아이들의 울음과 뛰어노는 아이들의 소리, 여자들의 말다툼, 모루에 부딪히며 맑게 울려 퍼지는 대장간의 망치질 소리, 마차 바퀴가 굴러가는 소리 등 수많은 소리들이 그를 맞이했다. 맑은 소리와 둔탁한 소리들이 뒤엉켜 그물처럼 어우러지며 인간의 노동과 환희, 작업과 친교의 다양한 모습을 소리의 무늬로 짜넣었다. 그런데 이 도시, 텅 빈 성문과 텅 빈 거리에는 아무 소리도 들려오지 않았다. 웃음도 없고 고함도 없고, 오직 죽음의 침묵만이 단단하게 깔려 있었다. 어디선가 유일하게 재잘대며 졸졸 흐르는 샘물의 멜로디가 너무도 크게 들리는 바람에 소음처럼 느껴질 정도였다. 빵집의 창이 열려 있고, 그 안에서 빵덩이에 둘러싸여 서 있는 주인을 발견한 골드문트는 손으로 둥근 빵을 가리켰고, 주인은 빵 굽는 넓

적한 주걱에 빵을 올려 조심스레 내밀었다. 그리고 골드문트가
돈을 주걱에 올려놓기를 기다렸지만 이방인이 돈을 내지도 않고
빵을 씹어먹으며 가자 화를 내며 창을 덜컹 닫았다. 하지만 고함
을 질러대지는 않았다. 어느 근사한 집 창 앞에는 도자기 화분들
이 놓여 있었는데, 평소라면 꽃이 활짝 피어 있었겠지만 지금은
말라빠진 잎사귀들이 텅 빈 화분 위로 축 늘어져 있을 뿐이었다.
다른 집에서는 어린아이의 흐느낌과 함께 비통한 절규가 터져
나왔다. 그러나 다음 골목길에서 골드문트는 어여쁜 소녀가 위
층 창가에 서서 머리를 빗는 것을 보았다. 골드문트는 멈춰서 소
녀를 올려다보았다. 그의 시선을 느낀 소녀는 아래를 내려다보
았고, 그를 발견하자 얼굴을 붉혔다. 그가 다정하게 미소를 보내
자 소녀의 붉어진 얼굴에도 서서히 희미한 미소가 퍼져갔다.

“머리 빗는 일이 금방 끝나겠죠?” 골드문트는 소녀를 향해 소
리쳤다. 소녀는 환한 얼굴을 창밖으로 내밀었다.

“아직 병에 안 걸렸죠?” 그의 물음에 소녀는 고개를 가로저었
다. “그렇다면 나와 함께 이 죽음의 도시를 떠나요! 숲으로 가서
함께 행복하게 살아요!”

소녀는 의아한 눈빛이 되었다.

“오래 생각할 필요 없어요. 진심이니까.” 골드문트가 외쳤다.
“부모님과 함께 사나요, 아니면 남의 집의 고용인으로 살고 있나
요? 아, 남의 집이로군요. 그러면 고민할 이유도 없네요. 노인들
은 죽게 내버려둬요. 우리 젊고 건강한 사람들은 한참 좋은 삶을
누려야죠. 내려와요, 갈색 머리 아가씨. 진심이에요.”

소녀는 그를 평가하듯 찬찬히 살펴보았다. 망설이면서, 그리고 한편으로 크게 놀라면서. 그는 천천히 계속 걸었다. 인적이라곤 없는 골목길을 유유히 지나 다음 골목까지 갔다가 다시 되돌아왔다. 소녀는 아직도 창가에 그대로 서 있었다. 몸을 앞으로 내밀고 있던 소녀는 그가 다시 나타나자 기쁜 표정이었다. 소녀는 그에게 손을 흔들었다. 그는 천천히 다시 걸어갔다. 얼마 지나지 않아 소녀가 따라왔다. 성문에 닿기 전에 소녀는 그를 따라잡았다. 손에는 조그만 꾸러미를 들었고 머리에는 붉은 스카프를 둘렀다.

"이름이 뭐야?" 그가 물었다.

"레네. 당신과 함께 갈게. 아, 이 도시는 끔찍해. 전부 죽어나가. 그러니 빨리 가. 어서 가!"

성문 근처에는 로베르트가 기분이 상한 채 바닥에 웅크리고 앉아 있었다. 골드문트가 오는 것을 보자 자리에서 벌떡 일어났고, 소녀를 발견하자 눈이 휘둥그레졌다. 그는 이번에는 쉽게 양보하지 않고 온갖 불평과 비난을 늘어놓았다. 저주받은 페스트의 도시에서 여자를 데려오다니, 게다가 그 여자와 앞으로 동행하는데 자신이 동의할 거라고 생각하다니, 미쳐도 단단히 미쳤다, 신이라 해도 이것만은 참아주지 못할 거다, 자기는 절대 거부한다, 자기는 함께 가지 않겠다, 이제 더 이상은 결코 참을 수 없다.

골드문트는 그가 한참을 길길이 날뛰며 하고 싶은 말을 다 할 때까지 기다렸다가 마침내 잠잠해지자 입을 열었다.

"자, 이제 그만하면 충분히 떠들었겠지. 자네도 우리와 함께 가는 거야. 이처럼 어여쁜 동행이 생겼으니 당연히 기뻐해야지. 여자의 이름은 레네야. 나와 함께 지내기로 했어. 하지만 로베르트 자네에게도 기쁜 소식을 전할 테니 들어봐. 우리는 이제 역병의 도시를 떠나 한동안 조용하고 건강하게 살 생각이야. 어디 비어 있는 아담한 오두막을 찾아보거나, 여의치 않으면 직접 지어도 좋겠지. 거기서 나와 레네는 바깥주인과 안주인이 되고, 자네는 우리의 친구로 함께 사는 거야. 그렇게 깔끔하고 화목하게 생활해보자구. 어때, 자네도 동의하지?"

물론이지, 로베르트는 기꺼이 동의했다. 그에게 레네와 악수를 하라거나 그녀의 옷을 만지라고 요구하지만 않는다면 말이다.

"그런 일은 없어." 골드문트가 말했다. "그런 요구는 하지 않아. 심지어 레네에게 손가락 하나라도 대는 일은 엄격하게 금지시키겠네. 그러니 꿈도 꾸지 말게나!"

그들은 함께 걸어갔다. 처음에는 다들 침묵했지만 서서히 소녀의 입이 열리기 시작했다. 다시 하늘과 나무와 풀밭을 보게 되어서 너무도 기쁘다고, 페스트의 도시에서 살았던 시간이 얼마나 소름 끼쳤는지 말로 이루 다할 수 없다고. 소녀는 나쁜 기억을 밖으로 떨쳐버리려는 듯이 도시에서 목격했던 슬프고 역겨운 광경들을 세세하게 털어놓기 시작했다. 소녀는 많은 이야기를 했다. 모두 참으로 듣기 불편한 내용이었다. 그 작은 도시는 지옥이나 마찬가지였다. 두 명 있던 의사 중 한 명이 죽었고, 나머지 한 의사는 부자 환자들만 보러 다녔다. 처리해주는 사람이 없으므로 이 집 저 집에서 시체들이 썩고 있었다. 어떤 집에서는 시신을 치우는 인부들이 약탈을 하는가 하면 추잡하고 음란한 짓까지 벌였다. 인부들은 시신뿐만 아니라 아직 숨이 붙어 있는 환자까지도 침대에서 끌어내 동물 사체 운반용 수레에 싣고 죽은 자와 함께 구덩이로 던져버리기도 했다. 그녀는 이처럼 끔찍한 일들을 입 밖으로 털어내야 했고, 아무도 그녀의 말을 멈출 수 없었다. 로베르트는 놀람과 충격 속에서도 묘한 흥분을 느끼며 귀를 기울였다. 골드문트는 입을 다물고 별다른 반응이 없었다. 그는 처참한 화제들이 소진되어버릴 때까지 오직 묵묵히 기다릴 뿐이었다. 그런 말에 어떤 대꾸를 해야 한단 말인가? 마침내 레네는 지쳤다. 흥분의 물결이 가라앉았고 그녀의 말수도 줄었다. 그때부터 골드문트는 걸음을 천천히 하면서 나직하게 노래를 부르기 시작했다. 여러 소절을 가진 노래였는데, 한 절 한 절 부를 때마다 그의 목소리는 점점 충만하게 차올랐다. 레네는 미소를 지었고 로베르트는 행복하게, 하지만 아주 의아해하며 귀 기울였다. 이제껏 한 번도 골드문트가 노래하는 걸 듣지 못했기 때문이다. 골드문트, 이 사람은 정말로 못하는 일이 없구나. 이제 걸으면서 노래까지 부르다니, 진정 놀라운 괴짜가 아닌가! 골드문트는 정확하고 솜씨 좋게 노래를 불렀지만 목소리는 부드럽게 잠겨 있었다. 두 번째 노래가 시작되자 레네가 나직한 콧소리로 따라 부르다가 제대로 끼어들어 합창을 했다. 저녁이 되었다. 황야 저 멀리 검은 숲이 보였고 그 뒤로는 낮은 산들이 푸르게 서 있었다. 산들은 내부로부터 점점 짙은 푸른빛을 스스로 내뿜는 것 같았다. 한 번은 흥겨웠다가, 한 번은 엄숙했다가, 발걸음의 박자가 노래와 조화를 이루었다.

"오늘 아주 즐거워 보이네요." 로베르트가 말했다.

"그래, 난 즐거워. 당연히 즐겁고말고. 이렇게 아름다운 애인을 구하지 않았나. 아, 레네, 시신 인부들이 너를 잡아가지 않고 나를 위해 남겨둔 것이 얼마나 다행인지. 내일이면 우리는 작은 보금자리를 발견할 거야. 거기서 행복하고 즐겁게 살겠지. 살과 뼈를 포근하게 맞대고 말이야. 레네, 가을의 숲에서 통통하게 살이 오른 버섯을 본 적이 있어? 달팽이가 좋아하지만 사람도 먹을 수 있는 버섯을?"

"그럼. 물론이지." 레네가 대답했다. "그런 버섯을 여러 번이나 본걸."

"그 버섯은 네 머리카락과 마찬가지로 갈색이야, 레네. 네 머리카락처럼 좋은 향기가 나지. 우리 한 곡 더 부를까? 혹시 배가 고프지 않아? 내 배낭에 먹을 만한 음식이 좀 있어."

다음날 그들은 찾아 헤매던 것을 발견했다. 작은 자작나무 숲 속에 통나무 오두막이 한 채 서 있었다. 아마도 벌목꾼이나 사냥꾼들이 지어놓은 것 같았다. 문을 간신히 열어보니 안은 비어 있었다. 오두막이 잘 지어졌고, 이 지역은 감염되지 않았다는 것을 로베르트도 납득하게 되었다. 도중에 그들은 목동도 없이 자기들끼리 돌아다니는 염소들을 마주쳤고, 그중에서 꽤 괜찮아 보이는 암염소 한 마리를 끌고 왔다.

"로베르트, 자네가 건축 전문 목수는 아니지만 가구 만드는 일을 하지 않나. 여기 우리가 살게 될 성에 칸막이벽을 세워주게. 방이 두 개 필요하니 말이야. 하나는 나와 레네의 방, 다른 하나는 자네와 암염소의 방이지. 이젠 먹을 것도 거의 남지 않았어. 오늘 저녁은 많든 적든 그냥 염소젖으로 만족해야지. 이제 벽을 만들게나. 나와 레네는 우리 셋이 누울 잠자리 준비를 할 테니. 내일은 내가 식량을 구하러 나가보겠네."

모두들 곧장 일을 시작했다. 골드문트와 레네는 잠자리에 깔 밀짚과 고사리, 이끼 등을 구하러 가고 로베르트는 벽을 만들 나무를 자르기 위해 돌에다 칼을 갈았다. 하지만 하루에 벽을 완성할 수는 없었으므로 저녁이 되자 로베르트는 바깥으로 나가서 잠을 잤다. 골드문트는 레네가 사랑스러운 파트너라는 것을 알게 되었다. 수줍어하고 경험은 없지만 애정이 넘치는 유형이었다. 사랑에 지친 레네가 깊이 잠든 후에도 골드문트는 잠을 이루지 못한 채 품에 안긴 그녀의 심장이 뛰는 소리에 귀를 기울였다. 그녀의 갈색 머리칼의 냄새를 들이마시고 그녀의 몸에 자신의 몸을 밀착했다. 동시에 머릿속으로는 얼굴을 감싼 악마들이 수레 가득 쌓인 시신들을 집어던지던 편평한 무덤을 떠올리고 있었다. 삶은 아름다웠다. 행복은 아름답고 덧없었으며, 젊음은 아름답고 빠르게 시들어갔다.

오두막의 칸막이벽이 근사하게 완성되었다. 결국 세 사람 모두 그 일에 매달린 결과였다. 로베르트는 자신의 능력을 보여주려 했고, 작업대와 연장과 직각자, 그리고 못만 있다면 당장 근사한 벽을 만들 수 있다고 열변을 토했다. 하지만 가진 거라곤 칼과 두 손이 전부이기에 십여 그루의 자작나무를 잘라서 오두막 바닥에 투박하지만 튼튼한 울타리를 세우는 것으로 만족해야만 했다. 그렇지만 로베르트는 울타리 틈새의 공간에 금작화 줄기를 짜서 메워 넣어야 한다고 지시했다. 그것은 시간이 많이 걸렸지만 즐겁고 유쾌한 작업이었으므로 모두 함께했다. 레네는 사이사이 딸기를 따러 가거나 염소를 돌보러 나갔고, 골드문트도 식량거리를 찾아보고 상황도 살필 겸 인근을 정찰하고 돌아다니다가 쓸 만한 것을 찾아서 들고 오기도 했다. 오두막 주변으로는 아주 멀리까지 사람의 그림자라고는 찾아볼 수 없었다. 특히 로베르트가 그 점에 만족해했다. 질병에 전염될 걱정이 없었고 적대적인 이웃을 두려워할 필요도 없었기 때문이다. 하지만 단점이 있었으니 먹을 것을 찾기가 아주 힘들었다. 멀지 않은 곳에 버려진 농가가 있는데, 이번에는 안에 시체가 없었다. 그래서 골드문트는 사냥꾼 오두막 대신 그곳을 숙소로 삼자고 제안했지만 로베르트가 벌벌 떨면서 반대했다. 그는 골드문트가 빈 농가에 가는 것도 꺼림칙해했으며, 골드문트가 거기서 집어온 물건은 뭐든지 불에 그을리고 깨끗하게 씻기 전에는 절대 건드리지 않았다. 농가에는 쓸 만한 물건이 거의 없었지만 골드문트는 의자 두 개, 우유통 하나, 질그릇 몇 개, 도끼를 챙길 수 있었다. 어느 날은 들판에서 길 잃은 닭 두 마리를 잡기도 했다. 레네는 사랑에 빠졌고, 행복했다. 세 사람 모두 그들의 작은 보금자리를 조금씩 다듬고 하루하루 아름답게 꾸며나가는 즐거움에 신이 났다. 빵은 없었지만 그 자리를 염소가 메워주었다. 작은 순무밭도 발견했다. 그렇게 하루하루가 지났고, 풀줄기를 짜넣은 벽도 완성되었다.

잠자리도 편하게 만들었고 화덕도 설치했다. 개울은 멀지 않았고 개울물은 맑고 달았다. 일을 하면서 자주 노래도 불렀다.

어느 날 그들이 함께 염소젖을 마시며 편안한 집 안을 흡족해하고 있는데, 갑자기 레네가 환상에 잠긴 몽롱한 목소리로 말했다. "그런데 이러다 겨울이 오면 어쩌지?"

아무도 대답하지 않았다. 로베르트는 웃기만 하고 골드문트는 속을 알 수 없는 표정으로 앞만 응시하고 있었다. 레네는 서서히 깨달았다. 이들은 아무도 겨울을 생각하지 않는다는 것을, 아무도 한 장소에서 길게 살 생각이 없다는 것을, 고향은 고향이 아니라는 것을, 그녀는 지금 방랑자들과 함께 있다는 것을. 그녀는 고개를 떨궜다.

골드문트가 입을 열고, 마치 아이를 달래듯이 장난스러운 어조로 말했다. "그처럼 먼 미래의 일까지 걱정하다니. 레네, 너는 진정 농부의 딸이로군. 마음 편하게 가져. 페스트가 물러가면 집으로 갈 수 있을 테니까. 아무리 페스트라도 언젠가는 수그러들게 분명하잖아. 그다음에는 마음대로 해. 부모님 집이나 원하는 다른 곳으로 가도 좋고, 아니면 다시 도시로 가서 일자리를 찾아볼 수도 있겠지. 하지만 레네, 지금은 아직 여름이야. 이 지역은 온통 사람이 죽어나가고 있지만 이곳만은 안전해. 우리는 여기서 아무 문제없이 잘 살고 있고. 그러니 길든 짧든 일단은 여기서 우리가 머물고 싶은 만큼 살면 되는 거야."

"그러다가 나중에는?" 감정이 격해진 레네가 소리쳐 물었다. "나중에 우리는 끝이란 말이야? 당신은 떠날 거고? 그럼 나는?"

골드문트는 레네의 땋은 머리를 얼른 잡고는 살그머니 냄새를 들이마셨다.

"우리 귀여운 바보 아가씨." 골드문트가 부드럽게 달랬다. "시체 나르는 인부들을 벌써 잊었단 말이야? 사람들이 죽어나가 텅 빈 집들을, 성문 밖 커다란 구덩이에서 활활 타오르던 불을 잊었단 말이야? 지금 구덩이 속에 누워 속옷 바람으로 비를 맞고 있지 않은 걸 기뻐해야지. 그곳에서 빠져나왔고 팔다리가 아직도 살아 움직이며, 지금 이 순간 웃고 노래할 수 있다는 사실만으로도 너무 기쁘고 벅차지 않단 말이야?"

하지만 그녀는 여전히 불안했다.

"난 떠나고 싶지 않아." 그녀가 애원조로 말했다. "당신을 떠나보내고 싶지 않아. 싫어. 언젠가는 다 사라지고 떠나버릴 것을 알면서 사람이 어떻게 마냥 기뻐할 수 있겠어."

골드문트는 다시 그녀를 달랬는데, 이번에 그의 목소리는 다정했으나 어딘지 모르게 위협적인 어조가 깔려 있었다.

"오, 레네, 이미 수많은 현자들과 성자들이 그 문제에 대해 머리를 싸매고 오랫동안 사색해왔어. 어떤 행복도 오래 지속되지 않는 법이야. 지금 우리가 누리는 시간이 너에게 만족스럽지 않고 기쁘지 않다면 나는 당장 이 오두막에 불을 질러버리겠어. 다들 각자 갈 길로 가면 되는 거지. 그러니 그만하자, 레네. 설명은 이 정도면 충분할 거야."

그걸로 끝이었다. 레네는 더 이상 항의하지 못했다. 그러나 그녀의 기쁨에는 이제 한 줄기 그늘이 드리웠다.

14장

.

여름이 완전히 물러가기 전에 그들의 오두막 생활은 예상치 못
한 계기로 종말을 맞게 되었다. 어느 날 골드문트는 자고새 한 마
리나 아니면 다른 야생 동물이라도 잡기 위해 새총을 들고 한참
동안 돌아다니고 있었다. 식량이 너무 부족했다. 레네는 근처에
서 딸기를 땄다. 간혹 그는 레네가 있는 지역을 지나치면서 그녀
의 갈색 목과 머리가 린넨 셔츠 밖으로 드러나는 것을 덤불 너머
로 언뜻언뜻 바라보았고, 그녀가 노래하는 소리에 귀 기울이기
도 했다. 어떤 때는 그녀 곁으로 다가가 딸기 몇 개를 집어먹다
가 다시 저 앞으로 지나쳐가기도 했다. 그러면 한동안 그녀의 모
습은 보이지 않았다. 그는 그녀를 생각하며 걸었다. 절반쯤은 사
랑에 겨워, 절반쯤은 짜증스럽게. 그녀는 얼마 전 또다시 다가올
가을과 미래의 일에 대해 말을 꺼냈고, 자신이 임신한 것 같다고,
그를 떠나보내지 않겠다고 말했다. 이제 끝이 보이는군. 골드문
트는 생각했다. 곧 싫증이 날 테고, 나는 홀로 방랑길에 오르겠
지. 로베르트마저 버려둔 채로. 늦어도 겨울이 닥칠 무렵에는 니
클라우스 명장이 있는 대도시로 돌아가서 거기서 겨울을 나고,
이듬해 봄에 좋은 새 신발을 사서 다시 길을 떠나는 거야. 어떻게
든 꿋꿋하게 잘 버텨서 마리아브론 수도원까지 가야겠어. 가서

나르치스를 만나야지. 그를 못 본 지 십 년은 되었을 거야. 그를 다시 만나야 해. 하루 이틀 만이라도 다시 만나야 해.

이상한 소리가 들리는 바람에 깊은 생각에 잠겨 있던 골드문트는 퍼뜩 정신을 차렸다. 그 순간 골드문트는 자신의 생각과 소망은 이미 이곳을 떠난 다음이라는 것을 깨달았다. 그의 마음은 멀리 가버렸고 더 이상 여기에 있지 않았다. 그는 귀를 기울였다. 불길한 소리가 다시 들려왔다. 그것이 레네의 목소리라는 생각이 든 골드문트는 소리가 나는 곳으로 향했다. 하지만 속마음으로는 레네가 자신을 부르는 것이 썩 좋지는 않았다. 얼마 지나지 않아 그는 레네의 목소리를 확인할 수 있을 만큼 가까이 다가갔다. 그녀는 아주 다급하게 그의 이름을 마구 불러대고 있었다. 그는 서둘러 달려갔다. 자꾸만 불러대는 그녀 때문에 속으로는 여전히 짜증났지만, 그래도 걱정과 연민이 더 컸다. 마침내 그가 레네를 발견했을 때 그녀는 들판에 엉거주춤 엎드린 자세로 옷은 갈기갈기 찢겼고, 입으로는 연신 비명을 지르면서 그녀를 강간하려고 덮치는 남자와 힘겨운 몸싸움 중이었다. 골드문트는 펄쩍 뛰어서 단번에 달려갔다. 방금 전까지 그의 마음속에 똘똘 뭉쳐 있던 짜증과 불안과 슬픔이 낯선 악당을 향한 들끓는 분노로 한꺼번에 폭발하듯 터져 나왔다. 남자가 레네를 땅바닥에 거의 완전히 쓰러뜨리려는 참에 골드문트가 덤벼들었다. 그녀의 벗겨진 젖가슴에서는 피가 흐르는데, 그자는 탐욕스럽게 그녀의 몸을 꽉 부둥켜안고 있었다. 골드문트는 곧장 몸을 날려 성난 두 손으로 남자의 목을 사정없이 졸랐다. 손 아래 느껴지는 목은 마르고 단단한 뼈대에 힘줄이 불끈거렸고 양털 같은 턱수염이 나 있었다. 골드문트는 묘한 쾌감을 느끼며 계속해서 목을 졸랐고, 남자는 레네를 붙잡고 있던 손을 놓더니 결국 스르르 뻗고 말았다. 골드문트는 계속해서 목을 조르면서 기운이 다 떨어져 반죽음이 된 사내의 몸을 질질 끌며 맨 땅 위로 회색 바위들이 삐죽삐죽 솟아난 곳까지 데리고 갔다. 그리고 나자빠진 사내의 몸을 잡아들어 올렸는데 너무도 무거워서 두 번 세 번 힘들게 들어 올려서 남자의 머리를 바위 모서리에 떨어뜨려 박살을 냈다. 목이 부러진 몸뚱이를 옆으로 집어던지면서도 골드문트는 분이 풀리지 않았다. 그 몸뚱이를 계속해서 더 사납게 훼손하고 싶을 정도였다.

레네는 환한 얼굴로 지켜보고 있었다. 그녀는 아직도 가슴에서 피를 흘리며 전신을 덜덜 떨었고 숨을 가쁘게 몰아쉬었지만, 그래도 금방 정신을 차리고 몸을 일으킨 다음이었다. 그녀는 쾌감과 경탄이 뒤섞인 눈빛으로 힘 센 애인이 침입자를 질질 끌고 가서 질식시키고 목을 부러뜨린 다음 시신을 내던지는 모습을 황홀하게 지켜보았다. 사내의 시신은 맞아 죽은 뱀처럼 사지가 비틀린 채 땅바닥에 널브러져 있었다. 수염이 덥수룩한 얼굴에 빈약한 머리숱이 듬성듬성한 머리통은 비참하게 뒤로 푹 꺾여 늘어졌다. 레네는 환성을 지르며 벌떡 일어나 골드문트의 가슴으로 달려와 안겼다. 하지만 순간 그녀의 얼굴이 갑자기 창백해졌다. 아직도 팔다리가 충격에서 회복되지 못했고 속이 울렁거리며 토할 것 같은 데다가 온몸에서 기운이 쪽 빠지는 바람에 그녀는 블루베리 덤불 위로 풀썩 쓰러지고 말았다. 하지만 곧 기운을 차리고 일어나 골드문트와 함께 오두막으로 돌아갈 수 있었다. 골드문트는 그녀의 가슴을 씻어주었다. 가슴에는 여기저기 긁힌 상처가 났고, 한쪽 가슴에는 악당이 이빨로 물어뜯은 상처까지 나 있었다.

로베르트는 이 모험적인 사건에 매우 흥분하여 싸움의 세세한 부분까지도 전부 캐물었다.

"목을 부러뜨렸다고? 정말 그랬단 말이죠? 우와 굉장한데! 골드문트, 이제 보니 당신 무서운 사람이네요!"

하지만 골드문트는 그 일에 대해 한마디도 하고 싶지 않았다. 이제 그의 마음은 차분히 가라앉았다. 죽은 사내를 두고 돌아오는 길에 그는 불쌍한 노상강도 빅토르를 생각하지 않을 수 없었다. 자신의 손에 죽임을 당한 자가 이로써 두 명인 것이다. 로베르트를 떨쳐버리기 위해 그는 이렇게 말했다. "이제 자네도 뭔가 할 일이 있지 않겠나. 가서 시체를 치울 수 있겠는지 살펴보게나. 구덩이를 파는 게 너무 힘들다면 호수의 갈대 아래 밀어 넣든지 아니면 돌멩이와 흙으로라도 덮어버리게." 그러나 이 요구는 거절당했다. 로베르트는 시신 근처에는 가까이 가려 하지 않았는데, 시신이 페스트균에 감염되었는지 알 길이 없기 때문이다.

가슴의 물린 상처가 아팠던 레네는 오두막에 도착하자마자 드러누웠다. 하지만 금방 회복되었고, 일어나서 불을 피우고 저녁으로 먹을 우유를 준비했다. 그녀는 기분이 무척 좋았지만 일찍 잠자리에 들어야만 했다. 그녀는 감탄의 눈길로 골드문트를 대하면서 군소리 없이 순종했다. 골드문트는 침울하게 말이 없었다. 그것을 알아차린 로베르트는 골드문트를 가만히 내버려두었다. 밤늦게 잠자리를 찾아간 골드문트는 레네에게 몸을 구부리고 귀를 기울였다. 그녀는 잠들어 있었다. 그의 마음은 뒤숭숭했고 빅토르가 자꾸만 생각났다. 번민이 일었고 방랑벽이 꿈틀거렸다. 한자리에 정착한 척하는 생활도 끝이 났다는 느낌이 들었다. 하지만 한 가지, 뇌리에 달라붙어 떨어지지 않는 것이 있었다. 그가 죽은 자를 몸에서 떼어내 집어던질 때 레네가 자신을 바라보던 눈빛이었다. 정말 묘한 눈빛이어서 아마도 영영 잊지 못할 것 같았다. 놀라움과 황홀함에 커다래진 눈동자는 자부심과 승리감으로 번들거렸고, 복수와 살인에 대한 공감으로 미칠 듯이 활활 타올랐다. 여자의 얼굴에서 단 한 번도 본 적이 없고 볼 수 있을 거라고 예상하지 못한 표정이었다. 그 눈빛이 아니었다면 아마도 골드문트는 수년 후에는 레네의 얼굴을 기억하지도 못하리라. 그 눈빛은 전형적인 시골 소녀인 레네의 얼굴을 위대하고 아름답게, 그리고 소름 끼치게 만들었다. 이미 몇 달 동안이나 골드문트의 눈은 "저걸 그려야 해!"라고 정신이 번쩍 나게 만드는 대상을 발견하지 못하고 있었다. 그런데 그녀의 눈빛을 보는 순간 그는 소름 끼치는 기분과 동시에 그리고 싶다는 욕망에 사로잡혔다.

아무래도 잠을 이룰 수 없었던 그는 일어나서 오두막 밖으로 나왔다. 밤은 서늘했고 자작나무 사이로 바람이 불고 있었다. 그는 어둠속을 이리저리 거닐다가 바위에 앉아 한없이 슬픈 마음으로 깊이 생각에 잠겼다. 빅토르 때문에 슬펐고, 그가 오늘 때려죽인 사내 때문에 슬펐으며, 그의 영혼이 어린 시절과 순결함을 상실한 것이 슬펐다. 이러려고 수도원을 도망쳐 나왔고, 이러려고 나르치스를 떠났으며, 이러려고 명장 니클라우스에게 무례를 범하고 아름다운 리즈베트도 포기했단 말인가? 황무지 한가운데 주저앉아 살면서 달아난 가축들이나 잡고 불쌍한 사내를 바윗돌에 메다꽂으려고 말인가? 이런 일들이 과연 가치 있는가? 삶의 무의미와 자기 환멸로 가슴이 찢어질 것 같았다. 그는 몸을 뒤로 젖혀 사지를 뻗고 드러누운 채 흐릿한 밤하늘의 구름을 응시했다. 그렇게 한참을 바라보고 있으니 어느덧 상념은 잦아들었다. 그가 하늘의 구름을 바라본 것인지 아니면 자신 안의 침울한 세계를 들여다본 것인지는 확실하지 않다. 바위에 누운 채 막 잠이 들려던 순간, 갑자기 구름 사이로 번득이는 섬광처럼 얼굴 하나가 눈앞을 스쳐갔다. 에바의 얼굴이었다. 처음에는 무겁게 그늘진 얼굴이었으나 갑자기 눈을 번쩍 커다랗게 떴다. 육욕과 살기로 이글거리는 눈이었다. 골드문트는 아침이슬이 몸을 적실 때까지 그곳에서 잠들었다.

다음날 레네가 아팠다. 두 사람은 그녀를 자리에 누워 있게 했다. 할 일은 많았다. 로베르트는 아침에 숲속에서 두 마리 양과 마주쳤는데, 양들은 그를 보자마자 달아나버렸다. 그는 골드문트를 불렀고, 그들은 반나절 이상이나 양을 쫓은 후에야 한 마리를 잡았다. 저녁에 양을 끌고 오두막으로 돌아온 그들은 녹초가 되어 있었다. 레네의 상태는 너무나 좋지 않았다. 골드문트는 그녀를 자세히 살피고 몸을 만져보았다. 페스트 혹이 발견되었다. 골드문트는 그 사실을 숨겼지만, 로베르트는 레네가 아직도 아프다는 말을 듣자 의심을 품으며 오두막에 들어오려 하지 않았다. 자신은 오두막 바깥에 잠자리를 마련하겠다면서, 암염소도 데리고 나가겠다고 했다. 염소도 감염될 수 있으니 말이다. "그래, 나가 뻗어버려라 나쁜 놈아!" 골드문트는 화가 나서 고함쳤다. "네놈 상판대기를 두 번 다시 보고 싶지 않은데 잘 생각했구나." 골드문트는 암염소를 붙잡아 칸막이벽 뒤로 데리고 왔다. 로베르트는 염소를 포기한 채 소리 없이 사라졌다. 로베르트는 겁이 나서 죽을 것 같았다. 페스트가 겁났고, 골드문트가 겁났으며, 고독과 밤도 겁이 났다. 그는 오두막 가까운 곳에 자리를 잡고 누웠다.

골드문트는 레네에게 말했다. "내가 곁에 있을 테니 걱정하지 마. 몸은 곧 좋아질 거야."

그녀는 고개를 저었다.

"당신까지 전염되면 안 되니까 조심해야지. 내 곁에 너무 가까이 오면 안 돼. 날 위로하려고 애쓸 필요 없어. 난 어차피 죽을 거야. 어느 날 아침에 눈을 뜨니 당신 자리가 텅 비어 있고, 그래서 당신이 떠나갔음을 아느니 차라리 지금 죽는 편이 나아. 매일 아침 그 생각을 하면서 무서웠거든. 그래, 차라리 죽는 게 나아."

아침에 그녀의 상태는 더욱 악화되었다. 골드문트는 밤새도록 그녀에게 물을 한 모금씩 먹여주다가 한 시간가량 잠이 들었다. 환한 아침 햇살에 드러난 그녀의 얼굴은 하룻밤 사이 시들고 허물어져서 임박한 죽음의 기색이 확연했다. 그는 잠시 오두막 밖으로 나와 신선한 공기를 들이마시고 하늘을 올려다보았다. 숲

언저리에 구부정하게 자라난 몇 그루의 붉은 소나무 줄기는 햇빛을 받아 반짝거렸고 공기는 신선하고 달콤했다. 멀리 있는 언덕은 아침의 안개구름에 가려 아직 보이지 않았다. 그는 잠시 걸으며 지친 팔다리를 펴고 심호흡도 했다. 이 슬픔의 아침에 세상은 아름답기만 했다. 이제 곧 다시 방랑이 시작될 것이다. 작별의 시간이 다가왔다.

숲에서 로베르트가 큰 소리로 그를 불렀다. 좀 나아졌느냐고, 레네가 페스트에 걸린 게 아니라면 함께 있겠다는 말이었다. 그러니 자신에게 화내지 말아달라고, 그동안 자기가 양도 챙겼다고 말이다.

"양 같은 소리하고 있네!" 골드문트가 버럭 소리 질렀다. "레네는 아파서 누워 있고, 나도 이미 병이 옮았어."

뒤의 말은 거짓이었다. 로베르트를 떨쳐버리기 위해 일부러 그렇게 말한 것이다. 로베르트가 마음씨 좋은 청년이지만 그가 지겨워졌다. 로베르트는 너무 비겁하고 소심하며, 지금과 같은 충격적인 운명이 닥쳐오는 시절에는 더더욱 골드문트와는 맞지 않았다. 로베르트는 자취를 감추었고 다시 나타나지 않았다. 태양이 높이 떠 세상이 환하게 밝았다.

다시 레네에게 돌아가니 그녀는 잠들어 있었다. 그도 잠이 들었다. 꿈속에서 골드문트는 오래전의 말 점박이와 수도원의 아름다운 밤나무를 보았다. 한없이 머나먼 황야에 서서 잃어버린 그리운 고향을 뒤돌아보는 기분이었다. 잠에서 깨어나자 금색 수염으로 덮인 그의 뺨 위로 눈물이 흘러내리고 있었다. 레네의 희미한 목소리가 들렸다. 레네가 자신을 부른다고 생각한 골드문트는 잠자리에서 몸을 일으켰다. 하지만 레네는 그에게 말하는 것이 아니었다. 누구를 향해서가 아니라 아무도 없는 허공으로 웅얼웅얼 혼잣말을 뱉어내고 있었다. 사랑의 말, 욕설, 짧은 웃음, 그리고 무거운 한숨과 흐느낌이 이어지다가 점차 사그라졌다. 골드문트는 그녀에게 다가가 모양이 일그러진 얼굴을 내려다보았다. 괴로움 속에서도 솟아나는 호기심을 억누르지 못한 그의 시선은 죽음의 열기에 타들어가면서 흉측하게 비틀리고 이지러진 얼굴선을 하나하나 뜯어보았다. 사랑하는 레네. 그는 심장으로 울부짖었다. 착하고 어여쁜 여인이여, 너는 이렇게 나를 떠나려는 거냐? 이제는 내가 싫다는 거냐?

골드문트는 당장 그 자리에서 도망치고 싶었다. 방랑하고, 방랑하고, 끝없이 앞으로만 걸어가면서, 공기를 들이마시며, 온몸이 노곤해질 때까지 걸으며 새로운 광경을 끊임없이 눈에 담으면 기분이 좋아지고 지금의 울적함이 진정될 것 같았다. 하지만 그럴 순 없었다. 골드문트는 차마 이 작은 여인을 홀로 죽게 둘 수는 없었다. 몇 시간에 한 번씩 잠시 밖으로 나가 신선한 공기를 마시는 것도 힘들었다. 레네가 우유를 전혀 마실 수 없게 되어서 골드문트는 질리도록 우유를 마셨다. 우유 말고는 먹을 것도 없었다. 암염소도 몇 번인가 밖으로 데리고 나가 풀을 뜯고 물을 마시게 하고 운동을 시켰다. 그런 일을 마치면 다시 레네의 병상으로 되돌아왔다. 그녀에게 다정한 말을 속삭여주고 그녀의 얼굴을 피하지 않고 똑바로 바라보았다. 절망의 시선으로, 하지만 아주 주의 깊게 그녀의 죽음을 응시했다. 그녀는 의식이 있었고 종종 잠에 빠져들었다. 잠에서 깨어날 때는 눈꺼풀을 힘겹게 축 내리깐 채 눈을 반쯤 떴다. 젊은 여인의 얼굴인데도 눈과 코 주변은 시간이 지날수록 확연하게 늙어 보였고, 탱탱한 목덜미에 빠르게 노쇠해가는 노파의 얼굴이 얹혀 있는 형국이었다. 그녀는 거의 말을 하지 않았지만 아주 드물게 입을 열 때는 "골드문트" 혹은 "내 사랑"이라는 말이 흘러나왔고, 혀로 푸르딩딩하게 부풀어오른 입술을 적시려고 했다. 그러면 골드문트는 물을 몇 방울 입술에 떨어뜨려주었다.

그날 밤 레네는 죽었다. 그녀는 원망하지 않고 죽었다. 짧은 순간 몸을 움찔 떨더니 숨이 멎었고, 피부 위로 가벼운 파동이 살짝 지나갔다. 그 광경을 지켜보던 골드문트의 가슴이 충격으로 떨렸다. 생선시장에서 목격할 때마다 가여운 생각이 들던 죽어가는 물고기가 떠올랐다. 바로 지금과 똑같은 모습으로 물고기들이 죽지 않았던가. 한 번 움찔한 다음에 전신을 훑고 지나가는 가벼운 전율이 일면서 광채와 생명이 동시에 꺼져버렸다. 골드문트는 한동안 레네 곁에 무릎을 꿇고 있다가 바깥으로 나가 황무지 덤불 곁에 앉았다. 염소 생각이 나서 다시 오두막으로 들어가 염소를 데리고 나왔다. 염소는 잠시 주위를 여기저기 살피더니 바닥에 주저앉았다. 골드문트는 염소의 옆구리를 베고 누워날이 밝을 때까지 잠을 잤다. 잠에서 깬 골드문트는 오두막에 들어가 풀줄기를 짜서 만든 칸막이벽 뒤로 가서 가엾은 망자를 마지막으로 보았다. 죽은 자를 그대로 두고 간다는 것이 마음에 걸렸다. 그는 밖으로 나가 양팔 가득 마른 가지와 시든 덤불을 모았다. 그것들을 몽땅 오두막으로 집어던지고 불을 붙였다. 오두막에서 그가 갖고 나온 물건은 성냥이 전부였다. 바싹 마른 금작화 줄기 벽은 순식간에 활활 타올랐다. 그는 열기로 얼굴이 빨갛게 익을 때까지 앞에 서서 불이 오두막 지붕 전체로 번져 타오르고 첫 번째 서까래가 무너지는 광경을 지켜보았다. 겁에 질린 염소가 울면서 제자리에서 마구 뛰었다. 기운을 차리고 길을 떠나려면 염소를 죽여서 고기 한 조각을 그슬려 먹어두는 편이 옳을 것이다. 하지만 그럴 수 없었다. 그는 암염소를 황야로 풀어주고 자리를 떴다. 숲속으로 들어갈 때까지 오두막의 불타는 연기는 그를 뒤따라왔다. 이처럼 참담한 심정으로 방랑을 떠났던 적은 한 번도 없었다.

그렇지만 골드문트를 기다리는 것은 그의 예상보다 더욱 나빴다. 그것은 첫 번째로 마주친 농가와 마을에서 이미 시작되었고 내내 계속되었으며, 앞으로 나갈수록 더더욱 지독해졌다. 이 지역 전체에, 넓게 펼쳐진 나라 전체에 짙은 죽음의 구름과 암울한 공포의 그림자가 드리워 있었다. 사람들이 죽어버린 집들은 텅텅 비었고 사슬에 묶인 채 굶어죽은 개들은 농가 마당에서 썩고 있었으며 매장되지 못한 시신들이 널려 있고 아이들은 구걸하고 다녔다. 성문 앞에는 구덩이를 파고 시신들을 한꺼번에 가져다 묻었다. 더욱 끔찍한 것은 살아남은 자들이었다. 사람들은 충격과 공포로 눈에 초점이 사라지고 넋을 잃은 듯했다. 어디를 가더라도 비참하고 섬뜩한 광경을 보고 들을 수 있었다. 병에 걸렸다고 해서 자식을 버리는 부모도 있었고 아내를 버리는 남편도 있었다. 시신을 나르는 인부나 구호소 직원들은 마치 형리처럼 기세가 등등했다. 그들은 사람이 죽은 집에 들어가 약탈하고 시체를 파묻지도 않고 마음대로 내다 버리는가 하면 어떨 때는 숨이 끊어지지도 않은 병자를 침대에서 끌어내 시신 수레에 던져버리기도 했다. 겁에 질린 피난민들은 혼자서 이리저리 떠돌았다. 야만인 꼴이 된 그들은 다른 인간과의 어떤 접촉도 피했고, 오직 죽음의 공포에 사로잡힌 신세였다. 재앙의 끔찍한 분위기가 주는 자극 때문에 도리어 생의 향락에 도취된 인간들도 있었다. 그들은 진탕 먹고 마시는 연회와 춤판을 벌였고, 죽음이 흥분제 역할을 하는 성애의 축제를 열었다. 그렇지 않은 사람들은 슬픔에 무너진 피폐한 몰골로 신을 저주하며 폐가로 변한 집이나 묘지 앞에 멍한 눈빛으로 쭈그리고 앉아 있었다. 무엇보다도 가장 참담한 현상은 이런 지옥의 재앙에 대한 책임을 뒤집어씌울 속죄양을 찾느라 다들 혈안이 되었다는 것이다. 누가 이 역병을 불러온 악랄한 원흉인지 알고 있다고 저마다 주장하는 형국이었다. 남의 불행을 즐기는 사악한 자들이 페스트로 죽은 시신에서 페스트 독을 뽑아내 담벼락과 문고리에 바르고 우물과 가축을 오염시켜 죽음을 퍼트리고 다닌다는 것이다. 누구라도 의심의 대상이 되면 살아날 방도가 없었다. 누가 몰래 살짝 귀띔해주어 미리 달아나지 못하면 마을 재판에서 사형을 언도받든 아니면 폭도들에게 맞아 죽었다. 부자들이 가난한 자들에게 죄를 뒤집어씌우기도 하고 반대의 경우도 있었다. 유대인이나 외국인 혹은 의사들이 원흉이라는 소리도 들렸다. 골드문트는 어느 도시에서 집들이 밀집한 유대인 구역 전체가 불길에 휩싸인 참상을 목격하고 가슴이 부들부들 떨려왔다. 주변에 몰려든 사람들이 환호성을 질렀고, 비명을 지르며 불구덩이에서 도망쳐 나온 이들을 무기로 위협하여 다시 불속으로 몰아넣고 있었다. 공포와 적개심에 이성을 잃은 사람들이 죄 없는 자들을 때려죽이고 태워 죽이고 고문하는 일이 비일비재했다. 골드문트는 치밀어오르는 분노와 혐오감으로 그것을 지켜보았다. 악독에 물든 세계가 멸망하는 것 같았다. 지상에는 더 이상 기쁨도 순결도 사랑도 남아 있지 않았다. 그는 종종 탐닉에 빠진 무리들이 벌이는 극단적인 잔치로 도피하곤 했다. 어디서나 죽음의 바이올린 소리가 현란했고 그는 그런 음악 소리를 알아들었다. 절망의 파티에 자주 끼어들어 류트를 연주하거나 밤새도록 횃불 아래서 함께 어울려 격정적으로 춤을 추었다.

골드문트는 두렵지 않았다. 한때 그는 여러 번 죽음의 공포를 맛보았다. 전나무 아래서 빅토르의 손가락이 목을 짓눌러대던 겨울밤이 있었고, 굶주림에 지쳐 눈 속을 헤매던 방랑의 날들이 있었다. 그것은 인간이 대항해서 싸울 수 있는 죽음, 막아낼 수 있는 죽음이었다. 실제로 그는 싸웠고 막아냈다. 벌벌 떨리는 손과 발, 텅 빈 배를 움켜쥐고 지친 팔다리를 허우적대며 필사적으로 저항하여 싸움에서 이겼고 죽음으로부터 벗어났다. 하지만 페스트의 죽음은 싸울 수 있는 종류가 아니었다. 미쳐서 날뛰는 죽음에 아무런 항거 없이 모든 희망을 포기할 수밖에 없었다. 골드문트는 오래전부터 포기한 상태였다. 그는 두렵지 않았다. 레네를 불타는 오두막에 놓아두고 온 후, 죽음이 판치는 지상의 풍경을 매일매일 목격한 후, 그는 삶에 대한 미련이 모두 사라졌다고 생각했다. 그러나 단 한 가지, 무섭도록 격렬한 호기심만이 그를 자극하고 깨어 있게 만들었다. 그는 한 번도 질리지 않고 계속해서 죽음을 주시했고 허무의 노래에 귀 기울였다. 어떤 상황도 회피하지 않았다. 모든 일을 생생하게 경험하고 싶다는 열정, 두 눈을 똑바로 뜨고 이 지옥의 현장을 통과하겠다는 고요한 열정이 그를 한시도 떠나지 않았다. 그는 주인들이 죽어버린 빈 집에서 곰팡이 핀 빵을 찾아 먹었고, 광란의 연회에서 노래를 부르며 포도주를 퍼마셨다. 빠르게 시들어버리는 쾌락의 꽃을 꺾었고 취한 여인들의 무감각한 눈동자를, 술 취한 자들의 멍하게 고정된 눈동자를, 죽어가는 자들의 빛이 꺼져가는 눈동자를 들여다보았다. 절망으로 몸을 불태우는 여인들을 사랑했다. 수프 한 접시를 얻기 위해 시신 운반을 도왔고 동전 두 닢을 위해 벌거벗은 시신들 위로 흙을 퍼부었다. 세계는 어둡고 광폭해졌다. 죽음은 흐느낌의 노래를 불렀고, 골드문트는 귀를 바싹 세우고 그 소리를 허겁지겁 빨아들였다.

골드문트의 목적지는 니클라우스 명장이 사는 도시였다. 가슴 속 목소리가 그를 그곳으로 이끌었다. 긴 여정이었다. 어디에나 온통 죽음이고 온통 쇠락이고 멸망이었다. 그는 슬픔에 잠긴 채 갔다. 죽음의 노래에 취해서 비명을 질러대는 세계의 고통에 자신을 내맡기고, 슬프지만 뜨겁게 열중하며 모든 감각의 문을 활

311

짝 열어둔 채로.

　도중에 어느 수도원에서 새로 그린 벽화를 보았는데 그는 눈을 뗄 수 없었다. 그것은 죽음의 무도였다. 희끄무레한 뼈만 앙상한 죽음의 해골이 인간을 삶으로부터 몰아내는 춤을 추고 있었다. 왕과 주교, 수도원장, 백작, 기사, 의사, 농부, 머슴 등이 닥치는 대로 끌려갔고, 곁에서는 해골 악사들이 속이 빈 뼈를 악기처럼 연주했다. 골드문트는 강렬한 호기심에 사로잡혀 그림을 눈으로 집어삼킬 듯이 들여다보았다. 누군지 알 수 없는 미지의 동료는 자신이 페스트 지역에서 목격한 사실에서 교훈을 끌어냈다. 인간은 누구나 죽을 수밖에 없노라는 통렬한 설교가 귀에 쩌렁쩌렁 울리는 것 같았다. 잘 그려진 그림이고, 훌륭한 설교를 담고 있었다. 낯선 동료 화가는 사태를 나쁘지 않게 관찰했고 그림으로 옮겼다. 거칠고 사나운 그림에서는 뼈가 덜덜 떨리는 오싹한 공포가 잘 살아났다. 그렇지만 그림은 골드문트가 직접 보고 경험한 것과는 거리가 있었다. 그림이 표현하는 것은 죽어야만 하는 엄혹한 운명이었다. 그런데 골드문트라면 다른 그림을 그릴 것 같았다. 죽음의 광폭한 노래는 그의 마음에서 아주 다르게 울렸다. 스산하고 가차없다기보다는 차라리 달콤하고 유혹적인 고향집의 부름, 어머니의 목소리 같았다. 죽음이 삶 속으로 손을 내뻗는 곳에 아비규환의 절규만 터져 나오는 건 아니었다. 그곳에는 깊고 그윽하며 가을날처럼 충만한 느낌도 있었다. 죽음이 닥친 자리에는 생명의 램프가 더욱 환하고 절실하게 타올랐다. 다른 이들에게 죽음이 전사이자 재판관, 형리, 엄격한 아버지라면,

골드문트에게 죽음은 어머니이고 애인이었다. 죽음의 부름은 사랑의 유혹이었고 다가온 죽음의 손길은 사랑의 전율이었다. 죽음의 무도 그림을 본 골드문트는 어서 빨리 명장을 찾아 작업해야겠다는 창작욕이 다시금 솟구쳤다. 하지만 어디에나 발길을 붙잡는 광경과 체험이 가득했고, 그럴 때마다 그는 코를 벌름거리며 죽음의 공기를 들이마셨다. 가는 곳마다 무엇인가가 그의 연민이나 호기심을 자극하는 바람에 한 시간 혹은 온종일 지체하곤 했다. 한번은 징징 울고 있는 사내아이를 발견하고 사흘이나 데리고 있기도 했다. 대여섯 살쯤 된 아이는 굶어죽기 직전이었는데 몇 시간이고 등에 업고 다녀야 해서 매우 성가신 짐이 되었고 떼어버리는 데도 무척 힘들었다. 결국 숯 굽는 아낙이 아이를 맡아주었다. 아낙의 남편이 죽었으므로 그녀는 살아 있는 가족이 필요했던 것이다. 한번은 주인 없는 개가 며칠 동안 따라다녔다. 그의 손에서 먹이를 받아먹고 밤에는 체온으로 그를 덥혀주었다. 어느 날 일어나보니 개는 사라지고 없었다. 골드문트는 개에게 말을 거는 것이 습관이 되었던 터라 몹시 아쉬웠다. 인간의 악함에 대해, 신의 존재에 대해, 예술에 대해, 자신이 젊은 시절 알았던 율리에라고 하는 기사의 딸에 대해, 소녀의 가슴과 엉덩이에 대해 개에게 상세하게 이야기했던 것이다. 죽음의 대지를 방랑하는 골드문트는 당연히 살짝 정신이 이상해져 있었다. 페스트가 창궐하는 지역의 사람들은 정신이 살짝 이상해져 있었고, 일부는 완전히 머리가 돌아버리기까지 했으니 말이다. 그러니 유대인 소녀 레베카도 머리가 살짝 이상해져 있었을 것이다.

검은 머리에 눈빛이 이글거리는 예쁜 소녀와 함께 보내느라 골드문트는 이틀을 지체했다.

레베카를 발견한 건 어느 작은 도시 인근의 들판이었다. 그녀는 새까맣게 타버린 잿더미에 웅크리고 앉아 울부짖었고 손으로 자기 얼굴을 때리면서 머리카락을 쥐어뜯고 있었다. 그녀의 검은 머리카락이 너무도 아름답게 보여 골드문트의 연민을 불러일으켰다. 그는 사납게 날뛰는 그녀의 손을 잡아 움직이지 못하게 하고는 말을 걸었다. 그제야 놀랍도록 아름다운 소녀의 얼굴과 몸매도 눈에 들어왔다. 소녀는 아버지 때문에 비통해하고 있었다. 소녀의 아버지는 열네 명의 다른 유대인들과 함께 시 당국의 명에 의해 화형을 당했다. 소녀는 미리 달아날 수 있었으나 너무도 절망스러운 나머지 되돌아왔고 함께 화형당하지 못한 자신을 통탄해하는 것이다. 골드문트는 덜덜 떠는 소녀의 손을 참을성 있게 붙잡고 부드럽고 나직하게 계속 위로하면서 가엾은 소녀를 보호하고 도와주겠노라고 제안했다. 소녀는 아버지의 시신을 묻기 위해 그의 도움이 필요하다고 했다. 그들은 아직 뜨거운 재를 샅샅이 뒤져서 뼛조각을 하나하나 모았고, 들판 멀리 눈에 띄지 않는 곳으로 가져가 묻어주었다. 그러는 사이 해가 졌으므로 골드문트는 떡갈나무 숲속에서 잠잘 만한 곳을 찾아 소녀의 잠자리를 만들었다. 자신은 잠을 자지 않고 주변을 지키겠노라고 약속했다. 소녀는 잠자리에 누워서도 한참을 울고 훌쩍거리다가 간신히 잠이 들었다. 그다음에야 골드문트도 잠시 눈을 붙였다. 다음날 아침 그는 소녀에게 구애했다. 이렇게 혼자 다닐 수는 없다. 유대인이라는 게 들통나면 맞아 죽을 수 있고, 거친 방랑자들과 마주치면 몹쓸 짓을 당할 수 있으며, 숲속에는 늑대와 집시가 우글거린다고. 하지만 자신과 함께 다니면 늑대와 인간의 위험을 피할 수 있다고, 그녀가 불쌍하다고, 자신이 잘해줄 거라고, 자신은 안목이 뛰어나서 아름다움을 볼 줄 알기에 이 어여쁘고 영리한 눈꺼풀과 사랑스러운 어깨가 짐승에게 잡아먹히거나 화형대에 세워질 생각만 해도 참을 수 없노라고. 어두운 표정으로 그의 말을 듣던 소녀는 벌떡 일어나서 달아나버렸다. 골드문트는 쫓아가서 소녀를 붙잡았다. 도저히 그냥은 떠날 수 없었다. "레베카, 내가 너에게 나쁘게 하지 않는다는 걸 너도 잘 알잖아. 너는 지금 아버지 생각 때문에 너무 슬퍼서 사랑에 대해서는 추호도 관심 없을 뿐이야. 그러니 내일이나 모레, 아니 나중에라도 내가 다시 물어볼게. 그때까지는 널 보호하고 음식은 구해주지만 손끝 하나 건드리지 않겠어. 네가 하고 싶은 만큼 얼마든지 슬퍼해도 괜찮아. 넌 내 곁에 있으면서 슬퍼해도 되고 즐거워해도 돼. 네게 기쁨을 주는 일이라면 뭐든지 해도 좋아."

하지만 아무런 소용이 없었다. 소녀는 성난 어조로 완강하게 자신은 기쁜 일 따위는 아무것도 하고 싶지 않다고, 차라리 고통받는 일을 하고 싶다고, 두 번 다시는 기쁨에 대해 생각하기 싫다고, 어서 빨리 늑대가 와서 자신을 잡아먹었으면 좋겠다고 했다. 그러니 당신은 가버려라, 그런 말은 아무리 해도 소용이 없고, 귀만 아플 뿐이다.

골드문트가 말했다. "너도 알다시피 이곳은 사방에 죽음뿐이

315

야. 집집마다, 도시마다 사람들이 죽어나가고 한숨과 비탄이 하늘을 찌르지. 네 아버지를 태워 죽인 우둔한 인간들의 분노도 막다른 골목에 몰리다보니 터져 나온 비명에 불과해. 너무나 감당하기 어려운 고통 때문인 거야. 생각해봐, 우리도 머지않아 죽을 거야. 우리의 시체는 들판에서 썩고 두더지가 우리 해골을 갖고 놀겠지. 그전에 삶을 즐기고 사랑을 즐겨야지. 너의 새하얀 목덜미와 조그만 발이 속절없이 썩어갈 것을 생각하니 얼마나 가슴이 아픈지! 아리따운 소녀여, 그러니 나와 함께 가자, 널 건드리지 않을게. 그냥 바라보고 돌봐주기만 할게."

그는 한참을 사정했다. 그러다 불현듯 이렇게 조목조목 이유를 대는 설득의 말이 아무 소용없다는 것을 느꼈다. 그래서 입을 다물고 슬픈 눈빛으로 소녀를 바라보았다. 여왕처럼 자존심 강한 소녀의 얼굴은 조금의 누그러짐도 없이 단호한 거부의 의사를 나타내고 있었다.

"당신들은 늘 그렇지." 소녀의 어조에는 증오와 경멸의 기색이 가득했다. "당신들 기독교인이란! 자기 민족이 살해한 아버지의 시신을 묻어주면서 딸을 돕는 척했을 뿐이지. 아버지 손톱만큼의 가치도 없는 주제에! 그 일이 끝나기가 무섭게 마치 딸이 자기 소유물인 양 구는 거지. 함께 뒹굴자고 말이야. 당신들은 원래 그래! 처음에는 당신이 좋은 사람인 줄 알았어. 하지만 어떻게 당신이 좋은 사람일 리가 있겠어? 당신들은 전부 돼지들이야!"

그녀가 말하는 동안 골드문트는 그녀의 눈 속에서, 증오 뒤편에서 이글거리는 뭔가를 발견했다. 그것은 골드문트의 가슴 깊이 파고들면서 감동과 수치심을 불러일으켰다. 그녀의 눈에는 죽음이 보였다. 그 죽음은 어쩔 수 없는 죽음이 아니라 소망하는 죽음, 간절하게 염원하는 죽음이며 어머니 대지의 부름에 복종하고 따르려는 죽음이었다.

"레베카." 골드문트가 조용히 말했다. "그래, 네 말이 맞을 거다. 난 좋은 사람이 아니야. 너에게 좋은 뜻으로 그런 말을 했지만 말이야. 용서해다오. 이제야 너를 이해하겠구나."

모자를 벗어들고 마치 후작부인에게 하듯이 허리를 깊이 숙여 절한 후 그는 무거운 마음으로 자리를 떠났다. 그녀가 나락으로 굴러떨어지게 둘 수밖에 없었다. 오랫동안 그는 침울했고, 누구와도 말하고 싶지 않았다. 서로 닮은 점이 거의 없었지만, 자존심 강하고 가엾은 이 유대인 소녀는 어떤 점에서는 기사의 딸 뤼디아를 연상시켰다. 그런 여인들을 사랑하는 건 고통을 안겨줄 뿐이었다. 하지만 한동안 그는 마치 자신이 일생 동안 오직 그 두 여인만을, 소심하고 불쌍한 뤼디아와 경계심 많고 날카로운 유대인 소녀만을 사랑해온 것 같은 생각이 들었다.

그 후로도 오랫동안 골드문트는 검고 뜨겁게 이글거리던 소녀를 생각했고, 밤이면 꿈속에서 여리여리하면서도 격정적으로 아리따운 그녀의 육체를 만나곤 했다. 원래는 행복을 맛보고 활짝 피어날 운명이었겠지만 지금은 죽은 거나 다름없는 신세인 육체를. 오, 그 사랑스럽고 어여쁜 입술과 가슴이 '돼지들'의 제물이 되어 들판에서 썩어가야 하다니! 그 소중한 꽃잎을 구원해줄 힘은, 마법은 정녕 없단 말인가? 마법이 있기는 했다. 그녀가 그의 영혼 안에서 계속해서 살아남아 그로 인해 형상을 얻고 보존되는 것이다. 수많은 형상들이 자신의 영혼을 가득 채우고 있음을 느낀 골드문트는 소스라치게 놀라면서도 환희로 황홀해졌다. 죽음의 땅을 떠돌던 기나긴 방랑이 그의 가슴속에 여러 인물상들을 빼곡히 새겨둔 것이다. 오, 충만함이 그의 내면을 팽팽하게 조였다. 그 형상들을 차분히 들여다보고 흘러가게 두면서 종국에는 불변의 형태로 구현하기를 얼마나 갈망해왔던가! 골드문트는 더욱 뜨겁게 더욱 탐욕스럽게 애쓰며 나아갔다. 눈은 더욱 크게 뜨고 감각으로는 모든 것을 느끼면서 종이와 붓, 점토와 목재, 작업장과 창작의 노동을 향한 불타는 그리움에 온몸을 떨었다.

여름이 지나갔다. 가을이 되면 혹은 늦어도 겨울이 시작될 즈음에는 전염병이 물러갈 것이라고 사람들이 확신했다. 기쁨이라곤 없는 가을이었다. 골드문트는 과일을 수확할 사람이 하나도 남아 있지 않은 지역을 지나갔다. 나무에서 떨어진 열매는 풀밭에서 그대로 썩어갔다. 어떤 곳에서는 도시에서 흘러나온 난폭한 무리들이 거친 강도떼로 변하여 과일을 약탈하고 닥치는 대로 먹어 치웠다.

서서히 골드문트의 목적지가 가까워졌다. 최근에는 두려움이 그를 사로잡을 때가 많았다. 목적지에 닿기 전에 페스트에 걸려 어느 마구간에서 죽을지도 모른다는 두려움이었다. 이제는 죽기 싫었다. 아니 적어도 다시 한 번 작업장에 서서 창작에 몰두하는 행운을 즐기기 전에는 죽고 싶지 않았다. 그러자 처음으로 세상이 너무 넓고 독일이란 나라가 너무 커 보였다. 아무리 아름다운

318

소도시를 만나도 쉬어가고 싶지 않았으며 아무리 어여쁜 시골 처녀도 그를 하룻밤 이상 붙잡아두지 못했다.

어느 날은 교회 앞을 지나갔는데, 교회 정문 장식용 기둥이 떠받치는 움푹 들어간 발코니에 아주 오래된 석상들이 서 있었다. 천사와 사도, 순교자 등 그가 지금껏 자주 보았던 조각상이었다. 그가 살았던 마리아브론 수도원에도 이런 석상들이 많았다. 오래전 소년 시절에 그는 이런 조각상을 좋아했으나 열정을 갖고 관찰하지는 않았다. 아름답고 존엄하다고는 느꼈지만 좀 지나치게 엄숙하고 딱딱하고 구태의연하다는 인상을 받았다. 그러다 나중에 첫 번째 긴 방랑의 끝 무렵 명장 니클라우스의 사랑스럽고도 슬픈 성모상을 만나 마음을 온통 뺏기고 열광하게 된 이후로는 고풍스럽고 엄숙한 석상들은 너무 엄격한 틀에 박혀 공감하기 어려운 작품으로 생각해왔다. 그래서 일종의 우월감을 갖고 구식의 조각상을 대하곤 했다. 스승 니클라우스의 방식이 훨씬 생동감 있고 내밀하며 영혼이 깃든 예술이라고 여겼다. 그런데 지금 마음은 형상으로 가득하고, 영혼은 격렬한 모험과 체험의 흉터투성이이며, 생각을 가다듬고 창작에 전념하고픈 갈망으로 고통스러운 지금, 이 엄격하고 고색창연한 구식 형상이 불현듯 엄청난 힘으로 그를 사로잡은 것이다. 그는 위엄 있는 형상 앞에 경건하고 겸손하게 서 있었다. 그들의 몸에는 오래전에 잊힌 시간의 심장이 살아 있었다. 오래전에 사라진 종족의 공포와 환희가 수백 년이 흐른 다음에도 여전히 돌 속에 굳은 채 세월의 무상함에 저항하고 있었다. 거칠 대로 거칠어진 그의 마음에 전율이 일면서 자신감이 무너졌다. 한없는 경외심과 함께 생을 함부로 탕진했다는 두려움이 솟아났다. 그는 너무도 오랫동안 하지 않았던 일을 행하기로 했다. 죄를 고백하고 벌을 받기 위해 고해실을 찾은 것이다.

그런데 교회에 고해실은 있지만 신부의 모습은 보이지 않았다. 신부들은 죽었거나 병상에 누워 있고, 그렇지 않으면 전염이 무서워서 달아났다. 교회는 텅 비어 있었다. 골드문트의 발자국 소리만이 아치형 석조 천장에 부딪쳐 울리며 교회를 채웠다. 골드문트는 빈 고해실에 무릎을 꿇고 눈을 감았다. 그리고 고해실의 문살 너머로 속삭였다. "신이여, 제 모습이 어찌되었는가 보십시오. 저는 한낱 쓸모없는 악당이 되어 세상으로부터 되돌아왔습니다. 젊은 날을 흥청망청 낭비했고 남은 시간은 얼마 없습니다. 살인을 저질렀고 도둑질을 했으며 간음했습니다. 게으르게 살면서 다른 이들의 빵을 빼앗아먹었습니다. 사랑하는 신이여, 당신은 왜 우리 인간을 이렇게 만들었나요? 왜 우리를 이런 길로 인도한단 말입니까? 우리는 당신의 자식이 아니었나요? 당신의 아들이 우리를 위해 죽지 않았습니까? 우리를 이끌어줄 천사와 성인들이 없단 말입니까? 아니면 그 모두는 어린아이에게 들려주려고 그럴듯하게 꾸며낸 이야기에 불과해서 신부들조차도 웃음을 터트릴 허구란 말인가요? 신이여, 저는 이제 당신이 의심스럽습니다. 당신은 세상을 너무 역겹게 만들었고 세상의 질서를 잘못 세웠습니다. 집집마다 골목마다 시체들이 나뒹굽니다. 부자들은 집에 꽁꽁 숨어 있거나 달아나버렸고, 가난한 자들은 형제의 시신을 묻지도 못한 채 내버려두고 서로를 의심하거나 유대인을 짐승처럼 때려죽이고 있습니다. 셀 수도 없이 많은 선량한 사람들이 고통에 신음하다가 나락으로 떨어지고 사악한 자들은 떵떵거리며 풍족하게 살아갑니다. 당신은 정녕 우리를 까맣게 잊은 것 같군요. 당신의 창조물이 이제는 지긋지긋해져서 우리가 멸망의 길로 가도록 내버려둘 생각인가요?" 한숨을 쉬며 높다란 정문을 통과해 밖으로 나온 골드문트는 꼼짝없이 그 자리에 서 있는 조각상들을 올려다보았다. 비쩍 마르고 드높은 자태의 천사와 성인들은 주름진 의상을 걸치고 단호한 모양으로 서 있었다. 전혀 동요하지 않고 감히 도달할 수 없는 초인과도 같은, 그러나 분명 인간의 손으로 인간의 정신에 의해 만들어진 그들은 저 높은 곳 좁디좁은 자리에서 귀를 닫은 채 엄격한 얼굴로 서 있을 뿐이었다. 어떤 애원이나 질문도 가닿지 못하지만, 그들은 한없는 위안이었고 죽음과 절망을 이겨낸 승리자였다. 그들은 위엄과 아름다움을 갖추고 드높이 서서 유한한 인간이 세대를 거듭하여 차례로 죽어가는 동안 계속 살아남아 있는 것이다. 아, 이 자리에 가엾은 유대인 소녀 레베카가 서 있다면, 오두막과 함께 불타버린 가엾은 레네, 사랑스러운 뤼디아, 그리고 명장 니클라우스가 여기 서 있다면! 일단 이 자리에 선다면 그들은 영속하는 것이다. 그는 그들을 여기 세우리라. 지금 골드문트의 사랑과 고통, 두려움과 열정인 그들의 형상이 훗날 여기 서서 살아 있는 자들을 굽어보리라. 이름도 이야기도 없이, 고요하게 침묵하는 삶의 상징이 되어.

15장

드디어 목적지에 도착한 골드문트는 오래전 명장을 찾아가던 날 최초로 통과했던 성문을 다시 지나 그리워하던 도시 안으로 들어섰다. 이곳에 오는 동안에도 목적지가 가까워지면서 주교좌 도시에 관한 이런저런 소식이 들려오기는 했다. 그는 이곳에도 페스트가 돌았다는 것, 어쩌면 아직도 페스트의 위협 아래 있을지도 모른다는 것을 알고 있었다. 도시 분위기가 뒤숭숭하고 폭동이 일어났으며, 황제의 지사가 파견되어 질서를 잡기 위해 비상 법령을 선포하고 시민의 생명과 재산을 보호한다는 이야기를 들었다. 주교는 전염병이 발발하자마자 도시를 버리고 멀리 떠나 어느 시골에 있는 자신의 성에 머물고 있었기 때문이다. 하지만 골드문트는 이런 말에 일일이 신경 쓰지 않았다. 그의 바람은 오직 도시와 자신이 일할 수 있는 작업장이 그대로 있는 것뿐이었으니까! 그 외에는 하등 관심이 없었다. 골드문트가 도착했을 때 페스트는 기세가 꺾인 다음이었고, 이제 곧 주교가 돌아오고 황제의 지사가 떠나면 평온한 일상이 회복되리라고 모두들 기대하는 중이었다.

도시의 풍광이 눈에 들어오자 골드문트는 마치 고향으로 돌아온 심정이었고, 한 번도 느껴보지 못했던 뭉클함의 파도가 가슴에서 물결치는 것을 느꼈다. 그래서 감정을 억제하기 위해 짐짓 익숙하지 않은 엄격한 표정을 지어야 했다. 오, 모든 것이 그 자리에 있구나. 성문, 아름다운 분수, 주교좌 성당의 오래된 투박한 탑과 새로 지은 마리엔 교회의 날렵한 탑, 상트 로렌츠 교회의 맑은 종소리, 휘황찬란하고 커다란 장터 광장까지! 모두가 그 자리에서 나를 기다리고 있었구나! 떠돌아다니는 중에도 이곳으로 돌아오는 꿈을 얼마나 자주 꾸었던가, 꿈속에서 만났던 도시는 모든 것이 변해 낯설기만 했으니, 허물어져 폐허가 된 모습, 그렇지 않으면 새로운 건물이 들어서서 온통 생경하고 무뚝뚝해서 도저히 알아볼 수 없었다. 골목길을 지나면서 집들 하나하나가 조금도 변하지 않았음을 알게 된 그는 눈물이 흐를 것만 같았다. 결국 정주자들을 부러워했던 것일까, 아담하고 튼튼한 집들, 시민으로서의 만족스러운 생활, 고향이 있다는 안정감과 자신감, 집과 작업장에서, 아내와 아이들에, 고용인과 이웃에 둘러싸여 편안하게 살고 싶었던 것일까?

늦은 오후였다. 골목길 볕이 잘 드는 쪽으로 집들이 서 있었다. 식당과 조합의 간판, 나무를 조각해 만든 문, 화분 위로 햇살이 따스하게 비추고 있었다. 이 도시에 한때 죽음의 광풍이 휘몰아쳤고 인간들은 공포에 질려 미쳐 날뛰었다는 흔적은 어디에도 찾을 수 없었다. 아치형 다리 아래, 연두색과 하늘색 물빛의 맑고 차가운 강물이 흐르는 소리가 커다랗게 반사되어 울렸다. 골드문트는 강둑에 걸터앉아 잠시 시간을 보냈다. 여전히 초록빛 크리스털 물속으로는 희미한 그림자처럼 이리저리 날렵하게 움직이거나, 주둥이를 물살과 반대 방향으로 고정한 채 움직임 없이 가만히 있는 물고기들이 보였다. 여전히 강물 바닥 어둑한 곳 여기저기서 금빛 광채가 흐릿하게 반짝였다. 참으로 많은 것을 약속해주고 많은 꿈을 가능하게 했던 바로 그 광채였다. 물론 다른 강물 속에도 그런 광채는 있었고 다른 도시나 다리도 마찬가지로 아름다웠다. 그런데도 골드문트는 마치 이러한 광경을 아주 오랫동안 보지 못했고 비슷한 느낌도 가진 적이 없다는 생각이 들었다.

푸줏간의 인부 둘이 큰 소리로 웃으면서 송아지를 몰고 갔다. 그들은 어느 집 이층 베란다에서 빨래를 널고 있는 하녀에게 눈짓하면서 그녀와 농담을 주고받았다. 모든 것은 너무도 빨리 변하는구나! 얼마 전까지만 해도 이 도시에는 페스트가 창궐했고 시신 인부들이 판치던 곳이었는데, 지금은 다시 활기 넘치고 웃음과 농담이 들리는구나. 골드문트도 별반 다르지 않았다. 이렇게 여기 앉아 재회의 기쁨을 만끽하면서 감사를 느끼고 있지 않은가. 게다가 정주자들을 향한 너그러운 마음까지. 마치 죽음과 재앙이 한 번도 없었던 것처럼, 레네도 공주처럼 품위 있던 유대인 소녀도 알지 못했던 것처럼. 그는 미소를 지으며 일어서서 발길을 옮겼다. 명장 니클라우스의 집이 가까워지면서 한때 그가 몇 년 동안 매일매일 일하러 다니던 길로 접어들자 골드문트의 가슴은 불안하게 뛰기 시작했다. 그의 걸음이 빨라졌다. 아무리 늦어도 오늘 안에 명장을 만나 소식을 알고 싶었다. 잠시도 지체할 수 없었고 내일까지 기다린다는 건 절대로 불가능했다. 명장은 아직도 화가 나 있을까? 너무도 오래전이니 이제는 아무 의미 없을 것이다. 그래도 뭔가 앙금이 남아 있다면 골드문트가 극복해야 할 것이다. 명장도, 명장의 작업장도 아직 그대로라면 더할 나위 없이 충분하다. 최후의 순간에 뭔가를 놓칠까봐 조바심이 난 그는 서둘러서 낯익은 집 앞으로 다가갔다. 문고리를 잡던 그는 깜짝 놀라고 말았다. 문이 잠겨 있었던 것이다. 뭔가 불길한 징조는 아닐까? 예전에는 훤한 낮에 문이 잠겨 있었던 적이 한 번도 없었다. 그는 고리로 문을 소리 나게 두드린 다음 기다렸다. 갑자기 두려움이 밀려들었다.

골드문트가 이 집을 처음으로 찾았을 때 맞아준 늙은 하녀가 나왔다. 하녀는 더 추해지지는 않았지만 더 늙었고 더 퉁명스러워졌다. 그녀는 골드문트를 알아보지 못했다. 그는 불안이 깃든 목소리로 명장을 찾아왔노라고 했다.

"명장이라니, 무슨 명장? 여긴 그런 사람은 없어. 그러니 가요. 아무도 들여서는 안 되니까."

노파는 그를 문 앞으로 밀쳐냈다. 그는 노파의 팔을 붙잡고는 귀에 대고 소리를 질렀다. "도대체 무슨 소리야, 마르그리트! 나 골드문트야, 날 모른단 말이야? 니클라우스 명장을 만나러 왔다고!"

그러나 노안으로 빛이 반쯤 꺼진 노파의 눈에는 전혀 반가운 기색이 떠오르지 않았다.

"이제 이 집에는 명장 니클라우스라는 사람은 안 살아요. 죽었거든. 그러니 가요. 여기 서서 실랑이할 시간 따위는 없으니까."

골드문트의 가슴에서 모든 것이 순식간에 와르르 무너져내렸다. 그는 노파를 옆으로 와락 밀치고 어두운 통로를 지나 작업장으로 마구 내달렸다. 노파가 소리를 지르며 뒤를 쫓아왔지만 아랑곳하지 않았다. 하지만 작업장은 잠겨 있었다. 쫓아오는 노파의 고함과 욕설을 무시하고 그는 계단을 올라갔다. 그가 잘 알고 있는 공간이 나타났고, 니클라우스가 모아놓은 조각상들이 어슴푸레한 빛 속에 서 있었다. 그는 큰 소리로 리즈베트를 불렀다.

방문이 열리고 리즈베트가 나타났다. 그는 두 번이나 쳐다본 후에야 그녀가 리즈베트라는 것을 알았다. 그녀를 알아본 순간 골드문트는 충격으로 가슴이 내려앉는 듯했다. 처음에 문이 잠긴 것을 알고 놀란 이후로 이 집에서 일어난 일들은 전부 악몽이나 마찬가지로 섬뜩하고 괴이할 뿐이었다. 지금 리즈베트를 마주하니 그야말로 등골이 오싹하게 떨려왔다. 그토록 아름답고 도도하던 리즈베트가 구부정하고 쭈뼛거리는 처녀가 되어 서 있었다. 병자처럼 누르스름한 얼굴, 아무런 장식 없이 밋밋한 검은 옷, 불안한 시선과 겁먹은 태도.

"죄송합니다." 골드문트가 입을 열었다. "마르그리트가 들여보내질 않아서요. 저를 모르시겠어요? 골드문트예요. 아버지가 돌아가셨다고 들었는데 정말인가요?"

눈빛을 보니 그녀는 골드문트를 알아본 것 같았다. 그가 이 집에서 결코 좋은 기억으로 남아 있지 않다는 사실도 동시에 누설하는 눈빛이었다.

"당신이 골드문트라구요?" 그녀의 목소리에는 예전의 도도한 기색이 살짝 남아 있었다. "공연히 헛걸음을 하셨어요. 아버지는 돌아가셨답니다."

"그러면 작업장은?" 그가 다시 물었다.

"작업장? 그야 문을 닫았죠. 그러니 일자리를 구하신다면 다른 곳을 알아보세요."

그는 마음을 진정시키려고 애썼다. 그리고 우호적인 어조로 차분히 말을 이어나갔다. "리즈베트 아가씨. 나는 일자리를 찾으러 온 것이 아닙니다. 스승님과 아가씨에게 인사를 드리러 왔어요. 그런데 이토록 슬픈 소식을 들으니 가슴이 너무도 아픕니다! 내가 그런데 아가씨는 얼마나 힘들겠습니까. 아버지 생전의 큰 은혜를 입었던 제자로서 뭔가 도와드릴 일이 있다면 뭐든지 말씀해주세요. 기쁜 마음으로 하겠습니다. 리즈베트 아가씨, 가슴이 갈기갈기 찢어지는 것 같군요. 이런 크나큰 고통을 당하신 걸 보니."

그녀는 방문 안으로 물러났다.

"감사해요." 그녀가 머뭇거리며 말했다. "당신이 아버지를 도울 일은 이제 없고 나도 마찬가지예요. 마르그리트가 문까지 안내해줄 거예요."

그녀의 어조는 불쾌하게 들렸다. 반쯤은 기분이 나쁜 것 같았고 반쯤은 두려워하는 것 같았다. 만약 그녀가 용기가 있었다면 욕설을 퍼부으며 그를 쫓아냈을 거라는 느낌이 들었다. 어느새 그는 아래층으로 내려왔고, 노파가 그의 등 뒤에서 대문을 닫고 빗장을 질렀다. 두 개의 단단한 빗장이 탕 맞부딪히는 소리가 귀에 계속 남아 울렸다. 그것은 마치 관 뚜껑을 닫는 소리와 같았다.

천천히 강둑으로 걸어온 골드문트는 조금 전 그 자리에 앉았다. 해는 저물었고 강에서는 차가운 기운이 올라왔다. 그가 앉아 있는 돌도 차가웠다. 강변 거리는 조용해졌다. 물살이 교각에 부딪혀 찰싹거렸고 강바닥은 검게 어두웠다. 황금빛 광채는 더 이상 보이지 않았다. 여기서 강으로 떨어져 그대로 사라지고 싶다는 생각이 들었다. 세상은 다시 죽음으로 가득 찼다. 한 시간가량 흘렀고 저녁의 어스름은 완전한 밤으로 바뀌었다. 그제야 골드문트는 울 수 있었다. 그는 앉은 채로 눈물을 흘렸다. 손과 무릎 위로 뜨거운 눈물방울이 떨어져내렸다. 죽은 스승을 위해 울었고, 리즈베트가 잃어버린 아름다움을 위해, 레네를 위해, 로베르트를 위해, 유대인 소녀를 위해, 탕진을 거듭하다가 시들어버린 자신의 젊음을 위해 울었다.

그날 늦은 시각, 골드문트는 어느 술집으로 들어섰다. 예전에 동료들과 자주 퍼마시던 곳이었다. 술집 여주인은 그를 알아보았고, 빵 한 조각만 달라는 그의 요청에 빵뿐 아니라 친절하게도 포도주 한 잔까지 내주었다. 하지만 그는 빵에도 포도주에도 입을 대지 않았다. 그는 그날 밤 술집 긴 의자에 누워 잠을 잤다. 다음날 아침 여주인이 깨우는 바람에 일어난 그는 감사 인사를 전하고 밖으로 나왔다. 그는 빵을 씹으며 길을 걸었다.

생선시장으로 발걸음을 옮기니 그가 방을 얻어 살았던 집이 그대로 있었다. 분수대 곁에는 생선장수 아낙네 몇몇이 살아 있는

328

생선을 팔고 있었다. 그는 물통 속에서 은은하게 반짝이는 물고기들을 뚫어지게 들여다보았다. 전에도 이런 모습을 자주 보았다. 그때마다 물고기들을 동정하며 생선 파는 아낙네들이나 상인들에게 분개했던 것이 떠올랐다. 어느 날 아침 시장을 돌아다니며 물고기를 감탄하고 동정하고 견딜 수 없는 슬픔에 사로잡혔던 일도 기억났다. 그날 이후 참으로 많은 세월이 흘렀고, 참으로 많은 강물이 흘러갔다. 그래, 그날 견딜 수 없는 슬픔에 사로잡혔던 것이 기억났다. 하지만 무엇 때문에 슬펐는지, 그것은 기억나지 않았다. 그렇다. 슬픔은 지나가고 고통과 절망도 기쁨과 마찬가지로 지나갔다. 감정은 지나가고 흐릿하게 사라졌다. 깊이와 가치를 잃어가다가, 마침내 어느 날 한때 사람의 마음을 그토록 아프게 만든 것이 무엇이었는지, 더 이상 전혀 기억하지 못하는 시간이 왔다. 심지어 고통조차도 늙고 시들어버리는구나. 오늘의 이 고통도 언젠가는 시들어 아무 의미 없어지는 날이 올까? 스승의 죽음, 스승이 그를 원망하면서 죽었고, 그가 일할 작업장도 없어져서 더 이상 창작의 행복을 누릴 수도, 영혼의 형상들과 마음껏 몸부림칠 수도 없다는 절망. 그래, 당연히 오늘의 고통도, 이 비참한 감정도 언젠가는 늙고 지쳐버리겠지. 그래서 잊히리라. 아무것도 영원하지는 않다. 슬픔도 마찬가지다.

물고기를 바라보면서 이런 생각에 골똘히 빠져 있는 사이, 누군가 작은 소리로 다정하게 그의 이름을 부르는 것이 들렸다.

"골드문트." 수줍은 목소리에 고개를 들고 쳐다보니 가녀리고 병약하지만 검은 눈동자가 매우 아름다운 소녀가 서 있었다. 그가 모르는 얼굴이었다.

"골드문트, 정말로 당신이로군요!" 소녀는 수줍게 다시 말했다. "언제 돌아온 거예요? 날 모르겠어요? 난 마리예요!"

하지만 골드문트는 여전히 생각나지 않았다. 소녀는 자신이 골드문트가 세 들어 살던 집의 딸이라고 말했다. 그가 도시를 떠나던 날 새벽에 부엌에서 우유 수프를 대접했던 사람이라고. 이렇게 설명하면서 소녀는 얼굴을 붉혔다.

그래, 마리였지, 고관절을 앓던 왜소한 몸집의 아이, 수줍고도 지극한 태도로 골드문트를 돌봐주었던 아이. 이제 모든 기억이 선명하게 떠올랐다. 그가 떠나던 싸늘한 새벽, 작별을 슬퍼하면서 우유 수프를 끓여주었고, 그는 아이에게 입 맞추었다. 꼼짝없는 자세로 너무도 경건하게, 마치 성체를 받들 듯이 그의 입맞춤을 받들었던 아이. 이후 그는 단 한 번도 마리를 생각한 적이 없다. 어쨌든 당시에 그녀는 아직 아이였으니까. 이제 그녀는 무척 아름다운 눈동자를 가진 처녀로 자랐다. 하지만 여전히 다리를 절었고 허리도 약간은 구부정해 보였다. 그는 소녀에게 손을 내밀었다. 이 도시에서 누군가 자신을 알아봐주고 좋아해주는 사람이 있다는 사실이 기뻤다.

마리는 골드문트를 집으로 데리고 갔다. 그는 거절하는 시늉만 했다. 그녀 부모님의 집 벽에는 그가 선물한 그림이 아직 걸려 있고, 그의 루비색 유리잔도 벽난로 위 선반에 그대로 있었다. 그는 점심식사에 초대받았고 며칠 묵어도 좋다는 말도 들었다. 그를 다시 만나자 가족들은 다들 반가워했다. 그는 명장의 집에서 일어난 일을 상세히 들을 수 있었다. 니클라우스는 페스트로 죽은 게 아니었다. 페스트에 걸린 건 어여쁜 딸 리즈베트였다. 그녀가 사경을 헤매는 동안 니클라우스는 자신을 전혀 돌보지 않은 채 간호에 전념하느라 건강을 잃었고, 그녀가 완전히 회복되기 전에 세상을 뜬 것이다. 덕분에 그녀는 살아났으나 한창 때의 미모는 잃고 말았다.

"작업장도 텅 비었지." 집주인이 말했다. "성실한 조각가가 나선다면 그곳이야말로 정 붙이고 일하기 딱 좋은 곳인데. 돈도 벌수 있고 말이야. 그러니 골드문트, 잘 생각해보게나! 리즈베트도 싫다고는 안 할 거야. 달리 선택의 여지도 없을 테니까."

그밖에도 페스트 기간에 있었던 이런저런 소식들을 들었다. 폭도들이 처음에는 구빈원에 불을 질렀지만 나중에는 몇몇 부잣집에까지 몰려가 약탈했다. 주교가 달아나버리고 한동안은 도시가 무법천지였다. 그러던 중 마침 근방에 있던 황제가 하인리히 백작을 지사로 파견했다. 백작은 결단력이 대단한 군주여서 몇안 되는 기사와 군인들만으로 도시의 질서를 회복했다. 하지만지금은 백작의 통치가 끝날 때가 되었고, 사람들은 주교가 돌아오기를 고대하고 있다. 시민들은 백작의 지나친 요구에 시달린데다가 그의 정부인 아그네스라는 여자를 지긋지긋하게 여겼다. 그야말로 천하의 요부가 따로 없었다. 어쨌든 그들은 조만간 물러날 것이다. 시의회도 선량한 주교 대신 궁정 신하이자 군인인백작이 설쳐대는 데 진력이 났다. 황제의 총애를 받는 백작은 마치 자신이 영주나 되는 것처럼 수시로 황제의 사절과 대사들을 맞아들였다.

그리고 골드문트도 그동안 어떻게 지냈는지 질문을 받았다. 골드문트는 슬픈 어조로 답했다. "아, 내 경험은 별로 꺼내고 싶지 않군요. 그저 여기저기 방랑하며 돌아다녔죠. 어디나 페스트로 몸살을 앓고 보이는 건 널브러진 시체뿐이었어요. 사람들은 겁에 질려 이성을 잃고 선함을 잃어버렸죠. 나는 다행히도 살아남았지만요. 아마 이 일도 시간이 지나면 잊힐 겁니다. 그런데 돌아와보니 스승님이 죽었어요! 며칠만 신세 지게 해주세요. 그런 다음 다시 떠날 생각입니다."

골드문트는 쉬고 싶어서 머물려는 건 아니었다. 실망이 컸던데다가 앞으로 어떻게 해야 할지 마음을 정하지 못했기 때문이고, 좋았던 시절의 기억이 이 도시에 애착을 갖게 만들었기 때문에, 그리고 가엾은 마리의 사랑이 마음에 따뜻하게 다가왔기 때문이었다. 그는 마리의 사랑에 화답할 수 없었다. 우정과 연민 말고는 아무것도 줄 수 없었다. 그래도 그녀의 묵묵하고 헌신적인 숭배는 그의 마음을 녹여주었다. 하지만 그를 이 도시에 붙잡아두는 가장 큰 이유는 따로 있었다. 그것은 다시 한 번 예술혼을 불태워보겠다는 뜨거운 열망이었다. 작업장이 없어도 상관없었고, 최소한의 빈약한 도구만 가지고서라도 시도하고 싶었다.

며칠 동안 골드문트는 오직 스케치에만 전념했다. 마리가 종이와 펜을 조달했고, 그는 방에 틀어박힌 채 몇 시간이고 그림만 그렸다. 커다란 화폭은 급하게 휘갈긴 선들로, 공들여 세밀하게 묘사한 인물로 순식간에 가득 채워졌다. 그의 마음에서 터져 나갈 듯하던 그림들이 종이로 속속 옮겨졌다. 그는 숲속 부랑자의 죽음을 목격한 뒤 만족스러운 희열과 사랑, 살기로 넘실대며 미소 짓던 레네의 얼굴을 몇 번이고 스케치했다. 그녀 생애 최후의 밤, 이미 살이 흐물흐물 와해되고 형체가 이지러지며 흙으로의 회귀가 진행되던 얼굴도 그렸다. 그는 농가의 문지방 위에서 작디작은 주먹을 꼭 쥔 채 죽어 있던 소년의 얼굴을 그렸다. 그는 시체를 가득 실은 수레를 그렸다. 세 마리 늙은 말이 힘겹게 수레를 끌고, 곁에는 긴 막대기를 든 백정 둘이 검은 페스트 마스크의 찢어진 틈새로 음침한 눈동자를 흘기고 있었다. 그는 검은 눈동자의 날씬한 유대인 소녀 레베카를 그리고 또 그렸다. 도도하게 다물어진 그녀의 엷은 입술, 참을 수 없는 고통과 분노로 떨리는 표정, 마치 오직 사랑을 위해 빚어진 듯 젊음이 넘치는 어여쁜 자태와 오만하고 엄혹한 입. 그는 자기 자신도 그렸다. 방랑자이자 사랑하는 자, 죽음의 낫질 앞에서 두려워하며 달아난 도망자, 페스트의 공포 속에서 방종하게 생을 탐닉하고 환락하며 춤추는 자의 모습으로. 그는 다른 모든 것을 잊고 흰 종이에 엎드린 채 그가 예전에 알던 도도하고 단호한 처녀 리즈베트의 얼굴을, 늙은 하녀 마르그리트의 추한 낯짝을, 사랑과 경외의 대상이었던 스승 니클라우스의 얼굴을 그렸다. 그는 흐릿하고 어렴풋한 선으로 거대한 여인의 형상을 암시적으로 묘사하곤 했다. 대지의 어머니, 무릎에 두 손을 올리고 앉아 슬픔에 잠긴 침울한 눈길 아래 한 줄기 희미한 미소가 어린 얼굴. 이처럼 끊임없이 흘러나오는 형상들은 무한한 행복감을 안겨주었다. 그리고 있다는 손끝의 느낌, 그려지는 형상의 지배자가 된 느낌이 참으로 좋았다. 며칠 지나지 않아서 마리가 가져다준 종이를 전부 그림으로 채웠다. 그는 마지막 종이의 한 조각을 잘라내서 마리의 얼굴을 그렸다. 간결한 선으로 아름다운 눈동자와 체념한 입을 그렸다. 그것을 마리에게 선물했다.

그림을 그리면서 그는 영혼의 무거운 부담감과 답답한 정체감을 벗고 마음이 가벼워졌다. 그림을 그리는 동안만큼은 자신이 어디에 있는지를 까맣게 잊었다. 그의 세계는 오직 책상과 흰 종이, 그리고 저녁이면 불을 밝히는 촛불이 전부였다. 이제 열병과도 같은 상태에서 깨어난 그는 최근의 경험들이 떠오르면서 또다시 방랑에의 욕구가 미칠 듯이 솟아올랐다. 그는 재회의 기쁨과 작별의 인사가 분리되어 혼재하는 기묘한 심정으로 도시 여기저기를 마구 돌아다니기 시작했다.

이렇게 돌아다니다가 그는 한 여인과 마주쳤다. 그녀를 보는 순간 산산이 흩어져 무질서하게 뒤엉킨 감정에 중심이 생겨났다. 그녀는 말을 타고 있었다. 밝은 금발의 키 큰 여인으로, 호기심 넘치는 푸른 눈동자는 어느 정도 냉정해 보였다. 팔다리는 단단하고 탱탱했으며 얼굴에는 쾌락과 권력을 즐기겠다는 욕망과 자신감, 관능에 대한 열망이 팽배했다. 갈색 말의 등 위에서 오만하고 당당하게 앉은 그녀는 명령을 내리는 일에 익숙해 보였지만 자기 주변에 벽을 치고 방어하거나 거부하는 분위기는 아니었다. 그녀의 싸늘한 눈동자 아래 콧구멍은 세상의 향기를 하나도 놓치지 않겠다는 듯 벌름거렸고, 커다랗고 느슨한 입은 그것

334

을 통해 받거나 주는 행위에 고도로 능숙할 것 같다는 인상을 풍겼다. 그녀를 보는 순간, 골드문트의 내면에서는 이 당당한 여인과 겨루어보고 싶다는 욕망이 다시금 꿈틀거렸다. 이 여인을 정복하겠다는 것은 참으로 숭고한 목표여서, 그녀에게 돌진하다가 목이 부러진다 해도 억울한 죽음은 아닐 것 같았다. 골드문트는 금발의 이 암사자가 자신과 동류의 인간임을 알아차렸다. 풍요로운 감각과 영혼, 모든 종류의 격렬함에 열려 있고, 사나우면서도 부드럽고, 핏속에 내재한 뿌리 깊은 기질적 유산으로 인해 본능적으로 열정에 통달한 인간.

그녀는 말을 타고 지나갔고, 그는 그녀의 뒷모습을 지켜보았다. 곱슬거리는 금발과 푸른 벨벳 칼라 사이로 탄탄한 목덜미가 드러났다. 강하고 오만하지만 여리디여린 어린아이의 살결을 가진 목덜미였다. 골드문트는 그녀가 자신이 만났던 여인 중 가장 아름다운 여인이라는 생각이 들었다. 그 목덜미를 손으로 움켜쥐고 그녀의 냉담한 눈에서 푸른 신비를 낚아채고 싶었다. 그녀의 정체를 탐문하는 건 어렵지 않았다. 골드문트는 그녀가 지사의 애첩인 아그네스로, 성에서 살고 있다는 것을 알게 되었다. 골드문트는 조금도 놀라지 않았다. 그녀는 여자 황제라고 해도 부족함이 없었기 때문이다. 우물가에서 멈춰 선 골드문트는 수면에 비친 자신의 모습을 들여다보았다. 그것은 금발 여인의 모습과 오누이처럼 닮아 있었다. 단지 매우 덥수룩하고 거칠 뿐이었다. 그는 즉시 아는 이발사를 찾아가 그럴듯한 핑계를 대면서 머리와 수염을 자르고 말끔하게 다듬어달라고 했다.

이틀 동안 골드문트는 그녀를 따라다녔다. 아그네스가 성 밖으로 나올 때 성문 앞에 서서 그녀에게 감탄의 눈길을 보내는 낯선 금발의 남자가 있었다. 아그네스가 성의 보루를 돌자 기다리고 있던 낯선 남자는 오리나무 숲에서 걸어 나왔다. 아그네스가 금 세공사에게 들렀다가 돌아가던 길에도 영락없이 낯선 남자와 마주쳤다. 도도한 눈길로 그를 스치듯이 짧게 쳐다보는 그녀의 양쪽 콧방울이 씰룩거렸다. 다음날 아침, 말을 타고 첫 외출을 나선 그녀는 그 남자가 또다시 서 있는 걸 발견하고는 도발적인 미소를 지었다. 골드문트는 지사인 백작도 보았다. 그는 당당한 체구의 용맹한 남자로 절대 함부로 볼 인물이 아니었다. 하지만 머리칼은 이미 희끗희끗했고 표정은 근심의 기색으로 어두웠다. 골드문트는 백작에게 우월감을 느꼈다.

이틀 동안 골드문트는 행복했다. 그는 다시 찾은 청춘의 광채로 빛났다. 여인에게 자신을 나타내며 도전장을 내민 것이 즐거웠다. 그녀라는 아름다운 존재에게 자신의 자유를 바친 것이 즐거웠다. 그녀라는 한 방에 그의 삶을 온통 거는 느낌이 이루 말할 수 없이 짜릿한 흥분을 불러일으켰다.

사흘째 날 아침, 아그네스는 말을 타고 성문을 나섰다. 말을 탄 하인이 그녀와 동행했다. 성문을 나서기 무섭게 그녀는 도전적이고 좀 불안한 시선으로 자신을 쫓던 남자를 찾고 있었다. 역시 그가 보였다. 그녀는 하인에게 심부름을 시켜 먼저 가게 한 뒤 홀로 천천히 말을 몰았다. 느린 걸음으로 다리 입구의 문을 통과하여 다리 위로 올라섰다. 단 한 번 그녀는 뒤돌아보았다. 낯선 남자는 따라오고 있었다. 순례자 교회인 상트 바이트로 향하는 길에서 그녀는 남자를 기다렸다. 이 시각에 그 길은 인적이 없이 한적했다. 그녀는 반시간은 족히 기다려야 했다. 낯선 남자는 천천히 걸어오고 있었다. 그는 숨차게 헐레벌떡 따라가고 싶지는 않았다. 미소 띤 상쾌한 얼굴로 그가 다가왔다. 연붉은 꽃이 핀 들장미 가지를 입에 물고서. 그녀는 말에서 내렸다. 말을 매어두고 담쟁이로 뒤덮인 가파른 축대에 몸을 기댄 후 다가오는 남자를 빤히 쳐다보았다. 시선과 시선이 마주친 채로, 남자는 멈춰 서서 모자를 벗었다.

"왜 나를 따라다니는 거예요?" 그녀가 물었다. "내게서 뭘 원하는 건가요?"

"원하다뇨. 당신에게서 뭘 받고 싶은 게 아니라 도리어 뭐라도 선사하고 싶은 마음입니다. 아름다운 아가씨, 당신에게 나를 바치겠어요. 그러니 하고 싶은 대로 하십시오."

"그렇다면 알았어요. 당신으로 무얼 할 수 있을지는 천천히 생각해보겠어요. 하지만 이런 야외에서 아무런 위험 없이 예쁜 꽃을 마음대로 꺾을 수 있다고 생각했다면 착각이에요. 난 위기의 순간에 목숨을 거는 남자만 좋아하니까요."

"명령만 내려주시지요."

그녀는 느린 동작으로 목에 걸린 가느다란 금목걸이를 벗어 그에게 내밀었다.

"이름이 뭔가요?"

"골드문트."

"골드문트. 멋진 이름이네요. 당신의 입이 이름처럼 황금의 맛이 나는지 시험해볼 거예요. 내 말을 잘 들어요. 저녁 때 이 목걸이를 갖고 성으로 와요. 이걸 보여주면서 길에서 주웠다고 말해요. 무슨 일이 있어도 이 목걸이를 다른 사람에게 넘겨주지 말아요. 나는 당신에게서 직접 돌려받고 싶으니까. 지금 차림새 그대로 오세요. 성 사람들은 당신을 거지로 여기겠죠. 하인들이 뭐라고 야단쳐도 가만히 있어요. 성에서 내가 믿는 사람은 단 둘뿐이라는 걸 명심하세요. 말을 모는 하인 막스와 시녀 베르타예요. 두 사람 중 한 명을 만나야 내게 연결될 수 있어요. 그 밖에는 다른 누구 앞에서라도, 당연히 백작을 포함해서 아주 조심해야 해요. 그들은 적이나 다름없으니까. 경고했어요. 잘못하면 당신은 목숨을 잃을지도 몰라요."

그녀는 손을 내밀었다. 그는 미소를 지으며 손을 잡았고, 가볍게 입을 맞췄다. 그리고 자신의 뺨을 살짝 갖다 댔다. 그는 목걸이를 품에 잘 감추고 그 자리를 떠나 강을 향해 언덕을 내려갔고, 시내로 걸음을 옮겼다. 포도 덩굴은 가지만 남아 앙상했고, 누렇게 변한 나뭇잎은 하나씩 떨어져 바람에 날렸다. 눈앞에 내려다보이는 시내가 너무도 다정하고 그립게 다가왔기에 그는 미소지으며 고개를 설레설레 저었다. 불과 며칠 전만 해도 그는 얼마나 커다란 슬픔에 잠겨 있었던가. 심지어 슬픔과 고통조차도 사라진다는 사실이 슬프게 느껴질 정도였다. 그런데 이제, 실제로 그것들이 사라졌다. 황금빛 이파리가 가지에서 떨어져 나가듯이. 지금껏 그가 경험한 어떤 사랑도 그녀처럼 눈부시게 빛나지 않았던 것 같았다. 고귀한 자태와 금발, 황홀하게 웃음 짓는 충만한 생명력은 그가 소년 시절 마리아브론 수도원에서 간직했던 어머니상을 연상시켰다. 겨우 이틀 전만 해도 그는 세상이 다시 환하게 웃음을 보낼 것이라고, 생명의 도도한 흐름이, 청춘의 환희가 다시 그의 혈관을 가득 채우고 힘차게 요동칠 것이라고 도저히 상상하지 못했다. 삶의 기운을 다시 맛보다니, 지난 끔찍한 몇 달 동안 죽음이 그를 비껴갔다니, 얼마나 대단한 행운인가!

저녁이 되자 그는 성으로 갔다. 성 마당은 한창 분주했다. 말들의 안장을 내리고, 심부름꾼들이 여기저기 뛰어다니고, 소규모의 성직자 일행이 하인의 안내를 받아 성 안쪽 문을 통과하여 계단으로 향하고 있었다. 골드문트는 그들을 뒤따라가려 했으나 문지기의 제지를 받았다. 그는 금목걸이를 내보이면서 이것을 누구도 아닌 오직 아그네스 아가씨나 그분의 시녀에게만 전하라는 지시를 받았노라고 말했다. 문지기는 하인 한 명을 딸려서 그를 안으로 들여보냈다. 그런 다음에도 한참 동안 복도에서 기다려야 했다. 마침내 예쁘면서도 눈치 빠르게 생긴 여인이 그를 스치면서 작은 소리로 "당신이 골드문트인가요?"라고 묻더니 자신을 따라오라고 손짓했다. 그녀는 소리 없이 어느 문 뒤로 사라졌다가 잠시 뒤 다시 나타나 들어오라고 신호를 보냈다.

그가 들어선 곳은 작은 방이었는데 모피와 달콤한 향수 냄새가 진동했다. 드레스와 외투, 모자가 나무 옷걸이에 잔뜩 걸려 있고, 열린 궤짝에는 온갖 구두가 들어차 있었다. 골드문트는 그 방에서 홀로 기다렸다. 적어도 삼십 분은 기다리는 동안 그는 코를 킁

킁거리며 옷의 냄새를 맡았고, 손으로 모피를 쓰다듬었다. 방에 널려 있는 각양각색의 아름다운 물건들을 신기하게 구경하는 그의 얼굴에는 빙그레 미소가 떠올랐다.

마침내 안쪽 방으로 통하는 문이 열렸다. 들어온 것은 시녀가 아니라 아그네스였다. 흰색 모피 칼라가 달린 하늘색 드레스 차림이었다. 한 걸음 한 걸음 천천히 다가오면서 싸늘한 눈동자로 골드문트를 빤히 주시했다.

"오래 기다리셨어요." 그녀가 낮은 소리로 말했다. "지금은 안전할 것 같아요. 백작은 성직자 사절을 접견하는 중이에요. 그들과 식사를 함께하고 이후에도 뭔가를 협의하느라 오래 걸릴 테니까요. 성직자들과의 면담은 항상 오래 걸려요. 그동안은 우리 둘만의 시간인 거죠. 잘 왔어요, 골드문트."

그녀는 그를 향해 몸을 굽혔다. 갈망에 찬 그녀의 입술이 그의 입술로 가까이 다가왔고, 그들은 아무 말 없이 첫 번째 입맞춤으로 인사를 나누었다. 그는 서서히 손을 올려 그녀의 목덜미를 감싸 안았다. 그녀는 그를 데리고 안쪽 문을 통과하여 그녀의 침실로 이끌었다. 천장이 높다란 침실은 촛불이 밝혀져 환했다. 테이블에는 식사가 차려져 있었다. 그들이 테이블에 앉자마자 그녀는 버터 바른 빵과 약간의 고기를 그 앞에 놓아주고 푸르스름한 멋진 잔에 흰 포도주를 따랐다. 그들은 식사를 했다. 그들은 같은 잔의 포도주를 나누어 마셨고, 그들의 손은 서로를 탐색하면서 장난스럽게 엉키곤 했다.

"당신은 도대체 어디 있다가 불쑥 날아온 건가요?" 그녀가 물

340

었다. "정말로 새처럼 갑자기 나타난 양반, 당신은 군인인가요? 아니면 떠돌이 악사? 아니면 그냥 아무것도 없는 빈털터리 떠돌이인가요?"

"나는 당신이 원하는 모든 것이랍니다." 그가 나지막하게 웃으며 대답했다. "나는 완전히 당신 거예요. 당신이 원한다면 나는 악사고 당신은 내 사랑스러운 류트인 거죠. 내가 손가락으로 당신의 목을 감고 당신을 연주하면 우리는 천사의 노래를 들을 겁니다. 이리 와요, 내 사랑. 당신이 주는 맛있는 케이크나 먹고 포도주를 마시려고 여기까지 온건 아니니까요. 나는 오직 당신 하나만을 보려고 온 거예요."

그는 가만히 그녀의 목에서 모피 칼라를 열었다. 그리고 살그머니 그녀의 옷을 벗겨냈다. 바깥방에서는 대신들과 성직자들이 회의에 한창이고, 하인들은 여전히 살금살금 걸어다니고, 가느다란 초승달은 나무 뒤로 완전히 모습을 감췄지만 사랑에 빠진 연인들은 아무것도 신경 쓰지 않았다. 낙원이 그들 앞에 문을 활짝 열었다. 서로를 끌어당기고 서로의 내부로 아득하게 빨려 들어가는 향기로운 낙원의 밤, 그들은 길을 잃었다. 낙원의 흰 꽃이 눈앞에서 신비롭게 어른거렸다. 그들은 감격해하며 조심스러운 손길로 낙원의 열매를 땄다. 악사는 지금껏 이처럼 놀라운 류트를 연주해본 적이 없었고, 류트 또한 이처럼 강하고 능숙한 손길 아래서 음악을 울려본 적이 없었다.

"골드문트." 뜨겁게 달아오른 목소리로 그녀가 귓가에 속삭였다. "당신은 정말 마술사 같아! 내 귀여운 사람! 아기를 갖고 싶어요. 아니, 당신과 함께 죽었으면 좋겠어요. 내 사랑, 나를 몽땅 빨아 마셔요. 날 녹여버려, 날 죽여버려!"

그녀의 푸른 눈동자에 서려 있던 냉담함이 녹아 사라지면서 눈동자가 몽롱해지는 것을 보자 골드문트의 목구멍 깊은 곳에서 행복의 신음이 터져 나왔다. 섬세하게 파들파들 떨리는 전율이, 모종의 죽음의 경련이 그녀의 눈동자 깊숙한 곳에서 일렁이며 지나갔다. 죽어가는 물고기 몸체의 은빛 광채가 한 줄기 경련을 거치며 꺼져가듯이. 강물 바닥에서 희미한 빛이 신비롭게 반짝이다 사라지듯이. 인간이 경험할 수 있는 모든 행복감을 합한 것만큼의 거대한 감정이 그를 압도하며 밀려들었다.

바로 다음 순간, 그녀가 눈을 감고 여전히 몸을 떨면서 누워 있는 동안 그는 조용히 일어나 살그머니 옷을 입었다. 그리고 한숨 섞인 목소리로 그녀의 귀에 속삭였다. "어여쁜 그대, 나는 가야해요. 죽고 싶지는 않으니까요. 이 자리에서 백작에게 맞아 죽을 수는 없잖아요. 하지만 오늘 그랬던 것처럼 황홀한 순간을 당신과 나에게 한 번 더 선사하고 싶어요. 반드시 한 번 더, 아니 수만 번 더!"

그가 옷을 입을 때까지 그녀는 말없이 누워 있었다. 그는 이불을 가만히 끌어 그녀를 덮어주고 눈동자에 입 맞추었다.

"골드문트!" 그녀의 목소리는 간절했다. "정말 가야만 하나요? 내일 다시 오세요! 위험하다면 내가 미리 기별을 보낼게요. 다시 와요! 내일 다시 와요!"

그녀는 종을 울렸다. 옷방 문에서 시녀가 그를 맞아 성 밖으로 데려다주었다. 할 수만 있다면 시녀에게 금화 한 닢 정도 주고 싶었던 그는 자신의 가난이 부끄러웠다.

자정 무렵 생선시장에 도착한 그는 자신이 머무는 집을 올려다보았다. 시간이 너무 늦어서 아무도 깨어 있을 것 같지 않았다. 아마도 이 밤은 바깥에서 보내야 할지도 몰랐다. 그런데 놀랍게도 문은 잠겨 있지 않았다. 살금살금 집 안으로 들어간 그는 등 뒤로 문을 닫았다. 방으로 올라가려면 부엌을 통해야만 했다. 부엌에는 불이 켜져 있었다. 조그만 기름 램프 앞에서 마리가 앉아 있었다. 마리는 두세 시간이나 그를 기다리다가 막 졸던 참이었다. 그가 들어서자 마리는 화들짝 놀라 자리에서 벌떡 일어섰다.

"마리, 아직까지 안 잤던 거야?"

"안 잤어요." 마리가 대답했다. "나까지 자버리면 당신이 왔을 때 문이 잠겨 있을 테니까요."

"늦게까지 기다리게 해서 정말 미안해. 어쩌다 보니 너무 늦었어. 화내지 말아줘."

"당신에게 화내지 않아요. 골드문트. 그냥 좀 슬플 뿐이에요."

"슬퍼하면 안 되지. 그런데 왜 슬프다는 거야?"

"골드문트, 내가 건강하고 아름답고 튼튼한 사람이라면 얼마나 좋을까요. 그렇다면 당신은 지금처럼 밤마다 다른 집에서 다른 여자들과 사랑을 나누지 않을 테죠. 적어도 한 번쯤은 내 곁에서 나를 조금은 사랑해줬을 거예요."

그녀의 애잔한 목소리에는 어떤 희망의 불꽃도, 어떤 비통한 원망도 없었다. 단지 슬픔만이 고여 있었다. 할 말을 잊은 골드문트는 그녀 곁에 멍하니 서 있었다. 그녀가 너무 가여워서 입이 떨어지지 않았다. 조심스럽게 그녀의 머리를 잡고 머리카락을 쓰다듬기만 했다. 그녀는 조용히 있었다. 머리카락을 쓰다듬는 그의 손길을 느끼자 몸을 전율하듯이 떨고는 눈물을 조금 흘렸다. 그런 다음 몸을 바로 하더니 수줍게 말했다. "이제 잠잘 시간이에요, 골드문트. 내가 너무 바보 같은 소리를 했네요. 너무 졸려서 그랬나봐요. 잘 자요."

16장

행복해서 어쩔 줄 모르는 들뜬 마음으로 골드문트는 언덕에 올라 하루를 보냈다. 그에게 말이 있었더라면 스승의 아름다운 마돈나 조각상이 있는 수도원으로 당장 달려갔을 것이다. 그것을 다시 한 번 더 보고 싶었다. 더구나 지난밤에는 꿈속에서 명장 니클라우스를 만난 것도 같았다. 그는 나중에라도 반드시 마돈나를 보러 가야겠다고 생각했다. 아그네스와의 행복한 사랑이 짧게 끝날 수도 있고 어쩌면 매우 불운한 결말을 맞을 수도 있지만, 적어도 오늘이 그 사랑의 눈부신 절정인 것은 맞았다. 골드문트는 이 황홀감을 최대한 만끽하고 싶었다. 오늘 하루 동안은 오롯이 이 감정에 잠겨 있고 싶어서 누구도 마주치지 않을 생각이었다. 부드러운 가을날을 홀로 야외에서, 오직 나무와 구름만을 벗삼으며 보내려 했다. 그는 마리에게 오늘 하루 시내를 벗어나 들판으로 긴 산책을 가서 귀가가 늦을 터이니 큼지막한 빵 한 덩이만 싸주면 좋겠다고, 그리고 밤에 일부러 늦게까지 기다리지 않아도 좋다고 이야기해두었다. 그녀는 아무 대답도 하지 않았다. 골드문트의 주머니에 빵과 사과를 가득 채워주고, 그의 낡은 겉옷을 정성 들여 손질해주었다. 겉옷의 해진 부분은 이미 그가 온 첫날 그녀가 말끔히 기워놓은 터였다.

그는 강을 건너 텅 빈 포도밭을 지나 가파른 비탈길 계단을 올라갔다. 위쪽 숲에 도착한 다음에도 멈추지 않고 정신없이 올라가 마침내 언덕 가장 꼭대기에 다다랐다. 앙상한 나뭇가지 사이로 햇살이 따사롭게 비쳐들었고, 그의 발소리에 겁먹은 지빠귀들은 우거진 수풀 속으로 몸을 숨긴 채 까맣고 반들반들한 눈동자로 바깥을 내다보았다. 저 아래로 강줄기가 푸른 뱀처럼 구부러지며 흘렀다. 멀리 보이는 도시는 장난감처럼 조그마했다. 언덕 위에서는 기도 시간을 알리는 종소리 말고는 도시의 어떤 소음도 들리지 않았다. 여기는 고대 이교도 시대의 인공 구릉과 흙담이 풀이 무성하게 덮인 채 남아 있었다. 아마도 요새나 무덤 자리였으리라. 골드문트는 구릉 하나에 자리를 잡았다. 말라서 바스락거리는 가을 풀밭에 앉으니 아래로 넓게 펼쳐진 계곡 전체와 강 건너편 들판, 언덕과 산이 한눈에 내려다보였다. 산줄기와 산줄기는 계속 이어지다가 마침내 하늘과 만나고, 그 지점에서 둘은 푸르스름하고 불분명한 경계를 이루며 구분할 수 없이 함께 섞여들었다. 지금 눈앞에 보이는 드넓은 대지뿐 아니라 그 너머 눈에 보이지 않는 지점까지도 그의 발길은 두루 거쳐왔다. 이제는 먼 기억 속에서 가물거리는 저 땅들이 한때는 그의 생생한 현재였다. 저 숲속에서 수백 번도 넘게 잠을 잤고, 딸기를 따먹었고, 굶주림과 추위에 떨었으며, 저 산줄기들을 헤매고 황무지를 걷고 또 걸었다. 기쁨과 슬픔을 겪었고 상쾌함과 피곤을 겪었다. 지금 눈에 보이지 않는 머나먼 대지 어디에선가 착한 레네가 불에 타서 뼛가루로 흩어졌고, 그의 동료였던 로베르트는 만약 페스트로 죽지 않았다면 아직도 어디에선가 방랑을 계속하고 있으리라. 저 먼 곳 어디엔가 빅토르가 죽어 있고, 어딘가 아득한 곳, 멀고도 신비한 땅에 그가 소년 시절을 보낸 수도원이 있을 것이다. 아리따운 딸들과 함께 사는 기사의 성이 있고, 가엾은 레베카는 박해를 피해 아직도 도망치거나 어쩌면 죽었을지도 모른다. 여기저기 흩어진 지역들, 황야와 숲, 도시와 마을, 성과 수도원, 그곳에서 스쳐간 많은 사람들, 지금 죽었거나 살았거나 상관없이 그들은 모두 골드문트의 마음속에 살아 있으며 그의 추억, 그의 사랑, 그의 후회, 그의 그리움 안에서 서로 연결되었다. 그가 당장 내일 죽게 된다면 이들 또한 그와 더불어 산산이 흩어질 것이다. 여인들과 사랑, 여름 아침과 겨울밤으로 이루어진 내면의 그림 전부가 연기처럼 사라질 것이다. 오, 이제 다시 행하고 창조할 시간이니, 자신보다 오래 존속할 뭔가를 남길 시간이었다.

이 생을, 이 방랑의 삶을, 이 세상으로 여행을 떠나온 이후 오늘까지의 인생 전체를 살펴봐도 결실이라고 부를 만한 것이 없었다. 남은 것이라고는 단지 예전에 작업장에서 만들었던 사도 요한을 비롯한 몇 개의 조각상, 지금 그의 머릿속에 들어 있는 비현실의 그림들, 아름답고도 고통스러운 추억의 세계가 전부였다. 그의 마음속 꿈틀거리는 그림의 일부라도 밖으로 꺼내 표현할 수 있을까? 아니면 죽을 때까지 마냥 이렇게 있어야 하는가? 새로운 도시, 새로운 풍경, 새로운 여인들, 새로운 경험, 새로운 그림이 하나씩 하나씩 속에서 쌓여만 가는데 그중 무엇도 창조로 연결하지 못하고 늘상 초조해하면서, 가슴속에서 폭발할 것 같은 아름답고도 괴로운 충만에 시달리다가 종말을 맞아야 하는 가?

인생에 조롱당한다는 느낌은 굴욕적이었다. 웃음이 터지면서 눈물이 날 것만 같다! 관능의 유희를 탐닉하며 살아갈 수도 있었다. 원초적 어머니 에바의 가슴에 매달려 양껏 젖을 빨아먹으며 말이다. 그렇게 살면 황홀한 쾌락이야 경험하겠지만 덧없이 허무한 인생에 대해서는 아무런 저항도 할 수 없다. 그런 삶은 숲속의 버섯과 다를 바 없다. 오늘 화려한 색채를 뽐내다가 내일 썩어 버리는 것이다. 또는 아예 처음부터 방어 자세로 사는 것도 가능했다. 작업장에 틀어박힌 채 언젠가 죽어 스러질 인생을 보상해 줄 기념비를 세우는 것이다. 그것은 내용을 포기한 삶이었다. 그런 삶은 도구에 불과했다. 불멸에 봉사하는 삶이지만 그 자신은 서서히 말라 죽어갈 뿐이고, 생의 충만과 환희, 자유를 모두 잃어 버리는 셈이다. 스승 니클라우스의 일생이 바로 그러했다.

그렇다. 두 가지 삶이 서로 조화를 이룰 때, 이것이냐 저것이냐 하는 앙상한 양자택일로 분열되지 않을 때 삶은 진정 의미를 획득할 것이다! 창조하되 삶을 대가로 지불하지 않아도 되고, 생을 즐기되 숭고한 예술혼을 포기할 필요가 없어야 한다! 그러한 삶은 진정 불가능하단 말인가?

어쩌면 그런 삶이 가능했던 사람들도 있었으리라. 남편이자 아버지로 살면서 정절이라는 결혼의 서약을 지키면서도 관능과 쾌락 또한 잃지 않았던 사람이 없었을까? 자유와 모험을 즐기지는 못했지만, 그렇다고 가슴 두근거리는 감성까지 메마르게 말라붙어버리지도 않은, 그런 정주민이 없었을까? 아마도 있었을 것이다. 하지만 그런 사람을 한 번도 만나지는 못했다.

모든 존재의 바탕에는 그와 같은 이원적 대립이 깔려 있는 것 같다. 사람은 남자 아니면 여자이고, 바람 따라 사는 떠돌이가 아니면 틀에 박힌 시민이고, 이성적이 아니면 감성적이다. 들숨이면서 동시에 날숨인 것, 남자이면서 동시에 여자인 것, 자유이면서 질서인 것, 충동이면서 영성인 것은 어디에도 없다. 사람은 언제나 이것을 선택하면 저것을 포기해야 하는데, 이것과 마찬가지로 저것 또한 항상 탐나는 것이 문제다! 이런 점에서 여자들이 조금 수월할지도 모른다. 여자들은 자신 안에서 쾌락이 저절로 열매를 맺고 사랑의 결실인 아이를 낳도록 만들어졌기 때문이다. 반면 남자들은 그런 간단한 결실의 과정이 없다. 대신 영영 충족되지 않는 그리움이 있을 뿐이다. 만물을 창조한 신은 어째서 그렇게 심술궂고 악의적일까? 자신이 창조한 만물의 고통을 보면서 고소해하며 웃고 있는 건 아닐까? 아니다. 신이 악의적일 리 없다. 노루와 사슴, 물고기와 새, 숲과 꽃, 사계절을 창조한 신이 아닌가. 어쨌든 신의 창조에는 금이 갔다. 단순히 운이 나빠 생긴 결함이든 아니면 신이 특별히 의도하여 인간 존재에 균열과 영원한 그리움을 만들어 넣었든 혹은 이 모두가 사악한 적이 뿌린 씨앗이든, 그게 원죄가 되다니? 왜 그리움과 불충분함이 죄가 되어야 하는가? 인간이 창조하고 감사의 제물로 신에게 바친 모든 아름다움과 성스러움이 바로 그리움과 불충분함에서 탄생하지 않았던가?

이런 생각에 깊이 빠져 있던 골드문트는 눈을 들어 도시를 바라보았다. 시장 광장과 생선시장, 다리, 교회, 시청 건물이 하나하나 눈에 들어왔다. 성도 보였다. 지금은 하인리히 백작이 자리 잡고 있는 위풍당당한 주교좌 궁전이다. 저 탑들과 길게 이어진 지붕 아래 어딘가 아그네스가 산다. 그의 사랑스러운 왕의 정부가 산다. 그토록 오만해 보이지만 사랑을 나눌 때는 완전히 돌변하여 몸과 마음을 송두리째 바치는 여인. 그녀를 생각하자 기뻤다. 지난밤의 일을 떠올리자 기쁘고도 감격스러웠다. 지난밤과 같은 행복을 맛보기 위해, 그녀처럼 놀라운 여인이 희열에 몸부림치는 걸 보기 위해 그의 생애 전체가 필요했던 것이다. 그 많은 여인들의 학교가, 기나긴 방랑과 곤경이, 힘겹게 걸었던 눈보라 치는 밤이, 동물들과 꽃, 나무, 물, 물고기, 나비 들과의 우정과 교류가 필요했던 것이다. 뿐만 아니라 수많은 관능과 위기의 경험을 통해 예리하게 다져진 감각, 뿌리 없음, 오랜 세월 동안 내면에 쌓인 그림의 세계도 필요했다. 그러므로 아그네스와 같은 신비의 꽃이 그의 정원에 활짝 피어 있는 한 그는 자신의 삶을 한탄할 아무 이유가 없었다.

골드문트는 가을이 무르익은 언덕에서 하루를 보냈다. 걸어다니고, 쉬고, 빵을 먹고 아그네스와 만날 저녁을 생각하면서 보냈다. 그러다 해가 질 무렵 도시로 돌아와 성으로 다가갔다. 날씨가 싸늘해졌고 집집의 창들마다 고요한 붉은 불빛이 새어나왔다. 도중에 그는 노래를 부르며 지나가는 사내아이들 일행과 마주쳤다. 아이들은 속을 파낸 무를 막대기에 꽂아 머리 위로 치켜

들고 있었다. 무에는 여러 가지 얼굴을 새기거나 촛불을 꽂아놓기도 했다. 작은 가장무도회 행렬을 보니 겨울이 가까워졌다는 느낌이 물씬 들었다. 골드문트는 미소 띤 얼굴로 행렬의 뒷모습을 오랫동안 지켜보았다. 성 앞에 와서도 그는 오랫동안 주변을 서성거리며 돌아다녔다. 성직자 사절단은 아직 성에 머물고 있었다. 성직자 중 한 명이 창가에 서 있는 모습이 보였다. 마침내 골드문트는 성 안으로 몰래 숨어들어가 시녀 베르타를 찾는 데 성공했다. 시녀는 그를 지난번과 마찬가지로 옷방에 숨겼고, 잠시 후 아그네스가 나타나 그의 손을 부드럽게 잡고 침실로 이끌었다. 그녀의 아름다운 얼굴은 그를 다정하게, 참으로 다정하게 맞았지만 기쁜 표정은 아니었다. 도리어 수심이 가득했다. 걱정되고 겁이 나는 것이다. 골드문트는 그녀의 기분을 조금이나마 밝게 돌려놓으려고 할 수 있는 모든 노력을 기울였다. 그의 입맞춤과 사랑의 속삭임이 쏟아지자 그녀는 어느 정도 마음이 풀리며 자신감을 회복했다.

"당신은 정말 사랑할 줄 아는 사람이네요." 그녀가 감동스러운 얼굴로 말했다. "당신 목에서 나오는 소리는 얼마나 깊고 그윽한지요. 비둘기처럼 낮고 다정하게 목을 울리는 당신 목소리가 너무 좋아요. 골드문트, 당신을 사랑해요. 여기서 떠나 멀리 갈 수만 있다면! 이제는 한시도 견딜 수 없어요. 어쨌든 조만간에 이곳 생활도 끝날 거예요. 백작은 소환될 거고 멍청한 주교가 다시 돌아오겠죠. 백작은 오늘 기분이 좋지 않아요. 성직자들에게 시달렸거든요. 오, 당신, 행여나 백작에게 들키기라도 한다면! 그랬다가는 당장에 죽은 목숨이에요. 당신 때문에 죽을 것처럼 겁이 나요."

기억 속에서 반쯤 잊고 있던 어떤 목소리가 순간 그의 의식 표면으로 떠올랐다. 이와 같은 말을 오래전에도 듣지 않았던가? 뤼디아가 이렇게 말했었다. 바로 이렇게 사랑과 불안에 떨면서, 바로 이렇게 애정과 슬픔을 담아서. 바로 이렇게 뤼디아는 깊은 밤 사랑을, 두려움을, 근심을, 공포가 빚어내는 온갖 끔찍한 상상을 가득 품은 채 그의 침실로 오지 않았던가. 골드문트는 사랑과 수심으로 가득한 그녀의 멜로디가 좋았다. 사랑이 어떻게 비밀이 없을 수 있겠는가! 사랑이 어떻게 위험이 없을 수 있겠는가!

그는 아그네스를 가만히 끌어당겨 안고 몸을 어루만지며 손을 잡았다. 그녀의 귓가에 사랑의 말을 속삭였고 양쪽 눈썹에 입 맞추었다. 자신 때문에 그녀가 이다지도 불안해하고 걱정한다는 사실에 골드문트는 황홀한 감동을 받았다. 그의 손길에 감격한 그녀는 거의 복종하는 태도로 그를 받아들였고, 사랑에 불타오르며 그에게 미칠 듯이 몸을 밀착시켰다. 하지만 끝내 표정이 밝아지지는 않았다.

갑자기 그녀가 깜짝 놀라며 소스라쳤다. 가까운 곳에서 문이 닫히더니 침실을 향해 저벅저벅 다가오는 발자국 소리가 들렸다.

"맙소사! 그 사람이 와요!" 그녀가 절망적으로 외쳤다. "백작이 와요! 얼른 옷방으로 달아나요! 얼른요! 날 배신하면 안 돼요!"

말이 채 끝나기도 전에 그녀는 골드문트를 옷방으로 밀어 넣었다. 그는 거기서 홀로 깜깜한 어둠 속을 더듬거렸다. 침실에서 백작이 큰 소리로 아그네스와 대화하는 것이 들렸다. 골드문트는 옷가지 사이를 손으로 헤치며 바깥으로 나가는 문으로 한 발 한 발 소리 없이 내디뎠다. 이윽고 복도로 통하는 문에 손이 닿았다. 그는 살그머니 문을 열려고 했다. 그런데 문은 잠겨 있었다. 골드문트는 순간 눈앞이 아찔해졌다. 그의 심장이 터질듯 사납게 뛰기 시작했다. 그가 이곳에 들어온 후에 누군가 우연히 문을 잠갔다면 정말로 운이 억세게 나쁜 것이다. 하지만 그럴 가능성은 없었다. 그는 함정에 빠진 것이다. 그는 독 안에 든 쥐였다. 그가 여기로 몰래 들어오는 것을 누군가 보았을 것이다. 이제는 죽은 목숨이었다. 깜깜한 어둠 속에서 그는 벌벌 떨면서 서 있었다. 조금 전 아그네스의 마지막 말이 떠올랐다. "날 배신하면 안 돼요!" 그래, 아그네스를 배신하지 않을 것이다. 심장이 미친 듯이 쿵쾅거렸지만 그의 결심은 확고했다. 그는 결연하게 이를 악물었다.

그다음 모든 일이 순식간에 일어났다. 아그네스의 침실 쪽 문이 열리면서 백작이 옷방으로 불쑥 들어왔다. 백작은 왼손에 등불을, 오른손에는 칼을 빼들고 있었다. 그 순간 골드문트는 재빨리 주변에 걸려 있는 드레스와 외투를 손에 잡히는 대로 허겁지겁 모아 팔에 안았다. 자신을 도둑으로 오인해주기를 바라면서. 아마도 그것만이 살 길일 터였다.

백작은 즉시 그를 발견했다. 그리고 천천히 그를 향해 다가왔다. "웬 놈이냐? 여기서 뭘 하는 거지? 말해라. 안 그러면 찌를 테다."

353

"죽을죄를 지었습니다." 골드문트가 움츠러드는 목소리로 대답했다. "저는 가난뱅이입니다. 백작님은 부자가 아니십니까! 홈친 물건을 돌려드리겠습니다, 여기 있어요!"

그는 외투를 바닥에 내려놓았다.

"그러니까 도둑질을 했단 말이지? 낡은 외투 한 벌 때문에 목숨을 버리다니 어리석은 자로구나. 이 도시에 사는가?"

"아닙니다. 저는 떠돌이입니다. 떠돌이에 가난뱅이죠. 제발 불쌍히 여겨주시고……."

"닥쳐라! 네놈이 귀부인을 농락할 작정이었는지 누가 알겠느냐. 하지만 어찌 되었든 넌 죽을 몸이니 굳이 심문할 필요가 없겠지. 도둑질 하나만으로도 교수형의 사유로 충분해."

백작은 잠긴 문을 거칠게 쾅쾅 두드리며 소리쳤다. "거기 누구 없나? 문 열어!"

문이 밖에서 열렸고, 그 앞에는 칼을 뽑아든 세 명의 하인이 대기하고 있었다.

"이놈을 단단히 묶어라." 백작은 경멸이 담긴 거만한 목소리로 호령했다. "도둑질하다 잡힌 부랑자다. 이놈을 가두었다가 내일 아침 일찍 교수형에 처할 것이다."

골드문트는 아무런 저항도 못한 채 양손을 결박당하고 말았다. 그 상태로 질질 끌려 긴 복도를 지나 계단을 내려갔고, 성 내궁을 통과했다. 시종 한 명이 바람막이가 달린 등불을 들고 앞서 걸었다. 그들은 쇠를 두른 둥근 지하실문 앞에 멈췄다. 두런두런 이야기가 오가더니 야단치는 소리가 났다. 문 열쇠가 없었던 것이다. 하인 하나에게 등불을 넘겨준 시종이 열쇠를 가지러 갔다. 나머지 사람은 감옥 앞에서 기다리고 있었다. 무장한 세 명의 하인과 결박당한 한 명의 죄수. 등불을 든 하인이 골드문트가 궁금한 나머지 얼굴 가까이로 불을 바싹 갖다 댔다. 그 순간 성에 손님으로 묵고 있는 여러 명의 성직자 중 둘이 우연히 그들 곁을 지나갔다. 성 안의 예배당에 다녀오던 그들은 죄수 일행을 보고 걸음을 멈췄다. 한밤중에 세 명의 하인과 결박당한 남자가 몰려서서 우두커니 뭔가를 기다리는 광경이 이상했던 것이다.

골드문트는 성직자들이 다가온 것도 알아차리지 못했고 감시병들을 보지도 못했다. 자신의 얼굴 바로 앞에서 조용히 펄럭이는 불꽃 때문에 눈이 부셨을 뿐이었다. 불꽃 뒤편 어둠 속에서 희미한 형체들이 커다란 유령처럼 어른거리는 것을 보고 그는 공포에 질렸다. 그것들이 지옥이며 종말, 죽음으로 보였기 때문이다. 골드문트는 시선을 고정한 채 꼼짝하지 못했다. 아무것도 보이지 않았고 아무것도 들리지 않았다. 성직자 중 한 명이 하인들과 작은 소리로 뭔가 이야기를 나누었다. 이 남자는 도둑질을 한 사형수라는 말을 듣자 성직자는 이자가 고해를 했느냐고 물었다. 하인은 이자는 현장에서 바로 잡혔으므로 아직 그럴 겨를이 없었다고 대답했다.

그러자 성직자는 말했다. "그렇다면 내가 해주면 되겠군. 내일 아침 새벽 미사를 올리기 전에 이자에게 성사를 하러 와서 고해를 듣겠네. 그러니 자네들은 이자가 고해를 바치기 전에 처형되지 않도록 신경 써주길 바라네. 백작님에게는 내가 오늘 중으로 말해놓겠어. 이자가 도둑이라고 해도 기독교인이 갖는 고해성사의 권리를 빼앗을 수는 없지."

하인들은 아무런 항변도 하지 못했다. 하인들은 성직자가 누구인지 알고 있었다. 그는 성직자 사절단의 일원이고 백작과 함께 식사하는 모습도 여러 번이나 본 터였다. 그리고 불쌍한 부랑자에게 고해성사를 베풀지 말아야 할 이유도 없었던 것이다.

성직자들은 가버렸다. 골드문트는 얼어붙은 듯 서 있을 뿐이었다. 마침내 시종이 열쇠를 갖고 와서 문을 열었다. 죄수는 지하로 끌려갔다. 넘어질 듯 비틀거리며 계단 몇 칸을 내려갔다. 탁자하나와 등받이 없이 다리가 세 개인 의자가 두어 개 있었다. 그곳은 지하 포도주 저장고였다. 하인들은 의자 하나를 그에게 밀어주며 거기 앉으라고 했다.

"내일 아침 일찍 신부님이 오기로 했으니 고해를 할 수 있을 거야." 하인이 말했다. 그들은 떠나면서 육중한 문을 신중하게 다시잠갔다.

"이보시오, 등불은 놓고 가요." 골드문트가 사정했다.

"안 돼. 불을 가지고 무슨 짓을 하려고. 없어도 상관없잖아. 얌전하게 가만히 있는 게 나을 거야. 게다가 등불이 타면 얼마나 더탈 것 같나? 한 시간이면 꺼질 텐데. 잘 자라구."

그는 어둠 속에서 홀로 남았다. 작은 의자에 앉은 채로 머리를탁자에 내리고 엎드렸다. 불편한 자세였다. 결박된 손도 아팠다. 하지만 그런 감각도 시간이 지난 다음에야 느낄 수 있었다. 처음에는 그저 그렇게 앉아서 머리를 탁자에 대고 있으니 마치 단두

대에 엎드려 있는 심정이었다. 이제는 그의 마음이 각오한 것을 몸과 감각으로 받아들이는 일만 남았다. 피할 수 없는 일에 순응하기, 죽음에 굴복하기.

얼마나 그 자세로 가만히 있었는지, 마치 영원의 시간이 흐른 것 같았다. 비통하게 몸을 수그린 채 어차피 닥칠 일을 마음으로 인정하려고 노력했다. 그것을 들이마시고, 그것을 깊이 통찰하면서 그것으로 자신을 가득 채우려고 했다. 밤이 깊었다. 이 밤이 끝나면 그의 삶도 종말을 맞으리라. 그 사실을 인식하려고 애써야만 했다. 다음날 아침이면 그는 더 이상 살아 있지 않으리라. 교수대에 매달릴 것이다. 매달린 하나의 사물이 될 것이다. 새들이 날아와 부리로 쪼아댈 것이다. 그는 스승 니클라우스, 불탄 오두막에 남아 있던 레네와 같아질 것이다. 가족들이 모두 죽어버린 집에 혹은 시체 수레에 산더미처럼 실려 있던 몸들과 같은 존재가 될 것이다. 그 운명을 직시하고 온전히 자신 안에 받아들이기란 결코 쉽지 않았다. 아니 직시한다는 것 자체가 쉽지 않았다. 그가 아직 미련을 떨쳐버리지 못한 것, 아직 작별하지 못한 것들이 너무도 많았다. 이 밤은 그런 작별을 위해 그에게 주어진 유일한 시간이었다.

우선 아름다운 아그네스와 작별해야 했다. 키 크고 늘씬한 몸매와 햇살처럼 환한 금발, 서늘한 푸른 눈동자를 다시는 보지 못한다. 도도하게 빛나던 강한 눈빛이 허물어지면서 떨리는 모습, 향기로운 살갗에 덮인 달콤한 솜털도 두 번 다시 보지 못한다. 잘 있거라 푸른 눈동자여, 잘 있거라 파들거리는 촉촉한 입술이여!

그 입술에 너무도 입 맞추고 싶구나. 오늘 늦가을 햇살이 가득하던 언덕에서 하루 종일 얼마나 그녀를 생각했던가! 그녀의 목소리가 귓가에 들리는 것 같으면서 얼마나 그녀가 그리웠던가! 그러나 이제 언덕과도 태양과도 흰 구름이 떠가는 푸른 하늘과도 작별해야 한다. 나무와 숲, 방랑, 아침과 저녁과도, 사계절과도 작별해야 한다. 어쩌면 마리는 아직도 잠자리에 들지 않았으리라. 착하디착한 눈과 절룩이는 다리를 가진 가엾은 마리는 부엌에 앉아 졸다가 깨다가를 반복하고 있으리라. 이제는 영영 오지 않을 골드문트를 기다리며.

아, 종이와 펜과도 작별이다. 항상 그리고 싶었던 인물들을 언젠가는 그릴 수 있으리라는 희망도 끝났다! 다 끝이다! 끝이다! 이제 두 번 다시 나르치스를 만날 수 없으며 사도 요한 조각상도 마찬가지다. 그는 모든 희망을 버려야만 했다.

골드문트는 자신의 손과, 자신의 눈, 굶주림과 갈증, 음식과 음료, 사랑, 류트 연주, 잠과 깨어남과도 작별을 고해야 했다. 아침이 밝자 한 마리 새가 허공을 날아갔지만 그는 보지 못했고, 어떤 소녀가 창가에서 노래를 불렀으나 듣지 못했다. 흐르는 강물 속에서 어두운 색 물고기들이 헤엄쳐갔고 바람이 불어와 땅바닥의 낙엽이 뒹굴었다. 태양이 비치는 하늘과 별이 빛나는 하늘이 있었다. 젊은이들은 무도장으로 갔다. 먼 산 위에는 첫눈이 쌓였다. 모든 것이 계속되었다. 나무들은 그늘을 드리우고 살아 있는 사람들의 눈동자에는 기쁨이나 슬픔이 담겨 있었다. 개들이 짖었고 시골 마을의 축사에서 소들이 울었다. 모든 일이 골드문트 없이 계속해서 일어났고, 그는 더 이상 세상에 속해 있지 않았다. 그는 세상으로부터 찢겨져 나왔다.

그는 아침의 황무지 냄새를 맡았다. 갓 익은 달콤한 포도주와 단단한 껍질 속의 어린 호두를 맛보았다. 기억이 흘러갔다. 화려하게 반짝거리는 세계 전체의 온갖 색채가 그의 짓눌린 가슴을 통해 흘러갔다. 아름답고 혼돈스러운 삶이 침몰하면서, 작별을 고하면서, 그의 모든 감각을 관통하는 마지막 광채를 발했다. 그는 터져 나오는 슬픔을 감당하지 못하고 몸을 웅크렸고, 눈에서는 눈물이 줄줄 흘러내렸다. 그는 흐느끼면서 슬픔의 격류에 자신을 내맡겨버렸다. 눈물이 홍수처럼 정신없이 흘렀다. 그는 완전히 무너졌다. 무한한 슬픔 앞에 철저히 굴복하고 말았다. 계곡이여, 나무들이 우거진 산이여, 초록빛 오리나무 숲 사이로 흐르는 시냇물이여, 소녀들이여, 다리 위로 달빛이 비치는 저녁이여, 오, 너 아름답고 눈부신 세상의 모습이여, 정녕 나는 너를 떠나야만 하는가! 그는 탁자에 엎드려 처량한 아이처럼 계속 울었다. 비통한 가슴에서 탄식과 애원의 외침이 터져 나왔다. "오 어머니, 오 어머니!"

그렇게 그가 마법의 이름을 부르자 기억 깊은 곳에 가라앉은 어떤 형체가 떠오르며 그에게 화답했다. 어머니의 모습이었다. 그가 사상이나 예술가적 몽상으로 품고 있는 어머니의 이미지가 아니라 실제 어머니의 모습이었다. 수도원 시절 이후로 단 한 번도 떠올려본 적이 없는 생기 있고 아름다운 어머니. 그는 어머니를 향해 울면서 매달렸고, 죽음을 앞두고 처절하게 고통스러운 심정을 털어놓았으며, 어머니에게 자신을 내맡겼고, 어머니에게 숲과 태양, 눈동자, 손을 내주었고, 그의 전 존재와 삶을 어머니의 손에 돌려주었다.

눈물을 흘리며 그는 잠이 들었다. 탈진과 잠이 그를 어머니처럼 포근하게 안아주었다. 잠을 자던 한 시간 혹은 두 시간 동안 그는 나락과도 같은 불행에서 벗어날 수 있었다.

잠시 뒤 그는 견딜 수 없이 극심한 통증을 느끼며 깨어났다. 밧줄로 동여맨 손목은 살을 찢는 듯하고 등과 목덜미도 두들겨 맞은 듯 아팠다. 간신히 몸을 일으켜 정신을 가다듬자 자신이 어떤 처지인지 다시 생각이 났다. 사방은 칠흑같이 깜깜했다. 얼마나 잤는지 도무지 짐작할 길이 없었다. 앞으로 몇 시간이나 살아 있을지 그조차도 알지 못했다. 어쩌면 지금이라도 당장 사람들이 들이닥쳐 그를 형장으로 끌고 갈지도 몰랐다. 그때 문득 처형을 당하기 전에 신부가 올 거라는 말이 기억났다. 골드문트는 이 상황에서 성사가 자신에게 도움이 될 거라고는 조금도 믿지 않았다. 아무리 완전하게 죄의 사함을 받는다고 해도 자신이 천국으로 갈 것 같지도 않았다. 천국이 과연 있는지, 신이나 최후의 심판, 영생 따위가 있는지도 의심스러웠다. 그런 일들을 확신하지 않은 지 이미 오래였다.

하지만 영생이 있는지 없는지 지금 그게 중요하지는 않았다. 골드문트는 영생을 바라지 않았다. 그가 바라는 것은 오직 이 불확실하고 덧없는 이승의 삶뿐이었다. 호흡하는 것, 자신의 살 속에서 계속 머무는 것, 오직 사는 것뿐이었다. 그는 벌떡 일어나 어둠 속을 더듬어 벽까지 비틀비틀 걸어가 몸을 기대고 섰다. 그리고 곰곰이 생각했다. 살아날 방도가 있을지도 몰랐다! 아마도 그에게 올 신부가 그 방도일 것이다. 신부에게 잘 설명하면 그의 무죄를 믿어줄지도 몰랐다. 신부가 그를 위해 말을 잘 해주어 형 집행을 연기시키거나 혹은 그의 탈주를 도와주지는 않을까? 그는 이 생각에 필사적으로 골똘히 매달렸다. 설사 이런 기대가 이루어지지 않는다 해도 포기할 생각은 없었다. 이대로 가만히 죽을 수는 없는 노릇이었다. 일단 처음에는 신부를 설득하여 자기 편으로 만들어야 했다. 수단과 방법을 가리지 않고 신부를 홀려 호감을 사고 설득하고 아부까지 해볼 생각이었다. 신부는 그가 가진 유일한 기회였다. 다른 가능성은 아무리 쥐어짜봐야 모조리 헛꿈이었다. 물론 운이 엄청 좋아 아주 드문 우연이 일어날 수도 있었다. 형리가 갑자기 배가 아프다거나 교수대가 부러지는 등 미리 예상하지 못했던 탈주의 기회가 생길 수도 있었다. 어떤 방법을 쓰더라도 골드문트는 죽고 싶지 않았다. 이 운명을 받아들이고 인정하려고 필사적으로 애썼지만 소용없었다. 그는 그럴 수 없었다. 죽을힘을 다해 저항하고 싸울 것이다. 경비원의 다리를 걸어 넘어뜨리고 형리에게 덤벼들 것이다. 최후의 피 한 방울까지 다 바쳐서 생명을 위해 싸울 것이다. 오, 그의 손을 풀어주도록 신부를 설득할 수만 있다면! 그렇게만 된다면 거의 성공한 거나 다름없을 텐데.

그러는 사이 골드문트는 통증을 무시해가며 이빨로 밧줄을 어떻게 해보려고 했다. 끔찍할 만큼 오랜 시간동안 미친 듯이 안간힘을 쓴 결과 어느 정도 밧줄이 느슨해지는 성과를 이루어냈다. 그는 가쁜 숨을 씩씩대며 밤처럼 깜깜한 감옥 가운데 서 있었다. 부어오른 팔과 손목이 몹시 아팠다. 어느 정도 호흡이 진정되자 그는 벽을 따라 한 걸음씩 조심해서 걸으며 축축한 감옥의 벽을 손으로 더듬고 살펴보았다. 혹시 어딘가에 튀어나온 돌출 부위가 없는지 찾기 위해서였다. 그러다 문득, 처음 감옥에 들어올 때 계단을 내려왔던 기억이 났다. 그래서 계단을 찾았고 마침내 발견했다. 계단 앞에 무릎을 꿇고 앉아 돌계단 모서리에 밧줄을 대고 문지르기를 시도했다. 생각보다 어려운 일이었다. 밧줄 대신 자꾸만 그의 손목뼈가 돌계단에 부딪혔고, 그때마다 미칠 듯한 통증에 진저리쳤다. 피가 흐르는 것이 느껴졌다. 하지만 그는 포기하지 않았다. 그리하여 감옥 문과 문지방 사이 가느다란 틈새로 희미한 아침 햇살이 스며들어올 무렵, 그는 목적을 달성했다. 닳아버린 밧줄을 마침내 풀어버린 것이다. 이제 손이 자유다! 그렇지만 손가락 하나도 까딱하기 힘들었다. 손은 퉁퉁 부어올라 움직여지지 않고 팔은 어깨까지 전체가 뻣뻣해서 부자유스러웠다. 골드문트는 손과 팔을 억지로라도 움직이는 연습을 해서 피가 통하도록 만들어야 했다. 지금 막 멋진 아이디어가 떠올랐기 때문이다.

신부를 설득하는데 실패한다면, 신부와 단 둘만이 있는 시간이 아무리 짧다고 해도 그 안에 신부를 죽여야 한다. 의자 한 개를 사용하면 가능할 것이다. 손과 팔에 힘이 하나도 없으므로 목을 졸라서 죽일 수는 없다. 그러니 의자로 때려서 죽인 다음에 재빨리 신부복을 벗겨 입고 달아나는 것이다! 사람들이 죽은 신부를 발견하기 전에 그는 성을 빠져나가야만 한다. 그리고 무조건 달아난다, 달아난다! 마리가 그를 집에 숨겨줄 것이다. 그는 이 방법을 시도해야만 했다. 가능성이 있었다.

그날 아침의 몇 시간처럼 동이 트는 것을 집요하게 지켜보고, 기다리고, 고대하면서 동시에 두려워했던 적은 골드문트의 생애에 단 한 번도 없었다. 너무도 대담한 결심에 긴장한 나머지 벌벌 떨면서도 문과 문지방 사이 틈새의 가냘픈 빛이 서서히 아주 서서히 밝아오는 것을 매서운 사냥꾼의 눈초리로 지켜보았다. 그는 탁자로 돌아와서 양손을 무릎 사이에 넣고 손목 결박이 풀린 것을 쉽게 눈치채지 못하도록 의자에 웅크리고 앉는 자세를 연습했다. 손이 풀린 다음부터 그는 자신이 죽을 거라는 생각이 들지 않았다. 이 위기를 헤쳐나가기로 마음먹었다. 세상이 두 쪽 난다 해도 헤치울 생각이었다. 무슨 짓을 해서라도 살아야 했다. 자유와 생명이 너무도 간절하여 그의 콧구멍이 벌름거렸다. 혹시 바깥에서 그를 도와줄 손길이 나타날지 누가 알겠는가? 아그네스는 여자고, 권력이 크게 대단하지도 않으며 특별히 용감한 편은 아닐지도 모른다. 그러니 골드문트를 이대로 포기할지도 모른다. 하지만 그래도 그를 사랑하긴 했으니 어쩌면 뭔가를 해줄 수도 있지 않은가. 어쩌면 밖에서 시녀 베르타가 살금살금 다가올지도 모른다. 게다가 아그네스는 믿을 만한 하인도 있다고 말하지 않았던가? 만약 아무도 나타나지 않고 아무도 그에게 도움의 신호를 보내지 않더라도, 그대로 자신의 계획을 밀고 나갈 작

363

정이었다. 일이 틀어지면 의자로 감시병들을 때려눕힐 것이다.
두 명이든 세 명이든, 아무리 많더라도 그렇게 할 것이다. 그에게
는 한 가지 확실한 이점이 있었다. 깜깜한 어둠에 눈이 익숙해져
서 보통 사람이라면 당장은 아무것도 보이지 않을 어둠 속에서
도 사물의 형태나 크기를 똑똑히 구분할 수 있는 것이다.

골드문트는 열에 들뜬 채 탁자 앞에 쭈그리고 앉아서 신부가
들어오면 도와달라고 어떤 말로 간청해야 할지 곰곰이 궁리해보
았다. 일단 그렇게 시작해야 한다. 그러면서도 한편으로는 문 틈
새로 스며드는 빛이 점점 밝아지는 것을 열심히 관찰했다. 몇 시
간 전만 해도 죽을 듯이 두렵던 순간을 이제는 열렬히 고대하게
되었다. 일 초라도 더는 참고 기다릴 수 없을 지경이었다. 숨 막
히는 이 긴장감을 유지하기 힘들었다. 뿐만 아니라 그의 체력과
주의력, 결단력과 경계심도 서서히 약해지고 있었다. 감시병들
이 신부를 데리고 올 때까지는, 이 순간의 단호한 준비 태세와 결
심이 식지 않게 어떻게든 붙들고 있어야만 했다.

드디어 바깥세상이 잠에서 깨어났고 드디어 적이 가까이 다가
오고 있었다. 뜰의 포석을 디디는 발소리가 울렸고 열쇠가 열쇠
구멍에 꽂혀 돌아갔다. 이런 소리 하나하나가 우레처럼 커다랗
게 죽음의 정적을 깨뜨렸다.

이제 육중한 감옥 문이 조금씩 열리며 경첩이 삐걱거렸다. 신
부가 한 명 들어왔다. 다른 사람은 없었다. 감시병도 없었다. 신
부는 혼자였고, 초가 두 개 밝혀진 촛대를 들고 있었다. 골드문트
가 혼자서 상상하던 것과는 전혀 다른 상황이었다.

그리고 신기하고도 가슴이 쿵쾅거리는 일이 있었다. 안으로 들어서서 손을 등 뒤로 돌려 문을 닫고 있는 신부는 놀랍게도 마리아브론 수도원 교단의 성복을 걸치고 있는 게 아닌가. 골드문트가 너무도 잘 아는, 오래전 다니엘 수도원장의, 안젤름 신부의, 마르틴 신부의 복장이 아닌가!

골드문트는 가슴을 크게 얻어맞은 듯한 충격을 받았다. 그래서 시선을 돌릴 수밖에 없었다. 수도원의 복장을 여기서 보다니 그건 분명 우호적인 암시였다. 뭔가 좋은 징조일지도 몰랐다. 하지만 그래도 신부를 죽이는 것 말고는 다른 방법은 없을 터였다. 그는 이를 악물었다. 같은 교단의 형제를 죽여야 하다니, 골드문트의 마음은 참으로 무거웠다.

17장

"예수 그리스도를 찬미할지라." 신부가 이렇게 말하며 촛대를 탁자에 올려놓았다. 골드문트는 시선을 아래로 떨군 채 입속으로 우물거리며 불분명하게 대꾸했다.

신부는 말이 없었다. 가만히 서서 기다리면서 침묵을 지켰다. 마침내 불안해진 골드문트는 고개를 들어 자신 앞에 서 있는 신부를 살펴보았다.

그런데 더욱 놀랍게도 이 신부는 마리아브론 수도원 성복을 입고 있을 뿐 아니라 수도원장의 휘장까지도 착용하고 있지 않은가.

골드문트는 눈을 들어 신부의 얼굴을 올려다보았다. 뼈마디가 드러난 단단하고 청아한 얼굴에 입술이 매우 얇았다. 그것은 골드문트가 아는 얼굴이었다. 그는 마법에 홀린 듯했고, 정신과 의지로 빚어진 그 얼굴을 넋을 잃은 채 쳐다보았다. 골드문트는 더듬거리는 손으로 촛대를 붙잡고, 신부의 얼굴 가까이로 들어올려 그의 눈을 비추었다. 골드문트는 그의 눈을 보았다. 그리고 촛대를 다시 거두는 골드문트의 손 안에서 촛대는 사정없이 떨리고 있었다.

"나르치스!" 골드문트의 목소리는 꺼져들어갈 듯이 작아서 알아듣기 힘들 정도였다. 그를 둘러싼 주변의 모든 사물이 정신없이 빙글빙글 돌기 시작했다.

"그렇다네 골드문트. 나는 한때 나르치스라고 불렸지. 하지만 오래전에 난 그 이름을 버렸네. 자네는 아마도 몰랐던 모양이로군. 서품을 받은 후로 내 이름은 요한이 되었어."

골드문트는 갑자기 엄청난 충격을 느꼈다. 세상이 순식간에 하얗게 변했다. 초인적인 의지로 버티고 있던 극도의 긴장감이 한꺼번에 무너지면서 금방이라도 질식할 것만 같았다. 몸이 벌벌 떨렸다. 머릿속이 마치 바람 빠진 풍선처럼 텅 비면서 아찔한 현기증이 났다. 위장이 경련을 일으켰다. 눈동자는 뜨거운 흐느낌이 북받쳐올라 폭발할 것만 같았다. 와락 울음을 터트리고 그대로 무너지면서 눈물을 비처럼 쏟고 정신을 잃어버리기. 바로 이 순간 그의 몸과 마음이 간절히 원하는 것은 오직 한 가지뿐이었다.

하지만 나르치스를 대하자 불현듯 솟아난 까마득한 옛 기억이 골드문트에게 마치 하나의 경고로 떠올랐다. 소년 시절, 그는 이 아름답고 엄격한 얼굴 앞에서, 모든 지식을 다 갖춘 검은 눈동자 앞에서 이성을 잃고 눈물을 펑펑 흘리며 울었던 것이다. 똑같은 실수를 반복할 수는 없었다. 그의 인생 더없이 기막힌 순간에 나르치스가, 아마도 그를 구해주기 위해 또다시 유령처럼 나타났다. 그렇다고 해서 다시 한 번 나르치스 앞에서 엉엉 울음을 터트리거나 기절해서 쓰러져야 한단 말인가? 아니, 아니, 아니다. 골드문트는 마음을 다잡으며 스스로를 억제했다. 요동치는 위장을 억지로 진정시키고 머리에서 현기증을 몰아냈다. 지금 그는 절대로 나약한 모습을 보이면 안 되는 것이다.

인위적으로 냉정을 가장하는 데 성공한 골드문트는 짐짓 차분하게 말했다. "그래도 당신을 나르치스라고 부르도록 허락해주셔야 합니다."

"그렇게 부르게. 그런데 내게 악수조차 건네지 않을 셈인가?"

다시금 골드문트는 솟구치는 감정을 억제해야만 했다. 수도원 생도일 때 자주 그랬듯이 그는 미숙한 반항기와 빈정거림을 담아서 내뱉었다.

"미안하군요, 나르치스." 그의 어조는 냉담하면서도 약간 거만하게 들렸다. "보아하니 당신은 수도원장님이 되신 것 같은데, 나는 아직도 떠돌이에 불과합니다. 게다가 우리는 유감이지만 마냥 한가하게 이런 대화를 나눌 시간이 많지 않아요. 아무리 내가 원한다 해도 말이죠. 왜냐하면 나는 교수형을 언도받았고 한 시간 후, 아니 어쩌면 한 시간도 되기 전에 목이 매달릴 테니까요. 이건 그냥 우리가 처한 상황을 확인시켜주려고 하는 말입니다만."

나르치스의 얼굴에는 어떤 표정도 떠오르지 않았다. 벗의 태도에서 드러나는 유치함과 허세가 우스우면서도 동시에 가슴 뭉클하게 다가왔다. 골드문트가 저리 행동하는 것은 자존심 때문이다. 자존심 때문에 자신에게 와락 안겨서 울음을 터트리지 못하는 것이다. 나르치스는 골드문트의 자존심을 충분히 이해했고 진심으로 인정했다. 물론 나르치스도 그들의 재회가 이런 모습일 거라고 전혀 예상하지 못했지만, 어쨌든 이 우스꽝스러운 소극에 기꺼이 참여하기로 했다. 골드문트가 그를 향해 마음을 문을 열게 하려면 그 방법이 가장 빠를 것이기 때문이다.

그래서 나르치스 역시 아무런 감정을 싣지 않은 목소리로 덤덤하게 말했다. "교수형 얘기라면 나도 할 말이 있어. 자네는 사면되었다네. 내가 여기 온 건 자네에게 그 소식을 전하고 자네를 데려가기 위함이야. 사면은 받았지만 이 도시에 더 이상 머물러서는 안 되거든. 그러니 자네 생각과 달리 우리가 지난 얘기를 나눌 시간은 충분히 있어. 이제 악수하지 않겠나?"

두 사람은 손을 내밀어 잡고 서로의 손을 한참 동안 꼭 붙든 채 오래오래 악수를 나누었다. 두 사람 다 뭉클한 감동으로 가슴이 뜨거워졌다. 하지만 그들이 나누는 말은 그 후로도 한동안 어색하고 부자연스럽게 덜그럭거렸다.

"좋아요 나르치스. 그럼 우리는 이제 그다지 자랑스럽지 못한 이 숙소를 떠나게 된다는 말이군요. 내가 당신 일행을 따라가면 되는 거겠죠. 마리아브론 수도원으로 돌아가나요? 그렇다고요? 잘 됐군요. 그런데 어떻게 가나요? 말을 타고? 정말 다행이네. 그럼 내가 탈 말 한 필만 구해지면 바로 떠날 수 있겠네요."

"말은 금방 구할걸세. 늦어도 두 시간 후면 출발할 수 있을 테지. 그런데 자네 손이 그게 뭔가? 이럴 수가, 온통 긁히고 부어터진 데다가 피투성이로군! 오, 골드문트, 여기서 도대체 무슨 꼴을 당했길래!"

"괜찮아요, 나르치스. 손의 상처는 내가 낸 거예요. 원래는 손

369

이 결박당해 있어서 그걸 푸느라 그랬어요. 사실 결코 쉽진 않았지만. 그런데 호위병도 하나 없이 혼자 들어오다니, 나르치스 당신도 보통 대담하지 않군요."

"왜 대담하다는 거지? 여긴 위험한 곳도 아니잖아."

"그야 나에게 맞아 죽는 것쯤이야 그리 대단한 위험은 아니겠죠. 사실 그렇게 결심하고 있었거든요. 신부가 한 명 올 거라는 말은 들었어요. 신부를 죽이고 그의 옷을 훔쳐 입고 달아나겠다는 멋진 탈출 계획을 세운 거죠."

"자네는 죽기 싫었단 말인가? 죽음에 맞서려 했단 말이지?"

"물론이죠. 온다는 신부가 나르치스 당신일 거라고는 꿈에도 상상하지 못했단 말입니다."

"누구든 간에." 나르치스는 머뭇거리며 말했다. "그런 계획을 세우다니 흥측하군. 자네에게 고해성사를 베풀어주려고 찾아온 신부를 정말로 죽일 수 있을 거라고 생각했단 말인가?"

"그 신부가 당신이라면 절대로 불가능하죠. 당연히 못하죠. 아마 당신과 같은 교단, 마리아브론 수도원 성복을 입은 사람이라도 역시 못했을 겁니다. 하지만 다른 신부라면 했을 거예요. 이 말은 믿어도 좋습니다."

갑자기 골드문트의 목소리는 슬프게 어두워졌다.

"그렇다고 해도 그게 내 첫 번째 살인은 아니겠지만요."

그들은 침묵했다. 두 사람 모두 처참한 심정이었다.

이윽고 나르치스가 침착하게 입을 열었다. "그 일에 대해서는 나중에 이야기하기로 하지. 원한다면 내게 고해를 해도 좋아. 다른 경험들을 들려줘도 되고. 나도 자네에게 할 이야기가 많아. 무척 기대되는걸. 이제 그만 가볼까?"

"잠깐만 나르치스! 신기하게도 내가 벌써 예전에 당신에게 요한이란 이름을 지어준 것이 막 생각났어요!"

"무슨 소린지 모르겠군."

"물론 당신은 모를 거예요. 몇 년 전에 내가 당신에게 요한이란 이름을 주었거든요. 그 이름은 영원히 당신과 함께할 거예요. 예전에 잠시 조각가로 일을 했어요. 그때 내가 만든 최고의 작품은 나무를 깎아 만든 실물 크기의 인물상인데 당신의 모습을 본땄어요. 그런데 그 조각상에 나르치스가 아니라 요한이란 이름을 붙였거든요. 십자가 아래의 사도 요한 말이에요."

골드문트는 일어서서 문으로 갔다.

"그러니까 자네는 그때도 날 생각했다는 말이군?" 나르치스가 조용히 물었다.

골드문트의 대답도 마찬가지로 조용했다. "그래요 나르치스. 당신을 생각했어요. 언제나, 언제나 생각했어요."

그는 육중한 문을 거칠게 열어젖혔다. 창백한 아침햇살이 와락 밀려들었다. 그들은 더 이상 아무런 말도 나누지 않았다. 나르치스는 골드문트를 자신이 묵는 방으로 데리고 갔다. 나르치스의 일행인 젊은 수도사가 짐을 싸고 있었다. 골드문트는 식사를 하고 손을 씻은 후 상처에 붕대를 감았다. 그들이 타고 떠날 말들도 채비를 마쳤다.

말에 올라타며 골드문트는 말했다. "부탁이 있어요. 돌아가는 길에 생선시장에 들를 수 있을까요? 거기서 볼일이 남아 있어서 그래요."

그들은 말을 타고 떠났다. 골드문트는 성의 창이란 창은 하나 하나 쳐다보았다. 혹시 아그네스가 보일까 싶어서였다. 그녀의 모습은 어디에도 없었다. 그들은 생선시장으로 갔다. 마리는 골드문트 때문에 몹시 걱정하고 있었다. 골드문트는 마리와 마리의 부모들과 작별을 나누었다. 수천 번이나 감사의 인사를 했고 반드시 다시 찾아오겠다고 약속했다. 그리고 떠났다. 마리는 말을 탄 이들의 모습이 완전히 사라질 때까지 문 앞에 서서 배웅했다. 그런 다음 절뚝거리며 느리게 집으로 들어갔다.

그들은 모두 네 명이었다. 나르치스, 골드문트, 젊은 수도사, 그리고 무장한 마구간 하인.

"내 말 점박이를 혹시 기억하나요?" 골드문트가 물었다. "수도원 마구간에 있었잖아요."

"물론 기억하지. 그런데 그 말을 더는 볼 수 없을 거야. 당연히 기대하지도 않았겠지만. 그 말이 죽은 지 벌써 칠팔 년이나 된다네."

"그래도 점박이를 기억하고는 있군요!"

"그럼 기억하지."

골드문트는 점박이의 죽음이 그리 슬프지 않았다. 나르치스가 점박이에 대해 그토록 소상히 알고 있다는 사실이 기뻤을 뿐이다. 동물에게 관심을 가진 적이 없고, 수도원 마구간의 다른 말들은 분명 이름도 모를 나르치스가 말이다. 그래서 골드문트는 더

더욱 기뻤다.

"당신은 우습다고 생각할 거예요." 골드문트는 말을 계속했다. "수도원에 대한 첫 번째 질문이 기껏 말이라니 하고요. 내 생각에도 썩 잘한 질문은 아니에요. 사실은 다른 걸 물어볼 생각이었답니다. 다니엘 수도원장님 안부 말이에요. 그런데 당신이 그분의 후계자가 되었으니 다니엘 원장님이 살아 있지 않을 거라고 예상한 거죠. 처음부터 누군가의 죽음 소식만 듣고 싶지는 않았거든요. 죽음을 화제로 삼는 건 당장은 너무 힘들어요. 어젯밤의 일 때문이기도 하고, 지금껏 지긋지긋하게 목격한 페스트 때문이기도 해요. 그런데 어차피 말이 나온 데다가 언젠가는 얘기를 해야겠죠. 다니엘 원장님은 언제 돌아가신 거죠? 어떻게 돌아가셨나요? 다니엘 원장님을 참으로 존경했는데. 안젤름 신부님과 마르틴 신부님은 살아계시겠죠? 난 이제 아무리 나쁜 소식을 들어도 충격을 받지는 않지만, 그래도 당신이 페스트에 희생되지 않아서 얼마나 다행인지 몰라요. 물론 당신이 죽었을 거란 생각은 해본 적이 없긴 해요. 난 우리의 재회를 굳게 믿고 있었답니다. 하지만 믿음은 인간을 배신한다는 것을, 유감스럽게도 경험으로 배웠어요. 스승이었던 명장 조각가 니클라우스도 마찬가지예요. 난 그가 죽을 거라고는 절대로 상상하지 못했고 반드시 그를 다시 만나 그 밑에서 다시 일할 거라고 철석같이 믿었지만, 내가 돌아가니 그는 죽은 다음이더군요."

"짧게 정리해서 이야기할게." 나르치스가 대답했다. "다니엘 원장님은 팔 년 전에 돌아가셨어. 병도 고통도 겪지 않았어. 나는 그분의 후계자가 아니야. 내가 원장이 된 건 겨우 일 년 전이라네. 다니엘 원장님의 후계자는 우리의 교장이던 마르틴 신부님이었어. 그분이 채 일흔도 안 된 나이로 작년에 돌아가신 거야. 안젤름 신부님도 세상에 안 계셔. 그분은 널 정말 좋아했지. 마지막까지 늘 네 얘기를 하셨는데. 말년에는 걷지도 못해서 자리에 누워서만 지냈고, 그래서 참으로 힘들어하셨어. 결국 수종증으로 돌아가셨지. 그래, 수도원에도 페스트의 광풍이 몰아치긴 했어. 많은 사람들이 죽었고. 그런데 그 얘기는 그만하지! 또 궁금한 것이 있나?"

"궁금한 것이야 아직도 한참 많죠. 가장 궁금한 건 어쩌다 당신이 여기 주교좌 도시까지, 성직자 사절로 오게 된 건가요?"

"그걸 설명하려면 아주 길어진다네. 자네에게 분명 지루할 거야. 정치 얘기니 말이야. 백작은 황제의 총애를 받는 신하이고 많은 사안에 대해 황제의 전권을 위임받은 자야. 요즘 황제와 우리 교단 사이에 중재해야 할 문제들이 생겼어. 교단은 나를 대표로 지명해서 백작과의 협상에 나서게 한 거야. 그런데 협상은 그다지 성공적이지 못했어."

그는 입을 다물었다. 골드문트는 더 이상 캐묻지 않았다. 어젯밤 나르치스가 자비심이라고는 전혀 없는 백작을 상대로 골드문트의 목숨을 구하기 위해 무엇을 양보해야 했는지, 그것까지 골드문트가 알아야 할 필요는 없을 것이다.

그들은 말을 달렸다. 골드문트는 엄청난 피로가 몰려오면서 안장에 앉아 있기조차 힘겨워졌다.

한참을 달리다가 나르치스가 물었다. "자네가 도둑질하다가 잡힌 거라고 들었는데, 그게 정말인가? 백작의 말에 의하면 자네가 성에 몰래 숨어들어와 심지어 내실까지 침입하여 물건을 훔쳤다던데."

골드문트는 웃음을 터트렸다. "모양새야 분명 그렇게 보였겠지. 내가 도둑이라고 말이죠. 그러나 사실 백작의 애인과 밀회를 가진 거였어요. 백작도 틀림없이 알고 있었을 테고. 그런데도 그가 날 풀어주었다니, 아무리 생각해도 이해할 수 없네요."

"그는 어쨌든 말은 통하는 사람이더군."

그날 하루 동안 가야 할 거리를 채우지 못했지만 그들은 한 마을에 숙소를 잡아야 했다. 골드문트가 너무도 기운이 빠진 데다가 손으로 고삐조차 쥘 수 없었기 때문이다. 사람들에게 들려서 침대로 옮겨진 골드문트는 약간의 열이 있었고, 이튿날까지도 침대에서 일어나지 못했다. 하지만 그런 다음에는 여행을 계속할 기력을 회복했다. 손의 상처는 아물었고, 그는 말 타는 여행을 즐기게 되었다. 얼마 만에 말을 타보는 것인가! 그는 삶의 에너지를 되찾았고 다시 젊어진 듯 온몸에서 생기가 넘쳤다. 툭하면 승마 경주를 한다면서 마구간 하인과 함께 전속력으로 달려나갔고, 입이 터지기 시작하면 나르치스에게 수백 가지나 되는 질문을 홍수처럼 퍼부어댔다. 그럴 때마다 나르치스는 침착함을 잃지 않으면서, 하지만 기꺼이 그의 질문 공세를 받아주었다. 나르치스는 또다시 골드문트의 마력에 사로잡힌 듯했다. 벗의 정신과 영민함을 무한히 신뢰하는 골드문트는 천진하고도 단순한 질문을 직설적으로 마구 던졌고, 나르치스는 그런 질문들을 마냥 사랑했다.

"궁금한 게 있어요, 나르치스. 당신들도 유대인을 불태워 죽인 적이 있나요?"

"유대인을 불태워 죽인다고? 어떻게 그럴 수 있겠어? 우리 주변에는 유대인이라곤 한 명도 없는데."

"그건 그래요. 하지만 말이에요, 그럴만한 상황이라면 유대인을 태워 죽일 수 있겠어요? 그런 일이 스스로에게 가능하다고 보나요?"

"아니. 왜 내가 그래야 하지? 넌 나를 광신도라고 생각하는 거야?"

"내 질문은 그런 뜻이 아니구요, 어떤 계기가 생긴다면 당신도 유대인을 죽이라고 명령을 내리거나 그런 일에 동의하겠느냐는 거예요. 영주와 시장, 주교를 비롯해서 수많은 공권력이 실제로 그런 명령을 내렸으니 말이죠."

"나는 그런 명령을 내리지 않을 거야. 하지만 내가 그런 잔인한 행태를 옆에서 지켜보거나 말없이 참아내는 경우란 얼마든지 상상할 수 있지."

"말없이 참아내기만 한다고요?"

"그렇지. 그걸 막을 권력이 주어지지 않는다면 달리 방법이 없으니까. 골드문트 자네는 유대인 화형 장면을 목격한 모양이지?"

"네, 맞아요."

"그래서, 그걸 막아냈나? 못했다고? 거 보라구."

골드문트는 레베카와의 만남을 상세히 설명했다. 말하는 중에 그는 가슴이 뜨거워지고 감정이 격해졌다. 골드문트는 격앙된 어조로 이야기를 마무리했다.

"우리가 도대체 어떤 세상에서 살고 있는 건지! 이건 생지옥 아닌가요? 세상이 이 정도로 치가 떨리고 구역질 나는 모습인 줄은 미처 몰랐습니다!"

"그렇지. 그게 세상의 모습이겠지."

"그게 세상의 모습이라구요?" 골드문트는 화가 나서 버럭 소리쳤다."당신은 입만 열면 말하지 않았나요, 이 세상은 신성하다고, 세상은 창조주를 중심으로 한 위대한 조화 속에서 작동하고 있다고, 존재는 곧 선이라고, 늘 그렇게 주장하지 않았던가요? 아리스토텔레스와 성 토마스의 책에 그렇게 나와 있다면서요? 이제 당신이 이 모순을 어떻게 해명할지 참으로 흥미진진하군요."

나르치스는 웃었다.

"자네의 기억력은 참으로 비상하군. 하지만 약간 혼동하고 있어. 나는 늘 창조주를 완벽한 존재로 숭배했을 뿐 피조물이 완벽하다고 한 적은 없어. 세계의 추악함을 결코 부정하지도 않았고. 지상의 삶이 조화롭고 정의롭다고, 인간이 선하다고, 이렇게 주장한 진정한 철학자는 한 명도 없다네, 친구. 성서도 인간의 내면에서 생겨나는 날조와 노림수의 흉악함에 대해 상세히 이야기하고 있지 않은가. 매일매일 우리가 지겹도록 목격하는 내용 말이야."

"알겠어요. 당신 같은 학자들은 그렇게 생각한단 말이군요. 인간은 악하다, 지상의 삶은 오직 살벌하고 비천하다, 이런 사실은 인정한다는 거죠. 그런데 당신들 학자들의 사상이나 교과서를 살펴보면 그 이면 어딘가에는 반드시 완벽과 정의를 언급하거든요. 그러니 완벽과 정의는 실제로 존재하고 증명할 수 있는 거죠. 단지 인간이 활용을 못하는 거예요."

"자네는 신학자들에게 불만이 아주 많군! 그래도 자네는 여전히 철학자는 아니야. 전부 뒤죽박죽으로만 생각하니 말일세. 좀 더 배워야겠어. 그런데 우리가 왜 정의의 이념을 활용하지 않는다는 거지? 매일 매 시간 우리는 그렇게 하고 있어. 나는 수도원장으로서 수도원을 이끌어야 하는데, 수도원이라는 세계 역시 바깥과 마찬가지로 완벽함과는 거리가 멀고 죄로부터 자유롭지도 않아. 그렇지만 우리는 원죄에 맞서는 수단으로 정의의 이념을 끊임없이 제시해왔고, 우리의 불완전한 삶을 그 이념에 맞추면서 악을 수정하려 했지. 그런 식으로 우리 삶이 신과의 관련을 잃지 않도록 항상 노력해온 거라네."

"그렇군요, 나르치스. 내 말은 당신을 겨냥한 건 아니었어요. 당신이 훌륭한 수도원장임을 부정하려는 것도 아니구요. 하지만 레베카를 생각해봐요. 불타 죽은 유대인들, 구덩이에 파묻힌 시체들, 엄청난 수의 죽음, 페스트에 걸려 죽은 시체들이 악취를 풍기며 널브러진 골목과 집들, 참혹한 지옥의 광경들, 아무도 돌봐주는 이 없이 홀로 방치된 아이들, 사슬에 묶여 굶어 죽어가는 농가의 개들을 생각해봐요. 난 그런 것들을 생각할 때마다 그런 광

378

경이 머리에 떠오를 때마다 가슴이 찢어지는 것 같아요. 우리의 어머니들은 희망이라곤 없는 이 잔혹한 악마의 세상에 우리를 낳아버렸다는 생각이 들어요. 안 그랬더라면 좋았을 텐데 말이죠. 신이 처음부터 이 세상을 창조하지 않았더라면, 이런 인간을 구원한답시고 구세주가 십자가에 쓸데없이 못 박히지 않았더라면 차라리 더 나았을 거예요."

나르치스는 이해한다는 의미로 벗을 향해 고개를 끄덕였다.

"자네 말이 옳아." 그는 부드럽게 말했다. "다 털어놓도록 해. 전부 다 말이야. 하지만 한 가지 점에서 자네는 큰 착각을 하고 있어. 자네는 지금 하는 말을 생각이라고 여기는 거지? 하지만 틀렸어, 그건 느낌이야! 존재의 두려움을 제대로 맛본 한 인간의 느낌인 거야. 절대로 잊지 말아야 하는 건 그런 슬프고 절망적인 느낌의 반대편에는 완전히 반대인 또 다른 느낌이 있다는 사실이지! 말을 타고 아름다운 자연을 지나가는 지금, 자네 마음은 참으로 상쾌하고 즐겁겠지. 아니면 경솔하게도 밤에 성으로 숨어들어가 백작의 애인과 밀회를 즐길 때를 기억해봐. 그럴 때는 세상이 얼마나 달라 보였겠어. 페스트에 뒤덮인 집들이나 불타 죽은 유대인 생각 때문에 눈앞의 쾌락을 포기하는 일은 없었을 거야. 내 말이 틀렸나?"

"맞아요. 그랬어요. 죽음과 잔혹함으로 가득 찬 세상에서 마음의 위로를 구하기 위해 이 지옥 한가운데에 활짝 피어난 아름다운 꽃을 꺾었죠. 쾌락을 얻으면 한동안은 공포를 잊으니까요. 그렇다고 해도 공포가 줄어드는 건 아니지만요."

"표현 하나는 근사하군. 사방 천지에 죽음과 잔혹함뿐이다, 그래서 자네는 쾌락으로 도피한단 말이군. 그렇지만 쾌락은 오래 지속되지 않아. 자네를 다시 세상이란 사막으로 몰아내겠지."

"네, 맞아요."

"그게 대부분의 사람들이 실제로 살아가는 방식이야. 단지 자네처럼 예민하고 강렬하게 느끼는 자들이 거의 없을 뿐이지. 그런 느낌을 자각하고 싶어 하는 사람도 거의 없고. 말해보게, 쾌락과 공포 사이를 절망적으로 왔다 갔다 하는 일 말고, 삶의 쾌락과 죽음의 예감 사이에서 동요하는 일 말고, 또 다른 길을 모색한 적은 없단 말인가?"

"아, 물론 있어요. 예술을 통해서 시도한 적이 있죠. 그사이 난 예술가로 활동하기도 했으니까요. 거의 대부분의 시간을 방랑자로 지낸 지 삼 년쯤 되던 어느 날, 한 수도원의 교회당에서 나무를 깎아 만든 성모상을 발견했어요. 참으로 아름다운 모습에 완전히 빠져버린 나는 작품을 만든 명장이 누구인지 물었고 당장 그를 찾아나섰죠. 그래서 결국 만나게 되었어요. 그는 아주 유명한 명장이었어요. 난 그의 제자가 되었고 몇 년 동안 그 밑에서 일을 했답니다."

"그 이야기는 나중에 자세히 들려주게. 그런데 예술이 자네에게 무엇을 해주었지? 자네에게 예술은 어떤 의미였나?"

"삶의 덧없음을 극복하게 해주었죠. 인간이 벌이는 온갖 광대놀음과 죽음의 무도 와중에서도 무언가는 남아서 오래 존속한다는 것을 알게 되었어요. 그게 바로 예술작품이었죠. 물론 예술품

380

도 언젠가는 덧없이 사라지는 게 맞아요. 불에 타거나 부패하거나 망가질 거예요. 그래도 인간의 몇 세대 정도는 거뜬히 살아남으니, 예술이란 속절없이 짧은 이승의 건너편에 있는 성스러운 형상으로 이루어진 고요한 왕국 같다고 생각해요. 그런 왕국을 위해 일한다면 삶의 훌륭한 위로가 될 것 같았죠. 그건 순간을 영원하게 만드는 길이었으니까요."

"정말 멋지군, 골드문트. 앞으로도 계속해서 아름다운 작품을 많이 만들어주게. 나는 자네의 능력을 무한히 신뢰하고 자네가 마리아브론 수도원에 내 손님으로 오래오래 머물렀으면 해. 자네를 위한 작업장을 꼭 마련해주고 싶어. 우리 수도원은 한참 동안이나 예술가가 없었거든. 내 생각에 예술의 경이로움에 대한 자네의 정의는 아직 완전한 것 같지 않아. 내 생각은 이래. 예술의 본질은 지금 당장은 존재하지만 언젠가는 사라질 사물을 돌과 나무, 색채를 이용해서 죽음으로부터 분리해내고 장기간 지속할 수 있게 만드는 것만이 전부는 아닐 거야. 나도 지금까지 성상이나 성모상을 비롯해 수많은 예술작품을 보았지만, 그것들이 한때 실제로 살았던 어느 인간의 모습을 그대로 본뜬 모형이라고 생각하지 않았어. 예술가가 모델의 형체와 색채를 고스란히 작품으로 옮겨와서 오래 보존하기 위해 만들었다고 생각하지 않았단 말이야."

"그건 당신 말이 옳아요!" 골드문트가 열성적으로 외쳤다. "당신이 예술에 그토록 조예가 깊을 줄은 미처 상상도 못했는데! 비록 어떤 인물이 예술작품의 계기가 된 경우라도 훌륭한 예술품이라면 실제 존재하고 살아 있던 인물 그대로를 원형으로 하지 않아요! 예술품의 원형은 살과 피가 아니라 정신이니까요. 예술가의 영혼에 깃든 형상이 작품의 원형인 거죠. 나르치스, 내 안에도 그런 형상이 살아 있어요. 언젠가 그것을 꺼내어 형상화해서 당신에게 보여주고 싶어요."

"그렇다면 나도 정말 좋겠어! 벗이여, 지금 자네는 자신도 모르는 사이 철학의 영역으로 깊숙이 들어온 거야. 철학의 한 신비를 입 밖으로 꺼낸 거라네!"

"나를 놀리는 건가요?"

"그럴 리가. 자네는 방금 '원형'을 이야기했잖아. 그 어디에도 실재하지 않고 오직 창조적 정신으로만 존재하는 것, 하지만 재료를 통해 가시적인 형상화가 가능한 것 말일세. 예술작품이 실제의 몸을 입고 눈에 보이기 전부터 그 원형은 예술가의 영혼 속에 형상으로 존재하는 거야! 그 형상, 즉 그 원형은 오래전 고대의 철학자들이 '이데아'라고 불렀던 그것과 정확히 일치한다네."

"그럴 법한 말이네요."

"이제 자네는 이데아와 원형을 인정하게 되었으니 그건 곧 정신의 세계에, 우리 철학자들과 신학자들의 세계에 발을 들여놓은 셈이지. 혼돈과 고통이 난무하는 삶의 전쟁터 한가운데 육신들이 벌이는 끝없이 무의미한 죽음의 무도 한가운데 창조적 정신이 존재함을 인정한 것이고. 생각해봐, 나는 소년이었던 자네를 처음 본 이후로 항상 자네 안에 있는 정신을 주시했어. 자네의 정신은 철학자의 정신은 아니야. 예술가의 정신이지. 그래도 그건 정신이니 자네가 감각의 탁한 혼돈에서 빠져나오도록, 쾌락과 절망 사이를 영원한 시계추처럼 반복하지 않도록 길을 가르쳐주는 건 맞아. 오 벗이여, 자네에게서 이런 고백을 듣다니 얼마나 행복한지 모르겠어. 내가 정말로 간절히 고대하던 일이야. 자네가 선생인 나르치스를 떠나 자기 자신이 되겠다는 용기를 낸 그날 이후로 나는 항상 오늘이 오기를 기다려왔다네. 지금부터 우리는 새로운 친구가 될 수 있을 거야."

어느새 골드문트는 삶의 의미를 얻은 듯한 기분이 들었다. 마치 저 높은 곳에서 삶을 내려다보는 듯하고 삶의 커다란 세 단계가 눈앞에 보이는 듯했다. 나르치스에게 의존하다가 그를 벗어난 시기, 자유와 방랑의 시기, 그리고 귀환, 스스로의 내면으로 돌아와 성숙과 수확이 시작되는 시기.

이 환상은 금세 사라졌다. 하지만 나르치스와 그 사이에는 새로운 관계가 형성되었다. 더 이상 의존적인 관계가 아닌 자유로운 상호 관계. 이제는 굴욕감을 느낄 필요 없이 나르치스의 우월한 지성을 상대하게 되었다. 상대방이 그의 대등함을, 그의 창조성을 인정해주었기 때문이다. 나르치스에게 자신을 보여줄 수 있다니, 작품을 통해 자신의 내면세계를 드러낼 수 있다니, 이 생각을 하자 골드문트는 여행 내내 점점 커지는 기대감으로 가슴이 벅차올랐다. 하지만 간혹 걱정이 되기도 했다.

그래서 나르치스에게 미리 경고해야겠다는 생각이 들었다. "나르치스, 당신은 지금 어떤 작자를 수도원으로 데려가는지 분명히 알고 있기는 한 건가요? 나는 수도사가 아닙니다. 그렇게 될 생각도 없어요. 나는 수도사가 지켜야 할 세 가지 대선서가 뭔지 잘 압니다. 청빈에 대해서는 기꺼이 동의하죠. 하지만 순결과 복종은 좋아하지 않습니다. 그런 덕목은 남자에게 그다지 어울리지 않는다고 봐요. 게다가 나에게 신앙심이란 조금도 남아 있지 않습니다. 고해성사도 하지 않고 기도나 성체성사도 하지 않은 지 몇 년째인지 기억나지 않아요."

나르치스는 전혀 동요하지 않았다. "자네는 그사이 이교도가 다 되었군 그래. 하지만 두려워할 필요는 없지. 많은 죄를 저지르고 다닌 것을 자랑스러워할 필요도 없고 말이야. 자네는 단지 세속의 흔한 삶을 살았을 뿐이야. 집을 나간 탕아처럼 돼지를 치면서 살았던 거지. 자네는 계율과 질서가 뭔지 몰라. 자네가 수도사가 된다면 보나 마나 아주 형편없는 수도사일 거야. 그러나 나는 자네를 교단에 들어오라고 초대하는 게 아니라네. 자네를 내 손님으로 맞아들여 작업장을 차려주려고 초대하는 것일세. 또 하나 잊지 말아야 할 사실은 우리가 젊었던 그 당시 자네 안의 숨은 기질을 깨워 세속의 삶으로 내몰았던 장본인이 나라는 거야. 그 결과가 자네에게 좋았을 수도 있고 나빴을 수도 있어. 일차적인 책임은 자네에게 있지만 나도 자네 다음으로 책임 있는 셈이야. 나는 자네가 어떤 인간이 되었는지 알고 싶어. 그러니 내게 보여주게나, 말로, 삶으로, 그리고 자네의 작품으로. 자네의 모든 것을 보고 난 후에 우리 수도원이 자네가 있을 만한 곳이 아니라고 판단되면, 그때는 내가 먼저 자네에게 수도원을 떠나달라고 하겠네."

나르치스가 이런 식으로 말할 때마다 골드문트는 매번 감탄을 금치 못했다. 수도원장답게 흔들리지 않는 침착한 그의 어조에는 세속의 인간과 삶에 대한 경멸이 살짝 스미어 있었다. 그래서 나르치스가 어떤 사람이 되었는지도 명확히 알 수 있었다. 그역시 하나의 남자가 된 것이다. 부드러운 손과 학자의 얼굴을 가진 정신의 남자이자 교회의 남자, 그러나 확신과 용기를 가진 남자이면서 책임을 짊어진 지도자였다. 이 남자 나르치스는 더 이상 예전의 청년이 아니었고 부드럽고 사색적인 사도 요한이 아니었다. 골드문트는 남자답고 용맹스럽게 변한 새로운 나르치스를 꼭 자신의 손으로 조각하고 싶었다. 그의 작업을 기다리는 건 이뿐만이 아니었다. 다니엘 원장, 안젤름 신부, 명장 니클라우스, 아름다운 레베카, 아름다운 아그네스, 그리고 다른 수많은 이들, 친구들과 적들, 살아 있는 자와 죽은 자들까지. 그렇다, 그는 절대로 교단의 일원이 되지 않을 것이다. 신자도 지식인도 되지 않을 것이다. 단지 작품을 만들고 싶었다. 소년 시절 자신의 고향이었던 곳이 미래 작품들의 고향이 될 것을 생각하니 그는 매우 행복했다.

싸늘한 늦가을이었다. 벌거벗은 나무에 거친 서리가 두텁게 매달린 어느 날 아침, 그들은 불그스름한 늪지대가 펼쳐진 드넓은 구릉지를 지나갔다. 긴 언덕 자락의 모양이 이상하게도 낯익다는 느낌이 들면서 어떤 기억이 되살아나는 것 같았다. 키 큰 물푸레나무 숲과 시냇물, 낡은 헛간이 보였다. 순간 골드문트의 심장은 행복하고도 슬픈 감정으로 아려오기 시작했다. 그는 이곳의 언덕을 기억했다. 기사의 딸 뤼디아와 말을 탔던 곳이다. 이 황무지에서 비탄과 우울에 잠긴 채 내쫓긴 몸으로, 엷게 내리는 눈발을 뚫고 정처 없이 길을 떠나야만 했다. 오리나무 숲과 물레 방앗간, 그리고 마침내 기사의 성이 보였다. 아득한 청년 시절 기사가 들려주는 순례 여행 이야기에 귀 기울이면서 기사의 라틴어를 고쳐주던 작업실의 창이 눈에 들어오자, 그의 가슴에는 기이한 통증이 스치고 지나갔다. 그들은 성 안뜰로 들어섰다. 기사의 성은 도중에 묵기로 되어 있던 여정지였다. 골드문트는 수도원장에게 여기서는 자신의 이름을 부르지 말라고, 자신은 마구간 하인과 함께 고용인 식당에서 밥을 먹을 테니 허락해달라고 부탁했다. 그의 부탁은 받아들여졌다. 성에는 늙은 기사도, 뤼디아도 보이지 않았지만 사냥꾼과 하인들 몇몇은 남아 있는 듯했고, 성을 총괄하는 안주인으로 매우 아름답고 도도하며 범접하기 어려운 인상의 귀부인이 남편과 살고 있었다. 그녀는 율리에였다. 율리에는 여전히 눈부시게 아름다웠다. 너무도 아름다우나 어딘지 음험한 기운이 느껴졌다. 그녀도 하인들도 아무도 골드문트를 알아보지 못했다. 날이 저물고 간단한 식사를 마친 그는 몰래 정원으로 가서 울타리 너머로 이미 겨울 색이 완연한 화단과 마구간에 있는 말들을 들여다보았다. 잠은 마구간 하인과 함께 밀짚 위에서 잤다. 기억이 그의 가슴을 짓눌렀고 여러 번 잠에서 깨어났다. 오, 지나온 그의 삶은 얼마나 너덜너덜한 불모지인가. 기억에 남은 그림들은 아름답고 풍요롭지만 셀 수 없이 많은 편린으로 산산조각 나 있으며, 그 안의 가치나 사랑은 너무도

386

빈약하구나! 다음날 아침 길을 떠나기 전 그는 혹시 율리에의 얼굴을 볼 수 있을까 하여 슬픈 눈길로 창문을 올려다보았다. 며칠 전에도 이렇게 그는 주교 궁성의 뜰을 두리번거리지 않았던가. 혹시 아그네스가 모습을 보이지 않을까 하고 말이다. 아그네스는 오지 않았다. 율리에도 마찬가지였다. 이것이 그의 전 생애를 말해주는 것만 같았다. 작별하고 달아나고 잊히고, 텅 빈 손과 얼어붙은 가슴 말고는 아무것도 남은 게 없다. 그날 하루 종일 이런 생각이 마음을 떠나지 않았다. 골드문트는 침울한 표정으로 입을 다문 채 한마디도 없이 말에게 몸을 맡겼다. 나르치스는 이런 그를 가만히 놓아두었다.

목적지가 가까워지고 있었다. 며칠 후면 수도원에 도착할 것이다. 수도원의 탑과 지붕이 눈에 들어오기 조금 전, 그들은 돌 투성이인 휴경지를 지났다. 그곳은 골드문트가 과거에, 오 얼마나 아득히 오래전 일인지, 안젤름 신부의 부탁으로 물레나물을 찾다가 집시 여인 리제를 만나 비로소 남자가 된 곳이었다. 이제 그들은 말을 타고 마리아브론 수도원의 큰 대문을 통과한 후 본관으로 들어서는 밤나무 아래 도착하여 말에서 내렸다. 골드문트는 가만히 밤나무 줄기를 쓰다듬고 허리를 굽혀 가시투성이 밤 껍질을 집어 들었다. 속이 터져 입을 벌린 껍질은 갈색으로 말라 비틀어져 있었다.

18장

처음 며칠 동안 골드문트는 수도원 본관의 손님방에서 지냈다. 하지만 이후 그는 자청해서, 수도원 외곽의 큰 마당을 장터처럼 둘러싼 부속 건물 중 한 군데, 대장간 맞은편으로 숙소를 옮겼다.

재회의 감격은 스스로도 놀랄 만큼 격렬하고도 신비한 감정을 불러일으켰다. 수도원장 말고는 그를 아는 사람은 아무도 없었다. 그가 누구인지 아무도 몰랐다. 수도원의 사람들은 수도사이든 일반인이든 정해진 일과 규칙에 따라 생활하며 늘 바빴으므로 아무도 그에게 다가오지 않았다. 그러나 골드문트는 마당의 나무들 하나하나를 알았고, 현관과 창문, 물방앗간과 수차, 복도의 타일, 십자형 정원의 시든 장미 덩굴, 곡물창고 지붕의 황새 둥지, 수도원 식당 등 모든 것이 익숙했다. 모든 모퉁이에서 과거의 냄새가, 소년 시절의 달콤한 향기가 났고, 그때마다 가슴이 설렜다. 사랑은 그에게 모든 사물을 다시 찾아보게 했고, 모든 소리에 다시 귀 기울이게 만들었다. 저녁기도를 알리는 소리, 일요 미사의 종소리, 이끼 긴 좁다란 담장 사이 물레방아를 돌리는 어둑한 시냇물 소리, 돌바닥을 스치는 샌들 소리, 수위 수도사가 저녁마다 문을 잠그러 다닐 때면 울리는 열쇠의 절렁거림. 평신도 식당의 지붕에서 떨어진 빗방울이 흘러들어가는 석조 수로 주변에

388

는 예전과 다름없이 제라늄과 질경이 등 키 작은 풀이 무성하고, 대장간 마당 늙은 사과나무의 넓게 퍼진 가지도 예전과 다름없이 구불구불 휘감긴 모습이었다. 무엇보다도 골드문트의 가슴을 매번 뭉클하게 만든 건 쉬는 시간을 알리는 작은 종이 울리면 교실에서 한꺼번에 쏟아져 나온 수도원 생도들이 계단을 요란하게 달려 뜰로 내려오는 광경이었다. 그들의 어린 얼굴은 얼마나 싱싱하고 아무것도 모르는 채로 귀여운가. 그 역시 한때는 저처럼 젊고 서툴고 귀여우면서도 유치했던가?

이처럼 이미 잘 알고 있는 수도원 이외에도 예전에는 거의 몰랐지만 새롭게 발견하는 수도원도 있었다. 그것들은 도착한 첫날부터 골드문트의 시선을 사로잡더니, 시간이 갈수록 점점 소중해졌고 익숙한 과거의 것들과 아주 서서히 연관을 형성해나갔다. 사실 수도원은 그동안 새로운 변화라 할 것이 거의 없었고, 골드문트가 수도원 생도였던 시기는 물론 백 년 혹은 더 오랜 세월 동안 항상 그대로였다. 달라진 것은 수도원이 아니라 생도 시절에는 보지 못했던 것을 보게 된 골드문트의 눈이었다. 수도원의 건축물, 교회당의 둥근 천장, 오래된 회화, 제단이나 현관의 석조나 목재 조각상, 과거에도 여전히 그 자리에 있었고 골드문트도 자주 보아왔던 것이지만 그 아름다움과 그것들이 창조된 정신을 이제야 발견할 수 있었다. 그는 위쪽 예배당의 오래된 석조 성모상을 보았다. 소년 시절에도 그 성모상을 좋아해서 스케치로 모사하곤 했는데, 이제 깬 눈으로 관찰하게 되자 그것이 걸작임을 단숨에 알아차렸다. 골드문트가 아무리 최고의 솜씨를 발휘해서 만들고 운 좋게 최고의 결과물이 나온다고 해도 결코 능가하지 못할 정도의 걸작 말이다. 그런 걸작이 여기저기 한둘이 아니었다. 각각의 작품들은 그냥 홀로 존재하는 것이 아니라 모두가 하나의 동일한 정신의 산물이었고, 낡은 담장과 기둥, 천장 사이에서 마치 고향에 머무는 듯 자연스러운 조화를 구성하고 있었다. 여기서 수백 년 동안 건설하고 조각하고 그리고 살고 생각하고 가르쳐온 것들은 모두 하나의 흐름, 하나의 정신에서 유래했다. 그것들은 나무줄기와 가지처럼 서로가 서로에게 속하며 적절하게 들어맞았다.

이러한 세계의 한가운데, 이 고요하고 막강한 통일성의 한가운데서 골드문트는 스스로가 너무도 작고 초라하게 느껴졌다. 벗 나르치스가 요한 수도원장으로서 이렇게 강력하면서도 잔잔하고 친밀하게 뭉친 체계를 지휘하고 통솔하는 것을 보니 상대적으로 더욱 움츠러드는 기분이었다. 단호하게 엷은 입술을 가진 뛰어난 지식인 수도원장 요한과 소박하고 선량한 인격의 다니엘 원장은 엄청나게 다른 개성을 가졌지만, 그들은 모두 동일한 통일성, 동일한 사상, 동일한 질서를 위해 봉사했다. 둘 다 그 일을 통해 권위를 얻었고, 그 일을 위해 개인의 개성을 희생했던 것이다. 그 일은 수도원의 복장과 마찬가지로 두 사람을 서로 닮아 보이게 만들었다.

나르치스는 골드문트를 수도원에 묵게 하고 변함없이 오랜 벗으로 대했지만, 골드문트가 보기에 나르치스는 수도원에서 엄청나게 대단한 존재가 되어 있었으므로 얼마 지나지 않아 그에게 예전처럼 편안히 "당신"이나 "나르치스"라고 이름을 부르는 것이 불편해졌다.

"제 말 좀 들어봐요, 요한 원장님." 한번은 그에게 이렇게 말했다. "이제는 서서히 원장님의 새로운 이름에 익숙해져야 되겠어요. 이곳이 정말 편하고 마음에 든다는 말을 꼭 하고 싶어요. 당신에게 총고해성사를 바치고 보속을 치른 후 평신도 수도사로 받아달라고 간청을 드리고 싶다는 생각까지 든답니다. 그렇게 되면 우리의 우정도 종말을 맞겠죠. 수도원장과 평신도의 관계가 되어버리니까요. 그래도 이렇게 당신 곁에서 당신이 수도원장으로 일하는 걸 지켜보고 살면서, 나 스스로는 아무것도 아닌 채로 아무 일도 하지 않는 생활은 더는 견딜 수 없어요. 나도 일을 하고 싶다구요. 내가 누구인지, 어떤 능력이 있는지 보여드리고 싶어요. 그래야 나라는 인간을 교수대에서 구해낸 것이 가치가 있었는지 아닌지 당신이 알 게 아닙니까."

"그거 반가운 소리군." 나르치스가 대답했다. 그리고 평소보다 더욱 정확하고 공식적인 어조로 말을 이었다. "자네는 언제든지 하고 싶을 때 작업장을 꾸밀 수 있어. 당장이라도 대장장이와 목수에게 지시해놓을 테니 알아서 그들에게 일을 시키도록 해. 여기서 조달할 수 있는 작업 재료는 뭐든지 가져다 써도 좋아! 외부에서 주문해야 하는 물품은 마부를 시켜서 사올 테니 리스트를 만들어주게. 내가 자네를, 자네의 견해를 어떻게 생각하는지 들어보게! 이제부터 그것을 말로 표현할 테니 시간을 줘. 나는 학자라서, 내 사고의 세계에서 꺼내온 말로 자네에게 설명해야 해. 나

391

에게 다른 언어란 없으니까. 그러니 오래전 자네가 참을성 있게 나를 따라왔듯이 그렇게 따라주게."

"당신을 따르겠어요. 그러니 말해주세요."

"기억할지 모르지만 생도 시절부터 나는 이미 자네를 예술가로 생각한다고 말했어. 당시에 나는 자네가 장차 시인이 될 거라고 예상했지. 책을 읽거나 글을 쓸 때 자네는 추상적인 관념에는 모종의 거부감을 보였고, 언어 중에서도 감각적이고 시적인 특성의 말이나 소리를 유난히 사랑했지. 듣는 순간 뭔가를 즉시 상상하게 되는 말을 좋아한 거야."

골드문트가 불쑥 끼어들었다. "그런데 당신이 선호하는 관념과 추상도 결국 상상이나 이미지가 아닐까요? 아니면 당신은 사고를 위해 오직 아무런 형상이 떠오르지 않는 말만 사용하고 그런 말만 좋아한다는 겁니까? 아무런 그림을 떠올리지 않으면서 생각하는 것이 과연 가능한가요?"

"질문을 하다니 좋아! 하지만 상상 없이도 얼마든지 사고할 수 있다네! 사고는 상상과 조금의 관련도 없어. 사고는 이미지가 아니라 개념과 공식을 통해 이루어지지. 이미지가 멈추는 곳, 그 자리에서 철학이 시작되는 거야. 우리가 젊은 시절 그토록 자주 다툼을 벌인 것도 이 문제 때문이었어. 자네에게 세계란 형상으로 이루어졌고, 내게는 관념으로 이루어졌으니까. 나는 자네가 철학자는 되지 못할 거라고 항상 말했지만 그것이 결코 결함은 아니라는 말도 했어. 대신 자네는 형상계의 지배자이니까. 이에 관해 분명하게 말해줄 테니 잘 들어봐. 만약 자네가 당시에 속세로 달아나지 않고 철학자가 되었다면 엄청난 재앙을 야기했을지도 몰라. 그랬다면 자넨 신비주의자로 변했을 테니까. 신비주의자란, 간략하게 정의하자면 상상의 세계를 탈피하지 못한 철학자라고 할 수 있어. 그건 절대 철학자가 아니야. 신비주의자는 은밀한 예술가라네. 시를 짓지 않는 시인, 붓을 들지 않는 화가, 소리는 내지 못하는 음악가들이지. 그들 중에는 재능이 뛰어나고 고상한 정신의 소유자가 있지만, 그럼에도 그들은 예외 없이 불행한 사람이네. 자네도 그런 사람이 될 뻔했어. 천만다행으로 예술가가 되어 형상의 세계를 장악하지 않았는가. 철학자로서 불완전한 수준에 갇히는 대신 형상의 창조자이자 지배자가 된 거야."

"난 두려워요." 골드문트가 대답했다. "상상 없이 생각할 수 있는 당신의 사고 차원을 영영 이해하지 못할까봐 두려워요."

"그럴 리가 있나! 자네는 금방 이해할 거야. 잘 들어봐. 철학자는 논리를 통해 세계의 본질을 인식하고 표현하지. 그는 인간의 이성과 이성의 도구인 논리가 불완전하다는 것을 잘 알아. 현명한 예술가가 붓이나 조각칼로 천사와 성인의 눈부신 본질을 결코 완전하게 표현할 수 없음을 잘 알듯이 말이야. 그렇지만 철학자와 예술가는 각자의 방식으로 노력하지. 그들은 달리 피할 수도 없고 피해서도 안 돼. 왜냐하면 자연으로부터 부여받은 재능으로 자신을 실현하기, 그것은 인간이 살아가면서 할 수 있는 최고의 일이고 유일한 삶의 의미이니까. 그래서 내가 자네에게 그처럼 자주 말했던 거야. 철학자나 고행자를 흉내 내지 말고 너 자신이 되라고. 너 자신을 실현할 길을 찾으라고!"

"그 말은 알 것 같기도 하고 모를 것 같기도 해요. 도대체 자신을 실현한다는 게 무슨 뜻이죠?"

"그건 철학의 개념이지. 다른 말로 표현할 길은 없어. 우리와 같은 아리스토텔레스와 토마스 아퀴나스의 제자들에게는 최고의 개념이 곧 완전한 존재야. 완전한 존재는 신이라네. 그 밖의 다른 모두는 그게 뭐든 불완전한 일부분이며, 변하고 섞였으며, 가능성으로 이루어졌어. 하지만 신은 섞이지 않았어. 신은 하나야. 신은 가능성이 아니라 전적으로 온전한 실체지. 그러나 우리는 사라져. 우리는 변하고 우리는 가능성이야. 우리에게 완전함이란 없어. 우리의 존재는 온전하지 않아. 하지만 우리가 잠재력에서 행동으로, 가능성에서 실현으로 전진할 때 우리는 진실한 존재의 일부분으로 참여하는 거야. 완전한 존재인 신에게 한 걸음 더 다가가는 거라네. 그것이 바로 자신을 실현하는 일이지. 자네는 스스로의 경험을 통해 이 과정을 깨달아야 해. 자네는 예술가이고 이미 많은 조각상들을 만들었어. 이제 앞으로 모든 우연의 요소를 벗어버린 순수한 본질의 형상을 입은 인간상을 조각할 수 있다면 예술가로서 자네는 그러한 인간상을 실현한 거야."

"이제 이해됩니다."

"골드문트, 자네도 보다시피 나는 내 천성에 비추어볼 때 그러한 실현이 어느 정도 용이한 장소와 위치에 있어. 보다시피 나는 전통적인 공동체에서 살고 있지. 여기는 나에게 맞고 나에게 도움이 되는 세계야. 수도원은 천국이 아니라네. 불완전함투성이지. 그럼에도 반듯하게 꾸려가는 수도원의 삶은 나와 같은 기질의 인간에게는 세속의 삶과는 비교할 수 없이 훨씬 유익해. 나는 윤리적인 측면을 말하는 게 아니라네. 순수하게 실용적인 측면에서 보더라도 내가 수행하고 가르쳐야 하는 순수한 사고는 세상으로부터의 거리라는 보호장치를 필요로 하거든. 나는 수도원에 있으면서 자네보다 훨씬 용이하게 나를 실현할 수 있어. 그런데도 자네가 자신의 길을 찾았고 예술가가 되었다고 하니 매우 감탄스럽네. 나와는 비교할 수 없게 무척 많은 어려움을 겪었을 텐데도 말이야."

갑작스러운 칭찬에 당황하고 기쁜 골드문트는 얼굴을 붉혔다. 화제를 돌리기 위해 그는 벗의 말을 가로막았다. "당신이 말하려는 의미가 뭔지 거의 이해할 것 같아요. 그런데 한 가지 의문이 있어요. '순수한 사고'라는 말을 썼는데 그게 뭔가요? 그러니까 형상도 없고 말로 가공한 것도 아닌, 인간 상상의 그림이 개입하지 않은 사고라는 뜻처럼 들리는데요."

"그게, 예를 들어 설명하면 이해가 쉬울걸세. 수학을 생각해봐! 숫자에 어떤 상상이 개입할 여지가 있을까? 아니면 플러스나 마이너스란 기호에? 방정식에 어떤 형상이 담겨 있을까? 전혀 없어! 산수나 대수 문제를 풀 때 상상은 아무런 도움이 되지 않아. 대신 이미 배운 사고의 공식 내에서 정해진 형식으로 문제를 풀어야 하지."

"그렇군요, 나르치스. 내게 숫자와 기호를 죽 써준다면 나는 아무런 상상을 발휘하지 않은 채로 문제를 풀 수 있겠네요. 플러스와 마이너스, 제곱, 괄호 등을 하나하나 규칙대로 해결하면서 말이죠. 내 말은 오래전이라면 그렇게 할 수 있었겠지만 지금은 불가능하다는 말입니다. 하지만 그런 틀에 박힌 문제풀이가 학생들의 사고력 훈련 외에 도대체 무슨 의미가 있다는 건지, 아직도 이해할 수 없어요. 물론 계산을 배우니 그건 아주 좋죠. 하지만 한 인간이 평생 동안 계산 문제만 붙들고 앉아 종이에 숫자나 채우며 일생을 보낸다면 너무 무의미하고 유치하지 않을까요."

"그건 자네가 잘 몰라서 하는 소리야, 골드문트. 그 사람이 평생 동안 선생님이 내주는 산수 숙제만 할 거라고 생각하니까 그런 거지. 그는 스스로에게 문제를 낼 수도 있어. 그의 내면에서 어떤 강력한 힘이 그렇게 할 수밖에 없도록 만드는 거지. 다수의 현실 공간 혹은 가상 공간을 수학적으로 계산하고 측정한 다음이라야만 비로소 인간은 철학자로서 공간의 문제에 도전할 수 있는 거야."

"그렇군요. 하지만 솔직히 내가 보기에 순수한 사고로서 공간의 문제라는 건 남자가 긴 세월을 바쳐 힘들게 노력해야 할 만큼 중대한 일 같지는 않아요. '공간'이란 말도 그냥 듣는 것만으로는 그리 깊이 생각할 가치가 있어 보이지 않아요. 별들이 흩어진 실제의 우주 공간을 머릿속에 떠올리지 않는다면 말이죠. 우주 공간을 관찰하고 측량하는 일이라면 물론 무가치하지 않겠지만요."

나르치스가 웃으면서 말했다. "자네가 진짜 하고 싶은 말은 철학은 별거 아니지만 실생활과 가시적 세계에 적용되는 철학만은 그렇지 않다는 거겠지. 내가 대답해주지. 우리가 철학적 사고를 실제로 활용할 기회나 의지가 없는 건 아니야. 예를 들어 철학자 나르치스는 그의 사고의 결과를 자신의 벗 골드문트나 다른 수도사들에게 수시로 수백 번이나 적용해왔어. 그런데 그가 미리 배우고 익혀서 알고 있지 않았다면 어떻게 그걸 '적용'할 수 있었을까? 예술가도 마찬가지야. 눈과 상상력을 항상 훈련하고 있어야만 하지. 우리는 비록 예술가의 훈련이 실제 작품에서 효력을 거의 발휘하지 않았다고 해도 훈련의 성과를 알아차릴 수 있거든. '적용'은 인정하면서 사고를 쉽사리 집어던질 수는 없어! 그건 명백한 모순이야. 이제 차분히 생각을 정리해볼게. 성과를 보고 내 사고를 판단해. 내가 자네의 작품을 보고 자네의 예술정신을 판단하듯이 말이야. 자네가 지금 뭔가 불편하고 신경이 곤두서 있는 건 자네와 작품 사이에 장애가 가로놓였기 때문이야. 그것들을 치워버려. 작업장으로 할 만한 공간을 찾거나 새로 짓도록 해. 그리고 바로 작업에 착수해! 그러다 보면 이런저런 문제들은 저절로 알아서 해결될 거야."

그건 골드문트도 바라는 바였다.

그는 수도원 외곽 마당 문 근처에서 작업장에 알맞은 비어 있는 공간을 발견했다. 목수에게 스케치용 탁자를 비롯한 다른 도구들을 상세히 그려주면서 그대로 제작해달라고 맡겼다. 수도원 마부를 시켜 이웃 도시에서 하나씩 구입할 물건들의 리스트를 만들었는데 꽤 길었다. 목수의 창고와 숲에 있는 베어낸 나무들의 비축분을 살피고, 상당수의 목재를 골라내어 자신의 작업장 뒤편 풀밭으로 옮기게 했다. 그곳에 목재를 가지런히 쌓아 건

조시키고 손수 비를 막아줄 지붕도 만들어 올렸다. 대장간에도 일이 많았다. 대장장이의 아들은 골드문트에게 완전히 사로잡힌 몽상가 청년이었다. 골드문트는 청년과 함께 한나절 동안 화덕, 모루, 냉각용 물통과 숫돌 앞에서 씨름한 끝에 목재를 다듬는 데 필요한 도구인 휜 칼과 곧은 칼, 끌, 천공기, 줄을 만들었다. 대장 장이 아들인 에리히는 스무 살 정도 된 젊은이로 골드문트의 친구가 되었다. 무슨 일이든 엄청난 열성과 호기심을 갖고 골드문트를 열심히 도왔다. 골드문트는 청년이 매우 배우고 싶어 하는 류트 연주를 가르쳐주겠다고 약속했고, 조각도 시험 삼아 하게 했다. 골드문트는 수도원에서 나르치스와 대화를 하다보면 스스로가 쓸모없는 존재 같아서 마음이 어둡게 가라앉았는데, 그러다가도 에리히와 함께 있으면 다시 의욕이 솟았다. 에리히는 수줍어하면서도 골드문트에 대한 사랑을 숨기지 않았고 그를 무한히 숭배했다. 에리히는 자주 골드문트에게 명장 니클라우스와 주교좌 도시 이야기를 해달라고 졸랐다. 골드문트는 기분 좋게 이야기하다가도 불현듯 기이한 기분에 휩싸이곤 했다. 여기 이자리에 앉아 마치 노인처럼 지나간 과거의 여행이나 행적을 늘어놓다니. 그의 새로운 인생이 막 시작되려는 자리에서 말이다.

최근 들어 골드문트가 부쩍 변했고 나이보다 훨씬 늙어 보인다는 사실을 알아차린 이는 아무도 없었다. 그의 예전 모습을 아는 사람이 없기 때문이다. 고단한 방랑과 불안정한 생활이 진즉에 그의 육신을 피폐하게 좀먹었을 것이다. 페스트가 돌 때 끔찍한 경험을 많이 했고, 얼마 전에는 백작의 성에서 붙잡히는 바람에 지하 감옥에서 무시무시한 밤을 보내느라 일생일대의 극심한 스트레스를 받은 것이 여기저기에 흔적을 남겨놓았다. 수염은 금빛이지만 머리칼은 회색이 되었고, 얼굴에는 가는 주름살이 잡혔으며 불면에 시달리는가 하면 심장에 심각한 피로감이 자주 있었다. 최근 들어서는 열정과 호기심이 떨어져 나른하고 권태로운 기분이었고 특별한 욕망도 의욕도 생기지 않았다. 그런데 작업장을 준비하고 에리히와 대화를 나누고 대장장이와 목수 일을 직접 하면서부터는 어느 정도 활력을 되찾았고 에너지를 회복했다. 사람들은 모두 그에게 감탄하고 그를 좋아했다. 하지만 그런 와중에도 골드문트는 종종 피곤을 느꼈고 반시간에서 한시간 정도 기운 없이 앉아 있을 때가 많았다. 미소 띤 얼굴로 마치 꿈을 꾸듯이, 무감각과 무관심의 상태에 빠져든 채.

그에게 참으로 중요한 문제는, 어떤 작품으로 일을 개시해야 하는가에 있었다. 그가 최초로 만들 작품은 자신을 초대해준 수도원의 호의에 대한 답례가 되어야 하므로 호기심이나 충족시키고 아무 데나 세워두면 그만인 내용이 되어서는 안 되고, 이곳의 옛 작품들과 마찬가지로 수도원의 건축과 수도원의 생활에 속하면서 그 일부가 되어야 했다. 마음 같아서는 제단이나 설교대를 만들고 싶었지만 둘 다 수도원에 더 필요하지도 않았고 둘 만한 곳도 없었다. 대신 그는 다른 물건을 만들기로 했다. 신부들이 이용하는 식당 벽에는 바닥보다 높은 위치에 움푹 들어간 공간이 있어서 식사 시간 동안 젊은 수도사가 그 안에서 성인전을 낭독했다. 그 공간은 아무 장식이 없었다. 골드문트는 낭독대로 올라가는 길과 낭독대를 목재 조각으로 장식하기로 결심했다. 미사의 설교대와 비슷한 모양으로 절반쯤은 숭고하면서도 거의 자유로운 자세로 서 있는 몇몇 인물상을 조각해 넣을 생각이었다. 그는 이 계획을 수도원장에게 알렸고 원장은 칭찬하고 환영했다.

눈이 쌓이고 성탄절도 지난 즈음 드디어 작업이 시작되었고, 골드문트의 생활은 완전히 달라졌다. 수도원에서 그의 모습은 거의 사라진 것이나 다름없었다. 누구도 그를 볼 수 없었다. 수업이 끝나고 쏟아져 나오는 생도들을 기다리지도 않았고, 숲을 하염없이 산책하는 일도 없었으며, 십자형 회랑을 서성이지도 않았다. 식사는 방앗간에서 했다. 방앗간 주인은 그가 생도였던 시절 자주 찾던 주인은 아니었다. 그의 작업장에는 오직 한 사람, 조수 에리히만이 드나들 수 있었다. 그런 에리히도 며칠 동안이고 그로부터 말 한마디 듣지 못하는 경우가 많았다.

골드문트는 첫 작품인 낭독용 발코니를 위해 오랫동안 고심하다가 다음과 같이 계획을 세웠다. 발코니를 구성하는 두 부분 중 하나는 세계를, 다른 하나는 신의 말을 상징하는 것으로. 아래쪽 계단은 튼튼한 떡갈나무 줄기에서 튀어나와 나무를 휘감고 올라가는 모양인데, 여기는 피조물의 영역으로 자연의 이미지와 구약인들의 소박한 생활을 새겨 넣는다. 위쪽 흉벽 부분에는 네 복음서 저자들을 새겨 넣는다. 그중 한 명은 고인이 된 다니엘 수도원장의 모습을 본떠서 만들 생각이었다. 다른 한 명은 다니엘 원장의 후임인 마르틴 신부, 또 한 명인 루카스의 형상으로는 스승인 명장 니클라우스를 새겨서 영원히 기리고 싶었다.

커다란 난관이 골드문트의 앞을 가로막곤 했다. 그가 예상했던 것보다 훨씬 어려운 난관이었다. 그래서 고민이 컸지만 달콤한 고민이었다. 그는 마치 까다로운 여인의 주위를 맴돌듯 황홀하고도 절망적으로 작품에 매달렸다. 마치 낚시꾼이 거대한 꼬치고기와 씨름하듯이 광폭하면서 때로는 부드럽게 그는 작품과 씨름했다. 장애물과 마주칠 때마다 그는 매번 새로운 가르침을 얻었고, 매번 감성은 더욱 민감해졌다. 다른 일은 모두 잊었다. 수도원을 잊었고 나르치스를 잊었다. 나르치스는 가끔 작업장에 들렀지만 종이에 그려진 스케치 말고는 아무것도 볼 수 없었다.

그런데 어느 날 골드문트가 느닷없이 나르치스를 찾아가 고해하고 싶다고 했다.

"지금까지는 그럴 만한 여유가 없었어요." 골드문트가 털어놓았다. "내가 너무 초라한 것 같고 당신 앞에 서기만 해도 주눅이 들었으니까요. 하지만 지금은 훨씬 나아졌어요. 내 일을 하고 있고 더 이상 무용지물이 아니니까요. 어차피 지금은 수도원에서 한 식구로 생활하고 있으니 수도원의 규칙을 따르고 싶어요."

골드문트는 스스로 때가 되었다고 느꼈고 더 이상 질질 끌고 싶지는 않았다. 이곳에 와서 처음 몇 주는 조용히 보내면서 재회의 시간을 갖고 소년 시절의 추억에 젖었다. 그리고 에리히가 조르는 대로 이야기를 들려주다보니 자신의 지나온 인생이 어느 정도 명확하게 정돈된 것이다.

나르치스는 별다른 의식 없이 골드문트의 고해를 받았다. 고해는 두 시간 정도 걸렸다. 수도원장은 얼굴에 아무런 감정을 나타내지 않은 채 벗의 모험과 고뇌, 죄를 경청하고 많은 질문을 했다. 그는 절대로 도중에 끼어드는 법이 없었고, 이제는 신의 정의와 자비를 더 이상 믿지 않는다는 골드문트의 고백 한마디 한마디를 무심한 표정으로 듣고 있었다. 골드문트의 고백은 그를 깊이 사로잡았다. 골드문트가 얼마나 큰 충격과 공포를 경험했으며 파멸의 구렁텅이에 얼마나 가까이 있었는지, 그는 너무도 잘 이해했다. 그러면서도 벗이 여전히 어린아이의 순진함을 간직하고 있다는 사실에 감동받고 미소를 지을 수밖에 없었다. 골드문트는 불경한 생각을 품은 것을 걱정하면서 후회하는 듯 보였는데, 그건 나르치스가 가진 회의적 사고의 심연에 비하면 차라리 무해했기 때문이다.

골드문트로서는 무척 놀랐고 솔직히 실망스럽게도 고해신부는 그의 죄를 듣고도 별반 심각하게 여기지 않은 반면, 그가 기도와 고해, 영성체를 게을리한 것에 대해서는 가차 없이 벌을 내렸다. 신부는 그에게 영성체를 하기 전까지 한 달 동안 절제와 금욕 생활을 할 것과 매일 아침 첫 미사에 참석할 것, 매일 저녁 주기도문과 성모송 세 번을 외울 것을 보속으로 내려주었다.

그런 다음 그는 골드문트에게 말했다. "이 보속을 가벼이 여기지 말 것을 자네에게 엄중히 경고하고 당부하겠네. 자네가 아직 미사 기도문을 외우고 있는지 모르겠지만, 한 자 한 자 꼼꼼하게 따라가면서 그 뜻을 새겨야 해. 주기도문과 성모송 몇 가지는 오늘 당장 내가 자네와 함께 암송하면서 어느 구절 어떤 의미에 특히 주의를 기울여야 하는지 일러주지. 성스러운 기도문을 말하고 들을 때는 세속의 말을 하고 들을 때처럼 해서는 안 되네. 만약 기도문을 그저 건성으로 외운다는 느낌이 들면, 그런 일은 자네가 예상하는 것보다 훨씬 자주 일어나는데, 그럼 즉시 지금 내가 한 경고를 기억하도록 해. 그리고 기도문을 처음부터 다시 외워야 하네. 한마디 한마디가 정말로 가슴에 스며들 때까지, 오늘 내가 자네에게 보여주는 그대로 말이야."

다행히도 여러 상황이 잘 맞아서였는지, 아니면 사람의 영혼을 읽는 수도원장의 능력이 좋아서였는지 그날 고해와 보속은 골드문트에게 충만하고 만족스러웠으며 큰 행복감을 선사했다. 긴장과 고민, 흡족함이 정신없이 교차하는 작업에 몰두하는 중에도 그는 매일 아침과 저녁에 그리 힘들지 않았지만 그래도 최대한 양심껏 수행하는 신앙의 수련을 통해 일상의 흥분에서 놓여날 수 있었다. 자신의 전 존재를 바쳐 더 높은 질서로 귀의하는 기회를 가졌다. 그것은 창작자의 위태로운 고독으로부터 그를 구해냈고, 어린아이가 되어 신의 왕국으로 들어가게 해주었다. 작품을 만들기 위한 투쟁을 홀로 외롭게 치르느라 온 감각과 영혼, 모든 열정을 치열하게 쏟아야 했지만 기도 시간만큼은 늘 그를 순결한 마음으로 되돌려놓았다. 작업 중에는 자주 화를 내거나 짜증이 솟구쳤고, 때로는 아찔하게 황홀하여 몸을 떨 때도 있었지만 경건한 묵상 시간에는 마치 깊고도 차가운 물속에 가라앉은 듯 열광의 오만도 절망의 오만도 깨끗하게 씻어낼 수 있었다.

하지만 늘 그런 건 아니었다. 때론 온종일 미친 듯이 작업에 매달린 후에 안정감과 집중력을 얻는 데 실패했고, 몇 번은 묵상 시간을 아예 잊었으며, 마음을 가라앉히려고 아무리 애를 써도 기도문이 존재하지 않는 혹은 어차피 그를 도와주지 못할 신을 허망하게 갈구하는 유치한 짓이라는 생각에 몰입이 방해될 때도 있었다. 그는 이런 어려움을 벗에게 하소연했다.

"계속하게." 나르치스는 이렇게 말했다. "자네가 약속했으니 지키도록 하게. 신이 자네의 기도를 듣는지, 자네가 상상하는 신이 과연 존재하는지, 그런 생각에는 빠질 필요가 없네. 기를 쓰고 신을 찾는 행위가 유치하다는 생각도 전혀 할 필요 없어. 우리가 기도를 바치는 대상에 비교하면 우리의 모든 행위는 어차피 유치하기 마련이니까. 그러니 묵상기도를 할 때는 그런 바보 같은 자잘한 생각들은 절대 엄금해야 하네. 주기도문과 성모송을 외우면서 단어 하나하나를 마음에 깊이 새겨 기도문으로 자신을 가득 채워야 해. 노래를 부르거나 류트 연주를 한다고 생각해 봐. 그럴 때는 희한한 생각을 떠올리거나 사변에 몰두하는 일 없이 오직 음 하나하나 손가락 움직임 하나하나를 최대한 완벽하고 순수하게 이루어내는 데 집중하지 않나. 노래를 부르는 사람은 노래가 과연 쓸모 있을까, 이런 걱정은 하지 않는 법이야. 그냥 노래를 부를 뿐이지. 자네의 기도도 마찬가지인 거야."

그러자 장애물이 사라졌다. 긴장과 욕망에 들끓던 그의 자아는 커다란 질서의 궁륭 속에서 소멸했고, 신성한 말들이 다시금 별처럼 그의 머리를 비추며 그를 관통하여 지나갔다.

수도원장은 골드문트가 보속의 시간이 지나고 성체성사를 하게 되면서도 매일 묵상을 계속하는 것을 흐뭇하게 지켜보았다. 그렇게 몇 주일, 몇 달이 흘러갔다.

골드문트의 작업도 진행되고 있었다. 계단을 이루는 육중한 몸체에서는 식물과 동물, 인간 등의 여러 형체들이 속속 모습을 나타냈고, 그 한가운데 포도 덩굴과 열매 사이에는 인류의 조상인 노아가 자리 잡았다. 그것은 지상의 피조물과 그 아름다움을 한껏 찬미하며 자유롭게 묘사하는 그림책 같으면서도 비밀스러운 질서와 양식의 인도를 받고 있었다. 지난 몇 달 동안 이 작품을 본 사람은 에리히가 유일했다. 그는 골드문트의 작업을 도와도 좋다는 허락을 받았고, 예술가가 되고 싶다는 열망 말고는 머릿속에 아무것도 없었다. 그런 에리히조차도 작업장으로 출입이 금지되는 날이 있었다. 어떨 때는 골드문트가 에리히 옆에서 이것저것 시키며 가르치기도 했다. 골드문트는 자신을 믿고 따르는 제자가 있다는 사실이 기뻤다. 이 작품이 성공적으로 완성된다면 에리히의 아버지에게 부탁해 그를 조수로 데리고 있을 생각도 했다.

골드문트는 복음서 저자들의 조각은 몸과 마음의 상태가 최상인 날을 택했다. 만사가 조화롭고 어떤 의혹의 그림자도 없는 날. 골드문트가 보기에는 다니엘 신부님을 본뜬 인물상이 가장 잘 만들어진 것 같았다. 그는 작품이 무척 마음에 들었다. 꾸밈없고 선량한 성품이 그대로 환하게 뿜어져 나오는 얼굴이었다. 반면 스승 니클라우스의 형상은 에리히가 가장 많이 감탄했으나 골드문트는 썩 흡족하지 않았다. 그 얼굴에는 분열과 비애가 고스란

405

히 나타났기 때문이다. 드높은 창작을 계획했으나 동시에 창작 행위가 얼마나 허망한지 알고 있는 절망의 깨달음, 때문지 않은 조화로움의 상실에 대한 슬픔이 가득했다.

다니엘 원장의 인물상이 완성되자 골드문트는 에리히에게 작업장을 청소하도록 시켰다. 천으로 다른 나머지 작품을 가리고 다니엘 원장상만 그대로 두었다. 그리고 나르치스를 찾아갔으나 나르치스는 바빠서 짬을 낼 수 없었으므로 방문을 다음날로 미루었다. 다음날 점심시간에 그는 나르치스를 작업장으로 데리고 와 다니엘 원장 조각상 앞으로 이끌었다.

나르치스는 말없이 서서 작품을 쳐다보았다. 시간을 들여서 꼼꼼히 학자다운 주의력과 세심함으로 인물상을 관찰했다. 골드문트는 뒤에 서 있었다. 침묵한 채로, 가슴속 격렬한 태풍을 억지로 진정시키면서. 그리고 속으로 생각했다. '지금 우리 둘 중 하나라도 이 단계를 통과하지 못하면 끝장이다. 내 작품이 훌륭하지 못하거나, 아니면 나르치스가 이해하지 못한다면, 지금까지 이곳에서 내가 한 모든 일은 물거품이 될 거야. 어쩌면 서둘지 말고 좀 더 참고 기다려야 했는지도 몰라.'

일 분이 한 시간 같았다. 오래전 명장 니클라우스가 그의 첫 번째 스케치를 손에 들고 있던 때가 생각났다. 그는 긴장한 나머지 땀에 젖은 축축한 두 손을 꽉 마주잡았다.

이윽고 나르치스가 몸을 돌린 순간, 그는 구원받은 심정이었다. 벗의 마른 얼굴이 약간 상기되어 있었기 때문이다. 그런 모습은 소년 시절 이후로 한 번도 본 적이 없었다. 단단한 정신과 의지만이 드러나 있던 그 얼굴에 미소가, 거의 수줍어하는 듯한 미소가 떠올랐다. 사랑과 탐닉의 미소, 마치 그 얼굴을 지탱하던 고독과 자부심이 순식간에 꺾이고 오직 가슴 뜨거운 사랑만이 피어오르는 듯한 미소였다.

"골드문트." 나르치스는 아주 나직하게, 어휘를 신중하게 고르면서 천천히 입을 열었다. "내가 이 자리에서 갑자기 예술을 잘 아는 전문가가 되었을 거라고 기대하지는 말게. 난 그렇지 못해. 자네도 알잖아. 그래서 난 자네의 예술에 대해서 이렇다 저렇다 평을 할 수 없어. 내 말은 어차피 우습게만 들릴 테니. 그래도 이 한마디만은 하고 싶네. 사도상을 처음 본 순간, 나는 즉시 이 안에서 다니엘 원장님을 알아차렸어. 다니엘 원장뿐만 아니라 그 시절 그분이 우리에게 의미했던 모든 것이 이 안에 있군. 기품과 자비, 그리고 소박함. 생전 우리 어린 청년들의 경외에 찬 눈앞에 서 있던 다니엘 신부님 그대로, 지금 이 자리에 다니엘 신부님이 다시 내 앞에 서 있어. 당시 우리에게 신성했던 모든 것, 그 시절을 망각할 수 없게 만드는 모든 것과 함께 말이야. 벗이여, 자네가 내게 이걸 보여준 건 엄청난 선물이야. 다니엘 신부님을 돌려주었을 뿐만 아니라 처음으로 자네의 내면을 내게 열어젖힌 셈이니까. 이제야 비로소 나는 자네를 알 것 같아. 하지만 이제 그만 입을 다물어야겠어. 내가 이런 말을 길게 늘어놓을 자격은 없는 것 같아서. 오, 골드문트, 우리에게 드디어 이런 순간이 찾아오다니!"

커다란 작업장은 조용해졌다. 벗이 진심으로 감동받았음을 알게 되자 골드문트는 당황해서 숨이 막힐 것 같았다.

"알았어요." 그는 짤막하게 대꾸했다. "그렇게 말해주니 기뻐요. 그런데 이제 원장님은 식사를 가야 할 시간이군요."

19장

골드문트는 이 년 동안 그 작품에 매달렸다. 두 번째 해부터는 에리히를 완전히 제자로 삼았다. 그는 계단 조형물에 작은 파라다이스를 꾸몄다. 나무와 수풀이 울창하게 우거진 야생의 숲, 가지 사이에서 새들이 울고 숲 여기저기서 짐승들의 모습이 언뜻언뜻 나타났다. 만물이 평화롭게 움트는 태고의 낙원 한가운데 골드문트는 구약 인물들의 생애를 새겨 넣었다. 매일매일 부지런하게 작업했지만 아주 드물게 일이 되지 않는 날도 있었다. 마음이 불안하고 이유 없는 싫증이 치밀어 도저히 작업이 불가능한 그런 날, 골드문트는 제자에게 작업을 맡기고 걸어서 혹은 말을 타고 멀리 전원으로 나갔다. 방랑과 자유의 위험을 경고하는 숲의 공기를 들이마시고, 이 마을 저 마을에서 농부의 딸을 찾아다녔다. 사냥을 하거나 풀밭에 드러누워 회랑의 천장처럼 둥근 궁륭을 이룬 숲 꼭대기를, 노란 제니스타 꽃이나 양치류를 몇 시간이고 뚫어지게 바라볼 때도 있었다. 하지만 하루나 이틀 이상 작업장을 떠난 적은 없었다. 잠시의 방황을 마친 후에는 새로운 열정으로 작업에 매달렸다. 무성하게 우거진 식물을 조각하며 흥에 겨워 어쩔 줄 몰랐고, 부드럽고 조심스럽게 나무를 깎아 인간의 머리를 만들었다. 그 위에 조각칼로 힘 있게 베어낸 자리마다 입과 눈, 수염 한 올 한 올이 나타났다. 에리히를 제외하면 이 작품에 대해 아는 사람은 오직 나르치스뿐이었다. 나르치스는 자주 골드문트의 작업장을 방문했는데, 이제 그곳은 그가 수도원에서 가장 사랑하는 장소가 되었다. 나르치스는 기쁨과 감탄으로 골드문트의 작업을 지켜보았다. 불안정하고 반항적이며 한없이 어린아이 같은 골드문트의 가슴속에 일생 동안 숨겨져 있던 것들이 이제 활짝 피어나 만개하는 중이었다. 만개하여 쑥쑥 성장하고 있었다. 그것은 하나의 창조이며 부풀어 오르는 작은 세계였다. 아마도 이것 역시 유희겠지만 논리와 문법, 신학의 유희보다 나쁘다고는 할 수 없었다.

언젠가 나르치스는 진지하게 말한 적이 있었다. "골드문트, 나는 자네로부터 참 많은 걸 배우는군. 예술이 뭔지 비로소 이해하게 되었어. 과거에 나는 예술을 철학이나 학문만큼은 중요하지 않다고 생각했지. 인간이란 정신과 물질이 섞인 수상쩍은 혼합물이고, 정신은 영원에 대한 인식을 열어주는 반면 물질은 인간을 지상으로 끌어내려 유한성에 결박해버린다고. 그러므로 인간의 삶이 숭고한 의미를 얻기 위해서는 감각으로부터 떨어져 나와 정신적인 영역으로 진입해야 한다고 말이야. 물론 겉으로야 다들 하는 것처럼 예술의 가치를 인정하는 척했지만, 내심 교만하게도 예술을 깔보았던 거야. 그런데 이제야 깨닫게 되었어. 인식에 이르는 방법이 많고 다양하다는 것, 정신의 완성을 이루는 길이 하나만은 아니며, 어쩌면 그것이 무조건 최선은 아닐 수 있다는 것을. 물론 정신으로 나아가는 길이 내 길이고, 앞으로도 나는 그 길로 정진할 거야. 그런데 반대편 길에 선 자네가 보이는 군. 자네는 감각을 통해 철학자들과 마찬가지로 존재의 심오한 비밀을 파악했어. 게다가 대부분의 철학자들이 할 수 있는 것보다 훨씬 생생하게 그것을 표현하고 있지 않은가."

골드문트가 대답했다. "그렇다면 이제 당신은 상상이 없는 사고가 뭔지 모르겠다는 내 말을 이해한 겁니까?"

"그건 예전에 이해했다네. 우리의 사고는 항구적인 추상의 과정이야. 감각적인 것으로부터 시선을 돌리고 순수하게 정신의 세계를 건설하려는 시도인 셈이지. 그러나 자네는 바로 그 불안정하면서 유한한 것을 가슴에 품고 세계의 의미가 그 덧없음 속에 있다고 선언하는 거야. 자네는 덧없는 것들에게서 시선을 돌리지 않아. 도리어 거기에 완전히 몰입하고 있어. 자네의 몰입을 통해 그것은 최고의 존재, 영원과 동등한 자리로 올라가는 거라네. 우리 철학자들은 신을 세상으로부터 떼어놓음으로써 신에게 다가가려고 해. 그런데 자네는 신의 창조물을 사랑하고 재창조하는 방식으로 신에게 다가가고 있군. 두 가지 모두 인간의 방법이니 불충분한 건 마찬가지겠지. 하지만 예술은 적어도 더 순수하긴 하지."

"그건 잘 모르겠어요, 나르치스. 그렇지만 절망을 극복하고 삶을 담대히 받아들이는 일은 철학과 신학이 더 잘하는 것 같아요. 나는 예전부터 항상 당신이 부러웠는데, 그건 당신의 지식 때문이 아니라 흔들리지 않는 침착함, 그리고 균형과 평화 때문이었어요."

"부러워할 필요는 없어, 골드문트. 자네가 생각하는 평화는 존재하지 않아. 물론 평화가 있긴 하지만, 우리 마음속에 영원히 떠나지 않고 상주하는 평화는 없단 말이야. 끊임없이 치열한 투쟁을 통해 쟁취하는 평화, 매일매일 싸워서 얻어야 하는 평화가 있을 뿐이야. 그런데 자네는 내가 투쟁하는 모습을 보지 못했지. 공부하며 투쟁하는 것도, 기도하며 투쟁하는 것도 보지 못한 거야. 그 편이 나아. 자네가 아는 건 단지 내가 자네보다는 기분에 덜 좌우된다는 거야. 그걸 평화라고 생각한 거지. 그건 평화가 아니라 투쟁이라네. 진정한 삶이라면 예외 없이 겪는 투쟁이고 희생이야. 자네도 마찬가지고."

"이 문제로 우리가 다툴 필요는 없을 것 같아요. 하지만 당신도 내 투쟁을 전부 알지 못합니다. 이 작품이 완성될 거라고 생각할 때 내 마음이 어떤지, 그걸 당신이 알까요. 작품이 완성되면 다른 장소로 옮겨서 전시가 되겠죠. 아마 몇 마디 칭찬은 들을지 모르죠. 그리고 홀로 텅 빈 작업장으로 돌아오는 거예요. 다른 사람들은 보지 못하지만 나는 분명 알고 있는 작품의 부족한 점, 내가 이루고자 했으나 끝내 성취하지 못한 수준 때문에 울적해진 채로 말이에요. 텅 빈 작업장과 마찬가지로 내 가슴도 뭔가가 찢겨나간 듯 공허하겠죠."

"그럴지도 몰라." 나르치스가 고개를 끄덕였다. "누구도 타인을 온전히 이해하지 못해. 하지만 적어도 선의를 가진 인간이라면 우리가 만든 작품이 최종적으로는 우리 자신을 부끄럽게 하고, 따라서 항상 처음부터 다시 시작할 수밖에 없으며, 매번 새로

412

운 희생을 바쳐야 한다는 점은 공감할 거야."

몇 주일 후, 골드문트의 장대한 작업은 드디어 끝이 났고 작품이 공개되었다. 그리고 그가 겪어서 잘 알고 있는 그 과정이 다시 되풀이되었다. 그의 작품은 다른 이의 소유로 넘어가 관찰되고, 품평되고, 칭찬받았다. 사람들이 그를 칭송했고 그에게 경의를 표했다. 그러나 골드문트의 마음은 그의 작업장과 마찬가지로 공허했다. 과연 작품을 위해 모든 것을 바칠 가치가 있었는지 확신할 수 없었다. 작품 공개식이 있던 날, 그는 신부들의 식탁에 초대받았다. 성대한 식탁이 차려졌고 수도원에서 가장 오래된 포도주가 나왔다. 골드문트는 맛 좋은 생선과 들짐승 고기를 먹었다. 훌륭한 포도주보다 그의 마음을 더욱 따뜻하게 해준 것은 나르치스가 진심으로 그의 작품을 좋아하고 찬사를 보낸 일이었다.

수도원장의 주문에 따라 새로운 작업이 구상에 들어갔다. 노이첼에 있는 마리엔 예배당의 제단이었다. 그곳은 수도원 부속 시설로 마리아브론 수도원에서 파견된 신부가 근무했다. 골드문트는 제단에 마리아상을 조각할 생각이었는데, 자신의 젊은 시절 잊지 못할 여인의 모습을 본떠 만들고 싶었다. 그것은 소심하고 아름다운 기사의 딸 뤼디아였다. 그 외에는 특별히 중요하게 신경 쓸 요소는 없었다. 하지만 이 작품은 에리히가 도제 기간을 마치는 작품으로 참여하기에 적당할 것 같았다. 이 일에서 에리히가 자질을 보여준다면, 그는 솜씨 좋은 장인을 자기 아래 계속 둘 수 있는 것이다. 그런 보조자가 있어서 골드문트를 대신해준

413

다면, 그는 홀로 염두에 둔 작품을 위해 더 많은 시간을 낼 수 있으리라. 골드문트는 에리히와 함께 제단을 만들 목재를 찾아냈고, 에리히에게 그걸 다듬도록 시켰다. 골드문트는 에리히를 혼자 두고 말도 없이 사라질 때가 많았다. 정처 없이 숲과 들판을 돌아다니는 일을 시작한 것이다. 한번은 며칠이 지나도 돌아오지 않는 바람에 에리히는 그 사실을 수도원장에게 알렸고 수도원장도 걱정되었다. 골드문트가 영영 달아났을지도 모르기 때문이다. 하지만 골드문트는 돌아왔고, 일주일 동안 뤼디아의 조각에 매달리더니 다시 밖을 헤매고 다녔다.

골드문트는 번민에 쌓였다. 일생일대의 큰 작업을 마친 뒤부터 그의 삶은 흐트러졌다. 새벽 미사에 빠졌고, 깊은 불안과 불만을 억누를 수 없었다. 스승 니클라우스가 자꾸만 떠올랐다. 머지않아 자신도 니클라우스처럼 되는 건 아닐까. 부지런하고 모범적이며 기술은 좋아지겠지만 자유를 잃고 늙어버린 삶. 게다가 최근에 겪은 어떤 작은 사건은 골드문트를 더더욱 심란하게 만들었다. 발길 닿는 대로 떠돌아다니던 그는 어느 마을에서 프란치스카라고 하는 농가 아가씨를 만났다. 그녀가 무척 마음에 든 골드문트는 어떻게든 그녀의 마음을 사로잡으려고 자신이 한때 활용했던 모든 유혹의 수단을 총동원했다. 아가씨는 골드문트의 말에 즐거워했고 그의 농담에 깔깔 웃음을 터트렸지만, 그의 구애는 끝내 거절했다. 이제 자신이 젊은 아가씨에게 늙은이로 보인다는 사실을 골드문트는 처음으로 실감했다. 두 번 다시 그녀를 찾아가지 않았으나 그는 이 일을 잊을 수 없었다. 프란치스카가 옳았다. 그는 이제 변했고 스스로도 그걸 느꼈다. 나이에 비해 일찍 세어버린 흰 머리카락이 좀 있어서가 아니고 눈가의 주름 때문도 아니었다. 그보다는 근본적인 어떤 분위기가 달라진 것이다. 그는 스스로 나이 들었다고 느꼈다. 자신 스스로 스승 니클라우스와 소스라칠 만큼 비슷해졌다고 느꼈다. 그는 불쾌한 심정으로 자신을 객관적으로 살펴보았고, 어이가 없어서 어깨를 움찔거렸다. 그는 이제 자유가 없는 정주민이 되고 말았다. 더 이상 독수리도 야생 토끼도 아니었다. 그냥 집에서 기르는 가축이었다. 충동적으로 바깥을 마구 떠돌 때면 그는 새로이 시작되는 방랑이나 자유에 두근거리기보다 과거의 향기를, 과거 방랑의 기억을 되살리려고 몸부림쳤다. 사냥개가 잃어버린 동물의 냄새를 찾으려고 날뛰듯이 갈망과 의심으로 안절부절 못하며 과거를 찾아다녔다. 하루 이틀 그렇게 바깥에서 어슬렁거리면서 어느 정도 여유를 즐기고 나면, 어쩔 수 없이 작업장으로 되돌아오게 되었다. 작업장이 자신을 기다리는 것만 같아 양심의 가책이 느껴졌다. 막 시작한 제단 작업, 다듬어놓은 목재들, 그리고 조수 에리히에 대한 책임감을 외면할 수 없었다. 그는 더 이상 자유롭지 않았다. 더 이상 젊지도 않았다. 뤼디아를 본뜬 마리아 조각상이 완성되면, 그는 여행을 떠나 다시 방랑 생활을 시도하겠다고 굳게 결심했다. 오직 남자들만 있는 수도원에서 이토록 오래 생활하는 건 마음에 들지 않았다. 수도사들에게야 좋겠지만 그에게는 아니었다. 남자들과는 똑똑하고 멋진 대화를 나눌 수 있고, 남자들은 예술가의 작업도 이해할 줄 알았다. 하지만 그 밖의 모

415

든 것, 가벼운 잡담, 정겨움, 희롱, 사랑, 심각하지 않은 유쾌함 등은 남자들 사이에서는 어려웠다. 그러기 위해서는 여인들이, 방랑이, 정처 없음이, 항상 새롭게 나타나는 그림들이 필요했다. 지금 이곳에서 그를 둘러싼 사물은 어느 정도 칙칙하고 엄숙하며, 어느 정도 무겁고 남성적이었다. 이런 환경은 그를 감염시켰고, 어느새 그의 핏속까지 흘러들어왔다.

여행을 떠나야겠다고 생각하니 위안이 되었다. 그는 하루라도 빨리 자유의 몸이 되기 위해 부지런히 작업에 매달렸다. 나무토막에서 점점 뤼디아의 형상이 나타나고, 고상한 그녀의 무릎 아래로 엄격한 옷자락 주름이 하나하나 잡히자 그의 가슴은 희열과 아픔으로 무섭게 떨려왔다. 아름답고 수줍은 조각상 소녀의 모습에 정신없이 푹 빠져들었고, 당시의 기억, 첫사랑의 아득한 추억, 첫 번째 여행, 지나간 청년 시절이 너무도 그리워 가슴에 서글픔이 가득 찼다. 그는 경건한 태도로 조각상의 여린 형체를 다듬어나갔다. 그러는 사이 그 모습은 그의 마음속 최고의 가치와 하나가 되었다. 그의 청춘과 한없이 사랑스러운 기억과 하나가 되었다. 그녀의 수그린 목을, 다정하고 슬픈 입을, 고상한 손을, 긴 손가락을, 둥글게 굴곡진 아름다운 손톱 끄트머리를 조각할 수 있다는 것은 크나큰 행운이었다. 에리히도 감동과 더불어 황송한 애정을 느끼며 조각상을 보고 또 보곤 하였다.

조각이 거의 완성되어갈 즈음, 골드문트는 그것을 수도원장에게 보였다. 그러자 나르치스는 이렇게 말했다. "벗이여, 이건 자네의 가장 아름다운 작품이네. 이 정도로 훌륭한 작품은 수도원

416

전체를 통틀어도 전혀 없어. 솔직히 말하면 지난 몇 달 동안 자네 때문에 걱정을 많이 했지. 자네가 불안해 보이고 걱정이 많은 듯 했으니까. 자네가 밖에 나가서 하루가 지나도 돌아오지 않으면 혹시 영영 떠난 건 아닐까 얼마나 마음을 졸였는지 모른다네. 그런데 이런 뛰어난 작품을 만들다니! 자네 때문에 내가 얼마나 기쁜지! 얼마나 자랑스러운지!"

골드문트가 대답했다. "그래요, 이 작품은 꽤 잘 만들어졌죠. 하지만 나르치스, 내 말을 들어봐요! 이 작품이 이런 모양으로 완성되기 위해 나의 청춘이 필요했던 거예요. 방랑과 사랑, 여자들과 구애 말입니다. 그런 것들이 바로 내가 창작을 길어올린 샘물이었으니까요. 그런데 이제 곧 샘물은 마를 거예요. 내 가슴은 가뭄에 시달릴 테고요. 이 마리아 조각상을 완성하고 나면 한동안 휴가를 떠날 생각이에요. 얼마나 오랫동안 떠나 있을지 나도 몰라요. 내 청춘과 한때 내게 소중했던 것들을 다시 찾고 싶어요. 이해하겠어요? 물론 당신도 알겠지만 나는 당신의 손님으로 여기 있었고, 작품을 만들면서 보수는 한 번도 받지 않았으니……."

"보수를 지불하겠다고 몇 번이나 말하지 않았는가." 나르치스가 끼어들었다.

"그래요, 이제 그 제의를 받아들이기로 하죠. 새 옷을 맞춰야겠어요. 옷이 완성되면 말 한 필과 금화 몇 개만 부탁해도 되겠죠. 세상으로 나가보려고요. 아무 말도 말아요, 나르치스. 슬퍼하지도 말아요. 이곳이 마음에 들지 않아서 나가는 건 결코 아니니까요. 여기보다 더 좋은 장소는 없을 게 분명해요. 이건 그냥 다른

417

문제예요. 그러니 내 소원을 들어주실 거죠?"

그 사안에 대해 더는 길게 이야기할 필요가 없었다. 골드문트는 간소한 승마복과 장화를 맞추었고, 여름이 다가오는 동안 마리아 조각상을 완성했다. 마치 자신의 최후의 작품이라도 되듯이 손과 얼굴, 머리카락 한 올 한 올을 사랑과 정성으로 다듬었다. 얼마나 꼼꼼하게 오랜 시간 동안 공을 들이는지, 여행을 떠나기 싫어 마리아 조각상을 마무리 짓는 섬세한 최종 작업에 스스로를 묶어두려는 사람처럼 보였다. 하루하루 시간이 흘렀지만, 그는 여전히 여기저기 아직도 손을 봐야 할 곳이 있었다. 나르치스는 골드문트와의 작별이 가슴 아팠으나, 그래도 간혹 골드문트가 사랑하는 마리아 조각상을 차마 떠나기 힘들어하는 모습을 지켜보면서 슬쩍 미소를 짓기도 했다.

하지만 어느 날, 골드문트는 불쑥 나르치스를 찾아와 오늘 떠나겠다고 알렸다. 지난밤 드디어 결심을 굳혔던 것이다. 그는 새 옷과 새 모자 차림으로 나르치스에게 작별 인사를 했다. 고해성사와 영성체는 이미 얼마 전에 마쳤다. 그날 온 것은 작별 인사와 함께 여행의 축성을 받기 위해서였다. 두 사람에게 작별은 무척 힘들었다. 골드문트는 속마음과는 다르게 아무렇지도 않은 듯 평소보다 활기차게 굴었다. "자네를 다시 볼 수 있을까?" 나르치스가 물었다.

"그야 물론이죠, 당신이 준 빌빌대는 말 때문에 내가 목이 부러져 죽지만 않는다면 우리가 다시 만나는 데 아무 문제없을 겁니다. 내가 아니면 이제 누가 당신을 나르치스라고 부르고, 내가 아

니면 누가 당신에게 걱정을 끼치겠습니까. 내 말을 믿어요. 에리
히도 잊지 말고 살펴주세요. 내 마리아 조각상에 아무도 손대지
못하게 해줘요! 이미 말했듯이 마리아 조각상은 내 방에 세워두
었는데, 열쇠를 절대로 다른 사람에게 주면 안 됩니다."

"떠나니 기쁜가?"

골드문트는 눈을 찡긋거렸다.

"나는 원래 떠나고 싶어 했잖아요. 그러니 기쁘죠. 그런데 지금
막상 떠나려니까 기대처럼 막 즐겁지는 않아요. 당신은 나를 비
웃겠지만 내가 떠나는 일에 좀 서툰 편이죠. 이런 집착이 싫어요.
질병이나 마찬가지거든요. 젊고 건강한 사람들은 집착이 없으니
까요. 니클라우스 스승님도 그랬죠. 그런데 뭐하는 짓이람, 한가
하게 이런 잡담이나 하고 있다니! 날 축복해주세요. 이제 떠나야
겠어요."

그는 말을 타고 떠났다.

나르치스는 벗에 대해 생각하고 또 생각했다. 벗을 걱정하고
벗을 그리워했다. 새처럼 훨훨 날아간 벗, 바람처럼 떠도는 걸 좋
아하는 사랑하는 벗은 과연 다시 돌아올까? 특이하고도 매혹적
인 자는 다시금 자신의 길을 갔다. 어디로 향하는지 스스로도 노
정을 짐작할 수 없는 길. 그는 다시금 갈증과 호기심에 넘쳐 세
상을 이리저리 떠돌 것이다. 그 무엇으로도 억제하지 못하는 강
하고 어두운 충동을 따라 걷잡을 수 없이 사납게, 커다란 아이처
럼 탐욕스럽게. 신이 그와 함께하기를, 그가 무사히 돌아오기를!
이제 골드문트는 다시 나비처럼 사방으로 돌아다니며 다시 죄

419

를 지을 것이다. 여자들을 유혹하고 쾌락에 몸을 맡기고 어쩌면 다시 살인을 저지를지도 모른다. 위험에 빠지거나 감옥에 갇히고 감옥에서 죽을 수도 있다. 어린아이의 눈으로 말끄러미 바라보면서 자신이 나이 들었다고 한탄하는 금발의 청년 때문에 도대체 근심이 끊이지 않는구나! 그 때문에 얼마나 마음을 졸이게 되는지. 동시에 나르치스는 골드문트로 인해 진심으로 기쁘기도 했다. 골드문트가 반항적이어서 구속하기가 매우 어렵고, 자꾸만 변덕을 부려서 집을 뛰쳐나가 밖에서 에너지를 발산하려는 것이 참으로 마음에 들었던 것이다.

매일 어느 일정한 시간이 되면 수도원장은 벗을 생각했다. 사랑과 그리움, 감사와 걱정, 때로는 의구심이 생기면서 자책할 때도 있었다. 그를 얼마나 사랑하는지, 그가 다른 사람이 되기를 바라지 않으며 그와 그의 예술로 인해 자신이 얼마나 풍요로워졌는지를 더 솔직하게 털어놓았어야 하는 게 아닐까? 그런 사실을 벗에게 충분히 말하지 못한 것 같았다. 부족해도 너무 부족했다. 그랬더라면 혹시 벗을 붙잡을 수 있었을지, 누가 알겠는가?

나르치스는 골드문트로 인해 풍요로워진 것만은 아니었다. 골드문트로 인해 더 가난해지고 더 허약해지기도 했다. 하지만 그 사실을 벗에게 드러내지 않아서 다행이었다. 그가 거주하는 곳이자 그의 고향인 세계, 수도원 생활, 그의 직무, 그의 학식, 빼어나게 이룩된 사상의 건축물이 골드문트 때문에 뿌리부터 크게 흔들리고 의혹의 구름에 싸이는 일이 종종 발생했던 것이다. 물론 수도원의 관점에서, 이성과 윤리의 관점에서 보면 자신이 선택한 삶이 나은 것은 분명했다. 더 올바르고 더 항구적이며 더 정돈되었으며 더 모범적이었다. 그의 삶은 질서와 엄격한 단련, 지속적인 헌신, 항상 새로운 단계의 청결과 올바름을 추구하는 과정이었다. 그것은 예술가나 방랑자, 유혹자의 삶보다 훨씬 낫고 순수했다. 하지만 저 위에서, 신이 보기에는 어떨까? 질서와 훈육의 모범을 보이는 삶, 세속의 감각적 쾌락을 포기하고 고통과 피로부터 멀찍이 떨어져 철학과 기도로 물러나 앉은 삶이 골드문트의 삶보다 나을까? 인간은 원래 정해진 규칙에 맞춰 살도록 만들어졌을까? 예배 시작 종소리처럼 일정한 시간에 딱 맞추는 일을 하는 것이 인생일까? 인간은 원래 아리스토텔레스와 토마스 아퀴나스를 공부하고, 그리스어를 할 줄 알며, 감각을 죽이고 세상으로부터 도피해야 하는가? 인간은 애초에 신으로부터 감각과 충동을 부여받았고, 피비린내 나는 암흑, 죄와 육욕과 절망에 끌리는 자질을 부여받지 않았는가? 벗을 생각할 때마다 이런 질문들이 꼬리에 꼬리를 물고 수도원장의 머릿속을 맴돌았다.

그렇다, 아마도 골드문트의 삶은 그저 유치하거나 인간적이라는 의미 이상일 것이다. 무자비한 격류와 혼돈에 자신을 내맡긴 채 죄를 범하고 그 혹독한 결과를 받아들이는 것이 세상의 번잡함에서 늘 비껴나 손을 더럽히지 않는 청결한 인생, 고아한 사색의 정원을 조화롭게 꾸며놓고 곱게 손질된 화단 사이를 아무런 죄 없이 순결하게 거니는 삶보다 종국에는 용감하고 위대할지도 몰랐다. 다 찢어진 신발을 끌고 뙤약볕과 비, 굶주림과 역경에 시달리며 숲과 시골길을 돌아다니는 것, 관능의 쾌락을 누리고 그

421

대가를 고통으로 지불하는 것이 더 어렵고 더 용감하며 더 고귀할지도 몰랐다.

어쨌든 골드문트는 고귀한 자질을 타고난 인간이 정신없이 뒤엉킨 삶의 피투성이 나락으로 한참 가라앉으며 수많은 피와 오물을 묻힐 수도 있음을 실증해주었다. 그러면서도 왜소하거나 천박해지지 않았고 내면의 신성을 말살하지도 않았다. 암흑의 수렁을 허우적거리면서도 성스러운 영혼의 신성한 빛과 창조력을 꺼트리지 않았다. 나르치스는 벗의 혼돈스러운 삶을 깊이 들여다보았다. 벗을 향한 사랑이나 존경이 그 때문에 조금도 줄어들지 않았다. 줄어들기는커녕 골드문트의 더럽혀진 손에서 놀랍도록 고요하면서 생기 넘치는 형상, 내면의 형식과 질서에 의해 정화된 형상이 만들어지는 걸 지켜본 이후로, 마음 깊은 곳에서 우러난 영혼의 광채를 발하는 얼굴, 순수하게 피어난 식물과 꽃, 기도하거나 축복받은 손, 그 모든 대담하고 부드러우며 당당하고 성스러운 몸짓이 탄생하는 걸 지켜본 이후로 나르치스는 변덕스러운 예술가이자 유혹자의 가슴에도 신의 은총과 빛이 가득 깃들었음을 알게 되었다.

그들이 대화를 나눌 때 나르치스는 수고를 들이지 않고 자신이 벗보다 우월한 듯이 보이게 할 수 있었다. 골드문트의 열정에 대해 잘 다듬어진 이론과 형식으로 맞서는 일도 쉬웠다. 그러나 골드문트가 만든 조각상의 작은 몸짓들, 눈과 입, 구부러진 덩굴과 옷주름은 철학자가 할 수 있는 성취를 다 합한 것보다 더욱 풍요롭고 더욱 현실감 있고 더욱 생생하고 더욱 대체 불가한 것은 아

닐까? 크나큰 갈등과 고난을 겪었던 이 예술가는 현재와 미래의
무수한 인간들이 겪을 고난과 발버둥의 상징을 시각적으로 구현
한 것은 아닐까? 염원과 경외심, 두려움과 그리움을 품은 수많은
인간들이 그의 작품에서 위안과 확신, 그리고 힘을 얻는 것은 아
닐까?

　오래전 젊은 시절, 골드문트를 인도하고 가르치던 장면 장면
이 떠오르면서 나르치스는 서글픈 심정으로 미소를 지었다. 벗
은 그의 인도와 가르침을 감사히 받아들였고 항상 그의 우월함
과 지휘권을 인정해주었다. 그랬던 그가 이제 침묵의 몸짓만으
로 휘몰아치듯 살아온 거칠고 아픈 인생의 작품을 꺼내놓은 것
이다. 그런데 한마디 말도 없고 한마디 가르침도 없었다. 한마디
교훈도 경고도 없었다. 거기에는 오직 진짜 인생, 승화된 인생이
있을 뿐이었다. 그 앞에서 지식과 수도원의 규율, 토론술로 무장
한 나르치스 자신은 얼마나 초라했는가!

　이것이 바로 나르치스의 머릿속을 맴도는 질문의 정체였다.
오래전에 그가 충격적 경고와 함께 골드문트의 청춘에 개입하여
벗의 삶을 새로운 영역으로 옮겨놓았듯이, 벗이 돌아온 이후에
는 벗이 그에게 고민거리를 제공하고 그를 흔들고 회의하게 만
들며 자기검열을 강요하고 있었다. 골드문트는 그와 대등한 존
재였다. 그가 골드문트에게 주었던 것들을, 지금 몇 배로 고스란
히 돌려받고 있었다.

　벗이 떠나자 나르치스는 홀로 생각에 잠겨 있는 시간이 많아
졌다. 몇 주가 흘러갔다. 밤나무 꽃은 한참 전에 피었고, 부드러

운 연두색이었던 너도밤나무 이파리는 초록으로 짙어지며 두텁고 딱딱해졌다. 수도원 성탑 위 황새 둥지에서는 알을 깨고 새끼들이 나왔으며, 이미 날갯짓도 배운 참이었다. 골드문트의 부재가 길어질수록 나르치스는 벗이 얼마나 소중한 존재였는지 깨닫게 되었다. 수도원에는 학식이 높은 신부들이 있었다. 플라톤에 정통한 신부, 뛰어난 문법학자, 그리고 꽤 치밀한 신학자도 한두 명. 수도사 중에는 진심으로 충직하고 성실한 자들도 있었다. 하지만 나르치스 자신과 같은 영혼은 없었다. 그와 진지하게 견줄 만한 상대는 단 한 명도 없었다. 오직 유일하게 골드문트만이 그럴 수 있었다. 벗의 빈자리는 무엇으로도 채울 수 없었다. 나르치스의 마음은 참으로 무거웠다. 나르치스는 멀리 떠난 벗을 생각하며 그리워했다.

그는 자주 작업장에 들러 아직 제단 작업에 매달리고 있는 조수 에리히를 격려했다. 에리히는 스승의 귀환을 간절하게 고대했다. 가끔 나르치스는 마리아 조각상이 있는 골드문트의 방을 열고 들어가 조심스럽게 조각상을 덮은 천을 추켜올리고 한참 동안 앞에 서 있었다. 나르치스는 마리아 조각상이 누구의 모습에서 왔는지 몰랐다. 골드문트는 뤼디아와의 일을 나르치스에게 말하지 않았기 때문이다. 하지만 나르치스는 느낌으로 알 수 있었다. 이 아름다운 소녀가 오랜 세월 동안 벗의 마음속에 살아 있었다는 것을. 아마도 벗이 이 소녀를 유혹했겠지. 그리고 소녀를 속인 다음 버렸을지도 몰랐다. 그러나 벗은 그동안 내내 가슴속에 소녀를 품고 다녔으며, 그 어떤 충실한 남편보다도 더욱 충실하게 그녀와 함께 있었다. 그리고 마침내 서로 만나지 못한 기나긴 세월이 흐른 후 이 아름답고 감동스러운 조각상을 만들었고, 그녀의 얼굴에, 자태에, 손에, 사랑하는 이만이 할 수 있는 애정 어린 경탄과 그리움을 고스란히 담아냈을 것이다. 마찬가지로 식당의 낭독대에 조각된 인물들에서도 나르치스는 벗이 살아온 이야기를 어느 정도 읽어낼 수 있었다. 그것은 발길 닿는 대로 마음 내키는 대로 이 땅 저 땅을 떠도는 사내의 이야기, 집도 없고 매인 곳도 없는 바람 같은 인간의 이야기였다. 하지만 그런 삶이 무엇을 남겼는가 보아라, 모두 훌륭하고 진실되며, 모두 생생한 사랑의 기운이 넘쳤다. 이 얼마나 신비로운 생이었는가. 얼마나 음울하면서도 도도하게 흘러간 생이었는가. 그 결과물이 지금 얼마나 고귀하고 명징하게 모습을 나타냈는가!

나르치스는 투쟁했다. 그는 투쟁을 이겨내고 넘어섰으며, 자신의 길을 한 번도 벗어난 적이 없었다. 자신에게 부여된 엄격한 소명을 단 하나도 팽개치지 않았다. 그러나 지금 나르치스는 상실의 고통을 앓는다. 오직 신과 자신의 직무에만 충실해야 할 그의 마음이 벗을 간절히 갈망하고 있다. 나르치스는 이 사실이 견딜 수 없이 괴롭다.

20장

여름이 갔다. 양귀비꽃과 수레국화, 선옹초와 아스트란티아도 시들고 사라졌으며 연못의 개구리들도 조용해졌다. 황새들도 높이 날아올라 떠날 준비를 했다. 그때 골드문트가 돌아왔다!

그가 돌아온 것은 비가 소리 없이 내리는 어느 오후였다. 그는 수도원 경내로 들어가지 않고 곧장 작업장으로 향했다. 그는 걸어서 왔다. 말은 없었다.

에리히는 골드문트가 오는 것을 보고 깜짝 놀랐다. 첫눈에 골드문트를 알아본 그는 반가운 마음에 심장이 미칠 듯이 마구 뛰었다. 하지만 돌아온 골드문트는 다른 사람처럼 변해 있었다. 몇 년이나 훌쩍 늙어버린 모습에 광채가 다 사라진 먼지투성이의 칙칙한 얼굴, 살이 푹 꺼진 병색이 완연하고 고생에 시달린 얼굴. 그러나 그 얼굴은 고통에 신음하는 것이 아니라 도리어 미소를 띠고 있었다. 선량하고, 늙고, 인내심 강한 미소였다. 그는 발을 질질 끌다시피하며 힘들게 걸음을 옮겼다. 그는 병든 것이 분명했고, 매우 피곤해 보였다.

낯설게 변한 골드문트는 묘한 눈빛으로 젊은 조수의 눈을 가만히 바라보았다. 그는 돌아왔다고 법석을 떨지 않았다. 지금까지 옆방에 있다가 나타난 사람처럼 굴었다. 그는 손을 내밀어 악수를 청했지만 말은 하지 않았다. 인사도 없고, 질문도 없고, 설명도 없었다. 단지 이 한마디뿐이었다. "잠 좀 자야겠어." 실제로 무서울 만큼 피곤해 보이기도 했다. 그는 에리히를 내보내고 작업장 옆 자신의 방으로 들어갔다. 모자를 벗어 그대로 바닥에 떨어뜨렸다. 신발을 벗고 침대로 다가갔다. 방 뒤에는 천을 뒤집어쓴 마돈나 조각상이 그대로 서 있었다. 그는 마돈나 조각상을 향해 고개를 끄덕였지만 다가가서 천을 벗기고 조각상에게 인사를 건네지는 않았다. 대신 조그만 창가로 가서 밖을 내다보았다. 그리고 어찌할 바를 모르는 채 서서 기다리는 에리히를 향해 외쳤다. "에리히, 내가 돌아왔다고 알릴 필요는 없어. 지금은 몹시 피곤해. 인사는 내일 해도 늦지 않을 거야."

그리고 옷을 입은 채로 침대에 누웠다. 하지만 잠을 이루지 못하고 잠시 뒤에 다시 일어나 무거운 걸음으로 벽으로 가서 거울을 들여다보았다. 그는 거울 속에서 자신을 마주보는 골드문트를 주의 깊게 응시했다. 피곤에 지친 골드문트, 기운이 빠지고 시들어버린 늙은 남자, 완전히 세어버린 턱수염을 가진 남자. 초라하고 영락한 늙은이가 작고 흐릿한 거울 속에서 그를 마주보고 있었다. 원래는 친숙한 얼굴이지만 너무 낯설게 변한 나머지 도저히 현실감이 없으며 자신과도 상관없어 보이는 얼굴. 그 얼굴은 골드문트가 한때 알았던 이런저런 얼굴을 기억나게 했다. 어느 정도는 명장 니클라우스를, 어느 정도는 오래전 자신에게 옷을 맞춰준 늙은 기사를, 또 어느 정도는 교회당의 성 야콥, 턱수염을 기르고 순례자 모자를 썼으며 쪼글쪼글하게 늙은 백발의

427

노인이지만 밝고 선해 보이던 얼굴의 성 야콥을 연상시켰다. 골드문트는 이 낯선 인간을 샅샅이 연구해야 할 임무가 있다는 듯이 거울 속의 얼굴을 진지하게 읽어나갔다. 그는 거울 속 얼굴에게 고개를 끄덕였고 그것이 자신의 얼굴임을 알아차렸다. 그 얼굴은 골드문트가 스스로에게 느끼는 감정과 일치했다. 죽을 만큼 피곤하고 약간 무뎌진 노인이 여행에서 돌아왔다. 내세울 것이 없는 초라하고 평범한 노인, 하지만 골드문트는 그 노인에게 아무런 거부감이 없었으며 도리어 노인이 마음에 들었다. 노인의 얼굴에는 젊은 시절 골드문트의 잘생긴 얼굴이 갖지 못했던 무엇이 스미어 있었다. 피곤에 찌들고 쇠락한 모습이지만 거기에는 일말의 만족감 혹은 초연함이 있었다. 그는 나직하게 소리 내어 웃었다. 그러자 거울 속 얼굴도 따라서 웃었다. 나는 여행에서 이 멋진 사내를 데리고 돌아왔구나! 말을 타고 가벼운 소풍을 나갔다가 이제 너덜너덜해지고 새까맣게 탄 얼굴로 다시 돌아왔다. 그사이 말과 보따리, 금화뿐만이 아니라 다른 것들, 즉 건강, 자신감, 얼굴의 홍조와 형형하던 눈빛이 그를 떠났고, 그에게서 영영 사라졌다. 하지만 골드문트는 지금 이 모습이 좋았다. 거울 속 허약하고 늙은 사내는 평생 동안 골드문트 자신이었던 사내보다 더욱 마음에 들었다. 그는 예전의 골드문트보다 늙고 병약하고 초췌했지만 그만큼 악의가 없고 만족스러워 보였다. 이 노인과는 더 잘 지낼 수 있을 것 같았다. 골드문트가 웃자 주름진 한쪽 눈꺼풀이 아래로 처졌다. 그는 침대로 돌아가 깊이 잠이 들었다.

다음날 그가 자신의 방 탁자에 구부리고 앉아 스케치를 하려는데 나르치스가 찾아왔다. 나르치스는 문간에 선 채로 말했다. "자네가 돌아왔다는 말을 들었어. 정말 다행이야. 얼마나 기쁜지 모르겠어. 자네가 오지 않으니 내가 왔네. 작업하는 데 방해된 건 아닌가?"

나르치스는 가까이 다가왔다. 골드문트는 탁자에서 몸을 일으키며 손을 내밀어 악수를 청했다. 에리히로부터 미리 말을 들었지만, 그래도 나르치스는 골드문트의 무섭게 변한 모습에 충격을 받았다. 골드문트는 다정한 미소로 벗을 맞았다.

"그래요, 난 돌아왔어요. 그동안 잘 계셨죠, 나르치스? 오랫동안 보지 못했는데 먼저 찾아가지 못해서 미안해요."

나르치스는 벗의 눈을 마주보았다. 골드문트의 얼굴은 형편없이 시들고 윤기가 없었지만 나르치스 역시 그 밖의 달라진 점을 금세 알아차렸다. 놀랍도록 평안하며 초연한 표정, 체념을 받아들인 선량한 노인이 갖는, 아무것에도 연연하지 않는 자유로움. 그동안 인간의 얼굴을 읽어온 경험에 의해 나르치스는 너무도 많이 달라지고 낯설게 변한 골드문트가 더 이상 이 세상에 속한 존재가 아니라는 것을 알아차렸다. 그의 영혼은 현실을 아주 멀리 떠나 꿈의 길을 걷고 있거나, 아니면 아예 저세상으로 통하는 문 앞에 도달해 있는지도 몰랐다.

"자네 어디 아픈가?" 나르치스가 조심스럽게 물었다.

"그래요. 난 아파요. 여행 초기부터 몸이 아팠어요. 길을 떠나 며칠이 되지 않아 아프기 시작했죠. 그렇다고 내가 금방 방랑을 포기할 사람이 아니란 건 당신도 잘 알 거예요. 떠나자마자 몸이 아프다고 되돌아와 여행용 장화를 벗어던진다면 당신들은 엄청나게 비웃었겠죠. 그렇게 되기는 싫었으니까요. 그래서 계속해서 갔어요. 발길 닿는 대로 떠돌아다녔죠. 이런 꼴로 되돌아와서 부끄럽군요. 떠날 때만 해도 당당하게 큰소리를 쳤는데 말이죠. 어쨌든 지금은 몹시 부끄러울 뿐이에요. 당신은 현명하니까 내 심정을 이해할 겁니다. 그런데 조금 전에 내게 뭘 물은 거 아닌가요? 미안해요, 요즘은 말을 하면서도 내가 무슨 말을 하려 했는지 자꾸 잊어버린답니다. 귀신에 홀린 것처럼요. 그런데 내 어머니에 관해서는 당신이 잘한 거예요. 정말 가슴 아프긴 했지만⋯⋯."

골드문트의 웅얼거림이 희미해지면서 소리 없는 미소로 바뀌었다.

"자네를 건강하게 만들어주겠어, 골드문트. 아무 문제없이 다 나을 거야. 그래도 몸이 안 좋아졌을 때 즉시 돌아왔어야지! 수도원 식구들 앞에서 뭐가 부끄러울 게 있다고. 아프자마자 돌아왔어야지."

골드문트는 웃었다. "그건 나도 알아요. 하지만 그렇게 간단히 돌아올 엄두가 나지 않더라구요. 부끄러운 행동일 것 같았죠. 어쨌든 지금이라도 돌아왔으니 됐잖아요. 여기 오니 몸도 훨씬 나아진 듯해요."

"통증이 심했나?"

"통증이라구요? 그래요, 통증은 좀 많았죠. 하지만 보세요, 그

430

래도 통증 덕분에 내가 이렇게라도 제정신을 차린 셈이에요. 이제 난 부끄럽지 않아요. 당신 앞에서조차 부끄러울 게 없어요. 당신이 감옥에 갇혀 있는 나를 찾아와 목숨을 구해주었을 때, 그때는 정말이지 수치심 때문에 이를 악물어야 했답니다. 이제 그런 시절은 지나갔어요."

나르치스가 골드문트의 팔에 가만히 손을 얹자 골드문트는 즉시 입을 다물고 미소를 지으며 눈을 감았다. 그리고 그 상태로 평화롭게 잠이 들었다. 당황한 수도원장은 의사인 안톤 신부를 데려와 환자를 보게 하려고 서둘러 나갔다. 그들이 돌아왔을 때 골드문트는 여전히 잠이 든 채로 탁자 앞에 앉아 있었다. 그들은 골드문트를 침대로 옮겼고 의사가 환자 곁에 남았다.

안톤 신부는 환자가 가망이 없음을 알아차렸다. 골드문트는 수도원의 병동으로 옮겨졌고, 에리히가 밤이나 낮이나 곁에서 환자를 지켰다.

골드문트 최후의 여행이 어떤 것이었는지는 아무도 몰랐다. 그가 직접 이야기한 몇몇 단편적 에피소드 외에 나머지는 짐작할 수밖에 없었다. 그는 멍하니 누워 있을 때가 많았고 간혹 열이 오르며 헛소리를 했다. 그러다 의식이 또렷해지면 늘 나르치스가 불려왔다. 나르치스에게 골드문트와 갖는 마지막 대화는 무엇과도 비교할 수 없는 소중한 시간이었다.

나르치스는 골드문트가 드문드문 뱉어놓는 이야기와 고백을 기록으로 남겼다. 그가 하지 못한 나머지는 조수 에리히가 기록해놓았다.

"통증이 언제 시작되었느냐고? 여행을 막 시작했을 무렵이에요. 숲에서 말을 달리다가 말과 함께 넘어져 개울로 처박혔죠. 그 상태로 밤새도록 차가운 개울물에 쓰러져 있었어요. 그때 부러진 갈비뼈 안쪽이 계속해서 아팠어요. 그때만 해도 수도원에서 아주 멀리 떨어진 곳은 아니었는데 돌아오기는 싫더라구요. 유치한 고집이었지만 그래도 당시에는 우스운 꼴이 될 것 같았으니까요. 그래서 난 계속해서 말을 몰았죠, 그러다 마침내 통증이 너무 심해서 말을 탈 수 없는 지경에 이르자 말을 팔아버렸어요. 그리고 어느 병원에 오래 입원해 있었죠.

이제는 여기 머물 거예요, 나르치스. 나는 더 이상 말도 탈 수 없고 방랑도 떠날 수 없어요. 춤도 출 수 없고 여자들과도 끝이에요. 그렇지 않았다면 한참은 더 밖으로 돌아다녔을 텐데 말이죠! 적어도 몇 년 동안은 돌아올 생각을 하지 않았을 거예요. 하지만 나는 이번에 바깥세상에는 더 이상 내가 누릴 즐거움이 없다는 걸 깨달았답니다. 그러자 죽기 전에 그림이라도 몇 점 더 그리고 조각이라도 몇 개 더 만들고 싶었어요. 어떤 식으로라도 즐거움이 있어야 살 수 있을 테니까요."

나르치스가 말했다. "자네가 돌아와서 얼마나 기쁜지 몰라. 그동안 자네가 얼마나 그리웠는지. 하루도 빠짐없이 자네 생각을 했다네. 혹시라도 자네가 영영 돌아오지 않으면 어쩌나 겁이 날 정도였어."

골드문트가 고개를 흔들었다. "너무 크게 걱정할 만큼 대단한 사람도 아닌데 뭘 그래요."

나르치스의 마음은 사랑과 고통으로 터져 나갈 듯 아팠다. 그는 몸을 천천히 수그려 골드문트 위로 기울이며 그들의 오랜 우정의 세월 동안 단 한 번도 하지 않았던 행동을 했다. 골드문트의 머리카락과 이마에 가볍게 입술을 가져다 댄 것이다. 골드문트는 처음에는 어리둥절했지만 곧 무슨 일이 벌어지는지 알아차리고 감동으로 가슴이 벅차올랐다.

"골드문트." 나르치스는 벗의 귓가에 나직하게 속삭였다. "좀 더 빨리 이 말을 하지 못한 걸 용서해주게. 주교좌 궁성 감옥에 있는 자네를 찾아갔을 때 이 말을 했어야 하는 건데. 아니면 자네가 여기서 만든 첫 작품을 내 눈으로 보았을 때라도 말이야. 늦었지만 오늘이라도 꼭 말하고 싶어. 널 사랑해 골드문트. 넌 나에게 정말로 소중한 존재였고, 내 삶을 얼마나 풍요롭게 만들어주었는지 몰라. 자네에게 이런 말은 큰 의미가 아닐 수도 있겠지. 자네는 사랑에 익숙하니까. 사랑이란 자네에게 희귀한 사건은 아닐 테니까. 자네는 수많은 여인들로부터 사랑을 받았고 그걸 마음껏 누렸겠지. 하지만 나에게 사랑은 의미가 좀 달라. 내 삶에는 사랑이 거의 없었네. 내 생에는 가장 소중한 것이 빠져 있었던 거야. 한번은 다니엘 원장님이 나에게 오만하다고 한 적이 있네. 그분이 제대로 보신 거야. 물론 나는 사람을 함부로 대하지 않아. 공정하고 올바르게 대하려고 늘 노력하지. 그러나 한 번도 사람을 사랑한 적은 없어. 수도원에 두 명의 학자가 있으면 나는 학식이 높은 쪽을 더 좋아했지. 약점이 있는 학자를 좋아한 적은 한 번도 없었단 말이야. 그런 내가 사랑에 대해 배웠다면 순전히 자네

433

때문이야. 자네만은 사랑할 수 있었으니까. 세상의 모든 사람들 중에서 오직 자네만은. 이게 어떤 의미인지 자네는 상상하지 못해. 이건 사막의 우물, 황무지의 꽃나무와 같아. 오직 자네 덕분에 내 가슴은 삭막하지 않고, 신의 자비가 닿을 수 있는 영역이 남아 있게 된 거야."

골드문트는 기쁨으로 미소를 지으면서도 약간 당혹스러웠다. 그는 정신이 맑을 때만 가능한 차분한 말투로 대꾸했다. "당신이 나를 교수대에서 구출해내고 이곳으로 함께 오는 동안 내 점박이 말의 안부를 물었더니 당신이 대답해주었죠. 평소에는 말에게 관심이 없는 당신이 그걸 알려주는 걸 듣고는 점박이 말에게 특별히 신경 쓰고 있었음을 눈치챘어요. 나 때문에 그랬을 거라고 생각했고 속으로 얼마나 기뻤는지. 이제 확실히 알았네요. 당신이 날 사랑하는 것도 잘 알겠어요. 나도 언제나 당신을 사랑했어요, 나르치스. 내 생애의 절반은 당신의 사랑을 갈구하는 과정이었답니다. 당신이 나를 좋아하는 건 알았지만, 당신처럼 도도한 사람이 자기 입으로 직접 말할 거라고는 기대하지 못했어요. 그런데 지금 이 순간, 당신의 입에서 그 말이 나왔군요. 바로 지금, 방랑도 자유도 세상도 여인들도 모두 떠나버려 외롭게 홀로 남겨진 지금 말입니다. 당신의 말을 받아들여요. 그리고 감사해요."

방 안에 선 뤼디아 마돈나 조각상이 이들을 지켜보고 있었다.

"자네는 늘 죽음을 생각하나?" 나르치스가 물었다.

"그래요. 죽음을 생각하고, 내가 어떤 사람으로 죽을지 생각하죠. 내가 당신의 학생이었던 소년 시절, 나는 당신처럼 정신적인 사람이 되고 싶었어요. 그런데 당신은 그 길은 내 소명이 아니라고 알려주었죠. 그래서 나는 삶의 다른 방향으로, 감각의 세계로 주의를 돌렸어요. 그 세계에서 나는 여자들 덕분에 관능과 쾌락을 쉽게 발견했답니다. 그런 면에서 여자들은 정말로 거리낌 없고 욕망이 왕성하게 넘치더군요. 여자들을 폄하하려는 말은 절대 아니에요. 물론 육체의 쾌락을 폄하하는 것도 아니구요. 그 안에서 나는 정말 크나큰 행복을 맛보았거든요. 그뿐만이 아니라 영혼이 깃든 관능도 가능하다는 것을 체험으로 알게 되었으니 얼마나 큰 행운인지 몰라요. 거기서 예술이 탄생하니까요. 그런데 이제 내 안의 두 가지 불꽃이 모두 꺼져버렸어요. 더 이상은 동물적인 쾌락을 즐길 수 없어요. 설사 여자들이 나를 좋아해서 따라온다고 해도 이젠 불가능해요. 예술작품을 창작하는 것에도 더 이상 욕심이 없어요. 조각상은 충분히 만든 것 같고, 어차피 작품의 숫자가 중요한 것도 아니니까요. 이제 죽을 때가 됐다는 기분이 들어요. 나는 죽을 준비가 된 거예요. 죽음이 어떤지 호기심이 생기기도 하구요."

"호기심이 생기다니?" 나르치스가 물었다.

"멍청하고 이상한 생각이지만, 그래도 호기심이 생겨요. 저세상에 대한 호기심은 아니에요, 나르치스. 그런 건 생각하지도 않는답니다. 솔직히 말하면 내세를 믿지도 않구요. 내세는 없어요. 말라죽은 나무는 영원히 말라죽은 채로 있을 뿐이죠. 얼어 죽은 새는 두 번 다시 살아나지 않아요. 죽은 사람도 마찬가지죠. 누군가 죽으면 사람들은 망자를 잠시 기억하지만 길게 기억하지는 않아요. 절대로요. 내가 죽음에 호기심이 생기는 건 단지 나는 아직도 어머니를 찾아가는 길 위에 있다는 믿음 혹은 꿈 때문인 거죠. 나는 죽음이 위대한 행복이 될 거라고 바라는 마음이랍니다. 최초로 사랑이 이루어질 때와 같은 커다란 행복 말이에요. 나를 다시 무와 순수의 세계로 데려가는 것이 커다란 낫을 든 죽음의 사신이 아니라 내 어머니라는 생각을 떨칠 수 없어요."

이후 골드문트는 여러 날 동안 한마디도 할 수 없는 상태였다. 하지만 마지막이 가까웠을 때는 나르치스의 방문을 맞아 정신이 들었고 대화도 가능했다.

"안톤 신부가 말하기를 자네 통증이 아주 심각할 거라더군. 그런데 어떻게 그토록 침착하게 통증을 참아내고 있는가? 내가 보기에 자네는 이제 평안을 찾은 것 같아."

"신과 함께하는 평안 말인가요? 아닙니다, 그런 건 내게 없어요. 신과 함께 평안을 누리고 싶지도 않구요. 신은 이 세계를 나쁘게 만들었어요. 그러니 우리가 신을 찬미할 필요도 없죠. 아마 신도 우리가 그를 찬미하거나 말거나 크게 신경 쓰지 않을 거예요. 신이 만든 이 세계는 나빠요. 하지만 나는 내 가슴의 통증과 더불어 평안을 누리고 있답니다. 그건 진짜예요. 전에는 통증을 잘 견디질 못했죠. 나는 죽음을 쉽게 받아들일 거라고 자주 생각했는데 그것도 착각이었어요. 예전에 하인리히 백작의 감옥에서 밤을 지새울 때 분명해지더군요. 도저히 그대로 죽을 수 없었으니까요. 그러기엔 너무 강하고 너무 팔팔했던 거죠. 그때 나를 진

짜로 죽이려면 내 사지를 두 번씩 쳐내야 했을 거예요. 하지만 이
제는 완전히 달라졌죠."

　말을 하다보니 기운이 빠진 골드문트는 목소리가 점점 약해졌
다. 나르치스는 과로하지 말고 그만 쉬라고 당부했다.

　"아녜요, 당신에게 꼭 할 말이 있어요." 골드문트는 말을 계
속 이어나갔다. "예전이라면 부끄러워서 이런 말은 못했을 거예
요. 당신이 웃을 것 같네요. 그날 내가 말에 올라타고 이곳을 떠
날 때, 솔직히 말하면 그야말로 무작정 길을 나선 건 아니랍니다.
하인리히 백작이 영지로 돌아왔고, 그의 애인 아그네스도 함께
왔다는 소문을 들었거든요. 이건 뭐 당신에게 그다지 중요한 일
도 아니고, 지금은 내게도 상관없는 이야기예요. 하지만 당시에
는 소문을 듣자마자 가슴에서 불길이 활활 일더군요. 아그네스
생각 말고는 아무것도 머리에 들어오지 않는 거예요. 내가 사랑
했던 여인들 중에서도 가장 아름다웠던 그녀를 다시 만나고 싶
었어요. 그녀와 함께 한 번 더 행복감을 누리고 싶었죠. 정신없이
말을 달려 일주일 뒤에 그녀를 찾아냈답니다. 그런데 그 시점에
서 내 삶의 변화가 일어난 거예요. 하여간 나는 그녀를 다시 보았
죠. 놀랍게도 그녀의 아름다움은 조금도 쇠락하지 않았더군요.
나는 그녀를 찾았고, 그녀를 만나 말을 걸 기회도 만들었어요. 그
런데 세상에, 상상이나 할 수 있겠어요, 나르치스? 그녀가 나를
완전히 외면했다니깐요! 내가 너무 늙은 거지요. 더 이상 잘생
기지도 않고 재미도 없는 남자니 상대하고 싶지 않다는 거예요.
원래는 이쯤에서 여행을 접어야 했지만 나는 말을 타고 계속해

서 달렸습니다. 실망에 축 처진 우스운 꼴로 돌아가고 싶지는 않
았으니까요. 그렇게 말을 달리다가 기운도 젊음도 명석함도 잃
어버린 거죠. 말과 함께 계곡으로 굴러떨어져 개울물에 처박히
고 갈비뼈가 부러진 채로 쓰러져 있었으니까요. 그때 난 태어나
서 처음으로 참을 수 없는 통증이 무엇인지 알았답니다. 추락하
는 그 순간에 가슴 안쪽에서 뭔가가 뚝 부러지는 걸 알았는데, 그
때는 그것이 도리어 기뻤어요. 부러지는 소리가 듣기 좋았고 너
무도 흡족했죠. 나는 물속에 쓰러진 채 이제 내가 죽을 거라고 생
각했습니다. 하지만 감옥에 있을 때와는 느낌이 아주 달랐어요.
죽는 게 그다지 무섭지 않았으니까요. 그때 처음으로 가슴에 격
렬한 통증을 느꼈고, 통증은 이후로도 빈번하게 엄습했어요. 극
심한 통증을 겪으며 나는 꿈을 꾸었답니다. 아니 어떤 얼굴을 보
았다고 말하는 편이 나을까요. 나는 쓰러져 있었고 가슴은 너무
도 아팠어요. 필사적으로 발버둥을 치면서 비명을 질렀죠. 그런
데 어디선가 웃는 소리가 들리는 거예요. 어린 시절 이후 한 번도
들어본 적이 없는 웃음소리였어요. 그것은 내 어머니의 음성이
었습니다. 사랑과 음란함이 가득한, 깊은 저음의 여자 목소리. 그
래서 나는 어머니가 거기에 있다는 것, 내 곁에 있다는 걸 알았어
요. 어머니는 나를 무릎에 누이고 내 가슴을 열더니 손가락을 갈
빗대 사이 깊숙이 집어넣어 심장을 끄집어내려고 했어요. 그 광
경을 눈앞에서 똑똑히 목격하고 상황을 이해하자 갑자기 통증이
사라지더군요. 비록 지금 통증은 다시 돌아왔지만 그건 더 이상
통증이 아니에요. 나를 해치는 적이 아니란 말입니다. 그건 내 심

장을 꺼내려는 어머니의 손가락이니까요. 어머니는 그 일을 아주 열심히 하고 계세요. 때때로 힘껏 누르고, 어떨 때는 쾌감의 절정에 이른 듯이 신음소리를 내기도 해요. 소리 내어 웃을 때도 있고 달콤한 교성으로 낮게 갸르릉거리기도 해요. 어머니는 간혹 나를 떠나서 더 높은 곳에, 하늘에 머물 때도 있답니다. 그러면 구름 사이로 어머니 얼굴을 볼 수 있어요. 구름만큼이나 커다랗게 둥실둥실 떠서 슬프게 미소 짓는 얼굴이죠. 어머니의 슬픈 미소는 내 존재를 완전히 빨아들이고, 내 가슴에서 심장을 뽑아내버린답니다."

골드문트는 어머니 이야기를 멈추지 않았다.

"당신 아직도 생각나죠?" 최후가 다가올 무렵 그는 이렇게 말했다. "한때 나는 어머니를 까맣게 잊고 살았잖아요. 그런데 당신이 내 어머니를 암흑에서 다시 불러냈어요. 당시는 무척 힘들고 아팠죠. 마치 짐승에게 산 채로 내장을 뜯어먹히는 아픔이었어요. 그때 우리는 참 젊었는데. 잘생기고 싱그러운 청춘이었죠. 이미 그때부터 어머니는 나를 부르기 시작했답니다. 난 따르는 수밖에 없었구요. 어머니는 어디에나 있었습니다. 어머니는 집시 여인 리제였고, 명장 니클라우스의 마돈나였어요. 어머니는 삶이었고 사랑이었고 육욕이었죠. 동시에 불안이고 굶주림이며 충동이었어요. 이제 그녀는 죽음입니다. 그녀가 손가락을 내 가슴 속에 집어넣고 있어요."

"제발 너무 말을 많이 하지는 말게." 나르치스가 사정했다. "내일 계속하도록 해."

골드문트는 나르치스의 눈동자를 가만히 쳐다보며 미소를 지었다. 그가 여행에서 얻어온 새로운 미소, 늙고 허약하며, 어떨 때는 바보처럼 보이기도 했으나, 또 어느 순간에는 너무도 순수하게 선량한 지혜의 빛을 번득이는 미소이기도 했다.

"친애하는 벗이여." 골드문트가 속삭이며 말했다. "난 내일까지 기다릴 수 없어요. 당신과 작별해야 하니까. 작별을 위해 전부 말해야 해요. 그러니 잠시만 내 말을 들어줘요. 어머니에 대해 말하고 싶어요. 어머니의 손가락이 지금 내 심장을 붙잡고 있다는 것을 말해야 해요. 벌써 오래전부터 나는 어머니의 모습을 조각하고 싶었답니다. 내 인생의 가장 큰 소망이자 비밀스러운 꿈이었죠. 어머니는 내 안에 있는 이미지 중에서 최고로 신성했어요. 나는 언제나 어머니를, 사랑과 신비의 그 형상을 품고 다녔습니다. 바로 얼마 전까지만 해도 어머니의 모습을 영영 조각하지 못한 채 죽어야 한다고 생각하면 미칠 것만 같았죠. 내 일생이 그야말로 무의미하게 끝난다는 느낌이었어요. 그런데 지금 놀랍게도 어머니와 나 사이에 무슨 기적이 있었는지 보세요. 내 손으로 어머니의 모습을 조각하고 빚어내는 대신 어머니가 그 일을 해주고 있었던 거예요. 어머니가 나를 빚어내고 조각해주었단 말입니다. 그녀가 내 심장을 손으로 붙잡고 심장을 몸에서 떼어내 나를 비워주는 거죠. 어머니는 나를 죽음으로 유혹했습니다. 나와 함께 내 꿈도, 위대한 에바-어머니의 형상도 죽을 겁니다. 나는 아직도 그 형상을 보고 있어요. 손에 힘이 남아 있다면 지금이라도 그걸 조각할 수 있을 텐데. 하지만 어머니는 그걸 원하지 않죠. 내가 자신의 비밀을 형상화하는 걸 원하지 않아요. 그러느니 차라리 내가 죽기를 바라고 있어요. 나는 기꺼이 죽습니다. 어머니가 있으니 죽음이 편하기만 해요."

충격을 받은 나르치스는 벗의 말에 귀를 기울였다. 말을 잘 알아듣기 위해 벗의 얼굴 아주 가까이로 머리를 깊이 수그려야만 했다. 그런데도 대부분의 말이 불명확하게 들렸고, 잘 들리는 말도 의미를 파악하기가 힘들었다.

골드문트는 다시 한 번 두 눈을 커다랗게 뜨고 한참 동안 나르치스의 얼굴을 가만히 응시했다. 그것은 눈으로 하는 작별 인사였다. 골드문트는 머리를 가로저으려는 듯이 움직였다. 그러면서 속삭였다. "그런데 나르치스, 당신은 어머니도 없이 어떻게 죽으려고 하나요? 어머니 없이는 사랑도 할 수 없죠. 어머니 없이는 죽지도 못하는 거잖아요."

그리고 이어지는 웅얼거림은 더 이상 알아들을 수 없었다. 마지막 이틀 동안 나르치스는 벗의 침상을 밤낮없이 지켰다. 벗의 생명이 꺼져가는 것을 지켜보았다. 골드문트 최후의 말은 그의 가슴속에서 불이 되어 타올랐다.

특이하고도 매혹적인 자는 자신의 길을 갔다

"……너는 예술가고 나는 철학자야. 너는 어머니의 가슴에 파묻혀 잠들고, 나는 사막에서 깨어나는 거지. 내게는 태양이 비치고, 네게는 달빛과 별빛이 쏟아져. 너는 소녀를 꿈꾸고, 나는 소년을……." ─ 나르치스가 골드문트에게

한 젊은 수사가 있었다. 창백하고 예리한 지성을 온몸으로 표출하는, 대리석 조각처럼 차갑고 아름다운 청년이었다. 그는 세계의 구조를 이해하기 위해 반드시 자신의 피부로 모든 것을 직접 감각할 필요가 없었다. 그에게는 생각, 언어, 문자라는 지성의 매개물이 있었다. 그는 그것들을 통해 모든 인간이 상상한 세계를 정신으로 경험하고 인식할 수 있었고, 그로 인해 자신의 삶을 온전히 수도원의 신성한 규율에만 바칠 수 있었다. 그는 어디로도 가지 않으면서, 세계를 오직 정신만으로 관통했다. 의식의 세계를 혹은 사유의 영역에서 이루어진 진화적 성과를 구현하는 그의 이름은 나르치스였다.

한 아름다운 소년이 있었다. 그에게 인식은 곧 경험이었다. 그는 자신을 알기 위해 모든 것을 직접 행했다. 나르치스가 체스

의 말들을 조금도 움직이지 않고 오직 생각으로 모든 것을 꿰뚫었다면, 그는 직접 체스의 모든 말이 되어 모든 곳을 돌아다녔다. 그에게 감각은 항상 실제여야만 했다. 그의 사고는 경험과 밀접한 관계 속에서 형성되었다. 최대한 많은 삶을 위해 그는 최대한 많은 공간과 장소에 있고자 했다. 존 로크의 말 "Nihil est in intellectu, quod non prius fuerit in sensu(감각이 원래 갖지 못한 것을, 이성은 알지 못한다.)"은 그를 위한 것이었다. 그의 이름은 황금의 입, 골드문트였다.

독일의 작가이며 다다운동과 음성시Lautgedicht의 개척자 중 한 명인 휴고 발이, 1927년 9월 14일, 스위스의 콜리나 도로Collina d'Oro에서 죽었다. 위암이었다. 그는 스위스의 테신 주로 이사한 뒤로, 마찬가지로 테신 주에 자리 잡은 독일 작가 헤르만 헤세와 긴밀한 우정을 나누었고, 사망하기 얼마 전인 1927년 여름에는 그가 쓴 헤세의 전기가 헤세의 소설 『황야의 이리』와 함께 출간되기도 했다.

억수같이 내리는 빗속에서 휴고 발은 상따본디오 묘지에 묻혔다. 친구들은 촛불을 들고 관 주변에 모여 서 있었다. 그날 밤, 그의 아내 에미와 딸 안네마리는 헤세의 집인 카사 카무치에 초대받았다. 그들을 혼자 두지 않으려는 헤세의 배려였다. 헤세는 막 쓰기 시작한 새 소설의 첫 부분을 모녀 앞에서 낭독했다. 그것은 『나르치스와 골드문트』였다.

헤세는 한 편지에서 이렇게 썼다. "발의 죽음과 함께 나는 정신적으로 가까웠던, 내 언어를 온전히 이해했으며 영적인 문제에 관해 심오한 차원까지 대화가 가능했던 유일한 사람을 잃었습니다. 사람은 그런 친구를 두 번 만날 수는 없습니다. 그는 단지 나를 좋아해서 인정과 호감을 보여준 것이 아니라 나를 알고, 내가 왜 그렇게 생각하고 행동할 수밖에 없는지를 진심으로 이해해준 유일한 사람입니다."

헤세가 밝힌 휴고 발과의 우정은 소설 속 나르치스와 골드문트를 연상시킨다. 『나르치스와 골드문트』는 '어느 우정의 이야기'라는 부제가 붙어 있다. 영성과 지성의 화신인 나르치스와 자연과 예술의 아들인 골드문트. 금욕적인 나르치스와 감각과 열정의 인물 골드문트. 이 책은 인간 본성의 극단적인 양면을 철저하게 육화한 두 주인공이 나누는 정신적 관계의 이야기이며, 아버지와 어머니로 대표되는 두 세계의 대립과 융합에 관한 이야기이다. 헤세는 이 소설의 서문에서 이렇게 썼다.

"두 개의 대원칙, 영원히 대치하는 두 세계를 각자 타고난 두 개의 육체가 서로 만나게 되면, 이제 운명은 정해진 셈이다. 그들은 서로에게 끌리고, 서로가 서로를 매혹시키며, 서로를 정복할 수밖에 없다. 서로를 인정하고, 서로를 최고의 상태로 고양시키거나, 아니면 철저하게 파괴할 수밖에 없다. 남성성과 여성성이, 도덕과 순수가, 정신과 자연이 오직 그것만으로 이루어진 육체를 입고 서로 만날 때, 서로의 눈이 마주칠 때, 바로 그런 일이 일어난다. 나르치스와 골드문트의 만남이 그러했다."

마리아브론 수도원에서 보조교사와 학생으로 처음 만난 나르치스와 골드문트. 일반적인 의미의 동성간 우정을 훨씬 초월한 듯 보이지만, 그렇다고 어떤 궁극의 금기를 넘지는 않은 이들의 관계는 헤르만 헤세의 이름을 전 세계 독자들의 가슴에 가장 깊이 아로새긴 작품에 속할 것이다. 소설의 시대적 배경은 정확하지 않으나 세속과 멀리 떨어진 고풍스러운 수도원, 떠돌이 집시와 유랑 학생, 기사의 성과 페스트, 골드문트의 방랑 생활에서 그려지는 모습이 중세를 연상시킨다. 헤세는 이 소설을 1927년부터 1929년 사이에 썼는데, 이 시기 독일의 정치사회적 사정은 극도로 혼란스러웠다. 독일은 제1차 세계대전에서 패했고 경제는 파탄났다. 사회는 분열되어 각종 극단적 정치 사상이 횡행했다. 1923년에는 히틀러의 뮌헨 폭동이 일어나기도 했다. 이런 시대에 개인의 완성과 예술을 향한 구도의 길을 내세우며 태어난 소설 『나르치스와 골드문트』는 "과거로의 도피"라는 비난을 피할 수 없었다. 이에 대해 헤세는 이렇게 말했다.

"나는 이 책에서 내가 어린 시절부터 품고 있던 독일 정신과 독일의 이상을 표현하고 그것에 대한 내 사랑을 고백하고 싶었다. 바로 지금 이 시대의 특정한 '독일적'인 것들을 너무도 증오하기 때문에, 더더욱 그러고 싶었다."

금발의 쾌활한 미소년 골드문트는 엄격한 아버지에 의해 수도원에 맡겨진다. (아버지의 주장에 의하면) 문란했던 어머니의 죄

446

를 씻기 위해 금욕적인 수도자의 삶을 받아들여야 하는 운명이었다. 하지만 수도원의 천재 수사 나르치스는 한눈에 이 소년이 수도자로 살 수 없는 본성임을 알아차린다. 헤세가 서문에서 쓴 그대로, 정반대의 영혼을 지닌 이들은 서로에게 운명적으로 끌린다. 결국 골드문트는 나르치스의 예언대로 수도원을 떠나 자연과 감각을 따르는 방랑의 삶으로 들어선다. 특이하고도 매혹적인 자는 자신의 길을 갔다. 그들이 헤어진 후 소설은 철저하게 골드문트의 삶과 시각에 의해 구성된다. 골드문트는 많은 여인들을 만나고, 다양한 사랑의 모험을 즐기며, 그중 몇몇 여인들과는 운명적인 깊은 사랑에 빠지기도 한다. 그러면서 그는 차츰 삶과 세계를 배워나가고, 그토록 찾아 헤매던 자신의 길―예술가의 삶―을 발견한다. 하지만 과도한 열정 때문에 위기에 몰린 그는 우연하게 나르치스의 도움으로 생명을 구하고 수도원으로 돌아온다. 골드문트는 한 명의 야인이자 탕아로서 상처와 죄와 절망을 경험했으나, 그로 인해 예술가가 되었다. 이 소설에는 처음부터 형상, 이미지, 그림, 모습, 외양, 像, 형체 등을 나타내는 어휘 Gestalt, Bild, Figur, Form 등이 매우 빈번히 등장하는데, 이런 단어들은 골드문트가 시각예술가로 발전해가는 성장의 과정을 암시한다. 자신의 심상에 떠오른 영원한 어머니의 상을 눈에 보이는 형태로 구현하기를 소망하던 골드문트는, 어머니를 형상화하는 대신 어머니에 의해서 형상화되는 것―죽음―을 받아들이며 영혼의 벗 나르치스의 곁에서 숨을 거둔다.

이 소설은 구조나 모티브 면에서 헤르만 헤세의 독자들에게 완전히 낯설지 않다. 영혼의 인도자 나르치스는 『데미안』과 겹쳐지며, 삶의 한가운데서 신을 찾고자 하는 예술가 골드문트는 방랑자 『크눌프』의 데자뷔로 보인다. 『클라인과 바그너』『클링조어의 여름』『황야의 이리』에 나타나는 분열된 자아는 나르치스와 골드문트란 극과 극인 두 인물에게서 고스란히 재현된다. 소설의 도입부에서 묘사되는 마리아브론 수도원은 여러 면에서 『수레바퀴 아래서』의 마울브론 수도원, 즉 헤세의 어린 시절 학교를 묘사한 듯하다. 또한 조각가가 되어 수도원으로 돌아온 골드문트가 완성하는 마돈나상도 마리아브론 수도원의 마돈나 조각상과 유사하다.

영원의 어머니, 마돈나, 신성과 세속을 아우르는 여성성, 쾌락과 죽음, 사랑과 잔혹함을 한 몸에 가진 여인은 실제의 어머니를 알지 못하는 골드문트가 일생 동안 그리워하다가 마침내 죽음으로 하나가 되는, 관념화된 궁극의 어머니상이다. 헤세가 이 소설을 쓸 때 생각한 제목은 '나르치스 혹은 어머니에게로 가는 길' '죄의 찬미' 등이었다고 한다. 독자들이 어렵지 않게 추측할 수 있듯이 모든 배경에는 여섯 살의 나이로 바젤의 소년 기숙학교에 보내졌던 헤세의 트라우마가 있다. 『나르치스와 골드문트』는 헤세가 휴고 발과의 관계에서 경험한 남다른 우정을 노래하거나 로고스와 에로스의 고전적인 대조를 보여주는 작품만은 아니다. 사실 이 소설의 가장 두드러진 특징 중 하나는 일생에 걸친 심리치유 과정의 기록이라는 점이다. 지성과 영성이 넘치며 비범한 정신적 자질을 가진 나르치스가 소설의 전반부에서 골드문트에게 하는 역할은 심리치료사의 그것과 흡사하다. 나르치스는 대화를 통해 골드문트의 깊숙한 무의식의 동굴 속에 숨겨진 어머니상을 발견하고 그것을 건져 올린다. 골드문트는 충격받고 저항하지만, 곧 나르치스의 예언대로 결국 수도원을 떠나 방랑자의 삶을 살게 된다. 우리는 골드문트가 어머니상을 찾아가는 여정에서 칼 구스타프 융의 아르케튑Archetyp(원형)을 떠올리게 된다. 실제로 헤세는 오랫동안 심리 분석 치료를 받았으며 소설에도 정신 분석 이론의 영향을 받은 흔적이 보인다. 하지만 소설의 마지막 부분에 이르러 치유하는 자와 치유받는 자의 관계는 미묘하게 역전된다. 골드문트가 죽어가는 최후의 순간에 세상의 모든 지식을 다 알고 인간을 마음까지 통찰할 줄 아는 뛰어난 분석가라면, 치료사 나르치스는 자신의 환자를 통해 마치 거울처럼, 자신이 놓친 것을 들여다보게 된다.

세계를 양극단의 대립체로 보는 것은 헤세 소설의 두드러진 특징이다. 두 개의 상반된 특질은 나르치스와 골드문트처럼 별개의 개인으로 나타나기도 하고, 한 몸 안에 공존하기도 한다. 이에 관한 헤세의 생각을 그의 편지에서 읽을 수 있다.

"나와 골드문트는 둘 다 모범적인 인간상과 거리가 멉니다. 그래서 우리는 둘 다 절반의 존재에 불과하지요. 골드문트는 오직 나르치스와의 관계에 의해서만 온전한 전체가 될 수 있어요. 마찬가지로 나 예술가 헤세 역시 정신과 사색, 훈육, 심지어 윤리까지도 숭배하는 또 다른 헤세, 경건파 교도로 교육받은 헤세, 자신의 행동과 예술의 순수함조차도 자꾸만 윤리적으로 포장해서 새로운 의미를 만들어야 하는 헤세를 통해 완성될 필요가 있습니다."

『나르치스와 골드문트』는 헤세의 생전에만 20만 부가 팔린, 가장 큰 상업적 성공을 거둔 작품이다. 많은 독자들과 평론가들이 이 작품을 칭찬했다. 하지만 보수적인 대중들로부터는 비판의 목소리도 높았는데, 주로 골드문트의 비도덕적 행각이 문제가 되었다. 한 히틀러 추종자는 그를 "호색적인 중늙은이"라 부르며 "얼른 뒈져버리기를 바란다"는 편지를 보내기도 했고, 한 여성 독자는 지금까지 헤세의 작품을 사랑했지만 두 아들의 어머니로서 자신의 아이들이 골드문트와 같은 소설을 읽는 걸 절대로 허락하지 않겠다는 말도 했다. 거기에 대해 헤세는 이와 같이 답변했다.

"당신이 비난한 바로 그 부분, 성애를 노래한 문장을 책에 쓴 것을 나는 단 한 번도 후회하지 않았습니다. 아마도 우리의 부모님이 우리에게 음침한 허위로 공포심을 심는 교육을 하지 않았더라면 내가 그것을 굳이 써야 할 필요는 없었을지도 모르겠습니다. 그들은 마치 성이 세상에 존재하지 않는 것처럼 위선적인 태도로 외면해버렸고, 어린 우리를 그것의 막강한 힘과 홀로 비참하게 싸우도록 내버려두었습니다. 나는 부모님을 대단히 존경하지만 그들의 가장 심각한 약점까지도 칭송하고 싶은 생각은 없습니다."

한국에서는 종종 간과되는 듯하지만 성인이 되어 내가 다시 만난 『나르치스와 골드문트』는 소년을 위한 성장 소설이자 에로틱한 본성을 찾아가는 "관념적인 성애 소설"로도 읽혔다. 골드문트의 사랑은 특정한 소녀에게 바쳐지는 사랑이 아니라 끊임없이 미지의 여인들을 전전하며 매번 새로운 육체의 감각을 통해 추상적이고 관념적인 원형으로 다가가는 정신-에로스의 모험이자 여정, 그리고 성숙과 합일이다. 일단 수도원을 나온 골드문트가 관능적인 세계로 주저 없이 돌진하는 모습은 헤세의 다른 작품에서는 보기 드문 일이다. 또한 많은 관능과 쾌락의 모험이 더 많은 관능과 쾌락의 모험을 위한 일종의 학습처럼 그려지고 있으며, 그것이 미래의 예술작품 형성, 골드문트의 예술가 되기로 이어진다. 그런 점에서 이 소설은 한 편의 기나긴 예술론으로 읽히기도 한다. 골드문트가 세상을 인식하는 모든 과정, 여자들과의 관계에서 관능에 눈뜨고 감각을 발전시키는 모든 과정이 전부 예술과 연관되며 창조라는 궁극의 지점을 향한다. 좀 장황할 정도로 매번 반복해서 묘사되는 여인들의 신체와 몸짓과 자연의 관찰은 미처 깨닫지 못하는 사이 조각가의 길로 들어서는 골드문트 운명의 암시이기도 하다.

여자들 모두가 그에게 뭔가를 남겨놓았다. 어떤 몸짓, 입맞춤의 어떤 유형, 특별한 사랑의 행위, 몸을 허락하는 혹은 방어하는 특별한 형태. 골드문트는 모든 것을 받아들였다. 그는 먹어도 먹어도 배부른 줄 모르고 한없이 유연한 아기와 같았다. 어떤 유혹도 받아들였다. 그럼으로써 그 자신이 유혹적인 존재가 되었다. 단지 외모의 아름다움만 있었다면 그 많은 여자들이 그토록 쉽게 그에게 끌리지는 않았으리라. 그에게는 어린아이다움, 개방성, 호기심에서 촉발된 순진무구한 욕정, 여자들이 그에게서 갈구하는 것이 무엇이든 다 내어주려는 각오가 있었다. 스스로는 알지 못했으나 그는 하나하나의 여자들에게 각각 다른 모습으로, 여자들이 저마다 소망하고 꿈꾸던 모습으로 다가갔다. 어떤 여자에게는 부드럽게 기다려주면서, 다른 여자에게는 재빨리 낚아채듯이 덤볐고, 어떤 때는 처음으로 동정을 바치는 소년처럼 순진하게, 어떤 때는 현란한 전문가처럼. 언제라도 장난스러운 유희나 싸움, 한숨과 웃음에 응할 준비가 되어 있었고, 수치심도 과감함도 모두 상대할 수 있었다. 그는 여자가 욕망하지 않는 행위는 아무것도 하지 않았다. 여자가 그에게서 유인해내려는 행위 말고는 아무것도 하지 않았다. 영리한 감각을 지닌 여자들은 금방 이런 점을 알아차렸고, 그래서 여자들은 그를 더욱 사랑했다.

하지만 그는 계속해서 배웠다. 그는 짧은 시간 동안 수많은 사랑의 유형과 기술을 배우고 수많은 여자들과의 경험을 내면에 축적했을 뿐만 아니라, 여자들의 헤아릴 수 없는 다양한 측면을 보고, 느끼고, 감촉하고, 냄새 맡는 법을 배웠다. 그는 어떤 목소리라도 들을 줄 아는 섬세한 귀를 얻었고, 여자들이 내는 음성만으로 그들의 성향이 어떤지, 사랑할 줄 아는 능력이 어느 만큼인지를 거의 정확하게 맞출 수 있었다. 그는 매번 새로운 황홀감으로 여자들이 머리를 목에 기댄 모습, 머리카락을 쓸어 올려 이마를 드러내는 동작, 하나의 무릎뼈가 움직이는 무한히 다양한 유형을 관찰했다. 그는 어둠 속에서 눈을 감은 채 손가락의 가벼운 촉감만으로 건드려보면서 여자 머리카락의 한 유형과 다른 유형을 구분할 줄 알았고, 피부와 솜털의 차이도 분간해낼 수 있었다. 그는 아주 초기부터, 바로 여기에 방랑 생활의 의미가 있음을 직감했다. 아마도 이런 식별과 구분의 능력을 더욱 섬세하고 다양하게 심층적으로 터득하고 훈련하기 위하여 자신이 계속해서 한 여자에서 다른 여자로 표류하는 것이라고. 아마도 이것이 그에게 주어진 삶일지도 몰랐다. 완벽의 경지에 이를 때까지 수천수만 유형의 여자들과 온갖 종류의 사랑을 경험하기, 마치 상당수 음악가들이 한 가지 악기만을 연주하는 게 아니라 서너 개 혹은 그 이상의 많은 악기를 다룰 줄 알듯이. 그런데 그 경험이 무엇을 위해서 좋으며 종착지는 어디가 될지, 그는 알지 못했다.(143-145쪽)

헤세의 작품에 나타난 여성 인물들을 헤세 자신의 실제 삶과 연관시켜 바라보는 여러 관련 연구들이 있다. 이것은 헤세에 대한 많은 질문과 의혹이 발생하는 지점이기도 하다. 현대의 여성 독자들에게 헤세 소설의 지나치게 이상화되고 관념적인 여성관은 마음에 들지 않을 것이다. 또한 오직 여성성을 통해서만 예술에 가닿을 수 있는 남성 예술가상은 오늘날 그리 낯설고 신비한 존재가 아니다.

나는 이 소설에서 골드문트가 만난 여러 여성들 중에서 단 두 사람에게 주목했다. 그의 마지막 연인이며 유일하게 골드문트와 유사한 본성을 가진 듯 보이는 백작의 정부인 아그네스, 그리고 골드문트를 거부하고 증오하는 유대인 소녀 레베카이다. 대부분 평면적으로 그려져서 실제 살아 있는 개인이라기보다는 어떤 원형이나 상징에 가까운 다른 여인들은 소설 전체에서 골드문트의 관능적 경험을 풍부하게 해준다는 단 하나의 목적에 맞춰 행동한다. 하지만 유일하게 아그네스와 레베카는 강하고 독립적인 캐릭터를 지니며, 그에게 헌신하는 목적이 아니라 자기 자신의 뜻대로, 자기 자신의 길을 간다. 골드문트는 둘의 사랑을 얻지 못한다. 골드문트가 다른 여인들에게 그랬듯이 상대방을 강하게 사로잡는 아그네스는 골드문트가 다른 여인들에게 그랬듯이 단지 성애의 모험을 원했을 뿐이다. 그녀로 인해 골드문트는 죽음의 위기를 맞고, 마지막에는 자살에 가까운 자기파멸을 택하여 결국 죽음을 맞는 계기가 된다. 레베카는 이 소설에서 골드문트의 나이브한 도구적 여성관을 파악하고 그의 구애를 거절하는 유일한 인물이다. 그녀의 아버지는 유대인이라는 이유로 불타 죽었다. 그런 그녀에게 골드문트는 자신은 안목이 뛰어나서 아름다움을 볼 줄 알기에 이 어여쁘고 영리한 눈꺼풀과 사랑스러운 어깨가 짐승에게 잡아먹히거나 화형대 위에 세워질 생각만 해도 참을 수 없노라면서 보호자를 자청한다. 그녀는 육체의 쾌락만을 생각하는 골드문트를 증오하며 말한다. 자신은 기쁜 일 따위는 아무것도 하고 싶지 않다고, 차라리 고통받는 일을 하고 싶다고, 두 번 다시는 기쁨에 대해 생각도 하기 싫다고. 골드문트는 그녀의 강한 죽음에의 의지를 읽고 물러날 수밖에 없었다. 그는 유대인 소녀 레베카에게 곧 도래할 모욕적인 죽음을 알면서도 아무것도 해줄 수 없는 것을 오래오래 가슴 아파한다.

한 편지에서 헤세는 이렇게 고백했다. "일생 동안 나는 성애와 우정을 '나르치스'에 나타난 것 이상으로 경험하는 것이 가능하지 않았다." 이 구절에서 헤세 연구자들은 골드문트의 여성들이 평면적으로 묘사된 것이 단지 경제적인 이유만은 아니라고 추측했다. 또한 그녀들이 다들 한결같이 아름답고, 말이 없고, 관능적인 것이 오직 어떤 시적인 목적 때문에 아니라 헤세 자신이 실제로 경험한 여성들과의 관계가 그러했기 때문이라고. 모든 바탕에는 신앙심이 깊고 매우 엄격한 경건파 교도였으며, 소년 헤세의 예술가 기질을 좋아할 수도 인정할 수도 없었던 헤세의 어머니상이 있을지도 모른다. 그것은 그의 작품 곳곳에 마치 문장처럼 새겨졌으며, 그의 작품 속 여성 주인공들 위로 깊은 그림자를 드리운다.

"어머니는 영원히 낳고 영원히 죽였다. 어머니의 안에서 사랑과 잔혹함은 하나였다."(241쪽)

배수아

헤르만 헤세 Hermann Hesse

1877년 7월 2일 독일 남부 칼브Calw에서 태어나 경건하고 인문적인 분위기에서 성장했다.
1890년 괴핑엔의 라틴어 학교에 다니며 신학교 시험을 준비하고 뷔르템베르크 국가시험에
합격했다. 1892년 마울브론 수도원Kloster Maulbronn 학교에 입학했지만 기숙사 생활에
적응하지 못하고 시인이 되고자 도망쳤다. 이후 시계 공장과 서점에서 견습 사원으로 일했고,
열다섯에는 자살을 시도하는 등 질풍노도의 청소년기를 보냈다.
1899년 낭만주의 문학에 심취해 첫 시집 『낭만적인 노래』와 산문집 『자정 이후의 한 시간』을
출간했다. 1904년 장편소설 『페터 카멘친트』를 펴내고, 9세 연상의 피아니스트 마리아
베르누이와 결혼했다. 1919년 스위스 몬타뇰라로 이주하며 삶과 작품 세계에 전환점을
맞이했고, 1923년에는 아내와 이혼하고 스위스 국적을 취득했다. 『수레바퀴 아래서』(1906)
『크눌프』(1915) 『데미안』(1919) 『클링조어의 마지막 여름』(1920) 『싯다르타』(1922)
『황야의 이리』(1927) 『나르치스와 골드문트』(1930) 『동방순례』(1931) 등을 통해 방랑,
자아의 추구, 예술가의 삶이라는 대주제를 탐구했다. 1946년 『유리알 유희』로 노벨문학상과
괴테 상을 동시에 수상했다. 1962년 8월 9일 몬타뇰라에서 뇌출혈로 눈을 감았다.

옮긴이 배수아

소설가이자 번역가. 1965년 서울에서 태어났다. 이화여대 화학과를 졸업했다. 1993년
『소설과사상』에 『천구백팔십팔년의 어두운 방』을 발표했다. 2003년 『일요일 스키야키
식당』으로 한국일보문학상, 2004년 『독학자』로 동서문학상을 수상했다. 소설 『어느 하루가
다르다면, 그것은 왜일까』『뱀과 물』『밀레나, 밀레나, 황홀한』 등과 산문집 『처음 보는
유목민 여인』 등이 있다. 옮긴 책으로 페르난두 페소아의 『불안의 서』, 프란츠 카프카의 『꿈』,
로베르트 발저의 『산책자』 등이 있다.